大
方
sight

我们生活在南京

天瑞说符

作品

上

册

✦

中信出版集团 | 北京

图书在版编目（CIP）数据

我们生活在南京 / 天瑞说符著 . —北京：中信出
版社，2022.12（2024.7 重印）
ISBN 978-7-5217-4839-0

I.①我… II.①天… III.①长篇小说—中国—当代
IV.① I247.5

中国版本图书馆 CIP 数据核字（2022）第 189625 号

我们生活在南京
著者：　　天瑞说符
出版发行：中信出版集团股份有限公司
　　　　　（北京市朝阳区东三环北路 27 号嘉铭中心　邮编　100020）
承印者：　河北鹏润印刷有限公司

开本：880mm×1230mm　1/32　　印张：27.25　　字数：580 千字
版次：2022 年 12 月第 1 版　　印次：2024 年 7 月第 5 次印刷
书号：ISBN 978-7-5217-4839-0
定价：99.80 元（全两册）

目 录

楔子

来，让我们在人类的历史坐标中戳一个点。

1887年，东经8度24分，北纬49度。

德国小城卡尔斯鲁厄。

这里是郁郁葱葱的黑森林北大门，莱茵河从这里静静地蜿蜒而过，它是一座古朴的小城。阳光下零零散散的建筑坐落在林木苍翠之间，错落有致。

在这个安静祥和的下午，阳光透过卡尔斯鲁厄大学某栋建筑窗帘的缝隙，落在年轻人的脚上。

房间里光线昏暗，地板上摆着一条木质长桌。

长桌那头横向放着一个圆筒，圆筒上细密地缠绕着层层叠叠的铜线，这是个电感线圈。

长桌中央则横向架着一对空心铜球，两个铜球之间用细细的实心铜管相连，有两米多长，乍一看仿佛是个拉长拉细的杠铃，但又和杠铃不　样，因为它中间那条铜棒是居中断开的，有两厘米的间隙把这东西一分为二。

两个空心铜球分别用导线接着后面的电感线圈，而电感线圈用导线接着桌子底下的电池，再加上年轻人手里拿着的开口铜环，那么这一套设备就齐活了。

他很清楚这套设备中每一个组成部分的作用，那卷线圈，是台升压器，它能将屡弱的电池电压升到足够高，而那俩铜球，是电容器，用来积蓄电荷，一边是正极，一边是负极，当两边电容器中积蓄的电荷达到一定量，那么高压电流就能在瞬间击穿间隙的空气——

年轻人合上电路开关。

轻轻的啪的一声响。

电光石火般的，铜棒中央的间隙里跳动起淡蓝色的电弧。

还没完。

这不是实验的目的。

他举起手中的 C 形铜环——那铜环有一个小小的开口，慢慢地走近桌子，然后屏住呼吸。

一步，两步，三步……

一阵极细微的啪的一声脆响，像鬼魅般响起，只不过它并非来自桌上的实验装置，而是来自年轻人手里的铜环。

透明的、像精灵一样的微弱电火花在 C 形铜环的开口里迸发。

他惊喜地瞪大眼睛，经过不懈努力，他终于抓住了这飘浮在空气中的、看不见摸不着的幽灵。

冥冥之中，有一个神秘的推手，把能量从桌上的电火花发生器里传递到他手里的铜环上，没有导线，没有介质，没有任何连接，这独立在外的小小铜环上就跳动起了火焰，真是奇迹。

麦克斯韦的理论得到了完美验证。

这一天，人类有意识地朝宇宙主动发出了第一道电磁波。

这个任教于卡尔斯鲁厄大学的年轻人，名字叫海因里希·鲁道夫·赫兹。

这一年，他三十岁。

让我们再在人类的历史坐标中戳一个点。

1998年7月11日。

由白震、王宁、赵博文组成的南京短波小组参加IARU短波世界锦标赛，他们使用一台icom725短波电台，顶着炎炎烈日，把电台和天线架在紫金山上，树荫底下的草地上支张小桌子，从当天上午8点开始，对外呼叫。

天线用的是南北方向水平架设的偶极天线，用拉绳绑在两棵树之间，远看像是晾衣绳。

"CQ！CQ！CQ！"白震一手握着手咪，一手捏着笔，操着他那口咸菜缸里泡过的英语，坐在频道里摆摊，"Bravo-Golf-Four-Mike-Xray-Hotel Contest！BG4MXH！QSL？"

"Juliet-Alfa-One-Delta-Charlie-Kilo！JA1DCK！QSL？"很快耳麦里传来清晰的回复。

白震比了个"OK"的手势，开始记录通联日志。

对方的呼号是JA1……1……

后面是什么来着？

"Juliet-Alfa-One……again？"白震只好叫他再报一遍。

"Juliet-Alfa-One-Delta-Charlie-Kilo！JA1DCK！"

J开头的呼号，是个日本人，难怪英语比我还差。

白震回复："Roger! Roger! You are 59! QSL?"

"QSL! Thank you!"

"Thank you! 73!"

"73!"

日本人讲英语真是一比吊糟。

这是他们通联到的第六十九个电台，一切都进行得很顺利。

IARU短波锦标赛是世界上最大的业余无线电爱好者盛会，根据通联到的电台距离和数量计分，通联到的电台数量越多，距离越远，得分则越高，通联到日本电台能得三分，通联到欧洲或者美洲得五分。

"CQ! CQ……"

马上开始呼叫下一个，他们的目标是在四十八小时比赛期间通联五百个电台。

可白震话还没说完呢，一松开手咪，频道中就响起一阵极其尖锐的噪音，像针一样刺进他的耳膜。

"我叼!"

"怎么了?"蹲在一边打牌的王宁和赵博文扭头。

"好像有干扰……"白震扒拉开头上的耳麦，"怎么搞的啊?"

"山上哪来的干扰。"王宁把手里的健力宝放在桌上，伸手接过耳麦，往头上一戴，"卧槽!"

"有鬼在叫。"赵博文也听了听，"看看六米波?"

"六米波里有个贞子。"

"十二米?"

"十二米里有贞子她妈。"

"哪个频道里都是鬼叫。"白震随意扭了扭电台上的调频旋钮，有些诧异，"我们被什么东西全频段压制了。"

王宁和赵博文下意识地往天上看，没什么飞行器过境吧？

碰到这种事，比赛算是砸锅了，可白震不甘心，他把音量调低，慢慢扭动旋钮，在各个业余频道里扫地。

或许是附近真的出现了一个强大的干扰源，那个干扰源在任意一个频道上都表现出了无差别的压制，噪音盖过了所有有效信号。

"没辙了。"王宁蹲回去接着打牌，"老白你别管它了，来来来，打牌！"

"打牌！"赵博文说。

白震没搭理这二货，他趴在桌上努力调试电台，折腾了十几分钟，仍然毫无效果，饶是以白震这样经验丰富的HAM，也没见过今天这样的情况——他甚至暗暗怀疑不会是南京市遭到EMP（电子脉冲）袭击了吧？侵略者打过来啦？

"老白你别守啦……没戏了，你吃冰棍不？咱们去买冰棍啊。"

王宁蹲在树荫底下有气无力地喊，撩起白背心的下摆扇风。

7月中旬的南京热得狗都提不起精神。

白震擦了一把额头上的汗，忽然振奋起来："等等……等等！我听到有声音了！"

"什么声音啊？"王宁和赵博文两人远远地蹲在树下，牌也不打了，吐着舌头，热得跟狗一样。

"有人在说话……"白震缓缓地转动旋钮，皱起眉头，"声音很微弱，我听不太清楚。"

icom725无法过滤掉所有的噪音，在嘈杂的背噪里，白震能听到微弱的人声，他眯起眼睛，集中注意力。

"CQ……"

"你怎么证实你的身份？"

"……抬头往天上看，它在你的头顶上！"

"流星，你看啊，是流星！"

"救我，求求你，救我……"

"我们必须把这东西放在预定位置，否则炸不死它，核武器的威力也是有限的。"

"它们从天上下来了。"

男男女女混乱的声音嘈杂在一起，白震听得莫名其妙，这都是谁在频道里胡扯？

"我们还会再见的。"

啪的一声，所有的声音戛然而止，白震抬起头，原来赵博文关掉了电台的开关。他摘掉白震头上的耳麦："别搞了，别搞了，咱们下山去买吃的！去买老冰棍！老——冰——棍——哟嗬——"

这一年的世界赛，白震三人由于遇到莫名干扰而以失败告终。

次年，白震因高考失败而参军入伍，在北海舰队观通站作为通信兵服役十二载，至2012年退役复员，复员后一直在南京市区开滴滴。

赵博文在白震参军的同年考入南京大学物理系，博士毕业后留校工作，现任南京紫金山天文台副研究员，从事空间物理和电磁学研究至今。

而王宁则在接下来的许多年里兜兜转转，最后进入南京无委会办公室工作，担任无线电监测站负责人，直到今日。

让我们最后在漫长的时间长河中戳一个点。

现在。

此时此刻。

你正握着手机——无论是苹果、华为、小米、三星还是OV，它们在根本上和当年赫兹手里的C形铜环并无不同，所有的文字、图片、声音和视频都被调制成电磁波，经由通信基站和无线路由器，被手机天线接收，再被解调成人类能理解的信号，进入你的眼睛和耳朵。

这个世界的每一分每一秒，长波穿过幽深的大洋，短波在电离层上震荡，UV波在城市里横冲直撞，在我们肉眼看不到的地方，它们组成了另一个世界。

如今距离1887年人类第一次捕捉到电磁波已经过去了一百三十多年，理论上来说，当年人类主动发出的第一道电磁波仍在这个宇宙间震荡，虽然它已经衰减到没有任何人可以捕捉到，它像个小小的幽灵，游荡在这个嘈杂的人间，或许会引起你手机集成电路里某个元件中电子的倏然一跳，像火花那样一闪，微弱到除了这个宇宙，再也没人能注意到。

那一刻，你揉揉惺忪睡眼，不会意识到自己隔着一百三十年的漫长时光，收到了那个名为赫兹的年轻人的问好。

这是个关于无线电的故事，这个故事发生在2019年，至今已过去两年多时间，在这两年间我花了很大精力四处走访，整理各方材料，才稍有信心把它汇成书稿公之于众，力求做到不出大谬，若有当事人看到拙作，望包涵。

第一卷

我们生活在南京

第一章

1

秦淮区苜蓿园大街66号，梅花山庄中沁苑。

这儿是市里少有还能住人的小区，设施老但还完整，早年间这块的房价三万多一平方米，现在是没人买了。

小姑娘背着包穿过小区门，两边居民楼的墙面上藤蔓肆意地疯长，重重叠叠的圆绿叶子缝隙里是粉色的大理石墙面漆，很多年没人打理了，一只海鸥扑棱扑棱地飞过来，停在窗沿上好奇地歪着脑袋。

她住在11栋二单元，进小区门左拐二十米。

八楼，805。

老楼没有电梯，得一级一级地踩着楼梯上去，爬楼还是挺累的，女孩一口气上了五楼，接下来就放慢了步子，她背着包，手里拎着沉重的布袋子，一路滴滴答答。

到七楼时她拍了拍703的门，喊了一声："黄大爷！老黄！我回来啦！你老父亲半夏我回来啦！"

门里也没人理她，可能是睡了还没醒。

老黄向来昼夜颠倒。

半夏气喘吁吁地上楼，手里拎的布袋子一晃一晃的，猩红的黏稠液体浸透了布料，撒在台阶上。她没注意到，就这么一路滴答地上了楼。

八楼是顶楼，一楼两户，门对门，一扇门能打开，另一扇门已经被杂物封死了，楼梯间里拉着绳子晾着湿衣服，半夏从黑色的外套底下钻过去，摸了摸头发，到自己家门口，袋子换个手，从口袋里摸出钥匙，嘎吱一下拧开门，然后进门放下东西换鞋。

"爸妈，我回来啦。"

爹妈都坐在沙发上，半夏抬头看了一眼，发现一天过去又落了些灰尘，于是过来给他们掸了掸落灰。

有些灰尘是从窗外吹进来的，昨晚客厅的落地窗忘了关，地板上甚至还有一点新鲜的鸟粪。

"我去老师那儿了，我跟她聊了一下今天的学习成果，其实没有多少进度，自学真的好难。"

半夏轻快地脱掉身上的外套和长裤，只留一件背心和短裤，舒展修长的手臂和大腿，然后一屁股坐倒在沙发上，老旧的沙发顿时被压塌了脊背，发出嘎吱嘎吱的弹簧声响，女孩瘫在那儿休息片刻，然后一把抱住老爸的肩膀："要是有谁能教我就好了，求上天赐予我一个大神吧，长得帅一点最好。"

上天依旧没有搭理她的请求。

她祈求过好多次了，她站在楼顶上朝天大喊：老天爷呀！求求你赐给我一个大帅哥吧！能当牛做马帮我背野菜的那种帅哥——

遗憾的是老天只答应了她一半的要求。

帅哥没有。

牛马管够。

不知道多少野水牛一边拉屎一边成群结队地从门前的苜蓿园大街上晃过，还甩着尾巴把屎拉得到处都是。

"苜蓿园大街上多了好多鹿粪，不知道是什么鹿，但肯定有一大群鹿到这儿来了，明天我再去看看，不知道是不是上次来的那群鹿。

"月牙湖的水越来越少，湖底都是淤泥，我觉得再过不了多久湖就要干啦，我今天从那边路过，还在湖底的泥里看到了铁罐头，不知道谁扔那儿的。"

女孩给父母一边捏肩，一边说。

双亲一动不动地坐着。

"今天依旧没有碰到什么人，只能晚上再用电台呼叫试试，你们说真的会有人听到吗？虽然无论怎么找都找不到，但老师说还是要坚持下去，今天是多少号来着？ 9月……9月5号？啊不，是9月6号。"

"我去做饭，今晚多一个人吃饭，我把老师带回来一起吃啦。"半夏爬起来，拖着门口的布袋子拉进厨房，拖出 条暗红色接近凝固的痕迹。"哎呀！漏了漏了，把地板搞脏了。"她赶紧把袋子拖进厨房，然后砰的一声把厨房的门关上了。

半晌，厨房里传来菜刀用力剁骨头的咚咚声。

"好难剁。"

"这么硬，是脊椎骨么？"

"哎呀，头掉水池子里了。"

"剁不动，爸！妈！今天晚上吃排骨没意见吧？没意见我就煮排骨啦！"

很快屋内弥漫起浓郁的肉香，厨房里的汤锅咕嘟咕嘟地作响。

一只老鼠从天花板上溜下来，顺着地板爬上沙发，又顺着沙发爬上父母的肩膀，撕咬他们的衣服。

半夏在厨房里听到吱吱叫，探出头来看到老鼠，连忙抄着勺子冲了过来。

"死老鼠！"她一勺子就挥了过来。

老鼠真的很烦人，而且这些老鼠不怕人，一到晚上就出来作妖，半夏晚上躺在床上能听到它们在楼板上开运动会，窸窸窣窣的，吵得人睡不着觉。

如果你睡着了，那它们就更无法无天，它们会钻进被窝里，钻进衣袖里，钻进头发里，半夏不止一次一大早醒来发现头发里有东西在动，一梳头掉下来一只小老鼠，在地上扭着吱哇乱叫。

得，早饭有着落了。

几十分钟后，满脸油烟汗流浃背的半夏端着滚烫的铝锅出来了，用抹布裹着把手，一路弯弯扭扭嘶嘶地倒吸着凉气把锅搁在茶几上。

锅里乳白色的汤汁溢出锅沿，洒落在桌案上。

"烫烫烫烫烫！好烫！"女孩把手指含在嘴里，用力跺跺脚，好像跺脚能加快降温散热似的，她用勺子搅了搅锅里的汤，再从厨房里端出来一叠碗，一共四只。

她把四只碗分别摆在桌案上，一边摆一边说："这是爸的，这是妈的，这是我的。"

最后一只碗推到没有人的桌沿。

"这是老师的。"

"老师是客人，所以老师先来。"半夏嘿嘿一笑，用筷子从汤锅里捞出一只煮烂的小小手掌，放到那个碗里，"喏，煮得很烂了，不要客气。"说罢，她双手一合，深吸一口气："那么，爸，妈，老师，我开饭了！"

秦淮区苜蓿园大街66号，梅花山庄中沁苑。

这里到紫金山步行一小时，到月牙湖步行十分钟，有山有水有城墙，是块风水宝地，小区房价三万多一平方米。

白杨骑着自行车飞快地碾过苜蓿园大街的路面，从一盏路灯底下蹿进另一盏路灯底下，然后左拐进入小区门禁，冲过减速带时震得车轮悬空，然后重重地顿下来，在保安惊讶的目光中一溜烟骑进夜色里不见了。

"你骑慢点！"保安大叔探出头来喊。

"知道啦，蔡叔！"

他赶时间。

下晚自习就到10点半了，一路骑车回家即将11点，高三生活总是这么紧凑，老妈要求白杨每天晚上12点之前必须睡觉，如果他想见缝插针地在睡觉之前做点什么，那就必须尽快回家。

家在11栋二单元，进小区左拐二十米。

八楼，805。

白杨把自行车停在楼下上锁，然后背着书包一路腾腾腾地上楼，楼道里的声控灯在他踏进单元门的那一秒就从下往上一路亮到了楼顶。

一口气蹿到八楼，白杨掏出钥匙开门，在玄关放下书包换鞋，客厅里的灯还亮着，但是这个时候老爸老妈都已经睡了，白杨探头看了一眼他俩的卧室，果然房门紧闭。

老妈做好的夜宵通常会放在电饭煲里保温，而电饭煲就放在饭桌上，插着电。如果白杨晚自习回来肚子饿，那就有东西吃了。

夜宵通常是面条或者米饭，他揭开锅，是热腾腾的炒面条，试着摸了摸碗，不太烫，于是端起碗回到自己房间。

"小杨？"

经过父母卧室时，隔着房门传来老妈迷迷糊糊的声音。

"嗯，我回来了。"白杨回答。

"哦，回来了，早点睡。"

老妈又睡过去了，老爸的鼾声一如既往的响亮。

白杨端着夜宵回到自己的房间，他的房间不大，进门是被单人床和墙壁挤出来的过道，书桌抵着飘窗，桌子右边是高大的书架，书架上堆满了教辅。

三下五除二干掉夜宵，擦了擦嘴，白杨深吸了一口气，从桌子底下掏出手机看了一眼时间。

晚上11点半。

白杨在椅子上坐直了，把窗帘一拉，台灯一开，再郑重其事地掏出一卷卫生纸放在桌上，无论接下来要发生什么，先放一卷手纸总是没错的，夜深人静，万籁俱寂，单身青年，孤身一人，他有些手艺活要干。

从此刻开始，他有另一个身份——火腿。

什么是火腿？

火腿就是HAM，全称叫作：业余无线电爱好者。

白杨伸手揭下书架上的塑料布，唰的一下，露出底下的黑色电台。

icom725短波电台，看上去有点像20世纪80年代的老式CD机。

老爹留下来的传家宝，能进博物馆的老古董。

他探身打开书架另一端的外接电源，按下电台面板上的POWER键，电台开始通电，淡黄色的老式液晶屏与小小的电平表亮起，频道停在7.2750MHz，白杨在插孔上分别插进耳机与手咪，按下SSB键进入单边带通信模式，按下TUNER键开启天线调谐器，几秒钟后调谐完成，绿灯亮起，再慢慢拧动旋钮进行调频。

今天晚上，白杨要进行自己火腿生涯中的第一次远距离通联。

所谓无线电通联，其实就是找人通话，但它与手机通话最大的区别在于，你不知道自己能联系上什么人，也不知道无线电波会被几十公里之上的电离层反射到何方，无线电台没有电话号码，没有运营商，没有穿越大洋的光缆，无法一对一拨号——用人话来说，这是正儿八经的"通话基本靠吼"。

由于设备条件有限，利用短波进行远距离通联是一件相当有难度的工作——用行话来说，这叫远征，缩写叫DX QSO，即使是经验丰富的老火腿，DX失败也是常事。

为了今天晚上的尝试，白杨在下午爬上楼顶天台，确认了天线没有问题——老爹年少轻狂时在楼顶天台上架设了两架天线，一条六米鞭，一架DP天线，为此没少被邻居投诉。

如果不出意外，在晚上8点半之后的14.195MHz频段上，他可以联络上俄罗斯或者欧洲的电台，然后跟外国友人们打声招呼，跟他们说自己来自CHINA。

白杨拧动旋钮，液晶屏上的数字跳动。

14.195MHz。

白杨戴着耳机听了半分钟，频道中无人说话，于是他按下手咪上的TRANSMIT键，电台面板上的绿灯亮起。

这是发送状态。

白杨深吸了一口气，作为一个还未考B证没有资质的非法小HAM，他喊出了自己火腿生涯中的第一句呼叫：

"CQ！CQ！CQ！This is BG4MXH, Bravo-Golf-Four-Mike-Xray-Hotel, calling cq and waiting for a call！"

他的声音会在电台内被调制成有规律的无线电波，接着被天线内部的振子发向空中，在灯火通明车水马龙的南京市秦淮区，像是有人投入一颗小小的石子，荡起肉眼看不见的微微涟漪，以光速向四面八方扩散，在五十公里高的电离层被反射向地平线之外，跨越大江大河与郁郁葱葱的原始森林，被每一个守在这个频道上的人听到。

"CQ"是所有无线电通信中的通用短语，意思是SEEK YOU。

类似于敲门时所说的："有人吗？有人吗？有人吗？"

而BG4MXH则是他的呼号。

上面的呼叫翻译过来，其实就是："喂！喂！喂！这里是BG4MXH！BG4MXH正在找人聊天！我等你回复啊！"

在中国，业余无线电是一项受到严格管控的爱好，想使用无线电台进行通联必须证件齐全，操作员需要经过考试获得执照，而每一座合法的电台都会拥有一个独一无二的呼号，就像是人们的身份证号码，白杨手中的这台icom725，呼号就是BG4MXH，其中开头的B字母代表中国，G字母代表业余电台的级别——白杨的是个三级台，所以是G，数字4则代表地区，江苏地区的呼号都是4。

当然也有不合法没呼号的电台，那叫黑台。

白杨的电台是老爹留给自己的，老爹是个腌制了二十年的老火腿，曾经在北海舰队观通站服役，专业的通信技术兵，转业后在市里开滴滴，当年老爹在南京市火腿圈子里叱咤风云，正儿八经的技术大佬，最后还是退出了江湖。

"CQ! CQ! CQ! This is BG4MXH, Bravo-Golf-Four-Mike-Xray-Hotel, calling cq and waiting for a call!"

白杨再次呼叫，然后略微紧张地等待回应。他希望几秒钟后会有另一个人的声音在频道中响起，那可能是个J开头或者R开头的呼号，来自日本或者俄罗斯。

但频道里仍然无人应答，只有无边无际的白噪音。

白杨有点失望。

但这也是意料之中的结果，短波通联出问题其实再正常不过，任何因素都有可能导致失败，无线电波本身就是不稳定的，而电离层也是不稳定的，两个不确定的玩意凑在一起能得出确定的结果那才是见鬼了，更何况如今外界的电磁环境愈加复杂，城市内遍地的干扰，一辆电动车对电台来说都是反辐射武器。

要么是这个频道上根本就没人，所以他怎么呼叫都没有回应。

白杨把手机翻出来，其他人明明说过14195这个频道是菜市场。他重新找到了那条帖子，一看时间，妈的，2012年。

老爹说得没错，玩无线电的人是越来越少了，玩短波的人那就更少了。目前还有活人的是UV频段，市内的车友们靠这个讨论周末去哪儿撸串，用短波电台进行远距离通联这样费时费力的事早没人干了，所以老爹把这电台当收音机用。

白杨把功率从两瓦提升到五瓦，再试着呼叫一次。

果真是没人，频道里空空荡荡的。

老爹年轻时，有些频道里热闹得像菜市场，来自全国各地的无线电波在夜空中交汇，又飞往世界各地。现在连菜市场里的人都散光了。

白杨慢慢拧动调频旋钮，液晶屏上的数字一点一点地变动，从14.195MHz变成14.120MHz，又变成14.125MHz，他想碰碰运气，说不定其他频道里会有人在说话呢？

14.126MHz。

14.128MHz。

14.130MHz。

白杨撑着脑袋，每个频道都听个十几秒，然后拧动旋钮。

14.131MHz。

14.132MHz。

14.133MHz。

他是个在沙漠中踽踽独行的旅人，举目四望都碰不到第二个同类。

白杨叹了口气，今天晚上的通联宣告失败，他久久地看着电台，随手拨了拨电台调频旋钮，把旋钮转过来又转过去，跟玩收音机似的，红色的TX指示灯一直亮着，液晶屏上的数字飞速跳动。

他忽然一愣，手指停住了。

等等！

白杨小心翼翼地把旋钮慢慢地往回拨，皱起眉头，凝神聆听，在嘈杂的噪音中有人在模模糊糊地说话，不知是在唱歌还是在念经。

有人！

他下意识地看了一眼频道。

14.255MHz。

折腾了一晚上，白杨终于碰到了第二个人。

还是个姑娘。

白杨等对方的声音停下来，开始呼叫："CQ! CQ! CQ! This is BG4MXH, Bravo-Golf-Four-Mike-Xray-Hotel, calling cq and waiting for a call！"

频道里静默了几秒钟。

然后耳机中爆发出诧异的惊叫：

"活人？"

这一声"活人"也让白杨懵了。

根据无线电短波通联规则，标准的回应是表示自己抄收到信号，然后再自报家门，汇报自己的呼号。这跟见了鬼似的反应是几个意思？

几秒钟后，对方又出声了，惊喜地高喊："有人吗？有人吗？有人在吗？"

白杨听得直皱眉头。

玩通联最怕碰到这样的人，对规则一无所知，不守规矩，不报呼号，不报信号，不报位置，乱入频道一通瞎咋呼，白杨顿时一阵嫌弃，这是哪来的新手？怎么通过考试的？

当然他也是个新手，也没考证。

"这里是BG4MXH，QTH南京市秦淮区，抄收您的信号，您的信号是59，OVER。"

看看，这才是专业回应。白杨松开手咪上的按钮。

对面又说话了。

"什么什么？你是活人吗？你现在在什么地方？你那边有多少人？生存情况如何？缺乏什么物资？"

对方兴奋得几乎大喊起来。

白杨吓一跳，我的妈诶，哪来的姑奶奶，你这么瞎咧咧是真不怕无委会上门吗？

无线电通联中有一套约定俗成的规章制度，不得在频道内大声喧哗，不得在频道内胡言乱语，不得在频道内口吐脏话，不得随意打断他人交流，要五讲四美三热爱，四海之内皆友台。

如果你敢频道里骂街——

无委会马上就到你家门口！

白杨下意识地就要避开这个奇怪的人，就好比走在马路上突然撞见一个人冲上来对你胡言乱语，谁都会避开。

"73！再见！再见！"慌忙中白杨这个菜鸟就想跑路。

"等等！别走！别走啊！"对方一听他要走，立马就急了。

"不……不好意思这位友台，我妈喊我睡觉了，73送给你。"白杨说。

"你妈？你还有妈？"对方大震惊。

啪的一下，白杨关掉了电台，心说神经病。

2

翌日。

白杨睡眼惺忪地从房间里出来，老妈正在拖地，电视柜上的电视正在播早间新闻，老爹坐在桌子边上刷今日头条。

"脚让让。"老妈用拖把碰了碰白杨的拖鞋，她得等白杨起床了才能进房间拖地，"昨晚几点睡的？"

14

"12点。"白杨拐进卫生间里洗漱，他把洗脸台上属于自己的那只淡蓝色牙杯拿在手里，然后腾出两根手指挤牙膏，挤完牙膏再把洗脸台上的水龙头打开，哗的一声，白花花的水柱冲进杯子里，溢出满口的泡沫。

"晚上早点睡哦。"老妈对他的睡眠时间很不满，"晚上不睡觉，第二天早上起不来，一上午大好的时光，全都被你睡过去喽……"

"好好好，我知道了！"白杨含着一嘴的牙膏沫子，"一定早睡，一定早睡。"

"马上要高考了，还有一年时间，你把那个收音机放一放，把心思放到学习上来，最后的十个月时间查漏补缺，巩固一下学过的东西，半年时间也还有提分的空间……"

老妈又开始絮叨。

"那不是收音机！"白杨含糊不清地说，"那是电台！"

"那就是收音机。"老妈说，"不就个头大点吗？个头大点就不是收音机了？"

"那是短波电台！"白杨把嘴里的牙膏沫子呸地一下全部吐掉，咕噜咕噜漱了一下口，在哗啦哗啦的水声里大声辩解，"无线电台在极端环境下能救命的，如果我们家发生地震、洪水、海啸，或者其他自然灾害，甚至世界末日什么的，手机电视信号全部断绝，所有人都失联，那只有无线电台才能……"

"只有无线电台才能联系上外界是不是？"老妈给接上了。

白杨愣愣道："是啊。"

"这跟你高考有啥关系？"老妈说，"世界末日了轮得到你来操心？只要地球不爆炸，高考你就得参加，少跟我说这些有的没的。"

白杨洗漱完毕，无奈地从洗手间出来，老爹还坐在那里刷头条。在他据理力争的时候，老爹躲在边上全程装死。爷俩对视一眼，对中年家庭妇女的固执都表示无奈。

想当年老爹也是南京HAM圈里的一把好手，用老爹的话来说，天底下蛤蟆那么多，能修炼成精的屈指可数，能修炼成欧阳锋的只有他一个。

白杨问那赵叔呢？

老爹说你赵叔修炼成了欧阳克。

遗憾的是，如今老爹四分之一隐退、四分之一躺平、二分之一入土，早已淡出HAM圈子，留着电台也就是当收音机用，不复当年激情岁月。

"昨晚通上了？"白杨坐上饭桌开始吃早餐，盘子里有四个鸡汁灌汤包，老爹压低声音问。

"14兆赫上通上了一个。"白杨也低声回答，"14255。"

"哪儿的？"

"不知道。"白杨说，"黑台。"

"敌对势力啊？说给你美元让你归顺？"老爹说，"如果有赶紧答应，拿了钱再报警，不光有美元还有五十万元人民币。"

"是个姑娘。"白杨说，"神神道道的姑娘，听不懂她在说什么。"

"姑娘？敌对势力这么舍得下本钱？说不定是潘西①哦。"

---

① 南京方言，指年轻女孩。

"潘西又怎么样。"白杨一口一个灌汤包,"连呼号都不报一个,也不知道QTH,爸你给我推荐的几个频道上根本没人。"

"14270呢?"

"没人。"

老爹叹了口气:"早些年还挺热闹的,不过现在玩这个的人越来越少,要不你买个手台吧? UV段人多,买个宝峰的UV5R,一代神机,一百块钱,还能打卫星。"

业余无线电如今的冷清白杨算是亲身体会到了,空荡荡的频道就像是无人的大街,任由白杨在街道上大喊,连回声都没有一个。

"刘老师把数学作业发群里了,小杨你记得看啊。"老妈拖完地出来了,白杨和老爹立即止住话头,在老妈面前聊收音机——在老妈眼里那就是收音机——是危险的,老妈没有把那老古董挂上闲鱼卖了就已经是大发慈悲,老白小白父子俩不能不知好歹。

"我知道了。"白杨低头喝了一大口豆浆,心里盘算着晚上怎么也得再试一次,他可不甘心就这么放弃,万一成功通联上了大洋彼岸呢? 那还能让老妈看看自己的正当理由——我玩这个其实是为了学英语!

吃过早饭,何乐勤打电话过来了,问白杨去不去给严芷涵过生日,今天9月7日。

何乐勤是白杨的死党,小学同学,初中同学,高中还是同学,他家三代在南京,本地有六套房,属于典型的二代分子——房二代。

白杨说房二代是一个新崛起的二代群体,所谓手里有房心里不慌，何乐勤年纪轻轻就过上了退休老大爷的生活，酷爱周末去公园遛鸟——穿裤子的那种，这厮表示他那腐朽的八旗子弟生活习惯是跟着他舅爷爷学来的，他舅爷爷每周拎着鸟笼子外出溜达，把幼小的何乐勤也带坏了。

从初中开始，何乐勤每周固定的购物场所就是新街口和河西的金鹰，那金碧辉煌纸醉金迷的大厦白杨连门都没踏进去过，但对何乐勤来说就是家门口的菜市场，他经常发些高端大气上档次的朋友圈，但配文是"这人均两千块钱的法国菜吃上去其实还不如路边摊"。

腐败！太腐败了！白杨常痛心疾首：你觉得不好吃，可以带回来给我吃啊！

"谁过生日？"老爹问，"严什么来着？"

"严芷涵。"白杨回答。

老爹在他那不大的海马体中搜刮了一下，勉强找到了这个名字，然后把它和一个有着细长软发、皮肤白净的小姑娘联系起来，"哦"了一声，原来是她啊。

白杨：你知道她？

老爹：不知道。

白杨：那你怎么知道她是个长发细软皮肤白净的小姑娘？

老爹：现在满大街都是长发细软皮肤白净的小姑娘。

严芷涵是南航附中鼎鼎有名的校——级——班——组花，对，小组的组花，白杨他们小组一共八个人，七男一女，俗称七叶一枝花。其中又以白杨、何乐勤、严芷涵三个人关系最铁，俗称塑料铁三角。

何乐勤这个阔少本着兼济天下的博爱精神，班上任何一位女生过生日都要送礼物，更何况是关系向来很铁的严哥，严芷涵作为课代表，平日里交作业时没少给何乐勤开绿灯，数次拯救何少爷于危难之中，滴水之恩当涌泉相报，十八岁生日事关重大，成人之礼岂可儿戏？于是何乐勤就在电话里找白杨做参谋，问送什么好。

"白羊！小白羊！你说送什么合适？"

"少爷你那么有钱，送辆兰博基尼呗。"白杨慢悠悠地说，"要不宾利法拉利阿斯顿马丁也成啊，严哥喜欢车吧。"

"滚犊子，跟你说正经的。"

"要不你在新街口地铁站门口给她塑个像。"白杨说，"姿势摆成龟派气功波或者斯派修姆光线，反正新街口地铁站底下大转盘都是你家修的，立个雕像轻轻松松吧？"

"那严哥要先杀了你，再奸杀我。"

"为啥我是直接杀，你是被奸杀？"

"因为我帅，啊晓得了？"何乐勤在电话那头说，"我死了躺那儿别人不辱尸都觉得自己吃亏了，好了好了你快过来吧，不要废话了，中午请你吃饭，我在新街口地铁站等你。"

"去哪儿吃？"

"科巷诶。"

白杨挂了电话，换鞋出门。

"小杨你中午回来吃午饭吗？"老妈从房间里探出头来问。

"不回来啦！"

"那下午早点回来！你还有两套卷子没做呢！"

"知道了，知道了！"

白杨打开门下楼，腾腾腾的脚步声远了。

从梅花山庄到新街口需要坐二号线，从苜蓿园站上车，到新街口站下车，白杨一路从小区大门出来，沿着苜蓿园大街往地铁站走，路边都是碗口粗的樟树。

都说南京满城遍种梧桐树，但梅花山庄这一块只有樟树，又矮又细，沿着苜蓿园大街人行道走一公里，到中山门路上，一人合抱那么粗的法国梧桐就多起来了，绿化带里的梧桐树长得枝繁叶茂，都是几十年的老树，跟白杨比都是爷爷辈。

9月的南京仍然很热，白杨穿着一件白色T恤和一条米色的八分休闲裤，拐到中山门大街上时已经晒得满身是汗，路上来来往往的都是行人，今天周末不上学，但仍然有穿着校服的学生三三两两地骑着自行车，短袖的大爷大妈拎着超市里发的布袋或者菜篮子，袋子里塞着鸡蛋大葱，还有换成短裙和热裤的年轻姑娘，露着白得耀眼的大长腿。

当白杨穿行在人群之中时，他觉得这是个年轻的城市，满大街都是漂亮的长腿。但看到法国梧桐白色粗糙的树皮，他又很清楚它的古老。

手机嗡嗡地响，白杨掏出手机看了一眼，何乐勤在微信上又来催了："你到了没啊？"

白杨低头给他回复："马上到！"

对白杨而言，只要出了家门，那无论身处哪个位置，都是马上就到。

何乐勤："你快点，我刚刚看到一个潘西漂亮得一批！"

白杨："来了来了。"

他熄灭手机屏幕，把手机揣进口袋里。

苜蓿园地铁站入口到了，白杨挤进下行的自动扶梯，很快就消失在茫茫人流中，二号线是南京市最繁忙的地铁线之一，是这个城市的交通主动脉，人群就像血液一样在动脉中流动，他们是城市的生命力来源，而白杨则是这百万血细胞中的一分子。

南京，是一颗巨大的心脏。

3

"吱——"

"吱——吱吱——吱——吱吱——"

半夏闭着眼睛都听乐了，一大清早的，这群老鼠，叫得比唱得好听，此起彼伏，抑扬顿挫，跟交响乐团似的。

她睁开眼睛，第一时间把手伸进乱糟糟的头发里，还好，昨晚没有老鼠钻进来。

她从床上爬起来，压得床嘎吱一响，床底下的老鼠声立即就顿住了，半夏都能想象出这群正在开音乐会的啮齿动物一齐抬头惶恐地盯着头顶，担心那块黑色的板子会突然塌下来。她清了清嗓子："各位贵客，我数三下，三下之后还不走的……"

话还没说完，老鼠们就在女孩的眼皮子底下窜了出去，几秒钟内消失在了视野里。

"……我就抽取几位幸运客人留下来做早饭。"

她揉了揉头发。

"跑得真快。"

以前呢，半夏还尝试过封堵老鼠，她从上到下仔仔细细地把房间搜过一遍，把一切老鼠有可能通过的缝隙全部堵了起来，确保针都插不进去，可第二天早上一睁眼，一对黑漆漆的小眼珠子正盯着她呢，尖尖的湿润的小鼻子探来探去。

半夏当时暗暗叹了口气，这也不全是坏事，至少早饭解决了。如今她已经不再尝试堵老鼠，这些小东西能从各种匪夷所思的地方出现，又消失在各种匪夷所思的地方。

她一个挺身跳下床，从椅背上拉过衣服套上，然后在墙上的"9月7日"上画个圈。

不出门的时候，她也就这么一件肥大的白色衬衫，衬衫里只有一条短裤，光着两条长腿在屋子里走来走去。不到冬天，其实没有穿衣服的必要。

半夏其实是愿意裸奔的，但老师制止了她，老师说衣服不仅仅具有保暖装饰等功能性的作用，它还把你和野兽区分开，如果你不穿衣服，总有一天你会融入这个野性的世界，忘记自己人类的身份。

半夏说那样不也挺好么？人从大自然中来，又回到大自然中去，我们都是无毛裸猿！

老师笑笑，说你不是裸猿，你是姑娘。

半夏问姑娘怎么啦？

姑娘就要漂漂亮亮的，你是这个世界上最漂亮的姑娘，不穿衣服的话就让这个世界占了便宜。老师一边说，一边把她的脸揉圆搓扁。

"漂亮么？"半夏对着卫生间里脏兮兮的镜子龇牙咧嘴，"我又不知道自己漂不漂亮，我脸盲。"

洗脸台上的高露洁牙膏已经被卷成了一层皮，半夏还不死心地压榨它，把最后一点点泛绿的牙膏涂在牙刷上。看来这支牙膏明天没法用了，到时候就用刀剖开吧，里边总还能刮点儿下来。

第一，坚持养护牙齿！

这是老师给她定下的规矩，纵然世界毁灭，每天必须刷牙！

老师曾经带着半夏搜刮干净了半个秦淮区的超市和便利店，获得了堆积如山的牙膏牙刷，全部都堆在楼下的屋子里。

半夏觉得这些牙膏自己至少能用二十年。

刷完牙洗脸，女孩从卫生间角落里的大水桶里舀了一瓢水倒在塑料脸盆里，接着蹲下来洗脸。卫生间自带的陶瓷洗脸台是没法用的，早几年就破损了，所以只能另用脸盆。

用来储存淡水的大红桶是老师找到的，一共两个，并排放在卫生间里，占用了卫生间里一半的空间——那里本来是淋浴间的位置，这俩塑料桶有一米高，还带盖子，储存淡水正好合适，无论是喝还是用，半夏都从这桶里打水，平均一桶水能用三到五天时间。

洗完脸后女孩随意地把水倒在卫生间外的地板上，冲洗地上的泥土和灰尘。她无需节约用水，因为南京市不缺淡水。

洗漱完毕的半夏把头发扎起来，扎成马尾辫，接下来该做早饭了。

"爸！妈！今天早上吃什么？"半夏嘴里衔着皮筋，哼着模糊的调子，"煮粥好不好？煮蒲公英粥？昨天采来的，应该还新鲜，你们不说话我就当答应了啊！"

果然没人说话。

那就代表全票赞成，今天早餐就喝蒲公英粥。

半夏对父母的心理总是把握得很准。

厨房就在卫生间一墙之隔，这是一套三室两厅的房子，一主卧两次卧，一客厅一餐厅，最后一厨房一卫生间。做饭的时候必须关好厨房的门，再把厨房的窗户全部打开，确保通风没有问题，半夏才把灶台底下的炉子吃力地拎了出来。

"这东西真沉。"

老式蜂窝煤炉子，天知道这东西老师是从哪儿找到的，炉子有半米高，是个圆柱体，炉子底部有个通风口，用盖子盖着，这玩意本来是用来烧蜂窝煤的——蜂窝煤就是短圆柱体，可以一个叠一个地放进垂直的炉膛里，但是要保证从上到下所有蜂窝煤的孔洞都要对齐，孔洞是保证空气流通的，空气从炉子底部的通风口进入，再通过蜂窝煤上下对齐贯穿的孔洞，最后从炉膛出来，有空气流通，煤才烧得着。

很显然，半夏现在手里没有蜂窝煤，但她有一面墙的柴火。每一根木柴都有手掌那么长，两三根手指那么细，靠着厨房的墙壁重重叠叠地堆起来，堆了整整一人多高。

这些柴都是半夏劈的，南京市里最不缺的就是木头，满大街的樟树橡木枝繁叶茂，她把树砍倒锯断，再一点一点地劈成小柴火，堆在阳台上晾干。新鲜的湿木柴没法烧，烧起来浓烟滚滚，所以柴劈完了得晾，先放在阳台上晾，再放进厨房里晾，先劈的先烧，后劈的后烧，无论是哪一根柴，等到半夏要烧它时，它也该晾干了。

半夏把稍细一点的柴火和干枯的草叶卷成一团，这是极好的引火物，一点就着。但光有引火物是不够的，还得点着它。

怎么点？

从人类掌握火焰的那一天开始，点火方式就在迭代更新，钻木取火太费时耗力，人们就学会了使用矿物制造火石和火镰，每次取火太麻烦，人们就学会了用木炭保存火种，只要把烧到一半的木炭用细灰掩盖起来，就能大幅度延缓火焰熄灭的时间，暗火永远比明火要更持久，这样的火种甚至能装在盒子里随身携带，随取随用。

半夏从灶台底下小心翼翼地取出一个金属盒子。

这就是火种。

永恒的火种。

她打开盒子，取出打火机，啪的一下，把火点着了。

蒲公英既是食物又是草药，煮成汤后尝起来稍带些苦味，老师说蒲公英又叫尿床草，有利尿的作用，如果你有肾结石呢，可以多吃蒲公英。

煮粥和煮汤时主要用蒲公英的嫩叶，昨天半夏从楼下小区里采来了一大捆蒲公英，这些蒲公英放一晚上花都蔫掉了，于是半夏把叶子全部摘下来放进锅里煮。

但不能只用蒲公英，因为它和中药一样难喝还缺乏热量，所以得再倒进去剥好的莲子，加盐加油，煮成糊糊。

半夏一手拿着蒲扇，一手往炉膛里添柴，蹲在地板上。

火烧得很旺，厨房里烟雾缭绕，半夏觉得野菜汤煮得差不多了，起身咳嗽着从橱柜里掏出最后两块咸鱼，撕成丝，加上切碎的马齿苋凉拌。大火快煮几分钟，香味就起来了。

"煮好喽……"半夏端着滚烫的锅子从厨房里出来了，"蒲公英莲子粥煮好了！配菜凉拌马齿苋咸鱼丝！"

她兴奋地把铁锅放在茶几上："爸，妈，来吃早饭！"

她把野菜糊一份一份地分在碗里。

"爸妈，老师说得没错，昨天晚上我居然联系到了活人！活人！你们知道么？还是个年轻男性！上天终于听到我的祈求，终于给了我一个可以帮我背野菜的帅哥！"

对于昨天晚上联系到的人，半夏并不清楚他的身份，但这仍然让她大为惊喜，此前她从未联系到过任何人，难道老师说的是真的么？这世上不只她一个人？

如果这世上真的存在第二个人，那为什么之前一直没有找到？

不过这个城市那么大，这个世界那么人，两个人何其渺小，就像是大海里仅有的两条鱼，这两条鱼在它们有生之年能与对方相遇么？

半夏用勺子缓缓搅拌瓷碗里的野菜糊，仔细思考昨天晚上的经历。但好在她不是鱼，她有先进的通信工具，icom725短波电台！

半夏不清楚这台短波电台的来源，在她很小的时候，被老师捡到并带到这里来时，那台古老的电台就在房间里了，她能用电台全是老师教会的，但她并不像老师那样擅长短波通联，按照老师的叮嘱，她每天晚上都坚持对外呼叫，但从未想过真能联系到其他人。

"今天晚上我再和他联系试试，他的频道在14.255MHz。"半夏舀了一勺野菜糊塞进嘴里，然后皱起眉头，吐了吐舌头，"哇，又苦又咸。"

半夏舔了舔嘴唇，然后撑着脑袋趴倒在茶几上，鼻子里哼哼唧唧。

"可是他马上就关了电台，为什么？我有那么吓人么？我都来不及多说几句，唉……他究竟在什么地方呢？他那里有多少人呢？他缺不缺食物啊？我都不知道，如果不是没鱼吃了，我真想待在家里用电台喊一天。"

半夏什么都不知道。

"他说他还有妈，真好啊……真令人羡慕。"

吃过早饭，半夏穿好衣服，套上一件淡蓝色卫衣，一条厚牛仔长裤，再从墙上取下弓箭。弓是自制的，用手腕粗细的橡木削成弓臂，热处理后稍稍扳弯，弓弦用三根鱼线拧成，不用时弓臂和弓弦分开保存，使用时半夏则需要给弓上弦。

她从弓箭袋里抽出一根长箭，面对墙壁，深吸一口气。然后双脚分立，转身，搭箭。轻微的吱的一声响，力量从腰腹传递到肩臂，左手在前右手在后，标准地中海指法，弓弦被稳稳地拉开。

半夏的目光在这一刻陡然变得锐利，气势像矛尖一样不可逼视，瞄准——弓虚靶实，放！

女孩心里一声短促的"放！"，手指应声松开，离弦之箭从脸颊旁边擦过，撩起几根发丝，一声破空声响，木箭稳稳地钉在了对面墙壁的厚牛皮上。

铮的一声，箭镞深入牛皮近一寸。

一套动作行云流水，半夏面无表情地放下长弓，弓弦此时仍在颤动。弓还能用，女孩长吁了一口气，看状态这把弓还能再坚持几个月。

半夏是个射箭高手，在射箭造诣上她甚至超过了老师，但老师枪法很准，半夏经常想，如果让她用弓箭与老师对决，那么十步之外，枪快。

十步之内，还是枪快。

"爸妈，今天我要去玄武湾，家里的鱼吃完了，没有吃的了，得去再抓一点回来腌着，大概太阳落山之前就会回来，你们在家里等我。"

半夏把弓箭和箭袋背在身上，弓箭可以用来打猎，也可以用来防身，接下来把匕首插进胸前的刀鞘里，无论何时，刀都必须随身携带，再从电视柜里掏出一把仿54式手枪，退出弹匣，确认弹匣内的子弹数量，一共十七发，颗颗不少，最后把手枪塞进大腿上的枪套。

半夏问为什么这把枪叫仿54式呢？

老师说所有的手枪都叫仿54式。

刀、枪、弓箭全部都准备好，最后半夏把单肩包挎在身上——老师的末日生存守则，第三条，无论何时，出门必须带包！

这是铁则。

包是急救包，包内常备药物、绷带、地图、引火物、照明灯、备用刀具。无论半夏去哪儿，去多久，都得随时携带这个包。老师为了给半夏养成这个习惯，可是花了老大精力。老师曾经跟她说，在这个世界，没有任何一个地方是绝对安全的，离开庇护所就意味着面临生命危险。

一切准备就绪，半夏用力拥抱沙发上的父母，然后在玄关处换上鞋子。

"爸！妈！我出门啦！天黑之前一定回来！一定要等我哦！"女孩挥了挥手。

"我晚上还要去找那个帅哥呢，不能让他久等了。"说完她关上门，然后飞奔下楼，一口气连下八层，从单元楼的大门跑出去。

"天黑之前我一定回来！"女孩一边跑一边大喊，她有这种习惯，不知道是喊给谁听，可能是喊给楼上的父母，也可能是喊给这个小区，喊给这个世界，仿佛只要有人能听到她的话，她就能如约安全地按时归来。

可她眼前是一个狂野的、绿色的世界，灰黑色的混凝土被植物逐渐覆盖，破碎的路面上长出齐膝高的野草，所有的高楼都变成了庞大的、身披绿衣的巨人，只要踏出单元楼的大门，你就会触摸到那黏稠的、令人窒息的生命力和野性，人类消失的岁月里，空出来的生存空间被大自然疯狂涌入。

半夏小小的淡蓝色身影钻进草丛里，很快就被这个世界吞没。

南京是一具死亡已久的尸体，尸体上长出枝繁叶茂的参天大树。

第二章

1

中午，何乐勤拉着白杨在商场里找了家店吃日料。

"我居然和一个鸟男一起吃日料。"何乐勤说，"达成人生新成就。"

"你看那边有个白色短裙的妹子，皮肤白，有点像赵露思。"白杨扬起筷子一指。

"哪儿？"何乐勤猛一扭头，"赵露思在哪儿？"

白杨顺势下筷子，把他碗里的肥牛夹走了。

购物中心里的冷气开得很足，两人进来就不想出去了，在这个夏天越来越热的年代，他们的狗命都是空调救的。

水磨石地板拖得锃光瓦亮，头顶上的灯光反得晃眼，来来往往的年轻女孩个子都高挑，或挽着挎包或挽着某个年轻男人的手臂，鞋跟踩在地板上清脆作响，他们汇聚起来不是人流而是潮流，白杨和何乐勤两个学生穿过这弥漫着香水味的亮眼潮流，就像傻乎乎的狸猫过大街。

何大少当然不是狸猫，白杨才是。

这里是整个南京市乃至全国最繁华的商圈，每天都有数十万的人流量，两人站在新街口步行街上，抬头看四周高楼像巨人一样耸立，围得密不透风，而他们脚下的新街口地铁站也是全国最大的地铁站，一共有二十四个出入口。

何乐勤站在新街口总是很骄傲，因为当年这座地铁站里的转盘就是他家承包修建的。

"要不搞套盲盒送给严哥怎么样？"何乐勤问。

"什么盲盒？"白杨稍有点心不在焉。

"泡泡玛特新款。"

"泡泡什么？"白杨问。

"泡泡玛特。"

"什么玛特？"

"你好像很跳蛮？"何乐勤用筷子戳过来，"你看《夏洛特烦恼》的电影票还是我请的。"

白杨往后缩躲过他。

"你在想什么呢？心不在焉的。"何乐勤问，"碰到什么烦心事了？有什么情感问题都可以给哥讲诶，让南航附中第一情圣来开导开导你。"

"我蓄谋已久的短波通联失败了。"白杨说。

"哦哦哦，你是说那个收音机……"何乐勤一拍脑门，他当然知道白杨在捣鼓什么，从一个礼拜之前白杨就密谋要进行一次远距离通联，为此他花了大量空余时间来准备，从检查天线到检查电台，再到确认自己对外呼叫不会被人上门查水表，可以说是费尽心机。

"那不是收音机！"

"电台，好吧？电台。"何乐勤改口，"你不是说那东西能听到广播么？有没有听到？有没有说给你美元的？有没有说给你美女的？"

白杨摇摇头。

"既不给美元也不给美女，他们就想策反你？"何乐勤大为震惊。

"有时候我觉得你才是我爹的亲儿子。"白杨说，"你俩都想要美元和美女。"

"爱美之心，人皆有之。"何乐勤说，"美元美女……"

"你缺这？"

"要是他们让我当总统，那我就勉为其难地接受了。"

"我什么都没联系上。"白杨叹了口气，"可能是短波频道里真没人了，也可能是时间太晚人都去睡觉了，反正我的计划彻底失败了，用短波进行远距离通联真的是一件很困难的事……"

"一个人都没有？"

"一个人都没……"白杨想起来昨晚其实联系上了一个人，"不，有一个人。"

"男的女的？"何乐勤问。

"女的。"

何乐勤点点头："长啥样?"

"我怎么知道?"白杨翻白眼,"你以为电台上带显示器的么?"

"好好好,你接着说,然后呢?"

"然后就没有然后了。"白杨回忆昨晚的通联情况,"是个黑台,没有呼号,也不报位置,上来就在频道里一通瞎咋呼,神神道道的。"

当时白杨确实是被吓了一跳,作为一个初次对外通联的菜鸟,第一次呼叫就碰到一个不守规矩的人,对方问的问题让他一头雾水……什么有多少人,是否缺乏物资——按理来说,听到这句话就该是紧急通信,根据业余无线电的使用规则,紧急通信是所有业余无线电通联中优先级最高的行为,当处于紧急情况下,使用者可以越过所有的条条框框。

可以说业余无线电存在的最终意义就是紧急通信——当发生重大灾难,正常对外通信手段全部失效时,无线电台将成为最后的救命稻草,它能将求救信号通过电离层反射送往外界,它粗糙、脆弱、嘈杂不清,但永不失效。

但昨天晚上自己碰到的究竟是不是紧急通信呢?此前一直没注意到这个问题,现在回想起来,白杨深深地皱起眉头。

遗憾的是,白杨着实是个欠缺经验的菜鸟,碰到这种情况不知如何处置,如果当时在场的是老爹,应该就能妥善处理了吧。

想到这一点,白杨心里又暗暗地担心起来,那个姑娘会不会是碰到了什么麻烦?

"失败了就失败了呗,反正机会多的是。"何乐勤安慰他,"你今天晚上可以再试试其他频道，一个一个地试下去，总会碰到其他人的。"

"14255。"

"14255？"

"今天晚上我再试试14.255MHz，看看能不能联上其他人……"

白杨决定今天晚上再试着通联一次，他还记得那个频道，很多老蛤蟆都有自己固定的惯用频道，白杨希望14255是那个女孩的惯用频道，今晚再上线也许还能碰到她。

何乐勤轻轻捅了捅他的肩膀："小白羊？你没事吧？"

"没事。"白杨摇摇头，"吃东西吃东西，锅都煮干了。"

冒着热气的寿喜锅在眼前沸腾，可白杨忽然就没了胃口，这大夏天的，吃什么火锅？

2

从梅花山庄到玄武湾，如果坐地铁，那可以先坐二号线，从首蓿园站上车，到新街口站换一号线，再到玄武门下车，全程二十分钟，骑自行车的话要四十分钟左右。

半夏骑着她那辆破山地车，沿着马路飞驰，道路两旁都是黑漆漆的汽车壳子。

地铁是没法坐了，很多年前就没法坐了，现在地铁站是非常危险的地方，半夏不敢踏足，这些黑暗、潮湿、食物丰富、四通八达的城市地下空间，早已被危险的生物占据，老师曾经告诫她，没有光的地方不要进入。

站在黑洞洞的地铁站入口往下望，长满青苔的湿滑台阶一直延伸进肉眼不能及的黑暗中，半夏可以隐隐嗅到阴冷空气中夹杂着腥臭的味道，潜意识告诉她必须远离，那是千万年来进化出的生物本能，作为猎物的本能。

半夏在明故宫门口停下来休息，顺便吃点东西。早在世界毁灭之前，南京的明故宫就只剩下遗迹了，老师说明故宫在明末清初时被拆一道，太平天国时又被拆一道，最后民国时再被拆一道，于是只剩下几座石墩子，围起来变成了公园，现在她看到的是遗迹的遗迹。

她把车停在明故宫遗迹公园的门口，公园大门是座仿古建筑，建在十级高阶之上，金瓦飞檐，正门四根朱红色的大柱子，一个成年人抱不住的粗细。

如果它还完整，那想必是座宏伟的建筑，但遗憾的是，半夏长这么大就没见过它完整的样子。有一架坠毁的战斗机从天而降削掉了大殿的半个屋顶，破碎的砖瓦石头落了一地，要说半夏为什么知道是一架战斗机把它撞成了这样？因为那架战斗机现在就倒栽葱似的插在大殿后门呢。老师曾经带着她从公园门口过，指了指那个烧黑的空壳子说是苏27。

半夏在台阶上坐下来，从包里掏出干粮和水壶。

干粮是动物油脂混合的淀粉块，动物油脂来自鹿和兔子，半夏在猎杀到这些动物之后会很注意地把油脂保存下来，淀粉则主要来自藕和莲子。梅花山庄附近的月牙湖里有大片大片的荷花，藕和莲子都很容易得到，半夏把它们煮熟后捣碎，再混合鹿油捏成丸子，用塑料布包好。这东西热量相当高，可以提供户外活动必需的能量。

天空是蔚蓝色的，宽阔的马路对面是浓烈的绿色，对面本来也是一片公园，叫午朝门公园，是明故宫遗迹的一部分。

在人类消失的这些年里，大自然以惊人的恢复能力无孔不入地钻进了这个城市的每一处空间。有时候半夏想，人类未必要做什么来压制大自然，他们本身存在所占据的巨大空间就挤压了其他生物的繁衍，只要人类这个庞大的种群一直存在，那么大自然就永远不可能恢复成原本的模样。

千百年来，可能是人类压制得太狠，自然界像弹簧一样积蓄了巨大的力量，所以人类一消失，它就迅猛地反弹了。

它们来势汹汹，势不可挡。绿色的山崩和海啸从群山和大海上来，铺天盖地地吞没了整个城市。

半夏啃了一口干粮，远眺马路对面，公园边上是南京航空航天大学，在半夏这个角度上，隐约能看到的是11号楼，那栋土灰色的混凝土建筑坐落在一片苍翠掩映之间，大概是水泥表面不太好长植物，所以它仍然保持着原样，但半夏知道，过去的路肯定都被杂草给封了。

11号楼运气好，但它边上的兄弟12号楼就不好了，在沿着中山东路过来的时候，半夏看到它只剩下半截，可能是被航弹给炸的。

微风拂过，马路对面的灌木丛簌簌地动起来。

半夏立即把干粮咬在嘴里，抓起长弓，抽出一根箭搭上。

马路对面距离自己有二十米以上的距离，这是个足够安全的距离，够她射一箭再拔枪。到目前为止她没有用过那把仿54式手枪，这主要是因为半夏足够警惕足够聪明，她懂得如何避开大型掠食动物的活动区域，南航附近这一块没有老虎和熊，最危险的猫科动物是花豹，因为花豹的存在，半夏从不长时间待在树下。

豹子的敏捷性惊人，它们整个大家族除了猎豹，其他都是致命的捕猎者，这个世界的生物大多数没见过人类，说白了就是它们已经不记得这世上曾经存在过一个统治性的物种叫作人类，在它们看来，半夏只是稀有的直立猴子，能不能吃，要咬一口才知道。

一对大角率先从灌木丛里突了出来，女孩松了口气。

是马鹿。

一头高大的雄性公鹿吧嗒吧嗒地走到马路上，脖子上长着漂亮的白色斑纹。这是一头庞然大物，马鹿的存在可以颠覆大多数人对鹿类的想象，这东西有两米高，加上雄伟壮观的鹿角能有近一层楼那么高，强壮得可以顶翻小汽车。

"吓我一跳。"半夏把弓放下，坐下来接着吃东西，同时望着马路对面的马鹿一头接一头地上路。

这是一个马鹿群，半夏估计了一下数量，大概有二十多头。它们昂起脖子很轻易地就能够到树上的嫩叶，除了长颈鹿和大象，这东西真的是半夏见过最高的玩意了。

哦，对了，南京还有长颈鹿。半夏观察到的长颈鹿大概有五六头，主要活动在紫金山半岛那一带。南京本来是不产长颈鹿的，老师怀疑目前南京市区里生活的长颈鹿，是早年从动物园里逃出来的个体后代。由于气候变化，那些长颈鹿生活得还挺惬意。

马鹿对四周环境比人类更敏感，只要它们还在悠闲地觅食，那半夏就不担心周围有掠食者。

雄鹿注意到了马路对面有个奇怪的生物，不过它并不在意，黑漆漆的眼珠子往这边转了转，又偏头去找吃的了。

根据体型判断，那东西不太可能威胁到自己的安全。

吃完干粮，半夏拍拍屁股起身，她不搭理马鹿，马鹿也不搭理她。

半夏骑上自行车，接着往玄武湾去了。破山地车的车架发出嘎吱嘎吱的声音，她肆意地骑在马路中央，张开双臂，像风一样飞驰。

3

玄武湾是半夏最大的食物来源。

老师曾经说，如果你只看到大自然危险的那一面，那你必然无法在这个世界上生存下去，别忘了自古以来人类就是依靠自然界的馈赠才存活至今，它们危机四伏，但同时又为你提供了无穷无尽的资源，自然界从不偏袒任何物种。

每次来玄武湾，半夏总能满载而归，抓的鱼塞都塞不下。

从大路到海边需要钻过一道城墙，南京的城墙特别多。

过了城墙，就到了海边，放眼望去波光粼粼、渺无边际，零零落落的高层建筑矗立在远处蔚蓝色的海水里，它们还没有被完全淹没，半截在水下，半截在水上，像是从海底生长起来的水泥柱子。

最醒目的是紫峰大厦，它还没倒塌，远远地笔直立在海水那头。

如果站在高处，能透过澄澈的海水看到海底，那里也有一个世界，那是另外半个南京城。上涨的海水淹到了以前残存的人行道和花圃上，现在已经变成了滩涂，在滩涂上半夏可以抓到螃蟹和沙蚕。

浪潮哗啦哗啦地一波一波涌上来，泛起白色的泡沫，半夏赶紧把鞋子脱了拎在手里，蹦蹦跳跳地踩下去了。

"哇啊！太舒服啦！"她决定，无论昨天晚上联系到的那个人在哪儿，一定要让他搬过来，搬到梅花山庄中沁苑11栋二单元，这个世界上哪里还有比半夏的小窝更适居的地方呢？有山有水还能到海边抓鱼！简直是风水宝地！

半夏沿着玄武湾沿岸踱步，找到好吃的就塞袋子里，在岸边斜坡的潮间带上往往结满了牡蛎、海虹和藤壶，多得吃不完，还有遍地的海蟑螂，发现有人走过来就四散逃开，还有海鸥，它们在天上盘旋，偶尔落下来跟在半夏身后，拣她不要的东西吃。

独自一人在这个空旷的世界上生存，什么最重要？

吃的最重要。

遗憾的是，夏季很难长时间保存食物，半夏找不到能用的冰箱，也没有充足不限量的电力，所以大部分食物都只能熏制或者腌制，用盐或者用糖。

半夏会把海边抓到的小鱼打包回去，用来做鱼露。用废弃的蚊帐做地笼，可以网到大量的小鱼小虾，这些小鱼大多没有手指长，她把没法单独烹调的小鱼虾加大量盐，然后密封在塑料桶内封存发酵，鱼虾的尸体在无氧的环境下分解，最后析出棕褐色的液体，就是鱼露。

老师说那就是鱼虾的化尸水。化尸水尝起来又咸又鲜，可以代替酱油。

在靠近岸边的浅滩上，半夏经常能钓到比目鱼，鱼饵就用抓到的沙蚕，钓具就在海边找个遮风挡雨的地方藏好，随取随用。反正除了她，也不会有第二个人来这里，如果半夏不来取，那钓竿能一直放到几千万年后碳纤维和塑料都被自然分解。

在一个空无一人的世界，如果不被动物干扰，那只有时间能抹消半夏的活动痕迹，有时候半夏在路中央立一只装满水的塑料瓶，一个月后来看，那只塑料瓶还原样站在那里。

两个月后来看，它还立在那里。

五个月后来看，它还在。

真寂寞啊，如果它动一厘米就好了。

太阳西斜，黑月已经在地平线上露了个边，白月还没出现，半夏该回去了，她把时间估得很准，大概一个小时之后大就会黑，天黑之前她刚好到家。

老师的末日生存守则，第四条，双月升起之时，绝对不可外出！

不知多少次，老师千叮咛万嘱咐，夜间不可出门，从晚上7点到第二天早上6点，半夏唯一能做的事就是待在她的堡垒里，拉好窗帘，闭眼睡觉。梅花山庄中沁苑11号楼，看上去是老旧的小区楼，实际上早已被老师改造成了安全的堡垒，她用高压电网把单元楼围了起来。

"心要飞，留也难留不用去追，梦要碎，就让我再多一点睡……"女孩哼着歌骑着车，披着橙红色的夕阳钻过城墙，"山水苍茫，天地尽头彩云归，这一生一世的奔波很累……"

"小小年纪就要学会面对，有些事想起来真让我们惭愧……"

自行车的车架有节奏地嘎吱响，仿佛歌声的伴奏，半夏把音量提高了，唱得很快乐。

"小小年纪就该学会无畏……"

她一直都是个很快乐的人。

半夏推着自行车踏进小区正门的时候，那轮银色的玉盘才刚从远方漆黑的群楼里露出半张脸，白月刚刚升起，时间正好。今天满载而归，回来的半路上她还顺手采了一大把羽衣甘蓝，这东西在南京满大街都是，可以吃。她把自行车停在小区雨棚里，然后拎着沉重的袋子穿过电网，进入单元楼。

"我回来——"

半夏忽然收声，警惕地回头望，月色下小区群楼黑影幢幢。

刚刚那一刻，女孩的头皮骤然发麻，有什么东西在盯着她，视线像是捕食前的蟒蛇，阴冷、血腥又危险，那感觉让她的鸡皮疙瘩

41

从脚下一路爬到头顶。半夏站在原地保持不动，一只手悄悄地握住枪套里的手枪，然后盯住对面的居民楼和草丛，在月光照不到的黑暗中，有什么东西在蠢蠢欲动。

那是什么？

女孩屏住呼吸，集中精神听动静。

她一边缓缓地把手枪拔出枪套，打开保险。她不知道对方在什么地方，但半夏能肯定那东西在盯着自己，视线一直没有移开，这是长年以来锻炼出的直觉，她对背后的目光极为敏感，尤其是捕猎者的目光。

时间一分一秒地过去，半夏的四肢逐渐绷紧，她在脑中迅速规划对应手段，虽然隔着电网，但电网只有她回到屋子里之后才会通电，所以此时此刻电网起不到保护作用，在生命安全受到威胁的情况下，她并不吝惜子弹，正当女孩考虑是否要朝对面开一枪吓唬吓唬那东西时，笼罩在自己身上的视线悄然移开了。

半夏松了口气，捏捏自己身上的衣服，才发现短短两分钟冷汗出了一身。

她拎着袋子上楼，把抓到的鱼都倒进一个大塑料盆里，用剪刀处理干净，再倒进大量的盐腌上。

做好这一切，就到晚上9点了。

一身鱼腥味和汗味的半夏还得先洗个澡，在海边吹了一下午的风，浑身上下都黏糊糊的，她三下五除二把脏衣服全部扔在沙发上，然后钻进卫生间冲洗。淋浴早就没法用了，对女生而言不能舒服地洗澡简直是莫大的折磨，所以她和老师曾经也费尽心思，想在楼顶上安装一个水箱和水泵，不过最后还是没成。

如今半夏想用热水只能现烧，用蜂窝煤炉子烧，烧开之后倒进保温瓶里。

痛痛快快地洗完澡，女孩穿上衣服，擦着湿漉漉的头发坐进房间里。

"爸妈，等我的好消息！"

半夏简单地拥抱了一下父母——父母摸上去还是那么硬邦邦啊。

黑色的icom725电台摆在桌上，这东西很老了，它的年龄比自己要大，甚至比老师的年龄还要大，不知道它还能坚持多长时间，移动电台时，半夏能听到里面有叮叮的金属碰撞声，可能是有什么零件脱落了。

但半夏也不敢拆，她不会修这东西，怕拆开了修不好。

女孩抱着膝盖坐在椅子上，披散着浓密乌黑的头发，伸出白皙的手，轻轻的吧嗒一声，按下电源，电台通电，淡黄色的液晶屏亮起。

14.255MHz。

半夏按下SSB键进入单边带模式，然后按下TUNER按钮，开启天调。她有条不紊地一步步操作，决定要把一切都恢复到昨天晚上的状态。

戴上耳机，插上手咪，手有点抖，手咪的插头插了好几次都能插进去。越到这里，半夏的心里越紧张。她有可能再次联络上这世上的其他幸存者，也有可能与他们失之交臂，作为大海里仅有的两条鱼，如果就此错过，那此生将无缘再见。

"老师保佑。"

半夏握住胸前的吊坠，那是一枚硬币，老师留给她的。

耳机里传来滋滋的电流噪音。

"这里是南京市秦淮区苜蓿园大街66号，我是半夏，请问有人能听到我吗？听到请回答。"

呼叫一句，等五分钟。

呼叫一句，再等五分钟。

再呼叫一句，再等五分钟。

"这里是南京市秦淮区苜蓿园大街66号，我是半夏，请问有人能听到我吗？听到请回答……有人吗？请回答。"

不知道这样重复了多久，半夏也不记得自己呼叫了多少次，可能五十次，可能一百次，也可能一千次，直到她在耳机里再次听到那声音响起：

"CQ! CQ! CQ! This is BG4MXH, Bravo-Golf-Four-Mike-Xray-Hotel, calling cq and waiting for a call!"

眼泪一下子就不受控制地涌出来。

4

昨天晚上通联到其他幸存者时，半夏是震惊的，甚至来不及喜悦，频道里那个人的声音动摇了她多年来形成的世界观。

虽然老师叮嘱说不能放弃对外联络，但半夏实际上没有抱过什么希望，这个世界上真的存在第二个人么?

当半夏独自一人穿过这生机勃勃的废墟世界，她不相信。

昨天晚上被切断联络之后，她甚至怀疑自己是不是产生了幻觉，其实从来都不曾接收过其他人的信号，她只是在日复一日的对外呼叫中精神分裂，自己的大脑幻想出了第二个人，电台一关，没有任何证据能证明那个人真的存在。

可今天晚上再次联系到他，半夏就像是被一柄名为惊喜的重锤狠狠地砸在了脑袋上，砸得她头昏眼花，在接下来的十几秒内失去了语言能力，一句话也说不出，只有泪珠大颗大颗地掉下来。

"CQ! CQ! CQ! This is BG4MXH! QSL?"

"在! 我在……"

半夏担心再把对方吓跑了，这次回复得小心翼翼。

"呃……这里是BG4MXH，QTH南京市秦淮区，抄收您的信号，您的信号59+，OVER。"

对方的回复她依旧听不懂。

半夏捏着手咪踟蹰，几次想张口又闭上了嘴。她从未预料到当前的情况，虽然联系上了其他人，她却不明白对方在说什么。

BG4MXH 是什么?

QTH 是什么?

59 又是什么?

"这位友台? 能听到我说话么? QSL ?"对方看她一直不出声，又问了一句。

"抄……抄收您的信号! 您的信号59+! OVER!"半夏急中

生智，照葫芦画瓢。

"收到，这里是BG4MXH，感谢您给我59的信号报告，请问您的呼号是？"

"呼……呼号是？"

"您的呼号，如果您通过了业余无线电操作证的考试，那他们就会给你分配一个呼号，比如说我的呼号就是BG4MXH，没有呼号对外进行无线电通联是违规的，这位友台，您应该有个呼号吧？OVER。"

"有有有有有有！"半夏忙不迭地回答，"我的呼号是BG4MSR。"

当场编一个。

"收到，BG4MSR。"

这对话真是奇怪的展开。

半夏坐在椅子上，手里捏着手咪，戴着耳机，愣愣地看着桌子上的电台，哭都忘了。世上硕果仅存的人类第一次互相联系，谈论的第一个话题居然是呼号。

"BG4MSR，这里是BG4MXH，您那边是否有什么麻烦？OVER。"

"麻烦？"半夏回复，"没什么麻烦呀，OVER。"

"没事就好。"对方很显然松了口气。

"BG4MXH，这里是BG4MSR，请问你叫什么名字？你目前住在什么地方？你那边有多少人？"半夏学得很快，拿着瞎编的呼号就用上了，"你是否缺乏食物、燃料和药品？OVER。"

"呃……BG4MSR，这里是BG4MXH，我在南京市秦淮区，我这边有多少人……我这边有三个人，我父母和我，我不缺食物、燃料和药品，OVER。"

南京市秦淮区！

半夏差点就从椅子上蹦了起来，屁股上跟装了弹簧似的。

这么多年了，这么多年了！他们居然就生活在秦淮区！简直近在咫尺啊！为什么这么多年以来都没碰到呢！

"我们什么时候能见面？"半夏下意识地问。

这一下把白杨搞懵了，这就要眼球①了？这进度也太快了吧，网恋奔现还得先聊几个月呢。

"是我去找你还是你来找我？"半夏接着问，"你那边情况安全么？需要多长时间做准备？有足够的干粮么？手上有武器和弹药么？好规划路线么？需要过河么？"

女孩倒豆子似的一口气问了一大堆问题。

白杨沉默许久，才说："BG4MSR，这里是BG4MXH，我社恐，OVER。"

"你选择一个见面的地方！"半夏显然没搭理他的回应，自顾自地说，"选择一个见面的时间！我也在南京市秦淮区！我在苜蓿园大街这里！选一个我们都好到的地方，越快越好！"

"那……那就苜蓿园大街到中山门大街那个路口？"鬼使神差的，白杨居然答应了。可能他自己也不知道自己在想什么，只是被这个女孩的兴奋和激动感染了。

---

① 业内行话，指线下见面。

"时间！"

"呃……明天下午6点？"

"好！"

"BG4MSR，这里是BG4MXH，麻烦你把你的联系方式给我？手机号、微信号、QQ号什么的，到时候方便联系。OVER。"

手机号？微信号？QQ号？都是些什么玩意？半夏摸不着头脑，这还需要什么联系方式？走到那儿不就见到了？

"你没有手机号和微信号？"

"没有。"

白杨陷入了许久的沉默，他居然在频道上碰到了一个摩登原始人，这年头还有人没有手机、没有微信、没有QQ？

"BG4MSR，BG4MSR……那你告诉我你明天会穿什么衣服，有什么醒目的特征，到时候我好找你，OVER。"

没有联系方式，只能选择一个折中的方法。

"好，BG4MXH，到时候我会穿一件蓝色的牛仔裤，一件白色的衬衫，扎马尾辫，背黑色的包，哦对了，我还有一辆山地自行车。"

"BG4MSR，这里是BG4MXH，我记下了，那明天见，OVER。"

"明天见！ 定要注意安全！ OVER！"

"73。"

"7……请问73是什么意思？"

"73的意思是美好的祝愿送给你。"

"好！ 73！最美好的祝愿送给你！"

结束通联，半夏放下手咪，摘下耳机，向后仰靠在座椅上，望着天花板深吸一口气，真像是做梦一样。她用力捏了捏自己的脸颊，疼，不是做梦。

她站起来，掀开面前的窗帘，双手撑着桌面，深吸口气对着外面的夜空大喊："啊啊啊啊——太棒啦——老天爷我感谢你八辈祖宗——无论是谁，我都感谢你八辈祖宗——！"

女孩的声音在寂静的漆黑夜色下传得很远。

然后她转身跑出房间，鞋都来不及穿，打着赤脚一路飞奔下楼，踩进单元楼边上的花圃里。

那里有一座小小的土坡，土坡上种着一朵小花，土坡前的泥地上还插着一柄小铲子。

半夏跪倒在土坡前，汗流满面，头发散乱，她兴奋地吐出嘴里的发丝："老师老师老师！告诉你一个好消息！我终于找到其他人啦！"

第三章

1

第二天，半夏起了个大早，哼着歌收拾东西，在屋子里蹦蹦跳跳。

她心情很好。

早餐吃甘蓝莲子粥搭配马齿苋凉拌熏鹿肉丝，抹盐腌制的熏鹿肉口感有点硬，所以要撕成细丝，搭配莲子野菜粥吃起来才更香。

今天要出门！要去完成一次历史性的会面！人类文明毁灭之后，仅剩的幸存者们第一次重新相见。

假如人类未来还能延续下去，那今天必将是载入史册的日子——9月8日，人类文明重新发端的日期，数百年后的历史会这样记载：半夏一开电台，麦克斯韦便用电磁波，使幸存者们一夜知晓，城市苏醒，人类重获新生。

"你……从天而降的你，落到我的马背上……"

半夏哼着歌，手里拎着包，所有需要随身携带的装备都依次平摊在地板上，摆了满满一客厅。

她一个一个地清点。有打火机，也有引火器，引火器是一根镁条和半根锯条，点火时用锯条把金属镁刮在干草或者纸面上，即可点燃取火，这样的引火器结构简单，且不怕水。

"如玉的模样，清水般的目光，一丝浅笑让我心发烫……"

这次半夏往背包里放了两倍的干粮，每一块干粮都用塑料布包好，如果以后这里的人数增加，那食物压力也会增大。

好在南京市从来不缺吃的。

"你……头也不回的你，展开你一双翅膀……"

"寻觅着方向，方向在前方……"

女孩哼着歌一步步下楼，打开楼下703的门。

这一户空空荡荡，所有的家具都被搬走了，随着半夏打开门的嘎吱声，一张毛茸茸的小尖脸从卧室里探出来。

"早上好啊，黄大爷。"半夏跟它打招呼，"没打搅你睡觉吧？"

黄大爷显然对她习以为常，它在卧室门口蜷起来，用前脚挠了挠痒，眯起眼睛打了个哈欠。

这只黄鼠狼在这里住了好些年，半夏对它有印象的时候，黄大爷就是这里的住客了，它住在703，后来703被半夏和老师征用为配电室，也没把它赶走，反倒经常给它带吃的，这只黄鼠狼的晚年生活过得相当惬意。

半夏反手把门合上，抬脚踏进客厅，小心翼翼地避开地板上的白色PVC管子，这一户的所有杂物都被清理了出去，只有一个巨大的金属架子和一座锈迹斑斑的银色机柜靠墙而立，架子上摆了整整一墙的汽车电瓶。

一共四十台。

四十台汽车电瓶，密密麻麻的黑色电缆从电瓶上接出来，然后分流束进几十根白色的PVC管道里，从客厅的落地窗出去，看上去蔚为壮观。

当年老师带着她，把所有找到能用的汽车电瓶全部搜刮到了这里，从此她们的所有用电都依靠这四十台汽车蓄电池，一台电瓶的电压是十二伏，把四十台电瓶串联起来，就是一个四百八十伏的高压电源，这个庞大的蓄电池组接入架子旁的银色机柜，那机柜是一台EPS，全称叫紧急电力供应系统，是老师从附近的南京农业大学校医院里找到的，它本质上是个变频器，可以把四百八十伏的电压逆变成二百二十伏。

EPS再走线进入楼梯间，二百二十伏的交流电沿着楼梯上行，进入楼上的805，给半夏的日常生活供电。

电瓶组上一共接了三组线，两组输出，一组输入。除了输出EPS的一组线，另一组输出线不经过EPS机柜，而是直接从落地窗出去，沿着外墙下落，接入高压电网。

高压电网其实就是一道篱笆，差不多一人高，用绝缘的木头做支架，每隔两三米竖一根碗口粗的木头棒子，再用金属线沿着木支架把中沁苑11栋整栋楼都圈起来。

金属线是剥掉外皮的室外电话裸线，它是三根铜线四根钢线拧成的双绞线，其中钢线保证强度，铜线保证导电，是做电网的绝好材料。

木头支架上的电线从上往下数一共有六道，每两道电线之间的距离十厘米，彼此绝缘，互不接触，其中一三五接的是正极，二四六接的是负极——正常情况下它们之间泾渭分明，相安无事，井水不犯河水，但如果有入侵者触碰到电网，将相邻的正负线路接通，那么四百八十伏的电压就能劈死不速之客。

与许多人想象不同的是，高压电网在正常接通状态是不耗电的，因为这个电路的正负极是开路，只要没有东西撞上来，那它在那儿摆一年也不耗什么电。

下雨怎么办？半夏问，下雨它也不会导电么？

不会的，老师摸摸她的头，只要电压不高于一千伏，我们就不用考虑雨水问题。

负责给电瓶组充电的是太阳能电池板，它是老师带着半夏从路灯上拆下来的——在人类消失之后，太阳能路灯仍然在工作，它们在天黑之后准时亮起，在这个死寂的无人城市孤零零地亮着，像是人类文明死去之后残留的灵魂。

太阳能电池板全部挂在阳台外壁上，不平铺在房顶上是为了防鸟粪，一块太阳能电池板十几伏的电压，刚好一块太阳能电池板接一台电瓶，相当简单粗暴，但设计上的简单就要付出实际操作的代价，这乱麻似的电缆接到她们手抽筋。

电缆接好之后，屋子里跟盘丝洞似的，为了方便整理，半夏和老师又把电缆全部分类收拢，束进白色的PVC塑料管里，这样可以防老鼠咬。

老鼠贼喜欢咬电线。

这就是为什么半夏和老师要把黄大爷留在703，有黄大爷在，老鼠不敢那么猖獗。

每隔两天半夏都要下来检查电源，她在电瓶组前驻足良久，又蹲下把架子底下的汽油发电机拖出来，拂去上面的灰尘。

"黄大爷呀黄大爷，你说如果其他人到这里来，让他们住在你这里好不好？"半夏扭头问。

黄大爷趴在地板上，纽扣似的小小黑眼睛盯着她，两条前肢蒙着湿润的鼻子，眼神无辜。

"好啦好啦，不会赶你走的。"女孩扑哧一笑，"这里也没法住人，让他们住到对面那户去吧。"

黄大爷歪了歪头，也不知道听没听懂。

白杨打着哈欠从房间里出来，老妈趁机进房拖地。

老爹坐在桌子边上刷头条，电视开着，CCTV13频道正在放《新闻直播间》，主播的声音向来是这个屋子里的背景音乐。

"我国将于明年正式启动觅音计划，这是我国第一个主动对外寻觅地外宜居行星乃至外星文明的探测活动，觅音计划或将为系外行星探测活动注入新的活力……"

白杨一屁股在椅子上坐下来，喝了一口水，指着电视里的画面说："要是我们也有那么大的天线就好了，用它来搞无线电通联不是爽到爆炸？"

老爹抬头瞄了一眼："那是FAST，射电望远镜。"

"那它可以发射吗？"

"它只能接收，不能发射。"老爹说，"这口大锅能听到外星人说悄悄话，用它搞业余无线电，简直暴殄天物，你昨天晚上熬夜是又玩电台了吧？"

白杨扭头看了一眼老妈，悄悄地点头。

"情况咋样？"

"有一个，就是上次跟你提过的那个黑台，我又通联到她了，其实不是黑台。"白杨回答，"BG4MSR。"

"BG4MSR？"老爹皱眉。

"她的呼号。"

老爹努力回忆了一下，然后摇摇头："没听过这个呼号，莫非是最近新考证的人……最近CRAC（中国无线电协会业余无线电分会）也没举办考试吧？我也不清楚，智障谱我都给卸了。"

"智障谱我也卸了。"

"为什么？"

"又打不开了。"白杨说，"不说这个了，爸你给我出个主意，BG4MSR约我眼球呢，今天下午6点，在苜蓿园大街到中山门路那个路口见面，这怎么办？"

现在回想起来，白杨也不知道自己为什么就这么答应她了，答应得是干净利落，可接下来一整晚他都辗转反侧难以安眠。这大概就是纯情小男生的纠结吧，白杨这么想。

"哦？"老爹倒是很淡然，"她也是南京人？"

白杨点点头。

"那挺好，你就去呗，蛤蟆之间经常线下聚会的，你们可以交流一下技术。"老爹处事不惊，"你知道我和你妈怎么认识的吗？"

"怎么认识的？"白杨一愣，心说莫非是千里姻缘无线牵？靠无线电台认识的？

"相亲认识的。"

白杨：……

"我的意思是，你没必要跟我一样。"老爹解释，"我当年是在部队里，没有条件，没有办法，只能相亲，我要不是搞得没办法只能去相亲，我能和你妈这样……"

"我怎么了？"老妈从卧室里鬼探头，室内气温陡降五摄氏度。

"……和你妈这样完美又优秀的女人结婚吗？"老爹说。

老妈冷哼了一声，又缩回去了。

爷俩都松了口气。

"小杨！"老妈在卧室里喊，"我不反对你和谁见面，你要是想去那可以去，不过你今天得给我把发下来的数学卷子全部做完！刘老师在群里强调了，明天要讲评！"

白杨叹了口气，在今天下午6点到来之前，他还要跨过能把人碾死的书山题海。

世上还有比这更艰难的事么？

2

这天下午4点，半夏就早早地出门了。

她背着包，推着自行车，悠然地踏出小区大门，走在齐膝高的草丛里。

半夏心乱如麻。就真奇怪，一直到刚刚下楼的时候，她还兴奋又激动，可随着一步步靠近中山门大街的路口，随着时间一分一秒地接近6点，她的心脏居然跳得越来越快，心里越来越紧张。

他们会来么？会来几个人？

一个？两个？三个？

他们长什么样？是像吴彦祖、彭于晏，还是汤姆·克鲁斯？

好不好打交道？待会儿见了面该怎么打招呼？

半夏一边推着车，一边幻想面前有人，她对着空气挥手，模拟待会儿可能会发生的情景："您好您好！我是半夏！等你们很久啦！"

不对，女孩皱眉，不够庄重。

那么不如抱拳？

"诸位兄台，恭候许久了。"

也不对，女孩摇摇头，不说人话。

破破烂烂的山地自行车嘎啦嘎啦地作响，半夏孤零零地走在马路中央，硬化过的沥青路面比人行道好走，人行道上早就长满了杂草，草丛里可能还有蛇。她随脚把路上干裂的牛粪踢开，牛粪破碎成小球，滚到路边的草丛里。

从梅花山庄的小区大门到中山门大街路口，步行只要十分钟，中山门大街宽阔的道路两边都是一个成年人合抱那么粗的法国梧桐，这么多年没人打理，路面上积累的落叶差不多有膝盖那么深，一脚踩下去，底下都是梧桐落叶腐烂成的黑色烂泥。

半夏推着自行车穿过马路，然后在路口对面站定。这里是个视野极好的位置，往左边望是紫金山半岛的方向，往右边望是玄武湾的方向，正对面就是空荡无人的苜蓿园大街。

她从背包里掏出怀表看了一眼时间，4点20分，到6点还有一个小时四十分钟。

女孩深吸一口气，空气中都是落叶和泥土的味道，她低头看看脚下，又抬头看看枝繁叶茂的法国梧桐，昏黄的阳光穿透层层叠叠的梧桐叶，落在半夏的肩上。

她轻轻地哼起歌来。

远远地，有梅花鹿带着幼崽横穿马路，它注意到有人出现在视野内，那个瘦削的白色影子立在马路边上，站在公路高架桥底，身姿挺拔，脖颈修长，像一只白鹭，可它不知道为什么她在那儿许久一动也不动。

风一吹，树冠的叶子簌簌地动起来，女孩身上细碎的光斑像是涟漪。

二次函数真乃人生大敌。

当白杨完成模拟试卷上最后一道二次函数题时，已经到了下午5点50分。

一看时间，白杨心说坏了，要来不及了，《五年高考三年模拟》误我！他抓起桌面上的手机就冲出房间，急匆匆地到玄关换鞋。

"小杨，卷子做完了吗？"老妈在房间里问。

"做完啦！我要出去了，马上到6点了，再不走就来不及了！"白杨一边喊一边把运动鞋穿上，用力顿了顿脚，"晚上不回家吃饭了！"他想怎么也得请对方吃个饭，不能让人家姑娘白跑一趟。

"早点回来啊！"

"知道了！"

白杨匆匆地出门，下楼一路飞奔。

从梅花山庄小区大门跑到中山门大街的路口，偶尔有路人侧目，这满头大汗的年轻人跑得跟屁股着火了似的。

白杨扶着路口处的红绿灯灯杆大口喘气，然后抬起头四处张望。

中山门大街上行人来来往往，特别是在有高架桥的路口，各种各样的人，男女老少，两腿走路的，骑自行车的，骑电动车的，开老头乐的，从各个方向来，往各个方向去，还有一大群人挤在斑马线这一边正在等红绿灯，吵吵闹闹乱糟糟的一大片。

白杨站在人行道上，掏出手机看了一眼时间，刚好6点，还好没迟到。

下午6点天色已经暗了下来，马路上的汽车都开着车灯，白杨抻长脖子，努力张望，他在找那个姑娘，那个穿白色衬衫、蓝色牛仔裤，背着黑色背包，推着山地车的马尾辫姑娘。

穿着白衬衫的姑娘很多，穿着蓝色牛仔裤的姑娘也不少，背着黑色背包的女生也有，推着自行车的姐姐也存在，但把它们融合在一个人身上，白杨就找不到了。

莫非还没到？白杨忖度了一下，那自己就站在这里等等吧。

红灯变绿，马路两边正在等红绿灯的人群同时动了起来，交错着横穿马路，一个接一个地与白杨擦肩而过。

半分钟后绿灯变红，一分钟后红灯又变绿，人群在马路两边聚聚散散，唯独白杨一个人站着一动不动，像颗钉子那样钉在原地，人流在他面前左右分开，白杨站在红绿灯底下，目光从人群中一个一个地扫过去。

他有点后悔没留个联系方式，到了打个电话或者在微信里说一声就好，这样干等着算怎么一回事嘛，可再转念一想，那姑娘连手机号码都没有，真就离谱。

"姐姐呀，你究竟在哪儿呢？"白杨叹了口气，再看了一眼手机，6点半了。莫非是下班高峰期堵车了？那也有可能，不过不知道坐地铁么？如果坐地铁的话，那她有可能从苜蓿园地铁站那个方向过来。

白杨朝地铁站的方向望过去，只见夜色下的城市和街道灯火通明，汽车川流不息，这个城市一半的人在回家，一半的人在出门，他希望接下来会有一个年轻女孩出现在自己的视野里，那个人背着黑色背包，穿着白色衬衫和蓝色牛仔裤，推着一辆自行车。

3

夜色越来越深了。

半夏看了一眼怀表，已经到了晚上7点半，她在这里等了三个小时，等到两个月亮都已经升起。

可一直到现在，也没有第二个人出现。

老师叮嘱她切不可在夜间外出，今天是半夏第一次违反老师的规定，她为了联系其他幸存者，顾不上那么多了。

但对方却爽约了。

这是为什么？

半夏很担忧，她担心对方是在赶来赴约的路上遇上了不测，可她又不敢离开这里，害怕自己走了之后会与对方失之交臂。

自行车靠在法国梧桐的树干上，夜色漆黑，月色却很明亮，远方隐隐有什么东西在嚎叫，女孩站得累了，于是抱着弓箭慢慢蹲下来，蹲在高架桥粗大的立柱底下。

女孩从没在外面待到过这么晚，此刻有些惶恐不安，她远远地注视着月光下的路面。

"为什么不来见我呢……"

这一天，在中山门大街与苜蓿园大街交叉的路口，半夏终究也没等到那个本该赴约的人。那个小小的影子蹲坐在黑夜里，手指轻轻地一秒一秒敲击着地砖，时间在整个宇宙和她的心里流逝。

这里是南京市秦淮区。

今天是2040年9月8日。

"喂？妈？好啦好啦，我马上就回家，我知道到8点半了，我知道……"

"人？没有，啥都没有，她根本就没来，放我鸽子了。"

"我一个人傻乎乎地在路口等了两个半小时……饭？没吃饭，

什么都没吃。"

"家里还有晚饭吗？好好好，我马上回家，马上回家。"

白杨挂掉电话，靠在路灯上挠了挠头。这事要是被何乐勤、严芷涵他们知道，准得被他们笑死。被人叫出来在大马路上等了两个半小时，结果还被放了鸽子，这叫什么事嘛。

"白杨啊白杨，你真是蠢到家了。"白杨用力戳了戳路灯杆，"回家！现在就回家！明天还要上学呢！"他泄愤似的用力踩着人行道的地砖。

这一天，白杨在苜蓿园大街和中山门大街交叉路口也没等到他要等的人。

他沿着来路返回，背影逐渐消失在城市的灯火里。

这里是南京市秦淮区。

今天是2019年9月8日。

第二卷

穿越时空的微笑

第一章

1

第二天是周一，一大早到学校后就是考试，一场接一场，考完数学考英语，一进高三如堕炼狱，何大少分外煎熬，他有事没事就引用季羡林老先生的名言表示强烈不满："整天考，不是你考，就是我考，考他娘的什么东西！"

"就是！毛主席说过，考试可以交头接耳，我不会，你写了，我抄一遍，也可以有些心得的嘛！"身边的白杨鼓掌赞成。

"那小白羊你把卷子给我抄呗？"何乐勤探头问。

"滚！"

接下来的一段时间，白杨沉迷学业不可自拔，晚上回到家就是堆积如山的英语阅读和数学卷子，icom725短波电台一直放在那儿没法碰。渐渐地，他就把自己曾经通联到一个奇怪电台的事给抛到脑后去了。

被放鸽子晾在马路上两个半小时的事，他也谁都没说，一开始还耿耿于怀，想找回去兴师问罪，但随着学业越来越繁杂沉重，考试越来越多，时间一天一天地推移，很快他也就淡忘了，心里只剩下一个教训：网上……啊不，无线电里的东西都是虚拟的，他把握不住。

直到大半个月后，老爹说本地有个猎狐比赛，比赛场地设在紫金山，时间在十一国庆假期，问他想不想去看个热闹。

所谓猎狐比赛，就是无线电测向运动比赛。无线电测向是业余无线电运动中的重要成员，说白了它是个寻宝游戏，比赛主办方提前把数座无线电台藏在山林里的不同地方，这几座电台会不间断地对外发送信号——"我是狐狸一号！我是狐狸一号！""我是狐狸二号！我是狐狸二号！"——而参赛的HAM要做的，就是用手里的电台接收信号，确定狐狸台的位置，把它们全部找出来。

在找狐狸的过程中，HAM需要使用八木天线。八木天线是一种方向性极强的天线，最简单的八木天线就是三横一纵，一个丰字形，这东西偏一点就接收不到信号，所以用它就能探测信号的来源方向。手持八木天线的HAM就是一台人肉扫描雷达，用八木天线转啊转啊转，转到哪个方向信号最强，那狐狸台就在哪个方向，跟寻龙尺似的。

听上去挺有意思的是吧？老爹说这是老蛤蟆扎堆，相比于比赛，其实还是比赛结束后的喝酒撸串有意思。

老爹一席话，把白杨从书山题海里拉了出来，拉回了HAM圈，他又蠢蠢欲动了。

这天是周五，明天是国庆前的最后一个周六。

于是，在一个夜黑风高万籁俱寂的晚上，白杨坐在桌前，拉上窗帘，接上电源，打开电台，戴上耳机，想调频率，但犹豫了几秒，又没调频率，最后在14.255MHz的频道上发出了呼叫。

站在上帝视角，我们如今已经可以得知，如果说一百三十年前赫兹在德国卡尔斯鲁厄发出的那道电磁波第一次改变了世界。

那么在2019年9月27日，南京市秦淮区梅花山庄中沁苑11栋二单元里那台古老的icom725发出的电磁波，就第二次改变了世界。

白杨又联系上了那座奇怪的电台。

BG4MSR。

"2040年？"

当白杨听到这个年份，第一反应是脑子瓦特了。要么她脑子瓦特了，要么自己脑子瓦特了，反正两个人中必有一个人脑子瓦特了。

"BG4MSR，这里是BG4MXH，你刚刚说什么？麻烦你重复一遍？20多少？两洞多少？OVER。"

松开手咪，对方很快回话了。

"BG4MXH，我是BG4MSR，重复一遍，两洞四洞！今天是2040年9月27日！OVER。"

白杨坐在椅子上，掏出手机看了一眼日期和时间，再歪头看着书架上贴的花花绿绿的SQL卡片，他在心里沉思许久，尽管上次放我鸽子是姑娘你不对，但你也没必要想出这种扯淡的理由来敷衍我吧，你可以说自行车堵车了、地铁因为大雨延误了、微信支付碰到假币了，也比说现在是2040年听上去更令人信服吧？

一时间白杨竟不知道该如何回复。

他在今天晚上再度通联到了BG4MSR，本着天下HAM一家亲的原则，他也不想追究对方晾着自己放鸽子的责任，这么长时间过去，白杨的气早就消了，连道歉也懒得要，但令他惊异的是——这姑娘居然问自己那天为什么没有赴约？

这简直滑天下之大稽。究竟是谁没有赴约？天可怜见，自己从6点开始站在路口那儿一直等到8点半，晚饭都没吃呢！贼喊捉贼，反咬一口是吧，于是双方开始争辩。

白杨：我用我的人格担保，我绝对在路口等到了8点半，但是我根本没有看到一个白色衬衫黑色背包推着自行车的人。

半夏：我也用我的人格担保，我绝对在路口等了整整一夜，一直到天亮，但是我根本没有看到任何人来赴约。

白杨：那这是怎么回事？我们当中必然有一个人在撒谎。

半夏：我没有撒谎。

白杨：你真的是你所说的装束么？

半夏：当然。

白杨：那我可以确认6点的时候没有看到你，你没有搞错位置吧？苜蓿园大街到中山门大街的那个路口。

半夏：我在高架桥底下。

白杨：对，高架桥底下……这是怎么回事？位置没错，你不会睡过头了吧？比如说一觉睡了两天，你其实是隔天去的。

半夏：你才睡过头了呢！我作息一直很规律，而且出门前确认过日期的，8日！9月8日！反倒是你，你没有搞错日期吧？

白杨：没啊，当天确实是周日，9月8日，2019年9月8日。

半夏：2040年9月8日？

白杨：2019年9月8日。

半夏：什么？

白杨：什么？

这姑娘脑子一定是瓦特了，这年头玩短波无线电的难道没个正常人吗？

白杨不想再交流下去了，明天还得上课呢，他犯不着整晚在这儿扯淡，国庆假期的周末被调休了，要上两天的课。

"BG4MSR，这里是BG4MXH，咱们今晚就到这里吧，我该去洗澡了，OVER。"

"BG4MXH，这里是BG4MSR，你说你那边是2019年，你怎么证明你所说的话？你怎么证实你的身份？OVER。"

白杨都听笑了，这个问题难道不应该自己来问么？

"BG4MSR，这里是BG4MXH，这个问题应该是我问你才对，你怎么证实自己的身份？你如何证明你那边是2040年？要不你告诉我下一期双色球的中奖号码，说对了我就相信你，OVER。"

"BG4MXH，什么是双色球？OVER。"

"BG4MSR，那你也可以告诉我明年的高考答案，OVER。"白杨随口胡扯，你不是来自二十年后么，那请你证明这一点，有本事就告诉我彩票的中奖号码，或者明年的高考答案。

"BG4MXH，高考又是什么？ OVER。"

"BG4MSR，连高考都不知道？你可以问问你父母，或者其他朋友，他们肯定知道，OVER。"白杨懒洋洋地说，他倒要看看对方这个拙劣的谎言要兜到什么时候。

"BG4MXH，这里没有其他人，OVER。"

没有其他人？白杨一愣，这是什么意思？

几秒钟后，对方又补充：

"在2040年，全世界就只剩下我一个人了。"

"2019年？"

听到这个年份，半夏第一反应是脑子瓦特了。要么他脑子瓦特了，要么自己脑子瓦特了，反正两个人中必有一个人脑子瓦特了。

2019年是什么时候？

半夏扳着指头算，她今年十九岁，2019年她还没出生，那个时候天上还只有一个月亮吧？玄武湾还只是湖，紫金山还只是山，这个世界还熙熙攘攘人来人往，听上去像是上个世纪的事。

人死了不能复生，城市死了也一样，一个诞生万年的伟大文明毁灭了，就像沙子堆起来的城堡，垮塌之后再不可能复原。

那些年里半夏还太小，不能理解老师的痛苦，老师总是抚摸着路边只剩下骨架的钢筋混凝土建筑物，跟她说你能想象么，以前我们有强大的工业力量，要建造这样的高楼速度快得肉眼可见，她经常说着说着就落下泪来。

大概旧时代的人——老师就是旧时代的人——总会有这种感叹吧。人们总是对陪伴他们长大的旧事物很不舍，半夏这么想。

　　可半夏不是旧时代的人，虽然她出生在旧时代的末尾，但她成长于末日后的年代，对于那个辉煌的城市，半夏只有很模糊的回忆，对于人类文明的尸体，她才习以为常，这个六千平方公里大的尸体正安静地躺在大地上，在漫长岁月中化成苍白的骸骨。

　　南京市正在缓慢地沉入地底，它在逐渐回归自然的怀抱，在更大的时间尺度上，坚硬的土地其实是柔软且流动的，它覆盖包裹着无人的南京，把它一点一点地拉进地下。如果有人能把时间流速快进十倍，那么用肉眼就能看到城市被吞噬的过程。老师曾经说某些古老的城市地下一层压一层，一城压一城，新城就是建立在旧城头顶上的。

　　如果你有一把长刀，把它们纵向剖开，就能看到这页岩一般的文明化石。地球一直在忠实地记录历史。

　　一千年以后，南京市将被彻底掩埋，不光是南京市，这个世界上的所有城市都会被掩埋，到时候地球又重新恢复成人类从未到来过的样子，动物在草地和森林里跑跳，它们永远不会知道自己脚下十几米的地方，沉睡着一个曾经辉煌的城市。

　　老师为此落泪，大概就是哀痛自此以后一直到宇宙的尽头，再也没有人能记住人类的存在。

　　那该是怎样的荒芜？

　　"在2040年，全世界只剩下我一个人了。"

这话让白杨吃了一惊。就算是胡扯，它也够吓人的。今年是2019年，距离2040年不过二十年，二十年后全世界就只剩下一个人了？

显而易见，自己才刚刚十八岁，按照21世纪的正常人均寿命，自己活到二十年以后肯定毫无压力，包括老爹老妈，何大少严哥，还有学校里的老师同学们，活到二十年后都没有问题——那人呢？人都到哪儿去了？再大的天灾，就算打核战争，也不至于死得干干净净吧？

"BG4MSR，这里是BG4MXH，玩笑话到此为止吧，你也别编了，上次你没来我也不怪你……或者说你确实来了，但我们没有碰到，不知道是哪里出了问题，我也不想追究了，我该休息了，祝你今晚有个好梦，73，OVER。"

一听到对方要结束通话，女孩立马就急了。

"BG4MXH！BG4MXH！这里是BG4MSR，我可以证明我是在2040年！我可以证明我是在2040年！你先别走！OVER！"

频道里沉默了许久，白杨的声音再次响起，才让半夏松了口气。

"BG4MSR，你刚刚说什么？你可以证明你是在2040年？OVER。"

"BG4MXH，对对对，我可以给你证明！OVER。"

"BG4MSR，那你要如何证明？OVER。"

白杨也好奇，听到对方这么说，他也不急着去睡觉休息了，莫非真能告诉自己彩票中奖号码或者高考答案？

"BG4MXH，我这就去给你找证明！你稍等我一下，一定要等我！OVER。"

半夏放下手咪摘下耳机，坐在椅子上环首四顾，视线扫过书桌，扫过书架，扫过房间里的一切陈设。她起身在房间里翻箱倒柜，急得挠头。究竟什么东西可以证明她所说的话？究竟有什么东西可以证明她生活在2040年？

半夏发觉自己竟然束手无策，这个世界中的每一块石头每一粒尘土都毫无疑问地身处2040年，可半夏却无法向无线电波那头的人证明这一点，她手里没有物证，也没有人证，无线电台又不带摄像头和显示器，没法传输图像，连张照片都发不过去。

要如何才能让对方相信自己呢？就算有张十几年前的旧报纸也好啊，可是她手里连张旧报纸都没有。

这怎么办呢？怎么办怎么办怎么办怎么办怎么办？

半夏又坐回椅子上，戴上耳机，对面的白杨已经在说话了："BG4MSR，这里是BG4MXH，请问你找到证据没有？OVER。"

"BG4MXH，这里是BG4MSR，我……我……"半夏捏着手咪捏了老长时间，却不知道该说什么。

松开手咪，白杨的声音响起在耳机里："BG4MSR，找不到证据对吧？OVER。"

白杨心说何必如此，干吗要一口咬定自己在2040年？为了这么一个连三岁孩子都骗不了的谎言，还要去找证据？这姑娘的行事方式和思维都挺奇怪的，细想还有点吓人，有癔症？

白杨知道这世上有一个群体名字叫生存狂，他们坚信世界迟早会发生大灾变，所以为了应对大型灾难或者世界末日，他们喜欢在家里囤积大量食物装备，以备不时之需，是一群重度仓鼠党和避难所爱好者，莫非这姑娘是个中毒极深的末日生存狂？整日幻想自己生存在末世？

那她确实应该去看看医生。

白杨心想自己这运气真不太好，好不容易通联到其他人，可通联到的人还不太正常，下次得换个频道。

14255以后不来了。

"BG4MSR，这里是BG4MXH，我要下线了，73，OVER。"

"我明天一定找到证据！"

"BG4MSR，你说什么？你明天能找到证据？OVER。"

"对，我明天一定给你找到证据，能证明我的话是真的，所以……拜托你，明天晚上继续上线好不好？在这个频道等我？"

2

结束通联，半夏立即从抽屉里翻出陈旧发黄的地图，这是一张2020年版的南京市交通旅游图，老师留下来的，二十年前的老地图，不知道经过多少人的手，被翻折得破破烂烂。

她把地图摊开在床上，然后手持小台灯，凑近了用手指着地图上的字，一点一点地找。她要找到这样一个地方，那里有足够的证据可以证明她生活在2040年。

在地图上，被填充成淡粉色的区域是秦淮区，秦淮区是个不规则的四边形，秦淮区北边一大块椭圆形绿色是紫金山，紫金山西边的蓝色菱形是玄武湖，半夏首先找到了自己住的地方——苜蓿园大街66号，梅花山庄。

在比例尺1:100 000的地图上，梅花山庄小区只是指甲盖那么一丁点大的地方，梅花山庄紧挨着一条一毫米宽、五厘米长的南北向直道，那是苜蓿园大街，再往北苜蓿园大街与中山门大街相交，中山门大街是粗壮的主干道，有两毫米宽，被填充成淡黄色，蜿蜒着横贯半个南京地图。

半夏的手指在地图上缓缓挪动，从梅花山庄出发，沿着大路一直向北，一个一个地认着那些地名。

江苏中华文化学院。

这是什么地方？看上去不像能帮得上忙，下一个。

海月花园。

不对，这是个小区，已经被烧得差不多了，只剩下断壁残垣，如今被一大群猴子占据了。

东南眼科医院。

不对。

苜蓿园地铁站。

不对。

卫桥新村。

不对。

下马坊遗址公园。

不对。

省地震局。

地震局里会有证据么？还是不对。

半夏跪坐在床上，直起身子休息片刻，用力眨了眨眼睛。房间里光线昏暗，仅有的光源是吊在书桌上空的小节能灯，以及她手里的小台灯，小台灯蓝色的塑料外壳，底座上有一块小小的太阳能电池板，把它放在阳台上晒一天就能充满电，是老师从垃圾堆里翻出来的小玩意，见还能用，就一直留下来用了。这东西有一圈LED灯泡，一共六个，但是能亮的只剩下一半。

半夏决定换一条路线。

从梅花山庄开始，往南走，到月牙湖，再到君安东苑，接下来是明湖大酒楼，最后到光华路。

一无所获。

半夏舒了一口气，偌大的南京市，肯定有什么地方保留有足够多的证据，可以证明她生活在2040年，但遗憾的是南京市太大了，大到很多地方都鞭长莫及，靠一双腿和一台破自行车，半夏最多离开居住地二十公里远，再远就没法保证一天之内能来回，她不敢在外面过夜，那很危险。

这个世界经历过一段混乱的日子，那个时候她还很小，所以印象不深，如今回想起来，半夏只模模糊糊记得猩红色的夜空，月光下巨大的黑影像蜘蛛一样在大地上游走逡巡，老师带着她东躲西藏，她见到的人类越来越少，越来越少，最后一个都没有了。

"究竟什么地方能有证据呢……"

地图上的主干道是女孩的主要移动轨迹，为了安全起见，半夏只能沿着大路行动，不能深入小巷道或者居民区。

从梅花山庄出发！

苜蓿园大街！

中山门大街！

南京博物院！

南京博物院里都是老古董，没有餐具的时候，老师曾经去南京博物院里找过锅碗瓢盆，那些放在玻璃柜子里的陶器瓷器，如果能用，老师就全部搬了回来，比如说有一个明代景泰青花仕女踏青图罐，现在就摆在厨房里用来腌咸鱼，还有一个洪武釉里红岁寒三友纹梅瓶，现在用来放熏肉。还有一件银缕玉衣，老师当初也想搬走，说这宝贝放在那儿让老鼠啃实在可惜，但她又不知道这东西带回去能干什么，只好找了个玻璃柜把它装进去，然后立在南京博物院大门口当门神，希望能吓走闯进去的动物。

但就目前的情况来看，一动不动的银缕玉衣吓不退动物，动物只把它当雕塑，除非它能走起来，但它走起来就吓到半夏了。

这些东西能证明她在2040年么？

恐怕不行，因为2019年它们也存在。

下一个。

明故宫。

不行。

再下一个。

中山宾馆。

中山宾馆？半夏仔细回忆了一下。

哦，原来那一片焦黑的地基是中山宾馆。

南京总医院。

西安门。

什么样的地方会保存有大量证据？

首先得有明确的时间标记，其次要有明确的事件记录，然后时间和事件还得一一对应，这样才是有说服力的证据，可以证明她生活在2040年——只有足够数量的杂志、年鉴和报纸才能证明半夏所说的是真的。

半夏的目光沿着地图上那条土黄色的主干道缓缓移动，那是中山东路，她很熟悉，半夏经常坐在明故宫门前的台阶上，看着水牛和鹿浩浩荡荡地经过中山东路。

"你想不想去看书？多看书对你有好处。"脑子里又回响起老师的话，"杂志报纸什么的都有，你要是想看我们就去搬一点回来……"

半夏忽然就看到了它，一行小小的黑色仿宋字，它悄悄地躲在繁杂的地图中，毫不起眼，但半夏知道自己找到了。

总统府。

不，在它下面。

南京图书馆。

3

昨夜下了一整夜的大雨，半夏从床上醒来时，窗外哗哗地响。

南京的雨来得急促且暴烈，初始时只听到啪啪地响，一秒一下，落在窗棂上，不出半分钟，频率就陡然增大，顷刻间倾盆而下，最后已经听不到雨滴的声音，只觉得是天空中拧开了高压水龙头。

往常这种天气条件是不适合出门的，但今天要去南京图书馆。

半夏拎着两只白色塑料桶下楼，放在单元楼门前的大雨里，在桶口上倒扣两把撑开的黑色破伞，就今天这个降雨量，等她回来的时候，两只水桶已经接满了。半夏的日常用水就是这么来的，雨水比湖水要干净，但仍然要净化，她通用的做法是在水桶里放点明矾。接下来，她背着包，披上雨衣，换上凉鞋，打着伞，推着自行车出发。

"情深深雨蒙蒙，多少楼台烟雨中……"

"记得当初你侬我侬，车如流水马如龙……"

半夏唱得很大声，一首哀怨婉转、柔情似水的情歌唱得荡气回肠。

必须得唱歌，不放声唱歌，你的声音就要被这个世界压下去，老师曾经说每个人都有AT力场——半夏也不明白什么叫AT力场，她理解成阳气，每个人都有阳气，有的人阳气旺盛，有的人阳气虚弱，阳气旺盛者就不畏惧邪魔作祟侵蚀。有一段时间半夏笃信这个理论，所以到处找能壮阳的食物。

暴雨下得冒白烟，走在苜蓿园大街上，往远方眺望，暗沉沉的雨云底下高楼林立，但无一处灯火，仿佛一夜之间所有人都走光了，但是城市还留在原地。

"情深深雨蒙蒙，世界只在你眼中……"

半夏逐渐唱不下去，因为她走得愈发艰难。

这个城市很快就内涝了，路面上的积水淹没到了脚踝，浑浊的水流从街道上哗哗地流过，女孩穿着凉鞋踩在水里，水流夹杂着泥沙冲刷脚趾，她只能走一段路就停下来抖抖鞋子，把泥沙冲干净。

风大起来之后伞就没法打了，于是半夏把伞收起来夹在自行车的行李架上，靠着塑料雨衣硬顶扑面而来的暴雨，雨衣的作用有限，不多时就被雨水浸透粘在胳膊和大腿上，好在出门前穿的是短袖衬衫和短裤，预防的就是这种情况。

其实大雨天真不如裸奔呢。半夏默默地想。不穿衣服一丝不挂地出门，就不用担心会被雨水打湿衣服。

她甚至严肃地思考了一下这么做的可行性，现在停下来把衣服脱掉行不行？把衣服包在防水的塑料布里，再塞进背包，这样她就不用怕雨了。只要我不穿衣服，就不用担心会被打湿，我甚至能趴在路面上游泳！

算了，怪蠢的。

南京图书馆到梅花山庄有差不多五公里远，步行要一个小时，若天气情况差，时间还要延长甚至翻倍。

老师说过，恶劣天气少出门，能不出门就别出门，着凉了就要感冒，感冒了就要发烧，发烧严重了就会引起肺炎，肺炎治不好，哎哟！

半夏忽然一脚踩空了。

还没反应过来是怎么回事，身体歪着陡然往下一沉，半夏上一脚还踩在坚实的路面上，下一脚就踩进了深不见底的水里，一声惊叫还没喊出喉咙，女孩的腰就狠狠地撞在了坚硬的井沿上，剧烈的疼痛从撞击处向四周放射，疼得她无力地呜咽一声，整个人都反射性地蜷了起来。

疼！

但呻吟仍然没出口，浑浊的脏水就漫上了口鼻，女孩大半个身子咚的一声沉进水里，猝不及防地吞了几大口脏水，这才明白自己是一脚踩进了窨井里。大水冲跑了下水道井盖，路面上浑浊的积水又掩住了井口，井下的空间已经灌满了水，就是一个死亡陷阱。

半夏差点没在这口井里淹死，她下意识地抓住井口，拼命地爬出来，瘫倒在路面上剧烈咳嗽。

这下好了，一身脏兮兮的泥水，连人带包全部湿透了。半夏捂着腰苦笑，疼得笑容都变了形，雨水在脸上哗哗地流。

自暴自弃地坐在暴雨里休息了半晌，女孩起身去扶自行车，发现车上的伞不见了。

"伞呢？我伞呢？"半夏愣了一下，莫非是掉井里去了？她弯腰看了看井口，窨井口黑洞洞的，深不见底。

此时，头顶上忽然传来吱吱的喧闹声，半夏抬头一看，好家伙，法国梧桐茂盛的树冠上爬满了猴子！一大群猴子在树冠下避雨，一把蓝色的折叠伞在它们手里被抢来抢去。

"把伞还给我！"半夏怒喝，张弓搭箭，"不准撕！不准咬！不准咬！"

那把伞传来传去，半夏移动准头也不知道该射哪一只，最后雨伞被一只灰色的小猴子抢了过去，正把伞骨折来折去地玩，一支箭铮的一下钉在了它屁股底下的树干上。

这可把猴子吓坏了，雨伞从它手里掉下来，落在绿化带里。

半夏过去把伞捡起来，悲凉地看着它碎成了破布。

猴子们在头顶上窜来窜去，对着树底下的女孩大吵大闹做鬼脸，可是它们说的话半夏听不懂。人与猴子的悲欢是不相通的，她只觉得世界吵闹。

也罢。她也懒得跟一群猴子置气，女孩默默地把自行车扶起来，把破伞夹在车上，背上湿透的背包，带着满身的泥水，就这么在暴雨中走远了。

南京图书馆在中山东路189号，是国内最大的图书馆之一，它的主体是七层高的玻璃幕墙大楼，这栋建筑如果放在某个拜知识的宗教异世界，那是妥妥的神殿。

半夏推着自行车穿过神殿前的广场，在图书馆的台阶下有巨大的大理石，大理石上有烫金的大字，无人清理，落满了干燥的鸟粪。她抬头望着深蓝色的玻璃幕墙，一步一步地拾级而上，像是最后一位造访神殿的朝圣者。

图书馆的大门仍然开着，旋转门被砸烂，但侧门可以随意进出，最后一个离开它的人肯定再无心帮它锁好，半夏穿过玻璃门进入大厅，才发现这座往日的藏书大殿早已人去楼空，只剩下遍地的垃圾。

图书馆三层南侧是报刊区，可半夏什么都没找到，她孤零零地穿过昏暗的大厅，一路留下滴答的泥水，成排的书架上落满了灰尘，能找到的只有些许废纸。

图书馆六至七层是文献库，仍然空空荡荡。半夏花了三个小时在这栋大楼内搜索，最后得出一个结论：她白跑了一趟。

图书馆被搬空了，在早年最动荡的年代里，书籍、报纸、杂志，这些都是燃料，被人们成捆成捆地运回去烧了，什么都没剩下。

半夏在书架前驻足，在偌大的图书馆里最后找到了两本书，它们被人遗忘在角落里。她踮脚把取下来，拂去厚厚的落灰，勉强看清了书的封面。

"死在……火星上？"

"泰坦无人……声？"

半夏不知道它们为什么逃过一劫，可能是因为这两本书是不可燃垃圾。

她默默地下楼，在休息区生了一堆火，把刚刚找到的两本书当引火物烧了，再把被泥水浸透的衣物全部脱下来，挂在旁边的椅子上晾着。

女孩赤裸着身体烤火，火堆在地板上噼啪作响，透明的玻璃幕墙外是倾盆的暴雨，听着雨声，她把头埋进膝盖里，未干的头发上泥水一滴一滴地落下来。

深深的疲惫从心里涌上来。她很累，累到一句话都不想说。

昨晚下了一整夜的大雨，比依萍找她爸要钱那天的雨还要大，今天整个城市都潮湿且闷热，白杨结束了一天的课程和晚自习，回家先洗了个澡，然后擦着湿漉漉的头发坐在了桌前，打开空调，再打开电台。根据约定，他今天晚上要继续上线，而对方应该要给他证据了。

"BG4MSR，这里是BG4MXH，我在等你给出证据，OVER。"

"BG4MXH，这里是BG4MSR，我……我没有找到证据，OVER。"

不出所料。

白杨愈发相信对方是一个有重度臆想症状的精神病患者，幻想自己生活在二十年后的末日世界。

"BG4MSR，我是BG4MXH，找不到是正常的，因为你不可能找到证据嘛……今年明明是2019年，你要找2040年的证明，这怎么可能办到呢？OVER。"

"BG4MXH，我是BG4MSR，今天我去了南图，南京图书馆，我以为南京图书馆里会保存有过去几十年的所有文档和资料，就能证明今年是2040年……可是南京图书馆里被搬空了，我什么都没找到……"

"今天南京还在下暴雨，下的雨好大，我在去南京图书馆的半路上掉进了下水道井里，浑身都湿透了……"

白杨愣住了，频道里的女孩还在自顾自地说，越说越委屈。

"差点淹死在窨井里，好不容易从井里爬出来，伞又被猴子抢走了，它们撕坏了我的伞，那是老师给我的伞。"

"BG4MSR，这里是BG4MXH，南京市里有猴子吗？OVER。"

"BG4MXH，有，好几群呢，它们盘踞在中山门大街和中山东路那一条道上，经常聚众斗殴，有打架受伤从树上掉下来摔死的，半个月前我还捡回来吃了一只，OVER。"

白杨挠了挠头，这是什么动物世界？

"BG4MSR，你接着说，OVER。"

"我在暴雨里走了两个小时才到南图，人都被风吹傻了，衣服背包全部被浸透了，结果图书馆里什么都没有，什么都没找到，为什么啊？为什么会这样？为什么我找不到证据证明我生活在2040年？"

白杨在这边听着，心说因为大姐你生活在2019年啊，当然不可能找到证据证明今年是2040年，不过他没说出口，因为对方很委屈很伤心。

是真的伤心，尽管这姑娘臆想严重，但她仍然沉浸在自己幻想出的悲伤与痛苦中难以自拔。

"我真的在2040年……"

白杨此时的感觉就像是医生在倾听精神病人的哭诉，精神病人哭着说自己作为一朵蘑菇居然无法向外抛撒孢子，这怎么办，不能生产孢子他就要绝后了。医生此时只能拍拍他的肩膀安慰说没事，你只是年龄不到还未性成熟，等你和我一样秃了就能生产孢子了，迟早子孙满天下。另一方面，白杨也有些过意不去，毕竟对方是为了满足他的要求才搞得这么伤心狼狈——无论是不是真的狼狈，可她在频道里说起这些，是真的无助又可怜。

"我真的在2040年，我用我的一切担保，我发誓……"

女孩已经找不到什么有力的证据，她只能在频道里一遍一遍地重复强调，可声音越来越低。

"BG4MXH，你能不能相信我？OVER。"

"BG4MSR，呃……"

白杨这下犯了难，他要怎么回答呢？说相信？显然不可能相信，说相信就要按不住物理老师的棺材板了。

任何一个接受过九年义务教育、智商正常的高中生都不可能相信，一台短波电台可以穿越时间，通联到二十年后的人，人类已知的所有物理规则都不支持这种事情的发生，这又不是小说，现实生活中怎么可能会发生这种事呢？如果这世上有一千万亿个平行世界，平行世界里有一千万亿个白杨，那么其中九百九十九万亿九千九百九十九亿九千九百九十九万九千九百九十九个白杨都会选择不相信。

说不相信？那对方势必又要想方设法来证明她自己的说辞，今天为了去南图与窨井和猴子斗智斗勇，明天又不知道要历经怎样的艰辛磨难，白杨不想再折腾了。要说把电台一关就此不再搭理吧，白杨狠不下这个心，这么一个奇奇怪怪的少女，天知道没人看着以后会发生什么？不认识倒也罢了，认识了他就没法放着不管。

唉……真是麻烦。

"BG4MXH，如果你不相信我，那我再去找找其他的方法，除了南图，其他地方肯定也有证据，你给我一点时间，我帮你找到，行不行？我明天再去找，你明天晚上接着上线等我，这样可以吗？OVER。"

"BG4MSR，这里是BG4MXH，你也别去找了，南图都找不到，其他地方恐怕不会有什么结果，OVER。"

"我……"对方沉默下来。

"BG4MSR，你说你用人格担保，你所说的是真的？OVER。"

"我用人格担保。"

"BG4MSR，我有一个办法，咱们这么着，如果你无法找到证据证明你在2040年，那我来协助你，帮你找到证据，你看如何？OVER。"

白杨也决定戏精一把，该配合你的表演我不能视而不见。一千万亿分之九百九十九万亿九千九百九十九亿九千九百九十九万九千九百九十九的可能性是这少女脑壳有点问题，整件事从头到尾都是一场闹剧，但这不妨碍一个大胆的高中生去验证最后那一千万亿分之一的可能性。一千万亿个平行世界里，总会有一个白杨做出不同的选择。

"BG4MXH，我是BG4MSR，你说什么？你能帮我找到证据？OVER。"

白杨把物理老师的棺材板先钉死了，然后回复："BG4MSR，这里是BG4MXH，没错，我能尝试一下看看，能不能证明你真的在2040年，OVER。"

结束通联，白杨掏出手机，打开淘宝，开始搜索。

零点一秒后页面刷新。归功于现代社会强大的搜索、电商和物流能力，白杨只花了一分钟就找到了自己想要的东西。

第二章

1

时间胶囊。

白杨想买这东西好久了。

他的计划显而易见，BG4MSR 自称生活在2040年，那么只要白杨送过去一份跨越二十年光阴的慢递，对方若能收到，则证明她所说的是真的。

听上去好像简单又直接，但细想之下，实操起来却困难重重，要防作弊，防做假，防撒谎，防丢失，又要区区一个高中生力所能及。

下单！

白杨买了个小号的时间胶囊，不锈钢制，还附赠两把扳手和一支铲子，六十八块钱一个。好贵，要肉疼一阵。

时间胶囊里应该放什么？食物？药品？纪念品？一封信？

不，这些都不重要。

重要的是计时器，是一只表，白杨需要一只可以计时的钟表，当时间胶囊被人从地下挖出，那只钟表重见天日，它可以告诉人们究竟过去了多长时间。

没有任何钟表可以在时间胶囊内静置二十年还能正常运行，电子石英表的电池寿命不过五到十年，自动机械表不用电池，利用陀飞轮上紧发条，但依赖外界震动提供能量，长期静置就会指针停走。

这怎么办？

以人类目前的先进科技，想制造一台持续工作二十年的计时器肯定是分分钟的事情，但白杨做不到，他只是个普通高中生，能力和财力都很有限，他最大的依仗是购物网站淘宝和京东。

白杨试着在淘宝上搜索"计时器"，可得到的结果大多是普通电子钟表，用脚趾头想它们也不可能在时间胶囊内续航二十年。白杨这个需求听上去简单，做起来却很刁钻，他只需要一台钟，什么花里胡哨的功能都不需要，只需要计时——听听，这多简单，作为一台钟表，要计时那不是分内的事儿么？

但要续航多久？

至少二十年。

这就不简单了，再简单的功能想要做到极致都不容易。

他坐在椅子上，盯着手机屏幕，陷入沉思。二十年时间太漫长了，在日常生活中，除了白家住的房子，房子里用的家具，很少有什么东西是以二十年为时间单位设计用途的。

"二十年……"白杨皱着眉头喃喃，手里把玩着一枚硬币。

那是一枚莫尔斯码练习币，白杨之前练习等幅报的时候买的，和普通一元硬币一般大小，但是正反面都刻着莫尔斯电码和它们对应的字母，看上去金灿灿的，其实是不锈钢制，镀铜。不过最后白杨也没把发报能力练出来，老爹说他这么自己瞎练肯定练废，练出来的坏习惯改都改不了，白杨不相信，最后果然练废了，但白杨不承认是自己的问题，他把责任归咎于自己在闲鱼上买的常熟K4电键是盗版货。

"二十年呢，怎么才能坚持熬过二十年？"

当时间本身变成拦路虎横亘在你面前时，你要面对的就是这世上最强大的力量。

既然人工造物靠不住，那就只能寄希望于这个世界自身的物理法则了——自然界的变化，向来是以百万年为单位，区区二十年不过弹指一挥间。

白杨第一个想到的是氧化。铁的氧化，或者铜的氧化。铁氧化成三氧化二铁，颜色是红色，铜氧化成氧化铜，颜色是绿色。如果白杨能利用金属氧化导致的颜色变化，比如说当BG4MSR把时间胶囊挖出来时，她就会看到放置于胶囊内的金属时间标记物。

而白杨此时只需要询问对方，那个标记物的颜色——这个东西没法作假，而对方不知道颜色所代表的意义，所以也没法撒谎——就能知道那姑娘说的是不是实话。

这个方法能不能行得通？白杨摇摇头，行不通。

时间胶囊是严格密封的，根本不透气不通风，哪来那么多氧气。

白杨第二个想到的是蒸发。他想到秦始皇陵内传说灌满了水银，有水银的江河湖海，江河湖海上还能行船——其实以水银的可怕密度，只要不怕死，人人都能是铁掌水上漂，汞的自由挥发速度极慢，如果他在时间胶囊内放零点五克水银，那这点水银完全挥发可能需要十几年的时间……

当二十年后，BG4MSR打开时间胶囊，她会看到——高浓度的汞蒸汽。

白杨挠了挠头。

这也不行，那也不行，这该怎么办呢？

很遗憾，此时没有第二个人在场能与他一起讨论这个问题，两个大脑肯定比一个大脑好用，白杨一个人坐在椅子上苦思冥想，可惜他是灵长类哺乳动物，而非大型爬行动物，否则他屁股上还能长个脑子来帮他思考。寂静无声中，书桌上的小闹钟滴答滴答地走，夜很深了，窗外的雨似乎还在下。

当天晚上，白杨躺在床上睡不着，双眼瞪得老大，盯着黑暗中的天花板，脑子里翻来覆去地想这个问题。

他希望能找到一种手段，一种无法作假的手段，它不受任何外力干扰，不被任何人篡改结果，只有这个世界的铁则能控制它的变化，就像树木死亡化成煤炭，岩石被侵蚀形成溶洞——让这个世界自身作计时器，只有这样，才能称得上是铁证。

说是这么说，可是做起来谈何容易。

作为一个高中生，想找到这样的方法还是太难，白杨默默地想，或许换一个人来，换一个年龄更大、生活经验更丰富的人来，脑子一拍方法就出来了，自己说到底还是年龄太小、见识太少……换严哥来能不能想到好办法？换何乐勤来能不能想到好办法？何大少从小见多识广，出国次数比自己出省次数都多，说不定能想到什么好办法呢？

还是算了，白杨摇摇头，何乐勤物理考试次次不及格，化学考试分数比物理还低，日常作业要靠白杨和严哥拯救，整日沉迷绝地求生、守望屁股、全面战争、刺客信条、黑暗之魂、欧洲卡车、微软模拟飞行、半条命……半条命真是个烂翻译，堪称十大糟糕中文游戏翻译之首……当初是谁把它翻译成了半条命……半条命原名是什么？

白杨漫无边际地胡思乱想，半条命原名？

好像是半……

半衰期？

白杨一愣，垂死病中惊坐起。

半衰期。

什么叫半衰期？

半衰期是放射性元素的原子核一半发生衰变所需的时间，根据放射性同位素碳14的半衰期判断历史年代，是考古学上常用的研究手法——只要测定放射性元素的衰变含量，就能得知目标物有多大年龄。

听上去相当高大上，和普通人的日常生活仿佛没什么关联，和白杨一介普通高中生更八竿子打不着，我们平民老百姓安安分分过日子，和放射性同位素能扯得上什么关系？和半衰期又能扯得上什么联系？

能，请抬起你的左手，挽起你的袖子，在黑暗中看看你的手表表盘——如果你是一个老色……绅士，拥有一块老式夜光表，那么它的表盘上就涂有一种常见的放射性同位素——

氚。

白杨觉都不睡了，当即从床上爬起来，掏出手机打开淘宝。有万能的淘宝相助，就没有买不到的东西。

氚管！

氚管是一种常见的夜光管，全封闭玻璃材质，小的几毫米长，大的一两厘米，玻璃管内壁涂有磷质荧光粉，而管内则填充氢的放射性同位素氚，稀薄的氚气有微弱放射性，激发荧光粉发光，这东西常用在夜光手表、军用指南针及枪械的照门准星上，有时也会被永不空军的钓鱼佬拿来做浮标指示灯。

氚的半衰期是十二年，也就是说一坨氚元素过十二年会死一半，过二十年就会接近熄灭。

时间刚刚好！

正好用氚管来做时间标定物。

白杨打算在淘宝上买两根全新的氚管，再到闲鱼上找一根用了五年的氚管和一根用了十年的氚管，两新两旧。

他是这么计划的：把四根氚管都用UV胶粘在透明的塑料盒里，以新、五年、十年、新的顺序排列，当BG4MSR把时间胶囊挖出来之后，白杨就会让她找到胶囊内的时间标记物，并让她回答氚管的发光情况——

如果四根氚管都在正常发光，和自己埋进去时没区别，那说明对方在扯淡。什么末日，什么2040年，都是屁话。

如果四根氚管在黑夜中都几乎不发光，那证明女孩说的是实话，时间确实过去了至少二十年。

如果五年或者十年的氚管熄灭了，但是新氚管仍在发光，那证明BG4MSR确实生活在未来，但她错误地估计了自己的年代。

白杨认为再没有比这更坚实更站得住脚的铁证了，这就是所谓的以力破巧，抓住本质，直指大道，不玩那么多弯弯绕绕花里胡哨，就算对方是詹姆斯·邦德，是007，是飞天大盗，有一万种方法偷偷挖出地下的时间胶囊，看清里面藏的是什么，再神不知鬼不觉地原样埋回去，也无法改变氚管的发光结果。

而只要自己不提前透露那是时间标记物，不提前透露那是氚管，对方就不可能知道那是什么，更不可能撒谎骗到自己。

用人力触及范围之外的力量来验证，就杜绝了一切虚假和谎言。

这就是白杨的手段。

我把氚管埋这儿了，来吧！不怕你用任何手段，随便你怎么折腾，只要你开盖看过了，我就一定能知道你所说的是真是假。

下单！

三十块钱一根，两根花了六十块钱。又要肉疼好一阵。

但白杨跃跃欲试，作为一个从小到大按部就班好好学习的高中生，他很少有机会干这么一件大胆的、荒诞的、离经叛道的事，他无聊如白开水的平淡生活终于闯进了一丝不一样的颜色，在小说和电影里，这往往是一场盛大冒险的开幕，这货一直到凌晨3点都没睡着，满脑子都在想自己的计划，结果第二天早上睡过了头。

半夏放下耳机和手咪，慢慢地趴在书桌上。

他说的是什么意思？可以帮我提供证据？帮我证明今年是2040年？可他不是自称生活在2019年么？一个生活在二十年前的人，要如何协助我呢？

女孩脸颊贴着冰冷的木质桌面，右手手肘支在桌子上，食指上挂着护身符，像钟摆一样轻轻地摇晃——那是老师留给自己的硬币，硬币上打了个孔，穿了一条红绳，平时可以挂在脖子上，半夏的目光追着硬币来回摇晃，百思不得其解。

肥肥的塑料小台灯就放在半夏的脑袋边上，这是房间里仅有的光源，女孩的脸被灯光照亮，身体则坐在黑暗中，她喜欢坐在黑暗中思考，静谧的黑夜能让她的大脑足够冷静。

他如何跨越二十年的时间为我提供证据？

把它埋起来？

半夏很容易就想到了这一点，对方生活在二十年前——姑且认为他真的生活在二十年前（其实半夏也不相信，但她别无选择）——那么他在那个时代挖个坑，把他要送的东西往土里一埋，然后再通过无线电台通知自己，让自己去挖出来。

如果自己能找到，那就证明这一切是真的。

半夏盯着悬挂在手指上的红绳和硬币，那枚硬币在摩擦中逐渐失去动能，摇摆的幅度越来越小，最后停住不动，以挂绳为轴心缓缓旋转，把绳子绞成双螺旋。

这听上去很合理，但老师曾经说过，听上去和看上去是不一样的，看上去和做起来又是不一样的，判断某件事是否可行，只靠耳朵是不够的，要把耳朵、眼睛、双手和大脑全部调动起来。

女孩的眉头缓缓皱起，她隐隐有些担心。如果对方真的要这么做——真的要有目的性地把某个东西跨越二十年的漫长光阴送到自己手上，那么这恐怕不是一件简单的事情。

一旦有了目的，那么障碍自然也就接踵而至，这个世界总是让你在不经意间抵达你不想去的终点，同时在你想去的目标前设下重重阻碍。

它绝对——绝对——没有想象中的那么容易。

2

第二天早上半夏在床上多赖了一段时间，听着外面噼里啪啦的雨声，双手揪着床单蜷成一只大虾，脸色发白，额头挂汗。

因为她痛经。

"疼……"

半夏的生理期在每个月的最后一周，她并不常痛经，但今天却疼得起不了床，可能是因为昨天去南图时淋了暴雨，又落进了窨井里，在冰冷浑浊的泥水里泡了一整天，老师曾经叮嘱说生理期时不能着凉、不能淋雨，现在看来果然是对的。

一阵一阵的绞痛从下腹传来，仿佛有一把尖锐的锥子在里面搅动，半夏无力地趴在床上，浑身都被汗水湿透，这姑娘独自生活这么多年，带着刀枪，背着弓箭，风里来雨里去，进出狼窝虎穴如入无人之境，但此刻脆弱得像是玻璃，仅剩的力气只够缩紧脚趾头。

半夏觉得自己快要死了，身体没有一点温度，也没有一点力气，像只灌满了冰水的皮囊，冰冷、沉重、瘫软，不受大脑控制。

为什么我是女生呢？为什么女生一定要有生理期？疼啊……疼死我了，来个人帮我把下半身砍了吧。

半夏在做思想斗争，要不要去吃止疼药。

任何药物都是非常珍贵的不可再生资源，抗生素、阿莫西林、利巴韦林等广谱抗菌药和抗病毒药，以及布洛芬、阿司匹林这样的止疼药，都比金子更宝贵。

无论它们有没有过期，无论它们是不是人用药物——老师就很有先见之明地囤积了大量宠物和禽用消炎药及抗生素，当时所有人都在搜刮空空如也的药店，老师就往宠物商店里钻，扛着成袋成袋的青霉素、四环素和猫罐头回来了，那个时候，老师得挂着自动步枪保护自己的物资，好在老师厉害，也没人敢打她的主意。

半夏慢慢地爬起来，决定去吃药。她拖着步子，一点一点地挪进客厅，从电视柜的抽屉里摸出一盒对乙酰氨基酚片，慢慢地抠出两粒对乙酰氨基酚片，放在木茶几上，然后转身从壶里倒出热水。热水只剩下一点点，勉强半杯，散着腾腾的热气。

半夏双手捂着逐渐热起来的水杯，把它贴在脸上，好像舒服了些。把止疼药用水送服下去，她闭着眼睛，蜷着双腿趴在破旧的沙发上，静待药物生效。

希望它们还有用。她发誓以后不会再在大雨天出门，希望自己的身体快点好起来，求求你们了……快点好起来吧，她在心里默念。

大概是药逐渐发挥了效力，痛感在减弱，体温在升高，女孩觉得自己在发热，迷迷糊糊的，趴在沙发上睡着了。

上午下了第一节课，白杨赶紧补觉，打了个哈欠，把头埋进臂弯里。

补觉的不止他一个，全班鸦雀无声，放眼望去都在补觉，唯有课代表在来来回回地收作业。第一节课与第二节课的课间，就是所谓的早睡时间，用来补充睡眠；第二节课与第三节课的课间，就是早午睡时间，用来补充早睡时间没有睡好的睡眠；第三节课与第四节课的课间，自然就是预午睡时间，用来为午睡做前置铺垫；第四节课后是名正言顺的午睡时间。

市教育局一再强调素质教育、快乐教育，在此思想指导下，全市高中都被苏北的县中打得溃不成军，南大附中考不上南大，南航附中考不上南航。很显然，何大少就是此类思想的典型产物，他很有素质，看到老人摔倒了敢只身去扶——虽然主要原因是他有钱，也很快乐，每天都欢欢喜喜过大年——当然主要原因还是有钱。

白杨说你要不是因为手里有八套房……

何乐勤纠正他说只有六套。

手里有六套房的何乐勤同志并不需要考南大，也不需要考南航，但白杨就不行了，老妈对他寄予厚望，目标南大，最不济南科大。

白杨私底下吐槽说自己要是能上南大，就不会到南航附中来了，能上南大的人都在金中南师附呢。

一本《小题狂做》从后脑拍了过来，把白杨拍醒了，他一抬头，就看到何乐勤那张凑过来的大脸。没等他张嘴，白杨就知道他要说什么。在一起混迹这么多年，这呆逼屁股一撅白杨就知道他要拉什么屎。

"中午吃什么？"两人异口同声。

过了早读何乐勤就要开始思考中午吃什么，这个问题他能思考一上午。

"去吃牛肉汤，我在美团上看到新开一家。"何乐勤说，"我请客。"

"远不远哦？"

"打的来回啵。"何乐勤说，"就在新百那边，也不远。"

"严哥呢？严哥去不去？"

"严哥不去，她说她不舒服，肚子疼。"

"不舒服？要不咱们回来的时候给她带个药？"

白杨就这样把中午吃什么定下来了，在接下来枯燥无聊的三节课里，他好歹有了一个能令人快乐的盼头和目标——这时他能理解为什么何乐勤过了早读就开始思考午饭，因为在难挨的环境里，想快乐的事总是能让时间过得特别快。

当天晚上，淘宝上买的时间胶囊到了。棕色的纸盒子，塞着缓冲震动的白色珍珠棉，拆开来乍一看有点像热水瓶的瓶胆，圆柱体，锃光瓦亮的不锈钢外壳，但实际上要比瓶胆结实得多，它有二十厘米长，直径差不多八九厘米，立起来大概有一只矿泉水瓶子那么高，两边都有盖子，每个盖子用八只螺栓拧紧。

随时间胶囊附赠的还有两把扳手和一把铲子，可谓装备齐全，从盖棺到入土一条龙都给你安排妥当了。

用扳手把一侧的螺栓全部拧下，取下盖子，可以看到盖沿底下压着橡胶密封圈，以及空空如也的内部，时间胶囊内的容积只有零点六升，白杨握紧拳头可以伸进去，一直容纳到小臂中部。

这是最小号的时间胶囊，再大一号的就要八十多块钱，最大号的要两百多块，白杨太穷，买不起。

这东西真能在地下埋二十年么？

白杨轻轻敲了敲时间胶囊的外壳，光滑的不锈钢反射着灯光，再用力捏一捏，捏不动，挺结实，不是易拉罐。

他怀疑这东西就是一段粗无缝钢管制成的，把一条十厘米直径的不锈钢管切成许多段，每一段都能做成一个时间胶囊，只需要在两边分别扣个盖子，用螺栓拧上，结构相当简单，也没甚黑科技。

好家伙，这么个玩意要卖六十八，这钱真好赚。白杨心想自己以后要是找不到工作就去淘宝上卖时间胶囊。

从今天开始，往后算二十一年，是BG4MSR的时代——如果她真的生活在那个时代的话——根据女孩的说法，这二十一年间地球会遭遇一次灭世级别的灾难，所有人类都会在这次灾难中灭绝，白杨很难想象究竟是什么样的灾难能让整个人类文明都彻底消亡，《圣经》里的大洪水么？小行星撞击地球也不至于如此。

他掂量着手里略有些沉的不锈钢胶囊，不确定这枚胶囊是否能扛得过去，时间胶囊的生产厂商大概也只是把它设计成玩乐性质的纪念品，没有想过让它肩负保护人类文明遗物的大任，抵抗毁天灭地级别的超级灾难。

不过这已经是白杨手里能拿到的最好装备了。

因为容积相当有限，所以这胶囊里能放进去的物品不多——除了用作时间指示器的氚管，白杨希望在里面放点能用得上的东西。

他坐在椅子上，往四周环顾一圈。

吃的？这么小的胶囊，连压缩饼干都放不了几块，杯面最多放两桶，康师傅老坛酸菜牛肉面一桶塞不下。

喝的？更不可能，液体不好保存，要是漏了，连带着胶囊也得跟着完蛋，而且对方也不缺水，白杨摇摇头。

药物呢？末日世界应该挺缺药。

"妈，家里的药放在哪里呆？"白杨起身穿上拖鞋，踩着木地板拉开房门，对着客厅喊。

"找药干么事？"老妈正坐在沙发上看电视，"在你床底下。"

"晓滴啦。"

白杨从床底下拉出一个塑料筐，筐子里是家里的常备药品，有清凉油、风油精、地塞米松软膏，还有氟氧沙星、头孢克肟、布洛芬和阿莫西林，他把药品装进一个塑料袋里，然后塞进时间胶囊，刚好合适。

行，就给她送点药吧，让她吃点苦头。

白杨很满意，现代制药工业生产的成品药状态都相当稳定，虽然说明书上写着有效期十二个月或者三十六个月，但只要避光保存，不浸水，不受高温影响，它们能保存很多年，二十年后取出来应该还能用。

除了时间指示器、药物，还要什么呢？

白杨看了看时间胶囊里剩余的容积，又从书桌底下的抽屉里摸出一颗不知道哪年的水果硬糖，丢了进去。

再送一颗糖吧，不能光吃苦头，也得给一点甜头。

最后，还需要一点仪式感，应该写一封信。

于是白杨取出一张白色信纸，拧开笔盖，犹豫了几秒钟，然后在纸面上落笔：

尊敬的 BG4MSR 小姐：

当你看到这封信的时候，我已经死了。

这话看上去像是电影里孤身拯救世界的英雄在最终一战前给家人朋友的遗言，略有些豪气，意外地带感。当然，按照那女孩的说法，二十年后自己确实已经死了，全世界只剩下最后一个人。

这是一封亡者的来信，它穿过二十年的漫漫光阴到了你的手里，在我写这封信的时候，你可能还未出生，而当你收到这封信的时候，我已经不在人世。

一个人的世界是什么样子的呢？一个没有人的夫子庙、新街口、南航附中和月牙湖公园，一个没有人的南京，那肯定没有高考，没有数学试卷，也没有《小题狂做》。

另外，我很想知道自己是怎么死的，如果你收到了这封信，希望你能告诉我我的死因，以及其他人的死因，如果你知道的话。

给未来人写信，这事怎么看都挺离谱，但白杨想起大科学家霍金也曾经搞过一次类似的行为艺术，在2009年开了一场未来人聚会，霍金秘密地选择了一个房间作为聚会场地，但是在聚会结束的第二天才对外发出派对通告——如果未来人有穿梭时间的能力，就能在通知发出的前一天抵达派对场地。

结果毫无疑问，霍金在那个房间里空候一夜，不知道是未来人没有能力穿梭时空，还是未来人没有看到霍金的通告，那么白杨的这封信是否能让未来人收到呢？

——当然，如果我的死因很惨，希望你斟酌一下，不要太直白地告诉我，以免给我造成太大的精神压力，二十年后我还不到四十岁，一想到世界将会失去一位如此年轻有为的人物，我就深感痛惜。

祝你身体健康，下雨出门永不忘记带伞，吃黄焖鸡时永不夹到牛姜，73。

白杨顿了顿，最后落款："此时此刻与你通联的、身处二十年前的BG4MXH。"

等氚管到了，他就把信连同氚管一起密封进时间胶囊里。然后埋进地下，让它静待二十年。

3

白杨打开 icom725 短波电台，与 BG4MSR 取得联系，对方果然一直在 14255 上等他。

"BG4MSR，BG4MSR，这里是 BG4MXH，我准备好了一颗时间胶囊，计划过两天给你送过去，希望你能收到，如果你能收到时间胶囊，那我就相信你所说的一切，OVER。"

"BG4MXH，时间胶囊？"

"BG4MSR，就是一个不锈钢罐头，可以密封，在里面放东西可以保存很多年，我需要你提供一个地址，给我一个 QTH，可以让时间胶囊安全地埋藏二十年不受损，能办到吗？OVER。"

"安全的位置……让我想想……"

"BG4MSR，你的声音听上去不太好，有气无力的，出什么问题了吗？OVER。"

"哦……不好意思，我肚子有点疼。"

"肚子疼？生病了吗？BG4MSR 你有药么？OVER。"

"没事，只是痛经。"

"痛……"作为一个单纯的男高中生，白杨倒是从未考虑过女生还有这种问题，他捏着手咪，欲言又止，"那……那那那那你有那个……那个……"他支吾半天。

"卫生巾？"

"……是的。"

"哦，有。"女孩回答，"我不缺这个。"

白杨松了口气，看来不需要自己去帮忙买了。

"BG4MSR，BG4MSR，咱们言归正传，回到正题，我需要你提供一个足够安全的位置，可以用来埋藏时间胶囊，明白么？"白杨接着说，"我记得你就住在苜蓿园大街附近？那么最好在这附近找一个地点，确保它能安全地到你手上，OVER。"

这个地点只能由女孩来找，因为只有她才知道哪些地方仍然保持完好，哪些地方被破坏殆尽。

频道里沉默了几秒钟，然后对方说话了："BG4MXH，你知道梅花山庄吗？"

白杨一愣，惊得差点跳起来。

他当然知道梅花山庄，他岂止知道梅花山庄，他就住在这里！

"BG4MSR，我知道梅花山庄，OVER。"

"我住在梅花山庄，梅花山庄在我这个时代仍然保持完好，没有遭到严重的破坏，所以你可以在梅花山庄里找一个地方埋藏时间胶囊，OVER。"

白杨半天说不出话来，她居然也住在梅花山庄，这未免太巧了吧，这真不是小区里的某个姐姐在整蛊戏弄自己？白杨努力寻思，也没发现自己认识这样的邻居。

"BG4MXH？"

"我在我在……BG4MSR，这里是BG4MXH，那咱们来核对一下位置，你住在梅花山庄，那应该对梅花山庄很熟悉，咱们来挑一个地点，如果你我都认为能行，那就把时间胶囊埋在那里。"白杨回复，"你觉得如何？ OVER。"

"好，OVER。"

"BG4MSR，梅花山庄大门，就苜蓿园大街那道门进来，面朝小区内人行道和自行车道左手边的草坪，草坪上立着一排宣传栏，你知道么？ OVER。"白杨对小区内的布局烂熟于心，他今天放学才刚刚从那条路上经过。

"草坪我知道，现在是很高很高的草丛，但是没有宣传栏，OVER。"

"宣传栏呢？"

"没了，应该是被蒸发了，OVER。"

"那草坪上的树呢？ 树还在么？"

"树？"耳机里顿了顿，"没有树啊。"

从梅花山庄的大门进来，居中是保安岗亭，岗亭两边是两条宽阔的行车道，行车道再两边是人行道和自行车道，都铺着白色的方形小地砖，人行道外侧就是绿化带，绿化带里种着草坪，草坪上种着粗壮的樟树，枝繁叶茂。

白杨闭上眼睛，那熟悉的景象自然而然地浮现在眼前。

"树哪儿去了？"

"大概跟着宣传栏一起蒸发了吧，OVER。"

蒸……蒸发，这个词用得真是叫人心惊胆战。

"BG4MSR，你知道当年地球究竟发生了什么灾难么？ OVER。"

"嗯……它发生在我很小的时候，我不太清楚，我只记得被老师带着跑来跑去，还有红色的夜晚，黑色的月亮，巨大的影子在高楼之间爬来爬去，我也不知道它们是什么，来自哪里，那些年世界很混乱，大部分时候我都藏在很深的下水道或者防空洞里，很少到地面上来。"女孩说，"那段日子晚上睡觉能一直听到轰轰的声响，像打雷一样，老师说是军队。"

"后来呢？"

"后来……到了某一天，是一个大晴天，老师带着我从地下出来了，可是整个城市就只剩下我们两个人了。"女孩接着说。

"你老师呢？"白杨问，"她现在在哪儿？"

"埋在楼下了。"

白杨愣了愣。

"BG4MSR，你说有巨大的影子在高楼之间爬来爬去，那些东西现在到哪儿去了？"

"消失了，人死光之后它们就消失了。"

白杨坐在椅子上发呆，他原以为会是什么超大型的自然灾害，比如冰山融化导致海平面上升，淹没陆地，或者全球超强地震，引起大规模海啸或火山喷发，甚至全球核战争爆发，核弹把城市都给犁平了——但这些在白杨眼中最糟糕的设想，都远不如BG4MSR描述的恐怖和诡异。

她说的根本不可能是自然灾害。

此时此刻，白杨只能希望这姑娘是在戏弄自己，他花了这么多时间精力，花了这么多钱，却宁愿这一切都是在做无用功，宁愿时间胶囊不被任何人收到——只要能验证对方在撒谎，那才是最好的结果。

BG4MSR 所说的一切为真的概率有多高？一千万亿分之一，不能再多了。这么低的概率，自己不会踩中吧？真能踩中就该去买彩票，明年高考闭着眼睛蒙选择题。

"BG4MXH？BG4MXH？我们接着找吗？OVER。"

"好好好，我们接着找，那咱们再往里走一点，从大门进来，行车道走到头是一片花圃，种满了紫叶小檗和红花檵木，花圃后面是小区广场，广场上还有一条散步乘凉用的白色长廊，你知道吗？OVER。"

"知道，长满了杂草，OVER。"

"那里保存还完好么？"

"完好，OVER。"

"没有被什么东西犁过地吧？"白杨问，"或者被炸出过大坑什么的。"

"没有。"

"那好，就把时间胶囊埋在那里，不过详细位置只有等我埋好了才能再告诉你。"

按理来说，对方是未来人——如果她真是二十年后的未来人，那么在她那个时代，时间胶囊已经埋好等了二十年，BG4MSR 甚至今晚就能去挖时间胶囊，虽然白杨此时还没把时间胶囊埋下去。

白杨一开始是这么想的。可真到操作层面了，他才意识到这事办不到。因为他自己也不知道详细位置在哪儿。

要在小区草坪上挖个深坑埋时间胶囊，毫无疑问是破坏行为，不能在大白天干，否则会被保安抓住，只能在夜深人静时偷偷地去，还得注意不能被人发现，所以这事儿得随机应变，如果条件不允许，临时更换埋藏地点都有可能——在这种情况下，白杨如何提前告知对方确切位置呢？

只有等自己埋下时间胶囊，尘埃落定，他才有了胶囊准确的位置信息。

这是白杨第一次察觉到运送时光慢递的要点，也是第一个必备要素，那就是双方中至少有一方必须掌握确切信息，这个信息包括准确的时间坐标和空间坐标。

可后面发生的事实证明，他还是把问题想得太简单了。

当天晚上，白杨躺在床上睡不着。

最近这些天他总是晚上睡不着。

今天是9月29日，明天是国庆节假期前的最后一个工作日，后天就开始放假了，尽管是高三学生，但教育局给他们放满了七天假期，还严令不许补课。

今晚没有月亮，雨天之后没有放晴，挂在墙外的空调外机在嗡嗡响，室内的温度被设置成二十五摄氏度，虽然不燥热，但却憋闷，可能是门窗关闭太久，二氧化碳浓度上升了，白杨深吸了一口气，抬手搭在额头上。

他穿着白色短袖T恤，黑色的大短裤，曲起一条腿，身体瘫在床上一动不动，但思想在信马由缰。

等明天氚管到了，他就可以开始动手制作时间标记物，再把它塞进时间胶囊，埋到小区广场边的草坪里。该埋到哪儿呢？白杨在眼前勾勒出梅花山庄小区广场的平面图，那一片广场老大了。就时间胶囊这么个二十厘米长的小东西，如果随便找个地方埋了，那想找到得用翻土机把地都犁一边。如果她有金属探测器就好办了——就战争片《地雷战》里工兵用来对付地雷的探雷器，像割草机一样在地上扫来扫去，找到地雷就滴滴地响，它的原理是简单的电磁感应，只要女孩手里拎着金属探测仪，在草坪上扫一圈，就能找到自己埋下去的时间胶囊。当然也可能挖到未爆的迫击炮弹。

所以得有个标记物。

埋在长椅后面？或者埋在树下？白杨忖度着，毫无疑问，标记物是很重要的，但他又不能把时间胶囊埋在过于显眼、容易被发现的地方，毕竟那东西要安全地藏二十年时间。

如果藏在太容易被找到的地方，那说不准未来哪一天就被某个程咬金半道杀出来截胡了。人类文明毁灭的大灾变，世界将变得多混乱，白杨根本想象不出。

他决定明天白天再到实地踩个点，找几个备选位置，这个位置必须具备以下条件：

第一，隐蔽。在长达二十年的时间内不能被人发现。

第二，安全。不能在灾难中遗失或者遭到破坏。

第三，确保对方能找到。所以得有一个准确的坐标，即使过去二十年，对方都能根据坐标找到埋藏地点。

等自己把时间胶囊埋好了，就把位置告诉BG4MSR，让她去挖出来。

白杨长吁一口气。这事真有趣，电台辐射出的电磁波真有能力穿越时间吗？icom725短波电台发出的14.255 MHz短波——光也是电磁波，光有能力跨越时间吗？

光或许有能力跨越时间，在任意一个繁星璀璨的夜晚，睁开眼睛往天上看，你所见的整个星空都很古老。

对你而言，它们是过去；对它们而言，你是未来。

但你是否能和它们实时通话呢？

未来与过去是否能实时通话呢？

物理老师在棺材里锤板：不可能！信息传递速度不可能超过光速！

白杨在物理老师的棺材板上翻了个身，侧着身子，望向书架上那台黑色的icom725，别人老说它是收音机，实际上它的结构比收音机确实也复杂不到哪儿去——无线电台的核心不过是一组简单的LC振荡电路，而LC振荡电路的基本构成不过是一个电感和一个电容，电感在淘宝上花两块钱可以买一把，电容花两块钱可以买一大把，这两样东西串在一起就能产生高频振荡电流，而像725这种用石英晶振的电台更省事，晶体通电就能震，就像踩了电门的何乐勤，只不过何乐勤一秒抖几次，晶振一秒抖几百万次，抖出来的高频振荡信号再通过功放和天线发射出去，这就是无线电台发射机的原理……如此简单的结构，说它能穿越时间，倒不如说用木板和钉子能造出宇宙飞船。

这世上许许多多看上去玄之又玄的东西，只要把它的壳子揭开，就会发现它们不过是草台班子。

白杨再翻了个身，仰躺着望着天花板。房间里光线很暗，卧室的白色房顶已经没法反射出足够的光线进入白杨的眼里，所以在白杨看来那不是白色，但也不是黑色，就像闭上眼睛之后看到的景象，你很难说那是某种颜色，它是模糊的、昏暗的，仿佛跳动着老黑白电视机噪点。

白杨从枕头底下摸出手机，对着天花板打开手电。卧室里一下子亮了起来，天花板上一个巨大的白色光斑，此时光线的路径是清晰可循的，白杨想起无线电台的电磁波传播途径，无线电波从电台的天线辐射出来，往上几十公里触碰到电离层，再被反射下来——就像此刻白杨手里的手电筒，灯光从 LED 中发出，往上触碰到屋顶，再被反射到一双睁开的眼睛里——

女孩眨了眨眼睛。

半夏仰躺在床上，愣愣地看着天花板上的白色光斑。

她晃了晃手中的小台灯，天花板上的光斑也跟着晃动，这游戏说实话挺无聊的，她又不是猫，对晃来晃去的光点不感兴趣。

可她也没其他事可做。

晚上睡不着，半夏翻过身来趴在床上，她上身一件白色的小背心，下身穿着黑色睡裤，抱住枕头把脸埋进去，然后两条小腿扬起来一下一下地拍着床板，拍得很用力，砰砰地响。

拍了几分钟，她又不动了，直挺挺地趴在床上，脸闷在枕头里，像一具尸体。

好烦。

明天——最多后天，BG4MXH 就会告诉自己去哪儿挖宝。这个计划真的能成功吗？

好烦好烦好烦好烦。如果不能成功，就取他项上狗头！哼！半夏抬起手来虚空一划。

不行，他是唯一知道我的人呢，这个若没了，下一个去哪儿找？于是半夏又伸出双手把头虚空装了回去。

果真是生理期来了，平时就不见得有这么焦躁，半夏把脸抬起来，长叹了一口气，把嘴里的发丝吐掉，然后翻过身来仰躺在床上，把台灯举在手里。

她有规律地按动手里的台灯开关，让灯光闪烁。

老师教过半夏怎么发CW等幅报，也就是莫尔斯电码，但半夏用得不甚熟练，因为很少派得上用场。

长长短，嗒嗒嘀。

"G。"半夏在心里默念。

长长长，嗒嗒嗒。

"O。"

长长长，嗒嗒嗒。

"O。"

长短短，嗒嘀嘀。

"D。"

"再接下来是……"

短长短短，短短长，长短长短，长短长。

"Luck。"

"Good luck。"

短短短短，短长，短长长短，短长长短，长短长长。

"Happy。"

半夏用手指在黑暗中划出两条短弧线，再划出一条长弧线，组成一张小小的笑脸。

4

9月30日，氚管终于到了。

白杨放了学就直奔菜鸟驿站，取了氚管回来，外面用小小的棕色纸盒包裹，拆开来里面是白色泡沫和包装纸，氚管只有两厘米那么长，细细的一根玻璃制品，非常脆弱，在黑暗中发出绿色的幽幽荧光。

四根氚管的亮度都差不多，在漆黑的房间里，把氚管放在课本上，能看到它周边纸面上的字迹，有一根看上去好像稍微暗一些，不知道是不是心理作用，那确实是使用时间最长的一根氚管。

白杨把四根按顺序依次排开在桌面上，再把书架上的一只木质小相框拿下来，相框里是一幅小小的《向日葵》，梵高的真品的复制品的盗版缩小复印版。接下来，他把相框拆开，把有机玻璃和相框里面的画都取出来，再用UV胶把氚管按照预定次序顺时针一个一个地粘在木相框内侧，一条边上粘一个，粘好之后再用紫外灯照一遍，确认粘牢了不会掉下来。最后他把《向日葵》换成《初音未来在斯大林格勒》，小心翼翼地装回去，把相框扣好。关上房间里的灯，白杨可以清晰地看到支在桌上的相框，氚管刚好照亮初音未来。

大功告成。只要他不说，没人知道这东西是个时间指示器，只会觉得它是一幅画。

白杨把相框塞进时间胶囊里，再在胶囊的内部空隙里塞进珍珠棉填充，最后用扳手把螺栓全部拧紧，用力摇了摇，确保里面的东西不会剧烈晃动。

至此为止，白杨的时光慢递就全部做完了。

万事俱备，只欠东风。接下来要做的事，就是把它埋进地下。

晚上取完快递回来的路上，白杨已经进行了精确的踩点，他找到了四个备选位置，都适合埋藏时间胶囊。

白杨长舒了一口气，往床上一倒。他嘿嘿笑，总算完成了这项大工程，这在心里不得夸自己几句牛逼？

牛逼！

牛逼！

Niubility！

白杨掏出手机看了一眼时间，现在的时间是晚上11点半，他预定的行动时间是凌晨2点，所以定了凌晨2点的闹钟，时间胶囊和铲子都放在床底下呢，用背包装着……等时间一到，他就背起包悄悄下楼，在夜深人静中挖个深坑，把时间胶囊埋进去，白杨把这次计划取名为"小区花园行动"，此次行动的要点是隐蔽！隐蔽！还是隐蔽！

万一被小区保安给抓住了，那他这一世英名啊，可就晚节不保了。

待会儿再和BG4MSR通个气，说今晚要去埋胶囊。如果她愿意等，可以等到自己埋好了胶囊再回来通知她，白杨估计了一下时间，大概凌晨3点能搞定，如果不想等到太晚，也可以明天通联时告诉她具体位置。

白杨躺在床上，注视着手机屏幕，时间在一分一秒地流逝，距离凌晨2点越来越近。少年的一条腿垂下来轻轻晃动，腿边就是黑色的背包。背包鼓鼓囊囊的，拉链没能完全合拢，突出来一截铲子柄。

艰难的时光慢递

为什么叫时光慢递，而不叫时光快递？

快递的意思，是快件发出之后它的运输速度一定比你本人快，假如有一份快件从杭州发往上海，你通过四通一达和中国邮政在两天之内送到，这就叫快递。

但如果是你自己拎着快件，沿着高速公路一步一步地走到目的地，你和货物同时抵达，那就不叫快递。

可空间上的移动能加速，时间上的移动无法加速。

当白杨在草坪上挖出一个深坑，把时间胶囊放进去，再把土填平，胶囊的时间流速与他并没有任何区别，坑里并没有一条时间隧道直通二十年后，在时间轴上，白杨和胶囊的移动速度是一模一样的。

两者在同步前进，明天白杨来看时胶囊还会在原处，明年来看时它还在原处，十年后来看它仍然在那里。

它走得并不比你快，把它送往二十年后，你也需付出二十年光阴。

等它抵达目的地，要等到天荒地老。

从头到尾纵观整个事件，对白杨而言，第一次运送时光慢递毫无疑问是最困难的，由于摸不清楚规律和机制，完全是盲人摸象，他做了许多无用功——尽管白杨当时自认为自己相当缜密，已经把能考虑到的影响因素都考虑进去了，避免了一切可能的干扰，可他最终还是失败了。

对方没有找到任何东西。

他不明白是为什么，当时摆在他面前的唯一理由就是半夏在撒谎，所以第一次运送时间胶囊失败之后，白杨对半夏的怀疑上升到了最高点。

所以你当时在想什么？我问，女孩在撒谎么？捉弄你？

坐在对面的男生沉吟了几秒钟，然后把头扭向窗外，我看不到他的眼神，只能看到他点了点头，听到他说，第一反应是这个。

2020年下半年，10月国庆节假期的某一天，我第一次登门拜访了当事人，此时距离一切结束已经过去了半年时间。

梅花山庄11栋是一座很老的楼，一共八层，没有电梯，从单元楼门进去，能看到墙壁上挂着锈迹斑斑的邮箱，靠墙停着一辆破旧的公路自行车。顺着阶梯一级一级地爬上去，八楼在顶层，楼道里还拉着晾衣绳，绳子上挂着湿衣服。

我在805那户的铁门上敲了敲，来开门的是一个年轻的男生——此时他已经是大学生了，身上穿着简单的黑色短袖衬衫，头发有点蓬乱，脚下踏着拖鞋，看到他的第一眼，我知道这就是我要找的人，因为这个年轻人和我脑中想象的白杨完全相符，但他有些疑虑地盯着我看了半晌，可能是在思考眼前这个风尘仆仆的男人是否就是昨天晚上和他在微信上长谈的作家。

白杨带我进入他的房间，他说现在家里只有他一个人，父母丢下他出去旅游了。

房间同时是书房和卧室，空间不大，坐两个人刚好够转身。

我的目光很快被书架上的一台黑色庞然大物吸引，看上去像是某种大型收音机。

那就是725？我还未见过那台可能拯救了世界的功勋业余无线电台，不由好奇地问道。

啊，那不是拐两五。白杨笑了笑，那是IC-R8600，无委会的人送我的，拐两五被南大的人拿走了，说要研究。

当采访中提及第一次时光慢递时，白杨思索了许久，向我抛出了一个问题：天瑞老师，你想象中的时光慢递是什么样的？

我愣了一下。

时光慢递是什么样子？大概是在地上挖一个坑，把东西埋进去，埋二十年，然后对方再挖出来？

就这么简单么？白杨问。

那还能有多复杂呢？不就这么简单吗？我问。

那天瑞老师，咱们来设想一种情况，白杨说，假设你生活在二十年后，我要给你送东西，我现在脑子里有一个念头，决定今天晚上把时间胶囊埋在楼下，但是我在还没埋的时候，就用电台通知你，让你去挖，你觉得能挖到么？

我皱起眉头，细细思索。

天瑞老师，你是不是有这种想法，对于二十年后的人而言，现在发生的事已成历史，所以尽管这个时代还没埋下去，但在未来人看来胶囊已经埋了二十年？

白杨笑了。

我一愣，点点头。

实际上这不可能发生，因为根本就挖不到。白杨说，我花了很长时间摸索和尝试，总结出的第一条规律——我叫作时光慢递三定律第一定律，就是时光慢递要成功的第一个前提条件，是发件方必须知道快件位置的确定信息，或者说快件的状态必须是确定的，包括空间坐标和时间坐标。

在操作层面上，就是发件方必须把胶囊切实埋好之后，才具备时光慢递的前提条件。白杨说，而在埋好之前，它的状态是不确定的，只要存在不确定性，时光慢递就大概率失败。说完，白杨又总结了一句：总而言之，胶囊埋好之前尝试运送的都免谈，一票否决，就像我刚刚举的那个例子，尽管我准备晚上埋时间胶囊，但在我行动之前有一万种原因把这事耽搁掉，比如说我临时改主意了，或者下楼时摔一跤不幸骨折。

我消化了一会儿这几句话，随即意识到一个问题。

你第一次时光慢递的时候，是把时间胶囊埋好之后再通知半夏的，这完全满足条件，为什么还是失败了？我问。

白杨轻吁了一口气，又提出了一个问题：天瑞老师，你再设想一种情况，你仍然生活在二十年后，而我生活在现代，你用电台跟我通话，让我把胶囊埋在某个地方，然后你再去挖……你能挖到它么？

他没有留给我插嘴的时间，径直往下说，假如能挖到，这里就存在一个悖论呀，天瑞老师你看，你生活在未来，我生活在现代，你的要求是因，我埋胶囊是果，因怎么可能发生在果的后面呢？这因果关系不就颠倒了吗？

我此时完全沉浸在思考中，而白杨再把这个问题往更荒诞的方向推进了一步。

天瑞老师，你在室外的草坪上挖个坑，然后用电台通知我，让我在同样的地点埋个胶囊，那会发生什么呢？原本空空如也的坑里会突然蹦出来一个胶囊吗？

我愈发吃惊。这个问题确实荒诞，但又难以解释。

假如我生活在二十年后，我面对着一堵白墙，用电台穿越时间通知白杨在同一堵墙上画一幅画，那么我眼前的白墙会发生什么变化？突然变出一幅画来？

我摇了摇头，表示想不通，无法解释，只能等待白杨解密。

无须解释。白杨解密了，因为这一切不会发生，不会发生悖论，你生活在二十年后，用电台通知我去埋胶囊，但是你不会挖到它，你挖个坑让我在同　个位置埋胶囊，那个坑不会有任何变化，仍然是个空空如也的坑。

照这么说，如果我生活在二十年后，看到一面白墙，再用电台通知你在同一面白墙上画画，我看到的白墙仍然不会有任何变化？
我问。

是的，仍是一堵白墙。白杨点点头，不会发生凭空变出一幅画
这么离奇的事情。

为什么会这样？我相当诧异。没有悖论，这确实让人稍微好理
解了，但那面墙为什么不会有任何变化？二十年前画上去的画到哪
儿去了？

这个问题的原因，和我第一次时光慢递失败的原因是同一个。
白杨叹了口气，他忽然正了正色，用很严肃的语气对我说，因为它
违背了时光慢递三定律的第二定律。

第三章

1

当天晚上，半夏开着电台等到了凌晨3点，她才不去睡觉，这么紧要的关头，怎么能睡觉？她一刻都不想等。

半夏趴在桌子上，戴着耳机，听着细微的电流噪音，就像坐在海边听着无边无际的浪涛，在那电磁波的无边大海里，她踮起脚眺望，希望能看到一艘小船的桅杆出现在地平线上，而那艘船会带来一条重要的消息。

不知等了多久，直到那熟悉的声音响起在频道里，半夏陡然来了精神。

对方喘着粗气，也不废话，直接报位置："小区广场长廊靠西这边尽头，居中的那块地砖下面！"

半夏摘下耳机就狂奔而出。

凌晨3点，她带着铲子和小刀，钻进齐人的草丛里，梅花山庄小区广场早就看不出原来的样子，白杨所说的长廊也被疯长的杂草淹没了，老师叮嘱过她不要往里钻，因为里面有蛇，有全村吃饭蛇①，可半夏管不了那么多，她现在满脑子都是那块地砖。

白杨提供的位置足够准确，半夏很快找到了那块砖，用小刀的刀刃插入砖块缝隙，果然是松动的。她顿时惊喜。

半夏用力把地砖撬起来，再挥起铲子开挖，越挖越兴奋，会是什么呢？

吃的？

可我不缺吃的。

喝的？

喝的保存不了太久吧？

药物？

是止疼药就好了，多给我来点止疼药。

半夏一边兴奋地默念，一边用力往下挖，挥铲如风，可是挖着挖着她意识到不对劲了。挖得很深了，可是什么都没有。

东西呢？

难道是自己搞错了位置？或者是他记错了位置？

半夏又开始挖周边的地砖，把紧挨着的第二块地砖撬起来，气喘吁吁地挖到齐膝的深度，除了石头，仍然什么都没发现。

再挖第三块。

第四块。

半夏把长廊的地砖一块一块地撬起来，接着用铲子深挖。

---

① 网络流行词，其含义为指拥有剧毒的蛇类，被咬了一口就会死人的，于是家里人要举行葬礼请全村人吃饭。

没有。

没有。

没有。

都没有。

为什么都没有？

这一夜半夏发疯似的挖遍了半条长廊所有的地砖，挖得浑身是泥，狼狈不堪，双手十指鲜血淋漓，最终一无所获。她筋疲力尽地靠着长廊的柱子，望着高楼之间升起的一缕朝阳，目光茫然。

从第二天开始，就是一个漫长的十一黄金周假期，老爹提过的猎狐比赛白杨也没去，不是不感兴趣，而是这么大热的天跑到山里去晒太阳，那不叫火腿，应该叫火腿肠，火腿嫌命长。

南京年年都是大火炉，狗都热死。

然后成为热狗。

今天吃午饭的时候，老爹对白杨提起昨天下午出车的时候碰到你王叔。

"你们没喝酒吧?"老妈非常敏锐。

"没有没有。"老爹连忙否认，"我开车呢，哪敢喝酒。"

老爹其实好酒，但是不敢喝，因为他酒品极差，而且喝酒必断片，喝得迷迷糊糊一觉醒来绝对不记得自己做过什么。根据老妈的说法，刚结婚那阵子，他曾经借着酒劲把家里的长虹电视机给拆了——说来也奇怪，喝醉了的老爹别的不记得，但是怎么拆电视机他记得清清楚楚。酒醒之后还报警说自己家里遭贼了，贼把电视机拆了。

"你王叔跟我说前段时间听到你在频道上叽叽歪歪。"老爹说，"他说你还没考证呢，先把电台放一放，专心对付高考。"

"哦。"白杨低头扒饭。

老爹口中的王叔自然是王宁。当年老爹、王宁和赵博文三人号称苏南铁三角，在HAM圈里鼎鼎有名，后来赵博文考上大学研究物理去了，如今在南京大学教书，老爹高考落榜，于是参军入伍，在海军当通信技术兵，转业之后没有要分配，待在市里开滴滴。而王宁呢，则在南京市无委会摸鱼，无委会是个非常清闲的单位，一包烟，一杯茶，一张报纸坐一天，小时候老爹经常带着他去无委会那边玩，办公点就在玄武区龙蟠中路，是一栋不起眼的灰色水泥大楼。

理论上来说，无委会有能力监听市内所有的无线电通信，无论是不是业余频道，他们是官方的无线电监测机构，担负着维护南京市电磁环境和通信秩序的重任，但这个年代业余无线电愈发冷门，所以无委会武备废弛刀枪入库马放南山，业余频道随他去了，重点是广播和警用频道。

那业余频道还监不监呢？监还是监，那听不听呢？听是不听了。大不了有人举报去倒查录音。只要你不在业余频道上超功率放炮，或者无差别骂街，基本上不管你了。用王宁的话来说，谁愿意一天到晚听一群年近四五十的油腻中年男咋呼？

"还有，你上次说BG4MSR这个呼号，是BG4MSR吧？"

白杨点点头。

"就没这个呼号。"老爹说。

白杨一怔。

"人家编了个呼号来糊弄你呢。"老爹说，"你这碰到的都是些什么人，真是女人的嘴……"

"女人的嘴？"老妈眉毛一扬。

"……柔情似水。"

白杨点点头，他有点心不在焉，呼号不重要，编的就编的吧。此刻白杨没心思想什么呼号的问题，他只希望尽快收到那女孩的回复，他想知道时间胶囊是否被成功接收。如果她挖到了时间胶囊，那白杨就有十足的把握可以判断那姑娘所生活的年代，相框内的氚管是隐蔽而又绝对可靠的时间指示器。

但是白天联系不上BG4MSR，上午的时候白杨就打开电台试着在14255上呼叫过，无人回应，可能是没上线。

往常他们通联的时间都是在晚上10点以后，白杨也只能等到今天晚上10点以后才能得知结果。一想到那么晚才能出结果，白杨就巴不得现在吃的是晚饭。

可下午还和何大少、严哥约好了一起去看《中国机长》。

白杨叹了口气，难得有空闲去看电影，他却没这个心思，在今天晚上10点通联之前的一切活动他都提不起兴趣，白杨是如此惦记那颗时间胶囊，以至于满脑子都是它，下一次如果还有什么东西能让他如此上心和记挂，大概就是明年高考后的分数。

高考分数或许都不会令他如此忐忑，毕竟南航附中考不上南航。

下了楼，拐个弯，远远地看到两人骑着自行车在小区门口挥手，共享单车进不了小区，所以严芷涵和何乐勤就在门口等他。

"小白羊！你搞快点诶！"

下午3点的场，着什么急啊，白杨心说。

何乐勤穿着一件李宁的蓝色T恤，下身黑色七分裤，屁股坐在自行车的坐垫上，一只脚踩在踏板上，另一只脚着地，正在低头看手机。严芷涵则穿着白色的短袖和牛仔热裤，脚穿白色运动鞋，头上戴着一只宽檐草帽，手里拎着两瓶冷冻过的农夫山泉。两人都躲在树荫下躲避毒辣的阳光，看到白杨过来了，严芷涵把自行车靠在小区的围栏上，小跑着过去把矿泉水塞进他手里。

"你好慢。"她说。

"我们家吃饭晚嘛。"白杨无奈地耸耸肩，"你知道的，理解万岁。"

"小白羊去扫一辆车。"何乐勤抬起头说。

"靠，骑车去？"白杨吃了一惊，"万达在新街口呢？"

"骑车去地铁站啊，呆逼。"何乐勤说，"这么大的太阳你想步行去地铁站？你是蠢啊？"

白杨扫了一辆哈啰单车，三个人挤在自行车道里往地铁站骑，有一搭没一搭地聊。

"看完电影到几点了？"

"5点了吧？"

"咱们晚上吃什么？哎哎哎……严哥你别挤我呀，你要把我挤倒了。"

"谁让你骑那么慢？那让开我到前面去。"

"晚上在新百找个地方吃饭吧，吃蛙怎么样？好久没吃蛙了，我就是世界第一蛙杀手！人称蛙见愁。"

"石锅牛蛙？"

"哎两位，小白羊，何大少，新百上有猫咖诶！我想去撸猫。"

"撸猫有什么意思？我跟你说，那些猫咖里味道都臭烘烘的，因为他们不能打开门窗，所以味道就很重很难闻。"

"《中国机长》好看吗？"

"美团上评分不错。"

"美团上那评分能看？"

"严哥，票都买好了，马上开场了。"

"骑快点！骑快点！前面的绿灯还有十秒钟！"

"哎哟，你们赶着投胎呀？"

"快！冲！"

2

半夏靠着长廊坍塌的柱子，一直坐到了天亮，清晨的阳光下荒草丛生，微风中带着泥土的味道，万物都在苏醒，但唯独这个城市没有跟着醒来，也永远不会再醒来了。

铲子和小刀扔在地上，女孩低头看着自己的手，沾满泥土，关节刺痛。

她仰起头，让后脑靠着粗糙的水泥柱子，怔怔地望着头顶上粗壮的架子，由预制板横竖穿插搭建起来的格子是镂空的，架在立柱上搭成一条长廊，不能遮风挡雨，但是能用来爬藤萝，想来在世界未毁灭的年代里，这条长廊顶上应该覆着厚厚的绿色盖子，那是植物茂密的藤蔓和枝叶。

可如今什么都没了，长廊塌了一半，被烧得焦黑，这个世界哪里都是杂草，唯独这条长廊上光秃秃的。

手很疼，一阵一阵的刺痛，两只手的食指中指都红肿得和馒头一样，用力怼石头怼成了这样。昨天晚上挖得太狠，太急，太疯狂，手受伤了都没顾上。

她从凌晨3点开始一直挖到早上6点，挖了三个多小时，几乎把所有的地砖都翻了个遍，挖到后面半夏绝望了，她甚至觉得自己并非身处2040年的南京，而是一个与世隔绝的平行宇宙，除了无线电波，她什么都送不出去，除了无线电波，别人也什么都送不进来。

现在她冷静下来，开始思考究竟是哪里出了问题。

那颗时间胶囊到哪儿去了？是在过去二十年里被什么人挖走了么？

半夏坐在长凳上，歪着身子倚着立柱发呆，并着双腿，低垂眼帘，浓密的睫毛微微颤动。不知道从哪儿钻出来一只麻雀，在地上蹦蹦跳跳，歪着脑袋看女孩，毛茸茸的像一只球，她在脑子里估算了一下把它抓住带回去煮汤的难度，然后放弃了计划，抓鸟要用网，徒手太困难了。

半夏对时光慢递没有概念，在她的想象中，这是一个简单的过程——双方约定好位置，对方把时间胶囊埋藏好，然后自己去挖出来。

但事实证明，这个简单的过程失败了。

当晚，白杨洗完澡，还没擦干头发就坐到了桌子前头，一边手揉着毛巾在头发上搓，一边利索地打开电台。

今天下午可累得够呛，在万达影城看完《中国机长》，严哥执意要去猫咖逛逛，于是三人又去找猫咖——说是猫咖，其实又养猫又养狗还养鸭子。在猫咖里，白杨碰到了一只骄傲的英短，在别的猫都追着金枪鱼猫粮罐头打架的时候，那只英短蹲坐在猫爬架上稳如泰山、目不斜视，它是如此高傲，以至于让白杨等人都觉得它才是店长，严哥说这些喵星人看似是咖啡厅养来吸引客人的，说不定它们才是主人，它们在晚上关店之后就开大会，讨论今天的营业情况和哪个人类最温顺，而这只英短就坐在高高的猫爬架上发言：下面我简单地喵两句……

严芷涵话还没说完，那只英短就一跃而下，把桌子上服务员送来的柠檬茶打翻了，湿了何乐勤一裤子。

"BG4MSR，BG4MSR，这里是BG4MXH，怎么样？收到时间胶囊了吗？OVER。"白杨捏着手咪呼叫。

"……什么？没有？没有时间胶囊？"白杨一愣，"姐姐，你确认你挖对地方了吗？OVER。"

"没错，没错，就是小区广场那条长廊底下，地砖下面，OVER。"

"全挖了都没有？"

"BG4MSR，是一个不锈钢的罐子，大概矿泉水瓶那么长，OVER。"

"没看到？"

白杨呆呆地坐在椅子上，然后捏着手咪说了一句："BG4MSR，麻烦你稍等我一下，OVER。"然后他摘下耳机，穿好裤子就冲了出去。

"小杨？干吗去啊？"

"马上回来！"

在玄关换好鞋子，白杨一路飞奔下楼，急匆匆地冲到昨天晚上埋时间胶囊的地点，顾不上踩踏草坪，直接横穿花圃。

脚踩在长廊的地砖上，气喘吁吁地蹲下来查看，这里还保留着昨天晚上被白杨恢复好的样子，他在埋好时间胶囊之后为了防止被其他人发现，非常仔细地把泥土都埋了回去，把地砖恢复成了原样，还把地面都清扫干净了……白杨没有发现任何被人动过的痕迹，甚至地砖上浅显的划痕都没有任何变化。

他坐在长凳上大喘气，擦了把汗。

没人动过，时间胶囊还在，为什么她没挖到？

白杨一步一步地走回家，一边走一边思索。莫非是在未来二十年里，真有人横插一杠子，把这枚时间胶囊给截胡了？

发生这种事的概率有多大？

他已经向BG4MSR确认过，小区广场没有遭到摧毁，没有炸出过大坑，地皮也没有被翻起来过，那么时间胶囊就不可能主动暴露在世人的眼里，除非有人主动去挖它，但是谁会去挖它？白杨精心选择的隐蔽地点，谁能知道那里埋着时间胶囊？

白杨走进单元楼，慢慢地拾级而上。他想起某些凶案，凶手把尸体骸骨埋在地下几十年，都没被人发现。所以时间胶囊被人半路截胡的概率很小很小。

那么另一个可能性就很大很大了。

只要用奥卡姆剃刀，把一切不靠谱的推测全部斩除干净，最后剩下最合理的结果是显而易见的——白杨被耍了。

这一切都是扯淡。

短波电台发出的无线电波根本不可能穿越时空（爱因斯坦和麦克斯韦欣慰地躺好了），BG4MSR就住在梅花山庄小区某栋楼里，这戏精姐姐就是想整蛊白杨，所以编了个故事出来，把他耍得团团转，说不定此刻她正靠在阳台上饶有兴趣地望着白杨忙前忙后呢，真是恶趣味。

如今回过头来看这些事，无论这次的时间胶囊，还是大半个月之前的见面，多明显啊，对方就是在演戏，他之前怎么就鬼迷心窍了呢？

他觉得很对不起棺材里的物理老师，作为一个物理考试次次都能及格的高三生，他居然会轻信超时空通联这种鬼话！这么多年读的书都被何乐勤给吃了。

果然是一听到人家姑娘清脆的声音就迷糊得找不到北了，亏自己还郑重其事地给她写信。太中二了，太羞耻了！

白杨捂脸。好在没有第二个人知道这事，他叹了口气，到此为止了，待会儿回去，那姑娘恐怕会揭露谜底了，她不揭露谜底，自己也要揭露谜底，这戏再演下去也没意义了。他不想再奉陪了，暗搓搓地躲在暗处搞事算什么本事，有本事明天出来见面拼刺刀。

再见！

73！

拜拜了您嘞！

白杨决定把这事儿放下了，他觉得再相信那台破icom725能超时空通联就是在侮辱智商。

尽管戏精姐姐还不死心，仍在妄图争辩，可白杨没有耐心了，自己陪她玩了这么久，也该有个头，他这次意志坚定，多拖一秒钟都对不起物理老师。

我可是高三学生，看上去有那么闲么？

既然决定不再管这事，那么时间胶囊也没必要再留在那儿了，第二天晚上，白杨背着铲子小刀和手电筒下楼，撬开长廊下的地砖，悄悄地把时间胶囊挖了出来，他把这次行动命名为"凹陷部"，看着手里沉甸甸的不锈钢罐头，白杨叹了口气，自己之前怎么就相信了这些离谱的鬼话呢？还既花时间又花钱地准备时间胶囊。

他踮起脚把不锈钢的胶囊放在书架顶上，束之高阁。再往床上一躺，摊开手脚摆成大字。

有这个空闲干什么不好……不如上Steam看一眼有没有新游戏促销打折，难得的国庆假期，爹妈特许可以碰电脑的时间。这么想着，白杨一个鲤鱼打挺翻身爬起来打开电脑，想看看《骑马与砍杀》有没有打折。

十七八岁的高中生，正是精力和体力都旺盛且充沛的年龄，注意力向来是转移得极快的，业余无线电只是白杨诸多爱好中的一个，在有时间打《文明6》和《骑砍》的时候，显然是游戏的吸引力更大。

接下来的三天时间，白杨都在与何乐勤联机打《文明6》的快乐虐菜中度过，何大少人菜瘾大，热衷于建造奇观，白杨盘盘斯基泰马其顿，游戏到中局就大兵压境，何乐勤拆东墙补西墙，次次被打到崩盘。

何乐勤悲愤地大吼：你等老子把奇观建好啊！

白杨：奇观误国啊陛下。

《文明》才是真正的时光穿梭机，下午6点开机，下午5点关机。

直到10月4日这天中午，白杨被老妈使唤下楼丢垃圾，刚刚走出单元楼门，就迎面碰到了王宁。

王宁个子不高，但是中年发福明显，太阳一晒全是油，还秃顶，为了掩盖锃光瓦亮的脑门，他把几绺头发从一侧向另一侧横向梳过头顶，是经典的全国中学政教处主任通用发型。

"王叔！"

"哟，小白。"王宁跟他打招呼，"你爸回家了吗？"

"刚出完车回来。"白杨手里拎着垃圾袋，"在家呢。"

"丢垃圾啊？还晓得帮家里做事，小杆子真听话。"王宁说，"国庆节放几天假？"

"我妈让我出来扔的，国庆节放七天。"

"高三了要好好学习，努力一把上南大，别像我和你爸一样。"王宁拍了拍他的肩膀，"少折腾那台拐两五，我听到你深更半夜不睡觉在二十米上自言自语，背噪大得很，叽叽咕咕地说些什么呢……马上高考了，这不好，休息要紧。"

"南大不可能的，考不上，南航都够呛。"白杨尴尬地笑笑，随即他又一怔，"自言自语？"

"是啊。"王宁反问他，"有人跟你说话吗？"

白杨把垃圾袋扔进分类垃圾桶，心事重重，有些发愣。他扭头望了一眼王叔，王宁那胖胖的背影已经进楼了，他上楼准是找老爹唠嗑，白杨对王宁很熟悉，他并不经常与自己开玩笑，而且那语气也不是在开玩笑。

白杨站在垃圾站旁一动不动，皱起眉头，久久地注视着垃圾桶，看似在发呆，实则脑子里一团乱麻，有清垃圾的环卫工人拎着袋子过来就侧身避让，环卫工人多看了他两眼，大概也不知道这个年轻人为什么要站在垃圾桶边上面壁。

白杨怎么也没想到，他自认为已经回归的正常生活就这样被猝不及防地打破了。王宁一句无心之语，在白杨心里掀起滔天巨浪，甚至让他头皮发麻，原本被白杨抛到脑后的那座古怪电台又回来了，而且是以他无法理解的方式。

这是怎么回事？为什么王叔说自己是在自言自语？难道无委会监听不到BG4MSR的信号？

冥冥中白杨听到了尖锐的刮擦声，那是物理老师在棺材里用力推棺材板的声音，安详沉眠未久的麦克斯韦和爱因斯坦又睁开了眼睛。

环卫工人从垃圾桶里清出空矿泉水瓶，正拧开瓶盖倒水，倒着倒着愣住了，这小伙子瞪着眼睛盯着自己手里的瓶子盯了好久了。于是她尝试着把矿泉水瓶往前递了递："你也要？"

白杨丢完垃圾上楼回到家，王叔已经和老爹坐在那里唠上了，老妈正在桌边摆餐盘。

"小杨，你王叔来了……小杨？你王叔在这儿呢，怎么不打个招呼？"

"没事没事，小文，刚刚在下面已经打过照面了。"

"这孩子真没礼貌。"

白杨充耳不闻，只是愣愣地穿过客厅，径直走进自己的房间，然后把房门关上，靠在门上。

目光落在黑色的icom725业余无线电台上，这事绝对有蹊跷！

无委会有能力监听市内一切的无线电活动，无论是业余还是非业余，除非你是军用电台使用加密通话，要不然所有的正常无线电活动都在无委会的监测之下，可业余无线电活动中使用加密手段是严格禁止的，业余无线电通联必须使用明语，且如果对方加密了通话，那白杨也没法接收和破译。

没道理自己这台破icom725能接收到的信号，无委会专业的无线电监测仪器接收不到。

白杨用双手轻轻拍了拍自己的耳朵，自己精神状况没出问题吧？BG4MSR不会是自己幻想出来的吧？

那问题出在那儿呢？

难道她真的生活在二十年后？

那为什么没有收到自己的时间胶囊……白杨忽然呆住了。

他看到了书架顶上的不锈钢罐头。

3

半夏把咸鱼用绳子一条一条地串起来，都是细长的青条鱼，钓这种鱼不需要饵，只需要串钩，它们分不清鱼钩和鱼饵，看到亮晶晶的鱼钩就咬，有时候一竿能上来四五条，回到家把青条内脏清理干净，擦干水，再下到烧热的油锅里，炸得金黄，这个季节的青条鱼极肥极嫩，外酥里嫩，入口即化，味道鲜甜。剩下的鱼就用盐腌好，再挂在阳台上晾。

迎着晨光，女孩汗津津的侧脸勾勒出柔和的曲线，在阳光下，白皙的皮肤近乎半透明，可以看到微红的血管，她踮起脚挂鱼时伸长手臂，黑色的短袖短裤下脊背腰肢就像是初春新抽的柳条。

真是个美好的软妹子。

但这软妹子下一刻以迅雷不及掩耳之势抓住从眼前振翅飞过的美洲大蠊，用拇指和食指硬生生地捏死了。

半夏七十二绝技之金刚指！

晾完咸鱼，她抱起地板上的塑料盆，把血水倒进厨房的下水道里。

137

客厅里那台破旧的老立式电风扇在咔啦咔啦地摇头，不知道什么时候就会把头摇下来，这台电风扇也不知道用了多少年，老师从垃圾堆里找到的，居然凑合着还能用。

"爸妈，我先把衣服洗了再做早饭啊。"

半夏踩着蓝色塑料拖鞋，吧嗒吧嗒地走进卫生间，把搭在洗脸台上的脏衣服抓起来闻了闻。一股浓烈的汗酸味，半夏皱着眉头一下子把它拉远了。

"肥皂在哪儿……肥皂呢？"她踮起一只脚在卫生间里翻来翻去，动作轻快。

洗衣服用棕黄色的硬肥皂，这东西半夏储存了很多，但洗澡用的香皂不好找，特别是长期储存在空气湿度大的地方，潮湿的环境会让香皂酸败长霉。

"爸！妈！你们看到肥皂放哪儿了吗？洗衣服用的肥皂……啊，我看到了我看到了。"

她有一块非常耐用的木质搓衣板。先把脏衣服泡在水里，半夏搬来一条小板凳，开始搓衣服。

"爸妈，我已经三天没联系他上了，你们说，他是不理我了么？"女孩低头看着手里的蓝色牛仔裤，泡沫和脏水沿着手指缝隙流下，有些出神。

"他今天晚上会上线吗？"

"他说他生活在2019年，爸，妈，你们说这究竟是真是假呀？icom725有这种功能吗？如果不是真的，那他就住在秦淮区，为什么这么多年都没碰到过呢？"

在人类文明完全毁灭的世界里，时间从原本清晰细密可数的格子变成了流淌的河水，半夏每过一天就在纸上记一笔，画一个圈，她可能是这个宇宙中最后一个计时的人，全宇宙的时间都由她说了算。

半夏说，今天是2040年9月5日。那么这个可观测半径四百五十亿光年的巨大宇宙就是2040年9月5日。她用来计时的纸张有厚厚一沓，等什么时候纸用完了，她就把时间刻在墙上、柱子上、地板上、树干上，乃至马路上。

在只剩下一个人的世界里，保留日历还有必要么？

半夏不知道。

她只是跟着老师在做，老师不在之后她就延续老师的做法，这个孤独的姑娘，孑然一人地往前走，把人类存世的历史一点一点地拉长。

半夏有一块机械怀表，每天都要上发条，但是机械表总会越走越不准，所以她找了好几块表，互相对时，与太阳对时，也与黑月对时，每天晚上6点半，黑月必然准时出现在地平线上，从不迟到。

老师说黑月这么准时，每天都一分不差，它的运动轨道肯定是一个标准的圆形，而这么标准的圆形轨道，说明它不是一颗自然的卫星。

半夏当然知道它不是自然的卫星。在她出生的时候，这个世界还只有一颗月亮。

女孩把裤子搓洗干净，用力拧干，然后抖开了串在衣架上，挂在客厅的晾衣绳上，左右拍打。

"如果我能向他证明我确实生活在2040年就好了。"

"可是除了我自己之外，也没有其他人能证明我所说的话呀。"

"爸，妈，你们要是能开口说话就好了。"

吃过早饭，半夏把屋子里收拾得干干净净。

每周都得做一次大扫除，先把父母搬到阳台上放好，再用抹布把沙发和茶几统统擦洗一遍，实木茶几很沉，很难搬动，这屋子原本的茶几是玻璃的，不过早就被打碎了，所以老师把它换成了实木的，想当初老师和她两个人可是费了老大的劲才把这东西抬上来。

"我是天上一颗冰冷的星，悄悄注视着你……"

女孩哼着歌。

"你是人间一个流传的谜，撼动苍茫天地……"

半夏会唱很多歌，都是老师教的，老师唱歌很好听。在老师还活着的那些年里，她带着半夏穿过空无一人的街道，靠歌声驱赶附近的野兽。

女孩把沙发擦洗干净，然后在水桶里洗抹布，擦完沙发再擦柜子，还把柜子里的手枪拿出来擦一擦，大扫除是个相当耗水的工作，好在半夏并不缺水，把客厅打扫完毕，半夏再去阳台上将父母搬回来，最后把爸妈也擦干净。

她一步一步地让这间屋子干净亮堂起来，每次把屋子打扫干净，半夏的心情都会随着变好，看着阳光从落地窗里透进来，就好像照进了她的心底，这是她的家，她的堡垒。

偌大的世界，整个城市都是她的，但她只要这小小的一隅。

每当太阳落下，双月升起，半夏就蜷在那张小小的床上，手里捏着胖胖的塑料小台灯。

"问一声你可会知道，我的心在与你回应……"

她把手枪的弹匣退出来，检查弹匣里的子弹，把九毫米钢芯弹一颗一颗地退到茶几上，发出清脆的响声。

最后她把手枪调转过来，闭上一只眼睛从枪口往里看。

扳机上的食指一扣，咔的一声。

"问一声你可曾听见，我的心被什么感动……"半夏轻声哼着，"不知不觉你已经……温暖我孤独生命……"

把屋子打扫干净，吃过早饭，半夏穿好衣服，背上背包，带上弓箭，插好匕首和手枪，全副武装。对着镜子照照，淡蓝色的无袖连衣裙，清爽的单马尾，右腰别着手枪，左腰插着匕首，手里拎着长弓，身后背着双肩包和箭袋，好一个英姿飒爽的武装少女。

棒！

半夏伸出大拇指，眼睛一眨。

"爸妈，我出门啦，晚上一定回来。"

外头太阳正毒辣，半夏撑起一把红色的伞。储存的干粮快要吃完了，她得去采集干粮的制作原料。

从梅花山庄到月牙湖公园距离很近，近到不需要骑自行车，出门拐个弯就到，半夏从单元楼一楼楼梯后面拎出来一辆行李小拉车，两个小轮子，可以立起来停住，也可以斜拉着走，就像拖行李箱，女孩把背包挂在小拖车上，轮子碾在粗糙的水泥路面上骨碌骨碌地响。

10月，南京气温并未降下来，上午八九点的太阳照在地面上，热浪腾腾地滚上来，空气里能嗅到艾草的味道，半夏知道附近有一大片艾草，长得比她还高。

她撑着红伞，拖着小车，走在空荡荡的大街上。

从苜蓿园大街拐上月牙湖桥，这道桥从狭窄的湖面上横跨过去，正对一座巨大的城门，女孩沿着栏杆行走，大风吹乱了她的发丝和裙摆，站在桥面上，能看到正前方展开的灰黑色古城墙，古城墙掩映在翠绿的树冠里，城墙下有三道拱门，这座城门叫后标营门，老师说月牙湖是古南京城护城河的一部分，所以城墙和湖靠在一起。

女孩在桥上驻足，偏头往湖面上眺望。

这些年以来，月牙湖的水域面积缩小了不少，原本它的水域形状是一弯细长的月牙，和护城河水域连在一起，依附在古城墙外，但数十年来湖水逐渐干涸，月牙已不成月牙，夏天丰雨季节湖水充沛些，但到了冬天，水域就会向湖中央萎缩，露出沿岸的泥地。

半夏哼着歌，在后标营城门前右拐，施施然地踏进月牙湖公园。

入口旁的草坪上立着公园的概览图，它坐落在茂密的杂草丛里，只剩下"览图"两个金色的字，一人高的牌子被截去了一半，剩下的一半上留有几个熔融烧黑的弹孔，粗得能把拳头伸进去，估计是穿甲弹打的。

入园是一片小广场，细密地铺着白色的方形小地砖，还有一座高大细长的立塑，横倒下来砸成了两段，棕色的大理石柱，顶上立着一只黄铜大鸟。

老师说那不是大鸟，是公鸡（实际上是朱雀）。

半夏的干粮原料主要从月牙湖里来，鱼可以在海里钓，肉可以捕猎鹿类，但淀粉类食物只能从月牙湖里采集。

女孩打着红伞，走在城墙底下，穿过浓密的树荫，透过柳条往湖面上望，沿岸都是绿油油的浮萍。

她的淀粉来源是湖里的莲子、莲藕和菱角，夏季正是湖里的荷花开得茂盛的时候，原本月牙湖就有一片观赏用的荷花池，后来这池子没人管了，荷花反倒越长越多，越长越繁茂，七八月时，半夏到湖边来，莲花开得争奇斗艳，满满的一大片，脸盆那么大的荷叶交叠起来都看不到水面。

沿着城墙再往前走一点，就是夜上海酒店的宴会厅，白墙红瓦的建筑，矗立在湖边，被绿油油的荷叶环绕包围。它们是建在湖面上的餐厅，但现在已经看不出原本的样子，只剩下打在湖水里的地基立柱和水上平台，平台上是断壁残垣，勉强能看出红色的屋顶和白色的墙壁。

半夏从这里下水。她脱下鞋袜，换成凉鞋，把装备都留在岸上，翻过铁链围栏，用力"嘿"的一下跳到了距离湖岸两米远的大混凝土块上，这块水泥一半沉在水里，一半露在外头，是一座小小的孤岛。

这是她的御用下水点。

每次下到湖里半夏都从这里过，这一片水域比较浅，脚踩下去最多只没到膝盖，而且大大小小的建筑垃圾沉在湖岸边，随时能爬上来休息。

半夏试探性地把脚踩进水里，慢慢沉进湖底的淤泥里，湖水非常清澈，被女孩的脚丫子搅起淤泥才开始变得浑浊。

淤泥能完全掩埋脚踝，半夏用力踩了踩，踩稳了，才把第二只脚放进水里，两条长腿都被清凉的荷叶掩住。

她在胸前挂了个大袋子，用来装挖出的莲藕或者菱角，如果有莲蓬也丢进去，歪着脑袋用脖子夹着红伞的伞柄，伞是用来遮阳的，这么毒辣的太阳长时间直晒会把皮肤晒伤。

半夏在荷叶里慢慢地探，用脚探，她把脚探进松软的淤泥里，在复杂的荷花根茎之间摸索，如果碰到疑似是莲藕的膨大根节，她再弯下腰来，用手慢慢地挖开淤泥，缓慢而沉稳地用力，把整根藕从淤泥底下挖出来。

这是个技术活，藕出水的过程中不能挖断，挖断了就不好保存，完整的藕可以保存很长时间，半夏必须把整条半米长的莲藕完整地从泥里拔出来，再到水里洗净。

快的话五分钟能挖出一根，遇到难缠的也有十几分钟搞不定的，这个时候女孩就恼火地把它直接掰断，洗干净了塞嘴里大嚼，权当作泄愤，让它死无全尸。

半夏在碧绿的荷叶里慢慢地逡巡，扛着鲜艳的红色雨伞。女孩柔嫩的脚背和脚趾很敏感，可以清楚地分辨出莲藕。

"这个是不是？不是。"

"这个是不是？不是。"

"这个呢……这个是，哇，这个绝对是，又粗又长！还硬！"

半夏弯下腰用力一拔，拿出手一看，皱起眉头。

拔错了。

这黑乎乎的圆柱体是什么玩意？

无论它是什么，肯定不是莲藕。女孩摇摇头，随手扔到湖边的干泥地上去了。

月牙湖湖底的淤泥里有不少垃圾，这是为什么半夏下水时要穿好鞋子，除了石头、砖块、碎裂的混凝土，湖底还可能存在破裂的玻璃、生锈的铁钉以及其他锋利的金属碎片，赤足下去可能会被割破脚掌。等把脖子上的袋子塞满了，她就返回到湖岸上卸货，同时坐在树荫底下休息，在烈日炎炎的日子里，喝一大口水。

"哇哦！好爽！"半夏大剌剌地坐在湖边的石板上，眺望对岸的绿荫，悠悠地吹风。

一个人的生活其实是简单而慵懒的，从未有过什么十万火急的事，半夏想什么时候做就什么时候做，想什么时候不做就什么时候不做，她可以今天下午继续挖藕，也可以坐在这里哇哦，她可以数树上的叶子，也可以蹲在地上看蚂蚁搬家，甚至可以闭上眼睛休息，任凭微风和时间悠悠而过。

那是她和全世界独处的时光。

4

"小杨！出去玩不？去散步去？"

"不去啦，你们去吧。"

老妈站在紧闭的房门外，听到白杨的回答，给玄关处的老爹抛了个眼神：他不去！

然后两人快乐地出门去了。

白杨把自己关在房间里，已经坐了两个小时，他撑着脑袋一动不动地坐在椅子上，面前的书桌上摆着时间胶囊，光滑的不锈钢外壳把他的脸拉得老长，像是一面哈哈镜。

他觉得自己做了一件蠢事。

白杨抿着嘴，沉默地和时间胶囊外壳上那个拉扁的自己对视。自己原本已经认定BG4MSR是在扯淡，那个戏精姐姐在整蛊自己，根本不存在什么穿越时空的通联——无论从哪个角度来看，这才是唯一合理的解释，爱因斯坦和麦克斯韦先生想必也一定会赞成这种说法，白杨都准备坚定不移持此看法一百年不动摇了，可今天王叔的拜访又让白杨迟疑了。

王叔说他听不到BG4MSR的声音。

这倒未必能证明BG4MSR真的生活在二十年后，但它说明这事没有白杨想得那么简单。

"小区花园"计划是失败了，对方没有收到时间胶囊。

但它的原因可能是自己把胶囊挖了出来。也就是说，是自己一手破坏了自己的计划。

——如果说白杨的尝试是盲人摸象，那么此时的他才隐隐触摸到时光慢递这头大象真正的模样。

当天晚上，他关上灯躺在床上闭上眼睛，时间像紊乱的水流一样从漆黑中无声地奔涌而过，他像个溺水的小人，在寂静的狂流中打转。

白杨睡不着了，干脆爬起来接上电源，打开电台。

这一刻的时间坐标是公元2019年10月5日晚10时33分43秒，距离人类诞生已经过去四百四十万年，距离第一只脊椎动物爬上陆地已经过去三亿六千万年，距离地球诞生过去了四十六亿年，距离宇宙大爆炸过去了一百三十八亿年。

这座电台的空间坐标是东经118度49分53秒，北纬32度1分54秒，位于双鱼-鲸鱼座超星系团复合体拉尼亚凯亚超星系团本星系群银河系猎户座旋臂太阳系第三颗类地行星亚欧大陆中华人民共和国江苏省南京市秦淮区805卧室的那台旧书桌上。

如果存在一个超文明，超脱四维时空，它就能根据上述的坐标找到白杨手里的icom725，但庞加莱回归是这样可怕的数学怪物，它让宇宙像是一盘无限循环播放的录影带，在过去无限漫长的时间和未来无限漫长的时间中，此时此刻坐在桌前呼叫的白杨可能是第一个，也可能是第一万亿亿亿亿亿亿亿亿亿个。

当超文明停下来思考，无限往前追溯，它也找不到究竟是哪个白杨第一个做出了上述选择。

当你凝望宇宙时，它已经在循环播放了，过去宇宙大爆炸发生了一万亿次，未来还要发生一万亿次。

在无限漫长的时间里，白杨还要再叫住那个女孩一万亿次，把同样的话说一万亿遍：

BG4MSR，我要再试一次。

他要再试一次。

吃一堑长一智，这次白杨学聪明了，已经踩过的坑不能再踩一遍，上次时光慢递运送失败是因为自己把它给挖出来了，这让白杨意识到——在寄送时光慢递的过程中，最大的干扰可能来自他本人。

一看国庆节假期，还有两天时间。两天时间，足够他折腾这颗时间胶囊了。

白杨狠狠地瞪着桌上的不锈钢胶囊：你给我等着！我不把这事搞清楚誓不罢休。

白杨决定再把时间胶囊埋回去——当然不可能是埋在原处了，因为BG4MSR说她没有在长廊的地砖下挖到时间胶囊，假设她说的话属实，那说明在接下来的二十年内，埋在那儿的时间胶囊一定会丢失，到不了对方手上，所以他得换个位置。

上次埋藏时间胶囊时，他选了四个预备地点。这次埋时间胶囊，就在剩下的三个位置中随机选一个。

白杨效仿鲁迅先生在桌上刻早字，先在纸上写下"不准挖出来"，然后贴在自己的书桌上。他要时时刻刻提醒自己，不准把时间胶囊挖出来，无论发生什么事，都不准挖出来，被人用枪逼着都不准挖出来。他在心底赌咒发誓：如果我在未来把时间胶囊给挖出来了，我就把名字倒过来写！如果我把时间胶囊挖了出来，我以后硬币掉地上必滚进下水道！手机没电时必找不到充电宝！淘宝京东上买东西必被大数据杀熟！

先给自己做足了心理建设，确保自己一定不会再去碰时间胶囊，白杨再悄悄地背上胶囊和铲子下楼。

这次选定的位置是小区广场草坪石头假山的底下。

夜深人静，快凌晨2点了，小区居民楼亮着灯的窗户寥寥无几，白杨像个做贼的，背着包穿过路灯的灯光。他左右张望寻找监控摄像头的死角，然后趁摄像头不注意窜进茂盛的灌木丛里。只要躲进灌木丛里，监控就拍不到他了。

白杨把背包放下来，躲在灌木丛的阴影里，跪坐在草坪上开始挖坑，他先把草皮小心翼翼地完整挖下来一块，放到一边，待会儿埋好时间胶囊之后还得把草皮盖回去恢复原样，再抄起铲子开始挖坑。草坪下的土质初入较软，但深入不到一拃就开始变硬，铲子用力插进去，能清晰地感觉到坚硬的石头。

要把二十厘米长的时间胶囊完全掩埋，且不被人轻易发现，这个坑起码要四十厘米深，白杨用铲子在地上先划出一个直径十多厘米的圆，再在圆内往下挖坑，准备挖到四十厘米的深度，最后把时间胶囊垂直塞进去试试是否合适。

白杨正干得热火朝天呢，草坪外的小路上突然传来粗重的嗓音："谁在那儿啊？"

这一嗓子把白杨的魂都吓掉了。

"谁在那儿？干什么的？"

紧随着响起脚步声，白杨抬头一望，手电筒明亮的光柱扫了过来。

卧槽！

白杨暴汗。

保安！惊动保安了！只顾着挖坑了，丝毫没注意到附近有人！

脚步声正在接近，夜巡的保安跨进草坪，一边出声质询："有人在那儿吗？出来出来！"

白杨来不及收拾了，手忙脚乱地把铲子往包里一塞就往后退，远离石头假山，时间胶囊留在坑里都没来得及取出来，这个时候他管不了那么多，要是被保安抓住他就社死了，半夜三更不睡觉在小区草坪上挖坑，明天都能上南京本地新闻了，先保住狗命要紧。

白杨溜之大吉，扭头望一眼，保安没有追上来，他的手电光停在了假山边上，显然发现了地上的坑和时间胶囊。

此时此刻，白杨心里只有两个字：

我操。

5

埋藏时间胶囊的计划被小区保安大叔给搅和了，白杨一夜无眠，辗转反侧，暗自担忧，他把时间胶囊留在案发现场，毫无疑问被人发现了，只是不知道保安会怎么处理胶囊。

第二天早上白杨下楼扔垃圾，特意往广场草坪绕了一圈，却注意到草坪被踩踏得很严重，周边的小路上散落着明黄色的隔离带。

这是怎么了？回到家里，白杨问起老爹。

老爹正在埋头喝豆浆，他抬起头来说："我跟你讲，不得了哦，今天早上业主群里都炸锅了，说是夜里在楼下发现了疑似爆炸物。"

白杨正在喝粥呢，这一下呛到了喉咙："咳咳咳……爆炸物？"

老爹点点头:"说是保安发现的,还报了警,警察都来了。"

"今天早上的事?"白杨目瞪口呆。

"今天早上的事。"

"然……然后呢?"白杨问。

"没得鸟事,警察来过了,说不是炸弹。"老爹说,"估计是恶作剧吧,不知道是谁在草坪里埋了个铁疙瘩,给物业吓死了。"

白杨默默地吃饭不说话。

他要是敢说这篓子是自己捅出来的,那不得被老妈判无期徒刑终身禁足。

一方面,他庆幸自己多留了一个心眼,没让监控摄像头拍到自己,要不然真就社死了。另一方面,他准备送出去的时间胶囊被收缴,现在不知道在哪儿,计划自然落空,时光慢递没法送了,真是天有不测风云。

接下来该怎么办呢?

再准备一颗时间胶囊给她送过去?

白杨心事重重地吃完饭,返回房间,掏出手机再次下单,从时间胶囊到氚管再到相框,把上次买过一遍的东西全部再买一遍。

花钱破费倒是小事,但行动计划免不了要就此推迟,再拖两天国庆节假期就要结束了。一旦回到学校,接踵而来的繁重学业毫无疑问会占用他的大量时间,分走他的主要精力,白杨在心里估摸一下,回学校就是月考,一连考好几天,想起来就叫人头大。

那时光慢递起码要等到下周周末才有时间送。这一推迟,就是一个礼拜。

就当白杨以为这事必然得推迟的时候，转机发生了。

当天下午，白杨被老妈支去五金店买两个固定插座，厨房里的插板接触不良，得买新的来换上，他骑着自行车回来的时候，路过小区门口的保安亭，擦身而过的瞬间惊鸿一瞥，赫然发现一个熟悉的不锈钢圆柱体就横放在保安亭里的桌子上。

卧槽！

他当即一个刹车，双脚撑地，下意识地就把车子停住了。

"小杨？"

坐在里面的是蔡东，小区多年的老保安，看着白杨长大，白杨的老熟人。

"蔡叔！"

"从哪儿来啊？"蔡叔探出头来问。

"给我妈买插座呢，厨房里的插座坏掉了。"白杨扬起手里的袋子晃了晃，一边回答蔡叔的问题，一边暗暗盯着岗亭里的时间胶囊。

简直天助我也！

如果时间胶囊被警察带走了，那白杨就注定找不回来了，只能花时间准备新的，但它居然没被带走。

"蔡叔，那是啥子哦？"白杨用下巴指了指时间胶囊。

"这个？你说这个啊？"蔡叔把时间胶囊拿起来，晃了晃，"我也不知道是什么东西，昨天晚上老刘找到的，他还以为是炸弹呢，吓他一大跳，还报了警……老刘一直糊里糊涂的，迟早老年痴呆，结果警察过来一看，根本就不是，警察说是装东西的容器，里面装的是感冒药之类的杂物，没什么大不了，就留在我这里等失主来认领。"

"我晓得那是什么。"白杨说。

"小杨你晓得呀？"蔡叔一愣，"那你说说这是个什么东西？"

"那是个时间胶囊。"

"时间胶囊？"

"时间胶囊，就是你把东西装进去，然后往地里一埋，埋好多年，再把它挖出来。"白杨回答，"最后你把它打开，就能把里面的东西拿出来。"

"把东西往地里埋做什么？它能下崽啊？"蔡叔显然不能理解这是在做什么。

"哎哟，纪念品嘛，啊纪念品你晓得不啊。"白杨解释，"就好比蔡叔你年轻的时候，把自己写的情书藏起来，等很多年后再挖出来，那不是很有意思吗？借此怀念一下自己那逝去的青春。"

"那我老婆要跟我打架，一把年纪还作怪。"

"蔡叔我帮你还给失主吧。"白杨说，"我晓得那是谁落下的。"

"你晓得这是哪个的？"

"那边10号楼有个老哥，他就喜欢搞这些二五郎当的，我认得他。"白杨随手一指，"你给我，我帮你还给失主。"

"哦哦哦，那顶好，那顶好。"蔡叔闻言大喜，"物业经理在业主群里发了好多道通知，一直没人来领，我还发愁怎么处理这东西呢，一直放我这儿也不是个办法呀。"蔡叔把时间胶囊交给白杨，叮嘱道,"送到失主手上哈。"

"包在我手上。"白杨拍拍胸脯,"我办事你还不放心?"

"放心!放心!"蔡叔用粗糙的大手用力拍了拍白杨的肩膀,哈哈笑,"这小杆子!"

就这样,白杨把时间胶囊拿了回来,他把这次成功的行动称之为:费尽心机,花言巧语智取老同志;不讲武德,小小白杨哄骗蔡东叔。

当天晚上,白杨百折不挠矢志不渝再次犯案。

他再吃一堑,再长一智。

前两次埋藏时间胶囊踩过的坑,这一回他不会再踩了,拆开时间胶囊,一一确认内部的药品信纸和时间标记物都还完好无损,于是再次封装,准备行动!下楼之前,白杨先往前往后往左往右各走七步,一手指天,一手指地,默念:天上地下,绝不挖坑!

如佛陀苦行那样意志坚定地克制把胶囊再次挖出来的念头,此刻他就是亚当,任何引诱他再次挖出胶囊的人都是魔鬼,一旦他把胶囊挖了出来,他就会被赶出伊甸园!失去和夏娃快乐裸奔的机会!

白杨觉得给自己做的心理建设已经有迪拜塔那么高了,再背上装备悄悄下楼。

一路躲避摄像头,同时注意观察四周环境,躲开夜巡的保安,挑选预定的位置。好一通折腾,累得满头大汗,白杨才把胶囊埋好。

然后他兴冲冲地回来通知BG4MSR,让她可以去挖胶囊了。

而这次行动的最后结果呢——

意料之中,失败了。

但失败是一件好事。

"BG4MXH，为什么失败是一件好事呀？ OVER。"

"BG4MSR，因为失败能排除某些可能性，这就跟做实验一样，不过大多数科学研究都是理论先于实践，而我们是实践先于理论，不断的失败能让我们更接近真相，OVER。"

"那么你现在排除了哪些可能性呢？ OVER。"

"我现在确认了一件事，心里有了一些推断，但是还不能确定是否靠谱和可行，还需要尝试，OVER。"

"什么事？"

"暂时不能告诉你，我准备明天去咨询更大佬的人，OVER。"

"告诉我嘛。"

"不行，等我去找大佬请教一下，OVER。"

"BG4MXH，更大的大佬是谁？"

"南京大学的物理学教授。"

"南京大学的……物理学……教授？"

对面那颗小脑袋瓜里显然不明白这三个词合在一起是什么意思。

6

第二天上午，白杨坐地铁二号线转一号线，从苜蓿园站上车，到鼓楼站下，到南京大学鼓楼校区——老妈以前带着白杨从南大北门经过，总是指着灰色大理石上那四个金色大字说你要努力考进这里，不过那时候的白杨还在纠结自己是上清华还是上北大，对家门口的南大并不上心，颇为高傲，哪像现在的白杨，要是南大肯给他录取通知书，他能从紫金山一路磕头磕到玄武湖。

循着记忆，白杨沿着小路前行，路过体育场右拐，再经过西南楼和研究生院，七拐八拐，最后找到一栋灰色的老建筑，大门口的门额上挂着三个金色的大字：物理楼。然后白杨在赵博文办公室门口把他堵了个正着。

"哎呀，杨杨！"赵博文有点诧异，他正要出门，腋下夹着一本书，手里拎着玻璃水杯，"是什么风把您老吹来了啊？"

"赵叔！"

白杨的目光在赵博文的头顶上多停留了几秒钟，虽然赵博文是南大物理学教授，拥有一颗高智商的脑袋，但不知为何他总是能保持一头浓密的黑发，尽管他和老爹、王叔年龄一般大，但他在三人中看上去是最年轻的。

"你爸还好么？"

"好着呢。"白杨开门见山，"我有个问题想请教一下。"

"有问题要问我？咱们边走边说。"赵博文一把揽住白杨的肩膀，带着他一起走，两个人穿过明亮的走廊，"有什么问题在微信上敲我就可以了，怎么还兴师动众地来找我呢……哎刘老师您好您好，上课去啊？"

"问题很复杂，一两句话说不清楚。"

"哦？不是高三物理卷子？"

"不是。"白杨摇头。

"那你说。"

156

"赵叔，你觉得超时空通信有可能发生吗？"白杨问，"比如说现代的人联络到未来人，或者联系到过去的人？"

赵博文皱眉，偏头看了他一眼："你在写科幻小说？"

"不是不是，我就是想问问。"

"嗯……其实我觉得这个问题问刘电工更合适，毕竟我不是搞科幻问题研究的。"赵博文摸着下巴思索，"根据我的一点粗浅理解，我认为是不可能发生的，至少人类现在掌握的所有理论依据都不支持这种事情的发生。"

"一定不可能发生吗？"

"这倒也未必，你要是把问题涉及更高的维度，更怪力乱神的、人类无法理解的领域，那就说不准了。"赵博文推了推鼻梁上的玳瑁框眼镜，"你知道我们现在对这个世界的理解和探索还是很粗浅的，不过那是科幻领域啦，是《回到未来》和《星际穿越》，我只是一个可怜弱小又无助的副教授，连升正教授都遥遥无期呢，哪里知道这种事？"

"那赵叔，咱们假设这种情况是存在的。"白杨说，"你如果和一个未来人联系上了……"

"那我希望他能告诉我哪儿的房价要暴涨。"

"……你如果和一个未来人联系上了，你们间隔二十年的时间，你需要给他送东西，送一颗时间胶囊。"白杨说，"赵叔，你会采用什么方法？"

"埋到地下去。"赵博文说，"你小学的时候有没有学过一篇课文叫《科利亚的小木匣》？人教版的语文书，讲的就是一个孩子躲避战乱的时候把木匣子埋在地下，战争结束之后再挖出来的故

157

事……这篇课文现在删了吧？"

白杨愣了一下，说："没这么简单。"

"没这么简单？"

"会失败。"白杨点头，"对方收不到。"

"你怎么知道会失败？你试过啊？"

"赵叔，假设你在埋好之后，再和那个未来人取得了联系，但是对方告诉你她没有挖到。"白杨说，"你会怎么办？"

"那可能是在未来被施工给搅和了吧。"赵博文说，"就挖出来换个地方埋……"

他说着说着忽然一顿，然后慢慢摇头："不对。"

"哪里不对？"

"这里倒果为因了。"赵博文说，"你是因为对方没有找到胶囊，才把它重新挖出来的，但正是因为你重新把它挖了出来，才导致对方没有找到它……看到没有？这是为什么超时空通信在我们这个不可超光速的宇宙内不可能发生，我们的宇宙不允许这种事情发生，除非你能超光速运动，突破这个宇宙的基本规则。"

"假设超时空通信已经发生了，宇宙的基本规则被什么不知名的东西突破了。"

"你这是胡搅蛮缠嘛。"

"我就胡搅蛮缠了，赵叔，让你给未来人送胶囊，要确保成功，你该怎么办？"

"那这就是个口胡问题。"赵博文看他不是在问正经问题，索性也不正经了，"我就准备一万个时间胶囊，全世界到处埋，总会有

158

一个能让他收到。"

"要有可操作性。"

"那就排除一切可能的干扰。"赵博文说,"你是埋下时间胶囊的人,所以最大的不确定因素其实是你自己,为了防止自己手贱把它再次挖出来,防止它被铺路施工什么的干扰,就挑一个自己挖不出来,也不会被别人挖的地方,把时间胶囊埋进去,把它固定住,固定二十年。"

白杨慢慢点头。

"为什么要问我这些问题?"赵博文问,"杨杨,你联络上未来人了啊?"

"是啊。"白杨点点头,"但还不知道是真是假呢。"

赵博文一愣,哈哈大笑:"好好好,记得让他告诉你明年哪儿的房价会涨!"

自己挖不动。不会被人挖。

这是白杨第四次尝试时奉行的宗旨。

他把昨天晚上埋下去的时间胶囊重新挖出来,准备进行第四次尝试——当他把胶囊挖出来时,心里咯噔一下。

坏了。

又给挖出来了。

白杨怔怔地看着手里沾满泥土的不锈钢胶囊,难怪昨晚尝试的失败了。

看来再怎么做心理建设都没用,这就跟命中注定似的,冥冥之中仿佛有一股看不见的力量在操纵自己——白杨以为让自己行动的是本人的自由意志，是他的主观能动性，但他的主观能动性刚好让事情向预定好的结果发展，就算没有人逼迫白杨去挖，白杨也会自己去挖。靠自己是没用的，只能靠外力了。

当天下午，白杨坐两个小时的车大老远跑了一趟家具建材城，买了一桶粘玻璃和木材用的白乳胶，他本来想买水泥的，但是市内着实难买到水泥，只好退而求其次，买了一小桶白胶。

当天晚上，白杨挖完坑，埋好时间胶囊之后，把调好的乳胶倒了进去，让浓稠的胶水完全淹没不锈钢胶囊。

待乳胶固化，胶囊就被完全固定在坑里了，据说日本的黑道会把仇家用水泥浇成人桩，沉进东京湾里毁尸灭迹，神仙都找不着。白杨找不到水泥，只能用白胶达到类似的效果，他要浇个胶囊桩，等到白乳胶完全凝固，白杨自己都没法把胶囊挖出来。

这下该万无一失了。

这是白杨的第四次尝试时光慢递。

那么第四次尝试的结果呢——

毫无疑问，自然还是失败了。

7

半夏大概已经习惯了失败。

她慢慢地把泥土推回坑里，把坑填平，用手掌把土压实，然后垂头跪在草地上，双手撑着身体，愣愣地看着十根手指侵入松散的棕色泥土里，长吐了一口气。夹在手指间的枯黄杂草被她轻轻捏碎，揉在掌间变成一个小小的球。

她拍了拍手，从草地上起身，掸了掸衣服和裤子，今天晚上月光很亮，寂静的南京浸在冰冷的银色月光里，锋利的银光把夜色下的城市切割得黑白分明，黑月挂在天空的另一边，它之所以叫黑月，是因为它很暗，远比白月要暗，望上去是一轮灰色的圆盘。

老师叮嘱说双月升起之时切不可外出，因为夜晚危险。

女孩挺直了身体站在月光里，抬头遥望星空，无人的城市没有光污染，璀璨深邃的银河从头顶上横跨而过，在遥不可及之处落进地平线以下，她穿着一袭淡色的睡裙，露出光洁的大腿和手臂，两条胳膊和漆黑长发都自由柔软地垂落下来，十根手指微微蜷曲。

这姑娘的身体其实相当单薄，平日里她从骨子里榨出气力，撑起强大的末日生存者形象，但去除武装，她一下子就变得伶伶仃仃——她仍然只是个十九岁的少女，如果不握着刀枪，她的手比成年男人要纤细一大圈。月光下她的肤色极白，远远地看，像是幽幽的鬼魂。

偶尔半夏会想，或许自己就真的是个鬼魂呢，她只是一个不愿离开这个世界的幽灵，当所有人都离开了这里，唯有她还固执地在城市里漫无目地游荡。

如果那些动物有智慧，会交流，它们可能会把自己当成一个可怕的女鬼，野水牛成群结队地从苜蓿园大街上路过时，会这样交头接耳：

老屁股，你知道吗，那边楼上有一个女幽灵！

真的吗，大粪袋，什么样的女幽灵？

她不经常出现，有时候会出现在顶楼上，一下子就不见了。

不会是活人吧，大粪袋？

活人早就死光了，哪里还有活人哦？那就是鬼魂啊，老屁股。

哇好可怕好可怕，赶紧走赶紧走。

拉完屎再走。

半夏把手张开，对着月亮。

自己还活着。

"哈！"女孩一声大喝，用力攥紧拳头。

同时想象月球爆炸。

"BG4MXH，亲爱的BG4MXH先生，我什么都没挖到哦，没有看到你所说的时间胶囊，计划又失败了，OVER。"半夏屁股坐在椅子上，上半身趴在桌子上，头上戴着耳机，手里握着手咪，闷闷地说。

"BG4MSR，这是好事，OVER。"对方答复。

"BG4MXH，为什么又是好事？OVER。"

"BG4MSR，因为失败是成功她妈，通过实验，我正在一个一个地排除可能性，我相信自己正在逼近真相，OVER。"

"什么真相？"

"真相就是你在糊弄我，姐姐。"

"嗯？"半夏从鼻子里发音，音调越提越高，眉毛也越扬越高。

"好吧，咱们暂时不考虑这个真相，把它搁置，BG4MSR，我有一个推测，但是我目前还不清楚是否属实，OVER。"

"你说，我在听。"

"你听清楚，我的推测是，只要是我本人亲自埋下的时间胶囊，大概率都送不到你手上。"耳机里传来清晰的年轻男声，"能明白吗？我不知道这是不是对的，它还有待验证，但我有这种直觉——在时光慢递中，我作为寄快递的人，绝对不能亲手把它埋藏起来，否则运送就会失败，OVER。"

半夏沉思了片刻："BG4MXH，为什么会这样？ OVER。"

"BG4MSR，因为只要时间足够长，那么任何人都是不足信的，包括我自己，OVER。"

"你是说你会把它挖出来？"

"不仅仅如此，你知道人就是这么犯贱的生物，有什么东西你越不能碰，你就越想去碰，有什么东西你越不能去想，你就越要去想，今天我去问赵叔，赵叔很直接地说要把胶囊放在包括自己在内任何人都够不着的地方，所以我去买了白胶灌进坑里，但事实证明灌胶都是不够的，它不足以抵抗未来二十年里我本人或者其他人对它造成的干扰。"

"赵叔？"

"就是那个很大的大佬。"

"好，很大的大佬，接下来呢？"

"所以我进一步总结，依靠我自己的能力，很难把时间胶囊放到任何人都够不着的地方，除非我现在坐船，把时间胶囊扔到玄武湖中央去——但那样你就找不到它了，问题就在这里，时间胶囊埋藏的位置要确保你能挖出来，一味地把它丢远是没有意义的，可那样我必然也能挖出来，所以，我绝对不能知道时间胶囊的准确位置！"

半夏愣了一下："你不能知道位置？"

"是的，我不能知道位置。"

耳机顿了顿，那个声音接着说：

"我觉得这个世界不会那么轻易地让我们的计划得逞，冥冥之中，它肯定会设下重重阻碍，所以我们要骗过它，不能被它发现，但要骗过世界的前提……是要骗过我们自己。"

第四章

1

国庆节假期的最后一天，白杨买的第二颗时间胶囊和氚管都到了。

埋起来灌胶的时间胶囊他没去管，就算已经知道那颗胶囊最后没成功送到 BG4MSR 的手上，他也不去挖了，手再贱就该剁了。

那颗时间胶囊就随它去吧。在未来二十年的动荡与漂泊中，那颗时间胶囊最终究竟会流落到何方，就看它的造化吧。

白杨花了一上午的时间装好了氚管，这次用的画是《马保国偷袭珍珠港》。接下来他原样复制了信件，还在信纸的背后画了一个大大的笑脸。把药品、信件、时间指示器全部装进不锈钢胶囊，白杨再用不透明的防水塑料布将胶囊层层缠绕起来，缠绕了很多层，用绳子系上绑紧，看上去像是个包裹。全部准备妥当，他掏出手机，在通讯录里翻了翻，然后打通了严芷涵的电话："喂？严哥？你现在有时间不？能不能过来帮我一个忙？"

严芷涵很快就赶到了，她家住在四方新村，距离梅花山庄不远，坐59路公交车，路上最多花半个小时。

"怎么了呀？这么着急找我过来。"看到白杨东张西望鬼鬼祟祟地下楼，怀里不知道抱着什么，她往前走了两步，同时开口问。

"严哥，麻烦帮我一个忙。"白杨郑重其事，"江湖救急，人命关天。"

"好，你说。"严芷涵点点头，"要我做什么？"

白杨把怀里抱着的塑料包裹递给了她，严芷涵把伞放在地上，伸手接过来掂了掂，好奇地上下翻看："这是什么呀？"

"飞机杯。"

"啊？"女孩手一抖，塑料包裹险些掉在地上，她两只眼睛瞪得溜圆，小嘴张开半天没合拢，"这这这这这这这……可是这和人命关天有什么关系？"

"我妈在清查我的房间，这要是被她发现了，我不就死定了？"白杨解释，"这还不叫人命关天吗？"

"那……那我要做什么？"严芷涵问，"帮你保管它吗？"

"不，不，你一个女孩子怎么能把这东西放在家里？被你爸妈发现了怎么解释？"白杨摇头，"你帮我把它藏起来就好。"

严哥怀里抱着塑料包裹，仔细想了想，这东西确实不好存放在自己家里。如果被父母发现了，那该怎么解释？

"那把它藏在哪儿？"

"月牙湖。"

女孩略微吃惊："把它丢到湖里去吗？"

"对，严哥你要在湖边找个隐蔽一点的地方，把它藏起来，以免被其他人发现，你看我用塑料布包得严严实实，完全密封，不怕水的，不过你不能扔到太难捞的地方，因为我以后还要把它拿回来。"

"你……以后还要把它再拿回来？"严芷涵一字一句地说，"难道还要接着用吗？"

"这不是有了感情嘛。"

女孩张了张嘴，竟不知道该说些什么。

"把它藏好之后，严哥，你就用微信告诉我具体位置，但是不能打字。"白杨又提了一个奇怪的要求，"一定要用语音。"

"为什么呀？"严芷涵摸不着头脑。

"因为我妈会查聊天记录。"白杨把所有的锅都扣在了老妈头上，"被我妈发现我就死定了，为了我的生命安全着想，你一定要发语音条。"

"发语音条？"严芷涵确认了一遍。

"对，发语音条。"

女孩点点头："好吧，我把它藏好之后就用微信告诉你位置。"她也没细想小白羊这离谱的理由是否站得住脚，只觉得奇怪，藏个飞机杯搞得如此兴师动众。

"这件事完成之后，严哥，这个秘密你一定要帮我保守，在任何场合任何人面前都不要提起。"白杨双手合十，"否则我就社死了，我就要站在紫金桥上跳湖自尽了。"

"好，好，过了今天我就把这事忘掉。"严芷涵翻白眼，"事成之后记得请我喝奶茶啊。"

"一定！一定！严哥，此事务必靠你了，你的大恩大德我没齿难忘。"白杨口袋里的手机此时震动起来，他掏出来看了一眼，脸色一变，"我妈又在叫我了，我先上去了，严哥，我等你的好消息！"

"好，你就放心把女朋友交给我吧！"

白杨急匆匆地返回单元楼内，踏上楼梯拐个弯，就伸手按停手机的闹钟，他爬上三楼，站在楼梯间通过窗口往外望，目送严哥打着黑色遮阳伞的背影逐渐远去。

这事只能由严芷涵来做。

小姑娘脸皮薄，帮忙藏飞机杯这种事不会到处宣扬，以白杨对严哥的了解，今天过后，此事她肯定绝口不提。如果换成何大少来办，那就完蛋了。何乐勤比白杨还没节操，这厮年龄不大，阅片无数，一双慧眼，臻至化境，何大少曾曰：三流老司机根据女优辨认番号，二流老司机根据场景辨认番号，一流老司机根据男优辨认番号——但他是老司机中的歼鸡机，他能根据丁丁识别番号。普通人不过是——

"这个女优我见过！"

"这个剧情我见过！"

但何乐勤一拍桌子：

"这根丁丁我见过！"

望着严芷涵消失在小路的拐角，白杨转身一步一步地拾级而上，他心里依旧没底，但今天的计划是他的最终计划，是他的斯大林格勒反攻战役。

在本次行动中，白杨不知道时间胶囊的具体位置，而严芷涵不知道包裹内究竟是什么——此时此刻，白杨还不知道，这其实就是时光慢递的第二个关键要素。

白杨后来把它总结成双盲原则。

所谓双盲原则，是白杨等人在时光慢递尝试中逐渐总结归纳出的、需要遵循的要素，即运送方不可掌握货物的所有确切信息——无论那是时间胶囊还是其他东西，此原则体现在操作层面，那就是至少需要两个人来埋藏时间胶囊，知道胶囊是什么的人不能知道它在哪里，知道它在哪里的人不能知道它是什么。把时光慢递的运送方一分为二，甚至一分为三，一分为四，就能最大限度地降低运输者本人对胶囊的影响。

很久以后，赵博文把它解释为削弱目的性的一种手段。把目的性削弱得越低，时光慢递成功的可能性越高。

双盲原则只是达到这个效果的其中一种方法，当然还有许多方法可以削弱时光慢递的目的性，以骗过这个世界的大过滤器，有些方法非常强大，但耗资甚巨，靠个人力量根本无法完成——在后续的日子里，逆转未来紧急通联指挥部为了对半夏进行确保成功的超级战略支援，就实施了史上最强大的削弱手段。

只不过这是后话了。

2

月牙湖老大了。

它是老南京城护城河的一部分，所以是一片非常狭长的水域，绕湖走一圈差不多有三公里。

烈日炎炎的，严芷涵打着遮阳伞，怀里抱着包裹，走在环湖的小路上，心里直犯嘀咕，自己是有什么毛病，来干这么离谱的事儿。

小白羊叮嘱她要找一个隐蔽的地方，以免这东西被其他人捡走了，可是除了钓鱼佬谁会要这东西？还会有其他人把这玩意认作千年灵芝吗？

但又不能随随便便往湖中心一扔，因为他以后还要再捞回来。

居然还要捞回来？严芷涵摇摇头。

她把目光投向月牙湖波光粼粼的水面，湖水很深，如此广阔的水域，如果她真就随手把包裹往水里一投，那谁都找不回来，小白羊将痛失他挚爱的女朋友，所以想找一个不为人知又能让人够得到的位置，还真是不太容易。

从月牙湖公园大门进来，严芷涵先右拐，逆时针方向绕着湖行走，月牙湖沿岸的植被很茂盛，女孩走在葱葱茏茏的树荫里，都不必打伞。一边走一边观察环境，月牙湖是个公园，平时来这儿散步的人不少，所以在湖岸上找个能长期藏东西的地方有点困难，要藏只能藏在水下，小白羊肯定也是这么想的，所以他都做好了防水措施。可是沿岸的水域也不太合适，因为水深都较浅，容易被人看到。

严芷涵走得累了，就爬上湖边的观景台，找了把椅子坐下来——月牙湖公园里有这么个设施，就建在荷花池的边上，类似体育场的观众席，从下往上有十排座位，都是白色的塑料座椅，头顶

170

上还有白色的遮阳大篷顶。她在椅子上坐下来，塑料座椅都被晒得滚烫。该把手里这东西藏到哪儿去呢？

严芷涵抻长脖子四处张望。湖对面是灰黑色的古城墙，城墙下有红瓦白墙的建筑，有些建在湖岸上，有些建在湖面上，严芷涵的目光扫过来扫过去，心想能不能把包裹扔到人家屋顶上去——屋顶扔不上去，那就藏到它们脚底下去？女孩盯着它们看了许久，那地方是干吗的来着？

掏出手机打开高德地图，原来是家餐厅，名字叫"夜上海酒店宴会厅"，那地方能藏包裹么？

严芷涵一拍脑门，把包裹丢那房子脚下的水里去！这足够隐蔽了吧，而且距离岸边不远，想捞也能捞得出来。

说干就干，严芷涵抱着包裹沿着小路绕过半片月牙湖，悄悄地到了夜上海酒店宴会厅的门前，这栋建筑大门开在湖岸的路边，主体则坐落在水面平台上，平台下有柱子打进水底撑起来，她左右张望几眼，餐厅大门紧闭，四周鸦雀无声，这大中午的果然没人出来。

她沿着斜坡下到湖边，歪着身子往餐厅地基底下望了望，底下很黑，是个藏东西的好地方。平时没人会到这底下来，清垃圾的人都钻不进来。

最后确认一次附近没人，然后她深吸一口气，像抛铅球一样，把手里的包裹扔了进去。包裹入水扑通一声，很快就沉底看不见了。

严哥左看看右看看，然后装作路过的没事人，打起遮阳伞，迅速离开了现场。回到城墙底下，她再掏出手机，用微信给小白羊发语音条："我把它扔在月牙湖边夜上海宴会厅那个平台底下的水里了！从里往外数第三根柱子！包裹就在那里！"

大功告成。

当天晚上。

白杨打开电脑，再打开网易云音乐，插上耳机，把软件和电脑的音量调到最大，开始播放汪峰的《怒放的生命》。

汪峰沙哑的嗓音开始狂嚎"曾经多少次跌倒在路上——"，每一个音符都在碰撞白杨的耳膜和心脏，白杨脑子里轰轰作响，就像是两只耳朵都分别贴着一台低音炮，声波在颅腔内共振跳舞，声音大得在房间里敲锣白杨都听不到。

白杨赶紧把耳机取了下来，再听下去要命了。

"BG4MSR，BG4MSR小姐，现在我说的每一句话你都务必要听清楚，OVER。"

白杨拍了拍耳朵，还在耳鸣。

"好，我在听，OVER。"

"听好，BG4MSR，接下来我将为你播放时间胶囊的具体位置，但是这条信息只有你能听，我不能听，所以我会把耳朵堵起来。"白杨说，"播放完毕之后，我会问你听清楚了没有，如果你听清楚了位置，就说听清楚了，然后我就会把时间胶囊的位置消息删掉，如果你没有听清，就说没听清，我会再给你播一遍，明白么？OVER。"

"明白，OVER。"

"有一点一定要切记，你绝对不可以向我透露时间胶囊的确切位置。"白杨叮嘱，"我知道时间胶囊在月牙湖，所以你最多只能说它在月牙湖，但是绝不能进一步透露更详细的消息，无论何时何地，在任何时间任何场合，明白么？OVER。"

"明白，OVER。"

"好，你准备好了么？我接下来要为你播放时间胶囊的具体位置，OVER。"

那边沉默了几秒钟。

"我准备好了，OVER。"

白杨掏出手机，打开微信，进入严芷涵的对话页面。那条语音信息还在，他深吸一口气，戴上耳机，刹那间满脑子都是汪峰的声音。

"我想要怒放的生——命——就像飞翔在辽阔天——空——！"

紧接着他握住手咪，把手机的音量调至最大，凑近手咪按下语音条播放！

白杨什么都听不见，他仿佛变成了一个空腔，被汪峰那极具穿透力的声音灌满，在声嘶力竭的歌声中，那条至关重要的信息正从手机传播至电台，再被调制成二十米长的短波，在空无一人的14255频段上，穿越二十一年的漫漫时光，被另一双正在安静聆听的耳朵收到。

此时此刻，从古至今，除了半夏，只有宇宙听到了那句话。

往前看一万年，往后看一万年，全世界唯有半夏一个人知道时间胶囊的全部确切信息。

白杨一手握着手机，一手按着手咪。汪峰还在唱，唱得无比有力。

"我想要怒放的生命——！"

"就像矗立在彩虹之巅——！"

"就像穿行在璀璨的星河，拥有超越平凡的力量——！"

3

2019年国庆节假期结束后的第一天，白杨返回学校参加本学期的第一次月考。

第一场照例考语文。预备铃响，监考老师带着卷子踏进教室，站在讲台上拆开试卷。

"现在准备开始考试，请大家不要交头接耳，不要左顾右盼，如果带了手机，请同学们把手机放到讲台上来。"

白杨坐在自己的位置上，手里捏着黑色中性笔，他用大拇指把笔盖慢慢推上去，又让它落下来，虽然置身考场，但心不在焉。他在想那颗时间胶囊。

计划能成功吗？时间胶囊会被BG4MSR找到吗？

监考老师沿着过道依次发卷，她把语文试卷和答题卡放在白杨的桌面上，纤细有力的手指在试卷边缘上微微一按，以免卷子被风吹落，再给下一个学生发试卷。白杨愣愣地在发呆，他看到老师指尖上沾着白色的粉笔灰末，试卷散发着淡淡的油墨味。

拿到卷子的考生都开始看题，唯独白杨还在出神。

老师发完卷子，踏上讲台，在上课铃响中清了清嗓子："同学们，现在可以动笔了！"

话音一落，一时间整座考场里都是翻动卷子的簌簌声，白杨游离的思绪重回肉体，他下意识地把中性笔倒转过来，然后开始看题，可卷子上黑色的方块字印在视网膜上，又从天灵盖上飞了出去，怎么抓都抓不住，白杨心想这种状态考试岂不铁定完蛋？他想强迫自己集中精神，把语文试卷的题头反复看了好几遍，可只记住了"南京市""高三年级""学情调研"这几个词组。

自己的计划还有其他纰漏么？

时间胶囊还会遭到干扰么？

这些问题从脑子里层出不穷地冒出来，白杨按都按不住，跟打地鼠似的，按下葫芦浮起瓢。

昨天下午他让严哥帮忙把胶囊带去月牙湖藏了起来——BG4MSR曾说月牙湖公园仍然保持完好，地貌没有遭到大规模破坏，那么把不锈钢胶囊藏在湖里躲过未来的二十年，概率应该是很大的。

如果这次行动还失败，那他可真没辙了。以白杨区区一个普通高中生的能力，再万全的计划也只能做到这个地步了。

白杨偏头望向窗外，远处教学楼的楼顶上停了一排鸽子，天空蔚蓝，万里无云，此时此刻，那个姑娘在做什么呢？

——那个姑娘在飞奔。

半夏跑得从没这么快过，地面好似烫脚，足尖沾地就蹦了起来，她起床后吃过早饭就一路狂奔直至月牙湖，衣服都没来得及换，还是一身白色的睡裙，由于月牙湖距离太远，而夜间离开居住地又太不安全，所以半夏没法昨天晚上就到这里来，她只能第二天一大早动身。

半夏气喘吁吁地停在夜上海酒店宴会厅废墟的门前，弯下腰来擦汗，把沾在头发和衣服上的草叶摘掉。

那颗胶囊在哪儿？

半夏扔下背包脱掉鞋子下到湖里，她没想到BG4MXH会把时间胶囊藏在这里，藏到夜上海酒店宴会厅的废墟底下，这有点出乎她的意料，因为这个位置她很熟悉，她经常在这里挖莲藕和菱角。

柱子，从里往外数第三根柱子！

她屈膝弯腰，小腿膝盖都浸没在湖水里，慢慢地摸了过去。近些年来月牙湖的湖水逐渐干涸，今天的月牙湖肯定比二十年前的湖水要浅，她估计当年BG4MXH埋藏时间胶囊时，夜上海酒店宴会厅建筑平台下的水深能淹没到大腿，但现在只在膝盖以下。

水浅了是好事。水浅王八多，不缺吃的……

呸。

水浅了好找胶囊。

半夏双手都沉在淤泥里，一点一点地往前挖，可是她也有些疑虑。宴会厅废墟这一片水域她并不陌生，这里荷花莲蓬多，半夏常在此处觅食，岸边甚至还有她的御用下水点。但来这么多次，为什么她从未发现过时间胶囊？

176

在指定的那根柱子底下摸了一圈，女孩往下挖得很深，没有发现时间胶囊，于是她转移向其他柱子，一路摸索，钻进平台底下，一根一根地摸过去，直到她找得累了，找得腰酸背痛，于是从平台另一边钻出来，直起身子，叉着腰活动了一下全身关节。

女孩抬手撩起耳边的发丝，擦了一把脸颊上的汗水，望着眼前的湖面。

这是为什么？

"落霞与孤鹜齐飞，秋水共长天一色。"

"渔舟唱晚，响穷彭蠡之滨，雁阵惊寒，声断衡阳之浦。"

古文又是考《滕王阁序》，白杨不假思索，提笔忘字。完蛋，穷睇眄于中天的"眄"字怎么写？

考场里一片寂静，偶尔有咳嗽声和翻动试卷的声音响起，语文考试已经进行了九十分钟，一共两个半小时的考试时间，到这里大多数人已经结束了基础题的解答，要开始着手对付作文了。

本次语文考试的作文题是"不小心睡着了的光阴"。

白杨皱了皱眉，他是个作文苦手，每次碰到这种材料作文都大皱眉头。

"在成长的途中，或许你偶尔打一个盹儿，就错过了许多美好的事情。而更令人失落的，是你原本并不想睡，只是装睡，或只想眯一会儿，可竟真的睡着了……"

白杨默默地读作文材料，后座和前座正在奋笔疾书的沙沙声让他有点紧张，考试中不怕时间走得快，就怕别人写得快。可是作文这玩意，越着急越憋不出来。什么时候他也能像前后座那样，文思如尿崩啊。

白杨深呼吸冷静下来，他在草稿纸上无意识地画了一个椭圆，笔尖沿着已有的笔迹不断地打转，盯着看，越看越像时间胶囊，时间胶囊就是圆的。

——对，时间胶囊是圆的。

半夏站在水里忖度。

它是个胶囊，应该是圆滚滚的柱体。

女孩在湖水里捞了两个小时，把餐厅地基的每一根柱子下都搜了一遍，挖上来的淤泥能堆出巴别塔，剩下的余料还能搭个胡佛大坝，仍然一无所获。

她捞到了不少垃圾，空易拉罐、破玻璃酒瓶、大鹅石，什么都有，就是没有时间胶囊，有时半夏以为自己摸到了，圆圆的，硬硬的，表面光滑，可捞上来一看是不知道谁扔在湖底的头盖骨。

谁家头盖骨也乱丢？这么多年了失主也没来认领，心真大。

她带着一身星星点点的水迹和淤泥，一身白裙立在齐膝深的湖里，像一只落在这里的黑背白鹭，左右环顾。

莫非这次计划也失败了？

太阳越来越毒辣，半夏出来得匆忙，没有带遮阳伞，再晒下去要中暑脱水。她决定先上岸休息，补充水分。

慢慢找吧，一定能找到的，反正时间来得及，半夏安慰自己。

"下了一整夜的雨，早起就是好天气……"女孩低声哼着歌，一步步地往岸边涉水行走。一边走一边思考——二十年前时间胶囊被藏在餐厅的地基底下，它二十年前就在这儿了，如果没有被其他人取走，那么自己怎么会找不到呢？

自己经常来这里采莲藕、莲蓬和菱角，如果真的存在时间胶囊，那早就应该被自己发现了才对……

半夏扒开沿岸的杂草，把一只脚从水下的淤泥里抽出来，踩在岸上。自己有没有见过那东西？她一只脚踩在岸上，再用力把另一只脚抽出来。

圆圆的，滚滚的，黑乎乎的一颗胶囊？

"又在昨晚梦到你，我们快乐地游戏……"

女孩忽然愣住了。

"快乐地游戏……"

"游戏……"

圆圆的，滚滚的，黑乎乎的一颗胶囊，那就是时间胶囊！

仿佛有闪电从女孩的脑中划过，紧接着她的全身开始颤抖。

她找到它了。

她早就见过它了，她早就见过它了！就在上次采莲藕时，半夏从湖底的淤泥里挖出来一个满是淤泥的圆柱体，但当时她不知道那是什么，于是随手扔到了沿岸的浅滩上——不，不，她能肯定那绝对不是自己第一次与时间胶囊见面，在过去的很多年里，半夏成百上千次路过月牙湖，成百上千次下水采莲藕，在淤泥里摸索的双手也曾成百上千次触摸胶囊。

早在半夏还不认识BG4MXH的时候，那颗时间胶囊就在等着她了。

成百上千次擦肩而过，只为了最后的一次邂逅。

4

"距离考试结束还有十分钟。"监考老师抬头看了一眼挂在墙上的钟，出声提醒，"还没有答完题的同学抓紧了。"

白杨埋头写作文。

这是什么见鬼的作文题？不小心睡着了的光阴？每次语文考试，要绞尽脑汁东拼西凑地写满八百字，对白杨来说就像便秘一样痛苦，他几乎是一个字一个字地数答题卡上还剩下多少空格子，恨不得一个省略号当六个字用。

"综上所述，时间对我们每一个人而言都是弥足珍贵的，俗话说生前何必久睡，死后定会长眠，我们一定要珍惜生命中的每一秒……"

天呐，我这是在写些什么东西，白杨心说。

白氏作文技巧之一——就算自己写的是一摊烂泥，也必须拔高作文立意。

白杨审视了一遍自己写的文章，不够高。

"数风流人物，还看今朝，当今世界，努力奋斗是主旋律，作为当代青年，我们一定不能睡懒觉，要为了实现中华民族伟大复兴而努力奋斗！"

白氏作文技巧之二——无论你写的是什么四六不沾的东西，最后必定要以"为了实现中华民族伟大复兴而不懈努力奋斗！"结尾，看在这句话的分上，批卷老师会多给你两分。

下课铃响，考试结束。

白杨长舒了一口气，合上笔盖，静待老师收走试卷和答题卡。

他注视着卷面上的字迹，心里忽然微微一动，这么多年语文考试，从没有过一次像今天这样，作文完成之后还想再写点什么。

他想写什么呢？

他想写时间究竟有多么强大的力量，究竟有什么可以抵抗光阴的流逝和岁月的侵蚀？就好比是把一枚胶囊藏在湖底，让这艘脆弱的小纸船在滔滔的时光长河里随波逐流，历经艰辛，最后准确地停靠在某个人的手上——

在干裂的泥滩上，女孩找到了被自己丢弃的圆柱体。

那东西仍然安静地躺在原处，被浸透淤泥的塑料布层层包裹，半夏把它抱在怀里，用手指、用匕首、用牙齿把干结的塑料布一层一层地拆下来，最后露出一枚锈迹斑斑的金属胶囊。

半夏的双手开始发抖，抖得抓不住刀柄，她强迫自己镇定下来，用小刀一点一点地清除螺栓上的锈迹。

在水里浸泡二十多年，这枚胶囊早就锈死了，制作时间胶囊的不锈钢也扛不住如此漫长的岁月和恶劣的环境，费了好大的力气，半夏才拆下来第一颗螺栓。

胶囊盖子上一共有八只螺栓，把它们全部拧下来，半夏就能打开盖子，被封存整整二十一年的时光慢递将重见天日。

螺栓是烂了，好在橡胶密封圈仍然在发挥作用，胶囊内没有进水，原本白色的橡胶早就变成棕黄色，一捏就碎，半夏把胶囊内的东西全部倒出来，有一袋药品，有一只木质小相框，还有一张信纸。

微微发黄的信纸。

半夏把信纸在草地上摊开，纸上的笔迹还很清晰。

尊敬的BG4MSR小姐：

当你看到这封信的时候，我已经死了。

他真的已经死了。

半夏知道他是真的死了。

这是一封亡者的来信，它穿过二十年的漫漫光阴到了你的手里，在我写这封信的时候，你可能还未出生，而当你收到这封信的时候，我已经不在人世。

一个人的世界是什么样子的呢？一个没有人的夫子庙、新街口、南航附中和月牙湖公园，一个没有人的南京，那肯定没有高考，没有数学试卷，也没有《小题狂做》。

另外，我很想知道自己是怎么死的，如果你收到了这封信，希望你能告诉我我的死因，以及其他人的死因，如果你知道的话。

我可不知道你是怎么死的，就算知道，我也不一定告诉你——

绝对不告诉你，你是怎么死的。

绝对绝对不告诉你，你是怎么死的！

绝对……不告诉你……

你为什么死了呢？

大滴大滴的眼泪落在信纸上，半夏下意识地摸脸颊，才发现眼泪流了满脸,她是什么时候开始哭的呢?

当然,如果我的死因太惨,希望你斟酌一下,不要太直白地告诉我,以免给我造成太大的精神压力,二十年后我还不到四十岁,一想到世界将会失去一位如此年轻有为的人物,我就深感痛惜。

呸!女孩哭着哭着又破涕为笑,呸呸呸呸呸!

"祝你身体健康,下雨出门永不忘记带伞,吃黄焖鸡永不夹到生姜,73。"

最后落款:"此时此刻与你通联的、身处二十年前的BG4MXH。"

微微泛黄的信纸背面,是一个大大的微笑。

5

当天晚上。

白杨摘下耳机,待在椅子上坐了许久,脑子里一片空白,连他自己也不知道自己在想什么,连他自己也不知道自己此刻是什么感受——茫然?诧异?紧张?惊惶?恐惧?或许皆有,也或许皆无。最后白杨离开房间,用力拍响了父母卧室的房门。

"爸!醒醒!出大事啦!"

第三卷
流星如夏日烟花

第一章

1

　　翌日，曾经名震南京、人见人厌、狗看狗嫌的苏南游手好闲铁三角再次齐聚（他们其实每周都聚），在梅花山庄中沁苑11栋805，一如少年英雄分别多年后的重逢，回首都是千里烟波浪荡江湖。有些人生来就是要改变这个世界的，比如说消灭路边摊上的麻辣小龙虾，比如说拼命砍价让大排档老板少赚两块钱，觥筹交错间，油腻的光芒随着啤酒肚上的脂肪层一起抖动，啊，这梦幻般的波浪，这是独属于中年男人的浪。

　　"爸妈，我回来了。"白杨结束今天的考试，进门在玄关换鞋，一眼就认出了坐在客厅里的人，"赵叔！王叔！"

　　那个闪亮的头顶是王叔，那只玳瑁框眼镜是赵叔。

　　王叔、赵叔和老爹正坐在沙发客厅上闲聊，老妈在厨房里做饭。

　　"最近没啥可忙的，只有一个大的天文观测项目，多国联合搞的，对象是银河系中心的大质量黑洞……哟，杨杨回来了！"赵博文一抬头，"你今天月考吧？考得怎么样啊？"

"还行，好歹英语作文写完了。"白杨把书包卸下来，拎在手里。

"小杨，带我们去看看你那台拐两五。"王宁起身，"看看究竟是怎么回事。"

老爹和赵博文也随之起身，铁三角之所以齐聚在此，就是因为那台icom725。

"好。"白杨点点头，"在我房间呢。"

昨天晚上，白杨把老爹从睡梦中叫醒。很显然老爹是不信儿子那套说辞的，虽然他睡懵了，但是智商还在。

白杨说你不信没事，反正你也啥都干不了，帮忙把王叔和赵叔叫来，我跟他们说，他们信就行。

第二天，白震给两位老哥打了电话，他一再强调十万火急，务必尽快赶到，于是王宁和赵博文当天下午就一起登门，但显然他们也是不信白震那套说辞的，问老白你有什么毛病，急急忙忙地把自己叫来就是为了给自己编故事？

白震也无奈，说又不是我要给你们编故事，是我儿子要给你们编故事。

白杨把书包放下，坐在椅子上，熟练地打开电台，淡黄色的液晶屏亮起。

三个成年人跟着挤进房间，站在他身后。王宁往桌上瞄了一眼："什么年头了，咋还这么原始，小杨你也整个FT8啊！"

"我妈平时不让我用电脑。"白杨闷闷地说。

"14255对吧？"王宁问，"多大功率？"

"五瓦。"

"五瓦搞短波DX？"王宁啧啧几声，"小杨你喜欢玩QRP？"

"我也不敢搞大了啊。"白杨弱弱地说，"我连证都没有呢，你以为我不想要个一百瓦的大喇叭吗？"

"看看，老白，你怎么搞的，你监护人的责任呢？"

"去去去，别胡扯了。"

"就现在秦淮区这一片的电磁环境，短波DX还能玩么？"赵博文问，"我倒是好多年没碰这东西了，就我们年轻那会儿，信号还能好一点，有时候能通到XY和VK，现在还行吗？"

"以前还能通到P5呢。"

"P5是哪儿？"

"朝鲜啊。"

"咱们年轻那会儿，得二十年前了，现在早就不行了。"王宁摇摇头，"我坐在无委会都听不到这台拐两五说的什么，电磁环境差得一批。"

三个老梆子自顾自地聊了起来。

"对方那个台叫什么？"王宁问。

"BG4MSR。"老爹回答。

"你听过这个呼号吗？"赵博文问，"有这么一号人？"

"没有。"王宁摇头，"这事是有点蹊跷，前段时间老白也来问过我这个呼号，老白说小杨玩短波通上了个姑娘，聊得热火朝天卿卿我我你侬我侬……"

"没有热火朝天！没有卿卿我我！没有你侬我侬！"白杨正在频道上守听，恼火地摘下耳机，扭过头来纠正，气得有点脸红。

他狠狠地瞪了老爹一眼。以老爹的厚脸皮，自然是刀枪不入。

"好好好，没有热火朝天卿卿我我你侬我侬，你们是纯洁而高贵的革命友谊。"王宁接着说，"因为老白当时说这事的时候，正在和我喝……"

"喝什么？"老妈悄无声息地从房门后面鬼探头。

房间里的气温陡降八摄氏度，三个男人头皮同时一紧，屏住呼吸。

"喝……喝茶。"王宁说。

老妈冷峻的目光依次扫过三人，然后消失在房门后面不见了，留下一声冷哼。

三个男人顿时松了口气。

"小文走路怎么没声音。"王宁低声问，"这忒吓人了吧？"

"你知道就好。"白震低声说，"我天天活在鬼片里。"

"接着说正事，然后呢？"赵博文问。

"我们当时在喝茶，我觉得老白有点喝多了，茶多酚上头，所以我当时没放心里去，后来在无委那边值班的时候随便听了听，14255上只能听到小杨的声音，整个频道上只有他一个人，他的声音我还是听得出来的。"王宁接着说，"不过信号太差，我是从来没听清他说的是什么。"

"BG4MSR呢？"赵博文问。

"没这个人。"王宁说。

189

"这也是我感到奇异的地方，本来我是不信的，但无委听不到信号我没法解释。"白杨转过身来，把耳机挂在脖子上，"上次碰到王叔，王叔说我在频道上自言自语，可是我明明是在和BG4MSR通话。"

"是加密了吗？"赵博文问。

"没可能。"王宁和白震一齐摇头。

"无委那边监听的灵敏度有多高？"赵博文问。

"全市范围内全频段覆盖。"王宁说，"除非你是加密的军用频道，否则没可能听不到。"

"奇了怪了，"赵博文也觉得蹊跷，"这是什么新技术？还是什么电磁魔术？"

作为物理学教授，赵博文不可能相信时间穿梭的故事，他第一反应是某种新技术，或者是某种高明的手法，可以让信号避开无委的监测，同时又能让一台老旧的icom725收到……赵博文探头望了望，想找找电台底下是不是有一根隐蔽的光纤。

"大教授，你有什么高见？"老爹问。

"我不下任何论断，耳听为虚，眼见为实，咱们要亲眼见一见，暂且不论杨杨讲的故事是不是真的，我们先看看究竟是怎么回事再说，今晚让杨杨再通上BG4MSR试试，如果能通上，那我们要先搞清楚这个信号是怎么来的，能逆向追踪定位到信号来源，那么真相就可以大白了。"赵博文说，"杨杨，你平时是几点钟和她通上？"

"晚上10点以后。"

三人不约而同地从口袋里掏出手机，看了一眼时间。

现在是晚上8点45分。

"老王，你那边有频谱分析仪没？"

"有。"王宁点点头，"我让无委带一台过来。"说罢，他掏出手机拨号，"喂？小朱啊？啊对，是我是我，能不能给我帮一个忙啊……就是帮我带一台频谱仪过来，大的那台，在我办公桌边的架子上，白色的，对对对，送到梅花山庄小区，苜蓿园大街这边，好好，谢谢啊！"

王宁就是那种会在晚上8点多给人打电话安排任务的无良领导。

2

频谱分析仪这东西他们都不陌生，它有大的有小的，大的跟大学物理实验室里的老式示波器一样庞大沉重，小的和任天堂掌机一样便携轻巧，频谱仪的作用就是检测电波信号，它能精准地捕捉到空气中无形无状的电磁波，用示波器把它显示出来。

14MHz的频率上有波，那在14MHz的横轴位置上就有一个峰。有几道波就有几个峰，双波就双峰，波大就高峰。

很快无委的人就把频谱仪带来了，有人咚咚地敲门，王宁连忙跑过去打开门，站在门外的是个头发蓬乱的年轻人，汗流浃背，穿着蓝色短袖衬衫和黑色大短裤，这位就是大晚上被无良领导叫来帮忙的倒霉蛋，手里抱着缠着电线的频谱仪。

到底是刚毕业没多久的职场新人，不懂得拒绝不属于自己的工作。他要是有老白那么厚的脸皮，接到电话时就该回一句："啊王哥对不起，我在忙……啊……啊……"再配上粗重的呼吸声。

再无良的领导这个时候都知难而退了，王宁说不准还要关心一句年轻人注意身体，切勿沉迷其中难以自拔。

"王哥，频谱仪我给你带来了。"年轻人气喘吁吁，抱着这么大个东西爬八层楼，可把他累得够呛，"是这个吧？"

"哎呀！谢谢，谢谢！对对对，就是这个，小朱你可帮大忙了。"王宁连忙把频谱仪接过来，"累坏了吧？坐下来喝口水。"

"不了，不了，谢谢王哥。"小朱摆了摆手，"要没什么事我就先回去了，回见王哥。"

"明天见！"

年轻人一溜烟转身下楼了。

王宁把白色的频谱分析仪放在客厅的饭桌上，这东西比房间里的icom725短波电台还要大一圈，白色工程塑料外壳，自带一个提把，它的操作面板左半部分是液晶屏幕，右半部分是整整齐齐的英文和数字按钮。

"这是什么东西啊？"老妈从厨房里出来了，随手解下腰间的围裙，"你们又搞来一台收音机？"

"频谱仪。"王宁回答，"安捷伦，好几万块钱一台呢。"

"无委搞来的？"老妈问，"你会用这个东西？"

"我可是专家。"王宁拍拍胸口，"你们知道我第一次用频谱仪是在什么时候吗？我第一次操作这东西那还是在……"

"在什么时候?"赵博文问。

"二十年前。"王宁说。

"那你经验丰富啊。"赵博文说,"王主任。"

"可不是?当时用的还是老惠普频谱仪,帮中国联通调试传呼台。"王宁说,"测试传呼台两个天线的相位差,你们知道那东西不?因为两个天线之间有相位差,需要统一起来,就得用这玩意来测,那还是BP机时代呢。"

"那你上一次用频谱仪是在什么时候?"白震问。

"上一次就是第一次。"

"你真的是无委的吗?二十年没碰过频谱仪?"白震问,"无委为什么会有你这样的废物?国家为啥要养你这样的蛀虫?"

"滚滚,我只是说没有亲手操作它,但我指挥别人操作它不可以啊?"王宁说,"不允许老年人摸摸鱼啊?"

他给频谱仪接上电源,打开开关,液晶屏幕亮起。

频谱分析仪比无线电台使用方便,很重要的一点是它不挑电源,二百二十伏家用交流电插上就能用。

屏幕上是一张网格坐标系,X轴是信号频率,Y轴是辐射强度,一根高低不平的黄色锯齿线条在坐标系上躁动,躁动的线条意味着背噪,背噪就是收音机收不到信号时的沙沙声,电视机没有信号时的雪花点,它可能来自人类,也可能来自自然界,甚至来自宇宙微波背景辐射,除了锯齿一样的底噪,还有几个明显凸起的波峰。

这些波峰就是频谱仪捕捉到的信号,它们可能是广播,可能是对讲机，也可能是其他电台，现代社会无线电波无孔不入无处不在，频谱仪的扫频能力理论上能搜索到附近所有频率的电磁波。

王宁开始设置频谱仪的基础参数，他按下操作面板右侧的"AMPLITUDE"键，这个词的意思是"振幅"，其实就是信号和辐射强度，设置的是Y轴参数。他把Y轴单位设置为dBμV，接下来设置X轴参数——频谱仪的监测范围是全频段的，会搜索到一大堆乱七八糟不需要的信号，而王宁需要监测的是白杨那台icom725，白杨所在的频率是14 MHz，所以王宁需要缩小监测范围。

按下操作面板上的"FREQUENCY CHANNEL"键，在按钮区的左上角，这个词的意思是"频道"，按下它就能设置X轴的参数，也就是频谱仪的频率监测范围。

"小杨！"王宁问，"是14 MHz对吧？"

"对！"

王宁把频谱分析仪的监测范围缩小到5 MHz至50 MHz。

"小杨！按一下PTT（一键通，手咪）试试！"

白杨闻讯按下手咪。

桌上的icom725发射机对外发送信号。

白杨没有说话，所以电台发射出去的是未经调制的载波，只是一段无意义的电磁辐射。立竿见影，客厅里频谱仪显示器上的波形迅速爬升，形成一个小小的波峰，就在14 MHz的位置上，毫无疑问是白杨的电台信号。

"看，这是小杨的信号。"王宁指着屏幕上的波峰，"虽然有点微弱，但很明显，在14.255 MHz左右的频率上，待会儿咱们就这么着，等小杨和那位BG4MSR通上，我们试试能不能抓到对方的信号，如果能抓到就好办，我们有的是办法找到信号源头。"

"要是抓不到呢?"白震问，"你之前监听的时候，就没听到那姑娘的声音吧?"

王宁沉吟半晌。

"不太可能抓不到，拐两五能收到的信号没道理我们收不到，万一，我是说万一收不到——"

"那说明什么?"白震问。

"说明频谱仪坏了。"王宁说，"咱们就让小朱过来换一台频谱仪。"

"要是换了一台频谱仪还收不到?"

"那就让小朱再换一台。"王宁说。

"要是换遍了频谱仪都收不到?"

"那就换一个小朱。"

晚上10点以后，白杨通上了BG4MSR。三个油腻老男人一齐挤过来听墙角，一边挤眉弄眼，一边露出"小子你行啊"的表情。白杨大为恼火，把这仨老不修给踹了出去。

"这是小杨的信号，奇怪了……怎么这么弱呢?"王宁指着频谱分析仪显示器上的波峰，抬头看了看天花板，"我们是在天线底下吧? 老白你现在用的什么天线?"

"DP 天线。"白震说,"还是以前那架。"

王宁啧啧称奇:"不愧是老白,我就佩服你这点,小区里都能架得起来这么大的天线,没被人投诉?老头老太太没找上门来说你这有辐射能致癌?"

"有啊,他们找物业,物业来找我。"白震说。

"你怎么说?"

"我说我证照齐全,是合法架设,有本事你们去无委找王宁,他的地址是玄武区龙蟠中路37号,进门找头上毛最少的那个就是。"

"操。"王宁说。

频谱仪显示器上的波峰时起时落,起时表示白杨在说话,落时表示白杨在守听,icom725是半双工工作模式,这东西不能同时发射和接收,在外行人看来它的使用体验类似于对讲机而不是手机,白杨按下手咪上的发送键,他就听不到对方在说什么,他松开手咪的发送键,才能收到对方的信号。

这是为什么无线电通联时一般都会在句末加上一个"OVER"或者"完毕",就是为了让对面知晓自己的话已经说完,对方可以开口了。

王宁的思路很简单,他们一边听着房间里白杨的说话声,一边盯着频谱仪上显示器的波形图。

"……没错,我们正在做实验呢,频谱仪你知道么?就是能接收和分析无线电波的仪器,现在就摆在我家客厅里。"白杨的声音从房间里传出来,"他们仨在检测信号,希望能找到这一切的原因,不过目前还是初步工作，OVER。"

随着白杨的话音，频谱仪显示器的波峰在起伏抖动，SSB模式占用的带宽很窄，所以是一个迫击炮弹道似的陡峭狭窄波峰。

白震、王宁和赵博文都听到了白杨的"OVER"。

好，现在白杨说完了，接下来该是BG4MSR说话，如果频谱仪能接收到那个姑娘的信号，就会在14 MHz的频率上凸起一个波峰……

三个人都瞪大了眼睛。

"波峰呢?"赵博文问。

频谱仪显示器上只有锯齿般的背噪线条，没有出现波峰。

"小杨!"王宁扯着嗓子喊，"她在说话吗?"

房间里等了几秒，白杨回复了："在!"

"在说话为什么没有信号? 这可真是见鬼了。"白震喃喃，饶是以他这么经验丰富的HAM，也没碰到过这种情况。

"小杨! 报一下RS信号报告!"王宁又喊。

"59+!"白杨回答。

"不可能，59+的信号，频谱仪连收都收不到?"赵博文皱眉。

"别着急，我亲自去试试。"王宁起身，进入白杨的房间，"小杨! 让我来看看!"俗话说一千个老蛤蟆就有一千个59+，像老白这样的无良蛤蟆就是逮着一个信号就59+，难保小白没继承他爹的习惯。

几分钟后王宁回来了，赵博文和白震在他那个锃光瓦亮的脑门底下看到了一张震古烁今的脸。

这得震惊成啥样才能让王宁那张老脸震古烁今。

"把嘴合上，裂口秃子。"白震说，"什么情况？"

"老赵，要是你拿了诺贝尔物理学奖，能不能给我挂个名儿？"王宁问。

"行，没问题，等到我拿诺奖那天肯定烧给你。"赵博文点点头，"说吧，什么情况？"

"59+的信号，完全清晰可辨，没有问题。"王宁在椅子上坐下来，"我解释不了，老白你没搞什么幺蛾子吧？把信号加密了？"

"我可没那个本事。"白震说，"拐两五也没那个本事。"

客厅里诡异地沉默下来，老妈从房间里出来，看到三个男人坐在沙发和椅子上一言不发，不禁有些好奇："怎么了这是？"

"杨杨编的故事不会是真的吧？"赵博文低声问，"真有穿越时空的信号？ BG4MSR 真的生活在二十年后？"

"你是教授，你来问我们？"白震说，"你比我们多读的十年书是白读了吗？"

"副的。"赵博文说。

"先别急着下结论，我们再想想办法。"王宁说着从口袋里掏出手机，开始拨号。

"喂，小朱啊，哎哎，没错是我，你现在在哪儿啊？回家了没有……啊那正好！那正好！小朱你再帮老哥一个忙呗？有空没有？就是回办公室帮我再拿一台频谱仪来，惠普的那台，对对对，白色的……真是不好意思，又要麻烦你了，明天请你吃饭。"

半个小时后。

气喘吁吁的年轻人再次出现在了门口，怀里抱着一台白色的惠普老式频谱仪。王宁再次表示让他留下来喝口水，小朱摆摆手说不用，一溜烟就不见了。

"你什么领导？人家小伙子大晚上的辛辛苦苦帮你跑腿，你让他喝口水？"白震愤愤。

"喝谁的口水？"赵博文问。

"你们两个不损我能死是吧？"王宁把第二台频谱分析仪放在桌上，接上电源，"来，看看这台！"

第一台频谱仪收不到BG4MSR的信号，可能是频谱仪的问题，那换一台频谱仪试试。

三个男人盯着频谱仪显示器，老惠普的示波器发出惨绿的光，这玩意的年龄说不准和在场的三个老东西一般大，但老归老，金枪不倒——王宁的原话是"它和我一样坚挺，为祖国健康工作五十年"。

可向来坚挺的老将这回也折戟沉沙了，第二台频谱仪仍然只能捕捉到白杨，无法显示BG4MSR的信号，最后王宁甚至把频谱仪干脆搬到了白杨房间里，和icom725电台就只有一米之隔，双方同步开工。都到这个份上了，BG4MSR的信号仍然无视了频谱仪，唯有白杨那台破电台能接收。

这不可思议。

"我就知道。"白震一拍大腿，"老王说这东西的状态和他本人一样，那岂不完蛋？都老年痴呆了。"

在场的三个人，白震、王宁、赵博文无一不是经验丰富的业余无线电专家，但谁都无法解释这个现象。为什么BG4MSR的信号会有选择性地被白杨的icom725接收到？这电波成精了？

这天夜里，三人用两台频谱仪折腾到晚上11点，直到老妈发飙，都没得出什么有用的结果。

BG4MSR那谜一般的信号就是抓不着，明明拐两五的耳机里信号质量好得跟女孩在附耳说悄悄话一样，但摆在客厅里的频谱仪愣就是抓瞎，王宁不止一次拍着桌子说绝对是老白这王八犊子设局在要自己，这肯定是老白精心设计的手段，他在部队里当通信技术兵服役十几年，加密手段不是门清？

"你们三个老杆子还有完没完了？这都到几点了？小杨明天早上还要上课！"老妈下了逐客令，"还有什么事明天再来！"

对老妈来说，任何胆敢妨碍白杨学习、耽误白杨前途的人都死不足惜，谁挡杀谁，白震、王宁和赵博文这仨加一起也不是个儿。

小文的脾气谁都知道，年轻时是能让白震跪搓衣板的，于是王宁和赵博文起身告辞，白震送他们下楼。

频谱仪就暂时放老白家里了，反正王宁一个人也带不回去。

"这事你们怎么看？"白震一边下楼一边问，"我儿子跟我说那小姑娘生活在二十年后，她那个时代只剩下她一个人，全世界的人都死光了，水牛和野鹿在大街上随便晃荡。"

"早些天杨杨其实去我办公室找过我，专门问过我这个问题，我以为他在写科幻小说呢。"赵博文说，"没想到还真有这么一桩事，想想有点不可思议，什么样的灾难能在短短二十年内让人类全部灭绝？"

"你要是问我信不信，我肯定是不信的。"王宁摇摇头，"这又不是拍电影。"

"但我们都没法解释为什么抓不到BG4MSR的信号，而杨杨的拐两五就能通上。"赵博文说。

"捕捉不到信号有很多可能的原因，时空穿梭是最离谱的那个。"王宁说，"我就说是老白设的局，他找了个托，不知道藏在什么地方发扩频信号，一伙人串通好了演戏，只要把正常信号扩成超宽频信号，那听上去就和背噪一模一样，鬼都分不清楚……老白，我说中了没有？要不咱们明天再来的时候，把拐两五拆开看看？"

"你家的拐两五可以解码扩频信号？"白震怼了回去，"我搞这么多幺蛾子就为了忽悠你？忽悠你有什么好处？"

"那就是你儿子在忽悠我们，小杨设的局。"

"他要是有这个本事，那咱们三个这一把年纪都活到狗身上去了。"白震说，"他得手动DIY，把业余电台改成军用的，你们认为这有可能吗？"

"单凭这个信号，我是不相信BG4MSR生活在二十年后的。"王宁很执拗。

"可是他验证过了。"白震说。

"用什么验证？"赵博文问，"时间胶囊？之前提过的那个？"

"对，时间胶囊。"白震回答，"把时间胶囊埋起来，然后等二十年让对方挖出来。"

"这个怎么防止造假？"王宁问。

"用氚管。"

"半衰期？"赵博文立即就意识到了关键。

"是，用半衰期来验证时间。"白震点点头，"对方把时间胶囊挖出来时，氚管都快熄灭了。"

赵博文和王宁陷入沉默。放射性元素的半衰期是无法加速的，这是铁证。两人同时心想，白杨这小子真聪明，他要是换用其他验证手段，那绝对可以找到漏洞，可氚管这个证据太硬了，硬到不可撼动。就好比那些用尽手段做旧制造假文物的古董贩子，在碳14测定面前必然原形毕露。

赵博文和王宁可以抡起四十米长的奥卡姆大刀，把时间穿梭这个不靠谱的推论斩得七零八落，可白杨在那些看似混乱的线索和推测里暗戳戳地埋藏了一根硬骨头，这根硬骨头就是氚管，奥卡姆大刀砍到氚管上顿时卷刃崩口，把两人震得两手发麻。

三人走到了一楼，赵博文和王宁让白震别送了。

"我说老王、老赵，要是这事是真的，"白震冲着两人的背影问，"该怎么办？"

"那我得赶紧把公积金提出来，养老保险也不交了。"王宁说，"二十年后我刚退休呢，还没来得及享受一天好日子，世界就毁灭了。"

赵博文挠了挠头，环顾一下四周，嘟囔了一句："如果这事是真的，那麻烦可就大了……无论从哪个层面哪个意义上，麻烦都大了。"

3

"BG4MSR，BG4MSR，今晚就到这里吧，赵叔和王叔他们都走了，折腾了一晚上也没得出什么结果，我明天还要上课呢。"白杨准备结束通联，洗漱休息了，"早上得6点半起床，第一节是可怕的英语课，OVER。"

"什么都没发现吗？"

"唯一的发现是，你的信号只有我能收到，其他所有人都收不到。"白杨回答，"王叔是无委的负责人，今晚他还专门打电话找其他还没睡的HAM，让他们试着在14255守听，结果也什么都听不到，OVER。"

"为什么会这样？"

"我也不知道啊。"白杨摇摇头，"他们都还在找原因，OVER。"

"嗯……那你明天晚上还会来吗？"女孩问。

"当然。"白杨说，"不过明天我要上晚自习，所以时间会比今天晚上稍晚一些，你可以在14255上等我，OVER。"

"BG4MXH，什么叫晚自习？"

"晚自习就是下午放学了还要待在学校里做作业，一直要待到晚上10点钟，是对青少年心理健康的一种莫大摧残，OVER。"

"BG4MXH，这也是上学的一部分吗？"

"是的，BG4MSR，这也是上学的一部分，是这个时代每个孩子成长过程中必须要经历的艰苦磨炼。"白杨说，"不知多少人倒在了这个过程中，试想一下，一个单纯无知的稚嫩少年，每天晚上都要被七八个老师轮流布置作业！这是多么的惨无人道，这是多么的痛苦不堪，这就是炼狱！OVER。"

"七八个老师！你们居然有七八个老师！"女孩语气艳羡。

"重点是这个吗？BG4MSR，重点是炼狱啊！"

炼狱？女孩又胆战心惊："每个人都必须上学吗？"

"每个人都必须上学，这叫义务教育，OVER。"

"学校里教什么？"女孩问，"也会教射箭、开枪和野外生存吗？老师曾经跟我说，在黑月降临之前的年代里，学校会教格斗、擒拿、摔跤和射击，还要考试，BG4MXH，你之前说的月考，考了格斗和射击吗？"

白杨心说你老师是哪个学校毕业的，我们这真的是在同一个世界里吗？

"我们的考试啊……考的是语文、数学、英语，还有物理、化学、生物。"白杨说，"所有人都坐在教室里，用笔答题，然后按照分数排名，你肯定很难理解啦，成千上万的学生为了一个分数排名争得头破血流，所有人都拼命地学习拼命地学习，只为了试卷上那个小小的数字，一个数字大过天，一个数字决定你的命运，你肯定没法想象，OVER。"

"成千上万的学生，那么多人，太棒了吧！"女孩又语气艳羡。

"重点是这个吗？重点是分数啊！是为了分数争得头破血流啊！"

争得头破血流？女孩继续胆战心惊。

"BG4MSR，在考试中，大脑正常的人都不希望自己有太多竞争对手，所以人越少越好，OVER。"

"不，人越多越好，OVER。"

"为什么？"白杨问。

"不为什么，就是人越多越好。"女孩说，"要有几百万人，几千万人，要这个世界全都是人才好呢，OVER。"

白杨挠了挠头："BG4MSR，我该去睡觉了。"他打了个哈欠，看了一眼闹钟，"不好……11点半了，为什么跟你聊天总是能忘了时间呢？我真得去睡觉了姐姐，你不用上学我还得上学呢，晚安，73。"

"明天晚上还会来？"

"会来，OVER。"

"说一定。"

"一定！"

半夏放下耳机，再次摊开桌面上的旧信纸，怔怔地望着上面的字迹出神，真是奇怪，真是难以理解……刚刚与自己通话的分明是一个活生生的少年，他会笑会闹会呼吸，活力和生命力是那样充沛，但为什么摘下耳机，他就立刻变成一个早就死去的人了呢？

半夏很难理解。

BG4MXH说这是一个复杂的物理问题，物理这个词听上去就很复杂，复杂的物理问题，那就是复杂的平方，半夏用脚趾头想也知道这个问题自己的脚趾头想不出来。所以她干脆不去想了，脚趾头就让它们舒舒服服地待在拖鞋里好了，整天赶路已经很对不起自己的脚趾头了，再让它们思考问题是不是太强人所难？

该去洗脚了，她盘起膝盖，把两只脚上的袜子都扯下来，两只袜子打成一个结，女孩抬起手稍微瞄准了一下，轻轻一投，袜子正中床头，命中目标！

半夏穿上拖鞋从床底下拖出洗脸盆，从房门后的挂钩上扯下光秃秃的毛巾，然后端着脸盆到漆黑的客厅倒热水。她先把脸盆放在地板上，再一屁股坐在床沿上，抬手摸了一把头发，捻了捻闻了闻，半夏犹豫了两秒钟，有没有油到能做油焖茄子的程度？

没有。

好，那今晚就不洗头了。

半夏用发带把头发缠在脑后扎了一个团子髻，像芭蕾舞演员那样露出修长的脖颈，再俯下身来捞出毛巾，拧干了洗脸。

半夏的皮肤很白，白得让老师都羡慕。老师经常捏着她的脸，盯着看半晌，然后问丫头你怎么就是晒不黑？

女孩对着电风扇擦洗身体，洗完之后风一吹特凉快。她拉起睡衣的衣领，对着里面灌风。

最后洗脚，半夏把两只脚都泡在水里，俯下身去慢慢地揉搓按摩。

从膝盖往下逐渐捏到脚尖，再从足尖绕一圈到脚后跟，她的脚背和脚趾仍然白皙柔软，足底却有一层粗糙的老茧；在这个没有其他交通工具的世界里，半夏出门只能靠自行车和两条腿，以前老师还在的时候，经常跪坐在半夏的面前帮她捏脚，老师的手指纤长，很有力度，也很有技巧，从足底往上一点一点地按到小腿，帮助她活动韧带和放松肌肉，直到少女的脚被热水泡得通红。

老师总是说生存在这个世界，人活着就是靠一双脚。有脚多好，能跑能跳的。半夏亲眼见过老师把她自己的一只脚卸下来，然后靠在墙上敲敲打打。那条小腿没有肌肉，没有血管，也没有皮肤和骨骼，它是金属和塑料制作的架子，老师说那叫义肢。

半夏问老师原装的那只脚到哪儿去了？她说被蒸发掉了。

尽管有一只脚是假的，老师的身手仍然矫健，半夏从未见过像老师那么厉害的人，明明也是个很年轻的女人呢。

半夏向后仰倒在床上，抓起床头的塑料小台灯，打开台灯按钮，闭上眼睛，微弱的灯光透过眼皮进入瞳孔，落在视网膜上，她在黑暗中看到了一团暗红色的圆。她知道那是灯光透过血管的颜色，睁开眼睛，明亮的LED灯光刺入双眼，她下意识地眯起眼睛，暗红色的圆变成了白色光圈。再闭上眼睛，灯光在视网膜上视觉暂留，光圈还在，只是逐渐消散，她又再睁开眼睛，灯光又直射入瞳孔。

半夏反反复复地睁眼闭眼，映在视网膜底暗红色的圆边缘逐渐清晰，它在女孩的眼前滚动闪烁，最后从黑暗的背景中跳脱出来，变成一只红色的眼球。

半夏猛地睁开眼睛，摸了摸额头。额头上有点汗，不知道是不是热出来的。

BG4MXH说他要搞清楚这一切的成因，这是所有行动的关键，只有搞清楚了世界毁灭的原因，他们才有可能齐心协力把世界从濒临毁灭的悬崖边缘拉回来。

这真的有可能做到吗？

BG4MXH说有可能，因为那个时代的人类拥有非常强大的力量。

可在半夏眼中，曾经拥有那么强大力量的人类文明不是照样毁灭了么？自己生活的世界和BG4MXH生活的是同一个，只是时代不同罢了，如果人类没有毁灭，那自己也就不会独自一人生存在这里。

半夏并不清楚世界毁灭的真正原因，如果她知道，那她早就告诉BG4MXH了。这世上肯定有人知道世界是如何毁灭的，但如今他们都不在了。半夏对于末日时代只有模糊的记忆，仅仅依靠大脑里模糊的记忆，BG4MXH有可能查明世界末日的真相吗？半夏默默地想，慢悠悠地抬起小腿，然后落下，轻轻地击打水面。啪的一声，脚面和水面接触，扬起时带起一串水珠。

这些努力真的是有意义的吗？已经发生过的历史有可能改变吗？BG4MXH自己都已经是死人了，他早就死于过去二十年的动乱和灾难里，他的所有家人、朋友和依赖倚仗的人都死在了过去二十年的动乱和灾难中，自己其实是在和一个鬼魂说话，在和一个残存于电磁波世界里的幽灵说话。

鬼魂和幽灵有能力改变自己的命运吗？

如果他们真的能改变未来，改变自己所见的历史，让人类免遭毁灭的命运，那么这个世界会变成什么样子？会在顷刻之间恢复成生机勃勃、人山人海的城市吗？自己会变成什么样呢？自己还会存在吗？那个喜欢唱歌、擅长射箭、会抓鱼、会做菜但还是生活得很辛苦的半夏还会存在吗？自己所经历的一切，自己所有的记忆，会在瞬间消失吗？躺在这里的，会变成另外一个半夏吗？她默默地想，用BG4MXH的话来说，这是一个复杂的物理问题。

可无线电信号另一头的那个世界有七十五亿人呢，这个问题就交给他们去思考吧，七十五亿人，这个数字大到难以想象，半夏认为这么多的人，总会出现能拯救世界的英雄。她慵懒地躺在床上，偏头望着窗台上的木质小相框，相框里有绿色的黯淡荧光，还有一幅小小的画，一位老同志手持闪电，一招劈开了钢铁巨舰。

那个人是谁？他那么厉害，应该可以拯救世界吧？

4

翌日。

当白杨结束一天的课程回家时，他看到了停在楼下的移动无线电监测车。白色的七辆面包车，车顶上顶着一个大圆盘，对于普通人而言，它最常出现的场合就是高考考场，不用猜白杨也知道这车是谁开来的，不由地咋舌，王叔真是大阵仗啊。

回到家里，王宁、赵博文和老爹三个人正挤在自己的房间里，王宁戴着耳机在调试icom725，赵博文和老爹站在两旁看着。

"驻波比多少？"

"驻波比1.3。"

"那没问题啊，我还以为是阻抗不匹配，能量都被反射回来了。"

"废话，我用的自动天调，你看天调指示灯是绿的，那就没问题。"

"那为什么频谱仪监测到的信号这么弱？不是阻抗匹配的问题，发射机的能量都到哪儿去了？"

"爸！王叔！赵叔！我回来了！"白杨拎着书包站在门口，"你们在这里折腾多久了？"

王宁摘下耳机，起身把椅子让给白杨："大概一个半小时吧，我们从晚上8点半开始的。"他掏出手机看了一眼时间，"刚刚还通了一下BG4MSR，问候了一下小姑娘，她问你什么时候放学回家。"

白杨侧身过来，把书包放在书桌底下，他看见桌上摆着螺丝刀："你们把电台拆开了？"

"打开壳子看了看。"老爹说，"你王叔总是怀疑这电台被我改装过，所以我干脆让他打开看看。"

"结果呢？"白杨问。

三人都摊了摊手。

"我们现在可以确认不是拐两五本身的问题了。"

四个人坐在客厅的沙发上，白杨端着盘子在吃夜宵。夜宵是炒面，老妈做完夜宵已经睡了，这个时候老爹本该也睡了，但此刻家里正在召开业余无线电诡异现象与技术研讨会。

出席会议的嘉宾有：

南京市无线电管理委员会代表王宁主任。

南京大学物理学院代表赵博文副教授。

南京市网约车司机代表白震。

南京市南航附中高三学生代表白杨。

主持会议的是南京市网约车司机代表、退役通信技术兵白震。

南京市无线电管理委员会代表、全国政教处主任通用发型协会主席团成员王宁第一个讲话。

"有一个新发现。"王宁说，"我们今天晚上又用频谱仪测了拐两五的辐射场强，发现了一个很古怪的现象。"

"什么现象？"白杨把面条咽下去，舔了舔嘴唇上的油，抬起头问。

"拐两五信号微弱，小杨你还记得吧？前两天我们用频谱仪监测信号的时候，一方面是听不到BG4MSR的信号，另一方面拐两五的信号也微弱得很。"王宁说，"一开始我还以为是电台和天线的阻抗严重不匹配，但是用驻波表一测发现没问题。"

"我知道。"白杨点点头，"天调一直绿灯呢，当然没问题。"

"于是我们多试了几个频段。"王宁接着说，"很奇特，六米波也好，两米波也好，七十厘米波也好，其他所有的频段都很正常，无论是用频谱仪还是驻波表来测，二十瓦就是二十瓦，唯有14 MHz，一旦进入14 MHz，拐两五发射机的信号强度就会大幅度衰减，保守估计发射出来的功率不到电台功率的十分之一。"

"剩余十分之九的能量到哪儿去了？"白杨一愣，放下手里的盘子。

"这也是我们在思考的问题。"赵博文说，"剩余的能量到哪儿去了呢？"

"能量不可能凭空消失，能量守恒是基本定律对吧？"白杨问，"如果能量没有通过天线发射出来，那么它就是被反射了回去。"

无线电台通过天线向外发射电磁波，这是常识。发射机产生的电磁波，通过馈线（同轴电缆）传导至天线，再通过天线辐射到外界，这是无线电信号的基本传播过程——但发射机产生的电磁波不可能百分之百都辐射出去，世上没有效率那么高的电台，能量在传播过程中必有损耗，有一部分电波会在传导至天线的过程中被原路反射回来，不能通畅地辐射出去，说白了就是被堵回来了。电波被堵回来得越多，电台的效率就越低，被堵回来得越少，电台的效率自然就越高。如果反射回来得过多，电波被堵得过多，那能量就会积蓄在电台内部转化成热能，烧坏发射机。

这是所有HAM都会注意的问题。

为了避免烧机子，广大HAM们掌握了决定电磁波能否高效率地发射出去的关键因素，一个叫电阻，一个叫电抗，合在一起叫阻抗。馈线的阻抗和天线的阻抗保持一致，发射机产生的电磁波就能顺畅地射出去，尿道通畅膀胱就不会炸，这叫作阻抗匹配。

那如何判断阻抗是否匹配？

最常用的方法就是驻波表，用驻波表测驻波比，驻波比越接近于1，则阻抗越匹配，反之，则烧机子。某些老蛤蟆一看驻波比大于1.1，那就跟世界末日似的。

"通常情况下是这样，谁都知道能量守恒是基本定律，但在你这台拐两五上就行不通了，电波不是被反射回去了，而是莫名消失了……不信的话，小杨你可以去试试。"王宁指了指房门。

白杨钻进房间里打开无线电台，王宁抱着频谱仪跟了进去，两人开始实验。

"把功率提高一点。"王宁提醒，"二十瓦。"

"没事？"

"没事。"王宁说。

"无委不找我麻烦？"

"我就是无委。"

白杨把725的发射功率提高到二十瓦，先在14.255 MHz的频率上按下发射键，频谱仪的示波器上隆起一个小小的波峰。

"好，接下来随便调个频率。"王宁说。

白杨随手一扭电台的调频旋钮，液晶显示器上的数字一阵乱跳，最后停留在50 MHz上。再按下发射键，频谱仪上的波峰骤然隆起，就像气球被突然吹大，读数暴涨。

"频谱仪测的是辐射场强，辐射强度和功率有关，和频率无关，按理来说你保持二十瓦的发射功率，无论是14 MHz还是50 MHz，电台发射出来的信号强度应该是一致的。"王宁说，"不过这台拐两五很奇怪，一旦进入14 MHz，频谱仪监测到的信号强度就大幅度下降，明明拐两五还是在以二十瓦的功率运行，但频谱仪接收到的信号强度不到两瓦。"

"这说明什么？"

"这说明不光是BG4MSR的信号有古怪，这部电台也有古怪。"赵博文站在他们身后说，"一旦进入14 MHz的频率，拐两五辐射出的能量就不翼而飞了，我们用三通线把频谱仪接在天线上也监测不到，用任何手段都无济于事，把功率提高到五十瓦一百瓦都没用，这说明它甚至都没通过馈线传递到天线，我们只能认为能量在电台内部就消失了。"

"那信号去了哪儿？"白杨问，"穿越时空了？"

"我们暂时还不能下这种论断。"赵博文摇摇头，"我们目前的实验条件很有限，做的测试还相当粗略，最好能找个电磁波暗室测试一下。"

"哪儿有电磁波暗室？"白震问。

赵博文思索片刻："南理工应该有一间，我问问能不能借到。"

虽然说是这么说，不经过进一步实验不能妄下论断，但赵博文、白震和王宁自己心里也清楚，换个实验条件来做，结果恐怕还是一样的。在场的三个成年人都不相信超时空通信的解释，但莫名消失的信号他们谁都没法解释。

"我承认这事超出我的理解范畴了。"王宁开口，"它不是无线电的问题。"

"电磁波暗室什么的先放一边，老赵你什么时候能借到再说。"白震说，"问题的关键不在这里，最重要的是搞清楚BG4MSR是否真的生活在二十年后，这个是核心问题。"

"真的。"白杨说，"我验证过了。"

"我们知道你验证过了。"赵博文说,"但是孤证不举,实验要能重复才有意义。"

白杨一愣:"这么说……你们也打算搞时间胶囊?"

果然发展到了这一步,白杨心想,谁都不可能仅凭三言两语就相信一个荒诞的事实,所以要他们信服,还得让他们自己亲手验证,眼见为实。不过关于时光慢递的诸多问题,自己已经替他们踩过坑,他们只需要摸着石头过河就好。

"如果你们也要送时间胶囊的话。"白杨说,"一定要注意几个关键问题,否则大概率失败,这可是我用血泪换回来的珍贵经验,一定要记好了……第一点!"

第一点,手要稳。

半夏深吸一口气,左手推弓,右手拉弦,随着橡木弓臂微微弯曲,长弓被拉开到一臂半的张度,然后定住,紧绷的弓臂和弓弦内积蓄了巨大的弹性势能,它与女孩的手臂肩膀构成了一个脆弱的平衡,一触即发。

半夏的视线沿着箭杆落在马路对面的草丛里,她听到草丛里有动静,是尖细的、像狗一样的叫声。

那是一只麂子,麂子在南京市里很常见,它是一种小型鹿类,经常在夜间活动,偶尔也在白天出现,相对于庞大的马鹿,麂子要好捕猎得多,这是优质的肉类来源。麂子有三好,体轻肉嫩,一射就倒。

半夏用食指和中指勾住弓弦,紧绷的弓弦卡在箭尾的凹槽内,左肩朝前，右肩朝后，双腿微微分立，老师曾经教她射箭时的要领，身体要静而不僵，稳而不硬，双肩舒展，毫无疑问，半夏是个好学生，她的射箭水平之高如今已是当世第一。

女孩距离猎物有至少二十米的距离，她懂得如何隐藏自己的行踪和气味，麂子是一种非常胆小的动物，稍有风吹草动就立马逃之夭夭。半夏藏在一棵大树的后面，疯长的杂草能没到她的腰部，微风从前面吹过来，这里是下风口，猎物嗅不到她的气味。

第二点，手还是要稳。

那丛翠绿的灌木簌簌地动了起来，女孩屏住呼吸，她看到葱茏的绿叶之间冒出了一对挺立的棕黄色耳朵。紧接着它的额头也露了出来，额头的毛皮上有一道黑色的"V"字花纹，还有两只黑漆漆的眼睛，半夏认出那是一只雌性赤麂，因为雄性的头顶上有尖角。

第三点，手一定要稳。

机会只有一次。离弦之箭，不能回头，射偏了就打草惊蛇，麂子这么警惕的生物，第一支箭射偏了就不会再有射第二支的机会。它往葱茏茂密的草甸子里一钻，神仙都找不着。

人类消失后的第十年，城市就变成了从土地里生长出来的自然景观，自然界的侵蚀能力远比任何人想象的更强大，只要十年时间，人类的建筑物就能变成动物们的天然聚居地，对于在这个时代新生的生物们而言，城市是天然存在的世界的一部分，和森林沙漠高山平原一样，仅仅是特殊的地貌罢了。

人类消失后的第十五年，城市已经是生物圈内物种多样性最高的区域之一，越缓慢的力量越强大，萌发的种子可以破裂混凝土，任何能照进阳光落进雨水的地方都会被生命力顽强的杂草迅速占据，紧接着小型啮齿类动物会钻进来，而以啮齿动物为食的捕猎者们紧随其后，人类搭建起的高层建筑给动物们提供了前所未有的立体生存空间，它们很快就适应了环境，豹子这种擅长攀爬的猫科动物学会了在高楼或者高架桥上设伏，它们是残忍而聪明的掠食者，曾经给半夏带来过很大的麻烦。

　　这到底是一个野性的世界。

　　半夏瞄准了。

　　这一箭下去，那只雌性麂子就会死。杀死猎物后，半夏会就地处理，剥下皮毛，除去内脏，再从脊背或者大腿上切几块最好的肉带走，她不会把整头猎物都带回去，那很麻烦，因为处理剩下的内脏皮毛又要重新运到很远的地方丢弃，以免引来某些凶猛的食腐动物。

　　安全起见，半夏从不在自己的居住点方圆三公里以内捕猎。

　　忽然灌木丛又簌簌地动起来，半夏一怔，她听到了第二只麂子的声音，那声音更细小更微弱。

　　很快一只小小的鹿头从草丛里钻出来，淡黄色的柔顺毛皮，挺起的耳朵，黑漆漆的大眼睛，头顶上有两个小凸起，它的体型还不到前一头的一半大，可能是一只雄性的小麂子，还没发育长大。

　　这是一头带崽的母赤麂。

　　半夏张着弓，把箭头瞄准了那头小的。

217

小的更好吃，肉更嫩。

杀了带回去烤着吃，自己好久没吃烤肉了，想想都馋，半夏松开手指，弓弦猛然回弹。

破空声中，利箭离弦，以迅雷不及掩耳之势横穿二十米的距离，钉在那头赤麂幼崽的脚下。

那一大一小都傻了眼，扭头瞪着钉在草地里的木箭，空气寂静了一秒钟，紧接着它们身体像弹簧似的蹦起来，惊慌失措亡命奔逃，钻进草丛里就不见了。

半夏踮起脚，拉了拉背包的背带，抬手搭了个凉棚，望着远处，片刻后有飞鸟惊起。

跑得真快。

女孩慢悠悠地走过去，把地上的箭拔起来，塞进背后的箭袋里。

"手生了。"半夏挠了挠头，"好倒霉，到嘴边的肉都飞了。"

她寻思着回去得好好练练射箭准头。

罢了罢了，打不到就打不到吧，半夏伸了个懒腰："命里有时终须有，命里无时莫强求！"

从口袋里掏出怀表，看了一眼时间，下午3点半了。今天的打猎到此结束，该去看看设下的陷阱和捕兽夹有没有什么收获。

女孩从草丛里钻出来，回到宽阔的大路上，脱下长袖外套，搭在肩膀上，抹了一把脸上和脖子上的汗水。这种烈日炎炎的鬼天气，还必须得穿长外套，真是折磨。可不穿又不行，草丛里什么都有，有可怕的洋辣子，还有更可怕的旱蚂蟥，这些东西皮肤蹭一下都够受的。

老师说洋辣子是绿刺蛾幼虫，这鬼东西在悬铃木的树叶底下偶尔能看见，背阴的叶片底下翻开就是好几只，通体绿色，浑身是刺，一簇一簇的，半夏不怕毛毛虫，但是非常痛恨这玩意，裸露在外的皮肤碰一下就红肿一大片，疼得人想剁手，很难说它和隐翅虫哪个蜇人更疼。

旱蚂蟥平时不常见，但雨后会突然冒出来，半夏也不知道它们是从什么地方冒出来的，这些东西一条条地挂在叶子上，有动物路过就蹦上来吸血，拔都拔不下来。

末日生存常备重要物资——丝袜，钻草甸子的时候可以套在头上和手上。

当天下午6点。

黑月即将升起，半夏该回去了。她把自己设置的陷阱和捕兽夹都看了一圈，不出意外一无所获。看来今天是什么都没抓到，明天接着捕猎吧。

半夏踏进梅花山庄的小区大门，背着背包拎着弓箭，嘴里哼着老歌，走在小区里的小路上。

女孩忽然毛骨悚然。

脚步一顿，她几乎是不假思索地拔出手枪转身瞄准。

她又感觉到了，有什么东西在盯着自己。那目光疯狂又血腥，像是锋利的裂齿犬牙，半夏直觉性地认为那是一个可怕的掠食者，可她找不到那东西在哪儿，目光扫过夜色之下葱茏的灌木草丛，没有动静。

女孩屏住呼吸，不动声色，一步一步地缓缓后退，退进高压电网的小门，她一只手握着枪指向前方，另一只手把电网的门关上，一直后退进单元楼门，她立刻扳下墙上的电闸开关，电火花迸溅。

做完这一切，女孩才靠着墙壁慢慢坐下来，大口喘息，她摸了摸衣服，一身的冷汗。

5

历史证明人类从不会吸取历史的教训。

覆辙存在的意义就是让后人重蹈覆辙。

白杨本以为自己给王宁、赵博文和老爹讲得够清楚了，他们三个人要送时间胶囊，只需要按照自己的方法步骤按部就班执行即可，这是傻子都能办到的事儿吧。但多数时候坏事的不是傻子，而是聪明人，这仨大聪明非得认为他们自己头脑更好智商更高。

白杨有点头疼，人类的劣根性之一，就是认为别人都是蠢蛋，自己上一定能干得更好。王宁那不长毛的大脑袋一转，坐在那儿一寻思，立刻就指出了白杨计划的不合理之处——不愧是当领导的人。

东拐西拐绕这么多弯作甚？不就是给二十年后的人送个不锈钢胶囊吗？有那么困难？

王宁不信邪了，他当即下单买了十只时间胶囊，还都是大号的，毕竟这都事关全人类生死存亡的重大时刻了，花点钱着实不算什么。

要是能成功验证BG4MSR确实生活在二十年后，那么必然要成立紧急应对工作组，国家要拨专款，拨巨款，拨超级大款，甚至不惜代价，到时候把这些花销列进去当作任务成本报销就好，花公家的钱王宁从不抠门。

"BG4MSR，BG4MSR，能听到我说话吗？告诉你一个好消息，我爹和王叔赵叔他们在准备时间胶囊，第一批准备给你送十个大号的过去，他们计划在里面装满医疗用品和户外活动工具，包括绷带、口罩、注射器，安全绳、雨披、工兵铲什么的，哦，对了，还有一块麦当劳汉堡包，OVER。"

对面愣了一下："麦当劳汉堡包？"

"哦，那是时间指示器，如果连麦当劳的汉堡包都变质了，说明时间确实过去太久了，起码好几百年呢，OVER。"

"啊？"女孩瞪眼。

"其实是他们想知道麦当劳汉堡包是不是真的能放二十年不坏，OVER。"

"BG4MXH，你们要一次性送十颗时间胶囊过来么？"

"是的，毕竟他们还不相信你生活在2040年，想进一步验证确认真实性，所以时间胶囊是一次实验，送物资只是顺带的，就像我之前做的那样，OVER。"

"BG4MXH，如果验证成功了，后面要做什么？"

"如果验证成功了，我爹和赵叔肯定要先吃速效救心丸，然后两个人去抢救，王叔给他做心肺复苏，最后通报给上级，这么大的事凭我们肯定是搞不定的，得交给更专业的人来解决。"白杨说，

"但我觉得够呛，你知道我爹他们仨大聪明的计划吗？他们第一批准备十个大号的时间胶囊，打算把它们埋在梅花山庄小区的绿化带底下，好家伙，那场面，大庭广众，大兴土木，大摇大摆，大张旗鼓，我说这肯定要失败，他们还不信呢。OVER。"

说起来也算王宁、赵博文、白震有本事，白杨不知道他们是怎么说服小区物业的，白杨埋藏时间胶囊时偷偷摸摸，生怕被保安逮住，但他们把挖掘机都叫了过来。

不愧是王宁。

不愧是赵博文。

不愧是老爹。

不愧是曾经令人闻风丧胆的苏南游手好闲铁三角。

"BG4MXH，你不是说运送时间胶囊时，需要尽量隐蔽不能为人所知吗？"半夏问，"他们那么做能成功？"

"我认为是这样的，但他们不这么认为，OVER。"

王宁认为白杨的计划过于复杂，时间胶囊谁没玩过？想当年他们单位过年做活动，每人给未来的自己写一封信，要放进胶囊里封存十年，就是王宁亲自组织和亲手埋下的，也没出啥问题啊？

你说末日？那找个不受影响的地方埋下去不就得了。

你说可能被人挖走？那咱们一次性埋十个下去不就得了，能挖走一个两个，还能全部都给挖走喽？

对于白杨提出来的时光慢递两条要点，王宁表示那是少见多怪，是贫穷限制了他的想象力，你兜里没钱，只能抠抠搜搜地买一两个胶囊，那当然容易丢了，你要是一次性买十个二十个，一百个两百个，全部埋下去，那还能怕丢？

王宁信誓旦旦，说没问题，一定成功，你们等着瞧。

"唔……"半夏歪了歪头，觉得王宁的观点也有道理。

"走着瞧吧。"白杨说，"我认为他们大概率要失败，OVER。"

"BG4MXH，失败了怎么办？"女孩问。

"失败了就重来呗。"白杨有些无奈，"你说人就是不长记性，帮他们踩过的雷，他们还要亲自再踩一遍，才肯相信那是雷。四十多岁的中年男人就是这么固执，人越老越固执，我总算知道那些被骗进传销的大爷大妈们为什么死不回头了，这个和智商学历都无关，纯粹是过分相信自己，谁都以为自己是老江湖，实际上骗的就是老江湖。OVER。"

"BG4MXH，传销是什么？"

"骗局。"白杨解释，"你把它视作是一种骗局就好，专坑坐在公园里下象棋的老大爷，OVER。"

"第二遍还要再送十颗时间胶囊吗？"半夏问。

"反正花的不是我的钱，他们爱送多少送多少。"白杨说，"BG4MSR，你缺什么只管告诉我，我让他们帮你送过去，OVER。"

"直到成功为止？"

"直到成功为止。"白杨点点头，"他们撞两回南墙也该知道回头了，到时候还是得按照我的方法来，等你那边成功收到了时间胶囊，那他们也该相信这个事实了，然后我们计划计划得准备跑路了。OVER。"

半夏一愣："BG4MXH，准备跑路是什么意思呀？"

"就是字面意思，趁早做好准备逃命去啊。"白杨说，"姐姐你说你那个时代人类文明已经毁灭十几年了，对吧？可2040年到现在一共也才过去二十一年，这说明在我们这个时代的人看来，再过几年这个世界就要完蛋了，黑月就要降临了，不趁早跑路难道坐以待毙么？OVER。"

女孩仔细回忆了一下："让我想想……灾难发生那时我大概是三四岁，我今年十九岁，所以是2024年左右，黑月应该是那个时候降临的，OVER。"

白杨数了数，今年是2019年，到2024年只剩下最多五年时间。

五年后世界就会毁灭。

此时他是全世界唯一一个知道五年后人类文明将迎来末日的人，真遗憾他只是个人微言轻的高三学生。他现在打开窗户对外高喊："大家快逃啊！五年后世界就要毁灭了！"只会得到楼下邻居一句："深更半夜不睡觉你吵你妈呢？"

"BG4MSR，我估摸着世界末日的时候不能待在人多的地方，特别是大城市里不能待，目标太大，容易吸引火力，人多了生存物资也紧张，到时候乱起来不定成什么样呢，所以我计划跑去黄土高原的山沟沟里躲起来，或者去塔克拉玛干沙漠、青藏高原之类的地方，哪儿隐蔽往哪儿钻。"白杨悠悠地说，"在大山里挖个洞当避难所，准备好足够多的生存物资，神仙都找不着吧？BG4MSR你觉得如何？OVER。"

半夏也不知道，她还真没法给白杨一个确切的答案，黑月降临时她太小了，她的记忆太模糊，所以她并不了解敌人，如果老师还在就好了，老师是亲身从灾难中幸存下来的人，也是唯一一个历经所有动乱幸存下来的人，她肯定知道能不能行。

"我不知道，BG4MXH，我不知道这样行不行。"女孩说，"但是你一定要记住……晚上千万不能出门，听清楚了吗？OVER。"

白杨怔了怔："晚上不能出门？OVER。"

"是的，BG4MXH，晚上很危险。"女孩叮嘱，"这是老师教给我的，我现在教给你。"

白杨点了点头。

这个世界真荒诞，它真的会在五年后毁灭吗？可自己此刻坐在房间里，开着台灯，吹着空调，老爸老妈在隔壁卧室里睡觉，窗外是灯火通明、车水马龙的城市，这里生活着一千万人，再往外看，这个世界上生活着七十五亿人，如此宽广博大的世界，真的会沿着区区一道微弱的无线电波所预言的轨道走向毁灭吗？

人类的安全感来自集体，人多就有安全感，白杨虽然在理智上相信BG4MSR，但他仍然下意识地觉得自己被保护得很好，自己的父母亲人，同学朋友，那么多人都生活在这个城市，城市之外还有军队，有国家，有全人类，如此复杂又庞大的社会关系能为任何人在心理上提供躲避危险的避难所。用中国人的话来说，天塌下来有高个子撑着，小人物总有小人物的安全感。

如果自己现在把电台关掉，把这件事忘掉，明天正常去上学，重新回归到正常的世界里，那么世界末日的荒诞未来是不是就不会降临呢？白杨撑着脑袋，默默地想。

"BG4MXH？ BG4MXH？"女孩的呼叫把他从沉思中唤醒。

"BG4MSR，这里是BG4MXH，OVER。"

"BG4MXH，你那边能搞到老鼠药吗？麻烦你能不能送给我一点点？"

"老鼠药？ BG4MSR，你要用来灭老鼠吗？ OVER。"

"是的，不过不只是用来灭鼠。"女孩回答，"我怀疑小区里有什么东西闯进来了，很危险的东西，我要用老鼠药对付它。"

如今坐在路边摆摊卖老鼠药的老大爷是不好找了，白杨只能上网找。

这年头老鼠药的名号招牌走玄幻风，白杨抬眼看到一家"灭鼠神器"，还未来得及虎躯一震，第二家"灭鼠神帝"就蹦了出来。挑来挑去，白杨觉得磷化锌最合适，这东西就是靠红磷和锌粉制成，成分简单，不怕变质。

下单！

6

翌日。

王宁和赵博文埋好了时间胶囊，他们把十颗不锈钢胶囊埋在了地下，王宁信誓旦旦地表示准没问题，他站在填平的泥土上用力跺了跺脚，对赵博文说："埋这么深，十颗胶囊，保二十年百分之百没问题。"

他们叫来了小型挖掘机，在地下挖出了两个一米深半米见方的深坑，分别在坑里埋了五颗时间胶囊，物业之所以没来找麻烦，是因为小区物业经理是赵博文他同学的妈妈的闺蜜的侄子，八竿子打得着的关系，赵博文带着南京大学物理学院出具的证明去找小区物业，说南大有个小小的物理实验，希望小区能配合。

这个实验就是在地上挖个坑，往里面埋点东西，赵博文说是一个浅层地表温度监测实验，埋下去的是温度计，它在地底下能记录全年三百六十五天全天二十四小时的温度变化，对植物根系研究和城市园林规划有重大意义，至于为什么选择梅花山庄，那是因为这是块风水宝地。

小区物业欣然答应，为了科学研究，粉身碎骨，在所不辞。

王宁对赵博文的鬼扯能力有了新的认识。

"你这么笃定？"赵博文问。

"时间胶囊我们又不是没玩过。"王宁说，"早些年刚入职那会儿单位搞活动，说什么要每个人给未来的自己写封信，十几年后再拆开，当时也是搞了个时间胶囊，把每个人的信都封存了进去，再埋到地底下。"

"后来呢？"赵博文问，"最后到期限挖出来了吗？"

"挖出来了。"王宁回答，"一切顺利，每个人的信都在，别听小杨跟你逼逼叨叨一大堆的，什么这干扰那干扰，实际上哪来那么多干扰啊，谁没事整天惦记这东西，老赵，我跟你说，这时间胶囊一埋下去，一两个礼拜不动，后来就没人动了。"

"为什么？"

"因为差不多都忘了这事儿。"王宁把两只手插在裤子口袋里，

"工作都忙着呢，下班回家陪老婆，碰到什么评选精神文明单位那还要加班，谁会整天惦记一个胶囊。"

"你当时信里写的什么？"

"我在信里写，十年后的我已经是省工信厅的厅长了，所以开头就是王厅长您好。"王宁笑笑，"少不更事，初生牛犊不怕虎。"

"没事，有机会。"赵博文说，"王主任，你距离王厅长只差四级。"

"这辈子没机会了，我看我最多也就正处退休。"王宁摇摇头，"不过小杨说没几年世界就要毁灭了呢，全地球的人都死光了，正处正厅也没甚意义，我就该明天去辞职，然后用最后的时间把自己想干的事都干一遍。"

"在新街口裸奔？"赵博文问，"你早就想这么干了吧？"

"去去去！"王宁抬起脚朝他踹过来，"就你这还副教授呢，不怕带坏学生？"

"我倒是挺想去新街口裸奔。"赵博文说，"新街口什么地方啊，全世界最繁华的商业街，在那儿裸奔肯定特有意义。"

"除了影响市容伤风败俗还能有什么意义？"

"你不懂，这叫行为艺术。"赵博文说。

"理解不了你们知识分子。"王宁摇摇头，"说正事，老赵，你怎么看小杨说的这事儿？"

"难说。"赵博文抿着嘴，抬头张望一圈四周的居民楼，他站在一棵樟树的树荫底下，身上穿着白色POLO衫，"说老实话我也一头雾水，主观上我不相信存在时间穿梭，没有任何理论可以支持这种现象，但我们又没法解释那台拐两五，对吧？"

"电磁波暗室你借到没有啊？"

"在借了，在借了。"赵博文说，"昨天晚上我翻了一整晚的资料，那还是自我评副教授以来头一次熬夜熬到那么晚，以我浅薄的见识来看，目前人类是没有任何确切的理论依据可以解释这种现象的，理论上来说它不应该存在，我们现在是盲人骑瞎马，没有理论，只能实验先行。"

王宁低头看了看地面，用鞋底踩了踩，在泥土上踩出几个鞋印："靠这个？"

"目前靠这个。"赵博文说。

"作为一项现代物理实验，它是不是过于简陋了？"王宁问。

"比这简陋的还多得是呢。"赵博文笑了，"只要能达到目的就行，你管它看上去土不土。"

他拍了拍老王的肩膀："如果实验成功了，验证了杨杨所说的属实，那我们的麻烦才大了……走吧走吧，太阳要晒过来了，咱们去喝口水。"

王宁叹了口气，跟着他往回走。

很难说他们是幸运还是不幸，因为王宁的实验并未验证白杨所说的话，这倒不是说白杨在撒谎扯淡忽悠所有人，而是实验失败了。如果说这个实验最终会揭露一个令人惊恐乃至崩溃的可怕事实，那么实验失败毫无疑问给了所有人喘息和自我安慰的时间和空间——只要暂时不揭开盖子，那就没人能看到盖子底下放着的是不是死刑判决书。

当天晚上，白杨联系上BG4MSR，按照计划让她去埋藏地点挖时间胶囊。

不出白杨所料,对方没能找到这十颗不锈钢胶囊。

7

"我早就说过!我早就说过的!"白杨恨铁不成钢,用力拍了拍沙发靠背,"王叔,我怎么跟你们说的来着?送时间胶囊一定需要注意的两个要点,要遵循双盲原则,不注意的话大概率会失败,结果怎么着?果然失败了吧?"

"不应该啊。"王宁皱眉,说着就想起身,"你们在这儿等着,我去看看,是不是哪里出问题了?"

"别别别别别。"白杨连忙拦住他,把他按了回去,"王叔,你可不能去,你要是去再把它挖出来了,那更没戏。"眼看着王宁就要犯和自己一样的错误,白杨连忙制止。

"可是就算我不把它挖出来,那边的小姑娘也找不到吧?"王宁重新落座,有些纳闷,"她找不到胶囊,难道是因为我把它给挖出来了?"

"不见得是你。"赵博文坐在对面的沙发上,"按照MSR的说法,未来会有一场灭世级别的大灾难……"

"啥灾难呐?"老妈正弯着腰在收拾桌子,听到他们的谈话内容,扭过头来问,"灭世级别是什么级别?"

"灭世级别就是人都死光了。"赵博文回答,"全人类都灭绝了。"

老妈一听就笑了,大概觉得这三个大老爷们一把年纪了还在说

230

些孩子话。她摇了摇头，端着一大叠盘子进厨房了。

"我们接着说，灭世灾难降临时，人类社会将面临一场超级动乱，可能是席卷全球的战争，就我们目前得到的信息来看，这是很有可能的。"赵博文跷着二郎腿，"杨杨，那个女孩明确地跟你说过，大街上有战斗机残骸对吧？"

白杨点点头："还有烧空的坦克和装甲车。"

"场面很大，可以想象那时候的社会环境有多混乱。"赵博文接着说，"在这种情况下，你如何保证自己埋下去的时间胶囊不会丢失？包括老王老白你我在内，任何知道时间胶囊确切位置的人都有可能把它们半路盗走。"

王宁摩挲着下巴，皱起眉头："我为什么要把它们盗走？"

"现在的你不这么做。"白震插嘴了，"不代表五年后的你还不这么做。"

"我的意志有那么不坚定？"

"这和意志无关。"白震说，"你不知道你会面临什么样的处境。"

王宁的眉心挤出川字纹了，他用力捏了捏，第一次实验计划失败让他很没面子，堂堂无委领导王主任居然比不上一个高三学生。

"别着急，我们还没相信MSR这姑娘的那套说辞，先别急着下结论。"王宁从哪里跌倒就从哪里爬起来，"是真是假都不知道呢。"

"把十颗胶囊埋在一个地方风险有点大，一旦被发现就是一网打尽。"赵博文说，"我认为分散埋藏可能更好。"

"我要再试试。"王宁愈挫愈勇。

"好，再探，再报！"白震大手一挥，如中军之将，岿然不动。

第一次实验失败，王宁把原因归咎为埋得不够深，藏得不够隐蔽，他立即购入了第二批时间胶囊，在接下来的三天内开始第二次实验。吃一堑长一智，这回王宁不再把所有鸡蛋放在一个篮子里，而是把十个鸡蛋放在十个篮子里。

三天时间里王宁和白震开着车在梅花山庄附近到处转悠，找到合适的地方就记下来，也亏得老白的职业是网约车司机，老王是个超级闲差外加摸鱼领导，所以有大把的时间在外头瞎逛，像赵博文就没这么闲，老赵一大清早就得回学校，晚上下班了才赶过来。

如果说第一次实验失败，是因为时间胶囊在未来的社会动荡中被人发现，所以失窃了，那么王宁这一回就把十枚时间胶囊全部分散埋藏，十颗胶囊藏一起会被一网打尽，那我东放一枚西放一枚，连埋藏者本人都记不全所有位置，总有那么一两颗能躲过末日灾难。

结束一天的侦查，累得够呛的王宁和白震带着笔记本回来了。

王宁把记录了所有预定位置的本子拍在茶几上，让白杨跟电台那头的BG4MSR一一对位置，确认能保存下来的就画个圈框起来，确认会在灾难中毁灭的就打个叉排除掉，最后他指着本子上所有画圈的地图说："咱们就把胶囊埋在这些地方！"

白杨耸耸肩，他一句话都不说。说了王叔也不听，他估摸着这帮人得头撞南墙三次才知道回头，那就让他们去撞好了，反正花的又不是自己的钱。

不出所料，第二次实验仍然失败了。

十颗时间胶囊一颗都没送到女孩手里，尽管王宁精心挑选了埋藏地点，但女孩一颗都没找到，害得她折腾一整天，白跑一趟。

"这不科学。"王宁百思不得其解，"十颗胶囊分散埋藏，为什么一颗都没收到？小杨，你真确认了？"

"确认了。"白杨坐在一边吃面条。

"那为什么她找不到时间胶囊？"王宁问，"是数量不够多么？下次用二十颗胶囊试试？"

"我觉得我们得换个思路，十颗胶囊不行，二十颗大概率也不起作用。"白震沉吟，"只靠藏是没用的，如果BG4MSR所说的属实，这个世界要经历一次人类灭绝的危机，那社会的混乱将超乎我们所有人的想象……"

"老白！把洗衣机里的衣服晾一下！"老妈在房间里喊。

"哎，来了！"白震立马起身，一边走一边回头接着说，"那个时期的社会混乱将会超乎我们的想象，就像我儿子说的那样，除非你扔进湖里，否则很难不被人找到……"

"老白！"老妈提高了语调。

"来了来了。"白震加快步子，一溜烟小跑进了阳台。

目送老白的背影消失在阳台，王宁和赵博文都收回目光，视线相触不禁感叹小文真是女中豪杰，把老白调教得服服帖帖。

"不用藏的，那咱们把它固定起来。"王宁换了个方法，"用混凝土把时间胶囊浇筑进建筑物里，这样应该保险。"

白杨心说思路果然一样，自己当初也是这么想的。

"杨杨之前就这么试过。"赵博文说，"不过也失败了。"

"小杨是怎么做的？"王宁问。

"我挖了个坑，往坑里灌白胶。"白杨回答，"失败了，胶囊没送到。"

"白胶？白乳胶？"王宁一愣，"怎么能用那种东西？那玩意被水长时间一泡就没用了，你埋在地下风吹雨打，肯定熬不过二十年时间，我准备用混凝土，用钢筋混凝土把胶囊浇筑起来，这么做准行。"

他们再次派出赵博文。

赵副教授带着南京大学物理学院开具的证明去找小区物业，说国之大计在于你我，现在有一个重大科研课题希望你们能配合，我们要在小区门口那块挂着"梅花山庄"四个大字的石头门牌背后掏个洞，往里面埋一台震动监测仪，用来监测南京市区所处大陆板块的活动程度变化——我们怀疑地球另一头在用大陆架振荡器对我们发起袭击，我们必须严密监视，以便反制。

小区表示为科研献身，为国家安全，粉身碎骨，在所不辞。

于是王宁、白震叫来打洞钻机，在那块三米高、七八米长的巨大石牌后面挖了一个洞，把时间胶囊埋了进去，再灌进混凝土，贴上瓷砖。

老王用力推了推它，固若金汤，说这下百分之百没问题。

——你还别说，这下当真没问题。

半夏依照指示找到了那块瓷砖，把瓷砖砸碎之后她看到了水泥，毫无疑问时间胶囊就在里面。

然后她砸了一整天的混凝土，也没能把它挖开。

第二章

1

在末日生存中，绳子尤为重要。

老师收集了很多绳子储存在楼里，她是个极有远见和先见之明的人，小时候半夏未知未觉，长大后半夏才意识到老师的厉害，她发觉老师把每一点都考虑到并安排好了，在最混乱最艰难的日子里，她拖着幼小的半夏一点点地收集物资，一点点地把梅花山庄11栋打造成坚固的堡垒。最后她长眠于楼下的那片绿荫之下，女孩尽管孤身一人，却仍然被保护得很好。

半夏在两边的肩膀搭上两捆绿色的尼龙绳，一捆八毫米直径，一捆十毫米直径，都很牢固，然后下楼。

设置陷阱也是一门学问，动物比人类想得更聪明，不低估其他生物的智慧，这是老师教授的生存法则之一。

半夏不知道那个闯入梅花山庄的不速之客究竟是什么，它可能是豺狗，可能是豹子，甚至可能是棕熊，反正是一种很危险的生物，梅花山庄不算是什么很好的栖息地，从老师还活着的时候开始，她们就定期清理小区内部的环境，由于有人类活动，草食性动物不接近这里，所以大型掠食者很少到小区里来。

半夏仍然记得第一次注意到那东西是什么时候，是上次外出打鱼，晚上回家时被跟踪了。

它是那天晚上侵入小区的吗？还是早在那之前就已经潜伏在这里了？

梅花山庄西边毗邻宽阔的苜蓿园大街，北边是海月花园小区，南边是后标营路，东边是中国电科二十八所的宿舍，也就是说，它的西边和南边被大路隔断，北边和东边则和其他居民区连成一片，在这个时代居民小区早就被植被完全覆盖，和丛林也没什么区别，所以那个危险的生物有可能是从西北方向的紫金山过来的。

女孩坐在11单元楼一楼的阶梯上，悠悠地哼着歌儿，并拢伸着两条长腿，一手握着锋利的匕首，一手捏着一小段圆木。她用左手大拇指推着刀背，一片一片地把木屑削下来，娴熟的木匠活，显然没少干这事，她正在把这块巴掌长的圆木剜出一个方形的凹口。

这是在制作陷阱的扳机。

老师说所有的陷阱都能简化成三个部分，分别是动力、牵引和扳机。

所谓扳机，就是没有猎物时让陷阱保持平衡静止，有猎物时触发陷阱启动的枢纽，它是陷阱的核心机关，相当关键。

最常用、最简单的扳机，就是两块可以互相契合的搭钩，如同人的两只手分别并拢四指弯曲起来互相勾住，这两个钩子可以用木头制作。

女孩花了大半个小时，把两个木块中央挖出方形凹槽，两个都成凹字形，然后试着把它们钩在一起，用力拉了拉，很结实。

她再继续打磨精修，眯起眼睛对着光瞅了瞅，扳机大功告成！

陷阱的三分之一已经完成，在三大要素中，扳机需要自己制作，牵引则依靠牢固的尼龙绳，绳子负责连接陷阱的各个组成部分，也负责传递力量。

最后是动力。动力来源有天然的，同时也是最容易得到的，那就是树。

半夏用塑料雨衣把自己裹得很严实，带着兜帽和手套，脚上穿着塑胶长筒雨靴，这是为了防止自己的气味残留，某些动物的嗅觉很敏锐，如果陷阱上有人类的气味，它们就会保持警觉，不会上当。她钻进草丛里，一边往深处走，一边低着头寻找动物行动的痕迹。

两侧都是斑驳的居民楼，翠绿的藤蔓从楼顶上垂落下来，盖住了黑洞洞的窗口。这些高楼有十几年没人住了，一栋楼在正常社会和无人环境中空置十年二十年，最后的结果是截然不同的——正常社会里并不存在毫无人烟又富有生机的地方，疏散后的切尔诺贝利或许符合前面一个条件，但其所处的普里皮亚季位于乌克兰北部，地处北纬五十度以上，气候干燥又寒冷，而末日时代的梅花山庄，更像是把一栋楼空降到亚马逊雨林中央，荒无人烟，与世隔绝，再空置二十年。

这里的楼绝大多数都不能住人了，潮湿的气候和植物的侵蚀已经让建筑物的外墙开裂，有些居民楼开裂得很严重，肉眼可见深深的裂缝从上面贯穿下来。

女孩从草丛里钻出来，踩到路面上。

除了沥青铺的柏油路，小区里其他地方都是茂密疯长的杂草。只要路面还没破碎，植物种子就不能在那儿萌发，没有植物，那就还不算是自然界的地界，这世上所有铺着地砖、沥青，不生杂草的硬化路面都是半夏的地盘，她和大自然井水不犯河水。

女孩找到了一棵合适的树。

它长在路边的草丛里，可能是一棵麻栎，差不多有一层楼那么高，树干有碗口那么粗，笔直地生长，越往上越细。

树作为陷阱的动力来源，提供的是弹力，或者说弹性势能，这是最简单易行的能量利用方式，树木和竹子都行，满世界都是，掰弯即可蓄能，只是要注意树不能太粗也不能太细，太粗了掰不动，太细了一掰就断。

半夏把背包扔在地上，嘴里衔着刀，往上用力一跃，两腿紧紧地夹住树干，像猴子一样利索地爬上去，抽出刀来把多余的枝丫一根一根都砍掉，剩下中间的一株主干。

她再一把抓住树干顶部的尖端，轻巧地往下一跳，拉着树顶落地，依靠自己的体重把树木压弯了。

新生的、富含水分的麻栎极有弹性，原本笔直的树干被女孩拉得低头弯腰，弯成一个"n"字形，也不断裂。

她松开手，树干又猛地弹了回去。

很好，很合适。

半夏拍了拍巴掌，她很满意，这棵树就很适合作为陷阱的动力来源。她要对付那个危险的来访者。最好的方式，就是把它吊死在树顶上。

她抬头望了望周边的环境，周围群楼环绕，植被郁郁葱葱。左边是15栋，右边是17栋，一条小路从两栋楼中间穿过去，沥青路两边都是茂密的灌木，密不透风，空气中凝固着近乎黏稠的植物气息。

植物也会呼吸，有光合作用，有呼吸作用，它们是缓慢的、微弱的、不可察觉的，但当你置身于一个被植物包围、粘连、茂盛疯长的世界，你会惊觉它们融合为一个巨大的生命体，这个生命体全身上下有数以亿万计的气孔，每个气孔都在呼吸，女孩眼前这个庞大到望不到边际的黏菌一样的绿色生物每一次深呼吸，都悠长到没有尽头。

半夏站在刚刚把树干拉弯垂落下来的位置，蹲下来抢起扳手，把一只木钩倒着立在泥土上，垂直打进地下，铛铛铛一阵猛敲，敲到只在地面上露出钩子的深度。再双手握紧它，用力往上拔，拔到满脸通红都拔不出来，才确认钉牢，扳机的一部分就做好了。这是固定钩，负责维持机关静止稳定。

第二只钩子是活动钩，负责触发机关。她掏出第二只木钩，在活动钩的末端用凿子凿出两个孔，分别穿进去两条尼龙绳。这两条绳子长度不等，一条半米长，一条两米长，两条绳子的作用都不同，短的那条尼龙绳待会儿要绑在树顶上，它负责把弯曲的树干拉扯到地面上，另一条长的则需要延伸出来，打出一个绳圈，负责捕捉猎物。

女孩再次爬上树，把树干压弯，她趴在压弯的麻栎树上，把系着钩子的尼龙绳绑在树干顶部，打了个牢固的死结，这样钩子就挂在了树顶上，做好这些，她努力伸长手臂，将那只钩子勾住地上的固定钩。

两只木钩凹槽互相契合，弯曲的麻栎就被固定住了。

女孩小心翼翼地松开压着树干的胳膊，麻栎树干慢慢回弹，一直回弹到尼龙绳被绷直就不动了，此刻巨大的弹力在垂直方向上和打进地下的固定钩互相较劲，两个钩子在拔河，取得了平衡，整个陷阱机关维持成"n"字形不动。

第一条尼龙绳系好了，接下来是第二条尼龙绳。

第二条尼龙绳也系在活动钩上，女孩倒退着把它轻轻地放长，放到五六步之外，打了一个直径三四十厘米的活结绳圈。

绳圈平放在草地上，半夏又去找来几只小小的树杈，插在泥土里，把绳圈悬空地支起来，离地大概二三十厘米。

至此陷阱的设置就完毕了。

这是一个简单的绳套陷阱，工作原理显而易见，弯曲的树干提供弹力，它被钩子牢牢地拉在地面上，如果不碰它，它将一直维持稳定，但如果有动物踏进绳圈，被收拢的绳圈套住，那么动物挣扎逃离时必然会横向拉动钩子，两个钩子在垂直方向上可以保持稳定，但一横拉就会脱钩。

一脱钩，积蓄了巨大弹性势能的树干就会被猛然释放，树干会立马弹回去，同时拉着绳子把猎物一起吊上半空。就像是古代的弹力投石机，原理很简单，但很有效。

老师曾经说在后末日时代，最基本的生存法则就是躺平，折腾得越少活得越长。你可以带着手枪和弓箭，但那不能是你主要的狩猎手段，动物都很危险，无论是掠食性动物还是食草性动物，对人类来说都是危险的，所以尽量避免和它们起正面冲突，能用阴招就用阴招，能用陷阱就用陷阱。

半夏长吁了一口气，站在草地上活动发酸的手腕。绳圈里暂时还是空的，到时候还得在绳圈中心放些诱饵，她估计那个不速之客是个凶悍的掠食者，所以诱饵应该用肉。

只用肉还不够，为了保险起见，还得往诱饵里掺老鼠药。万一抓到的是豹子甚至棕熊，她不确定这简单的陷阱能否束缚住那么庞大有力的生物，所以在诱饵里掺些毒药。

只用陷阱还不够，还要下药！

毒死它们！

遗憾的是老鼠药还没送过来，三四天前半夏就和BG4MXH说过自己需要老鼠药，可不知道是哪里出了问题，时间胶囊一直没能送到自己手里。前天晚上他叫自己去小区大门口砸墙，说时间胶囊就藏在那里面。昨天自己砸了一下午，也没能把它砸开。实心水泥实在太坚固了，想把它打开，除非有重型机械，或者用炸药爆破。

她手里只有一把可怜兮兮的工兵铲，怎么凿都只能留下几道白印子，挖得浑身酸痛，水泥墙仍然岿然不动，她真拿它没办法。

"这事就离谱。"女孩说。

"这事就离——谱——！"女孩对着水泥墙大喊。

半夏捧起枯叶杂草，轻轻地覆盖在陷阱机关和尼龙绳上，直到它们融为一体，这是必要的隐蔽措施，明晃晃的绳圈很容易引起动物的警觉。做完这一切，她又绕着陷阱走了几圈，确认从各个角度都看不到绳圈。

半夏忍住了自己把脚踩进绳圈试试的想法。

人就是这么奇怪的生物，总是喜欢在作死的边缘反复试探，你在地上画个圈圈，百分之百会有人往里面踩，不踩浑身不舒服，半夏打消脑子里这个危险的念头，万一机关被触动，她就要被吊到树上去了，这里可没人能帮自己。

半夏收拾收拾离开现场，顺便抹去自己的行动痕迹。陷阱放在这儿没事，等准备好了诱饵再回来。

她要去准备下一个陷阱了，一个陷阱不够用，得多设置几个，如果不是资源有限，她甚至想在梅花山庄遍地放满捕兽夹。

半夏准备在梅花山庄小区内部的不同位置设置四个陷阱，她不信逮不到那个不速之客，这是人类的智慧，就算她是世界上最后一个人类，也不能让那些畜生看扁了。

这是少女与野兽的对决。

她背上包和弓箭，沿着沥青路往回走，今天晚上得去催催BG4MXH，让他快点把老鼠药送过来，当然这回可别再封存在水泥里了。

两栋楼之间的巷道里迎面吹来呼啸的穿堂风，霎时间所有的草木都随风摇摆起来，像波浪一样层层叠叠地起伏，半夏忽然驻足，扭头狐疑地左右观望。

放眼望去，草木葱葱茏茏，苍翠欲滴。

2

三次失败，终于让大聪明三人组开始正视白杨的建议。他们于2019年10月13日晚，在梅花山庄中沁苑805室召开第二次业余无线电诡异现象与技术研讨会。

出席会议的嘉宾有：

南京市无线电管理委员会代表王宁主任。

南京大学物理学院代表赵博文副教授。

南京市网约车司机代表白震。

南京市南航附中高三学生代表白杨。

南京市南航附中高三学生、无证非法HAM代表白杨主持会议。

"时间胶囊数量一多，想做到双盲原则还是有点困难的，毕竟那玩意有这么大，你用一个两个还好说，你要是带着五个八个的，别人免不了好奇。"赵博文陷在沙发里，手里端着保温杯，"而且数量一多吧，要隐蔽地埋藏起来难度就大了，这里存在一个矛盾的事实，我们送过去的东西，应该越不起眼越好，太多太大太特殊都不行。"

"小杨之前是藏在哪儿的?"王宁问。

"在月牙湖。"白杨回答。

"你当时是安排谁帮你藏时间胶囊的?"王宁又问。

"忘了。"白杨一摊手,"时间胶囊埋好那天晚上我就以头抢地,让自己脑震荡并导致失忆,我已经想不起来是交给谁去办的了。"

白杨当然不会透露给任何人。这很奇妙,他在主观上绝对不会把信息透露给任何人,毫无疑问这是白杨的自由意志,是他的主观能动性。但早在几天之前他就知道那枚时间胶囊被女孩捡到了,胶囊被捡到,就预言了未来的白杨一定会这么做。所以此刻白杨所做出的决定,究竟是他的自由意志,还是冥冥之中的宿命呢?

白杨在脑子里思考,他很难想象对自己而言完全不可知的未来,对BG4MSR而言都是早已既定的历史,白杨自以为自己所做的决定,其实早已是尘埃落定的史书一角,这是巧合吗?是自己的主观选择与历史的走向恰好吻合,还是说自己被某种不可知的力量所控制,它推着自己走向某条确定的道路?

白杨抬起手,在空气中挥了挥,仿佛是要拂去看不见的吊在自己四肢上的木偶线。

"怎么了,杨杨?"坐在对面的赵博文问。

"有蚊子。"白杨说。

其实白杨也想过,如果他现在去找到严芷涵,让她把时间胶囊的确切位置告诉自己,然后再把这个信息透露出去,那会发生什么——已经找到时间胶囊的BG4MSR会产生什么变化?

可他也就是想想，并不会付诸行动。正是因为他不会付诸行动，所以BG4MSR才能捡到时间胶囊，如果他是一个会付诸行动的人，那么一开始BG4MSR就不会找到胶囊，计划仍然会失败。

白杨默默地想，这是历史的一部分，包括他会产生"去找严哥问清楚胶囊的确切位置"此类想法，但不付诸实践，这也是历史的一部分。想到这里，白杨深深地担忧起来，如果自己所做的一切都是历史的一部分，那岂不是说明未来不可更改？黑月必定降临？末日必将到来？

"这一批时间胶囊准备送多少只？"赵博文问。

"要保持隐蔽，就不送太多，砍一半吧。"王宁沉吟，"送五个我觉得差不多了，这一次实验一下小杨之前的做法。"

王宁认输了，他不得不承认，白杨这见鬼的时间胶囊和自己之前玩过的还真不一样。真是难以理解，为啥送个时间胶囊这么困难呢？

"杨杨的做法还有改进的空间，如果要确保双盲，准备胶囊的人和埋藏胶囊的人不能互相认识。"赵博文指出白杨计划的缺陷，"如果两个人互相认识，还是有串通出胶囊具体位置的可能性，最理想的情况是准备胶囊和埋藏胶囊的两人素不相识，互不联系，相互之间没有任何关系。"

说起来简单，但在座四人细细一想，操作上又是一大堆难题，要做到两个人之间没有任何联系是几乎不可能的。

他们一点一点地把整个行动计划落到纸面上：

首先王宁一方准备好时间胶囊，派出一个人带着胶囊出发，在指定地点与第二个人接头。第二个人由赵博文一方派出,他负责接到胶囊,并把时间胶囊藏到月牙湖里。由于两人素不相识,所以计划必须周密,要提前约定好接头地点、接头时间及接头暗号。负责埋藏时间胶囊的人在藏好胶囊之后,采用白杨提出的方法,用微信语音的方式把位置传过来。

计划的前半部分必须要和后半部分像齿轮一样啮合,严丝合缝,很难想象这情报组织接头送情报一样周密的计划,居然是为了送快递。两边的人都由王宁和赵博文分别挑选,同时他们还要解决各自的问题,王宁一方的人不能偷偷打开胶囊看,赵博文一方的人不能在此后的日子里向包括赵博文在内的任何人提及这件事。

同时注意,此处其实并未做到送胶囊和藏胶囊的两人之间毫无关系。王宁安排送胶囊的人,那么这个人必然认识王宁。赵博文安排埋胶囊的人,那么这个人必然认识赵博文。而王宁和赵博文是老相识,这一条关系链就确立起来了。理论上存在两人通过王宁和赵博文互相认识的可能性,可这已经是他们能做到的极致了。

白震在讨论中提出了另一种计划:在网上或者街头雇用一个谁都不认识的陌生人,由他来埋藏胶囊。但四人很快把这个选项排除了。大街上随便拉个人过来固然满足了完全陌生这个条件,但完全陌生同时还带来了高度的不可控和不稳定性,想极端一点,万一这个人拿到时间胶囊直接跑路了怎么办?另外,要找一个安全埋藏胶囊的位置也不是件简单的事儿,需要花时间精心挑选,随便找个人来很可能敷衍了事,导致计划失败。

他们意识到要满足所有的条件是不可能的，不可能在斩断联系减少关系的同时保证计划的可控和稳定，这是相互矛盾的条件。

"我找个人来帮忙，我先准备好胶囊，包装好之后再交给他。"王宁说，"由他负责交给第二个人。"

"第二个人我来找。"赵博文接着说，"咱们得定一个接头的时间和地点。"

"还有一点要注意，老王，你找的那个人是谁不能让老赵知道，老赵找的那个人是谁，不能让老王知道。"白震说，"你们是计划的两个部分，你们都要对双方完全保密，你们同时知道的东西只有接头地点、时间和暗号。"

"好。"王宁点点头，和赵博文同时起身，"我们这就回去准备，新买的时间胶囊应该也快到了。"

"王叔，记得放老鼠药！"白杨提醒。

"知道啦。"王宁嘟囔一句，"这真的是我这辈子玩过最麻烦的时间胶囊。"

送走王宁和赵博文，老白和小白重新到客厅的沙发上坐下，就BG4MSR这件事，他们两个人交流过许多次。

老白是经验丰富的老HAM，虽然近几年来没怎么碰过业余无线电，但底子还在，他仍然是南京市里顶尖的业余无线电专家。

年轻时他拉着王宁和赵博文玩远征打比赛，QSL卡片都收了一堆，现在全部贴在白杨卧室的墙上，BG4MXH的呼号曾经响彻全球，国内国外的HAM都知道4区有位大名鼎鼎的BG4MXH先生是个59+放送机，碰到谁都是59+。

如果这是中古世纪，那么尊贵的BG4MXH男爵白震大人已经在世界版图上打出了名号，年纪尚轻的男爵之子、继承了BG4MXH呼号的小男爵白杨离开家乡参加西征，自东向西，从说汉语到说普什图语再到说意大利语最后到说英语的地方，世人将无不赞颂男爵的59+——

您是？

我是BG4MXH。

啊，您就是大名鼎鼎的59+男爵！看看您背上的icom725，您真的是他！您的59+自东向西横跨天际！

老妈把茶几上的杯子拿过去洗了，又端了两个新杯子过来，倒满白开水。

"老家的房子你回去看过没有？"白震问。

正在倒水的老妈抬起头来："老家的房子？鹿楼的？"

白震点点头。

"没回去过。"老妈说，"你都没回去过，我怎么回去？"

白震并非土生土长的南京人，他六岁时跟随父母来到南京定居，老家在沛县鹿楼镇，白杨的爷爷奶奶在20世纪80年代到南京来做生意，那时候改革开放正如火如荼，胆子大的都在下海，当年白大爷夫妇俩一个在县信用社，一个在县供销社，国营单位双职工家庭，本是人上人，但眼见市场经济搞得轰轰烈烈，说胆子大的都在发财，于是一咬牙一跺脚，也辞职下海到南京做生意。

可事实证明，发财的确实都是胆子大的，但胆子大的没有都发财。白大爷夫妇老两口折腾一辈子，唯一值得称道的就是趁着房价还没疯长在手里攒了两套房，白震结婚时把两套都卖了，重新买了一大一小两套，大的这套就在梅花山庄，给白震住，小的那套他们自己住。他们在沛县老家还有一栋自建房，每年清明节还要回去扫墓。

沛县，没错，就是汉高祖刘邦的老家，他当亭长的地方。现在是徐州市下辖的一个县。

"我们把这套房子卖了回老家住，你觉得怎么样？"老白问。

"神经病哦。"老妈没搭理他，"你不想要这套房子，想回老家，可以，你自己回去，这房子不能卖，得留给儿子。"

"我打算找个时间回趟老家，把老房子修缮一下，加个地下室什么的。"白震接着说。

白杨略微有些意外地看了老爹一眼，虽然老爹嘴上说着不信不信，但身体上还是诚实的，这回老家修老房子，不就是为了给自己留条后路吗？

白杨估摸着他回老家远不止是修缮房子那么简单，老家在村子里，地广人稀，那么一大片空地，有足够的施展空间。老爹是退役军人，在部队里当了十几年的兵，虽然平日里开滴滴显得像个除了嘴炮一无是处的中年油腻男子，但当自己的家庭面临重大威胁时，这个懒散的老男人也能变成一面坚固的盾牌。

"除了加地下室，"白杨问，"还有什么其他要做的？"

"还要加厚墙体，用混凝土夹厚钢板，最好要能抵御得住12.7毫米口径的射击，另外得堵住窗户，留出射击孔。"白震回答，"地下室内得挖井，要有充足的淡水供应，没有淡水就没法长期坚守，食物、发电、燃料、药物、交通工具都要准备充足，至少能让五个人用三个月。"

白震神情很严肃，倒把老妈吓到了。

"老白你这是怎么了？"

"我在说如果世界末日要来临了，咱们得趁早做准备。"白震回答。

"那不如搬到新西兰去，或者澳大利亚也行啊。"白杨深吸了一口气，"那些地方人少，毫无人烟的，目标更小。"

"搬到那些地方去你也活不下来。"白震摇摇头，"万事万物都有一体两面性，人群能带来混乱，也能带来帮助，根据我的经验，在重大灾难中，还是不能脱离组织，或者说不能离开组织太远。"

白杨躺倒在沙发上，望着天花板。谁也不知道灾难降临时会是什么情景，万一是像灭霸那样，打个响指，地球上的人就消失了一半呢？那做什么都没用。

当老爹一字一顿地描述如何建立避难所时，白杨才真正有了即将面对末日的实感，它终于从虚无缥缈的无线电中现形，出现在自己的现实生活中，它真真切切地改变了自己的生活，改变了老爹的谈话内容，改变了老家的房子，可以预见的是，它对这个世界的改变接下来会越来越大，越来越明显，而且将一发不可收拾。

自己将不可能再重返正常的生活，每天上学放学，周末到万达看电影，去新街口吃饭，和何大少严哥一起骑自行车，那些早已习惯的、笑笑闹闹的日常生活都将一去不复返，将在不远的未来消弭成灰烬，且不可重来。

白杨忽然恐惧起来。尽管末日尚未来临，他回过头去看自己过去的生活，感觉已经截然不同，好像茶几上的一颗苹果都忽然变得珍贵起来。

人果然都是这种生物，取之不尽的时候不知珍惜，快要失去时才知道要抓住。白杨看着老爹老妈的面孔，他不敢想象自己的生活会遭到怎样的破坏，老爹能幸存下去么？老妈能幸存下去么？自己所有的亲人、朋友、同学都能幸存下去么？他们会面临怎样的结局？何大少和严芷涵会死吗？他们会怎么死？会很痛苦吗？

无力感抓住了白杨的四肢，他惊恐地发现，自己明知最后的结局，却无力反抗改变它，它就像裹挟着几百万吨海水的巨浪一样扑过来，速度缓慢但无可阻碍，区区一个人的力量，在它面前算得了什么呢？

他努力往前看，在五年后的那个时间点上，有一堵黑色的、无边无际的巨墙迎面矗立，所有人都会在那堵墙上撞得粉碎。

可怕的是，没人能推迟那一天的来临，整个世界都只能眼睁睁地坐以待毙。

3

翌日。

王宁收到了全新的五颗时间胶囊。淘宝商家可能也很难理解为什么这位客户要买这么多时间胶囊，还在快递包裹里贴心地附了一张纸条，上面写着：胶囊无铜，炼之无用，胶囊无银，卖之无用，胶囊无金，捐之亦无用。

按照约定，王宁准备好了预计要送过去的一次性医用品、氚管、世界名画《企鹅与米尼在法庭》，以及约定之外的五水合硫酸铜晶体。

王宁在这里留了一个心眼，一次性医用品也好，氚管也好，都是所有人知道的货物，所以他要在胶囊内置入一件唯有自己知道的物品，这样能确保自己能独立于计划之外，以免自己被一群人串通起来忽悠。在事关如此重大的问题上，他谁都不肯完全信任，包括多年交情的老赵老白，他只信自己。

五水合硫酸铜晶体也是一个简单的时间记录器，学过中学化学的人都清楚，五水合硫酸铜晶体是淡蓝色的，但它会在漫长的时间中逐渐风化，从淡蓝色变成无色晶体。王宁在时间胶囊内同时放进一包硫酸铜和一包干燥剂，当作氚管之外的时间记录手段。

在干燥环境里静置二十年，五水合硫酸铜晶体会完全风化成无水硫酸铜，最后变成谁都看不出来是什么的白色晶体。只有BG4MSR同时答对了氚管的亮度和晶体的颜色，王宁才会相信这事是真的。

而除了王宁本人之外，不会有第二个人知道时间胶囊内多了硫酸铜晶体，这就杜绝了被合伙串通忽悠的可能，这是他自己的验证手段。

密封好时间胶囊，王宁再用塑料布层层包裹，他穿着背心和短裤，踏着塑料拖鞋，拎着两个大袋子急急忙忙地下楼。小朱已经站在楼下等他了，戴着墨镜和口罩，还有一顶棒球帽，把脸挡得严严实实，谁都看不出来他是小朱。

王宁上下打量了一下，点点头表示满意。

"王哥，要我做什么，你这么急匆匆的？"小朱有些好奇，"帮您送什么东西？是您手里拎着的吗？"

王宁的表情忽然就垮了下来："小朱啊，小朱啊，你一定要帮王哥这个忙。"王宁眼含热泪，语气悲愤，语速很快，一边说还一边回头往楼上望，仿佛有人追杀他似的，"要不然我这就去跳玄武湖……你嫂子把我扫地出门了啊。"

小朱大惊："这是怎么了呢，王哥，你和嫂子之间出什么事了？"

"你嫂子说我出轨。"王宁生无可恋，"说我出轨，要和我离婚。"

小朱大惊失色。按理来说这种领导家事他不该瞎掺和，人家夫妻床头打架指不定床尾就复合了，他一个外人要是指手画脚，等人家和好了，那自己里外不是人。

"你一定要帮我。"

"好好好，王哥你尽管说，我我我……义不容辞。"

"麻烦你帮我把你嫂子指认的出轨对象带走，抓紧时间，尽快带走。"王宁长叹一口气，"她说这些东西在家里一天，就不让我上床一天……她只搜出来一个就闹翻天了，要是把这些全部都搜出来了那还不要命啊。"

小朱把视线落在王宁手里的黑色塑料袋上，顿时吓了一大跳。

这是王哥的出轨对象？怎么还分几个袋子装呢？

"王……王哥，这……这袋子里装的是什么呀？"小朱做好了逃跑准备。

王宁凑近一步，左右张望没有人，神神秘秘地压低声音："飞机杯。"

小朱石化。

"你嫂子说我用这东西就是对她不忠，公粮不交，偷税漏税，她把找到的那个用菜刀劈了，把我吓得半死，这才把剩下的连忙抢救出来，这下没地方放，可我也不想扔啊，你懂的，这都是我精心挑选出来的好东西，对子哈特，经典品牌，销毁了岂不可惜？"王宁接着说，"所以麻烦你帮我去把它们转交给我朋友暂存，等风头过了再取回来。"

"王哥，你……还要……取回来？"

"当然，毕竟跟了我这么多年。"

小朱愣愣地点头，拎了拎手里的黑色塑料袋，沉甸甸的，往里面看了一眼，隐隐约约能看到一张妖娆的图，白花花的臀波乳浪，单纯善良的他没有多看，连忙收回目光，非礼勿视，同时暗暗腹诽：好家伙，这么多？

王宁接下来把具体的接头位置和时间告知小朱，跟他说接头的人很好找，去找在这种大热天和他一样戴墨镜、口罩和帽子的人就是，找到之后不要多话，把袋子交给他即可。小朱点了点头，他总算有些理解为什么王哥要让自己包裹得这么严实，运送这东西确实得挡着点。

小朱拎着袋子出发了，计划开始运转。

王宁望着他的背影消失在小区门口，收回表情，掏出手机拨打电话："乌鸦乌鸦，货出发了。"

"麻雀麻雀，乌鸦收到，乌鸦准备出发。"

王宁收起手机，他是豁出去了，脸面都暂时放下。为了确保成功，他甚至原样复制了白杨的计划，连找人帮忙的借口都是一样的，没道理不成功。

自我牺牲拯救世界的英雄主义思想在心底油然而生，王宁陡然觉得自己大无畏起来，有道是男人至死是少年，尽管他王宁年龄大了，肚子大了，头发少了，头顶亮了，越来越油腻了，路上的年轻小姑娘看到他会绕着走了——但老王也曾有一个成为英雄的梦想。

有谁不想变成光呢？这么想着，老王的脊背都挺得更直了。

另一边，赵博文接到消息，指派乌鸦前往指定地点接头。

乌鸦的真实身份是谁呢？至今我们也未能得知，赵博文在此后的时间里从未对任何人透露过此人的身份，我们对乌鸦的唯一了解，就是知道他曾在2019年10月14日这天下午在秦淮区某个路口出现，是个戴着宽檐帽、墨镜和口罩的高个子男人。

乌鸦在当天下午取到时间胶囊，并按照指令前往月牙湖。隐藏时间胶囊的具体位置只能由乌鸦自己选择，这个位置除了他之外，在本时代不能有任何人知晓，而全世界第二个知道此位置的人生活在二十年后。

不得不说赵博文、王宁、白震三人组设计的计划比白杨要周密得多，三个臭皮匠顶个诸葛亮，三个大聪明显然也强过高中生。

赵博文、王宁、白震三人所掌握的财力人力远远超过白杨，有人有钱有资源，他们有能力把每个环节尽力做到最好，以提高计划的成功率。

乌鸦把时间胶囊扔进月牙湖里，再按指令通过微信把位置信息用语音条的形式发给赵博文。

4

"啊——好热啊，好热啊！"女孩在频道里长嚎，"为什么这见鬼的天气这么热？又闷又热！电风扇吹的都是热风，我都要被烤干了，夏天不是都要过去了吗？"

白杨在这边戴着耳机，默默地掏出空调遥控器，把温度调低了一度。

"秋老虎嘛，我这边也很热，BG4MSR，不过我有空调，OVER。"

"给我送一台空调过来！"

"办不到，OVER。"

半夏靠着椅背，裸露着长腿搭在桌子上，她身上只有一件背心和一条短裤，头发扎成一个团子盘在头顶，背后的电风扇在呼呼地吹，就算如此，屋子里仍然热得跟蒸笼似的，夏天就是这么难熬。

"我今天在小区里设下了四个陷阱，东南西北各一个。"半夏说，"费了我老大的劲，可累死我了。"

"大姐，说完一句话之后记得加OVER或者完毕，你总是忘，

OVER。"

"忘了。"

"你看你又忘了，OVER。"

"好麻烦，不加也无所谓嘛，反正你知道我说完了，还有，你叫谁大姐呢？我明明比你小。"

"你十九岁，我十八岁，你比我大，OVER。"

"不不不，不能这么算的，你是21世纪初出生的人，差不多四十年前出生的人，你比我大二十多岁呢。"

"那我应该叫什么？叫你小丫头？OVER。"

半夏在那头拧起眉头，咬着嘴唇，抬头盯着天花板："不行不行不行，咱们这个年龄还是各算各的，你十八岁，我十九岁，你还是叫我姐姐，但不允许叫大姐。"

"行，不叫大姐，叫大小姐可以了吧？咱们接着说陷阱，你怎么设的陷阱？用挖的么？在地上挖出一个深坑来，再在坑上铺点草叶树枝什么的？OVER。"

"不对，当然不是，陷坑很难挖的，特别是要挖出那种能困住大型动物的陷坑，一个人办不到。"半夏摇摇头，"最常用的是带绳套的弹性套阱，你见过没有？就是那种鹿也好，狍子也好，一旦触发，就会被套住后脚吊起来。"

白杨有点惊奇："怎么做到的？OVER。"

"用树来做，树或者竹子都可以的，把树干压弯，但不能压断。"半夏手里捏着一把不锈钢直尺，插进桌面的缝隙里，用手指缓缓压弯，"压弯的树干不就有弹性了吗？再用一个钩子把它拉到地上固定住，在钩子上连个绳套，如果有动物踩进了绳套，一拖动，套子就会收紧，同时钩子被拉扯得脱钩，树干嘣地一下回弹——"

她松开手，尺子嗡地前后振动。

"一下子就把猎物吊起来了，很简单对吧？这就是最简单的绳套陷阱，听明白了没有？"

白杨挠了挠头，听上去有点复杂。他在思考自己是不是真要去学习学习野外生存，说不定以后能用得上呢。万一人类文明彻底毁灭，残存的人类要回到农耕打猎的时代，多掌握一项求生技能总没有错。

正常人的大脑很难陡然接受"世界毁灭"这个概念，因为这个概念太虚幻太庞大，距离日常生活太远，大脑这傻东西应激不起来，肾上腺素分泌不出来，毫无疑问，全世界毁灭绝对是人类历史上将面临的最大危机，但若告诉你五年后世界将毁灭和有人入室抢劫把刀架在你的脖子上，显然是后者能让你肾上腺素狂飙。

然而那头幽灵般的利维坦不会一直悬浮在天上不落下，当它真正进入你的日常生活，开始一点一点地改变这个世界，并让你察觉到它是真实存在时——那一切都不一样了。

白杨已经触摸到了这头巨兽，当他稍稍看清对方冰山一角的真面目时，就险些被它的巨大重量压垮。

世界毁灭他没法切身体会，但五年后父母惨死，朋友惨死，身边的所有人都惨死，他能想象。这让他惊惶，让他不顾一切地想挽回那个可怕的未来。

"BG4MXH？BG4MXH？你能听到我说话么？为什么没有声

258

音了？"

"BG4MSR，我在这里，OVER。"白杨的思绪回到通联上，"BG4MSR，我现在压力好大，OVER。"

"压力大到一句话说两个OVER？"

白杨一愣，揉了揉眉头。

"为什么压力很大？"半夏问。

"这还用问么？还有五年时间，全世界就要完蛋了，所有人都会死，我都要绝望了，OVER。"

女孩沉吟不语，老师说过，人和人的悲欢是不相通的，果然她就没法体会白杨的感受。她在听一个早已死去的人因为一个注定到来的结局而惊惶，这看上去有点滑稽，但更残酷。

"来，BG4MXH，让我来安慰安慰你！"女孩缩回两条长腿，屈起来抱着膝盖，"往好处想，你还有五年时间，五年的时间可以做很多事，你有什么想做的呢，都可以在这个五年之内全部做完！"

白杨愣了半晌，才道："BG4MSR，你这是在安慰我？OVER。"

他想这语气怎么像是医生跟病人说你还有五年好活，有啥心愿趁早完成吧。这哪里是安慰？这分明是跟你说病没得治了吧。

"呃……那咱们换个说法，你还有五年时间来挽回这个未来。"半夏说，"打起精神来少年！你还有五年时间改变未来！让全人类免于被毁灭的命运！"

说来也奇怪，分明是半夏生活在一个危机四伏的末日世界，反倒要她安慰人。

白杨低头靠在书架上："可是我们一点头绪都没有，BG4MSR，我们都不知道未来会发生什么，这要从哪里入手去阻止灾难降临呢？现在就在地球轨道上布置核弹？等黑月来了炸它丫的？"

"可以哦，炸它丫的！"女孩挥舞着拳头，"BG4MXH，你那边有七十五亿人呢，七十五亿就有七十五亿颗头脑，这么多人肯定能想出办法，老师说你们那个年代拥有非常强大的工业力量，有数量庞大的武器和军队，如果没有被打个措手不及，如果能提前防范，或许能逆转整个未来呢！"

"在地面上造满核弹发射井！造密密麻麻几万几十万个核弹发射井！"半夏接着说，"等黑月来了，全弹发射！黑月低头一看，我的妈呀，说不定就被吓跑了。"

白杨忽然笑出声："BG4MSR，你知道核弹是什么？OVER。"

"知道哦。"女孩回答，"因为我见过。"

白杨顿了几秒，吸了一口气。

"你见过核弹？洲际导弹吗？OVER。"

"不，我见过核弹爆炸。"半夏悠悠地说，"很小的时候，很远的地方，很深的夜里，天边忽然出现了一个太阳。"

白杨瞪大了眼睛。

"后来老师说那是一枚核弹，它在镇江上空爆炸。"半夏说，"热风吹到了我们这里，那天晚上，天空变得好亮好亮。"

女孩的语气平静，可白杨似乎能从耳机中感受到那从十几年后吹来的、干燥焦灼的热风，他扭头往外眺望，看着窗外灯火通明的城市，白杨似乎能与未来的半夏视线重合——

那天晚上，年幼的女孩被人抱在怀里，站在楼顶上向东望，黑夜被低空悬垂的巨大火球骤然照亮，那是一颗太阳，一颗迅速膨胀的太阳，在一秒钟内它的体积膨胀了一千倍，边界所及之处万物湮灭，一切都在高温中化作飞灰，但比体积膨胀得更快的是空气，超音速冲击波在爆炸发生后的两分钟内就横扫到了八十公里以外，站在秦淮区的楼顶上，仍然能感受到灼人的热风。

难以想象那个年代人类将面临怎样的困境，不惜动用核武器来摧毁城市，果然他贫乏的大脑很难勾勒出世界毁灭的全景，核武器都上了，挖地下室造避难所还有个屁用。只能祈祷它不要落到自己头顶上。

"只靠我们自己是做不到的，BG4MSR，你得帮我。"白杨说，"没有你的帮助，我们做不到，不可能逆转毁灭的未来。"

"包在我身上！"半夏兴奋地拍拍胸脯，嘿嘿一笑，"我本来就是要帮你的嘛，你帮我，我帮你，这叫互相帮助！"

"当前最重要的是，我们缺乏信息，我们太缺乏关键信息了。"白杨说，"BG4MSR，我们必须得知道是什么引发了灾难降临，是什么引发了黑月降临，你能明白么？不知道这个，就不可能对症下药，BG4MSR，你知道些什么都得告诉我，OVER。"

"可是我知道的已经全部告诉你了。"半夏说。

"黑月，还有晚上爬来爬去的长腿大蜘蛛？"

"对——"半夏点点头，"这就是我知道的一切了，我只记得这么多，有什么办法嘛。"

"老师呢?"白杨问,"老师有没有留下什么有用的线索? OVER。"

"嗯……老师……"女孩点着自己的下巴,仔细思索。

尽管在一起生活很多年,可她其实并不了解自己的老师,连她叫什么名字都不知道,因为在这个仅剩两个人的世界里,名字无关紧要。在半夏眼里,老师是个强大、沉默而严厉的女人。老师很博学,她教会了自己认字阅读,让自己背《静夜思》,背不熟要打手心的那种;教会了自己打猎射击,从设置陷阱到过滤淡水到处理猎物,无所不包。老师也很神秘,她几乎不谈及自己,半夏对她的过去了解寥寥。

"有没有日记什么的? OVER。"白杨问。

"日记……"

半夏回想,老师有写日记的习惯吗?她好像没见过老师写日记。

"我不知道诶,我没怎么见过老师写日记,要不改天我帮你找找?"说是这么说,但半夏估摸着希望不大。

老师遗留下来的私人物品很少,半夏把它们都好好地保存起来,存放在柜子里,老师去世后她整理过遗物,纸制品只有三本旧书,从来没有发现过日记本。

一本是《唐诗三百首》,老师抓着半夏认字背诗的时候经常用。一本是《英汉大词典》,老师抓着半夏认二十六个英文字母的时候常用,当然半夏最后也没记住几个单词。还有一本破破烂烂的大部头硬皮《西游记》。半夏不知道其他地方还有没有书籍遗留,如果没有，那么这三本就是人类文化最后的遗产了。

两个人又聊到深夜，结束通联前，白杨还不忘再次提醒半夏："别忘了明天去找胶囊，位置你知道吧？OVER。"

时间胶囊的具体位置已经由赵博文的手机发给了女孩，今天下午赵叔亲自跑过来传递这个信息，用的是一样的方法，只不过这一次播放的歌不是《怒放的生命》，而是《我爱你中国》。

"知道啦，在月牙湖……"女孩忽然止住不往下说了。

她嘿嘿一笑："接下来的是机密，不能告诉你了。"

半夏坐在椅子上，桌上摆着icom725，一盏小小的塑料台灯发着光，灯光勾勒出女孩背影柔和的轮廓，她悠悠地哼着歌，窗外是漆黑的城市，身后是光线昏暗的卧室，阴影里房门忽然动了动，接着轻轻的嘎吱声响起，门被缓缓推开。

半夏摘下耳机，扭头一望，漆黑夜色下她的眸子和猫一样亮。

"黄大爷，大半夜的不睡觉跑到我这儿来做什么？"女孩从椅子上下来，"还不去睡……"她忽然想起黄鼠狼是夜行性动物，它就是晚上不睡觉的。

黄大爷从门缝里钻进来，一路小跑到女孩脚底下站住了，这只老黄鼬活了很多年，老师带着半夏住进11栋的时候它就在，老师说黄鼠狼的寿命最多十几年，而半夏认识它都有七年了，半夏不知道它还能活多久，这些年来，黄大爷身上的皮毛都不再光润，牙口都不再利索，女孩其实很怀疑它是否还能靠自己抓住老鼠，最近它总是来找自己要吃的。

"黄大爷!"半夏在它眼前蹲下来,黄鼠狼抬起头来,黑漆漆的小眼睛直勾勾地盯着女孩,像两枚纽扣。

"想要吃的?"她伸出食指,在黄大爷额头上点了一下,小东西被她推得后退一步,"来,叫爸爸!叫爸爸就给你吃的。"

黄大爷呜咽了一声,可怜巴巴地卷起尾巴。

最近两天,半夏让黄大爷上楼来赶老鼠,卓有成效,虽然黄大爷年老体衰,耳聋眼花,头脑昏聩,但身为啮齿类动物天敌的气场还在,这是自然界赋予它的威慑力,老虎再老也是老虎,不是猫。

"好,好,别叫了,我去给你拿吃的。"半夏挠了挠黄大爷的皮毛,起身打着赤脚走进客厅。

黄大爷缩在地板上,一动不动。

几分钟后,女孩带着食物回来了,她放在黄大爷面前,可后者对食物并不感兴趣,半夏把肉干送到它嘴边,它也无动于衷,黄大爷仍然缩着身体,往半夏拖鞋边上靠了靠。

半夏有点诧异。

"嗯?不吃吗?你最喜欢的小肉干哦?"她把小肉干戳到黄大爷脸上,一戳两戳。黄大爷没有多看食物一眼,它闭上眼睛,把脸撇开了,蜷缩在半夏脚边微微颤抖。

它这是怎么了?

女孩轻轻抚摸它的耳朵,从耳朵摸到脊背,黄鼬很安静地缩在地板上。她把手指翻开,透过浓密的皮毛探到它温热的身体,黄大爷的身体在瑟瑟地颤抖,她从它的皮毛里翻出来一只虱子,用指甲捏死了,然后皱起眉头。

黄大爷在害怕，它来找自己不是为了食物，而是寻求庇护。

半夏抬起头望向天花板，又扭头望向漆黑的窗外。它不是在怕自己，那么它在怕什么？

5

翌日。

一大清早，半夏就出发，在指定位置找到了那堆时间胶囊，说来也令人惊奇，这堆锈迹斑斑的铁罐头半夏早就见过，她忘了自己是哪天从月牙湖路过时看到过它们，那堆胶囊半埋在干涸的泥滩里，初见时根本看不出是什么，直到今天女孩再次抵达月牙湖畔，把它们挖出来，才惊觉这就是时间胶囊。

胶囊里有什么呢？半夏用小拖车把五枚胶囊全部拖回去，然后兴冲冲地打开。

"爸！妈！今天又有大收获！"

她把里面的东西一件一件地取出来。纱布、绷带、注射器、胶带、剪刀、老虎钳、刀、锥子，还有一瓶放了足足二十年的医用酒精，深棕色的塑料瓶子，没有开封，密封得很严实。半夏把它拿起来端详，瓶身上贴着标签，净含量500毫升，浓度95%，生产厂商扬州市九零医疗器械有限公司，生产日期2019年5月17日，有效期2年。

按照标签上的说法，这瓶酒精铁定是过期了，不过好在医用酒精不是什么复杂药物，浓度降低失效的原因就是挥发，半夏用力把瓶盖拧开嗅了一下，它一直密封在地下避光保存，挥发的程度很有限。

女孩把一地银光闪闪的刀枪剑戟、斧钺钩叉十八般兵器全部展开，然后叉着腰站在地板上审视它们。

还有一张奇怪的画，半夏拿起来多看了两眼，画上有一个戴着红帽子、穿着蓝色背带裤的胡子小人站在高高的领奖台上。

以及一包看不出是什么的无色透明晶体。

这是什么？

白砂糖？盐？味精？

半夏用手指沾了沾，用舌头舔了舔。

"呸呸呸呸呸！"女孩五官皱成一团。

另一头。

白震、王宁、赵博文三人组早早地就守候在了白杨家里，赵博文向学院请了个假，下午4点就到了，王宁向自己请了个假，下午6点也到了，这一次，他们必须要搞清楚BG4MSR所说的话是真是假。

三人坐立难安地等到晚上10点以后，白杨晚自习结束一回来，他们就立即跟进房间。

"你们猴急什么呀？"

"哎哎哎我自己来……我自己来！别硬往里面插啊！"

"你们慢点！轻点！"

"一个一个来！"

266

不等白杨放下书包，他们就开始上手折腾电台，这三个始乱终弃喜新厌旧的老男人，分明早在多年以前就抛弃了年老色衰的icom725，毫不留情地把它束之高阁，谁曾想，今天晚上，三大渣男又为了它重聚在此，抢破头也要把它据为己有，这究竟是怎样的玛丽苏剧情！

白杨心说自己真能脑补。

"……画？我看到了。"耳机里传来女孩清脆的声音，"一个戴着红帽子穿着蓝裤子的胡子大叔站在台上，BG4MXH，这是什么画？"

"那幅画的名字叫《企鹅和米奇在法庭》，OVER。"白杨回答。

"哦……所以那个小人的名字叫企鹅和米奇？"

"不，那个小人的名字叫马里奥，OVER。"白杨说。

"那企鹅和米奇呢？"半夏问，"他们在哪儿？"

"他们在法庭上。"

半夏一一把时间胶囊内的物品都列了出来，常用的氚管验证方式也通过了，这时王宁拍了拍白杨的肩膀，让他问问对方，除了医疗用品和画，还有没有找到其他东西。

"BG4MSR，王叔让我问问你，除了钳子、剪刀、注射器、医用酒精之类的医疗器械和那幅画，你还有没有找到其他什么东西？OVER。"

"其他什么东西？"对方想了想，"没有。"

王宁让白杨确认一下，BG4MSR是不是把五颗胶囊都收到了。

"你五颗胶囊都找到了吗？OVER。"

"都找到了……"

王宁一听心里就有谱了，嘿嘿，让他抓到破绽了。

"等等，BG4MXH，还有一个奇怪的东西。"女孩忽然说。

王宁的心陡然往下一沉。

"什么东西？"白杨问。

"一包不知道什么玩意，看上去有点像糖，但是又不能吃。"半夏说，"不是你们放进来的吗？"

"小杨，问问她颜色。"王宁有些紧张。

"BG4MSR，那东西什么颜色？"

对方不假思索："白色的，或者说无色透明的！"

白杨扭头，看向站在身后的三人。

王宁站在中间，白杨只见他脸色跟红绿灯似的先变红再变青最后变白，抬起右手抓住胸口，神情痛苦。

他想起心脏在左边，于是换成左手，紧紧地揪住胸前的衬衫，神情继续痛苦，往后跟跄着倒退了两步。

赵博文和白震连忙扶住他。

"老王你这是怎么了？"

"我……我心脏病发作……"王宁上气不接下气。

"你什么时候有了心脏病？"

"从现在开始有了。"

三人离开房间，白杨坐在桌前，隔着墙壁，隐隐地听到老爹他们在争论，一开始算是商讨，后面简直是吵架，声音能连续穿透墙壁和耳机，白杨隐隐约约听到："电磁信号它传播速度不也是光速！"——这是赵博文。"你说出去谁都不信！"——这是王宁。"完他妈的蛋了！"——这是老爹。

老爹、王宁、赵博文在客厅吵了半个小时，忽然安静下来，他们沉默地坐了许久，都想说话又都不说话，最后三人同时起身。

"我去卫生间。"

"我去抽根烟。"

"我……我去你妈的！"

白杨下楼扔垃圾，看到赵博文正坐在单元楼一楼的楼梯上抽烟。楼道里光线很暗，没有开灯，他就这么沉默地坐在黑暗里，唯有发红的烟头在缓缓地一闪一灭。

"赵叔。"

赵博文往边上让了让，白杨在他身旁坐下，两人并排坐在台阶上，望着单元门外黑色的绿化带和对面居民楼的灯火。

"杨杨。"

"嗯？"

"你立了大功啊。"赵博文笑笑，"你有可能改变了全人类的命运。"

"别开我玩笑。"

"不开玩笑，真的，"赵博文吐出一口烟圈，烧掉半截的烟皱巴巴地夹在手指上，"你做出了一个绝对前无古人，也可能后无来者的重大发现，如果要列出一张表，人类自诞生以来最重要的一百个

269

人，杨杨你肯定身处其中。"

"可别寒碜我了，赵叔。"白杨托着下巴，怔怔地望着对面的居民楼，楼里灯火通明，每一扇窗户后头都是平安喜乐的一家人。

还有五年人类文明就要毁灭了，在这种情况下，列出什么人类历史上最重要的一百个人有何意义？

是死人下葬前给他的生平做个总结吗？

"要不要发表一下获奖感言？"赵博文问。

"感谢CCTV，感谢BTV，感谢Bilibili，感谢NGA，感谢知乎微博百度贴吧。"白杨说。

"好！"赵博文啪啪啪地鼓起掌来。

掌声落下，又归于寂静。

老赵把香烟咬在嘴里，吸了一大口，黑暗中红热的烟头骤然变亮。

"不夸张地说，今天有可能是自人类走出非洲以来，几百万年里最重要的一天，我们在见证历史。"

"可它也只是普普通通的一天。"白杨抬起头望天。

"历史上的任何一天都是普普通通的一天。"赵博文笑了，"后世看来的风云巨变，在亲身经历过的人眼里，也只是照常吃饭睡觉的一日。"

"向来如此？"

"向来如此。"

老赵沉默地抽烟，把香烟抽到只剩下一个烟屁股。

"这件事准备怎么办？"白杨问。

"不能坐以待毙，我们要想办法改变那个未来。"赵博文回答。

"要怎么做？"

"暂时没什么头绪。"赵博文摇摇头，"这个问题靠我们自己恐怕很难解决，但众人拾柴火焰高，等我把这事报上去，国家机器转动起来，清北华五中科社科那些乱七八糟的智库总能想到办法。"

"赵叔，你也是南大的教授。"

"副的。"赵博文把烟蒂扔在脚底，用力踩了踩。

"我到现在都还很迷糊。"白杨忽然说。

"哪里迷糊？"

"一切都迷糊。"白杨拍了拍脸颊，"为什么会发生这些，为什么会有穿越时空的通信？时间胶囊传输失败又是因为什么？真的是因为被人挖出来了么？"

"第一个问题我也回答不了你。"赵博文说，"没人知道为什么会发生这种事，我估计问题不是出在我们这边，而是出在BG4MSR那边。"

"黑月？"

"有可能是黑月导致的。"赵博文点点头，"只是我们目前还找不到直接证据，可以证明它是造成超时空通信的罪魁祸首。"

"这不是显而易见的么？"白杨问，"它是唯一超出我们认知的物体。"

"是显而易见的，但在找到确切证据之前只能说它有高度嫌疑。"赵博文说，"至于后面几个问题，这段时间以来我一直在思考，得出了一些不靠谱的推测，都是俺寻思，我倒是可以跟你讲

271

讲，反正跟你说也不用负法律责任。"

"赵叔你说！"白杨打起精神，"讲给我听不算造谣！"

"首先，杨杨……你觉得把一颗时间胶囊，一件时光慢递，送到二十年后，很困难吗？"赵博文从口袋里掏出一包烟，又抽出一根。

今天他抽的烟比通常一个礼拜的都要多。

白杨听到这个问题，愣了一下。

"难？"

"不，不难，其实一点都不难。"赵博文啪的一下打着打火机，拢在手心里点燃香烟，"老王的想法是对的，埋个时间胶囊其实不难，把它送到二十年后也不难，但为什么我们失败了那么多次？"

问完这个问题，他深吸了一大口。

"因为世界毁灭，社会动乱。"白杨回答，"胶囊会被人挖出来。"

"对，是这个原因，应该说很有可能是这个原因，所以我们要双盲，要防止有人同时知道胶囊是什么和胶囊在哪里。"赵博文点点头，"但我们要学会透过现象看到本质，杨杨，要学会把一个单独的事例推广延伸到普遍领域——"

赵博文从地上捡起一颗石子。

"杨杨，我现在把这颗石子扔进门口的绿化带里，你认为它能不能留存到二十年后？"

白杨怔了怔。

不等他回答，赵博文自己就把答案揭晓了："一定是可以的，我们把这颗石子随便扔到绿化带里，只要不出意外，不是太倒霉被车碾碎了，它一定可以完整地待到二十年后，毕竟没人会跟一颗不起眼的石头过不去。"

白杨点点头。

"但是——"赵博文话锋一转，"如果我们要把这颗石子送到二十年后的BG4MSR手里，仍然随手扔进绿化带，能不能做到？"

"不能。"

"对，不能，想把石子送给BG4MSR，必须要把它塞进时间胶囊，要遵循双盲守则，否则就会失败，要是把它随手往绿化带里一扔，百分之百送不到对方手里。"赵博文问，"为什么都是同一颗石子，但两个结果大相径庭呢？"

"因为第一种情况不必送给特定的人，无论石子在二十年间流落到了什么天涯海角，它还在那里就行。"白杨说，"但第二种情况需要把它送给某个人，那就复杂多了。"

赵博文点点头："本质区别在哪儿呢？"

白杨沉吟几秒钟，慢慢地说："本质区别……"

"先不急着想，我们再看第二个例子。"赵博文仍然用石子举例，"我们现在再去捡两颗石子，一共三颗石子，我们把这三颗石头，扔进绿化带里，它们能不能存活到二十年后？"

"可以。"

"对，可以。"赵博文说，"那我们现在把三颗石子排成一个一字型，放在绿化带里，杨杨，这个石子阵能不能成功留存到二十年后？"

"不行。"白杨说，"它肯定会被打乱。"

"为什么同样是三颗石子，结果又大相径庭？"

"因为……第一种情况不用顾及阵型嘛，阵型太容易受到干扰，被人打乱了。"

"是，不过这是表象，我们要看到本质，只有看清本质才能举一反三，才能找到其他运送时光慢递的方法。"赵博文点点头，扭过头来，竖起两根手指，"杨杨，现在我要引入两个很重要的概念，一个叫作目的性，一个叫作携带信息。"

摸索与总结中的三大定律

　　我是在2020年年末见到赵博文的，这位南京大学物理学教授日程安排得很紧，工作很忙，在微信上约定的日期连续推迟了两次，他才抽出时间接受我的专访。

　　我们在中山路附近找了一家咖啡馆，约定的时间是下午2点，我1点40分就到了，在小桌上打开电脑和手机，点了一杯茶，等到两点时，赵博文准时到场。南京的冬天很冷，玻璃落地窗外还下着毛毛细雨，一个高挑瘦削的男人推开咖啡馆的门走进来，灰色的长风衣，黑色长裤，玳瑁框眼镜，手里捏着折叠伞，他抬起头扫视一圈，目光落在我的身上。

　　我轻轻地挥挥手，他也挥挥手。

　　目的性与携带信息，这是两个物理概念？我问。

　　不，坐在对面的男人摆摆手，笑了，这是两个口胡概念。

　　口胡？我有些惊奇。

赵博文点点头，我们没有来得及做任何进一步的实验验证——尽管它在实践中确实表现出了指导作用，是挺有用的，但有用和正确是两码事，天瑞老师，你清楚我们当时的境况，是死马当活马医，所有人两眼都是一抹黑，你只知道过不了多久天就要塌下来了，除此之外什么都不知道，这是最可怕的。严格来说，就是口胡。

赵博文挠了挠额角。

如果要深入研究的话，这或许是一个可以颠覆现代物理学体系的重大切口，但么么，当时的情况是一切以逆转未来、消弭灾难为最优先目的，其他事都被放下了，毕竟要是人类都毁灭了，那研究物理还有什么作用，是吧？整个事件结束之后，我们倒是有足够的时间和人力来研究这个问题……可是又没机会了。

教授说着端起桌上的热咖啡，抿了一小口。

嗯，这咖啡味道还行。

他抬起头对我点了点头。

那姑娘是个好孩子。

他忽然说。

我愣了一下，旋即点头，是的，她是个好孩子。

赵博文自知失语，稍有点尴尬地笑笑，埋头接着喝咖啡。

教授，你刚刚提及目的性和携带信息这两个概念在实践中确实起到了指导作用，请问什么叫目的性？什么又叫携带信息？我问。

是，它们确实起到了作用，让我们有了一个大致的方向，知道该往哪个方向去摸索，目的性其实是个负面BUFF，它会让这个世界阻挠你，打个比方来说，我相信天瑞老师在日常生活中一定也有这样的经验，某个东西找不到了，你越是努力地去找，偏偏越找不着，但你要是不刻意地找，它什么时候就自己蹦出来了。

赵博文接着说，这个负面BUFF，在时光慢递中表现出来的结果就是，你的目的性越强，遭到的阻挠就会越大，运送失败的概率也越大。

可是目的性是我们人类的主观思维，它仅仅是我们大脑中的意向，我有些疑惑，问道，比如说我想去某个地方，我想把这杯咖啡给某个人，这种思想能影响客观的物理世界吗？

有点玄乎，对吧？就像量子力学中的哥本哈根诠释，薛定谔的那只猫，观察者能够决定猫的生死，你不去看它，它就是波函数的叠加态，你一看，它就坍塌成了一个确定状态，好像观察者本人的思维在影响客观世界。

赵博文笑了笑。

不过在这里，目的性并非一个唯心的概念，它是有实在影响的，我仍然举那个老例子，天瑞老师，我把一颗石子随便扔在门外，以及把它藏在路边的花坛里让某个人来取，这两种行为有什么区别？他说。

第一种行为毫无目的，第二种行为有明确目的。我回答。

他点点头，问道，根本区别在哪儿？

我窒住了。

他又喝了一口咖啡，揭晓答案。

很简单，区别在于是否携带了信息，天瑞老师……你听说过香农么？

我从未想到会在咖啡馆里和物理学教授讨论香农的信息论，那个白发苍苍的长脸老头毫无疑问是人类历史上最重要的科学家之一，是信息时代的理论奠基人，是一个人搞定了整个理论体系的奇葩，当代发达的互联网和信息产业——无论什么2G、3G、456G都得跪下来叫他一声祖师爷。

在赵博文看来，目的性的根本特征是携带信息，你把石头随手往外一丢，这种行为不携带任何信息，但你要是把石子埋在花坛里，等待某个人来取，那就携带了大量信息。

香农信息论的基础之一，就是揭露了信息的根本特征是消除不确定性，消除的不确定性越多，那么信息量就越大。

明天要下雨。

这句话里包含了信息。

明天要下中雨。

这句话里包含了更多的信息。

接下来，赵博文话锋一转，又跟我讲起了麦克斯韦妖。

天瑞老师，你听说过麦克斯韦妖么？

听过，我点点头。

麦克斯韦妖，大名鼎鼎的物理学史神兽，和薛定谔的猫齐名。

麦克斯韦妖，那个控制阀门的小妖怪，它能探测单个粒子的内能，粒子的运动速度，对吧？飞得快的粒子就放它过去，飞得慢的粒子，它就拦下来。他说，那我们假定，再来一个妖怪，一个大妖怪，就叫它——

教授看了我一眼。

——就叫它天瑞说符妖，天瑞妖，这个妖怪非常非常庞大，庞大到能把整个世界都笼罩进去，它也能控制一个阀门，不过这个阀门辨别的不是运动速度，不是蕴含的内能，而是信息量，携带巨量信息的目标，就会被它拦下来，不携带信息的物体，就能畅通无阻。

我陡然明白了赵博文的意思。

时光慢递运送失败，是因为这个？因为目的性太强，信息量太大？

赵博文点点头。

这是为什么埋藏时间胶囊需要遵循双盲原则，这其实就是在削弱目的性，严格来说，时间胶囊在埋藏的过程中，经手的次数越多，步骤越混乱，它的目的性就越弱，在这个世界看来，它的行为就越接近随机变化，不确定性就越多，携带的信息就越少，就越接近于我随手把石子扔到外面。

这是在欺骗世界，我说。

是的，赵博文点头肯定，这是在欺骗世界。

那……那这个天瑞妖，它具体的存在是什么？我问。

是灾难，赵博文回答，是黑月降临，天翻地覆的灾难，我们当时把这个机制，叫作过滤器机制，这个世界像个大过滤器一样，把我们送过去的东西统统过滤一遍，作为一个妖怪，它很调皮也很可恶，成心给人找麻烦，你给他一个拧好的魔方，它一定要给你拧乱了，但你给它一个本来就乱的魔方，它就懒得动。

它是主动这么做的吗？我问。

当然不是，无论是天瑞说符妖，还是大过滤器，都只是对这种机制和现象的描述，打个比方好让人理解，本质上造成这种结果的原因，是灾难降临后人类文明巨大的熵增和信息的耗散与失真。

携带信息量越大的目标，失真得就越厉害，最后丢失。我说。

赵博文点点头说，而一开始就不带多少信息量的目标，则不受什么影响。

此时我终于理解了时光慢递的运送机制，通过双盲乃至多盲的埋藏方法，尽可能地降低时间胶囊的目的性，增大它的随机性和不确定性，不确定性越大，信息量则越少，此时此刻，时间胶囊所携带的信息是弥散向全宇宙的，由此即可通过大过滤器——这就是所谓的欺骗世界之前，必须欺骗自己。

但光欺骗自己是不够的，一个信息弥散在全宇宙的目标，没人能找到，就好比你把胶囊随意扔进玄武湖里，也没人能捞出来，接下来就是计划的后半部分，让那个女孩找到它。

赵博文说理论上这个胶囊是不可能被找到的，它携带的信息量太少了，可恰巧他们拥有理论之外的救世主——

icom725。

置之死地而后生，我们先把自己置之死地，将我们拉出来的那根救命稻草就是拐两五电台。赵博文悠悠地说。

这很奇妙，如果没有拐两五电台，这种计划根本不可能成功，它才是完成闭环的最后一个关键，电台传递过去的话，能让弥散在

280

全宇宙的信息瞬间坍缩至一个确定的点，如同扩散至全宇宙的波函数坍缩成一个具体量，只有电台存在，那个女孩才有可能将原本就混乱的魔方还原，在那一刻，原本巨大的熵将陡然降低！

赵博文轻声说，这就是时光慢递第三定律，也是对前两条规律的总结和涵盖。

——必须想尽一切办法削弱目的性，减少携带的信息量。

第三章

1

白杨沉默良久。

"搞明白了？"赵博文吸完了手里的烟，把烟蒂按在地板上搓了搓。

"照这么说，其实运送物资的方法不只有时间胶囊。"白杨说。

"当然不止。"赵博文点点头，"理论上来说，但凡遵循三大定律，在这三条规律框架内的方法都将可行。"

"那能不能给她送一台空调？"

赵博文一愣："啥？"

白杨和赵博文回到屋子里，白震和王宁一个去了厕所，一个去过了，现在回来坐在沙发上喝水。

"小杨，该洗漱了。"老妈从卧室里探出头来，"时间不早了。"

"我知道了。"白杨脱下鞋子进门，打了个哈欠，"这就去。"

最近几天，天天晚上家里开会，白杨总是熬到深夜。

赵博文和王宁准备告辞，他们得回家了。

"这事要怎么处理？"白震低声问。

老赵和老王对视一眼。

"你和老白在这里帮忙建立数据传输链路，我去跑腿，两边同步推进。"赵博文说，"我估计得花上一点时间。"

"要花一点时间？"白杨从他们身后探出头来，"要花多久？"

"短则两三个礼拜，长则个把月，一定回来。"赵博文回答，"我尽量抓紧时间。"

"要那么久？"白杨瞪大眼睛，有点吃惊。

"这还久啊？杨杨，你以为这事该怎么办？坐明天的高铁直接去北京？"赵博文笑笑，"然后敲国务院的大门？"

"对啊！"

"你太天真了，"赵博文说，"我会被保安按住，当即扭送派出所。"

"你就说世界要毁灭了，十万火急。"

"那你过两天就能看到新闻，精神病人大闹国家部委。"赵博文说，"到时候还要麻烦你爸千里迢迢去把我从局子里保出来。"

白杨一窒。

"这个社会有它自己的一套运转规则，你要是想尽快地达到目的，就不能违背这个规则，有时候抄近路并不是最快的，想要最快，你要做的是在大路上踩油门，而不是翻越隔离带。"赵博文拍了拍他的肩膀，"否则你就要被交警拦下来交罚款，适得其反。"

白杨闷闷地点头。

"你准备怎么办？"白震问他。

"我准备先回学校，今晚回去得熬夜写材料，明后两天去市政府一趟。"赵博文说，"老王，那个副秘书长是姓陈吧？"

"对，姓陈。"

"你要去找谁？"白震问。

"老王介绍的，他的熟人。"赵博文指指王宁。

"钓友。"王宁说。

"什么叫钓友？"

"一起钓鱼的朋友。"王宁回答，"钓鱼水平极臭，天天在抖音上看邓刚，但人还不错。"

"把这边的事安排妥当之后，我要去一趟上海，等市政府他们那边层层上报慢慢研究，时间肯定来不及，不知道得拖到什么时候，我得自己先动，把人马先拉扯起来。"赵博文接着说，"老王留在这里，到时候你负责应付政府来人。"

"靠。"王宁说，"他们办事婆婆妈妈，摸得一批。"

"要不咱俩换换？"赵博文问，"我留在这里，你来跑腿？"

王宁想了想："不干不干，我去了百分之百没人信我，你好歹是个教授。"

"老王老白你们一定尽快帮杨杨建立数据传输链路，这个很关键，后面肯定要用到。"赵博文叮嘱，"把能用的都用上，还有，我是副教授。"

"这个不用你说，我们比你更专业。"白震拍拍胸口。

无论是出于什么原因，icom725能通联上二十年后的时代，那就证明两座电台之间一定存在无线电传输信道，既然存在联络通道，那么理论上它可以传输任何数据——只要你有足够的设备，有足够的能力调制，无论是语音，还是图像，或者是视频，都能通过14.255 MHz的无线电波传输过来。

只要无线电波能过来，那就什么都能过来。

除了对方本人。

这是至关重要的一步，可以预见，这个时代的人们如果想要改变未来，那么就必须要依靠二十年后传输过来的数据，但它可比送几个时间胶囊复杂多了——人类历史上从未有过这样遥远的信号传递，它不是从大洋彼岸跨越到世界这一头的短波远征，也不是从地球表面到月球轨道的数据中转，而是横跨二十年漫漫光阴、一次拼尽全力的支援。

好在南京市里经验最丰富的两个老HAM此刻都在场。

南京市业余无线电观测站负责人王宁。

北海舰队退役通信技术兵三期士官白震。

把能用的都用上！

此后多少时日，这句话要成为多少问题的答案。

赵博文抬起手搭在他们的肩膀上，深吸一口气："事关重大，两位老伙计，为了人民和国家，为了全人类，在此一搏了。"

赵博文告辞回家，他今天晚上要抓紧时间写材料。

白杨送他下楼。

"赵叔，你要怎么说服他们相信这件事？"

赵博文苦笑一下："我也不知道。"

"你也不知道？"白杨有点吃惊，他看赵叔一副成竹在胸运筹帷幄的模样，以为他早就谋划好了。

"是啊，我也不知道啊，这个谁能知道呢？但是不知道也得去做，你得先跑起来，其他的事后面再想。"赵博文一级一级地下楼，"难度肯定是很大的，个人在整个世界面前始终是渺小的，你要让这个世界改变运转方向，那更难如登天……不过难的也不止我一个人，杨杨，我让你爸和王叔协助你建立数据链路，你要想办法收集到足够多的数据和信息。"

"好。"白杨点点头，"我知道了。"

"跟小姑娘打交道还是你更合适。"赵博文说，"你爸和老王都不行，一张口恐怕就要把人家给吓跑了。"

"赵叔，你要半个月后才能回来？"

"最少半个月，没办法，这就是这个世界的运转方式，就算明天世界就要毁灭了，你要跑的腿，要串的门，要找的人也一个都不会少。"赵博文叹了口气，"要怪就怪你王叔混了这么多年还是个小小的王主任，他要是王厅长，那咱们能省好多事儿呢。"

"他们要不信怎么办？"白杨有点担忧。

他说服赵博文和王宁都花了这么大功夫，现在赵博文要单枪匹马去说服其他人，那毫无疑问又是一场难以想象的漫长征程。

"那就说服他们。"赵博文说，"去堵办公室的门，去拦停车场的车，凭我这条三寸不烂之舌和老命，就算是航空母舰也得拉过来！"

"赵叔。"

"嗯？杨杨您老有何高见？"

"天将降大任于斯人也。"白杨说。

赵博文哈哈一笑。

两人走到单元门前，赵博文用力按了按白杨的肩膀："我回去了，不必送了。"

白杨点点头，停住了脚步，站在台阶上。

赵博文孤身一人走进夜色中，像一位单枪匹马的骑兵，此去他将改变许多人的命运。他走了几步，转过身来挥手，大声说："短则三两周，长则个把月！到时候往东方看！我将为你带来千军万马！"

2

女孩用手轻轻地扒开一丛茂盛高大的小蓬草，目光落在弯曲的树干和陷阱上，绳套很隐蔽地藏在草丛里，不仔细看很难发现，诱饵是一块拌了老鼠药的鹿肉，半夏摇摇头，轻手轻脚地后退，身形再次消失在茂密的草丛里。

这是第三个陷阱，仍然一无所获。

她在小区里设下了四处陷阱，用于捕捉那个不速之客。但对方比她预计得更狡猾，这是个狡诈的猎手，它不轻易上当。

半夏转头往第四处陷阱去了，她在草丛里穿行，衣服摩擦植物的枝叶带起簌簌的声响，仰起头，四周围绕着斑驳的居民楼。

最后的陷阱设在小区边缘，靠近南边的围墙，半夏判断这里是潜在的兽道，动物的行为也是有规律的，猎人要学会观察它们的行动规律，半夏还不像老师那样老练，但经验也在逐步增长，她认为野兽有大概率从此经过。

半夏穿过楼群，远远地望向那棵树。

果不其然，她猜对了！

陷阱抓着东西了，半夏远远地看见树干直立了起来，尼龙绳绷直了吊着什么，她兴奋地冲过去，一跃而起跨过灌木丛。

"总算抓到你了！"

"抓到了一只野猫而已啦，僵硬的死猫，除此之外一无所获。"半夏伸长双腿，搭在桌子上，戴着耳机挠了挠头，"不过你知道的，打猎就是这样，十有九空，但是你不能焦躁，得有耐心，要慢慢地等。"

"主动出击，去抓它，OVER。"

"那很危险，人在野外很难和野兽对抗，就算你有武器。"半夏靠在椅背上悠悠地说，嘎吱嘎吱地晃着椅子腿，"万一受伤的话就很麻烦，需要做处理，伤口有可能感染，还有各种奇怪的病……总之，一个合格的猎人，要学会借用外力。"

"BG4MSR，一直抓不到怎么办？ OVER。"

"你要沉住气，少年。"半夏把脖子上的硬币挂坠绕在手指上，吊在半空中晃来晃去，"一定要沉住气。"

"你需要武器吗？OVER。"

"我有武器。"半夏说。

"给你送更强力的武器？我们可以试试看，虽然不一定能成功，但可以试试，OVER。"

"武器不是越厉害越好，而是越适合越好，大叔。"女孩翻了个白眼，拖长声调，"武器能伤人也能伤己，你送给我机关枪和榴弹炮，我也用不了呀。"

"上一秒还叫我少年，下一秒就变成了大叔，我老得有那么快？OVER。"

"好的，老爷子。"

"……BG4MSR，你能知道潜伏在小区里的动物是什么吗？OVER。"

"可能是某种猫科动物，也有可能是犬科。"半夏回答。

"犬科？有狼？"耳机里的语气明显紧张了一下。

"南京市里可能有狼，但我没见过。"半夏说，"我觉得可能是豹，我在附近看到过疑似豹的痕迹。"

她的目光落在桌面上，那里有一小撮棕黄色的毛发。

今天半夏在小区里搜索，寻找相关的蛛丝马迹，她确实找到了疑似豹活动的痕迹，那簇棕黄色的动物毛发就是在第四处陷阱附近发现的，半夏判断，如果不出意外，之前跟踪自己的动物就是豹。

豹多是群居生活，且凶残强悍，虽然体型不大，但绝对是危险的掠食者。有一群豹侵入附近一带，绝对不是一个好消息。

"BG4MSR，要怎么消灭它们？OVER。"

很显然，半夏不可能和一群凶残胆大的犬科动物和平共处，它们面对体型比自己庞大得多的猎物也不畏惧，反而会扑上来掏肛，老师曾经说豺是一种喜欢把猎物肠子掏出来的猎手，这些东西大概是喜欢吃大肠，还喜欢吃新鲜大肠，不吃卤的，口味奇重不说，还心性残忍狡诈，像牛皮糖一样黏住就甩不掉。

卧榻之侧，不容他人酣睡，梅花山庄是绝不允许有掠食动物存在的，如果有，半夏就要把它们干掉。

"该怎么消灭就怎么消灭，一群野狗罢了。"半夏盯着手里的金黄色硬币，目光陡然锐利起来。

她才是这个世上最顶级的猎手。

"BG4MSR，会很危险吧？有什么我可以帮得上忙的？OVER。"

"你么……"半夏沉吟几秒钟，然后促狭地一笑，握着手咪像耳语似的说："你呀，晚上乖乖地等我回来就好啦！"

翌日清晨。

女孩起了个大早，简单地吃过干粮，扎起头发，穿着内衣站在衣柜前。

她给自己裹上厚实的长裤和卫衣外套，再从墙上取下破旧的单兵携行装具，套在身上，拉紧绑带，搭上尼龙扣。

从柜子上拿起匕首，轻推刀鞘，寒光迸射，这是一把多功能军刀，刀尖带钩，刀背带齿，拇指从刀刃侧面轻轻滑过，半夏眯着眼睛端详半晌，然后推回刀鞘，绑在腿上。

接下来是手枪，半夏熟稔地退出弹匣，把黄铜子弹一颗一颗地推出来，叮叮当当地落在柜子上，然后再一颗一颗地复装回去，关上保险，插进腰间的枪套。

最后是弓箭，半夏面对客厅的墙壁摘下弓臂，扳了扳，又放了回去，摇摇头，今天要用的不是这个，她蹲下来打开电视柜，更致命的武器藏在这里。

它包着塑料布，平躺在木板上，半夏把它端出来，将近四千克的重量，沉得很，放在茶几上发出沉闷的一声响，揭开包裹在外的塑料布，那一刻独属于人类武力最巅峰时期的锋芒顿时外泄，一千零六十毫米的全长，坚硬的工程塑料枪托，黑色亚光外漆，使用十八点四毫米口径的12号霰弹，这是一把传奇级别的雷明顿870泵动式霰弹枪。

如果说这个世界是RPG游戏，那么女孩毫无疑问手握传奇装备，说它传奇，不仅仅是因为这东西诞生自20世纪50年代，至今已有近百年历史，更因为它绝对是世界上杀伤力最强的武器。

半夏不清楚这把枪的来历，因为雷明顿870产量实在太大，世界各地都有生产，半夏只知道它威力极大，一枪能把水牛爆头。

半夏背上背包，转身和父母打了个招呼，她那模样活像是个要上前线的女兵。

"爸妈，我去去就回。"

半夏全副武装，穿行在葱茏的树林里，警惕地四下张望。对付单个动物和群居动物的战术是不一样的，对付单个目标，可以采用陷阱的方式捕杀，干净利落，一了百了，但是对付一大群目标没法用陷阱，你用陷阱捕杀了它们中的一头，那么剩下的就不会上当，只能主动清扫，把它们从梅花山庄里驱赶出去，狠狠地教训它们一顿，让它们长长记性，记住这一带住着个手握雷霆闪电的怪物，从此终生不敢越雷池半步。

小区的布局像个巨大的军棋棋盘，居民楼是方方正正的棋子，红顶灰墙，铺着地砖和沥青的路面纵横交错，其他空间全部被绿色的植物占据。如果从高空往下俯瞰，那么梅花山庄就是一大片绿地毯，地毯上横横竖竖地点缀着红色方块积木，硬化的柏油路则是地毯上织就的一张细细网格。

半夏规划好了路线，从北往南，她一条路一条路地毯式清扫，一栋楼一栋楼地搜索。

因为要深入建筑物，所以相当危险，老师曾经告诫说不到万不得已不要进入不熟悉的建筑物，如果你一定要进入，那就把自己武装到牙齿。

半夏踩着齐腰高的杂草钻进单元楼门，梅花山庄内的居民楼都大同小异，每楼两户，门对门，一楼只有一户。

居民楼的单元门很小，是全国通用的深绿色密码锁铁门，进门就是上楼的楼梯，楼梯下有储存杂物的空间。

铁门已经被砸烂了，脱了铰链歪拉在一边，腐朽得厉害，爬满了棕黑色的铁锈，半夏跨进去，踩在破碎的地砖上。

迎面而来一股浓重的发霉味道，她皱了皱鼻子，从口袋里掏出手帕，把口鼻蒙上。

地砖很难看出是什么颜色，二十年不住人，灰尘能积到脚踝那么厚，再加上刮风下雨，草叶腐烂，动物活动，尿液粪便，大自然所有的沉积物在光滑的地板上结成一层黑色淤泥，学术点的说法叫腐殖质，前阵子下了点雨，地面仍然有些潮湿，半夏的靴底踩在黑泥上，黏糊糊的。

楼梯在左侧，一楼的独户就在右侧，开门正对楼梯下的储物间。往楼道里走几步，地板逐渐显出它原本的颜色，动物活动的痕迹很明显，地板上有粒粒黑色或者白色粪便，有些半夏能认出来，有些认不出来。这些建筑物里经常有动物钻进来躲雨。

墙上还挂着陈旧的淡蓝色邮箱，每一户一个小方格，用钥匙开门，每个邮箱上贴着门牌号，隐约能看到剥落的数字，有603，也有604。

半夏轻哼着歌，扛着沉重的霰弹枪，把邮箱门一道一道地拉开，歪着头往里看。

空空如也。

她摇摇头，大步地往里走。

一楼只有一户，半夏大喝一声抬脚端在门上，然后抱着膝盖满地乱蹦。

"疼疼疼疼疼疼……"

她怒上心头，咔嚓一下枪弹上膛，后退几步，端枪对着门说："里面的人听着！你们已经被我包围了！给你们五分钟时间！把裤子穿在头上！排队出来！"

"五！"

"四!"

"三!"

"二!"

"一!"

没有动静。

"负隅顽抗！冥顽不灵！"

她盯着门思索几秒钟，沉吟着伸出手去，抓住门把手，缓缓发力，往外一拉，咔嚓一声。

门没开。

这门果然打不开。

一栋居民楼有八层，两个单元，除了一楼之外每层都有两户，所以一栋楼总共有三十户。半夏从一楼开始，一层一层地往上清扫，有些门打不开，铰链门锁完全锈死，或者房门被卡死，半夏也拿它们没办法。

能进入的屋子她会进去搜一遍，人造建筑对许多动物来说都是天然的庇护所，人类以为有些动物不会上楼梯，但它们后来也居然学会了。

半夏能在某些屋子的客厅里看到大型草食性动物的干燥粪便，比如说牛，或者马鹿，真是难以想象它们是怎么上来的，一群马鹿排着队爬楼梯？

有些屋子的防水不好，雨水缓慢而长期地侵蚀进来，已经浸透了整面墙壁，导致墙上长出大片的苔藓，还有蘑菇。

累了，半夏就靠在阳台上休息，怀里抱着枪，抬起头往外望。对面是一模一样的建筑，像是个戴着红色帽子的巨人，身上披着破碎的绿衣。

一栋楼搜完，下楼去第二栋。

这工作漫长而繁琐，半夏连续干了两天，都一无所获。

当天晚上。

白杨：这事儿居然这么耗工夫？

半夏：废话，你也不看看我是几个人么，我要是再多一个帮手，进度都能快一倍！

白杨：有什么能帮你的？

半夏：我缺个帮手，你们送个人过来吧，要不BG4MXH你把自己快递过来吧？想个办法！

白杨：莫要胡扯，这怎么办得到？人怎么送过去？

半夏：冷冻！

白杨：你这是要谋杀我，你把人冻死了，解冻还能活？

半夏：那你们做个大一点的时间胶囊，里面放好二十年的食物和淡水，你再钻进去，埋起来过二十年。

白杨：这是活埋，我要憋死的，窒息身亡。

半夏：放进去二十年的氧气。

白杨：没这个技术，就算有这个技术，过二十年人也老了。

半夏：我不嫌弃大叔！而且我很好看的，老师都说我是世界上最好看的姑娘！

白杨：全世界就剩你一个了，你干啥不是世界第一啊？

半夏：喊。

到了第三天，半夏终于发现了蛛丝马迹。

一路搜寻到小区东边，半夏从一人多高的草丛中探头，发现地上有纷乱的足迹和棕黄色毛发，还有黑色的干涸血迹，她俯下身子，用手指沾了些泥土嗅了嗅，确实是血迹，可能是狩猎留下的痕迹。

沿着线索一路慢慢往前摸索，越往前毛发越多，脚印也越多，杂草也有践踏压折的痕迹，看上去不止一只，半夏脚步随之加快，握紧了手里的霰弹枪。

她终于找到这群小东西了。

最后她挤进一大片草窠，抬起枪口，随即一愣。

寒意从脚底一路冲上头顶，她整个后背都在发麻，几乎是下意识地端起枪转身瞄准，目光紧盯身后葱茏茂密的灌木。

她的想法对了一半，确实是豺，地上就有一只黄色皮毛的豺，它侧躺在草丛里，两条后腿被啃噬得干干净净，露出白森森的腿骨，盖在尸体身上黑压压的蚊蝇被人惊扰，像爆炸一样轰然四散，在半夏面前萦绕，嗡嗡作响。

如此潮湿炎热的天气，尸体死亡不到两天，就能高度腐烂。

半夏驱散讨人厌的苍蝇，慢慢蹲下来，目光落在豺的身上，以及它皮毛和脊背上巨大的撕咬伤口。

她的想法只对了一半，梅花山庄附近一带确实出现了豺，但它们不是猎手。

它们只是猎物。

3

逆转未来拯救世界业余无线电超时空通联紧急指挥部——这名字是白震起的，指挥部办公地点就设在梅花山庄中沁苑11栋805室，也就是他家的客厅里，听上去是什么震古烁今的组织，其实一共就四号人，草台班子中的草台班子，老妈还是被强拉进来的，老妈不知道他们要搞什么幺蛾子，也帮不上什么忙，老爹说那你就负责行政工作，封你为行政总监！

老妈问行政工作是什么？

老爹说行政工作就是端茶倒水，打扫卫生，采购办公用品，做会议记录。

老妈手一指说去给我把地扫了。

老爹说好嘞！

逆转未来拯救世界业余无线电超时空通联紧急指挥部就这样成立了，简称逆世指挥部，英文名叫Reverse the future, Save the world, Amateur radio and Hyperspace communications Emergency command，英文缩写RSAHE，也是老爹取的，他早就想这么干了，谁小时候还没个建造秘密基地的中二梦想？

王宁瞅着这冗长的英文名看了老半天，问老白你英语过四级了吗？

白震问什么是四级？

赵博文离开已经两天了，这两天里他打回来二十四通电话，平均一天十二通，不到两个小时就有一次电话，有时候晚上11点半白杨都能接到赵叔的电话，要么是叫他拍身份证，要么就是叫他拍电台，最离谱的是让他拍巴掌的。

前天晚上10点半，白杨刚刚回到家，放下书包，就接到赵叔的微信语音通话。

赵博文在那头兴奋地说自己刚刚开完了一场三个小时的会，凭借自己的三寸不烂之舌和厚实的巴掌，终于说服了与会的全体成员。

白杨大惊曰能用巴掌决定胜负的会议是什么会？波波集全国技术交流会？

赵博文说这种场合，其实比的就是谁拍桌子响。你拍桌子的动静碾压全场，那你就是老大。

白杨说我以为那种场合人人都像碇真嗣他老爹碇司令那种坐姿呢，眼镜片还反光。

赵博文说这年头那种大龄中二病不多了。

白杨说好吧赵叔，你找我又有何贵干？拍什么照片？打印什么材料？

老赵说都不需要，给我鼓个掌！

白杨一愣。

赵博文说我可是历经千辛万苦终于啃下了一块硬骨头！我现在正坐在去杭州的高铁上呢，准备去啃下一块硬骨头，我很想站起来像列车售货员那样对着满车厢的乘客大喊都给我看过来！我搞定了一个大难题！都给我鼓掌！但是这么干很有可能被乘警扭送派出所，所以只能给你打电话了，杨杨给我鼓掌！

白杨把手机放在桌面上，啪啪啪啪啪地鼓掌。

赵博文心满意足地挂了电话。

白杨愣愣地看着手机，这人真的就是来要掌声的。

据路边社报道，10月22日晚，逆转未来拯救世界业余无线电超时空通联紧急指挥部第三次常务会议在南京市梅花山庄召开，与会人员白震、王宁及白杨，深刻探讨了利用icom725业余无线电台进行数据传输的技术方案，交流了对各种技术路径操作可行性的看法与意见，并取得了共识。

"理论上来说，你们能取得联系，就证明存在通信链路，你这台拐两五发射的信号她能收到，她发出的信号你也能收到，虽然我们不知道是怎么办到的。"王宁话未说完，口袋里的手机忽然嗡嗡地震动起来。

在座的几人一齐把目光聚集在他的手机上。

"肯定是老赵打来的。"王宁说着拿起手机，看了一眼屏幕，陌生号码。

他接了。

几秒钟后他脸色一变，放下手机盖住麦克风，对着眼前的几人轻声说："南大打来的！"

王宁小跑着出门接电话了，白杨能听到他的声音从门外溜进来："对对……我是王宁……您好您好……"

十分钟后王宁结束通话回来了，一屁股坐在沙发上。

"南大的人，他们来通知，说要找个时间上门……我们接着说，既然存在通信链路，那么传输其他数据在技术上就存在可能性，无非就是调制的问题。"

"什么数据？"白杨问。

"任何数据。"白震说，"现代通信工程能把任何东西藏进载波，就像你平时用手机，上网刷视频刷微博，和路由器之间的数据交换就是通过2 GHz以上的特高频实现的，只不过它频率很高，是UHF（特高频），而拐两五用的是短波，是HF（高频）。"

"那是数字信号。"白杨说，"拐两五是模拟信号。"

"是，那是数字信号。"白震点点头，"我说过，这只是调制方法的区别，它们在最底层的技术逻辑上，都是你的电台晶振发出高频震动能量，通过天线让对方电台收到，引起它的高频震动，和你听见我说话的传播途径并无不同，只不过一个是电磁波，一个是机械波，在我年轻的时候，国内还有大片大片的地区用模拟信号的电视，那个时候用八木天线收信号，模拟信号没有任何问题……"

白震话还未说完，沙发上的手机也震了起来。

"这回肯定是老赵打来的。"

白震瞄了一眼手机屏幕，陌生号码。

他接了。

几秒钟后脸色一变，盖住手机麦克风，对其他轻声人说："市委打来的！"

白震小跑着出门接电话，白杨能听到他的声音从门外溜进来：

"啊对对对，我是白震……您好您好……"

十分钟后，白震结束通话回来，一屁股坐在沙发上。

"市委的人说也要找个时间过来，咱们接着说，模拟信号不是问题，短波电台传语音传图像都能办到。"

"条件允许的情况下，可以传输图像。"王宁点点头，"小杨你知道ARISS么？就是国际空间站，国际空间站上也有业余无线电台，呼号NA1SS，通常在145.800MHz上活动，他们有个日常活动，除了和学校搞搞天地通联之外，他们也会……"

话未说完，手机又响了。

这次是白杨的手机响了。

白杨接电话："喂？赵叔？"

"杨杨，他们都在你身边吧？"赵博文在电话里说，"开免提，外放！把音量调到最大。"

白杨按下免提键，把手机放在茶几上。

"我又解决了一帮人！妈的，这帮鸟人难搞得一批！"赵博文在电话那头大吼，"可他妈累死我了！掌声在哪里？给我掌声！"

全场掌声雷动，赵博文心满意足地挂了电话。

他只是来要掌声的。

王宁说天天要掌声，老赵不去跟着枭哥①干洗脑是可惜了。

"ARISS除了搞搞天地通联之外，也会传几张图片下来。"王宁接着说，"用最基础的设备就能收到，任何人都能收到。"

---

① 网络成功学达人。

301

"对讲机都能收到。"白震说，"只要你搞个合适的天线。"

"这是非常基本的技术，小杨你肯定听过。"王宁说，"慢扫描电视，我们通常叫它……"

"SSTV（慢扫描电视）。"白震说。

"想想办法，说不定我们能办到呢？"王宁抬起头看着白杨，咧嘴一笑，"让你们互相见上一面。"

白杨呆了一下。

"这能办到？"

"技术逻辑上没有问题。"王宁想了想，挠了挠不长毛的聪明脑袋，"但是实际操作中应该有不少困难，无论是硬件还是软件上。"

"不过值得一试。"白震坐在他对面说。

两个人沉思良久，对视一眼，然后开始了一段除了他俩谁也听不懂的对话。

"怎么传？"王宁问，"SSTV传图片，FSTV（快扫描电视）传视频？"

"FSTV办不到，用FM调制信号，占用的宽带太大，14MHz的频率上搞不定。"白震说，"我们的方法要越简单越好。"

"那用RTTY（无线电电传）。"王宁说。

"电传？"白震问。

"嗯，电传。"王宁点点头。

"怎么调制信号？"白震又问。

"FSK（频移键控）？"王宁想了想。

"AFSK（音频频移键控）。"白震摇摇头。

"那她需要一张声卡。"

"在哪儿找声卡？"

"找一台电脑。"

"不现实，二十年时间电脑保存不下来，最多找个单片机。"

"单片机肯定不行，裸片什么都干不了，起码得找个树莓派，南理工或者南航肯定有，去那儿找。"

"还有摄像头。"

"摄像头拆监控，去南博拆监控，找海康威视的，都自带IPC协议，插上就能用。"

"解码怎么办？"

"现写！"

"她不可能会。"

"我们远程教授，一个字母一个字母地报过去。"

"难如登天。"

"只能这么办了。"

"用什么语言？"

"C。"

"开玩笑吧？用口语写C语言？"

"没有其他办法。"

两人的语速很快，你来我往。

白杨都看愣了，老妈拎着拖把从客厅经过也看得一愣一愣，这俩油腻中年男人激烈地讨论着技术问题，穿着白背心和大裤衩，唾沫飞溅，神似坐在路边摊吃夜宵时吹牛皮，就差一人一支大绿棒子，喝醉前我是南京的，喝醉后南京是我的，这世上哪有这样的专家？

可他们就是专家，虽然他们脚上踏着塑料拖鞋，黑乎乎的牙齿缝里泛着烟黄，满脸的油和汗，毛孔粗大，头发稀少，体重失控，满口的一比吊糟，搬个小板凳坐在马路牙子上属于刻薄尖酸小市民阶层，还会对路过的年轻姑娘评头论足，但此时此刻，他们毫不畏惧地一肩挑起挽大厦于将倾的责任。

生活的重担都挑起来了，拯救世界算个什么。

"那边条件很艰苦。"王宁说，"未必能找齐配件。"

"攒！"白震态度很坚决，"我们要从电子垃圾堆里攒出一套堪用的数据传输系统，像搭积木一样把它慢慢攒出来。"

"我……插一句话？"

白杨终于说话了，他慢慢举起手。

"你说。"两人一齐扭过头来。

"我希望你们能考虑BG4MSR的具体情况，她可不是通信专业毕业的大学生……她差不多是个半文盲。"白杨提醒，"你们叽里咕噜扯一大堆，连我都听不太明白，让BG4MSR来理解，这不是太强人所难了吗？她真的能办到吗？"

白杨的担忧是有道理的。白震和王宁是什么人？一个是无线电监测站的负责人，一个是退役的通信技术老兵，都是多少年的老HAM，撕去社畜的标签，今天坐在客厅沙发上的两个人，是南京市里经验最丰富的业余无线电专家。

可BG4MSR不一样，她甚至都没接受过完整的义务教育，是个可怜的半文盲小姑娘。

"是强人所难。"王宁点点头,"但事到如今,我们没有其他办法,这是唯一的机会,也是唯一可行的计划。"

"有条件要上,没有条件,创造条件也要上。"白震说。

"我们能不能在这边把所有的设备都准备好,然后用时光慢递的方法送过去?"白杨问,"比如说送一台三防级别的笔记本电脑。"

"时间胶囊装不下。"王宁说。

"买个大号的时间胶囊。"

"那电池也坚持不了二十年。"白震说,"二十年不开机,电池要漏液,液晶显示器也得坏。"

"不送笔记本电脑,你们需要什么设备,就送什么设备。"白杨说,"总比她自己去找要方便啊。"

"可以,咱们做两手准备。"王宁点点头,"我去买个大号的时间胶囊……不过能装进笔记本电脑的时间胶囊得有多大?"

"但是儿子,你要搞清楚,我们能为她准备好的始终只是一小部分,大部分工作还是需要她亲自完成。"白震说,"该是她自己的工作,一丁点都免不了,还是需要她自己完成。"

"小杨,你该有点信心!"王宁说,"她不是一个人孤军奋战,她身后有这个世上最强大的后援团。"

白杨鼓起腮帮子:"可这也不是她该有的工作啊。"

"什么?"

两人都一愣。

"麻烦您老两位搞清楚一个事实,是我们在请求她为我们帮忙,这不是她的义务,也不是她的责任,她又不是生活在2019年的人,说句不好听的,全世界的人都死光了她会掉一根汗毛吗?她完全可以把电台一关甩手不干了,你们能拿她有办法吗?"

白杨翻翻白眼,"你们怎么搞的好像这就是她理所应当的本职工作一样?要求她做这做那的,要是把她搞烦了,没有耐心陪咱们玩了,不奉陪了,跑路了,你们怎么办?"

"这……"王宁和白震都语塞。

白杨说得有道理,自己这边是一点都影响不到那个姑娘,她要是不干了,那谁都拿她没办法。

他们两个老男人要是真让那姑娘厌烦了,不再回应这边的诉求,那王宁和白震可以自裁以谢天下了。

"嗯……"王宁皱起眉头,"这确实是个问题,该如何给她树立起强大的信心和信念呢?"

"要让她对克服难题有坚定的决心,要有艰苦奋斗、不畏艰辛、人人为我、我为人人、世上无难事,只怕有心人的强大理念。"白震喃喃自语,"可以执行支援未来计划,往时间胶囊里塞个政委。"

两人忖度片刻。

"要不……介绍她入个党?"

4

翌日清晨。

白杨打着哈欠懒洋洋地趴倒在课桌上，近来这段时间他一直把精力放在电台上，下完晚自习回家就打开拐两五，和BG4MSR闲聊，和老爹、王叔讨论时光慢递和逆转未来的方法途径，每天都熬到深夜，第二天还得去上学。所以早上到学校就睡觉，老师每次从他的座位边上路过，必要用手里的课本拍拍他的肩膀。

拍一下白杨就醒一下，久而久之，白杨形成条件反射，进化出老师侦测系统，依靠声学雷达跟踪，并在脑中建立起老师行为模型，发现老师即将过境，就霍然坐直，老师过境之后，接着昏昏欲睡。

所以他上课时一直是这种状态：

左侧，声学雷达跟踪正常！遥测信号正常！老师行动正常！

右侧，声学雷达发现目标！

遥测信号正常！老师行动正常！

老师一二级分离！

老师抛整流罩！

老师太阳能帆板展开！

全场响起热烈掌声——一般到这一步就说明白杨睡迷糊了，在做梦。

这套系统时灵时不灵，困倦之极，大脑对雷达告警不予反应，屡次被班主任双向捕获，班主任刘老师在课间把白杨叫去办公室，说白杨你怎么搞的，最近上课怎么老睡觉？没熬夜看小说打游戏吧？

白杨打着哈欠连说没有，老师你放心，我一定没有。

老师恨铁不成钢，严厉地用手指关节敲敲办公桌，表示你再这么睡下去，就要从南航滑落到南航了。

嗯，从南京航空滑落到南昌航空，南昌航空就南昌航空吧，白杨心说南昌航空怎么了，南昌航空不是航空啊？

他太疲倦了。

"小白羊！小白羊！"有人推了推白杨。

白杨趴在桌子上睡觉，不用抬头都知道是谁在骚扰自己，他把肩膀上的手推开："能不能别来扰人清梦？大少，我困着呐。"

"有东西吃，你吃不吃？"

"不吃。"白杨说。

几秒钟后耳边响起清脆的咀嚼声，何乐勤这狗东西果然没给他吃，自己吃了，还越嚼越大声，这人就是不想让他好生睡觉。

"你最近比我还能睡，班上有人叫你睡霸了你知道吗？"何乐勤说，"毕竟不是每个人能靠在椅子上仰天长睡，还张着嘴。"

在前几天的一节课上，化学老师称这种睡姿为天狗吞月。

"你懂个屁，我天天晚上忙着呢。"

"忙什么？"

"忙着拯救世界。"白杨说，"亿万人的身家性命都系于我一身，你说我压力有多大啊，晚上能睡好觉吗？"

"好家伙，你就是半夜出门见义勇为的内裤超人？"何乐勤用力拍了一下白杨的肩背。

"是是是，我就是半夜出门见义勇为的内裤超人。"白杨点点头，"下次你要是看到新闻，说有个头上套内裤的怪人勇擒扒手，智斗小偷，肉搏劫匪，还敢扶跌倒老人，那就是我没错了。"

"什么内裤超人？"严芷涵忽然探头过来，声音清脆。

"少儿不宜，少儿不宜。"何乐勤按着她的额头，把她推了回去，"少儿不宜的话题！"

"我是来收作业的！"严芷涵挣脱他，"小白羊还没交作业呢，金考卷45套！"

白杨从书包里抽出卷子，瞄了一眼，心里咯噔一下，完蛋，忘做了。这张卷子他昨天晚上晚自习做了一半，回家就把它忘到脑后去了。

他抽到一半的手又塞了回去。

"怎么了？"严芷涵问。

"严哥，严哥，帮我一个忙。"白杨压低声音，"就说我没带。"

女孩张了张嘴，有点吃惊："不是吧？你忘做了？"

白杨点点头。

"一点都没做？"

"还差一面呢，大题都没做。"

严芷涵想了想："那你等等。"

她飞快地跑回自己的座位，从课桌底下的一摞卷子里抽出一张，又飞快地跑回来，塞进白杨的桌子底下。

"喂喂喂喂严哥！你怎么能偏心！"何乐勤全程目睹这场罪恶交易，愤然抗议，"我没做完的时候你就铁面无私，小白羊没做完的时候你就网开一面？你还给他抄，怎么能这样！"

"你们能一样吗？"严芷涵翻白眼，"你是惯犯了，纵容你只会让你气焰更嚣张，小白羊初犯，可以给个机会。"

"你就是偏心。"

"我没有！"

"你分给我的爱没有给小白羊的多。"何乐勤说，"我心碎了。"

"去死！"

白杨飞速抄完数学试卷，把两张试卷交给严芷涵。然后收起中性笔，端正坐姿，像个没事人似的左看看右看看，他有点做贼心虚，因为抄作业是不道德的行为，白杨的道德标准显然比何乐勤要高，何大少可以脸不红心不跳地抄完六门科目所有的作业，只是没人给他抄。

"下次你拯救世界也带我一个。"何乐勤揽住他的肩膀，"我作为你的搭档。"

"怎么？你也想当内裤超人？"白杨斜眼。

"我当丁字裤超人！"何乐勤说，"这样视野好！"

上课铃响了。

上午第一节是英语课，英语课后接下来是化学课，化学课后就放学了。

以上就是白杨对一上午课程的直观感受。

尽管珍贵的正常生活过一秒就少一秒，可白杨着实无法把精力集中在课本和习题上，每一秒脑中都有声音在回荡，它说你上课学习没有任何意义，在场的所有人都会死，他们所做的一切都毫无意义，每到这时白杨都想站起来大吼，大家别上课了，马上世界末日了！快点逃命吧！

放学之后何乐勤与严芷涵约他出去吃午饭。

三人一边闲聊，一边沿着后标营路出老城区。

一路的车水马龙，今天没有太阳，阴沉沉的云层下城市依旧繁华，走着走着白杨抬头一望，标营门那高大宏伟的灰色城墙伫立在眼前。

三个宽阔的门洞，一共可以通行八条车道。

城门下的人行道上迎面走来一条长队，大概是旅游团，男女老少都有，衣着五颜六色，领头者戴着亮黄色的帽子，一只手里举着把小小的旗子，另一只手里拎着小喇叭，他们吵吵嚷嚷叽叽喳喳地挤过来，三人和他们在城门下正面相遇，白杨等人不得不侧身贴住墙砖，让大部队先通过。

白杨靠在冰冷坚硬的城门内壁上，灰黑色的砖块触感粗糙，他注视着这一大群外地人擦肩而过，忽然心想二十年后，BG4MSR那个姑娘是不是也会从这道门底下经过呢？

他扶着墙砖穿过人群，手所触摸过的砖块，那个女孩是不是也会摸到同一个地方？

白杨下意识地扭头看向自己的手，他仿佛能看到一只纤细的手与它重合，两人在不同时间穿过同一空间，就像穿过灵魂穿过空气，白杨忽然一个激灵。

他猛然回首。

"怎么了？"走在前面的何乐勤和严芷涵停下来，问。

"小白羊？"

旅行团已经走远了，白杨怔怔地望着那一大群人的背影，目光

311

在寻找。不知是不是错觉，在那一瞬间，好像有一位个子高挑的年轻姑娘，扎着马尾哼着歌，穿着白衬衫和长牛仔裤，背着鼓鼓囊囊的双肩包擦过他的衣角？

5

这个世界下雨了。

下雨的世界是灰色的，淅淅沥沥地落下来，打在黑色的沥青路面上，打在路边装甲车锈死的焦黑外壳上，打在金属外壳缝隙里钻出来的绿色草叶上，隔着稀疏的雨幕，半夏可以眺望到月牙湖桥那头层层叠叠的建筑，仿佛隔着磨砂玻璃，铁幕一般凝固在低沉的云层下，南京市皲裂的大地像是干枯的尸体，你很难说它是死亡还是新生，它的一切都在缓慢坍塌，可路边又萌生出黄色和白色的小花。

半夏轻轻地哼着歌，有些歌词记不太清，只记得曲调。

雨越下越大了，她直起身子站在门洞底下，双腿并拢，抬起双手，拇指和中指轻轻捏合，微微踮脚，像个交响乐团的指挥那样站在雨前，面向整座城市。

她深吸一口气，开始唱：

"Listen to the rhythm of the falling rain……"

"Telling me just what a fool I've been……"

这是一首英文歌，老师以前总是唱。

"The only girl I care about has gone away……"

"Looking for a brand new star……"

她记不全歌词，英文歌对半夏来说难度还是太大了，尽管老师哼过很多遍，还教她唱，但半夏是什么人，她只有抱着英汉词典才能通读小学级别的英语课文。她经常怀疑这玩意真的是人类语言吗，用一个个的字母拼凑起来的句子文章，真是稀碎。可老师说拉丁语系文字尚算正常，你如果去看阿拉伯语普什图语，那才是外星文字。

半夏问老师你会吗？

老师点点头说会。

半夏说那说一句听听，接着自己就开始唱，喷欧尼鸽儿艾坎哦抱特哈孜狗哦喂——

老实说，她唱的既是英语也是汉语，在这个世界上，没有人能定义她的语言，她并不理解自己所唱的歌词是什么意思，因为英语水平有限，她根本不知道自己在唱什么。

她只是在唱一首神秘的、蕴含古人智慧的，但其真实含义却早已遗落在历史中的歌曲。

半夏在学习英语时惯用汉语标注法，yes就是爷死，bus就是爸死，当老师在唱"I can't love another"时，在半夏这里就是"艾坎落伏安纳泽儿"，她未必真的理解了这句歌词的意思，毕竟没人能翻译"艾坎落伏安纳泽儿"是什么意思。

Rhythm Of The Rain 在半夏眼中，就是《瑞怎哦伏喷软》。

单看这个歌名，像是半兽人萨满祭祀时唱的。

除了《瑞怎哦伏喷软》，半夏还会唱"咋——嗯——狗谷哪舔喜喏哟尼——削——年——嗯哟新瓦泥呐呢——"

人类的语言失去了它们的本意，只剩下读音，于是歌曲变成神秘的吟诵，这听上去相当朋克。

"Rain in her heart……"

"And let the love we know start to grow……"

Rhythm Of The Rain 是一首经典的老歌，曲调悠扬，半夏唱得也悠扬，她一边唱一边挥舞双手，像是在指挥一支看不见的交响乐团。

漫天的大雨里，这是她一个人的舞台，她既是指挥也是主唱。

"Oh listen to the falling rain……"

曲调高高高！

半夏右手指着马路边的草丛，仿佛那是乐团里的管乐组，她这只手轻点着上抬，示意曲调提高。

"Oh listen to the falling rain……"

降调！

原曲的最后部分是一路走高的调子，但半夏把它改了，因为太高了她唱不上去，所以就改成降调。

"Listen to the rhythm of the falling rain……"

她的手紧接着下滑，划出一道弧线，像过山车那样从最高点冲下来，经过低点之后再次抵达第二个高点，然后半夏用力捏紧拳头，音乐戛然而止！

半夏得意地左右鞠躬，朝着看不见的观众席致谢，然后转过身来，睁开眼睛。

她的心脏忽然漏跳了一拍。

身后的门洞里居然挤满了观众，十几双大大的黑眼睛好奇地望着她，支棱着大大的耳朵，这是一群到此处躲雨的梅花鹿。

半夏忽然笑了，她朝着它们盈盈地躬身。

"谢谢大家。"

拖着猎取的梅花鹿返回小区，雨停了，半夏筹划许久的猎杀计划要开始了。

昨天晚上她提到南京市区里有老虎，可着实把BG4MXH惊着了，现在回忆起来还有点想笑。

"孟加拉虎？"电台那头吓一大跳。

"是的，孟加拉虎。"半夏点点头，"南京市里有一头孟加拉虎，我们以前碰到过，我估计就是这东西在作怪。"

真有那么吓人么？

"这这这这这这怎么办……姐姐姐姐你可千万别贸然行动，这东西太危险了，太危险了，我我我让他们给你送一辆主战坦克过去……"

"你尽瞎掰扯。"

"不开玩笑，那可是老虎啊！一个巴掌就有你一整张脸那么大啊！一口能咬死牛的怪兽，这东西根本不是人类能对抗的。"

"我脸有那么大么？"

"好吧，它一个巴掌比你的脸都要大，那更不可能是人类可以抵抗的怪物，姐姐你可千万别做傻事。"

"你忘了说OVER。"

"OVER。"

"我有枪。"

"有枪都不行，太危险了，OVER。"

半夏拖着猎物踏进梅花山庄的小区大门，时间已经不早了，今天下了一天的雨，地面都湿漉漉的。

可能在二十年前那个时代的人眼里，老虎是比豺狗危险得多的生物，所以提到豺狗时BG4MXH并不惊惶，可提到老虎他就慌了神，但半夏不这么看，豺狗不是柴狗，老虎也未必比一大群豺狗棘手多少，这两者都是危险的猎手。

她是见过虎的，对于虎，她显然要比坐在电台那头足不出户的年轻学生更了解。

孟加拉虎的活动范围有数百平方公里，而整个秦淮区面积也不过才五十平方公里，也就是说，一头野生虎的活动范围能囊括五六个秦淮区，她几乎能肯定这头虎就是自己上次碰到过的那头，老相识了。

"BG4MXH，我见过老虎的，我不怕它，我可以解决，我已经做好了计划。"

"你解决个屁！别胡闹，别硬碰硬啊，千万别硬碰硬，接下来一段时间就缩在家里不要出门，等它走了再说，OVER。"

"它要是一直不走呢?"

"那你走，离开那里，到安全的地方定居，好汉不跟虎斗，OVER。"

"我不是好汉，我是女生。"

"你也知道自己是女生呀？这个时候就别犟了姑奶奶，我现在只恨自己不能从电台里穿过去，把你揪回来，揪到这边来，千万不要玩火，你又不是武松，打什么老虎？您贵为千金之躯，一丝汗毛都不能有损，你要是出事了我们怎么办呐？"

半夏拖着小车，车子上是一头完整的鹿。

她很少把猎物完整地带回来，因为用不上，可今天这头猎物她不是为自己打的，这是诱饵，活动在梅花山庄附近一带的是孟加拉虎，孟加拉虎是体型仅次于西伯利亚虎的大型虎种，体长能超过两米，体重两百多公斤，一顿能吃六十斤的肉，下能渡河上能爬树，一巴掌拍倒拳王泰森跟玩儿似的，对于这种自然界中最凶悍最危险最全能的顶级掠食者，小打小闹的诱饵自然行不通，要玩就玩大的。

老师以前说，古人猎虎时用的诱饵都是整猪整羊，猎杀老虎需要用大型的陷阱和大型的诱饵。

在老师年轻的时候，老虎是极其濒危的动物，那个时候人很多，老虎很少，所以人要保护虎。但如今全世界只剩半夏一个人类，人类变成了极其濒危的生物，人很少而虎很多，按理来说应该是老虎保护人。

为什么全世界的老虎们没有集合起来开会，出具一份《世界野生动物保护名录》，并把人类列入极濒危呢？

半夏甩甩头，让自己集中精神。她拖着猎物，扛着霰弹枪，沿着小路进入小区，自从发觉梅花山庄附近出现孟加拉虎，她出门都带着霰弹枪。

"BG4MSR小姐，请您一定要认识到您现在是全世界的希望，您的生命安全比任何人都重要，无论如何，不能涉足险境，OVER。"

"我不管。"

"求求你了，我跪下跟你磕头，大小姐你听到这砰砰砰的声音了吗？OVER。"

"你在敲桌子。"

"BG4MSR，你为什么一定要和那头老虎过不去呢？OVER。"

"因为机会难得。"

"是它机会难得吧？它难得一回打野爆出来SSS级极品珍贵食材人类女孩，蝎了粑粑独一份，全世界仅此一家，别无分号……大小姐，你放它一马它也放你一马不好么？"

"不好。"

"为什么？"

"因为我一定要杀它。"

"它和你有仇吗？OVER。"

"有仇。"

"什么仇？"

"它杀了老师。"

电台那头沉默了，半夏抿了一下嘴，自顾自地说道：

"BG4MXH，你知道老虎这种生物，它不会贸然出动袭击自己不了解的猎物，它虽然很凶猛很强大，但是也很谨慎，老师曾经跟我讲过一个故事叫黔驴技穷，就是说一头老虎看到了一头驴，但是它不知道驴究竟是什么东西，所以反复试探，最后确认驴不是什么危险的动物，才扑上去把驴吃掉。"

"所以我事后回想，那头虎应该跟踪我们好几天了，只是它的行踪太隐蔽，而我们太大意，一直都没有发现……直到那天傍晚，老师带着我从海边回来，因为时间估计得不太准确，等我们走到小区的时候，天已经黑了。"

"然后它袭击了你们？OVER。"

"是的，当时我和老师正要进小区的大门，老师把她的背包和枪解下来给我，它忽然从我们的背后蹿出来，一下子咬住了老师的肩膀，把她往灌木丛里拖，我当时都吓傻了，我不知道那是什么，一个巨大的黑影突然出现把老师带走了，我站在原地无法动弹，听到老师大喊快跑！快跑！我才知道跑，我发疯一样地跑回家，关紧房门大哭，身上都湿透了，脱下裤子才知道自己尿了。"

"然后呢？OVER。"

"我一直哭，一直哭，哭到深夜听到有人敲门，我去开门，老师居然回来了，我高兴坏了，她说她被老虎拖了很远，但是她拔出刀扎进老虎的眼睛里，老虎就逃了，老师真的太厉害了，我紧紧地抱住她，可是她身上都是血，肩膀上的伤口很可怕，我帮老师洗澡，帮她清洗伤口，帮她上药和包扎，然后让她躺在床上休息。"

"我以为老师能好起来，毕竟她那么厉害，手上没有枪，用匕首都能赶跑老虎。可是接下来的几天老师就开始发高烧。"

"老师一直发高烧，脸色苍白，我很着急，急得要哭，我不知道怎么办，能用的药我都用了，我还去采了草药给老师熬汤，可是老师的身体就是一直不好，我晚上和她睡在一起，抱着她，都能感觉到她身体滚烫滚烫的。她的食欲越来越差，吃不下东西，呕吐，我给她做饭，做咸鱼野菜莲子粥，做熏鹿肉丝，但她都吃不下。"

"她一睡就是一整天，我就坐在床边陪她。后来有一天中午，老师醒了，她轻轻地拍了拍我的肩膀，跟我说她想吃点东西。"

"她说丫丫我有点饿，我想吃点东西。我好高兴啊，老师终于想吃东西了，她身体要好起来了。我赶紧去厨房给她做，我把前一天抓到的野鸡清理干净炖了一锅汤，我想病人应该喝点热汤，那样会舒服一点。"

"我花了好长时间把汤炖好了，肉也炖得很烂，然后放着凉了一会儿，再端进房间，叫老师起来吃。我端着碗喊老师老师！你看我给你炖的鸡汤！"

"可是老师再也没有答应我……我把她埋到了楼下草坪里。"

半夏决定用一整头梅花鹿作为诱捕孟加拉虎的诱饵，她选择了一个好位置，陷阱就布置在两栋居民楼之间，她决定整夜整日地守候在楼上，带着枪蹲守在阳台或者窗台上，如果那头老虎落入陷阱，立即开枪击毙。

"……BG4MSR，如果你一定要干掉这头老虎，那你一定要等我，我去给你咨询专家，OVER。"

"专家？你那个时代有专门猎杀老虎的人吗？"

"呃……没有，我们这个时代猎杀老虎是犯罪，要坐牢的，不过有研究老虎的专家，我打电话给东北虎林园！找人帮你做计划，明天就去找，你明天晚上一定要等我回来！大小姐，听到没有？OVER。"

"好的，好的。"

昨天晚上BG4MXH说他能帮自己去找专家，可半夏很清楚，要猎杀什么动物，采取什么方法，只有常年在外打猎的老猎人才最有经验。

要对付野生猛兽，BG4MXH那个时代恐怕没有多少人比自己经验更丰富。不过他既然说要帮忙，那不妨待会儿回去听听他的意见，毕竟人多力量大。

半夏随手把霰弹枪放在一边，蹲下来查看陷阱的布置情况，然后转身去移动那头死鹿。

她忽然愣住了。

四肢完全麻木僵硬，几乎感觉不到自己的心脏在跳动。

粗略估计一下，半夏距离那东西最多只有一米的距离，几乎是脸贴着脸，如此近的距离，透过浓绿的灌木丛，她甚至能看到那只焦黄色的眼睛里自己的倒影。

是了，计划总是赶不上变化。

你有计划，对方未必按照计划来，它随时有可能出现，比如说现在。

6

当天晚上11点半。

白杨慌了神。

这么多天以来，这是对方第一次没按时上线，无联络已经将近一个小时，14255频道里没人回应呼叫。

那个女孩没有如约而来。

今天上午，白杨委托老爹去了一趟红山森林动物园，要说全南京市最懂老虎的专家在哪里，那肯定在动物园里，狮虎园里的工作人员天天和它们打交道，老虎屁股一撅他们就知道拉的是什么屎，于是老爹就打着儿子要来动物园实习的幌子找饲养员套近乎，他充分发挥了作为网约车司机擅长侃大山套词的长处，自称儿子是南农动物学的毕业生，毕业后要到红山动物园工作，人家工作人员一听，哟，这不是校友么？这不是学弟么？于是知无不言，言无不尽。

白杨同时还打电话给赵博文，赵博文找到南京林大生环院里的动物学老师，南林生物院又找到北林生态院，北林生态院一个电话打到哈尔滨找东林的猫科中心，最后他们一致推荐去找猫盟（CFCA），猫盟的专家们热心地给老白开了个电话会议。

一天时间，他们就找遍了国内一半的猫科动物研究专家。

白杨带着厚厚一大摞资料，坐到了桌子前头，准备给半夏来一次理论知识大恶补。晚上10点40分，他照旧开始呼叫："CQ！CQ！CQ！这里是BG4MXH，听到了吗？听到请回答，OVER。"

按照以往的经验，白杨松开手咪，频道里就该有一个女孩清脆的声音跳出来："BG4MXH！这里是BG4MSR！"

可今晚没有。

白杨看了一眼桌上的闹钟，心想她可能是有什么事给耽搁了，

322

不妨等一等。

这一等就等了快一个钟头。

白杨的心理状态从纳闷到焦虑到心急如焚。

"CQCQ！BG4MSR？BG4MSR？"

"BG4MSR？"

"BG4MSR？"

从未出过这种情况，那女孩居然长时间不在线，左等右等等不到，白杨的心立即就悬了起来，他马上叫来老爹，老爹立马一个电话打到王宁家。

已经过上老年生活的王宁生活作息相当养生，11点就睡觉了，被老白一个电话炸起来，接起电话，还没来得及骂骂咧咧，脸色就变了。

他连滚带爬地下床，穿好裤子和外套就往外跑。

"大半夜的，老王你干吗去呢？"被吵醒的王夫人在身后喊。

"那姑娘出事了！"老王也大喊。

姑娘？什么姑娘？王夫人一愣，鲤鱼打挺。

午夜12点，万籁俱寂，唯独逆转未来拯救世界业余无线电通联紧急指挥部的大厅里灯火通明。

白杨还在频道上呼叫。

心急如焚。

失联每多一秒，就意味着后果严重一分，耳机里无边无际的电流噪音像是一汪不见底的深潭，呼叫不过是投石入水，不起一点波澜。

"小杨，不要着急。"王宁安慰他，"说不定是睡着了，她今天可能睡得比较早。"

"不。"白杨摇摇头，他很着急，"我们约好了，今晚有工作要完成，她怎么会去睡觉？"

"说不定她今天太累了。"

"是，明天就能联络上也说不准。"白震点点头，"你在这里干着急不起作用。"

"不可能。"白杨反复捏着手咪的发送按钮，"我们总得做点什么，有没有其他办法能联系上她？"

面对这个问题，白震和王宁都是一摊手。

他们的意思显而易见，哪有什么其他手段？唯一一个方法就是你桌上的icom725无线电台了，它是天降神兵，它是神来之笔，它是女娲补天之石，是共工怒触不周山，老天赐给你突破现代物理学框架的超时空通联电台，你还能指望什么其他东西？

如果连它都办不到，那区区凡人就更无可奈何了。

时间像是一堵墙，把一切拦在墙后。

有什么可以跨越时间呢？

"12点多了，时间不早了，要不你去睡觉吧？"白震掏出手机，看了看时间，"我们帮你守着。"

"你们在房间里我睡不着。"白杨拒绝了，"还是我自己守着。"

"可是你要守到什么时候？"王宁问，"凌晨2点？3点？守到天亮？"

"反正我睡不着。"

白杨把两人赶了出去，把房门紧闭。

客厅里亮着灯，白震和王宁坐在沙发上，沉默相对。他们也不相信BG4MSR那姑娘失约是因为睡着了，末日世界里生存艰难，万般凶险，很难预料意外和明天哪一个更先来。

是遭到猛兽袭击了么？

如果是遭到了那头孟加拉虎的袭击，那恐怕凶多吉少，此时此刻，女孩残缺不全的尸体可能正在遭到猛兽撕咬，老虎吃剩下的残骸，还会有其他小动物来分食。

房间里电台在响，还有人在徒劳地呼叫，还有人在等那姑娘，而楼下女孩被掏空的残缺尸体正仰面倒在草丛里，被一群野狗撕扯着拖来拖去，女孩血迹斑斑的脸上，两只瞪大的眼睛无神地望着天空——两人的脑中都浮现出这样残酷可怕的场面来。

"吉人自有天相，应该会没事的。"王宁忽然说。

白震一怔，点点头："吉人自有天相。"

"要不咱们明天去鸡鸣寺给她上几炷香？"王宁说，"求佛祖保佑保佑。"

"佛祖能保佑二十年后的人吗？"

王宁也说不准佛祖能否保佑二十年后的人，世界末日，佛祖恐怕自身难保。

白杨戴着耳机，在低声说话。

"……BG4MSR，我今天可是准备了足够多的资料，就等你回来，全部都教给你，你知道我们费了多大的劲吗？我打电话给赵叔，赵叔又去找他的高中同学，他高中同学又去找他大学同学，他高中同学的大学同学又去找他前同事，国内顶级的专家我们都找了一圈。"

"把这些资料全部整理好也花了我们很大的精力，虽然这个工作主要是我爸做的，但如果它派不上用场，那就变成无用功了。"

"大小姐，你可是全人类的希望啊，天将降大任于斯人也，必先苦其心志，劳其筋骨，你是注定要拯救世界的，这是你的命运，你怎么能被一些小困难打倒呢？支棱起来啊，这里还有七十五亿人等你拯救。"

"变成光吧！英雄！"

"假面骑士！很新！"

"阿瓦达啃大瓜！"

"我跟你说大小姐，我的耐心是有限的，我最多再等你十分钟，等到凌晨一点，如果到了一点你还不来，我就要去睡觉了。"

"到凌晨1点了，我最多再等你五分钟。"

"1点过5分了，我最多再等你三分钟！"

"最后三秒！"

"三！"

"二！"

"一！"

"零点九！零点八！零点七九，零点七八，零点七七九……"

"求求你跟我说一句话吧。"

"说什么都好。"

"告诉我你还活着。"

白杨慢慢地趴倒在桌面上，看着手里黑色的手咪塑料外壳。

"你跟我说一句话啊，说一句话很难么？说一句话就好。"

"那我就说一句。"这边话音刚落，耳机里就有人说话了，白杨一呆。

"哇——你总算说完了你居然能一个人毫不停歇地自言自语十几分钟了不起了不起第一次见到你这么能说的人我知道你花了很大的精力准备了足够的资料所以谢谢你也谢谢赵叔还有你爸谢谢你全家，还有我在十分钟之前就回来了可是你一直在喋喋不休地说话一直按着手咪让我没法发声，我就在等看看你什么时候能说完结果一直等到现在，大哥你真是个天纵奇才。"

那边以极快的语速一口气说完了这么多字，然后换口气顿了顿。

"这是一句话吧？"

白杨愣愣地看着桌上的电台，下一秒喊起来：

"她回来了！她回来了！"

守在客厅里的两人同时霍然起身，神似两个在产房外等孩子出生的老父亲。

7

这一次失联可把所有人都吓得够呛，这是半夏与白杨的第一次中断联络，在这次有惊无险的意外后，白震、王宁二人立刻把构建远程通信中继系统的任务提上了日程，与图像传输链路同步推进。

目前BG4MSR只有待在电台前才能与白杨通联，这就好比是固定电话，不能随身携带，无论BG4MSR去哪儿，她只有回到房间里才能对外联络。

白震是有过那种生活经历的，在他小时候没搬到南京市里之前，家里就花钱装了一部固定电话，那时村子里装有固定电话的人家是少数，左邻右舍可能就靠老白家那一部固话和外界通信，每次外面有人打电话进来找谁，白震爹妈就让他出门去喊人。

年幼的白震就出门跑到门前的晒谷场上，扯着嗓子高喊："癞痢头！有你电话嘞！"被喊到的人匆匆地赶过来，骂他一句没教养，然后跑进去接电话。

白震深知这有多不方便，所以他们必须要把固定电话升级成移动电话，让BG4MSR出门在外，随时随地都能和这边保持联络。

"……孟加拉虎雄性的领地范围一般在三十平方公里以上，最大能到八十平方公里，雌性小一点，二十平方公里以内，BG4MSR，听明白了没有？ OVER。"

"听——明白了。"

白杨在絮絮叨叨地念资料，像是个搞填鸭式教育的老师。拜老爹和赵叔所赐，他准备了足够全面的资料，既然BG4MSR平安归来，虚惊一场，白杨就立刻开始今晚的工作，他要在一晚上的时间里把BG4MSR教成她那个时代最顶尖的老虎专家。

"注意它的捕猎方式，孟加拉虎喜欢在黄昏的时候外出捕猎，常用的猎杀方式是锁喉，因为它的咬合力特别强，会直接冲着猎物的咽喉来，大型动物被咬住了会窒息，小动物直接被咬碎脊椎，大小姐，你要注意，保护好咽喉啊，你知道世界上有一个民族叫布岛族吗？他们就总是在脖子上戴满黄铜圈，把脖子拉得很长，或者你也可以试试洪家铁线拳，OVER。"

"BG4MXH，什么是洪家铁线拳？"

"简单地说就是在身上套铁圈……我的意思是你要注意做好身上的保护工作，OVER。"

"好，我注意。"半夏答应得相当干脆。

"那接下来我再给你讲讲陷阱的设置方法。"白杨打了一个哈欠，松开手咪，揉揉眼睛。桌上的闹钟时针已经指向了2点，他很少熬到这么晚。

"困啦？"半夏问，"要不你先去睡觉？"

"不，不，我给你把该交代的都交代完，要不我等这么久是为了什么？"白杨摇摇头，"在这之前不能睡觉，OVER。"

说着，他从书架上取出风油精滴了一点倒在掌心，揉揉太阳穴，又翻开手里厚厚的一叠材料，一瞄封面，不知道哪位大佬把他学生的硕士毕业论文给丢过来了，题目是《栖息地与人畜活动缓冲带中孟加拉虎的野外习性对比研究》。

"那好，我听着。"半夏乖乖坐好了。

白杨一边读材料，一边心里嘀咕，这帮动物专家可真热心，家底子都使劲往外搬。从孟加拉虎的世界分布到它们的野外习性，再到世界范围内人类与老虎的冲突实例，全部都有。最夸张的是还有人为他计划好了一套完整的老虎捕猎方案，从头到尾，无所不包，从陷阱设计，到诱饵放置，再到地点选取、工具准备，以及最后在狱中争取减刑。

"综上所述，如果不是万不得已，不要和老虎发生正面冲突，2016年北京八达岭动物园里就发生过老虎伤人的事件，一死一伤，原因是在园区里下车……嗯……老虎叼一个成年人就像叼一只鸡那样轻松……听到没有大小姐，你不可能干得过老虎的，它叼你就像叼小鸡！"白杨放下手里的材料，再次强调，"不能和它硬碰硬，OVER。"

"好，不和它硬碰硬。"半夏答应得很干脆。

白杨不相信："真的？别和它正面冲突，答应我了？ OVER。"

"答应你了。"

"保证？"白杨问，"保证不莽撞？ OVER。"

"我保证。"

白杨心说这倔脾气的大小姐今晚怎么这么好说话。

她要是能保证不莽撞行事，那自然是最好的结果，孟加拉虎的活动范围特别大，只要它离开了梅花山庄附近，BG4MSR的生命安全就不会遭受威胁，在白杨看来，她完全没必要和老虎过不去。

"希望我们找的这些东西都派不上用场。"白杨说，"那是最好的，OVER。"

"可是这花了你们很多时间和精力诶。"

"没什么比你的安全更重要。"白杨说，"和你的个人安危比起来，我们花的这点时间费的这点力气算什么呢，OVER。"

"好，那我就实现你的愿望！"

白杨一怔，问道："什么意思？"

"就是让你们所做的全部变成白费力气呀。"

半夏在那头咯咯地笑，白杨呆住了。

"我……我没明白……"

"就是说，你们所做的一切都是无用功啦，派不上用场，我已经不需要这些东西了，问题已经解决了。"半夏解释，"你们白费了力气，有没有觉得开心？"

"什么？"白杨瞪大眼睛。

"你忘了OVER。"

"O……OVER。"

"那头老虎已经被我干掉了，就在今天下午。"半夏接着说，"所以危机解除了，BG4MXH，你的努力全部都白瞎啦。"

"那……那你不早说！"白杨瞠目结舌。

这姑娘早就搞定了问题，却不告诉自己，让自己大半夜地不睡觉在这里絮絮叨叨，简直像个傻子。

"你忘了OVER。"

"O……OVER。"

"想跟你说话，不可以啊？"女孩很狡猾。

"你……这……"白杨的脸顿时就涨红了，手足无措。

"虽然问题已经解决了，但我还是想听你把话全部说完。"半夏说，"如果你准备了这么多却不能讲给我听，那才叫全部浪费，你现在讲完了，就算圆满完成了所有工作，其实没有白费，你说对不对？"

白杨放下手咪，身体松垮下来，靠在椅背上，长出了一口气。这真是个好消息，但他好奇女孩是怎么做到的。

"BG4MSR，你说你把老虎干掉了？怎么办到的？你是林黛玉？你也能倒拔垂杨柳？OVER。"

"这个说来就话长了，BG4MXH，你让我别莽撞，我可以办到，但有时候你架不住对方莽撞啊。"半夏悠悠地说。

让我们把时针往回拨八个小时。

八个小时之前。

在仅仅一米的距离上，生物本身之外的特征被大大缩小和抹平，此时此刻，对峙在灌木丛里的并非一位具有高等智慧能掌握科技力量的人类和一头茹毛饮血的凶悍野兽，而是两个位居食物链不同位置的哺乳动物，就像故事中匹夫一怒，伏尸两具，血流五步，天下缟素，在一米的极近距离上，一个帝国的强大军队无法抵挡一个刺客的图穷匕见，人类花了几千年建立起来的辉煌文明也干不过老虎花了几百万年进化出来的尖牙利齿。

作为食物链顶端的生物，孟加拉虎散发出来的是直击生物本能的危险气息，那腥臊、浓厚、扑面而来的气味能让任何生物望风而逃，这是刻在DNA中的恐惧，百万年前的祖先曾直面这种恐惧，他们把这恐惧延续下来，隐藏在半夏的身体里，让半夏手脚发麻。

看到那只焦黄色眼球的瞬间，半夏大脑一片空白，原来会吓得动弹不了不是说着玩的。霰弹枪在手边的草地上，距离自己的左手大概三十厘米，但她不敢去拿，因为霰弹枪太长，要开枪动作太大。而老虎距离自己只有一米远。

半夏毫不怀疑它只要轻轻一探头就能叼住自己的脖子，一甩头就能碾碎自己的脊椎，它要杀自己比杀一只鸡困难不了多少。

它之所以还没动是因为它在观察自己。

这个世界上残存的人类太少，老虎面对没怎么见过的生物总要先谨慎地观察一下。

双方短暂地僵持了几秒钟，孟加拉虎伏在灌木丛里，半个身体都被茂密的枝叶掩盖，只能看到头和前肢，黄白渐变的皮毛、粗重浓密的黑色条纹，还有一张大到可怕的脸，都和半夏想象中的一致，但又比想象中的要吓人得多。它的体型比她想象中的还要庞大，原来这东西这么大。

好大啊。

这是半夏的大脑恢复活动之后蹦出来的第一个想法。

被一头老虎盯住绝对不是什么好体验，那只眼睛里看不到任何该有的感情，仿佛是一具猎杀机器。对于绝大多数生物来说，这大概率是它们这辈子看到的最后一张面孔。

太阳即将落山，孟加拉虎的身体隐藏在居民楼的阴影里。

半夏注意到它另一只眼睛是瞎的，有一道明显的伤疤，从上而下地贯穿半张虎脸。

果然是当年袭击老师的那头虎，它的一只眼睛就是被老师用匕首刺瞎的，难怪这头虎莽撞地出现在了自己眼前，它的眼神不太好。

半夏盯住它，慢慢地往后挪，把距离拉开。

她一动，孟加拉虎也动了，它收回前肢，把自己的上半身缓缓支撑起来，紧接着后半截身体也离开地面，皮毛扑簌簌地和灌木丛摩擦。

它往前迈了一步，试图与女孩拉近距离，没人知道这头虎当时脑子里在想什么，可能是要扑上来也有可能是要绕道走人——也不可能会有人知道了，因为下一秒一颗九毫米口径覆铜钢芯弹头从它额前侵入，在它的颅腔内翻滚，把脑组织搅成一团血水渣滓，最后击穿颅骨带着深红色的浓稠浆液从后脑穿出，留下一个直径将近五厘米的不规则大洞。

"砰！"

八克重的弹头在出膛后有每秒近四百米的初速，在空气中飞越两米的距离只需要零点零零五秒，死亡在五毫秒内降临，没有任何生物躲得开，枪声震耳欲聋。

声波在老虎死亡后才来得及扩散，在小区围绕一圈的居民楼之间回荡，惊起一群飞鸟。

"砰！"

"砰！"

"砰！"

"砰！"

接下来四秒内四发子弹射进老虎的身体，一发击中头部，另外三发打中它的脖子和心脏，每一发都相当致命，半夏手里的枪不是为打猎设计的，但在区区两米的超近距离上，巴拉贝鲁姆手枪弹有足够的威力爆掉大型猫科动物的脑壳。

半夏这辈子拔枪也不可能再有今天这样快了，西部传奇牛仔快枪手的生死决斗也不过如此，她单手握枪，开了第一枪，接着抬起左手托住枪柄开了接下来四枪，单手持枪打不准，好在距离足够近。

半夏第一枪就解决了对手，又扣住扳机打出去四发子弹，确保杀死，才全身无力地瘫倒在地。

孟加拉虎的尸体伏在草地上，深黑色的血液慢慢地从它的皮毛底下渗出来，染红了绿色的草叶。

半夏慢慢地后退，后退几步，一屁股坐倒，大口喘息。她的两腿没有力气，软得就像是棉花，手枪也掉在地上，双手抖得拿不住枪了，颤抖从双手蔓延到肩膀，从肩膀蔓延到腰腿，再到全身，最后她浑身像打摆子似的发抖，还恶心想吐。

刚刚那几秒的行动抽空了她全身的力气，半夏躺下来，躺在草地上，就躺在那头老虎尸体的身边，空气中弥漫着淡淡的青草气和血腥味，她什么都不想，也不想动弹，无论是灵魂还是身体都像块石头，一动不动地望着已经完全暗下来的天空。

她慢慢阖上双眼，只想睡一觉。

"老师。"

她轻声说。

第四章

1

在接下来的这个周末里，白震和王宁开始设计远程通联系统。说白了，就是让BG4MSR用上移动电话，这很重要，移动电话的即时性和便利性远高于固定电话，该给那女孩的通信方式升升级了。

"技术上的逻辑是很清晰的，它不难办到。"王宁坐在沙发上，摩挲着胡子拉碴的下巴。"从根本上来说，我们只需要做一个……"

"中继。"白震坐在他对面。

"对，我们只需要一台中继。"王宁点点头。

所谓中继，是业余无线电中极其常见且常用的基础设施。众所周知，这年头玩UV波段的人比玩短波的人多，玩UV波段只需要花一百块钱上淘宝京东买个手台，这东西比手机大不了多少，小巧玲珑，方便携带，自带手电筒，按两下按钮手电筒还能闪瞎你的狗眼，不像短波那样需要沉重笨拙的基地台——但UV波段有利有弊，UHF和VHF频率都比短波要高得多，学过中学物理就知道，频率越高，波长越短；波长越短，绕过障碍物的能力越弱。

UV波段的无线电波是视距传播的，你眼睛能看到的地方，UV波才能抵达，如果中间有障碍物挡着，那信号就会被屏蔽。它没法像短波那样通过电离层反射。可现代城市里到处高楼大厦，建筑物层层叠叠，障碍物简直到处都是，玩UV波段的人该怎么进行远距离通联呢？于是人们琢磨着——要不在高处放个转发器好了。

这个转发系统可以安置在高塔上、山顶上，甚至卫星上——它要被设置在一个所有人都能看到的高处——HAM手里的UV波段手台，先把信号发给转发器，再经由后者之手转发出去。转发器站得高看得远，可以把信号传播到很远的地方，业余卫星或者国际空间站在几百公里高的轨道上，甚至能支持跨洲际通联。这样的转发系统，就叫中继台。

"中继?"白杨迷迷糊糊，他不明白要怎么利用中继台来建立远程控制，"要怎么做?"

"小杨，让你来设计，要让BG4MSR在远距离也能使用拐两五和我们联络，你要怎么做?"王宁反问他。

白杨愣了一下，思索了几秒。

"呃……应该建立一条无线电通信链路，让大小……BG4MSR把信号远距离传输给icom725，再让725传输给我们。"

"对，思路没错。"王宁表示赞同，"可是具体要怎么做呢?"

"她手里应该要有个便携式手台，作为信息的收发终端。"白杨进一步设想，"她通过手台把信号发给icom725，icom725再……转发？"

到这里白杨忽然意识到，此时725在整条链路里起到的作用是转发，大小姐的手台把信号传给725，725再把信号转发给白杨。

该怎么做才能让725变成一个转发节点呢？

icom725这样的老古董所有功能都得纯手动实现，送话得亲手按住手咪上的按钮，收话得松开手咪上的按钮，这一按一松如何远程操作？她又不是机器人，可以跑出去十万八千里，还能把一只手留在房间里专门咔咔咔地按按钮。

"单靠725自己办不到。"白杨缓缓说，"肯定需要一个外设，这个外设一方面可以自己收发无线电波，一方面可以控制725的收发，当有信息要送出去时，它就控制725电台进入发送状态，当有信息要接收时，它就控制725电台进入接收状态。"

"有悟性，有悟性啊，小杨。"王宁笑了，"跟你想的一样，我们就是需要这样一个外设。"

"这个外设就是中继。"白震补充说。

"没错，就是中继。"王宁点头，"小杨你知道中继台的结构和工作原理么？那种纯模拟的中继台……我们最好用纯模拟的中继台，数字中继或者数模中继都有点复杂，怕那边的姑娘搞不定，也怕太精密的东西熬不过太长时间，模拟中继的结构简单到你自己用两台对讲机都能DIY出来。"

"因为中继台的基本结构就是两部业余无线电台背靠背拼起来

的。"白震接过他的话茬，向白杨解释，"一台中继的主要组成部分就是两部基地台搭一个双工器，你要是用两条独立天线，那双工器都可以省了，它的运转方式非常简单，两部基地台，一部用来接收信号，一部用来发射信号……"

他指了指儿子，说："打个比方，你是个手台，我是个中继，你跟我说话，就相当于发信号给我，我的耳朵是接收机，我的嘴是发射机，我就是由这两部台子组成的，耳朵听到了你说的话，我就用嘴把你的话转述给老王，而老王跟我说话，我也能把老王的话转述给你，明白了吗？"

白杨若有所思地点点头。

"这个我能理解，可是它为什么能做远程控制？"

"关键在这里，你刚刚不是说需要一个外设，那个外设能自动控制725的收发么？"王宁说，"恰巧中继台就是自动运行的，它平时是没人管的。"

"有的中继台架在山顶上，有的架在高塔上，还有在卫星上的。"白震说，"所以大多数中继台都是无人工作状态。"

"这意味着它有一套自动切换收发的机制。"王宁拿起沙发上的油性笔，在大腿上支起小白板，"我们需要的就是这套机制，用它来代替人手去操作725上的发送按钮，小杨你看——"

他说着，在白板上画了个矩形方框，又在方框里画了上下两个扁长方形，上面的小长方形里写上三个小字"接收机"，下面的写上"发射机"，最后一条弧线把两个长方形连在一起。

"这是一座中继。"王宁用油性笔指了指大矩形，"它由两部电台组成。"他用油性笔指了指里面的两个小矩形。

"通常情况下，上面的接收机一旦接收到信号，会触发开启下面的发射机，由发射机把信号转发出去，但如果我们把这台中继拆开，把接收机和发射机分别接在725上……"王宁在中继台旁边又画了一个方框，然后在方框内标注725，再擦掉弧线，断开中继台里的两个小方框之间的联系，把它们分别和725用直线连起来。

"那么在这个时候，上面的接收机一旦接收到信号，再触发开启的就不再是发射机，而是725——明白了没有？通信链路将会是这样的，BG4MSR用手台把信号发给接收机，接收机控制725进入发送状态，由725把信号超时空传送到我们这边。"

"那我们发送信号过去呢？"白杨问。

"那就是这个过程的逆向再现！"王宁回答，"我们把信号超时空传送到她的725上，725接收到信号，触发启动下面的发射机，发射机把信号发送给BG4MSR的手台。"

最后他大笔一挥，画了一个大圈把所有的东西都框了进去。

"以上就是整条链路的基础逻辑！"

白杨久久地注视着白板上的图，再看向王宁那不长毛的脑袋时，后者的脑门仿佛在闪烁着智慧的光辉。

"在这个过程中，725所扮演的角色不再是单纯的电台。"白震说话了，"而是超时空天线。"

技术逻辑已经梳理完毕。

接下来要制订计划。

"首先，我们要确定计划的目标，先定下来想要达成怎样的效果。"王宁拿起沙发上的油性笔，把小白板翻了个面，他抬起头看向老白，"第一点是远程控制，对吧？"

"对，远程控制。"白震点点头，"要让MSR即使不待在拐两五面前，不坐在椅子上，而是在隔壁房间，在屋子外面，甚至在几公里十几公里以外都能和这边正常通信，这个是我们要达成的效果。"

"具体操作上的要求呢？"

"最好能达到与正常使用手台一样的效果。"白震回答，"她手里拿着手台，一按PTT就能说话。"

"好，那要求如下……第一，要人台分离，远程控制；第二，要操作简单，方便易学。"王宁点点头，在白板上一条一条地记下来。

"还……还有一条。"白杨举手。

"小杨你说。"

"不能对电台本身造成损伤或者破坏。"白杨提醒。

这一点很重要，无论老爹和王叔想做什么，都不能对icom725电台本身造成影响，他们至今没搞清楚为什么这部电台有超时空通联的能力，对所有人而言那台老旧的拐两五都是个黑箱，在这种情况下，不去动它才是最明智的选择。

先前白震、王宁、赵博文莽撞地拆过一次机子，打开过电台的外壳，好在没造成什么影响。

"好……第三，不能拆电台。"王宁记下了。

这将是他们接下来推进计划时必须遵循的框架，他们将以此为目标竭尽全力，升级BG4MSR手里的通信工具，当逆转未来拯救

341

世界业余无线电紧急通联指挥部的专家团全力运转起来，大叔们的智慧将无坚不摧！

2

半夏花了一整天的时间，挖出一个大坑，把老虎的尸体给埋了。

她不缺吃的，也不想尝尝百兽之王是什么味道，只想赶紧把这具正在腐烂的巨大尸体埋掉，再不埋到地下去，全秦淮区的苍蝇都会聚过来开嗡嗡大会。

夏天什么最讨厌？

第一是蚊子，第二是苍蝇。

白杨这样的现代人肯定无法想象什么叫夏蚊成雷，这场面只在中学语文课上沈复写的《童趣》中见过。而半夏一个经常钻草窠的人，有时迎面看到黑压压一片蚊子，把衣服蒙住头脸转身就跑。

当她把最后一锹泥土压实压平，天色已经暗了下来，半夏给那头孟加拉虎堆了一个小小的坟茔，距离11号楼不远，干掉这头老虎，秦淮区在未来很长一段时间里都不会再出现第二头孟加拉虎，因为孟加拉虎领地范围极大，俗话说一山不容二虎，另一头虎至少也该在浦口区，甚至在滁州市都说不定。

做完这一切，她两条胳膊酸痛得抬都抬不起来了。

"手好酸，我今天一整天都在挖坑，只靠一把工兵铲太费劲了。"半夏叹了口气，"BG4MXH，你什么时候能给我送一台挖掘机过来呀？"

"挖掘机要怎么送？"白杨白眼一翻，"时间胶囊又不是万能的，我到哪儿去找能塞得下挖掘机的胶囊？市面上能买到规格最大的时间胶囊也就几十厘米长度，再大那就不叫时间胶囊，是保险箱啦，OVER。"

"那就搞一个超——大的保险箱，把挖掘机装进去！我相信你，你可以办到的！"

"那么大的保险箱买不到，得找厂商订制。"白杨说，"要花好多钱，我们没那么多钱，OVER。"

"你可是在拯救世界啊少年！你可以找那个那个……银……"

"银行，OVER。"

"对，银行，找银行要钱！"半夏说，"要一百万，够不够？不够的话，就要一千万。"

"你是让我去抢银行吗？大小姐，我只是个穷困潦倒的高中生，直接走进银行打劫，我会被营业员嘲笑的。"白杨说，"拯救世界又怎么样？再说，造一个能把挖掘机开进去的保险箱，那玩意起码得有几十吨重，需要重型直升机来吊运，把它埋进地下，你一个人也挖不出来，所以你得需要一架重型直升机，那我们得再造一个保险箱把直升机也放进去，然后吊运这个保险箱我们需要更重型的直升机，没完没了，OVER。"

"哦……"

女孩蹲在椅子上，噘起嘴巴。

时间胶囊的极限究竟在哪儿，白杨目前没有摸到，但无论是他还是老爹他们都清楚这东西肯定不是万能的，大过滤器不是傻子，你一艘小舢板可以尝试偷渡，但一艘邮轮也想偷渡就是当人家瞎。

在白杨看来，第一个制约时间胶囊的因素肯定是大小。

时间胶囊可以适当放大，但不能无限放大。

当它大到什么地步的时候，就一定会被大过滤器发现呢？

时光慢递三定律为他框定了条件，赵博文曾经说，只要符合三定律就能避开大过滤器，你无论想做什么，都得在它们限定的范围内辗转腾挪。

"BG4MSR，我们今天讨论了很长时间，决定给你升级一下联络手段，OVER。"

那边怔了一下。

"诶？就是那个那个……图像传输？"

"那是另一套系统，这两套计划是互相独立且同时推进的，搭建图像传输链路可以让电台传输更多更大的数据，搭建远程控制系统则是让你可以在外面的时候保持联络。"白杨解释，"王叔担任远程控制系统工程小组组长，我爹担任图像传输系统工程小组组长，OVER。"

"哇！"女孩有些惊叹，"阵仗好大呀，远程控制系统工程小组有哪些人？图像传输系统工程小组又有哪些人？"

"远程控制系统工程小组一共有两个人。"白杨回答，"组长是王叔，组员是我。"

"图像传输系统工程小组呢？"

"也是两个人，OVER。"

"组长是你爸，那组员呢？"

"还是我，OVER。"

三个人凑出两支小组来，不得不说逆转未来拯救世界业余无线电紧急通联指挥部名字长人手短，充分体现了基层组织一人干活两人看的特性。

"这岂不是说我能看到你那边的世界了？"半夏兴奋起来，"太棒了，2019年的南京市！2019年的！你能拍给我看么？"

"当然可以，同样我们也需要你把2040年的南京市拍给我们看，OVER。"白杨回答。

"没问题！"女孩一口答应，"你想看什么我就给你拍什么……不过搭建这两个系统会不会很难？"

她的声音忽然又低了下去。

"具体方案我们还在研究，我们会遵循三个基本宗旨。第一个是简单，必须要简单到你能上手操作，一个人可以独立完成，复杂程度太高的方案一律排除；第二个是稳定，所使用的组件必须要在二十年后仍然能正常工作；第三个是安全，不能干扰725电台自身的正常运行。"白杨详细地向她说明，"会有专家为你全程提供技术支持，大小姐你尽管放心，能包办的我们全部都为你搞定，OVER。"

3

翌日。

10月27日，是周日。

当白杨起床时王宁和老爹已经在客厅里吵上了，他懒洋洋地拎着牙刷毛巾走进卫生间，听到外面在激烈地争论。

"你究竟用过没？"

"用过啊，我点名时还是主控呢，频率439.675，下差9，亚音88.5，我记得清清楚楚。"

"它是纯模还是数模？"

"这不对，这百分之百不对，你有图纸么？找个图纸来看看！"

"妈的这老古董现在到哪儿去找图纸？"

"上群里问问。"

"谁有这东西？"

"刘志有没有？要不问问孙大炮？那鸟人不是向来啥都有吗……"

白杨洗漱完毕，出来吃早饭，和两人打了个招呼。

王宁和白震朝他点了点头，道了声中午好，转头接着争论。

"喏，我找到一张，你看看是不是……"

"这东西就是鬼扯。"

桌上摆着豆浆和烧卖，老妈已经外出买菜去了，白杨坐下来摸摸杯子，豆浆有些凉了，他喝了一口，视线往沙发那边一瞥，注意到王宁脚边摆着一只泡沫箱子，箱子上放着一台熟悉的黑色业余无线电短波台。

icom725。

他脱口而出："725？你们又搞来一台725？"

"从同行手里收的二手货。"王宁点点头，"用来做模拟用的实验机。"

注意，此时的王宁和白震都尚未意识到白杨和BG4MSR使用的是同一台725，这个关键点要等赵博文回来才会被发现。虽然他们都知道BG4MSR用的也是icom725电台，型号与白杨相同，但老HAM的丰富经验反而造成了误判。在他们眼中，icom725委实是太经典的业余电台，光南京市里保有的拐两五存量就两只手数不过来了，这东西就像是诺基亚1100，你手里有一部诺基亚，和你打电话的人手里也有一部诺基亚，这没什么好奇怪的。

白杨捏起一只烧卖塞进嘴里，嘴里嚼着，含糊不清地问："接下来该做什么？"

"接下来要搞一台中继。"王宁说。

"要让BG4MSR先搞到一台模拟中继。"白震点点头，"我们才能根据她找到的型号，去买一台一模一样的。"

"中继能通过时间胶囊送过去吗？"白杨问。

"恐怕很难，纯模拟的中继台体积有点大，你见过那东西么？"王宁用双手比画着，"它有台式机的电脑主机那么大，铁壳子，重量相当沉，没有时间胶囊能放下。"

"试试定做一个？"

"你想找人用钢管做一个时间胶囊？"王宁忖度了一下，"首先就很难找到这么粗的钢管，市面上好找的无缝钢管直径基本上是几厘米十几厘米，想要把中继台塞进去，直径起码要超过三十厘米，这差不多跟输油管道一样粗……这么粗得用焊管焊一个胶囊出来，你知道有多重吗？"

"多重？"

"少说四十千克。"王宁回答，"四十多千克重的胶囊，光溜溜的硕大一个圆筒子，你怎么搬运？搬都搬不动，更遑论什么遵循双盲原则，不为人知地埋藏起来了。"

白杨窒住了。

他也难免犯些忽略实际操作性的低级错误。

"太复杂的计划我们作为Plan B，备选方案。"老爹说，"其实中继台这个东西，她在那边找比我们送过去更方便，因为中继不容易坏，而且没人要。"

"南京的中继在哪儿？"白杨问。

老爹和老王同时往窗外一指，视线越过层层叠叠的居民楼。

"不远，就在紫金山上。"

"哎？紫金山上？"

半夏有点惊讶。

"对，它在紫金山上。"白杨说，"中继台一般都设在高处，比如说山上，南京的430M中继就设在紫金山上，OVER。"

"二十年过去了，它还没坏吗？"

"根据王叔和我爹的说法，他们说中继这东西相当耐操，本来的工作环境就是没人管的，而且还没有蓄电池，所以不容易坏。"白杨挠挠头，"而且这东西也没啥价值，不引人注目，你大概率能找到，OVER。"

他在面前展开一张潦草的地图。地图是王宁给他画的，上面是中继台的具体位置。他把它转过来转过去，最后打开手机上的高德地图，王宁这地图比高德地图还缺德。

他一边看地图一边向BG4MSR交代，叮嘱她要找到一根棒子，就是天线，准确地说是中继的天线。

逆转未来拯救世界业余无线电紧急通联指挥部决定用接下来一周的时间给半夏的通信手段完成升级，把一台固定的业余电台变成具有拍照功能的移动电话，一旦升级完成，半夏就能往这头传输大量图像数据，白杨等人将可以直面那个毁灭的世界。

4

周一。

计划第一步，找中继。

白杨在学校里昏昏欲睡的时候，半夏正蹬着破自行车在中山门大街上飞驰。

紫金山距离梅花山庄近得很，半夏踩着自行车沿着陵园路深入紫金山，平直的沥青路面宽度只剩下以往的三分之二，泥土从道路两旁缓慢往里侵蚀，大自然的皮肤正在自愈，弥合这些纵横交错的干硬伤疤，女孩穿过浓密的树荫，车轮骨碌碌地碾过路面，偶尔能惊动路边草丛里的兔子和野鸡，她按照BG4MXH的规划去找中继台，但是还没骑到美龄宫那个大门口售票处，路就被一个直径七八米的大坑给截断了。

"停停停停停停停!"

半夏惊得猛捏刹车，两条腿放下来，用鞋底在路面上噼里啪啦地铲起石子，才把自行车在道路断口前堪堪刹住了。

她从自行车座上下来，摘下鼻梁上的墨镜，挑在食指上晃圈圈。

好大一个坑。

坑底起码深三米。

半夏蹲在坑边往下看，破碎的沥青路面底下是浅色的干燥泥土，坑里零零星星地长着几丛杂草。

不出意外的话这是个弹坑，或许还是一颗重磅炸弹炸出来的。

但这不是半夏见过最大的弹坑，她见过的最大弹坑在南图那边，上次半夏去南图找资料的时候，在南图对面的人寿广场看到一个巨坑，不知道是被什么给炸的，附近所有的建筑物都塌成了废墟。

女孩直起身子来，左右张望，找找附近有没有坠毁的飞机。

一般来说，有弹坑说明这里爆发过激烈的战斗，有战斗就可能有损毁的武器，战斗机装甲车什么的，虽然那些烧空的铁壳子派不上什么用场，但半夏总是习惯性地要找找。

她环顾一圈，头顶上高高的枝叶忽然簌簌地动起来。

"哇……什么东西?"

半夏吃了一惊，抬起头来。

一张淡黄色的淡定鹿脸从树顶上探出来，那真是一个巨大的头，又大又长，顶着两个小短角，左右两边一对横向展开的巨大招风耳，还有那该死的眼睫毛，立即就吸引了女孩的注意力，为什么会有如此浓密的眼睫毛？

半夏愣愣地看着它，仰得脖子都酸了。

长颈鹿对人类的出现毫不在意，它仍然怡然自得地咀嚼着嘴里的树叶，最多瞥了她两眼，又把注意力集中到食物上来。

此时，半夏才注意到茂密的灌木丛后隐藏着它的长腿，黄色的皮肤上有不规则的深色斑纹，这两层楼高的巨大生物抻长脖子只摘树顶的嫩叶啃，很快第二个鹿头也出现了，两头长颈鹿在这里大快朵颐，大鼻孔探来探去，舌头一卷就把嫩叶连同枝芽一起扯下来，塞进嘴里吧唧吧唧地大嚼。

紫金山的长颈鹿是早年从动物园里逃出来的，看来它们很好地适应了这里的环境，末日时代的气候发生了巨大变化，其中最显著的就是气候变得湿润，全年的气温普遍升高，这给了动植物极好的繁衍条件。

半夏干脆坐下来，撑着脑袋看长颈鹿。

她从上午8点一直看到8点40分，这两头长颈鹿吃早饭慢悠悠的。

半夏看着它们边吃边挑食，把树叶扯下来嚼嚼又吐掉，作为全南京市乃至整个江苏省仅有的长颈鹿，它们距离自己的非洲老家万里之遥，一辈子没见过自己在老家的亲戚们，也不知道世上还有其他同类，倒也逍遥自在。

长颈鹿们边啃边走远了，半夏拍拍屁股起来，往大坑对面望了望，那边的道路状况极差，路面损毁严重，植被愈加茂密，恐怕不能骑车。

"此路不通。"半夏摇摇头，干脆利落，"打道回府。"

这个路况上不去。

上不去就不上了，回家回家。

"紫金山上不去！"白杨扭头朝着门外大喊，"植物太茂密了，试不清深浅！有风险！换个地方！"

门外的客厅里，白震和王宁一边在倒腾机器，一边吐槽今天下午市委来的人屁都不懂，听到白杨的声音，两人抬起头对视一眼。

"紫金山上不去，该去哪儿找？"

"珠江路。"白震埋头拧螺丝，"赛格数码广场，电脑城那儿，最不缺的就是电子元器件了。"

末日时代的南京市对于垃圾佬而言简直是遍地宝藏，珠江路上一条街的手机店数码港，这些既不能吃也不能穿的电子元件主板线材在后末日时代根本没人要，在普通人手里，它们和垃圾无异，但在懂行的人眼中，这是黄金。

"还有江苏省无线电管理局，在珠江路280号。"王宁点点头，"他们平时收缴一大堆黑台黑中继，都堆在库房里，那儿肯定能找到。"

"是珠江大厦上那个？"

"对对，一栋粉色的大楼，一楼是招商银行。"王宁说，"它在23楼，那儿百分之百准有。"

"让她去珠江路！"老爹对着房门大喊，"带个大麻袋，最好有辆拖车，把那边的电脑城手机店什么的全部洗劫一遍！能拉回来的全部拉回来！"

5

周二。

半夏带着清单，拖着小拖车，从梅花山庄出发。

珠江路也近得很，从苜蓿园大街往上，到南京国民政府旧址那儿拐个弯，再沿着清溪路往上，从头到尾走大概一个小时，就到珠江路上。

昨晚白震和王宁开着百度地图高声密谋，在珠江路上一家一家地扫过去，觉得哪家最坑，就把它列入重点清剿对象，特别是坑过自己的，宁可多杀不可放过，最后他们发觉一条街上的电脑城，即使两家里抽三家杀掉，那肯定还有漏网之鱼。

两人快速列出一张实体清单，称之为奸商天诛榜，叮嘱BG4MSR 按照这个表格，一家一家地搜刮过去。

半夏拖着小车孤零零地走在大路上，今天是阴天，没有太阳，天空和城市都是灰色的，她走在道路正中央，每一步都踩在双黄线上。

路上空无一人，但有废旧的空车，它们凌乱地停在马路和人行道上，覆盖着泥土和落叶，偶尔有车辆拦路，半夏就绕过它，还有牛粪拦路，她也绕过它，慢悠悠地往前走。

道路两旁的绿化带里栽着白皮的梧桐树，一路上的建筑物都很沉默，半夏左张望右张望，看那些低悬在人行道上方花花绿绿的招牌，有"益丰大药房"，有"招商银行"，还有"华美美容医院"，有些大门紧闭，有些大门敞开着，半夏偶尔驻足往里多望两眼，她可以像个女王那样挺起胸膛，可惜所至之处无人喝彩。

这是她一个人的城市。

也是只有一个人的城市。

王宁和白震把南京大学的人送出门外，然后一齐坐在沙发上，长出了一口气。

南京大学的人比市委的人还难搞。他们躺在沙发上，同时用双手捂住脸，又深吸一口气，同时骂道："老赵这个鸟人。"

赵博文相当鸡贼，王宁和白震以为老赵临走之前已经把一切安排得井井有条，无论是市委还是南大，派人上门都是来给人给资源解决问题的，谁知老赵啥都没说，他对市委的人说自己在无委的朋友监听到疑似国外间谍通信内容，请市委的同志连同安全部门上门调查，对南大的同行说自己朋友家电脑中了闻所未闻的罕见病毒，一开机就自动循环播放硬盘里的黄片，怎么都解决不了，能不能帮忙上门修修，于是人家兴冲冲就来了，进门就问电脑在哪儿，把老白老王都给搞懵了。

两人花了整整一下午时间把事情给解释清楚，其间愤怒地打电话给赵博文，赵博文在那头振振有词，你得先把人家骗过来，才能让对方认真听你在说什么。你给人家隔空发邮件、发材料、发脾气，发什么都不如当面说清楚。想真正说服什么人，必须面谈，任何重要的事都不能指望在网上就可以敲定，否则人家前一天在微信上哦哦哦满口答应，一觉睡醒就给忘到脑后去了。

你得让他坐到你的面前！

你和对方的距离不能超过两米！

你得把你的唾沫星子喷到他的脸上！

你要把他按在墙上不让他跑！

你要壁咚他！

壁咚！

老赵在电话那头充满激情地发表讲话，不知道在壁咚谁。

所以最难的一关是请动这些神佛亲自上门。他已经帮忙解决了，你们还想怎样？

好在王宁和白震的努力不是没有效果，前后两拨人都表态会向上级反映，并会在后续跟进，择日再上门进一步调查。

"他们会认真对待这事吗？"白震问。

"天晓得。"王宁说，"如果是我，我最多回家写个报告往上级办公桌一放，后续这报告能不能被人看到就不关我事了，我照常上下班，接孩子上学放学。"

"这就是你一直得副科病的原因。"白震指指他，"办事不积极。"

"办事积极你以为就不得副科病啦？"王宁嗤笑，"反正我也看开了，等我退休了，就去开个餐厅。"

"开餐厅做什么？"

"当厅长。"

"你这梦想多半实现不了了，短则三年，多则五年，咱们所有人都得完蛋。"白震叹了口气，"老赵那边推进得怎么样了？他现在在哪儿来着？"

"上海。"王宁回答，"在八院，他说这是最后一关了。"

"八院？"白震问，"哪个八院？他终于被人打进医院了？"

"中国航天科技集团第八研究院。"

白震一愣，有点纳闷。

"中国航天科技集团第八研究院？他跑那儿去做什么？"

半夏气喘吁吁地把沉重的业余无线电中继台拎上桌子，果真如 BG4MXH 所说，这东西又大又沉，她是在江苏省业余无线电管理局的库房里搜出来的。二十多楼，没有电梯，只能靠两条腿一层一层地上下，来回跑两趟双腿就跟灌了铅一样，半夏找找停停，累了就靠在招商银行的大门口圆柱子上休息。

如王宁和白震所说，在末日时代，中继台是没人要的玩意，这东西普通人不认识，认识的人也用不着，半夏按图索骥找到它们的时候，它们正横七竖八非常随意地倾倒在地板和柜子顶上，身上落满灰尘，结着厚厚的蛛网，是蜘蛛和蟑螂的快乐老家。

蟑螂贼喜欢在这种小盒子里做窝，半夏把中继台倒过来晃晃，美洲大蠊们哗哗地往外流。它们逃得慌不择路，她就用鞋底板啪啪地踩，踩得爆浆。

她打着手电在昏暗的楼道里穿行，看得出来当年这里的人撤离匆忙，灾难降临，正在上班的人们慌乱地逃离，手里的工作放下就再也没有拿起来，时间在那一刻定格，于是他们的办公桌、文件柜和打印机都保留着原样。

地板上铺着厚厚的积灰，灰尘底下是满地散乱的纸张，她随意地打开柜子抽屉，把自己看中的东西都扔进兜里。走到哪儿搜刮到哪儿是半夏生活的常态，全人类给她留下了庞大的遗产，庞大到她一辈子都用不完。

热带雨林的生态系统是分层的，低至地面，高至树冠，不同的生物生活在不同的高度，不同高度的生物构成互相平行的圈层，城市的生态系统也是分层的，低至地下的下水道，高至高层建筑楼顶，各自具有不同的生物群落和分布密度，半夏踩着楼梯一级一级地往上爬楼，越往上大型动物活动的痕迹越少。

一二楼的地板上还能看到某些反刍动物的粪便，到五楼以上，就只剩下野猫活动的痕迹了，而二十五楼能看到的只有老鼠、蟑螂和鸟粪。

半夏在库房和办公室里一共找到了三座中继台，好在江苏省业余无线电管理局楼层高，平时不进水。

对于任何电子产品而言，防潮都至关重要，水是一切精密器械的天敌，短时间泡水能让主板漏电短路，长时间泡水能让纳米级别制程的集成电路锈成一块废板。

王宁和白震在讨论这事时就直接指出两个最大难点：

一是防潮。

二是电池。

老王和老白很清楚末日时代的南京不会缺电子元件，俗话说北

357

有中关村，南有珠江路，北京南京两大京城的奸商老窝堪比金庸小说里的北乔峰南慕容，要说哪个坑只能说没有最坑只有更坑，末日时代的珠江路必然是电子垃圾一条街，什么都不难找，可是要找到堪用的零件，却不是一件容易的事儿。

末日灾难后的南京市变成了一个滨海城市，海风能直接吹到秦淮区，气候发生巨大变化，潮湿多雨的天气对电子产品的长时间保存是个巨大阻碍。

白震海军技术士官出身，在部队里服役多年，他很清楚气候一旦湿润起来，那什么都可以长蘑菇，为了抵御无孔不入的蘑菇，人类使出浑身解数，用上了百万年来辛辛苦苦进化的高级智慧所结之精髓、人类文明之璀璨皇冠、化学工业体系孕育之明珠，才终于掌握了有效手段——

套个塑料袋。

塑料袋是神器。

如果人类历史上有什么最伟大又最糟糕的发明，第一是核弹，第二就是塑料袋了。平日里随手用随手扔的塑料袋在末日时代是最有用的工具之一，再没什么材料比它更轻便、柔韧、结实、透光还防水，神话传说里牛郎趁织女洗澡偷的衣服不过如此，所以说起来神仙们不过是套着塑料袋飞来飞去——这东西要是放在什么古代背景RPG游戏里，最低也是个传奇级材料，取名应该叫"神女天衣残片"。

白震指示，大部分没有开封使用过的电子产品都会有塑料包装袋，让半夏注意留心，保存在密封包装袋里的幸存率才更高。

半夏把三座中继台放在小拖车上，用绳子绑好，然后打道回府。

回到家后，她所做的第一件事就是脱衣服，她把中继台一座一座地搬到八楼，放在门外，然后进门脱衣服，把衣服全部脱光扔到地板上，啊啊啊尖叫着散开头发冲进卫生间。

太脏了。

真是太脏了。

知道的说她是去找中继台了，不知道的以为她刚从煤窑里回来。

二十年没住人的建筑物里什么最多？

灰最多。

半夏在卫生间里洗了个澡，湿漉漉的也不穿衣服，直接套上一件围裙，开始清理带回来的中继台。

中继台比她还脏。

她打了一盆清水，水里泡着破抹布，嘴里叼着一支梅花起子，把中继台拎进来一座，放在地板上，开始清理。

半夏拧干抹布先擦洗外壳，再用老虎钳咬住螺丝刀，用力拧开锈迹斑斑的螺丝，将外壳打开，从里面倒出各种各样奇怪的东西。死蜘蛛、老鼠屎、干枯的昆虫尸体、蟑螂的卵鞘壳子……她摇摇头，把中继台清理干净之后，粗略地审视了一下线缆是否完整，插上插头通电，试试是否还能正常工作。

清理三座中继台花了她四个小时，从下午5点干到晚上9点，其间半夏去吃了点东西，工作全部完成之后又去洗了个澡。

三座中继台只有一台通电后还有反应，一座干脆线缆断裂，粗看上去一切状态正常，但实际上线缆橡胶外皮脆得一掰就断，还有一座不知道是什么毛病，没有什么外伤，但通电之后灯就是不亮。

　　半夏把那台还能亮灯的中继台拎起来放到桌上。

　　"型号是——MOTOROLA……"

　　"收到，摩托罗拉，还有呢？OVER。"

　　"还有是……CAUTION，TO REDUCE RISK OF FIRE OR ELECTRIC SHOCK REPLACE WITH SAME TYPE AND RATING OF FUSE。"

　　半夏也不明白这是什么意思，她和尚念经似的把中继台机箱上的字母一个一个地报了过去。

　　"呃……这这姑娘，这不是型号，这是提醒你注意火灾和触电，OVER。"

　　"啊？"女孩一愣。

　　"型号肯定带数字的，大小姐，OVER。"

　　"好，我再看看……"半夏接着端详，"GR3188/GR3688。"

　　"收到。"白杨点点头，摘下耳机扭头对着房门大喊："型号是GR3188/GR3688！"

6

　　周三。

　　王宁依靠他深不见底的人脉和更深不见底的脸皮，从南京市的

HAM群体里搞到一台二手GR3188中继台，当天就让小朱开车送到指挥部，中继里使用的基地台和半夏找到的一致，型号都是摩托罗拉GM300。

当天晚上白杨放学回家时，客厅里已经变成了大型二手电子废品收购站，老王和老爹两个人蹲在散乱的电子元件和起子扳手螺丝刀里，围着icom725电台和GR3188模拟中继，活像两个上门修电脑的。

"把图纸给我，我找找这个COR OUT接口在哪儿……"

"万用表呢？万用表带来没有？我让小朱送个过来。"

"坏了，要接线不得用上电烙铁？那边能找到电烙铁吗？还有松香呢？"

"担心个屁，全南京市找不到电烙铁？"

"妈的，这破中继之前是放哪儿用的？怎么擦不干净呢？一摸一手的黑，脏得一批。"

"抹布！"

白杨进房间把书包扔在床上，老妈坐在她卧室的床上刷手机，抬起头来喊了一声："小杨！吃的在厨房的锅里！"

"知道啦。"

白杨进厨房打开锅盖，锅里是温热的面条。

他端着饭碗，慢悠悠地回到客厅，蹲在王宁和白震身边。两个中年男人正忙得不可开交，他们拆开了中继台的外壳，拆下散热风扇，露出所有接口和虬结成一团的复杂线缆。

"这么复杂。"白杨吧唧吧唧地吃东西，"她能搞定吗？"

"其实一点都不复杂。"王宁埋头拧螺丝，"只要你能理解内部技术逻辑，操作上就是很简单的事……卧槽，断了！"

"你知道通信网络分七层对吧？"白震说，"底层是硬件，上层是协议，其实重要的是上层建筑，你只要搞清楚编码上的逻辑，硬件什么的可以对付着来，打个比方说，你要是有图像传输的能力，那么无论是使用4K液晶屏还是老黑白电视机，都能看上《阿凡达》，唯一的区别也就是画质罢了……卧槽，又断了！"

"这东西原理上是很简单的，我以前给你讲过的，就是中继控制拐两五的收发，你用手台远程联系中继，就能做到移动电话的效果。"王宁用力从中继台里拔出来一小块绿色的印刷电路板，大拇指指甲盖大小，连着一条细细的白色电线，拎起来给白杨看，"喏，你看，就是这个东西，到时候你就用它把中继和拐两五接在一起，只要找准接口和引脚，它可以完成很多工作。"

"这屋子里几乎所有的电缆都是一根铜芯，但是它们传输的信号类型各不相同。"白震指指四周，"同样的硬件基础，不同的网络协议。"

"所以……"白杨踌躇了一下，"我们还得教会她OSI七层模型？"

"理论结合实践当然是最好的，教会她搞懂TCP/IP协议也行。"王宁点点头。

"可是连我都搞不懂。"白杨嘴里还含着面条，说话含糊不清，"我怎么可能去教别人？"

"你怎么会不懂？"王宁看了他一眼，眼神奇怪，"这不是常识？"

"你怎么会不懂？"白震也看了他一眼，眼神也奇怪，"这不是常识？"

白杨憋了半天，怒而反击：

"你俩怎么考不上大学？这不是有手就行？"

"嗯……BG4MXH，这听上去好难啊。"

半夏有点犯难了。她桌上摆着纸笔，准备当个认真听讲的好学生，可是对方上来就是一大通网络协议、英文缩写，把她砸得晕头转向，什么TCP、UDP、ICMP，这个P那个P，堪比刚刚学完加减乘除的学生翻开朗道十卷。

"BG4MXH，我完全听不懂，这些东西好难啊，一定要学它吗？"

"这是理论，OVER。"

"理论有什么用？"

"理论没有用，OVER。"

"那……"半夏小心翼翼地问，"没有用可以不学吗？"

"可以不学，OVER。"白杨干脆利落。

半夏在那头欢呼，身为一个生活在末日后时代的人，她平生第一次体会到了考试临时取消的巨大快乐。

这是多么珍贵的体验。

"大小姐，我跟你说，任何强迫你学习复杂理论知识的人都是恶魔，这世上还有比圆锥曲线二次函数数列集合更没用的东西吗？没有！如果要说一定有，那就是算带电粒子可以在电场和磁场里能转多少圈……数学去死！物理去死！让数学物理见鬼去吧！"

"数学去死！物理去死！"半夏也跟着喊，"让数学物理见鬼去吧！"

"数学考试物理考试见鬼去吧！"白杨喊口号，"打倒数学物理化学三座大山！"

"打倒数学物理化学三座大山！"

"解放全球高三生！"

"解放全球高三生！"

"你快点干正事。"老爹在外面敲了敲门，"否则全球高三学生都死光了，你解放谁去啊？"

半夏打开了GR3188中继台的外壳，她要在白杨的指导下先摸清楚中继台的结构，GR3188模拟中继台的结构相当简单，通俗点讲就是傻大黑粗，打开后盖是散热风扇和凌乱的线缆，拆下风扇，就能看到内部基地台的尾端接口，GR3188的基础组成部分是两座基地台，以及中继控制板和双工器，它们从上到下叠为三层。

中继台的大部分组件半夏都无需改动，用王宁的话来说，中继台本身的硬件足够支撑你的需求，就好比是彩色液晶屏能播的电影，黑白电视机也能播，半夏要做的就是找对接口，把正确的插头插进正确的接口里，只有经验丰富的老行家才知道怎么插，所以需要王宁和白震的全程指导。

白杨很庆幸，搭建远程控制系统并不涉及太精密的操作，不需要半夏手持电烙铁去焊PCB板，否则那可真是赶鸭子上架。

"大小姐，现在告诉我你看到了什么？OVER。"白杨捏着手咪问。

"嗯……"半夏戴着耳机，GR3188中继台就摆在她眼前的桌上，她歪头往机箱里钻，"看到了好多线，有红色的，有黑色的，还有白色的，有粗有细，乱糟糟的。"

"还有呢？机箱里面还有什么？OVER。"

"机箱里面还有两座业余无线电台的屁股，俩电台一上一下叠在一起，用螺丝固定在机箱里，取不出来。"半夏接着回答，"有好几根粗线插在电台的屁股上。"

"不用动它，还有呢？OVER。"

"还有一个黑色的铁盒子，在机箱内部的最底下，没有看到开口，密封的。"

"这个你也不用动它。"白杨说，"大小姐，你仔细听好，我现在要告诉你，哪些接口是我们要用上的，哪些是用不上的，OVER。"

"嗯嗯，我在听。"半夏点点头。

"你先数数两座基地台的屁股上插了多少根线。"白杨指示，"有多少个插口，OVER。"

"一……二三……"女孩开始数了，"六根线，一共六条线，每座电台上插了三根，有一条最粗的，黑色，插口是宽扁的，还有一条黑色，插口是圆的，最后一条是白色，最细，这条线接在一个黑色的方形塑料片上，插在基地台的屁股里……"

"那是绿色的塑料片，OVER。"白杨说。

"绿色？"半夏睁大眼睛，"不对啊，我看它是黑色。"

"那是因为灰太多，太脏了。"白杨说，"那枚塑料片是可以拔出来的，你拔出来擦一擦，OVER。"

片刻之后，耳机里果然传出女孩的惊叫。

"真的诶！是绿色的！上面还有电路！"

"对，这是一块PCB板，也就是印刷电路板，印刷板都是绿色的。"白杨解释，"我们需要用到的就是这个接口，这根白色的细线，到时候由它把中继台和725接在一起，能听明白吗？OVER。"

半夏似懂非懂地点点头："明白了。"

BG4MXH曾经说上课就是学习，学习就是上课，上课学习是每个人在成长中都要历经的磨难，每个孩子长大到七岁都要强制进入名为学校的地方，从此失去自由，至少到十八岁以后才能得到解放，如今半夏看着眼前黑箱似的中继台，心里一想到自己必须要去理解它，顿觉原来末日之前的世界也不是处处都好。

不上学，才是真的好。

半夏手里捏着小小的绿色PCB板，对着灯光看，它比自己的大拇指稍微大些，下面吊着十几厘米长的电线，它是一条细细的白色电线，两头各焊着同样大小的方形电路板，半夏手里这头的板子上标着模糊不清的"TX"，另一头的板子上标着"RX"，这东西是插在中继台里的，它一头插在发射机上，一头插在接收机上，把两座基地台连接起来。

PCB板上覆盖着绿色的阻焊油，薄薄的阻焊油下可以看到规律有致的布线，这块电路板小而简单，排布着整整齐齐的银色长条焊盘，标注着白色英文缩写。

"嗯……MIC AUDIO……"

半夏仔细端详。

"PTT。"

"GND。"

"RX AUDIO。"

"COR OUT。"

她不明白这些缩写是什么意思，但她能猜出来这标注的是那些引脚^①的作用。

这是一块最简陋的电路板，简陋到连最基础的元件都不具备，托在手里不过几克重，可它凝聚着人类第三次工业革命的最高智慧，集成化的思想从这块小小的塑料片里诞生，PCB板从此代替了复杂庞大的实体电缆和线路，人们像绘图一样用印刷的方式把精密复杂的电路二维化，铺在平面上，把宛如城市一样的复杂设计微缩到毫厘之间，构建起庞大的信息王国。

世界毁灭之前，人类文明究竟发展到了什么地步呢？

半夏翘起光裸的脚丫子，嘎吱嘎吱地摇着椅子，把手里的电路板举高，眯起一只眼睛，视线聚焦在电路板的小小圆形通孔上，她或许能理解老师的悲伤和痛苦，这魔法般的造物，摆在她的面前，她却无法理解。

这是人类曾经拥有过的能力。

---

① 引脚是指从集成电路（芯片）内部电路引出与外围电路的接线，引脚构成了这块芯片的接口。

现在却失去了。

半夏回忆起老师还在的日子，那时候她还小，老师带着她四处捡垃圾，用捡来的垃圾一点一点地构筑起坚固的堡垒。

老师是旧时代的人，对末日前的世界非常了解，半夏猜测过老师的职业，但她跟个多面手一样体现出的强大能力让半夏无从确认她在灾难降临前究竟是做什么的，老师擅长野外生存，枪法极准，半夏以为她是个军人，但她又知道怎么搭建用电网络，懂得修理复杂的家庭电器，这就像个电工——最令半夏惊奇的是老师研究过很长很长一段时间的天文学和航天工程学（半夏并不知道什么是天文学和航天工程学，这两个词是白杨告诉她的），老师曾经收集过大量资料，但最后又被她全部烧掉了。

那些年，老师坐在房间里翻书画图，就让半夏到一边去玩泥巴，偶尔半夏偷偷溜进房间，可以看到墙上贴着满满当当的草稿纸。

"老师绝对是在拯救世界！"半夏这么对白杨说，"她在想办法赶走这场灭世的灾难！"

"可是全世界只剩下你们两个人了。"白杨问，"这能怎么拯救？难道还能让所有人死而复生？"

"这我就不知道了，她肯定是在找办法。"半夏说，"老师那么厉害的人，她可是在灾难中幸存下来的唯一一个人！几十亿分之一，这样的人难道不是上天注定的救世主吗？"

"还有你呢，大小姐，你也是幸存者。"

"我只是被她救下来的人啦，属于拖后腿的那种。"半夏说，"没有她的话，我根本活不到现在，没有我的话，她应该能活到现在。"

"可惜老师没留下什么有用的信息。"白杨叹了口气。

"她绝望了，所以把资料全部烧掉了。"半夏说，"谁能知道会发生这种事呢？我居然能联系上你。"

"她要是留给你就好了。"白杨抓了抓头，"那咱们也不会像现在这样摸不着头脑，既不知道发生了什么，也不知道是什么原因。"

"可是她没有留给我，你要是早个五六年联系上我们，那你就能和老师说话啦。"半夏说，"反正都是穿越时空，你为什么不能把时间往前推个五年？五年前老师还活着，她什么都知道。"

"这不是我能决定的呀，大小姐。"电台那一头悠悠地说，"老天赐予我们这个机会已经很难得，哪里还能挑三拣四？我也想通上的是你老师。"

"哦？"女孩眉毛一扬，"不想通上我？"

"不……我我不是这个意思。"白杨一下就结巴了，"我是说你老师更有用……"

"我没用？"

"你有用！"白杨斩钉截铁。

"我有什么用？"

"你……你是从古至今全人类的最后希望，人类历史上最重要的最后一人，千金之躯无价之宝的大小姐，全世界智商最高、枪法最准、箭法最好、最漂亮、身材最棒的人！"白杨一口气说完了。

半夏眼珠子滴溜溜地转了一转，嘴唇抿起往上勾起小小的弧度，发出温软的鼻音。

"哼。"

7

周四。

王宁那肥胖的身体有一半探在窗外，手里高高举起两根拖把棍，拖把棍上绑着两米长的鞭状天线。他满头大汗，戴着耳机，先仔细听了一会儿，接着朝向小区里大喊："我什么都听不到！老白，你送话了没？"

"没有！"

白震远远地站在楼下小区的草坪边上，面前支着一张折叠木桌子，桌上摆着黑色的数字业余无线电台，他歪着头用脖子夹住手机，一只手里握着宝峰UV5R业余无线电对讲机，另一只手在调试桌上的数字电台。

"那你他妈的速度快点！这个姿势我保持不了太久！"王宁嘶声长吼，"我腰要断了！"

"好好……对，好，没问题，我待会儿就给你。"

"老白，你他妈的送话了没有？"

"没有！"

"那你在叽叽歪歪什么玩意呢？你在说什么？"

"老赵给我打电话呢！"

"他哪来那么多废话！"

这是他们今天的第六次实验。

实验的场面相当大，中继台、基地台、频谱仪都用上了，王宁和白震已经把远程控制系统初步组建完毕，他们从今天上午9点开始实验，一直忙到下午4点，不断调试设备，以求达到最佳状态。

不同设备之间的距离被远远地拉开，它们分别安置在尽量互相远离的位置上。

中继台和二手icom725连在一起，摆在白杨房间的书桌上——这是因为二手icom725短波台需要借用白杨电台的这架DP天线，14MHz的偶极天线有足足二十米长，像个超大的晾衣绳一样架在屋顶上，没法临时假设，只能借用现成的。

而中继台需要使用的天线，则是144MHz的鞭状天线，两米长度，他们在改装计划中放弃了双工器，所以简单粗暴地使用两根天线，发射机一条天线，接收机一条天线，各用各的，都由王宁拿在手里，举在窗外。

为了避免互相干扰，王宁要让两根天线尽量远离，所以他此刻看上去是个高举双手探出窗外的奥特曼。说老实话，这姿势有点惊悚，仿佛随时就要发射升空，飞向宇宙。

同时白震又搬来一座业余无线电台，是他找人借来的icom705。

白震带着一张折叠桌子下楼，在小区的草坪上支起来，被保安赶了出去。他换了个地方，在小路上支起桌子，摆上icom705，刚架好天线，又引来了保安，他花了很长时间和小区保安扯皮。

新来的保安认为此中年男子形迹可疑，设备可疑，证件可疑。

白震问你不知道什么叫HAM吗？我就是HAM。

保安说您要是蛤蟆请回到水池子里去。

白震手里握着UV5R手台，桌子上摆着icom705，身边架着天线，他负责对指挥部里的远程控制系统进行测试。

这些设备之间将会形成如下信号链路：

测试接收时，白震在外面使用UV5R送话，信号被GR3188中继台接收，中继台的接收机把信号传输给icom725。

测试发送时，王宁使用房间里的icom725发送信号，icom725把信号传输给GR3188中继台，由中继台的发射机把信号发给白震，白震的icom705业余电台负责接收。

"注意注意，各部门注意。"白震按下UV5R的PTT按钮，"逆转未来拯救世界业余无线电紧急指挥部，远程控制系统第六次实验，现在开始！"

8

周五。

半夏哼着歌儿，把图纸摊开在桌上。

BG4MXH给的图纸，详细说明了GR3188中继台和icom725的改装要点，昨天晚上BG4MXH那头跟教幼儿园小朋友认汉语拼音一样极富有耐心地慢慢指导，让半夏搞懂了各个接口的作用，一句话重复三遍，不懂就再重复三遍，动之以情，晓之以理，循循善诱，女孩学得也相当认真，把老师留下来但是被束之高阁的那本英汉词典取了下来，有事没事就翻一翻。

深秋的下午，天气难得干爽，窗台上落满鸟粪，路上铺着金黄的落叶。

气温一天一天地转凉，当女孩在小区里看到松鼠越来越多的时候，她就知道又一个冬天即将来临，小动物们还未来得及适应气候的变化，它们仍然在准备过冬的储藏，这些小啮齿动物花了几百万年进化而来的浓密冬毛，会让它们在这个冬天里热得睡不着。

以前的南京是会下雪的，从某年开始，就不再下了。

"COR OUT……中继台的摩托罗拉接收机COR OUT接电台的PTT。"

"RX AUDIO, RX AUDIO接口在哪儿来着？在这儿……它接电台的MIC接口。"

"最后是GND。"

半夏穿着背心和短裤，头发扎成一个马尾，盘腿坐在椅子上，面前的桌上堆满了电子零件。

她把icom725电台的手咪拔了下来，好奇地凑近眼前仔细观察。

半夏还是头一次把这东西拔出来，同样是icom的手咪，和电台是一个品牌，沉甸甸的，按键数字模糊，不知道用了多久，年龄大概和电台一样大，半夏跟那边说电台搬动时都能听到零件叮当响。

手咪的插头是圆柱形，通俗地讲，这种圆柱形插头叫作航插，全称叫"航空插头"，它是一只八孔插头，正中央一个小孔，其他小孔在外均匀分布一圈，而它的插口在电台操作面板左下角，与插头对应，插口内有八根细长的金属针。

每一根针都有不同的功能和作用，半夏要把电台和中继接在一起，第一条链路就得从这里走。

手咪就是话筒，是麦克风，人们握着手咪说话，所以通常情况下，信息就是从手咪的插口输入电台。

这是电台的嘴，中继台的接收机就要插进电台的嘴里。而中继台的发射机呢，则要后入电台。

为了搞清楚插口里八根插针分别通往什么地方，白震和王宁翻遍了全网，找到icom725业余无线电台的使用说明书。

"BG4MSR，你仔细看手咪的接口，这八根针，逆时针编号从1到8号，中间那根是8号，我们需要用到的三个接口，一个是PTT，一个是MIC，一个是GND。"白杨仔细地解释，"MIC是1号针，PTT是5号针，GND是6号和7号，我们要用的是7号，听清楚了吗？OVER。"

频道里没人说话。

"听清楚了吗？OVER。"

频道里还没人说话。

"大小姐？BG4MSR？你在吗？为什么不说话？OVER。"

白杨催着催着把半夏催急了，后者只好把手咪重新插上，没好气地说：

"你不是让我拔了手咪吗！我怎么说话？"

半夏给电烙铁通上电。

用电烙铁需要松香，半夏翻遍了电脑城没找着，白震灵机一动让她去打劫乐器行，果然找到了。

王宁叮嘱半夏用电烙铁一定注意安全，手别握在铁芯上。

白震说会有这种蠢人？手握在烙铁的铁芯上？

王宁反驳道怎么没有了？多的是拿烙铁当钢笔用的。

半夏把中继台上那根细细的白色电线拉直，然后抄起剪刀，咔嚓一下，干脆利落地剪掉了一头的PCB板。

PCB板人头落地，半夏剥开电线白色的橡胶外皮，分出红黑黄三条细线。

这三条线，就要接在电台的手咪插口里。

红线是COR OUT，对应PTT。

黄线是RX AUDIO，对应MIC。

黑线是GND，对应GND。

可725电台的插口内是金属针，电线接细针，针尖对麦芒，不好互相固定。

白震建议半夏找来细铜丝，先把细铜丝一圈一圈地绕在插针上，绕成弹簧似的细长螺旋，确认它能套在细针上不会掉下来，再把螺旋铜丝抽出来，和电线焊在一起，这样可以得到简单的自制插头。

"这针太细了，不好插进去。"半夏吐槽，"手抖怎么办？"

"你有帕金森吗？"

"什么叫帕金森？"

"帕金森就是半身不遂，一直抖。"

"真的吗？听上去好有意思，我也想有帕金森，一直抖啊一直抖。"

半夏将它们全部焊好，把中继台接收机三条电线接在电台手咪插口对应的插针上，工作的一半就此完成。

另一半从电台的屁股开始。

它的屁股上有两个接口。

"两个插口！ ACC1和ACC2！"

"对，拐两五有两个插口，我跟你说过的，要用的是ACC1这个接口！注意看电台后面那块金属铭牌，上面标注了哪个才是ACC1。"

"右边。"

"没错，右边那个。"

"这是个多孔接口，这个插口里有好多孔……一二三四五六七八……八个小孔！"

为了搞清楚这八个小孔的功能和作用，白震和王宁又找遍了全网，icom725这老古董的详细资料真不好找。

icom725电台屁股后面的接口相当多，最醒目的就是居中的两个圆形ACC插口，这是两个多孔插座，每个插座有八个纺锤形小孔，像菊花绽放一样散开分布，它和手咪的插座刚好相反，手咪插座里是针，是信息的输入口，而ACC插座里的是孔，是数据的输出口，孔要好对付一些，直接用细铜丝插进去即可。

但怎么插，插哪几个，才是关键。

"嗯……电台的SQL OUT接中继台发射机的PTT。"

"EX SPEAKER接发射机的MIC。"

"最后是GND。"

半夏还记得BG4MXH的叮嘱。

她再抽出一根细细的白色电线拉直——这种两头有PCB板的连接线一座中继台里只有一根，它是用来连接发射机和接收机的。

而GR3188中继自身的连接线刚刚已经被半夏给剪了，那根线此刻正一头插在接收机上，一头插在icom725的手咪插口里。

所以半夏又从其他同型号中继里找来一根连接线，同样干脆利落地剪掉一头，从白色胶皮下分出红黄黑三根细线。三根细线每根焊上一条长长的铜丝。

"SQL OUT是哪个孔？"

"6号孔。"

半夏小心翼翼地把三根铜丝分别插进电台的屁股里，让这根白色连接线一头插进电台屁股，一头插在中继的发射机上。

这一套方案在昨天已经被王宁和白震成功实验了九次。

但还没完。

还有一个重要组件——天线。

关于天线的问题，王宁和白震思考许久，说实话，这年头天线基本上都是买的，厂商给你定好了参数，装上就能用。

但半夏的时代没有淘宝也没有京东，网购是不可能的，想要获得天线，最简单的方法就是自己做。

可王宁和白震两个老家伙多少年没自制过天线了，他们不是没有这个能力，但是有现成的何必自己动手？当个懒狗有什么不好？于是刀枪入库马放南山。

"天线怎么搞？自己做？"王宁问。

"自己做呗，还能怎么办？"白震说，"我们自己先做一遍试试效果，能行，再教她做。"

"阻抗驻波怎么办？"王宁问，"她应该没法测。"

"凑合着用吧，有个差不多就行了，都大差不差。"白震摇摇头，"就她那个时代的电磁环境，放个屁全世界都能听见。"

理论上来说，所有的导体都可以是天线，只是效果有差异。所以要做天线可以随地取材，什么晾衣架、金箍棒、乾坤圈、紧箍咒、紫金钵盂、九齿钉耙、方天画戟、青龙偃月刀，只要能搞到手，就没有不能做成天线的。

王宁和白震选择使用同轴电缆。

"同轴电缆！用同轴电缆，相当好搞的东西，城市里到处都是，电视线、网线都行。"

"最好找75-7的，75-5的也行！"

同轴电缆比青龙偃月刀好找且效果更好，它经常作为天线的馈线使用，其实它本身也可以当作天线使用，同轴电缆的结构简单，它有两层结构，中心是金属线芯，芯线外还有一层细密的金属网屏蔽层，芯线和屏蔽网之间用绝缘材料填充，最外层是橡胶外皮。

所以同轴电缆的横截面跟枪靶似的，中心一个实心圆，外面一环套一环。

要把同轴电缆做成天线，最重要的是把金属屏蔽层扒掉。

屏蔽层就像法拉第笼，同轴电缆的抗干扰能力之所以比普通双绞线更强，就是因为这层屏蔽网的存在，它既能隔绝外部干扰，也能阻止电缆内部产生的电磁波向外辐射发散，所以把这一层皮剥掉，电波才能扩散出去。

"144MHz，大概要留多长？"王宁问。

白震注视着地板上堆成一圈的黑色电缆，沉吟了几秒钟，在脑内快速心算。

"半米左右。"

两人用尺子在同轴电缆的末端量出半米的长度，然后在相应的位置上用小刀环切了一圈。

这是一场声势浩大的包皮环切术，光包皮就有半米长。

他们把半米长的细长包皮扒下来，露出内部的银色金属屏蔽网。

王宁和白震蹲在地板上，用手慢慢地揉搓金属屏蔽网，手法熟练，将柔软的金属细线织成的屏蔽网搓松，然后一点一点地往后拉，像翻衣袖那样反套在同轴电缆的橡胶外皮上。

套完之后，简易的入门级144MHz天线基本完成。

这一根同轴电缆既是馈线也是天线，它剥皮的部分是负责辐射电波的天线，未剥皮的部分则是传输信号的馈线。

就这么简单。

最后王宁又用驻波表进行微调。

两人用这套天线在昨天进行了九次实验，软塌塌的同轴电缆自己没法支棱起来，所以王宁把它绑在木头拖把棍上，他高举两只拖把身体探出窗外，仿佛随时要起飞升空，把小区里路过的业主吓得报了警。

在2019年的南京市，在遍地电源开关和电动车的梅花山庄小区，这两根看似简陋的鞭状天线仍然顽强支撑起了王宁和白震的对骂。

"老白，你他妈的搞好了没有？我腰要断了，我跟你说你要补偿我医药费，五百块钱不能少。"

"你飞下来我就给你，保证烧给你，一分钱不少。"

半夏将做好的同轴电缆天线绑在棍子上，BG4MXH特别叮嘱她一定要用绝缘体。一共两根天线，发射机一根天线，接收机一根天线，她花了很大力气把它们从阁楼天窗里伸出去，立在屋顶上。

144MHz是UV波段，准确地说是VHF波段，电磁波在视距内传播，所以天线竖得越高越好。

半夏问它能通多远？

王宁耸耸肩，他也说不准。

UV波在常规观念里是近距离通信用的，可万事无一定，凡事有例外，只要条件合适，UV波段也可以直频通联几百公里。

白震说末日年代的南京，空无一人，电磁环境肯定非常非常安静，通联的信噪比会非常好。

王宁说只有一个人的世界确实省事，中继连亚音都省了，反正只有你一个人说话。

当天晚上，女孩给手台充满电。

此前，她根据白震和王宁的指示去找防水手台，在珠江路上一共找到十八台保存完好的防水手台，什么摩托罗拉，什么八重洲，各路大牌纷纷败下阵来，最后只有存量极高的百元神机宝峰UV9R

还能正常工作。

打开icom725电台。

打开GR3188模拟中继。

半夏深吸了一口气。

轻轻一拧手台顶部的开关旋钮，液晶屏亮起。

在一个漫天璀璨星斗的夜晚，少女离开房间爬上阁楼，坐在屋顶上，给BG4MXH讲起她看到的星星。

第五章

1

远程控制系统搭建完成，接下来提上日程的就是图像传输链路。

在周末的两天里，王宁和白震详细讨论了利用icom725业余电台进行图像传输的技术要点。

"用摄像头对吧？"半夏蹲在客厅的地板上，手里握着UV9R对讲机，面前的摄像头堆积如山，"我找了好多摄像头回来，可能把珠江路都给搬空了。"

最近一周时间，女孩天天去珠江路搜刮，淘回来巨量电子垃圾。什么液晶显示器、电脑主机、主板、同轴电缆、摄像头、鼠标、键盘，用得上用不上的，认识不认识的，统统用麻袋装上用小拖车拽了回来。

这是一个垃圾佬狂喜的世界。

"我这里好多摄像头，该用哪一个？"半夏问。

远程控制系统建立起来之后，联络果然方便了不少，最显著的变化，就是女孩不必再一直蹲守在房间里，她可以带着手台在屋子里随处溜达。

"最好用UVC摄像头，OVER。"白杨的声音从手台里传出来。

"BG4MXH，什么叫UVC摄像头？"

"UVC的意思是USB VIDEO CLASS，是一种标准协议。"白杨回答，"简单地说是一种免驱动摄像头，插上就能用，非常方便，OVER。"

"那哪个才是UVC摄像头？"

半夏随手挑挑拣拣，摄像头有这么多，有半球形的，有圆柱体的，有长方体的，还有像个小台灯一样带支架的。

"绝大多数网络摄像头都是UVC摄像头，你找到的那些都是。"白杨说，"你只要挑个还能正常工作的，OVER。"

建立图像传输链路比远程控制系统要复杂得多。

王宁说GR3188这样的纯模拟中继台在通信协议层面和725没有太大差别，因为它本身就是由两座基地台组成的，都是一家人，不说两家话，只要硬件层面的路径搭建正确，中继台和拐两五屁股对准嘴，嘴对准屁股，整条链路就能凑合着走起来。

但图像传输不一样。

摄像头采集到的图像数据，要通过拐两五传输给白杨，可摄像头和业余电台那就不是一家人了，网络摄像头是新新人类，业余电台是老古董，它们之间的数据交流毫无疑问是鸡同鸭讲，没法互相理解，所以它们需要一个强大的翻译，一台核心机，一个联结枢纽，承担起转码的功能。

把图像数据转码成业余无线电台可以传输的信号，能做到这一点的，毫无疑问，最佳人选是电脑。

电脑是最方便也是最强大的平台，只要半夏能找到一台可以正常工作的电脑，那么一切问题将迎刃而解。

"没用，这些电脑都没用。"半夏摇摇头，"全部都锈得不成样子，插上电都没反应……哎呀！"

她忽然惊呼一声。

"怎么了？大小姐？出什么事了？"

几秒钟后女孩才回复：

"炸了，这块主板炸了，冒了好大的烟，咳咳……我出去避避。"

电脑找不到能用的，王宁和白震就退而求其次，他们开始讨论开发板和树莓派在这套系统中的可行性。

"树莓派用的什么系统？"王宁问。

"Linux。"白震回答。

"你擅长Linux平台上的开发吗？"王宁问。

"我最擅长单片机和dos，你知道部队里的老古董用dos的多。"白震说，"Linux我会一点点。"

"能到什么程度？"

"能拼写。"

半夏跑到阳台上打开窗户，让夜风吹进来，然后靠在阳台上悠悠地往外望。

"我觉得我的生命又有了意义。"她忽然说。

白杨一愣。

"为什么这么说？OVER。"

"在联系上你之前，我是过一天就算一天，我也不知道自己为什么还活在这个世界上，也不知道自己要做什么，老师不在以后，我一个人住在屋子里，总是一坐就一整天，一整天都不说话，后来渐渐连话都不会说了，因为没人再跟我说话，可我也不能自言自语对吧？总是自言自语会成神经病，所以我只能强迫自己唱歌。"半夏说，"不唱歌我就要成哑巴了，还好你联系上的是现在的我，要是再晚两年，我只能这么跟你说话了：呜呜呜！呜呜！"

她咯咯地笑起来。

"可是现在我觉得生活好有意思啊，终于有什么事可以去做了，无论是去珠江路捡垃圾，还是改装中继台和725，前一天晚上上床睡觉，可以想着明天要去做什么，这样的生活太棒了，我太喜欢了。"

"呃……你不觉得搞这些挺麻烦而且枯燥的？"白杨问，"不会厌倦吗？OVER。"

"不觉得。"半夏说。

"大小姐，后面还要学习编程哦，你话先不要说太满。"白杨提醒，"那是更枯燥更困难的事，OVER。"

"尽管放马过来！"

半夏踌躇满志，有什么能比她之前的生活更难熬呢？

——两天之后她就满地打滚：

"我不搞了不搞了不搞了不搞了！它就是跟我过不去！这不科学！这不可理解！我输入的代码明明都是正确的，为什么它就是运行不了呢？"

"BG4MXH，图像传输链路建立起来之后，你们需要什么数据？"半夏问，"我们只有晚上10点以后才能联系上，外面天早就黑了，能拍到什么呢？"

"这个我们还在讨论。"白杨回答，"大小姐，图像传输不是重点，重点是要拓宽数据传输链路，目前只能用电台语音通信的方式实在是限制太大，我们要先把路铺好，路铺好了才有可能通更大的车，能理解吗？ OVER。"

半夏点点头，她倒是能理解白杨所说的话，不过她不知道拓宽数据通道之后又能做什么。

明摆着半夏对过去的那场灭世灾难几乎一无所知，而这个世界上留存下来的关于那场灾难的信息也太少，人类文明在极短的时间内被全面摧毁，七十五亿人尸骨无存，只有坠毁的飞机、烧空的汽车，以及地面上的弹坑喻示着曾经有过的抵抗，或许地球上某个角落里还保存有相关的详细资料，但它可能在格陵兰岛，可能在太平洋深处，可能在夏延山北美防空司令部，都是半夏不可能触及之处。

她疑惑归疑惑，不过还是把所有的工作都按计划照做了，说不定那边有什么方法呢？

——白杨其实也不知道有什么方法，他只是遵照赵博文的叮嘱，在他归来之前把工作推进下去。

如果说此时此刻，全球七十五亿人中有一个人脑子里有全盘计划，那么这个人毫无疑问是赵博文。

白杨不知道老赵现在身在何方，他也好久没有打电话过来要掌声了，此人一去多日音讯全无，跟人间蒸发了似的。

有时候白杨胡思乱想，心想赵叔此刻恐怕已经被当作精神病人关起来了，手机什么的都被收缴，所以长期失联——想着想着他脑子里就浮现出这样的场景：赵博文被关在重症隔离病房，头发散乱，眼窝深陷，拼命拍着铁门冲着护士大吼放我出去！再不放我出去世界就要毁灭了！然后引起病友们的一阵哄笑，一个资历更老的精神病大爷在隔壁掐指一算，安慰他说年轻人你不必担心，到时自有罗汉降世，大威天龙。

真要是这样，那世界真就完蛋了。

以白杨这小小的脑瓜，还猜不出来赵叔在打什么算盘，他似乎在下一盘大棋。

白杨在等赵博文下一步落子。

赵叔的这一步棋成功落下，他们或许就有办法窥见末日灾难的真相了，不过赵博文的棋子还未落下，BG4MSR那边忽然传来一个能把在场所有人都震得跳起来的消息。

这是一个重大转机，让白杨等人面向真相往前迈了一大步。

这一大步要归功于一只拖鞋。

那只是拖鞋的一小步，却是全人类的一大步。

2

这一日下午，女孩仍然在倒腾主板，在湿润气候下放置了二十年的主板简直是霉菌培养皿，长着颜色鲜艳花花绿绿的毛，乍一看还以为是颜料调色板。她把它们清理干净，再放到外头的太阳底下暴晒，王宁说找主板最好得找没开封没用过的，工控或者军用主板最好，因为它们用的是钽电容，不容易坏。

"3150工控主板，找块赛扬的3150无风扇工控主板，我觉得应该能行。"王宁说，"这东西在珠江路好找得很。"

"那东西你用过吗？"白震问，"什么系统？"

"XP，或者Win7。"王宁回答。

"很好。"白震点点头，"那可以打红警。"

半夏把手里的方形主板翻过来吹了吹，这大概是女孩见过最精密的人造物，绿色的基板，银色的电路，密密麻麻的电阻电容，大大小小的接口，结构复杂得叫人目眩，半夏非常小心地拂去灰尘，这块主板没有风扇，板子中央立着一大片黑色的散热板。

它将是图像传输链路的核心，负责把摄像头采集到的图像数据转换成业余电台可以传输的音频信号——

"等等等等，你们说什么？"白杨问，"音频信号？声音？"

"没错，小杨有什么问题吗？"王宁把主板放在茶几上，抬起头来。

"把……把图像转化成声音？"白杨难以置信。

"对，你没听错，就是把图像数据转换成音频信号，把你眼睛能看到的照片转码成耳朵能听到的滋滋声。"白震点点头。

"任何数据都可以转化成声音信号。"王宁说，"这是最简单的传输方式，和电磁波一样，声波也是波，只要是波就能调制，你平时用语音通联不就是靠电台的麦克风和功放吗？如果把你的声音调制一下，它也可以承载图像信息。"

"这……口播传图？"白杨还是非常震惊。

"可以这么说，如果你的舌头和声带足够强大，可以用嘴对着电台发出调制过的准确声波——听上去会有点像《哈利·波特》里的蛇佬腔，而电台那边的人有录音机，把这声音录下来，输入电脑里转码，就能恢复成图片。"王宁点头，"这是我们为什么需要用主板，因为主板一般都自带声卡。"

"信息是什么？信息本质上就是有序，是规律，任何东西只要你能改变它的规律，它就能承载信息。"王宁接着说，"比如说我揍你爸。"

"滚。"白震说。

"我有规律地用拳头快速击打你爸的下颌，用二进制。"王宁说，"我甚至能打出一套 XP 系统来。"

"那我爸的下颌骨要换成钛合金。"白杨说。

"声音也是一样的，声波可以调制，它就可以承载任何信息。"王宁说，"这也是目前最简单、最适合拐两五的传输方式。"

"这就是所谓的 AFSK。"白震说。

两个老男人搞来了大量主板和摄像头，堆在客厅里，数量多到让老妈恼火，老妈说打开门像是进了什么二手电子市场。

在王宁和白震的指导下，半夏可以依靠珠江路上的电子垃圾攒出任何东西。

她盘膝坐在客厅的地板上，背靠着沙发，有一搭没一搭地说："爸妈，你们说这东西……究竟是怎么做出来的？真是不可思议。"

在她的想象中，这东西是由人工手持镊子，钳着小零件一只一只地焊上去的，可主板上有些元件小到她看都看不清，这该怎么焊？

她忽然拿起拖鞋。

屏息凝神，沉默片刻，然后出手如风，快如闪电！

拖鞋旋转着飞出去，啪的一下砸在柜子上，多年以来，半夏早已练就一身听声辨位的本领，她眼观六路，耳听八方，对老鼠的声音比猫还敏感，只要房间里出现老鼠动静，她就以迅雷不及掩耳之势，一拖鞋砸过去。

不过这一回没有响起老鼠逃窜的吱吱声，反倒是堆在柜子上的杂物哗啦一下倒了下来。

半夏只好起身去收拾。

这是她前段时间找英汉词典时搬出来的杂物，当时没来得及收拾，随手堆在了电视柜上，刚刚被拖鞋一砸，就全部塌了下来。

有纸笔、硬币、空盒子、不知道做什么用的药片，还有那本大部头的《西游记》，半夏把它们全部塞回抽屉里，她其实也是个生活乱糟糟的人，一个人住的时候，东西随处取随手放。

半夏从地上捡起《西游记》，厚厚的一大本，她几乎没翻过，因为看不懂。

听老师说讲的是一个秃子带着三个怪物去西天取经的故事。

她随手一翻，瞄了一眼页码，看了一眼页眉。

"三藏不忘本……四圣试禅心……"

半夏念了念。

"那三个女子转入屏风，将一对纱灯留下。妇人道：四位长老，可肯留心，着那个配我小么？悟净道：我们已商议了，着那个姓猪的招赘门下。"

她又翻了两页，随口念出来。

"那妇人与他揭了盖头道：女婿，不是我女儿乖滑，她们大家谦让，不肯招你。八戒道：娘啊，既是她们不肯招我啊，你招了我罢！那妇人道：好女婿呀！这等没大没小的，连丈母娘也都要了！"

在这个时代，书籍已经失去了存在的意义，老师曾经有许多藏书，可最后都烧掉了，连同她的资料、笔记一起烧掉了，半夏还记得老师神色木然地把它们扔进火盆付之一炬，坐着一下午都不动弹，南京市里或许也不剩下多少藏书，南图那么大一座图书馆，都被人给搬空了，人们搬空图书馆当然不会是为了阅读，而是为了取暖，半夏记忆里有一年的冬天冷得厉害，老师为了取暖，把木家具都劈成了柴火。

那是南京市最后一次下雪。

"当晚众臣朝散，那妖魔进了银安殿。又选十八个宫娥彩女，吹弹歌舞，劝妖魔饮酒作乐。那怪物独坐上席，左右排列的，都是那艳质娇姿。你看他受用，饮酒至二更时分，醉将上来，忍不住胡为。"半夏一边高声朗诵，一边在客厅里踱步打转，"跳起身，大笑一声，现了本相。陡发凶心，伸开簸箕大手，把一个弹琵琶的女子抓将过来，挖咋的把头咬了一口。吓得那十七个宫娥去他妈的……"

她一愣，忽然意识到自己读错了。

"去他妈的"不是《西游记》的原文，而是有人写在纸上的字！黑色的中性笔写的字，凌乱潦草，斜斜地插在整齐印刷的原文旁。

"我天。"

半夏轻声说。

这是老师的字。

她呆了半晌，然后反应了过来，连忙往后疯狂地翻页，短短惊鸿一瞥，她看到了乱七八糟的涂鸦、公式、数字、英文和汉字。

1 200公里。

大眼珠。

25473000。

果实。

Entropy。

Galaxy Center。

"我的天。"

半夏喃喃道。

这不是《西游记》，而是老师的草稿本。

3

白杨在草稿纸上画了一个圆，接着在这个圆中间画了一只眼睛，最后给这个圆加了六条昆虫似的长腿。

他盯着它看，在脑中将它复原，为它3D建模，让它在纸面上慢慢地立起来，它应该是怎样的形象呢？

一只独眼蜘蛛？

还是一只长着六条长腿的大眼珠子？

这六条腿是均匀分布成一圈，还是左右各三条地对称分布呢？

立在纸面上的小眼珠子吧嗒吧嗒地爬动起来，它爬行的速度很快，从草稿纸的这头爬到那头，然后跳上数学课本，翻过笔袋，还想爬上不锈钢的保温杯，可它的尝试失败了，不锈钢杯外表光滑且没有落脚点，它往垂直的杯壁上攀了两步，骨碌骨碌地滚落下来，这一摔像是把它摔晕了，它摇摇头，还想卷土重来，但一只如来神掌突然从天而降，砰的一下惊天动地，将这个小东西按灭在尘埃里。

白杨陡然从幻想中惊醒，紧接着一个人的体重压在他的肩膀上。

"这是什么呀？"何乐勤好奇地探头，把白杨桌上的草稿纸捏起来，"你这是画了个啥？"

"人类的天敌。"白杨回答。

"人类的天敌？"何乐勤把草稿纸倒过来，盯着看了半晌，"这玩意也能叫人类的天敌？它能扛得住一发尾翼稳定脱壳穿甲弹吗？"

"看过EVA没有？"白杨把草稿纸从他手里抽回来，"这是第十九使徒，它有AT力场，穿甲弹打不穿。"

"痞子应该找你去当导演，走走走，去上厕所。"

何乐勤把他拉了起来。

BG4MSR找到了老师的草稿本，这是一个重大发现。

他们本以为老师没有留下任何资料，但显然老师也未必记得自己用过什么东西来打草稿，《西游记》就是漏网之鱼。

不过这只是草稿纸，而非笔记本，所以信息是零散残缺而混乱的，需要仔细研判。

白杨让BG4MSR从头开始翻阅那本《西游记》，老师留下的任何线索都不要放过，她随手画的一个圈都可能蕴含深意。

"小白羊，你最近在忙啥呢？"

何乐勤站在小便池前放水，目视前方的蓝色标语：往前一小步，文明一大步。

白杨和他隔着一个空位："问这个做什么？"

"你最近不太对劲，下了晚自习就火急火燎地往家里赶，都不等我和严哥了。"何乐勤扭头看了他一眼，"沉迷什么呢？"

白杨左右环顾一圈，等到厕所里的人都走了，才开口说："跟你说过的，忙着拯救世界。"

"还没拯救完呢？"

"拯救世界，那能是容易的事吗？"白杨说，"我要是失败，那地球就宣告GG，高考咱们也都不用参加了。"

"那你赶紧失败。"何乐勤哼哼，"简直是造福全国高三学生，能取消高考，你就是我们的大恩人，我们给你立碑。"

"那好，我撂挑子不干了。"白杨说，"你给我立碑。"

他随口和何大少拌嘴，思绪却飘飘忽忽的，白杨愈发感觉到，自己的大脑已经被与BG4MSR相关的一切给挤满了，除此之外，他的大脑不再思考任何问题，平日里做作业看到题目只觉得眼熟，脑子却一片空白，白杨不知道这是不是正常的，他的大脑像一台计算机一样被什么人征用了，一天二十四小时永无止息地转动，思考的问题却与他本人无关。

复杂混乱的信息在脑中滚动，像滚雪球一样越滚越大，即将就要挤破脑壳，他自己都停不下来。

白杨觉得迟早有一天，自己的大脑要突然爆开，然后从里面蹦出一个已经毁灭的世界。

"好好思考一下，怎么对付第十九使徒，它是毁灭世界的罪魁祸首。"

白杨闭上眼睛，大概只有在放水的时候才能得到片刻宁静。

听着淅沥的水声，就像听雨一样平静。

"对付使徒，应该制造初号机。"何乐勤说，"再挑选几个自闭少年驾驶员，你觉得我有这个潜质吗？"

"你哪里自闭了？"

"只要可以驾驶初号机，我可以自闭，别说自闭了，精神分裂都没问题，我什么都不求，只求有个明日香那么漂亮的搭档。"

"你这不正撒尿吗？"白杨说，"低头照照自己。"

何乐勤往下一低头。

"卧槽。"

"怎么了？"

"太大了。"

半夏坐在桌前，翻开手里的《西游记》，为了防止有遗漏，她老老实实地一页一页往后翻，老师当年是随手把这本书摊开打草稿，汉字也好，公式也好，都相当凌乱，没头没尾的，理解起来不是一般的费劲。

"第151页，第十二回，玄奘秉诚建大会，观音显像化金蝉。"半夏握着手咪，"这一页有两个英文单词，Xuan，Zang。"

"好，Xuan，Zang，我记下了。"白杨在纸上记下来，然后微微一怔，"大小姐，这不是英文单词，这是汉语拼音，是玄奘的汉语拼音，OVER。"

看来老师闲的时候也会干些不知所谓的小事，比如说给《西游记》标注拼音。

"第152页，这一页有一个很大很大的问号，有一页纸这么大。"

"好，一个很大的问号。"白杨又在纸上画下一个大大的问号，"OVER。"

他在记录老师留在书上的草稿，这些意义不明的文字或者公式仅凭他们两个人是无法全部读懂的，他要做的是把它们完完整整地记下来，等赵博文回来之后，把它们交给更专业的人研究和判读。

"哇，这是一幅画。"

"什么样的画？OVER。"

"画得好潦草，我看不太出来这是什么……"半夏把桌上的书转了个角度，"是太阳吗？"

在《西游记》的第153页，老师用黑色中性笔画了一幅很大的涂鸦，在纸面的上半部分，她画了一个太阳——或者说月亮，甚至是眼睛，笔迹潦草，反复涂抹，如果不是整幅图中还有其他构成部分，甚至会让人以为这只是老师无意识地连续画圈圈的结果，能让半夏看出它是天体的原因，是它还在向外放射光线，细密的直线从那个圆上辐射出来，射向四面八方。

在纸面的下半部分，老师画了一条平直的线条，这大概是地面。地面之上有方形的建筑，密集的高楼，全部涂着凌乱的阴影。

半夏看出来了，这是在黑色太阳或者月亮照耀下的城市。

还有人。

小小的火柴人，很多小火柴人，全部都没有头。

目前的生活有些出乎白震的预料，他好不容易成立了一个看上去高大上的逆转未来拯救世界业余无线电紧急通联指挥部，就名字长度来看，起码相当于一个北美防空司令部再加一个美国国防部高级研究计划局，可从指挥部成立到现在，他干的全部都是华强北二手电子市场奸商的活。

"如果摄像头用海康威视的，那就接网口。"王宁搬只小板凳坐在他对面，手里捏着转接线，"要么就用USB的，接USB口，哪个更好？"

"看哪个好搞。"白震回答。

"做图像传输的话，得先把中继拔下来吧？"王宁问。

"是的，毕竟电台就那么一个手咪插口，得把中继换下来才能把主板接上去，接法倒是差不多。"白震点点头，"它不能同时具备远程控制和图像传输的能力，鱼和熊掌不可兼得，至少目前不能。"

通着电源的赛扬3150工控主板正挂在墙壁上，上面插满了转接线。

"你前段时间回过老家了吗？"王宁忽然问。

白震抬头看了他一眼，然后点点头："怎么了？"

"你家老房子还在啊？"

"当然在了，好好的呢。"白震说，"我还加固了一遍。"

"老白你说，要是这一切真的最后全部完蛋了……"王宁探身过来，指了指四周，"挖个地下室躲起来能有用吗？"

"你这就好比是在问，海啸的巨浪拍下来了，我在沙滩里挖个坑缩进去有用吗？"白震说，"你觉得能有用吗？"

"可你不也在挖？"

"我有什么办法，我们这种小鱼小虾，不挖坑能有什么办法？"白震耸肩，"你还想上天呐？"

"我打算去你那边买栋房子。"王宁说，"你帮我看着点。"

"乡下宅基地，不能卖的，手续办不下来。"

"私下里买卖都行，我又不要房产证，只要使用权，反正最后房产证也是废纸一张。"王宁说，"我也得挖个坑。"

"那最好挖深一点，咱们要是住得近，底下还可以联通。"白震从茶几底下摸出电烙铁，"知道战壕工事怎么挖吗？"

王宁叹了口气。

"你说这都什么事儿啊，好端端的，怎么就突然来个世界末日？它就不能等我死了再来？"

"99年那阵子，不也是到处嚷嚷世界末日吗？"白震又从茶几底下摸出一卷焊锡，"接受现实吧，啊，现实生活就是这么不讲逻辑。"

虽然都说天塌下来有个子高的顶着，普通小民们总能从缝隙中找到生存空间。可王宁和白震已经提前知道了结局，他们清楚这是一场逃不开的灾难，在灾难中无人可以幸免。

"多准备物资，吃的、喝的、用的。"白震说，"真到了社会停止运转的时候，什么都不好找，说不定要回归原始生活。"

"就算准备再多物资，又能坚持多久？"王宁问，"我们下一代怎么办？你儿子我儿子他们怎么办？"

"都到这份上了，你哪里还能考虑那么多？你还妄想能过下班喝点五粮液、周末去洗个脚的生活呢？做好艰苦奋斗的心理准备。"白震说，"日子再苦总比挂了强吧？多活一天是一天。"

"不行，不行，这样行不通。"王宁摇头，"投降主义终归是行不通的，熬得过初一也熬不过十五。"

"他什么时候说过这话？"

"反正这个行不通，我们得御敌于外，把它消灭掉，这才是正确的战略。"王宁态度强硬起来。

"你知道我们要对付什么样的敌人吗？三四层楼那么高的大眼珠子，长六条长腿，三步跨过护城河，刀枪不入，水火不侵，心狠手辣，杀人如麻。"白震说着说着还押上韵了，"飞机坦克在它面前好似纸糊，这样的东西要怎么打？"

"你怎么知道它刀枪不入？"

"未来的人知道它们刀枪不入，因为他们都死了。"

王宁窒住了。

他也知道未来的人类失败了。

军队被全面毁灭，什么都不剩下，这说明存在碾压性的实力差距，在这样巨大的差距面前，做任何准备都是徒劳的。

想想那颗悬于头顶之上的巨大黑月，那就是绝望。

人类怎么可能有能力抵抗这样庞大的力量？

如果这不是事实，王宁绝对不会相信人类的未来会有两颗月亮，这不讲道理啊，如果这世上真的有神，王宁真想去和神明唠唠，你们怎么能这么不讲道理呢，我们快快乐乐平平安安地过日子，怎么突然有一天就冒出一颗黑色的月亮呢？

"老老实实跟我去挖坑吧，趁早挖，挖深一点，往下挖个几十米，发扬地道战的优良传统。"白震说，"尽人事，听天命。"

"武器什么的你能搞到吗？"王宁问，"比如说120火。"

"想什么呢，我到哪儿去搞120火。"白震白眼一翻。

"这也就是国家禁枪，要是不禁枪……"

"不禁枪你也搞不到火箭筒，你去中东跟游击队做交易，或许能搞到107火箭炮。"白震说，"不过这东西你也运不进来。"

王宁让小朱找来一台能进博物馆的飞利浦CRT显示器，硕大的一个屁股，摆在茶几上。

BG4MSR没有找到可用的液晶显示器，她说插上电之后屏幕不会亮只冒烟，唯有两台沉重的CRT显示器可能还有用，于是王宁、白震指示她把显示器外壳拆开，放在外头暴晒。

阴极射线显像管显示器内部有高压，不能受潮，所以在通电之前必须把潮气给去了。

"除了折腾这些电子垃圾之外，我们还能做些什么?"王宁把显示器扶正，吧嗒吧嗒地按上面的按钮。

"只有这些了。"白震无奈地说。

逆转未来拯救世界业余无线电紧急通联指挥部刚成立时，他们还踌躇满志，誓要为拯救全人类贡献自己的一份力量，可整天泡在垃圾堆里，随着时间推移，两人都愈发意识到自己的能力有限——两个秃顶、掉头发、中年肥胖的大叔，说破了天又能做些什么呢?就算末日在一日一日地接近，他们也只能窝在屋子里折腾电子垃圾。

这是小人物的悲哀。

越往下干越感到无力，此时王宁和白震只能寄希望于外力，希望有人能带来转机，能带来强大的助力，能带来一线生机。

"老赵这个鸟人……他究竟什么时候能回来啊？"

4

老赵这个鸟人此时在干什么，谁也不知道。

不过逆转未来拯救世界业余无线电紧急通联指挥部仍然按时给他发微信发邮件，通报最新情况，传递最新情报，但对方是从来都没回复过。

"上海市的精神病院是哪家？"白震问，"咱们打个电话过去问问，有没有个叫赵博文的病人近期住院。"

"全国叫赵博文的可太多了。"王宁随手把音频线从主板的接口上拔下来，"DHMI线在哪儿？"

赛扬3150工控主板的功能足够强大，装个XP系统，可以让白震实现红警自由。

他们以工控主板为核心，接上显示器、摄像头、键盘、无线电台，组合起来，就是一台超时空摄影机，但说起来容易，做起来简直是一团乱麻。

白震和王宁这头都一团乱麻，半夏那边什么情况可想而知。

问题还是出在编程上。

白震这二把刀的编程水平，也敢自告奋勇上阵教小姑娘写软件，他信誓旦旦地说没问题，这点小问题他完全能解决，毕竟只是写个小软件——在整个数据传输过程当中，需要半夏自力更生独立编写的只有前面很小很小一段程序，这套程序是用来接收后续代码的，只要把它安装好，后面更庞大更复杂的软件，完全可以直接传输过来。

白震如意算盘打得叮当响，他在自己的电脑上大显身手给其他人演示了一番，键盘敲得行云流水，页面切得应接不暇，Ctrl C 和 Ctrl V 应用自如，俨然一副顶级黑客的模样。

"看！看！只要把它安装好，万里长征就踏出了第一步！万丈屎山就堆好了第一坨！"

白震拍了拍沙发上的笔记本电脑，屏幕上是他发挥多年 C 语言功底，灵活运用复制粘贴写就的惊世文章。

"后续什么视频压缩软件、图像处理软件、信号调制软件、阿逗比套装、CAD 套件、Unity、虚幻 3、魔兽世界、星际争霸，统统都可以传过去一键安装！"

白杨不禁对自己的老爹刮目相看。

他简直要做按太阳穴轮刮眼眶了。

老爹不仅仅是个普通的网约车司机，他还是个会复制粘贴的网约车司机！

白震话说得很满，但到 BG4MSR 那儿就见鬼了。

"BG4MSR，咱们再检查一遍，再检查一遍——"白杨叹了口气，手里抱着笔记本电脑。"我们再对一遍代码，看看究竟是哪里出了问题，OVER。"

"唔，那好，我们再对一遍。"

又是一个深夜。

自从进入编程程序以来，半夏和白杨就陷入了永无止境的自检和自查当中，他们不明白，为什么一个小小几KB的软件，居然会出现十几种不同错误——整个软件一共4KB大小，四千个字节的数据量，经统计一共出现了十二种不同错误，平均三百三十个字节就要出一次错，老爹每修复好一个老BUG，同时会产生两个新BUG，BUG包括但不限于黑屏、黑屏以及黑屏。

同一段代码，在不同的时间会出现不同的BUG，在不同的日期会出现不同的BUG，甚至主板放置的朝向不同也会出现不同BUG。

王宁说小杨你爹是写了个风水软件，拿来给人的墓地测方向正好，手里别端什么罗盘，就端着主板，哪个方向出BUG哪个方向就是大凶。

"我不想再看了，BG4MXH，我不想再看了，看得我眼睛疼。"半夏揉了揉眼睛，她已经在这东西上花了三天时间，白天看老师的草稿，晚上看白震的代码，很难说哪个更杂乱无章不可理喻。

太难为她了。

"再坚持一下，大小姐，我爸说要是今晚再不成功，他就去找更专业的人来帮忙，黎明前的夜晚总是最黑暗的，熬过这一关，就一定能迎来成功，OVER。"白杨觉得自己是个宣扬成功学的老忽悠。

"我不想再折腾这东西了，太难了，太难了，我根本学不会……"半夏可怜兮兮地抱着膝盖，蹲在椅子上，一把鼻涕一把泪，"我学不会！"

白杨心想完了，这是厌学了。

"大小姐，你听我说，这是我们必须克服的难关，你那么多困难都解决了，难道还怕这个？我们最后再试一次，好不好？OVER。"

"真的？"女孩抽了抽鼻子，"说好了最后一次哦。"

"嗯，最后一次，OVER。"

白杨也是老渣男了，不知道这是第几个最后一次，次次都是最后一次。

显然这最后一次也失败了——

"打起精神来，失败是成功之母，我们趁热打铁，趁着失败刚来让它把成功生出来，大小姐！我们最后最后再来一次，这次一定可以成功！"

"大小姐，我已经找到问题的关键了！我们最后最后最后再试一次！"

"我对天发誓，今晚最——后——的一次！"

"我不干了！我不干了！"半夏扑到床上，抱着枕头，把头埋进枕头里，"大哥你饶了我吧，放过我吧，你让我做什么都行，别让我再盯着这些代码了……我好痛苦。"

"大小姐。"

"我不干了。"

"大小姐。"

"我不干了！"

"大小姐。"

"我——不——干——了！"

"你想看看夫子庙么，大小姐？"

半夏把头埋在枕头里，趴在床上一动不动，手里握着手咪，躺尸许久，才闷闷地说："想。"

"你想看看秦淮河么？"

"想。"

"你想看看新街口的商场和电影院吗？"

"你就知道拿这些诱惑我！你就是魔鬼！"女孩愤愤地爬起来，冲着手咪大声嚷嚷，"坏蛋！坏蛋！坏蛋！"

"如果你不把图像传输链路建立起来，我就没办法把照片传给你，大小姐，我给你保证，如果你能把它搞定，你想看什么我给你拍什么，我带你游遍全南京，好不好？OVER。"白杨威逼利诱。

"魔鬼！你休想用我的灵魂去交换你承诺的好处！"

"好不好？"

"唔……那说好了啊。"半夏耷拉着脑袋，慢慢地爬起来，"一定要记得给我拍照片，我要夫子庙，秦淮河，还有新街口！"

"好，我答应你，一定给你拍，OVER。"

"那最后再来一次。"

女孩坐回到椅子上，深吸一口气，把散乱的头发全部拢到脑后，然后拍了拍脸颊，对自己说：你可以的！半夏！你能做到！

二十分钟后。

"我做不到……"

女孩看着报错的程序，仰天长叹，心如死灰。她不明白为什么人类要发明这折磨堪比酷刑的东西，C语言，去死吧。

编程的事一直折腾到本周的周五，半夏实在搞不定，于是王宁找朋友请了个华为的通信专家过来。

专家一看白震写的代码，五官都皱成了一团。

"在我的记忆里，很小很小的时候，见过那东西一面，当时天快黑了，距离又太远，只能看到一个模糊的影子。"耳机里传来女孩的声音，"它在楼上爬，腿很长，就像一只黑色的大蜘蛛，老师说它们从月亮上来。"

"黑月？OVER。"

"是，是黑月。"女孩说，"黑月降临之后，它们才出现。"

"黑月降临的缘由是什么？"白杨坐在椅子上，手指间夹着笔，皱起眉头，"它总不能是无端端突然就冒出来了吧？"

虽然说找到末日灾难的成因至关重要，但谁也说不准这成因是不是人类可以影响和改变的。

万一是黑月发现了先驱者或旅行者号探测器呢？

难道人类有本事现在把旅行者号给抓回来？

更进一步说，万一是人类自身的存在被黑月发现了呢？

难道人类还有能力把偌大一个地球都给藏起来？

问题是问题，但不见得有答案，若天灾已至人力所不能挽回的地步，那么即使可以提前预知，人们唯一能做的也就是尽量降低损失，地震也好，海啸也罢，虽然凭借区区人力不能抗衡不可防止，但好歹能通知人们撤离跑路——可这一颗月亮落下来，人们要往哪儿跑？

跑到外太空去？

那三年时间铁定不够，三百年才差不多。

"咱们想个办法把地球藏起来。"白杨说，"大小姐，你有没有什么好方法？OVER。"

"诶？"那头愣了一下，"什么意思？"

"就是把整个地球都藏起来，让黑月找不到我们。"白杨随口说，"它找不到我们，我们不就安全了？OVER。"

"那……那用黑布把地球蒙起来？"

"到哪儿去找那么多黑布？"白杨笑了，"地球表面积五亿平方公里，你就要用五亿平方公里的黑布，这比给太平洋加个盖还离谱，OVER。"

说是这么说，但"把地球藏起来"这个概念，却让白杨长了个心眼——万一，人们能查清黑月降临的真正原因，能得知黑月是如何找到地球的，或许这真的是个法子呢？它是如何收集到地球的具体信息，那么人们就努力把这些信息消除，把信息的传播途径截断，把地球的位置隐藏起来——

与此同时。

一墙之隔。

王宁和白震还在努力折腾代码，今天下午华为的通信专家于百忙之中抽出时间来了一趟，后者是王宁老同学的老同学，最近刚好在南京出差，听到需求就上门帮忙来了。他看了白震的代码后很委婉地评价说，一摊稀再多也是堆不起来屎山的。

于是专业人士亲自上阵，气沉丹田，长虹贯日，很轻松地给屎山奠基了第一坨坚固的肛裂级粗硬大便。

专家搞定了就走人，也不收费，云淡风轻，他双手一摆，说都是朋友，帮个小忙，举手之劳，钱就免了，我还有事，先走一步，后会无期。

白震望着人家的背影啧啧感叹，我要是当年考上了大学，今天也在华为上班了，也像他那么潇洒。

王宁说就你那上一级留一级的成绩，还考大学？

两人撸起袖子通宵达旦，继续在二手725上搭建完整的图像传输链路，专家搞定了基础，搞定了集成开发环境，搞定了编译器，白震赞叹不愧是业内专家，其代码写得像马尔克斯的《百年孤独》。

接下来摆在他们面前的一个巨大难题是传输速率。

"这东西最快能有多快？"王宁拍了拍电台黑色的外壳。

"我们用AFSK，速度恐怕快不起来。"白震说，"我估摸着大概800到1 000 bps。"

"怎么算出来的？"

"根据声音的频率算，我们把图像也好，代码也好，所有数据都转化成声音传输，但是声音的频率是有极限的，人类耳朵正常能听到的声音频率也就20 000 MHz，所以声卡的工作区间也就是这个范围。"白震回答，"数字信号传输速率理论上不能高于它的中频，也就是10 000 MHz，10 Kbps。"

"10 Kbps，每秒一万个bit……"王宁心算，"换算成KB是多少？除以8？"

"除以10。"白震说，"10 Kbps换算成我们常说的网速就是每秒一个字节，但这是理论数值，是最高速度。"

"每秒1 KB还是理论最高速度？"

"是的，每秒1 KB已经是不可达到的理论值了，在实际的工程实践中，能有1 000 bps的速度就算不错了。"白震点点头。

"1 000 bps的速度……"王宁算了算，"0.1 KB每秒？每秒100个字节？100个B？"

"嗯，一秒钟100个B。"白震说，"这就是数据传输的速度。"

王宁知道视频传输是不可能了，这速度别说看图片，看小说都够呛，梦回拨号上网时代。

"AFSK就这样。"白震说，"后面如果条件允许，可以换成PSK（相移键控）的调制方式，那速度比现在这个快得多，不过目前暂时将就一下吧。"

面对每秒不到1 KB的超级低网速，想要尽快把图像传过去，他们只有一个选择，那就是压缩。

疯狂压缩。

把10 M大小的图片，压缩到1 M，再压缩到10 KB，在压缩的过程中，这幅图会损失99.9999%的信息，而一幅10 KB大小的图片，用这台725电台传过去需要100秒。

王宁和白震做了个实验，他们要看看图像压缩传输之后能有什么效果。

王宁给老白拍了张照片，正面半身像，1.5 M大小。他导入PS，先等比压缩，把一张大图像素缩小到原本的四分之一，这一下就把大小压缩了一半，接下来进行色度抽样，把一张彩色照片变成黑白照片，这又把图片缩小了一半，最后进行质量压缩，一通操作猛如虎，一看压缩一比五。

最后王宁把照片展示出来——

老妈从客厅里经过，不经意远远地瞄了一眼。

"什么乌干达黑猩猩？"

5

半夏吐了口气，放下手里的《西游记》，伸了个懒腰，抬头往窗外望，黑月低低地悬在天边，它看上去和白月一样大小，只是颜色暗得多，几乎隐没在墨蓝色的天幕下，仿佛天鹅绒般的夜空被开了一个圆孔，露出后面更深邃的宇宙，老师说它之所以那么暗，是因为它表面很粗糙，不光滑，大部分阳光都被吸收散射，不能反射到人们的眼睛里。

半夏很难想象天体尺度上的粗糙是怎样的粗糙，因为即使是表面凹凸不平遍布环形山的白月，在夜空中都能像镜子一样反射明亮阳光，常人眼里如山脉一样的巨大起伏一旦置于行星级别的平面上，也就是光滑的桌面上有些许沙粒，而黑月不同，它是行星级别的大小，同样也具有行星级别的粗糙，老师在《西游记》上的随手涂鸦表示，黑月的表面有细密凌乱、纵横交错的复杂纹路，这或许是她早年用望远镜观测黑月的结果，这些纹路沟壑很显然有成百上千公里长，凹陷处深不见底，半夏莫名觉得它像一块巨大的电路板，或者说是一座覆盖了整个行星表面的庞大城市。

女孩用力伸展躯体，然后起身在房间里来回踱步两圈。

略带潮湿的头发披在肩上，她穿着宽松的白色T恤和黑色短裤，踩着塑料拖鞋，她抬起一只脚，单脚保持平衡，把拖鞋留在地板上，白生生的脚趾头动来动去。

黄大爷从门缝里钻进来，半夏弯腰把它拎起来，然后放到桌上。

"BG4MXH，BG4MXH，我回来了。"女孩重新坐回椅子上，拿起手咪，按下PTT，"我们接着说，我其实也不太清楚人类武器对大眼珠能起多少作用，因为我没参与过抵抗它们的战斗，只有老师参加过，但想想也知道我们人类输得很惨，我们的武器大概派不上什么大用场。"

"大小姐，你看到过大眼珠的残骸吗？"白杨问，"如果有残骸，我们可以根据残骸分析武器的效用，OVER。"

"没有。"半夏很干脆地摇头。

她从未见过大眼珠的残骸。

"很奇怪，既没有大眼珠的残骸，也没有人类的尸体。"白杨纳闷了，"人都到哪儿去了？OVER。"

"有人类的尸体！"半夏回答，"上次我在月牙湖里捞时间胶囊，捞上来一个头盖骨呢！"

"呃……我是说大量尸体，毕竟全球人类都灭绝了，七十五亿人口，这尸骸不应该堆积成山吗？"白杨想了想，"光南京市就有八百万人，这些人都到哪儿去了？要把这么多人毁尸灭迹，几乎是个不可能完成的任务，OVER。"

"不可能吗？"

"可能吗？"

"当然可以，把人全部装在麻袋里沉进太平洋。"半夏气势恢宏，"把全球七十五亿人全部铺在太平洋底，需要占用多大的面积？"

"我算算，一个人直立着沉下去算占地面积零点三平方米，七十五亿人差不多就是二十二亿平方米，二十二亿平方米就是二千二百平方公里。"白杨算了算，"大概三分之一个南京市面积大小……还真没多大诶，大小姐，你下潜到太平洋下面去，说不定能看到密密麻麻的尸体像兵马俑那样立在海底，OVER。"

两人的闲聊思维相当发散，老师留在《西游记》上的信息有限，于是他们就从纸上的只言片语开始向外发散，做头脑风暴，什么不着调的设想都记录下来，然后统统发给赵博文。

包括但不限于：

把地球藏起来。

组建超大型战略导弹防御阵地。

建造地下城市或者海底城市，全人类转入地下及海底生存。

为了全人类的未来，这两颗小小的脑袋可谓绞尽脑汁，费尽心机。

可白杨至今仍然不清楚人类的武器对大眼珠能造成什么程度的威胁，坦克也好，飞机也罢，在半夏口中都是烧毁在路边的残骸，他们唯一能确认会起作用的武器，也是人类手中威力最大的武器。

——核弹。

"核弹。"女孩说，"核弹对大眼珠是有效的，这是老师说的，你还记得当年在镇江爆炸的那枚核弹吗？"

"站在我这个视角来看，应该是未来在镇江爆炸的核弹。"白杨说，"OVER。"

"老师说那是人类在抵抗大眼珠的历程中最成功的一次行动，我想她既然说那是最成功的，那么核弹应该会起作用。"半夏说，"核弹可以威胁到大眼珠。"

"乌干达黑猩猩？"王宁扭头瞄了一眼笔记本电脑屏幕，"小文，你这话可就不对了，这哪里是黑猩猩？"

"就是，这哪里是黑猩猩？"白震瞪眼。

"这是狒狒。"王宁说。

AFSK那慢得发指的传输速度丝毫没有消磨白震和王宁的热情，有华为通信专家助力，他们今天晚上在那台二手725上顺利完成了图像传输链路的搭建，主板、键盘、显示器、摄像头、业余电台，各大硬件全部配齐，摄像头采集到的图像信号会在赛扬3150工控主板中先被压缩，再被编码为音频信号，通过725发送出去。

在模拟实验中负责接收信号的，是白震借来的那台icom705，这座业余无线电台在之前的远程控制系统搭建实验中也起到了重要作用，705是新电台，比725这种老古董数字化程度要高得多，它接上电脑，用来接收解调图像信号。

"检查一下接口。"王宁说，"注意一下有没有接口脱落。"

他们使用一款海康威视的UVC摄像头，接主板的USB口。摄像头是负责信号采集的元件，它把图像信号输入赛扬3150工控主板，图像数据经过压缩转码之后再输出。主板的声卡与725电台的手咪接在一起，由声卡负责把滋滋啦啦的音频信号输入电台，这一步的原理和操作与先前的远程控制系统相似。

"唯一的区别是手咪的PTT接口需要单独接一个开关出来，它负责控制收发。"

白震手里捏着一个小电门，这个电门接在725电台手咪的PTT接口和地线上，合上电门，回路贯通，725电台被触发启动，开始传输图像，断开电门，回路中断，传输停止。

晚上11点半。

"2019年11月8日，晚上11点30分。"王宁看了一眼手机，"第一次图像传输模拟实验，各部门就位！"

白震端着小桌子，摆着705电台和笔记本电脑，架着天线坐在门外的楼梯间里。

"拐洞五电台接收就位！"白震喊。

"拐两五电台发送就位！"王宁喊。

"联想电脑解码准备！"白震又喊。

"赛扬工控编码准备！"王宁又喊。

"两米鞭准备！"白震再喊。

"海康威视准备！"王宁再喊。

"接收系统各接口正常！"

"发送系统各接口正常！"

"电力供应正常！"

"电源正常！"

"风向及温度正常！"

"空气湿度及氧浓度正常！"

"暴风赤红就位！"

"切尔诺阿尔法就位！"

两个人喊出了一个团的气势。

"02就位！"

"01就位！"

"传输倒计时十秒！倒计时五秒！三！二！一！"王宁按下电门，"开始传输！"

王宁话音一落，茶几上的725业余无线电台开始对外辐射电磁信号，它把图片转换成声音，又把声音藏进人类耳朵捕捉不到的无线电波里，这是人类无法捕捉和理解的呢喃细语，但神奇的是，它其实是一幅图像——把图像转化为声音，对普通人而言或许难以想象，但对掌握了信息编码技术的人们来说，信息是信息，载体是载体，只要洞察信息的本质，把它和载体剥离开来并非什么难事——从数十万年前人类把壁画用凿子刻在岩洞里开始，图像作为视觉信息的载体，它从岩壁上发展到泥板上，画布上，草纸上，感光底片上，历经万年沧桑光阴，二者的关系似乎亘古不变，直到工业革命的大火燃起，信息论带来世界的革新，人们终于可以把图像信息从二维的平面里抓起，塞进声音里，塞进电流里，塞进光波里，从此任何信息都可以被掰开揉碎，塞进任何载体中。

洞察信息的本质，从某种意义上来说，这也是上帝的权能。

掌握信息，人类则向神明的方向又踏出去了一步。

白震守在笔记本电脑的屏幕前，照片正一点一点地从上到下扫出来，这个感觉像是什么呢，像是开奖，刮刮乐，一条一条地刮下来，露出背后的图片。

一开始信号接收不好，刮出来的只有绿色的雪花噪点，白震稍微调整天线的方向，这才能接收到更清晰的照片。

"情况怎么样？"王宁问。

"还行。"白震回答，"只是速度有点慢。"

一张乌干达黑猩……呸，狒狒的半身照片是15 KB大小，而此刻客厅里进行模拟实验的725和705之间的传输速度大概只有1 000 bps，也就是每秒0.1 KB，理想情况下，把这样一张照片完整地传输成功，需要一百五十秒，也就是两分半钟。

不过事实哪有那么理想呢？

无线电毕竟是无线电，不是电缆光纤，利用无线电波传输信号方便是方便，简单是简单，但你不能再指望它很高效。

方便、简单和效率这三个里面你只能同时拥有两个。

业余无线电传输图像是不稳定的，放到网络工程上来，那就是丢包严重，天线一个没对好，刮出来的就是一条绿色雪花斑点带子，想一次成功地接收一张完整清晰的图片是办不到的。

为了确保信号能完整传输，王宁这端会发射多重冗余信号，他那台725将以一百五十秒为一个周期，连续循环发送图片，直到白震能把一张图片接收完整为止，于是在白震的眼里，他面前的联想电脑正在反复刮刮乐，能刮出完整照片算是中大奖。

"等等……有干扰，哪来的干扰？"白震挠挠脑袋，左右张望一圈，"是开关吗？老王你等等，我去把闸拉了试试。"

他立即跑去把电闸关了，拉闸断电，屋子里顿时一片漆黑。

"停电了吗？"老妈举着手机打着手电筒，从卧室里出来，"怎么突然黑了？"

"老白拉闸了。"王宁坐在沙发上，一张胖脸被CRT显示器幽绿的光照亮，"我们在做图像传输实验。"

"你们做实验就做实验，拉什么闸？"老妈问。

"有干扰。"王宁回答。

现代社会恼人的电磁干扰无处不在，比如说隔壁的工地塔吊，小区门口的保安对讲机，楼底下的电动车，以及日常生活中许多不起眼的小电器，例如屋内的电源开关，它到处都是，全方位立体声干扰，根本无法避开，白震只能关自己家的电闸，没法关隔壁邻居家的，更不能关梅花山庄小区的，城市里的电磁环境就是这么变差的。

某些老HAM喜欢野战……啊不，野架，冲的就是这干干净净一望无垠的环境，良好的信噪比能让他们听到电波那头苍蝇搓手手的声音。

断电之后，白震再次实验接收信号。

"有没有好点？"王宁问。

"没有！"白震说，"一个鸟样。"

"你去找找小区的总闸。"王宁说，"把小区的电全部断掉，这样干扰就好了。"

"那我不得被物业生吞活剥了？"

"哎，特殊原因特殊时期嘛，就跟他们说紧急征用电力，初号机在紫金山上用阳电子炮对付第五使徒，再不给电绫波丽就要死了。"

6

白杨披着卫衣坐在黑暗里，电台接着电瓶，开着台灯，暖色的灯光撑开黑夜拢成一个小小的圆，把书桌、笔筒、电台和少年的脸都囊括进来，他一手握着手咪，一手握着笔，聚精会神，奋笔疾书。

"嗯？没事，灯黑了而已，我老爹他们把闸给拉了。"白杨按住PTT说话，"他们在做图像传输实验，大小姐，我们接着说……你知道牛顿么？牛顿万有引力定律，OVER。"

"牛顿？"那头很疑惑，"牛顿是什么？"

"是个人，英国人，大物理学家。"白杨解释，"你老师写在草稿上的 $F=G\cdot(m_1m_2/r^2)$ 就是万有引力定律公式，这里的 F 是引力，G 是万有引力常数，两个 m 是天体的质量，r 是距离，它的意思是两个天体之间的引力大小，和它们的质量乘积成正比，和它们距离的平方成反比，OVER。"

"哦……"

半夏似懂非懂地点点头。

和尚念经她敲钟，听不懂也不要紧，反正点头就是了。

"我推断你的老师当时在研究黑月与地球之间的关系，所以才会在草稿纸上写这些数字和公式。"白杨说，"只是当时的你看不懂，OVER。"

"现在的我也看不懂。"

"你看不懂不要紧，我能看懂！"白杨很有自信。

白杨的自信和底气是有原因的，他是一个即将面临高考的高三学生。他此刻正处于一生当中学识最广博、思考能力最强、天文地理无所不通、历史政治无所不晓的阶段。

"让我们来整理一下这些数据，大小姐，你信不信，只靠一千二百公里这一个数据，我能推断出黑月的全貌？"白杨说，"OVER。"

半夏愣了一下："真的吗？"

"真的。"白杨点点头，"大小姐，我们先看一千二百公里，老师写在《西游记》草稿上的这个数字，我们认为它是黑月的直径，对吧？"

半夏点点头。

这一页的《西游记》草稿纸上一共有两个数字两个圆，数字分别是一千二百和三千四百七十六，两个数字标注在两个圆的旁边，半夏和白杨在判读这张草稿时达成共识，认为这两个圆是白月和黑月，三千四百七十六是白月的直径，一千二百就该是黑月的直径。

"在你眼里黑月和白月一般大小？"白杨接着问，"大小姐，是这样么？ OVER。"

"是，它们看上去一样大。"

"那我就能知道黑月距离你有多远……"

白杨打开计算器，在纸上飞快地打草稿。他这辈子也没如此勤奋过，停电熄灯了还在做数学和物理，老妈说他要是平时学习有这个劲头，想进南大也不用从紫金山到玄武湖一路磕头。

"月球半径一千七百三十七公里。"

"地月距离三十八万公里。"

"正切就该是 0.004 571 8……"

半分钟后，白杨得到了答案。

"大小姐，黑月距离你大概是十三万一千二百三十九公里，OVER。"

半夏吃了一惊。

"你是怎么知道的？"

"弧度，大小姐，很简单的计算，白月和黑月在你眼中一样大，那么你目视它们时弧度角是一样大的。"白杨解释，"白月距离你三十八万公里，直径三千四百七十六公里，那么黑月直径一千二百公里，用三角函数计算，它应该距离你十三万公里，OVER。"

"好厉害。"

半夏虽然听不懂，但是她觉得好厉害。

"我们接下来继续计算，既然得知了黑月与地表的距离，我们就可以算出黑月的运行周期，它围绕地球运转的周期。"白杨颇有些得意，被大小姐夸赞厉害可比秃头物理老师的表扬让人受用得多，他在草稿纸上列下公式，一鼓作气地往下算，"加上地球半径，r 应该是十三万七千六百一十公里，G 是万有引力常数，我们取 $6.67 \times 10^{-11}\,\mathrm{Nm^2/kg}$……公式 $T = \sqrt{(4\pi^2 r^3 / GM)}$，那么 T 就应该是……"

白杨握着手咪，一边算一边念念有词，深夜的房间寂静无声，唯有二十年后的女孩侧耳倾听。数字和公式从少年的笔尖下流淌下来，在白色的纸面上淌成小河。

白杨活了十八年，学了五年物理，那些上可九天揽月下可五洋捉鳖的屠龙之术第一次派上了实际用场。真用起来，他才惊觉自己已经掌握了如此强大的工具，这是宇宙运转的规律，是宇宙Online的底层代码，每一个高中生都曾在脑中构建起经典物理的宏伟大厦，只是少有人真正运用它，任由它在时光中风化坍塌。

"十六天！"

"大小姐，黑月的运转周期是十六天，它每十六天绕地球转一圈，OVER。"

"不可思议！太神奇了，BG4MXH，这是怎么办到的？"

半夏难以置信，她觉得BG4MXH在变魔法。

他从未见过黑月，为什么能知道黑月多长时间转一圈呢？

"这不是我自己办到的，我背后站着牛顿、开普勒和人类历史上所有的物理学家。"白杨说，"还有我的物理老师，他把历史上所有最天才头脑中所蕴含的最顶尖智慧都教给了我。"

"那你物理老师好厉害！"

"我代我们物理老师谢谢你，大小姐，这些东西你老师当时也肯定都算出来了。"白杨说，"我们继续往下推，现在咱们已经知道了黑月距离我们十三万公里，但是我不能理解，它为什么要在距离地球十三万公里的轨道上运转呢？"

半夏怔怔，她不知道这个问题是什么意思。为什么要在距离地球十三万公里的轨道上运转？黑月愿意待在那个地方，那是它的自由吧，她怎么可能知道为什么。

"大小姐，大眼珠是从黑月上来的对吧？那么黑月为什么不凑近一点，方便大眼珠降临？"白杨提出了一个半夏从未想过的问题，"十三万公里诶，这距离可不近，飞都要飞好久，它为什么不挨近一点呢？OVER。"

女孩想了想。

"嗯……可能是有什么特殊原因？"

"任何现象背后都有原因。"白杨说，"大小姐，我们不妨这么设想，它之所以不能再靠近，是因为它无法再靠近，它之所以要待在十三万公里外的轨道上，是因为它最近也只能待在十三万公里的轨道上，OVER。"

"为什么？"半夏问，"为什么它只能待在那里？"

"因为有力量在限制它。"白杨回答，"有一种任何人都不可抗拒的力量在限制它，OVER。"

"什么力量？"

"引力，大小姐，是万有引力。"白杨说，"这个宇宙间唯一不可统一不可掌控的力量，它在限制黑月，如果黑月靠得太近，它就会被地球的庞大引力撕扯得支离破碎，十三万公里是它的安全范围，它不能越过这条红线，越过雷池者必将粉身碎骨……这条红线的名字叫洛希极限，OVER。"

"假设十三万公里是地球和黑月的洛希极限，那么我们就能倒推出黑月的密度……让我找找洛希极限的公式！有流体洛希极限和刚体洛希极限……"白杨打开手机手忙脚乱地百度，翻出一张空白草稿纸，"我找到了！我找到了！让我算算，公式是 $d=2.423R$ $(P_1/P_2)^{\frac{1}{3}}$，地球的平均密度是 5 507.85 kg/m³……那么流体洛希极限下黑月的平均密度是 7.83 kg/m³，刚体洛希极限下的平均密度是 1.09 kg/m³。"

"大小姐，黑月的平均密度介于 1.09 kg/m³ 到 7.83 kg/m³ 之间。"

半夏有点发愣，不明白这是数字意味着什么。

这个密度是什么概念呢？

我们日常生活中呼吸的空气密度是 1.3 kg/m³，氮气的密度是 1.26 kg/m³，氧气的密度是 1.46 kg/m³，而密度最大的气体氡气是 9.73 kg/m³，也就是说，黑月的最大密度还没有氡气大。

"这意味着什么？"半夏问。

"这说明要么黑月是一颗气态卫星，它实际上是一团气体。"白杨顿了顿，"要么它内部有巨大的空腔，它是空心的。"

7

白震和王宁在模拟实验中把 AFSK 调制图像信号的传输方案跑通，两人激动地击掌，黑灯瞎火的谁也看不着谁，所以他们互相击打对方的脑门，打得声音清脆，接下来两人一刻不停，立即把整套方案移植到白杨和BG4MSR的icom725上来。

今天是周五，明天不上课，白杨舍命陪君子，陪老爹和王叔一起熬到后半夜。

"private int （ ）Filter _10kHz（int（ ）Data），听清楚了么？OVER。"

"听清楚了。"

"复述一遍，OVER。"

"private int （ ）Filter _10kHz（int（ ）Data）。"

半夏点着灯，戴着耳机，手里握着笔，把听到的代码全部记下来。

他们当真在口播代码，白杨手里还摊着一本《C＃：从入门到入魔》。王宁和白震坐在他身后的床铺上，膝盖上放着笔记本电脑，两人在最后一次检查代码，这是华为的通信专家天神降临赐下的神谕。

"这是什么代码？"

"嗯……包络检波器程序。"

"把它往上挪挪，我们再检查一遍传输层数据接收程序。"

"传输层数据发送函数呢？"

"把它们全部打包，打包！"

桌上的闹钟指针指向了凌晨1点，白杨揉揉眼睛，打了个哈欠，强打起精神，天知道他们这种做法能不能行得通，教一个对编程一无所知的女孩安装传输程序，这里面的问题多得让人心生密集恐惧症，白杨已经体会到了——在过去两天里他们已经给BG4MSR临时恶补了编程基础常识，醍醐灌顶填鸭大法，如果知识像内力那样是可以传输的，那白震和王宁恨不得把小姑娘从无线电里拉出来，二对一对坐传功，把他们几十年的业余无线电深厚底蕴全部传给BG4MSR，让她三花聚顶头上冒烟，让她像虚竹那样一夜之间增长七十年功力。

可惜的是，知识这东西它不能掌对掌传送，知识不行，智商也不行，这可太遗憾了，如果能行，那段誉的北冥神功和星宿老仙的吸星大法能把别人都吸成弱智，这该是武林第一神功，中招者皆傻，岂不令人闻风丧胆？

"接下来是回车吗？BG4MXH？BG4MXH？"

女孩的声音把白杨从胡思乱想里拉回来。

白杨眨了眨眼睛，果然是夜深了，脑子开始犯迷糊。

"没错，是回车，OVER。"

半夏在纸上标了个回车，然后另起一行，把所有信息都记录在纸上是个好习惯，无论何时都能翻出来重新查看。

准确地说这叫任务日志，每一步都记录在案，每一步都有迹可循，才能在出问题后迅速确定问题源头。

"statusChart1。Value = re 10（i）；"

"status……Chart1。V……Value？"

"是，Value。"

半夏面前摆着沉重的icom725业余电台，电台左侧是更沉重的CRT显示器，还有一块发黄的白色塑料旧键盘，凌乱的线缆最后都汇总至窗边墙上挂着的工控主板，主板的接口上插着黑色、蓝色、红色、白色和灰色的电缆，红色和蓝色的LED灯在昏暗的房间里发着光，这些笨重老旧的电子垃圾几乎占据了桌上所有空间，像是高高低低的方块山峦，只留出小小的一块地盘可以摊平纸张，女孩被它们包裹起来，埋下头去就看不见人影。

在半个月以前半夏还不会相信自己能做到这一切，看看这些复杂的电子元件，看看这些凌乱的电缆和转接口，这真的是她办到的吗？她真的用一大堆电子垃圾拼凑搭建起来了一套超时空图像通信系统吗？

"private void DatasendThread（）。"

"private……void DatasendThread（）……"

"While（true）。"

"这是什么？"半夏问。

"发送代码。"白杨回答。

"这次能成功吗？"半夏问。

白杨犹豫了一下："这次应该靠谱，代码不是我爹写的，是请来的专家写的，那可比我爹厉害多了。"

其实他心里也没底，代码可能没问题，但问题又不只出在代码上。

半夏把所有的代码全部都抄在纸上，代码本身其实非常简单，所有模块加在一起也不到四百行。然后她再一个字母一个字母地敲进主板里，二指禅打字速度飞快。

她再次和BG4MXH确认代码，确保不出错误，最后深吸一口气。

她一动不动地坐在椅子上，眼睛注视着CRT显示器。

"BG4MXH，我要开始了。"

"好。"

白杨扭头看向身后的老爹和王叔，指了指电台，示意对方要开始实验了。

王宁和白震不约而同地点头。

"BG4MXH，猜一猜，会不会成功？"半夏的手指悬在键盘上。

"会。"

"那咱们赌点什么？"半夏悠悠地说。

白杨愣了一下："赌什么？"

"跟她赌谁输了就叫谁爸爸。"王叔坐在后面说，"你们也只能赌这个了。"

"赌点大的，来赌全世界七十五亿人的生死！"半夏忽然咧嘴一笑，说出的话让白杨始料未及，甚至让后者的屁股差点从椅子上离开。"如果你赢了，那么全世界七十五亿人的生命你就有了，如果你输了，那他们都得完蛋。"

此刻的半夏仿佛一个小恶魔，手里捏着遥控器，而炸弹绑在地球上，全世界的生命都掌握在她的手里，她只要按下遥控器，地球就会被炸毁，所有人都会被杀死，全人类的生死不过在她一念之间，但她偏要玩个游戏，小恶魔找到一个年轻的地球人，跟他说咱们来赌点什么吧，就赌全人类的生死。

这真是一场豪赌。

"赌不赌？"

"不说话？那算你同意了！"

"哎……等等我可没说我同……"

半夏的脸被CRT显示器发出的幽幽蓝光照亮，她轻轻敲下手指，万籁俱寂里发出啪的一声。

白杨坐在椅子上，频道里沉寂许久，然后传来女孩的声音：

"你输了，失败了哦。"

失败了。

运行出错。

半夏嘿嘿一笑：

"因为你输了，所以全世界七十五亿人都消失了，现在这个世界就剩下我一个人了，我是不是说到做到？"

北半球深秋的夜空有些寂寥，唯有秋季四边形在头顶上，北落师门在南方的天边，气温在降低的同时，群星仿佛也跟着变得黯淡萧索，老师曾经教半夏认那些著名的星座，仙女座和飞马座共同组成秋季四边形，北落师门在秋季南天三角，再多半夏就不记得了，也找不到，它们不像夏天，盛夏之际的夜晚空气澄澈透亮，双眼似乎能看到无限遥远，著名的夏季大三角在头顶之上熠熠生辉，夏天还有流星雨，8月有英仙座流星雨，那是全年最大的流星雨之一，老师说这个年代不再有焰花，但是适合看流星。

"你看过焰花吗？"半夏问。

"看过。"白杨回答，"谁没看过烟花呢？"

"你看过流星吗?"半夏又问。

"没有。"白杨哼哼,"就我们这光污染,星星都看不见,还流星。"

法国梧桐在漫山遍野地变黄,女孩穿上了长袖和长裤,这是她历经的第十九个秋天,白日里她背着包和弓箭,推着自行车,穿过宽阔的中山门大街,头顶上枯叶簌簌地落下来。无论有人还是没有人,叶子还是年复一年地落下来。

针对半夏遇到的问题,白震和王宁再次紧急复盘,第二天拉着华为专家一起开视频会议,反正对后者来说周末也是上班时间。

专家同志思考半晌后说别急,我写个文档给你们。

半小时后他把文档发了过来,白震王宁凑在一起看了老半天,决定再找对方要个说明文档。

半个小时后说明文档发了过来,白震王宁凑在一起再看了老半天,决定再找对方要个说明文档的说明文档。

隔着二十年的时光,他们没法和BG4MSR面对面交流,失去最有效的交流手段,任何小问题都能变成迟迟跨不过去的障碍,更何况对方还是个一窍不通的小白,这简直就是在教猴子用打字机,还要它打出莎士比亚全集,王宁和白震都折腾到心力交瘁。

到周日晚上12点,白杨已经记不清自己失败了多少次,问题多得像毛线团,乱不说,还理不清头绪,他都快没耐心了,对方还在咬牙坚持。

"抡起一把锤子把这些东西全部砸扁吧!砸了它!"白杨说,"一锤解千愁!"

"小杨你不能自暴自弃啊，坚持就是胜利。"王宁在客厅里喊，"好好安抚那姑娘的情绪！稳住她，千万不能前功尽弃啊！"

"她还没崩溃我先崩溃了！"白杨大喊，"谁发明的C语言？要是我们这套系统不能成功运行，他就是世界毁灭的罪魁祸首！全人类的罪人！"

"用汇编语言更折腾死你。"王宁说，"BG4MSR那边情况怎么样？"

"轻度狂躁。"白杨回答，"在用指甲挠墙。"

"跟她说再坚持一下，胜利就在眼前了！"王宁说，"不能倒在通往胜利的最后一步上！"

"对！坚持就是胜利！"老爹跟着说，"成功之后她想看什么都行！"

"小杨，你跟她说成功之后，她想看什么就给她看什么！拍什么都行！"王宁说，"拍你的裸……"

"啪！"

这是老爹把《C＃：从入门到入魔》拍在王叔脸上的声音。

"啪啪！"

这是老妈把《C＃：从入门到入魔》拍在老爹和王叔两个人脸上的声音。

"啪啪啪！"

这是白杨鼓掌的声音。

"private……int（ ）Filter _10kHz……（int（ ）Data）。"

"statusChart1。Value = re 10（i）；"

半夏在键盘上敲得飞快，手指在疯狂按回车，此刻她俨然是个计算机按回车高手，全世界没有人按回车速度比她更快。中山门大街上的猴子编程水平或许比她高，但按回车的速度肯定没她快。

"启动！"

女孩干脆利落地敲下回车键。

报错。

"启动！"

报错。

"启动！"

报错。

连续数天的失败让坚不可摧的华为通信专家也崩溃了，从周六一直到周三，白震王宁天天找他要说明文档，说明文档的说明文档，说明文档的说明文档的说明文档，最后专家同志说抱歉老哥，这场子我道行不够，镇不住，我给你们推荐一个大佬，你们找他去，于是他毅然决然把自己同事推进了火坑——白震和王宁如恶虎看到羊羔那样扑了上去。

白杨记不清一路过来失败了多少次，半夏可记得清清楚楚，要是从周日晚上10点40分开始算，一直到今天晚上12点半，四个晚上，一共失败了三十三次。

每一次失败就进入检查环节，从硬件到软件，一个一个地确认，女孩的耐心和信心一点一点地被抽走，最后剩下的就是惯性，面对显示器上的报错，她满地打滚到处挠墙，发泄完了又老老实地坐回来敲键盘，经过这么多天的连续失败，在半夏的概念里，编程已经不再是一种技术工作，而是对天祈祷和碰运气，在运行代码之前应该焚香沐浴，最好杀鸡宰羊祭祀电脑，念诵咒语，祈求编程之神大人有大量放自己一马。

"皇天在上，电脑在下，编程之神啊，请听我祈祷。"半夏笔直地站在房间里，洗过手面，面容严肃，一本正经，闭着眼睛双手合十，"我半夏在此向您祈求，希望您能保佑我的代码成功运行，不出错误，我将永远铭记您的慈悲。老师，如果您在天有灵，请您找到编程之神，它要是不肯慈悲，麻烦您帮它慈悲，阿门，阿弥陀佛。"

"一鞠躬——"

半夏朝着桌上的显示器和主板鞠躬。

"二鞠躬——"

半夏朝着桌上的显示器和主板再鞠躬。

"三鞠躬——"

半夏朝着桌上的显示器和主板最后鞠躬。

然后她一步一步走到桌前，板正地坐下来，屏住呼吸，慢慢悬起双手，动作一丝不苟，再慢慢敲下回车键。

几秒钟的寂静后，白杨的耳机里爆发出巨大的欢呼。

"成功啦！成功啦！成功成功成功成功成——功——啦——！"

成功了。

客厅里的白震和王宁霍然起身，非常振奋。

"怎么办到的？"白震问，"她怎么办到的？"

"她说她找到了诀窍。"白杨回答。

"什么诀窍?"

白杨迟疑了一下,说:"运行之前应该先祈祷念咒三鞠躬。"

8

半夏自认为自己掌握了编程的关键诀窍,那就是得先向编程之神祈祷,再向电脑三鞠躬,于是在接下来的软件传输过程中,每进一步,她必然先在房间里祈祷鞠躬,白震和王宁对她这种行为感到牙疼,但也不好说不对,毕竟互联网公司请大师给自己家服务器开光也不是什么新鲜事。

等所有软件都传输完毕,超时空图像传输系统搭建完毕,已经到了凌晨1点半。

所有人都决定明天晚上再进行正式测试,正好第二天白杨有时间出去拍照。

"说好了啊,夫子庙、新街口,还有秦淮河,一个都不能少!"半夏长舒了一口气,非常高兴。

"一个都不少,我明天花一整天的时间去给你拍照!"白杨说,"你想看什么就给你拍什么!让你好好看看这个世界。"

白杨第二天起了个大早,比平日里都早,打着哈欠走出卧室时老爹正坐在客厅里看电视,CCTV13新闻频道的《朝闻天下》。

"昨日下午2点35分,太原卫星发射中心成功发射一枚长征六号运载火箭……"

白杨多看了两眼电视，一屁股在椅子上坐下来，老爹坐在桌子对面，正在喝豆浆。

"今天准备怎么拍照？"老爹问。

"早中晚各拍摄一批照片，全方位全天候全视角展现南京城的风貌。"白杨说，"如何？"

"不错，拍得好看点，你可是代表了人类世界。"

于是白杨去学校时特意绕了点路，骑着自行车在小路间穿梭，他觉得拍照不能只拍旅游景点，市井生活不也是好题材？白杨对自己的想法感到一点小小的得意——真看不出来啊，白杨，你居然还有点摄影师和艺术家的天赋！所以他拍赶路的上班族，拍排着队的早点摊，拍和他一样上学去的学生。

到了中午，他叫上何乐勤和严芷涵，三人一路游荡至新街口、夫子庙、玄武湖，沿途举着手机拍个不停，拍建筑拍行人拍公交车，何大少和严哥对其行为表示好奇，小白羊今天怎么跟个外地人似的，这有什么好拍的？这一路没走一千遍也有八百遍了，闭着眼睛也知道怎么走。

白杨也不解释，只管按快门。

严哥把何大少拉到一边偷偷问小白羊不会是网恋了吧？这是给女朋友拍照片呢？何大少说我怎么知道。

一天下来，白杨收获满满，手机里存着上百张照片，就等着传给BG4MXH了。

可变故来得出人意料。

应该说一切都出人意料。

晚上10点半，白杨兴冲冲地爬上八楼，掏出钥匙打开房门："我回来啦——"

他的声音戛然而止。

客厅里坐满了人，白杨拉开门的那一刻，客厅里的所有人都扭过头来，白杨一眼就看到了坐在沙发上的那个人，穿着黑色长袖卫衣和牛仔裤，戴着玳瑁框眼镜，风尘仆仆，身形稍显消瘦，神情有些憔悴——他对那张脸再熟悉不过了，老爹的老同学老朋友，南京大学的物理学副教授，一去多日杳无音信的赵博文，他终于回来了。

"赵……赵叔？"

白杨吃了一惊。

"你还活……回来了？"

赵博文冲他咧嘴一笑："我当然还活着。"

赵博文10月下旬离家出发，一去十几天，杳无音信，人间蒸发，正当所有人都以为他被当成神经病关进医院的时候，他却突然回来了，连个招呼都没打，就这么突然出现在白杨家的客厅里，还带了一帮人回来。

白杨进门换鞋，往客厅里打量一圈，好家伙，这包龙图坐镇开封府呢，赵博文端坐中央，张龙赵虎王朝马汉分居两边，唯独缺把狗头铡，一把蓝色的订书机压在茶几上，放大放大也能当铡刀，赵博文离家之前豪言壮语要带来千军万马，白杨数了数，客厅里除了老爹、老妈、王叔和赵叔，他不认识的人有两个。

两个中年人大马金刀，并排坐在沙发上，穿着黑色的卫衣，起码也是展昭御猫那个级别的角色，一只猫就够令人闻风丧胆了，这一次性来两只御猫，一人手里端着一次性的纸杯正在喝茶，另一人手里捏着厚厚的材料，白杨在看他们的时候他们也在打量白杨，两人凑近赵博文不知耳语些什么，老赵抬头看了白杨一眼，冲着他们点点头。

白杨换了鞋子背着书包就往房间里走，赵博文也起身跟过来，赵博文一动所有人都动了，他们都聚了过来。

看来他们是在等自己。

"你的千军万马呢？"白杨把书包扔在床上，扭头问赵博文，"赵叔，说好的千军万马呢？怎么就来这几个人？"

"有千军万马也不能全部带进你家客厅里啊，杨杨。"赵博文用力捏了捏他的肩膀，"你不会相信我搞定了多少人，完成了一个多么庞大的工程，用阿基米德的话说，给我一个支点，我能撬起地球……我真的撬起了地球。"

白杨认真地看了他一小会儿，赵博文脸上带着笑，但确实消瘦憔悴了许多，黑眼圈都深了。

"这些天你都到哪儿去了？赵叔，给你发的消息你都看到了吗？"白杨问。

"第一个问题暂时不能回答你，这个问题得保密两个小时，等到12点后才能告诉你。"赵博文说，"你发给我的所有消息我都看到了，说实话你提供的信息给了我们很大的帮助，干得好，杨杨，全世界的人都要感谢你。"

说着，他拍拍少年的肩膀。

"那你从哪儿回来？"

"这个也得保密。"赵博文摆摆手，"12点之后才能告诉你。"

"谜语人滚出我的房间。"白杨撇嘴，赵博文这么神神秘秘的，保密就保密，不说就不说呗，只保密两个小时是什么道理？为什么要一定等到12点之后？

"我们说正事，电台情况怎么样？"

"一切正常。"白杨回答。

"BG4MSR那边呢？"

"也一切正常。"白杨说，"这段时间我们都在花时间构建数据传输系统，已经接近成功了。"

"这个我听你爸和老王说了，你们做得很好。"赵博文指了指书架上的icom725业余无线电台，"现在联系BG4MSR，我们都在等你回来干这个呢。"

白杨越过赵博文的肩头，往房间门口瞟了一眼，老爹、王叔他们都在门口杵着，两位展昭目光如电，直勾勾地盯着自己。

他点点头，在椅子上坐下来，戴上耳机，接通电源，打开电台，像往常一样开始呼叫BG4MSR。

"诶？天气？"

半夏一愣。

她探头往外面瞄了一眼："天气很好啊。"

"好，BG4MSR，现在到一个可以看到夜空的地方去，

438

OVER。"

"夜空？"

半夏不知道对方要做什么，按理来说今天晚上是要进行图像传输测试的，可BG4MXH说测试推迟了，推迟到明天，今天晚上有更重要的事要办——更重要的事就是到外面去？半夏不理解，不过她还是照办了，女孩拿着对讲机，离开房间，爬上阁楼，坐到屋顶上。

11月深秋的夜风很凉，女孩把身体探出来，瑟缩了一下，裹紧了身上的衣服，然后小心翼翼地在房顶上找了个位置坐下来，抬起头可以看到天鹅绒般的辽阔天穹。

"好了，BG4MXH，我现在可以看到天空了，然后呢？"

"然后……看星星？"

半夏瞪大了眼睛。她不明白这是要做什么，那么一本正经郑重其事地把自己叫出来，就是让自己坐在屋顶上看星星？

白杨也不知道这是要做什么，这是赵博文的指示，老赵在他的背后吩咐——让她出去，让她找一个可以看到夜空的位置，让她抬头看星星，但他不解释这是要做什么，神神秘秘，老神在在，胸有成竹，捉摸不透。

"我要看多久？"

"一直看，直到天上的星星掉下来，OVER。"

白杨把赵博文的话原样复述。

"天上的星星掉下来？是流星吗？"半夏很好奇。

"可能吧，我也不清楚是什么意思，赵叔这么说的，OVER。"

"赵叔知道今天晚上会有流星吗？他能预知未来？可是现在也不是有流星雨的季节啊……啊啊啊……啊啾！楼顶上风好大，好冷。"

半夏抱着膝盖，坐在屋顶上，夜风很大，吹得发丝翻飞。她仰起脖子望着天空，头顶上的星空像是一大张黑色幕布上撒的盐粒，女孩开始在这张大幕布上找自己熟悉的星座，她首先找到了秋季四边形，秋季四边形由仙女座和飞马座组成，这两个星座里的四颗星星共同组成一个巨大的方形，它是深秋星空的标志。

"BG4MXH，你看，那是飞马座。"

"飞马座？"

"就是秋季四边形，飞马座和仙女座的四颗星星组成一个四边形。"半夏挪了挪位置，斜斜地仰躺下来，"这四颗星星都有名字，老师讲过，不过我已经记不起来了……找到秋季四边形，就能找到仙女座，然后沿着仙女座的延长线，能找到英仙座，每年8月都会有英仙座流星雨，我和老师很多年前看到过，BG4MXH，你没看过真是太可惜了。"

"是啊，南京的灯光太强了。"白杨说，"这么强的灯光，哪里能看到流星雨呢？OVER。"

半夏怔怔："灯光也好啊，那么多灯光，像是大地上的星星。"

"BG4MXH，你说为什么会有流星雨呢？"

"是因为彗星，OVER。"

"彗星？"

"一种天体，有一个很小的核，一条很长很长的尾巴，它会周期性地造访太阳系，会在自己的轨道上抛洒物质，这些物质进入地球的大气层，就变成了流星雨，OVER。"白杨解释。

"那它从哪里来呢？"

"太阳系的外面，很远很远的地方，OVER。"

"有多远？"

"很遥远很遥远，远到我们一辈子也不可能触及。"白杨说，"OVER。"

"BG4MXH。"

"我在，OVER。"

"你说世界为什么这么大呢？"半夏问，"居然有些地方，是我们穷极一生也不能触及的。"

"不是世界太大，而是人太渺小。"白杨说，"OVER。"

半夏想了想，BG4MXH说的是对的，她就很渺小，和脚底下这宏伟磅礴的大地比起来，和头顶上这辽阔无垠的星空比起来，她都是渺小的。

渺小的人独自拥有这无限大的世界。

半夏裹紧了衣服缩在屋顶上，把手缩进袖子里，屁股底下的砖瓦硬邦邦的，她有点后悔没带一个枕头上来垫着——她想既然能带枕头，那不妨把床铺被褥也一起带上来，缩进暖乎乎的被窝里，那才是最舒服的。晚上天台的风大，风能迅速带走体温，女孩的鼻尖和脸颊很快就冻得有些麻木。

"好冷啊……我能回去多穿点衣服吗？"

"再坚持一下，BG4MSR，马上就到时间了，OVER。"

"我还要等多久？"半夏问。

"她还要等多久？"白杨摘下耳机，扭头问身后的赵博文，"她很冷，想回去穿衣服。"

"让她再坚持一下，回去穿衣服可能就错过了，那我们所有的努力就全部前功尽弃。"赵博文也有点焦虑，他扭头冲着门口的人喊，"具体时间！报一下具体时间！"

门口的一位展昭翻开手里的文件："预计时间11月14日晚11点55分至15日0点10分过境江苏省南京市，中天高度88度！"

白杨和赵博文同时把视线聚焦到闹钟上，现在的时间是晚上11点49分。

"让她往天上看，它在她的头顶上！"

赵博文凑过来压低身体和声音，白杨能看到前者的额头明显在冒汗。

"BG4MSR！ BG4MSR！"

"我在。"

"抬头！抬头往天上看！它在你的头顶上！"

头顶上？

半夏一直仰着头，头顶上仍然是沉寂的星空。

她什么都没看到。

"什么都没有？"

"什么都没有。"白杨点点头，"她什么都没看到。"

"那再等等……再等等……"

时间一分一秒地过去，赵博文越来越焦虑，闹钟的分针指向55分，已经到了预定时间，可BG4MSR那边无任何异状，分针指向0点，BG4MSR那头仍然没有任何异状，赵博文开始在房间里打转了。

"是哪里出问题了吗?"赵博文来回踱步，自言自语，"这个谁也说不准，毕竟过了这么长时间，如果有误差也正常，它可能早个几小时，或者晚个几小时……"

所有人都在看赵博文，老赵一个人急得像热锅上的蚂蚁，可其他人不知道他为什么如此着急。

"再问问什么情况，杨杨，再问问。"赵博文说。

"问了，一切正常。"

白杨每隔一分钟都会问一次，时间已经到了12点20分。

"BG4MSR，有什么情况么? OVER。"

"没有情况。"

"BG4MSR?"

"没有情况。"

"BG4MSR?"

"没有情况……我能回去了吗? 这里真的好冷，我想回去穿衣服。"

"等等! 再等等! 再让她等等!"赵博文大吼，张开五指，"我数五个数! 一定会来的! 五——! 四——!"

"三——!"

"二点九——! 二点八——!"

白杨摇摇头："赵叔，你准备数到明年去?"

"二！一！"赵博文老脸一红，"它来了，不信你去问。"

"BG4MSR，BG4MSR，你那边有什么情况吗?"白杨重新戴上耳机，发出呼叫。

"什么情况都没有，我现在只想回到我那温暖的小窝里，回到我那暖乎乎的小被窝里，那里才是天……天呐！"

耳机里突然爆发出女孩的惊呼和尖叫，白杨噌地一下就坐了起来。

赵博文骤然停步。

"天呐，我的天呐！"

"BG4MXH！BG4MXH！流星！你看啊，是流星！"

半夏张着小嘴，仰头望着天空，在她的头顶之上，一条长长的流星划过苍穹，它是如此明亮和耀眼，出现的一瞬间就盖过了漫天璀璨的群星，它来得如此突然，令人猝不及防，仿佛有人在夜色天鹅绒般的背景上用锋利的刀划开了一道狭长笔直的口子，迸射出白色天光。

第一道流星从出现到消失过了足足五秒，它的余迹残留在大气中久久不散，紧接着让女孩震惊到失声的景象出现了，在流星到来的方向，第二道、第三道、第四道乃至更多的流星划破黑暗，女孩从未见过如此密集如此明亮如此气势磅礴的流星雨，它们划过天空时大地都要被照亮，流星是蓝色的、紫色的、红色的、绿色的，它们像利剑、像长枪，气势如虹横贯飞马座和仙女座下的空域，仿若神明用毛笔沾满颜料，在秋季夜晚的天球上重重地抹下恢宏豪迈的一笔。

流星从半夏头顶上掠过，在天空那头轰然炸开，变成五颜六色妖娆盛放的烟花。

女孩呆呆地站在楼顶上，遥看璀璨的花朵一簇一簇地在空无一人的城市上空爆开，她忽然流下泪来。

在一个深秋的夜晚，半夏见到了人类历史上最壮观的烟花。

它不是从地上升起，而是自九天之上浩荡降临如闪电刺破长空！

这一夜的0点20分，离家二十年的游子自遥远的四亿公里之外归来，以超过每秒十一点二公里的高速，再入大气层。

9

"哎哎，你们等我喝口水啊，局子里审犯人也得给口水喝吧？"面对周围一圈人的逼问，赵博文不慌不忙地从茶几上端起水杯，咕嘟咕嘟喝了一大口，然后长舒了一口气，用力拍着大腿。"可他妈的累死我了，总算搞成了，不枉我费尽心机啊，你们知道我跑了多少路，找了多少人，吃了多少闭门羹，磕了多少头，动用了多少关系吗？"

"这些我们不关心，我只想知道你究竟干了什么。"王宁说。

"说，坦白从宽，抗拒从严！"白震义正词严。

"什么态度……"赵博文白眼一翻，"你们都得感谢我，知道么？要不是我拼命推进，这事不知道要搞到什么时候，八院那边的人要恨死我，因为我，他们加了一个礼拜的班……来，鼓掌！都给我鼓掌！掌声不热烈我就不说。"

王宁、白震、白杨他们只好鼓起掌来。

"再热烈一点！再热烈一点！"

其他人把手都拍红了，赵博文还不满意，老白火了："你个鸟人，你有完没完？"

"哎哎，注意素质，孩子面前怎么能说脏话呢？"赵博文往后一倒，瘫在沙发上，悠悠地说，"我其实就只做了一件事，给那小姑娘放烟花。"

"接着说。"

"杨杨，你还记得我们之前讨论过的时光慢递三定律吗？"赵博文目光落在白杨身上，后者一愣，点点头。

"记得。"

"时间慢递三定律，总结起来，究其根本，就是要削弱目的性，对吧？把目的性极大削弱，就能骗过大过滤器。"赵博文解释，"但这种说法太模糊，只有参考价值，没有实际用处，所以那天回去之后，我就开始思考这个问题，我希望找到一种数学方法能描述这种机制，后来我去拜访了一些老朋友，和他们讨论这个问题，最后我们得出一个模型，一个经验公式，模型很复杂，是上海交大的超算帮忙构建的，在模型里有三个最重要的参数，一个是关联性，一个是时间距离，一个是空间距离，如果我们把它画成一个简单的坐标系……"

赵博文直起身子，拿起茶几上的笔，在一张草稿纸上画下直角

446

坐标系，横轴是L，代表空间距离，纵轴是T，代表时间距离，与原点的距离代表关联性。

"我们模拟构建了很多很多场景，用神经网络来学习，方法很简单粗暴，但是很有效，AI的判断速度比人脑快很多。"

赵博文开始在坐标系上打点，然后把草稿纸扶正给周围人看，他在坐标系的第一象限里均匀打了密密麻麻的小点。

"每一个点都是一个场景，一次事件，一次实验，它们是离散的，互相之间没有关系。"

"我们把它们全部输入模型进行运算，进行第一次筛选，这次筛选的标准是时光慢递能否通过大过滤器，第一次筛选的结果是这样的。"

赵博文在坐标系内画了一条对角线，从纵轴的高点划向横轴的远点。

"这条线以下的部分全部失败，它们与原点的关联性过强，目的性太强，会被过滤器捕捉到，只有这条线以上的部分，距离原点足够远，才能逃离过滤器。"

"距离原点越远的事件，与原点的关联性越低，关联性越低，目的性也就越低。"赵博文解释，"这符合我们人类的直觉对吧？离你越远的东西，与你发生关联的可能性就越低，银河系边缘一颗超新星爆发，与此刻在座的诸位不会有任何关系。"

"所以这个问题的最优解是原点对角的那个点？"白杨问，"那个点无论在空间上还是时间上都是最远的，那么它的目的性是最弱的。"

"错，接下来我们要进行第二次筛选。"

赵博文摆摆手，再次在坐标系上画了一条线，与第一条线非常接近，互相平行。

"这次筛选的目标是时光慢递寄出后能否收回，注意第二条线，高于这条线以上的部分，虽然可以逃过大过滤器，但都由于关联性太弱，会遗失在茫茫世界里，永远都找不回来。"赵博文一边解释，一边在两条线之间的部分用笔涂上阴影，"最终结果是两条直线之间一个非常非常狭窄的区间，低于下限会被过滤器发现，高于上限会遗失散落，表现在数学上，就是两个阈值，一个是 1.256 748 931，一个是 1.256 748 932，它们只在小数点后第九位有区别，只有在它们之间才有成功的最大概率。"

白杨似懂非懂地点点头。

"没太懂。"白震说。

"没关系，我也没太懂。"赵博文说，"这是 AI 给的结果，人脑不能理解电脑的脑回路是正常的，我们只能输入和调参，至于输出什么全看它们的心情。"

"在这个非常狭窄的区间里，我们得到了三个事件。"老赵用笔尖戳了戳纸面上那道阴影带，"只有一个事件与我们的情况比较相近，在这次实验里，AI 设置了这样一个场景，时间间隔二十年，空间距离七千万公里。"

"这就是你计划的原型?"王宁问。

"是的，我立马就去寻找可以飞到七千万公里之外的方法，所以第一站赶往八院。"赵博文点点头，"在这期间杨杨给我传递的情报起了很大的作用，让我们对黑月的影响有了一个模糊的认识和预估，八院内部讨论了很长时间，谁也无法确认黑月对地球轨道上的航天器能造成什么样的影响，我们只能做最坏的打算，认为黑月降临会毁灭近地轨道、同步轨道上乃至月球轨道上的所有航天器……所以我们做了一个疯狂的计划。"

赵博文啪的一下把笔拍在茶几上。

"让它飞往四亿公里之外。"老赵此刻豪气干云，"去火星！"

白震、王宁和白杨都被震住了。

"牛……牛逼。"王宁说。

"但是时间紧急，我们没有足够时间再准备一枚长征五号，只能就地取材，我们盯上了最近要执行商业发射的一枚火箭，一枚长征六号，给一家国内企业打遥测卫星，卫星名字叫宁夏一号。"赵博文说，"我们把它给截胡了。"

"截……截胡了？"

"我们把这枚火箭紧急征用，换上我们自己的载荷，五院要气死。"赵博文说，"载荷设计非常简单，甚至可以说简陋，它不承担任何科研观测工作，唯一的任务就是一场绚烂的死亡，它要花二十年时间造访火星，然后在 2040 年 11 月 15 日 0 点准时再入地球大气层，在南京市上空轰轰烈烈地坠毁。"

"长征六号推力太弱，所以我们给它装上目前最强大的电推，它可以自己慢慢变轨前往火星，反正我们不赶时间，它有足足十年时间可以飞抵火星，又有十年时间飞回来，上面搭载有一台非常精确的时钟，从它发射就开始计时，直到二十年后的 11 月 15 日 0 点准时进入大气。"赵博文接着说，"给那个姑娘放一场史无前例的烟花。"

"五颜六色的流星你们是怎么办到的？"白杨问。

"简单，和烟花一样，焰色反应。"赵博文嘿嘿一笑，"说起这个东西我们还真花了不少脑筋，怎么让它绽放时最好看，研究了许久，决定用不同材质的空心金属球，卫星在进入大气时解体，释放金属球和大气高速摩擦，燃烧产生焰色反应，这就是流星，金属球内密封填充惰性燃烧药，它在高温下分解导致球内气压迅速升高，等到球体外壳被烧穿会炸开，就变成烟花了。"

"这么说，你们花了这么长时间，这么多人力物力，就是为了一场烟花？"王宁问。

"是的，我牛逼否？"赵博文问。

"牛逼！"三人异口同声。

"好在现在卫星的模块化设计非常成熟，我们的想法很快就成型了，那颗卫星昨天下午在太原卫星发射中心发射，对外宣传还是说宁夏一号，毕竟这事是保密的。"赵博文说，"为了防止人为干扰，它进入轨道之后就会关闭一切对外通信渠道，我们说话这档口，它应该在千里迢迢奔赴火星的途中了。"

说完，他叹了口气。

"此后二十年，遥遥亿万公里，它只能靠自己了。"

这真是一个大工程。

用赵博文的话说，他真的撬动了地球。

白杨难以想象上述如此复杂的工作，赵博文可以在短短半个月内全部完成，这是怎样如疯狗般的速度啊。

赵博文很谦虚地说，人都是逼出来的，你不逼一逼，你都不知道他们还能这么快，他只是做了一点微小的工作，起了一点微小的作用，比如说化身成一条恶狗在他们身后追，比如说院里的大领导是他远房表哥。

翌日。

白杨终于要开始测试图像传输系统了，他精心挑选了十几张照片，涵盖南京市区里的各大景区，还专门拉着何乐勤严芷涵拍了张合照，何大少严哥一脸嫌弃。

白杨兴冲冲地带着手机回到家，却发现今天家里来的人比昨天还多，如果这是赵叔所说的千军万马，那他确实做到了。

赵博文站在客厅里，身边的人来来往往，有穿着黑色外套的，有穿着迷彩服的，有一身白色防护服戴着护目镜和口罩的，还有举着盖革计数器到处滴滴滴滴的，白杨呆住了，乍一看他还以为自己家里发生命案了。

他看到这些人正在把所有的资料、器械，包括自己那台老旧的icom725业余电台装箱打包，跟搬家似的，但是搬家公司的人肯定没他们利落，一身白色防护服的人有条不紊地将电台上的线缆全部拔下来捆好，将电台小心翼翼地放进泡沫箱里，再把箱子合上锁死。

老爹和王叔抄着双手站在一边，看着这些人忙忙碌碌，神情有点复杂。

"赵……赵叔?"白杨站在门口，叫了一声。

"嗯？杨杨？"赵博文扭过头来，"你回来了？"

"这……这是在干什么？"白杨问。

"重要物证的转移保护。"赵博文身边一个黑衣中年人回答，"你们的工作结束了，接下来会由更专业的人接手。"

白杨张了张嘴，但不知道应该说什么，只能捏紧了手里的手机，一个黑衣人端着纸箱站到他的面前，两人对峙了一会儿，白杨侧身避让，让他们一个接一个地鱼贯而出。

他们几乎掘地三尺，把一切可能有用的东西全部都装箱带走了，不放过一张小纸条。

"赵叔，我……"白杨鼓起勇气张口，他想说自己还有未完成的约定。

"怎么了，杨杨？"赵博文扭头。

和他一起扭头的还有其他人，那些冷峻严厉的目光落在白杨身上，让他头皮紧绷。

"……没……没什么。"

自己的工作结束了，接下来会由更专业的人接手。

这是对的，白杨在心里这么对自己说，理应如此，这不是他一直希望祈求的结果吗？

陌生人很快就走光了，赵博文是最后一个离开的，他在出门时转过身来用力拍了拍白杨的肩膀："杨杨，你做得很好。"

白杨沉默地点点头。

赵博文走了，他带走了一切。

白杨愣愣地看着光亮宽敞的客厅，凌乱的草稿纸、材料、线缆、电台全部都消失了，甚至地板都变干净光洁了，那些人临走前还帮他们打扫了屋子。

老爹和王叔站在对面，王叔有些无奈地摊摊手。

这是对的。

白杨对自己说。

这是对的。

可你再也见不到她了。

你甚至还没跟她说一声再见。

他咬咬牙，转身追了出去，一路噔噔噔地下楼。

"赵叔！赵叔！"

赵博文还没走远，他正好拉开车门，还没上车，一只脚踩在车沿上："怎么了杨杨？"

追出单元楼的白杨气喘吁吁地停住："赵叔……你能不能帮我一个忙？"

"你说。"

"我和她约好了，要让她看到这个世界。"白杨说，"所以……你能不能帮我把照片给她传过去？我发给你，你帮我传给她。"

赵博文愣了一下，然后笑了："好，小事一桩，包在我身上。"

他登车关门，车开走了。

白杨独自一人站在楼下，他没穿外套就追了出来，冷风一吹，寒意刺骨。2019年11月15日，世界末日的阴影仿佛忽然被风吹散，连带着某个女孩也从他的生命中永远消失了，离别突如其来，甚至不给你说再见的机会。

大
方
sight

我们生活在南京

天瑞说符

作品

下

册

◆

中信出版集团｜北京

图书在版编目（CIP）数据

我们生活在南京 / 天瑞说符著 . —北京：中信出
版社，2022.12（2024.7 重印）
ISBN 978-7-5217-4839-0

I.①我… II.①天… III.①长篇小说—中国—当代
IV.①I247.5

中国版本图书馆 CIP 数据核字（2022）第 189625 号

我们生活在南京

著者： 天瑞说符
出版发行：中信出版集团股份有限公司
（北京市朝阳区东三环北路 27 号嘉铭中心 邮编 100020）
承印者： 河北鹏润印刷有限公司

开本：880mm×1230mm 1/32 印张：27.25 字数：580 千字
版次：2022 年 12 月第 1 版 印次：2024 年 7 月第 5 次印刷
书号：ISBN 978-7-5217-4839-0
定价：99.80 元（全两册）

目　录

第四卷

再次连通的电台

第一章

1

"现在，同学们把38套拿出来，这一题之前已经讲过了，你们记不记得？来，看选择题第五题，这个题型熟悉不熟悉……"

数学老师在上面讲题，空气里都是翻卷子时纸张摩擦的声音，细细的粉笔灰在冬日的阳光里旋转，白杨撑着脑袋坐在自己的位置上，笔尖点着试卷，似乎在听课又似乎没有听。教室里没开空调，捏着笔杆的食指和中指有些僵，进入12月后气温的变化曲线像冬眠的蛇一样蔫巴，再也没有爬升到十度以上。今年秋季格外的短，中山门大街上的法国梧桐落叶在脱落酸的作用下离开枝干时还是夏季，掉到地上时就成了冬天。

法国梧桐有十五米高，秋天就有十五米那么长。

白杨的生活恢复平静已经过了半个月，半个月前赵博文带走了他的icom725业余电台、模拟中继、主板，以及所有的相关资料，连一张草稿纸都没有放过——所有的工作都被专业部门接手了，国家机器运转起来，所掌握的资源和能力是他一个高中生远不能及的，白杨可以想象那台老旧的业余电台会被赵叔他们视若珍宝地置入顶级的电磁波静室，用上最先进的勘察侦测手段，会有一大帮专家成天盯着它，作为一台又老又破的业余电台，它能混成这样，当真是光宗耀祖了。

于是白杨又变成了南航附中里的一个普通高三学生，他不需要再拯救世界，他只需要拯救自己的高考成绩。

先前压在自己肩上的庞大压力在一瞬间消散一空，与压力一同消散的还有末日来临的阴影。白杨这个年纪的人，对国家力量总是有不知来源的盲目信心，他总是想，在自己看不见的某个地方，肯定存在能解决所有问题的方法，只要国家出手，就万事大吉，什么灭世危机，在专业部门接手的那一刻起就不存在了。

看看坐在教室里的所有同学，看看站在讲台上的老师，还有门外操场上的学生，校外马路上的汽车，这世上千千万万的人都在正常生活，哪会有什么末日降临呢？

如今回想起来，那个独自生存在二十年后的少女，遥远模糊得像个幻影，曾经发生的一切都恍如一梦，白杨从梦中醒来，这个世界运转如旧，BG4MSR只是梦里出现过的人。

只是不知道她收到自己的照片没有？

赵叔成功地把自己的照片发给她了吗？

白杨默默地想。

她能和那些人配合好吗？

希望赵叔能代自己给她道个歉，把缘由都解释清楚，要不然老想起自己失约，白杨就浑身不舒服。

"白杨！白杨！"

白杨陡然惊醒。

班主任刘老师指了指他桌上的卷子："翻页了。"

白杨连忙埋头翻页，但又不知道翻到哪一页，只好偷瞄隔壁小组的卷子。

"高三了，上课认真一点。"老师提高了声音，"你们没几个月的课可上了，要珍惜高中生活，现在冲刺阶段，同学们再努力往上提一提分数，考进南航不是梦。"

"小白羊！最近怎么又肯屈尊降贵等我们一起走了？"何乐勤一把揽住他的脖子，笑嘻嘻的，"你的拯救世界大计呢？完成了？"

"没有。"白杨说，"只是其他人接手了，我的工作已经完了。"

"没有给你颁个勋章吗？"严芷涵在后面问，"毕竟是拯救了世界呢，这么大功劳，我觉得保送进清北不成问题。"

"那我努力一把，看看国家能不能念及我劳苦功高，贡献巨大，奖励我一个保送进清华的名额。"白杨懒懒地说，"最好再送我北京五环内一套房，给我一份钱多事少离家近的工作，你们说是不是？"

"苟富贵，勿相忘！"何大少拍他的左肩。

"苟富贵，勿相忘！"严哥拍他的右肩。

"去去去，大少家这么有钱，还考什么考？"白杨打掉他们俩的手，"让你爹花钱送你进哈佛啊。"

下晚自习，白杨照旧和严芷涵、何乐勤结伴回家，三个人边走边闲扯，勾肩搭背，晃晃悠悠，回家不用赶时间开电台，白杨也不着急，大可以慢慢溜达。马路上车流不息，正是高中生放学回家的时候，学生们骑自行车的、站在路边打车的、步行回家的，来来往往，放眼望去都是南航附中的校服，白杨、何乐勤和严芷涵也不过是南京市里成千上万学生中不起眼的一分子。

没有世界末日，没有超时空电台，也没有天上的黑月。

这是一个平凡的世界。

白杨背着书包走进小区，和门口保安亭里值班的蔡东大叔打个招呼，腾腾腾地上楼，一口气爬上八层，掏出钥匙开门。

他在玄关一边换鞋，一边摸索着开灯，因为不再折腾电台，老爹老妈的作息又恢复了正常，晚上11点的时候已经睡下，王叔也不来了，逆转未来拯救世界业余无线电紧急通联指挥部很久没有展开工作，未来可能再也不会展开工作，明亮的灯光下客厅里干干净净，凌乱的电台、中继、主板和资料仿佛从未存在过。

那些人清扫得是如此迅速又干净，现在即使老爹和王叔想把这些事公开，告诉其他人，他们也找不到依据和证明。

白杨背着书包推开自己的房门，卧室里传来老妈迷迷糊糊的声音："小杨？"

"嗯，我回来了。"

"厨房里有吃的。"老妈说。

"知道啦。"白杨放下书包，到厨房里打开电饭煲，照旧是温热的炒面条，坨了，不过不妨碍吃。

白杨端着盘子回到房间，坐在椅子上，这是他熟悉的生活轨迹，一切似乎都没有变化，但又有什么地方不一样了。

他把目光投向桌旁的书架，书架的格子上空了很大一块空间，那里曾经长久地摆放过什么东西，它在老旧的木质书架上留下了方形的压痕。

白杨沉默下来，长久地盯着书架发呆。

那方浅色的、长期没有被阳光照射的痕迹是他生活曾被抽走一块的唯一证据。

BG4MXH，今天我又到玄武湾去了，一路上看到很多洛神花，采了一些回来泡茶。

BG4MXH，今天气温下降了，我得多穿衣服，我有一件很厚很厚的大棉袄，你那边冷不冷？

BG4MXH，编程好难，好难好难好难好难啊！

BG4MXH，想要我照片？那你得用你的照片来换！等价交换，懂不懂？

BG4MXH！BG4MXH！BG4MXH！BG4MXH！BG4MXH！

白杨惊醒。

他满脑子都是有人在喊BG4MXH。

白杨从抽屉里掏出一副耳机，插进手机里放音乐，然后仰躺在床上闭上眼睛，他想把脑子里混乱的思绪驱散。夜深人静，手机在放任贤齐唱的《浪花一朵朵》。

啦啦啦啦啦，啦啦啦啦啦，啦啦啦啦啦啦啦

我要你陪着我，看着那海龟水中游

慢慢地趴在沙滩上，数着浪花一朵朵

你不要害怕，你不会寂寞

我会一直陪在你左右

让你乐悠悠

2

翌日。

白杨起床吃早餐，又在桌子上瞥见了豆豉鲮鱼罐头和梅林午餐肉罐头，都是老爹买的，尽管老爹胸有成竹、信誓旦旦地给他打包票说专业力量介入，问题肯定解决，想想吧，十四亿人的国家呢，七十五亿人的世界呢，真能眼睁睁地坐视天塌下来？全人类的力量拧成一股绳，就算是小行星要撞击地球了，都能给它顶回去——老爹说是这么说，可他又暗搓搓地到处买罐头，成箱成箱地搬回来，给白杨和老妈试吃，三人连续吃了一个礼拜的罐头，白杨现在闻到罐头味道就反胃。

除了罐头，老爹还在淘宝上买弓箭、匕首、电击器、头盔、软式防弹衣和陶瓷防弹插板，买回来用锤头凿子哐哐一顿猛凿，不知道的还以为他要转行当军武测评博主。

老妈说你要真这么有信心，能不能别说一套做一套？你这天天晚上制造噪音，邻居迟早来投诉。

老爹振振有词，说我怎么说一套做一套了？作为各方面欲望全面下降的中年老男人，我还不能有点额外爱好了啊？你见过那些胶佬没有？那一面墙的模型，我玩点小刀匕首还算正常的！说完他转身就给工人师傅打电话，悄咪咪地叮嘱墙面得加厚夹钢板。

王叔真的在鹿楼镇看房子了，乡下的老房子不值钱，王叔出手阔绰，他和老爹秘密谋划着要打通地下室，设计图纸一展开比茶几还大，逆转未来拯救世界业余无线电紧急通联指挥部僵尸还魂，起死回生，两个中二老男人在上面标注了物资贮藏库、淡水贮藏库、武器库、地下车库，还有一个煞有介事的司令部，看他们这架势，不像是要打造什么末日避难所，而是在建设最后的人类反抗军秘密基地。

这是中年人的末日生存大计。

赵博文照旧一去音讯全无，对外通信全部断绝，不知道此刻正待在哪个实验室里，一身防护，室外是荷枪实弹的军警，层层严守。根据白杨看过那么多科幻灾难片的剧情套路，活到最后的主角团必有一群小人物，必有一个科学家，自己是不是那个小人物他不知道，但赵博文很有可能就是那个科学家。

白杨还是照常上学，他觉得全世界末日氛围最浓厚的地方就是自己家客厅，推开门走出去还是阳光明媚，老爷爷在花园里练太极拳，年轻的母亲推着婴儿车在小区里晒太阳。

周末何乐勤约白杨去打电玩，这俩货是一丁点高考临近的紧迫感都没有，前者是家里有钱，后者是心不在焉。两人在新街口风云再起电玩城打一下午游戏，何大少虽然读书不行，但玩游戏是一把好手，这厮从小跟着他爹混迹于街机厅（何老爹在南京街机界也是一个传奇),摸摇杆时长超过笔杆,他自称是南京市零零后拳皇第一高手,精通拳皇97和拳皇98,街机厅里他坐在哪儿,哪儿就是王座,不可撼动。

于是何乐勤拉着白杨一起打拳皇,局局血虐,报《文明》的一箭之仇。

白杨翻白眼说我们这年龄有几个人还打拳皇?

何乐勤说我们就是零零后坚守拳皇的最后一面旗帜!

反正游戏币都是何大少请,白杨就权当自己是给阔少当陪玩了,他捏着嗓子跟何乐勤说大少您请的陪玩晚上还有陪床服务,请问您需不需要呀?只要加价一千五,什么要求您尽管提。

何乐勤说滚滚滚滚滚。

下午6点多,两人从电玩城里出来,离开了嘈杂纷乱的环境,白杨的耳根子一下就清静了,他站在台阶上深吸一口气。

"小白羊!"何乐勤往前走得远,回过头来喊他,"找个地方吃饭。"

12月天黑得早,路灯很早就亮了,白杨两只手插在兜里,跟在何乐勤屁股后面问:"大少,要是你知道自己五年后就要死了,你会怎么办?"

"报复社会。"何乐勤说,"搞个大新闻,比如说去把白宫炸了。"

"正经点。"

"正经点你就别咒我啊。"何乐勤说,"你兄弟我一天吃三顿,顿顿两碗饭,晚上喝牛奶,周末去健身,怎么五年后就要死了?有句话你听过没有？老何，老何，吃头老母猪不打嗝——"

"不开玩笑，要是拯救世界的计划失败了，大家五年后都得完蛋。"白杨站在树底下的影子里，何乐勤看不清他的表情，一时拿捏不准该怎么回复。

"白杨——"

"早做准备。"白杨打断他，"不开玩笑，何大少，你家里有钱，可以跑得很远，找个安全的地方藏起来。"

何乐勤有点诧异，这没头没尾的一句话，让自己找个地方藏起来，往哪儿藏啊？

"藏？怎么藏？"何乐勤问，"往哪儿藏？是要发生大地震还是大洪水？"

"它们大概率是从天上下来的。"白杨说，"所以应该藏到地下去，越深越好，广西贵州那些西南山区有很多很多隧道，那里应该是很好的藏身地点。"

"它们？外星人？"

白杨点点头。

"这……小白羊，你最近压力是不是有点大？"何乐勤凑过来，在白杨眼前摆了摆手，"怎么神神道道的？"

"你不相信我？"

"相信，相信！"何乐勤说，"看过《2012》没有？真到世界末日了，我让老爹花钱包架飞机，把你捎上，一起飞到青藏高原去。"

何乐勤估摸着小白羊准是因为临近高考，精神压力过大，他知道白杨老妈对她儿子抱有厚望，可高考这事儿吧，一靠祖坟埋得好，二靠家里有大佬，三靠天生好头脑，四靠父母逼着跑——父母施加的压力不见得能起效，南航南理不是说考就能考上的，目标定得好，还要分数高，但分数就是命数，所以分数能考多少全靠命——这就是何大少对高考的认知，他觉得自己对自己的估分还不如街边摆摊的算命准确，毕竟他做题也是投骰子投出来的，小白羊肯定是在高考压力之下产生妄想了。由于高考上不了南航南理，所以小白羊在妄想世界即将毁灭。

"走走走，咱们去吃东西！"何乐勤觉得白杨需要转移注意力，拉着他往巷子里钻，"这世上唯有美食不可辜负！"

两人找了家街边馆子，白杨吃饱喝足，果真就不妄想了。

看来还是吃吃喝喝解决问题。

晚上8点，白杨吃得晕晕乎乎，大脑的供血全部都被蠕动的肠胃给抢走了，他脚步虚浮地上楼回家，掏出钥匙开门。

咔嚓一声，客厅内的灯光从门缝里射出来，落在白杨的脸上。

那一瞬间他还以为自己走错门了。

白杨偏头看了一眼门牌号，没走错。

客厅里居然又坐满了人，白杨看清坐在沙发上那人脸上戴着的玳瑁框眼镜，顿时就清醒了。

大脑长鲸吸水似的把肠胃的血液全部汲取上了头部，让他的脸涨得通红。

"赵……赵……"

白杨目瞪口呆。

"杨杨。"赵博文苦笑一声，朝他摊了摊手，"真对不起，我们又回来了。"

白杨进门换鞋子，他没搞清楚这是什么阵仗，赵博文怎么杀了个回马枪？他不是带着电台远走高飞，杳无音信了吗？

包龙图再次坐镇开封府，王朝、马汉、张龙、赵虎分列左右，茶几上一把大号订书机，五个陌生中年人或立或坐，神情肃穆，阵仗显然比上次更大了，上次是三个御猫，这次是五鼠闹东京。白杨一眼扫过去，靠墙站在最左边的那人身材稍瘦，长脸鹰钩鼻，白杨封其为钻天鼠，左数第二位坐在沙发上，抄着双手闭目养神，白杨封其为彻地鼠，与彻地鼠坐在一起的是翻江鼠，翻江鼠对面的是穿山鼠，最后的锦毛鼠看上去最年轻，大概不到三十岁，立在客厅右边。

不光赵博文回来了，王宁也回来了。

老王此刻跷着二郎腿，手里在翻阅一大沓厚厚的材料。

白杨换完鞋子，背着书包走进自己房间，吃惊地发现那台icom725居然已经物归原主，好端端地置于书架之上，几乎原封不动。

赵博文跟着进来了，在床上坐下。

"出什么事了？"白杨放下书包，"为什么它又回来了？你们已经研究完毕了？问题全部解决了？"

赵博文摇摇头。

"这段时间我们只取得了一个成果，只搞明白了一件事，除此之外，我们什么都不知道。"

"什么事？"

赵博文起身，靠在书架上，轻轻拍了拍电台的外壳。

"杨杨，你问过BG4MSR住在什么地方么？"

白杨一愣，没想到赵博文会问这个问题。

"梅花山庄。"

"几栋几号？"赵博文接着问。

白杨窒住了，然后挠了挠头："没……没问，毕竟直接问人家女生的具体住址不太礼貌……再说她一个人生活在那个时代，住在几栋几号也没什么意义……"

"确实没有意义。"赵博文说，"但我们因此错过了一个非常重要的情报。"

"情报？"

"是的。"赵博文点头，"我再问你，你知道BG4MSR用的电台是哪一台吗？"

"这我怎么可能知道？"白杨吃了一惊，"这世上的拐两五电台那么多，老HAM群体里差不多人手一台呢。"

"你看，你脑子没有转过弯来，当局者迷。"赵博文指指他，"不过也正常，我们也是经过多次测试之后才逐渐意识到这一点的，我现在告诉你BG4MSR住在什么地方，以及她用的是哪一座拐两五电台。"

"你……你们知道？"

"不能百分之百确定，但是我估计八九不离十。"赵博文回答，"BG4MSR住在南京市秦淮区首蓿园大街66号，梅花山庄中沁苑，

11栋，二单元，805。"

"这是我家地址！"白杨一个激灵。

"但也是她家地址。"赵博文说。

"赵叔，你的意思是……"

"没错，她就住你家呢。"赵博文指指脚下的地板，"说不定还和你一间卧室，躺在同一张床上，你们同床共枕了两个月都无知无觉。"

白杨瞠目结舌。

"接下来再说电台，你也该猜到了。"

白杨的目光落在电台上。

"她那座拐两五……"

"没错。"赵博文拍了拍电台外壳，"就是你这台拐两五。"

"想知道我们怎么发现的？那这事说来就话长了。"

"我流量够。"白杨坐下来，"你慢慢说。"

"其实我早有怀疑，很早我们就知道这座电台的能量没有向外辐射，对吧？"赵博文也坐下来，"频谱仪探测不到它对外辐射的电磁波，那些能量到哪儿去了呢？电台内部的晶振产生的高频振动到哪儿去了呢？"

"我们不清楚超时空通联的机制，这东西背后肯定有一个我们无法理解的诱因，因为我们捕捉不到14.255MHz上电台对外辐射的电磁波，所以不太可能是无线电波发射出去之后再穿越时空，更大的可能，是它在电台内部时就被传送到了2040年。"赵博文接着说，"只是我们当时无法确定它是在哪个环节穿越时空的，可能是在晶振这一步，可能是在功放这一步，也可能是在内部馈线中穿越到了二十年后。"

"现在你们知道了吗？"

"知道了。"赵博文说。

"信号是在哪儿穿越时空的？"

"就在源头，icom725 电台的晶振。"赵博文说，"那天我们把拐两五电台带回去，第一时间送到了南京理工大学，我们借用了南理的电磁波暗室，你在网上见过那种暗室吧，四面的墙壁上密密麻麻地布满方形的棱锥，经常有战斗机什么的摆在这种房间里测电磁元件性能，电磁波暗室的外壳是密闭钢结构，内壁铺满吸波材料，这种暗室能最大限度地屏蔽和阻断室外的电磁干扰，保证一个干净的电磁环境，我们把电台摆在里面进行了全方位的测试，对电台内部各元件的电平进行了精确测量，以确认信号在哪个位置被截断，最后发现它就没离开过晶振，搞清楚这一点之后，我们对电台超时空通联的机制就有了一个初步推断。"

"共振？"

"答对了。"赵博文点头，"超时空的共振，你的电台内部晶振在振动时直接带动对方电台的晶振，以此来瞬时传递信息，照这么看，你们这两座电台之间传递信息的速度超过了光速，可是信息传递的速度不能超过光速，那么我有理由怀疑，你和她手里的icom725，其实是同一台——因为是同一座电台，所以在它本身看来它只是在自说自话，不存在信息传递，也就不违背现有的物理规律。"

"超时空通联都发生了，信息传递速度不能超过光速这条规律还重要吗？"白杨问。

"不重要。"赵博文说，"但我总得找个依据吧？"

"好吧。"

"如果说你们俩使用的电台是同一座，那你们住在同一个地方就是合理推演。"赵博文说，"不过以上都是推测，实验结果才是证明我想法的有力证据——我们做了大量实验，最后得到一个很糟糕的结果。"

"什么结果？"

"这座电台，只要离开你的卧室，就无法再联系上BG4MSR。"赵博文回答，"无论如何都无法再现你们的超时空通联，我们把它放在各种地方进行测试，南京市内、南京市外、地下、空中，甚至把它拉到两万米以上的高空，给它接上超大增益的天线，都统统行不通。"

"这……这半个月你们都在折腾这些？"白杨瞪大眼睛。

赵博文有点无奈地点头。

"不止，情况简直是一团乱麻，人也是一团乱麻，事也是一团乱麻，我们以最快的速度组建了一个专家组，把能请到的人都请到了，在我们力所能及的范围内做了大量调查，说实话拐两五没有太多东西可研究，我们把它翻过来覆过去地查，也查不出什么东西来。"赵博文接着说，"最后我们达成一致意见，从icom725电台入手调查二十年后的末日成因是行不通的，它不是个好的切入点，所以我们就尽快把它送了回来，送到了这里。"

白杨沉默片刻，抬起头问："那接下来呢？接下来你们打算怎么办？"

"这个看你的意见。"赵博文说，"取决于你，杨杨，我们有好几个计划，但我们一致认为最佳的人选始终是你，因为你和BG4MSR最熟悉，你们之间的情感联系最稳定，她最听你的话，当然我也得承认这是个压力非常大的任务，它不应该由一个高中学生来承担，所以如果你不愿意，我们也有……"

"我愿意。"

白杨几乎不假思索，打断了赵博文。

"你可以考虑一下，不用现在就给我答复，我们可以给你时间考虑……"

"不用考虑。"白杨说，"我愿意。"

赵博文有点愕然，他看着面前这个少年沉默地坐在椅子上，垂着头，侧着脸，一只脚屈起来平放在椅面上，两只手按着脚踝。

他此刻在思考些什么呢？

赵博文心想。

这是山一般的重任，肩负全人类的生死存亡，赵博文无法想象这是怎样的心理，他只是很担心，担心那瘦削的肩膀、细细的胳膊和年轻的脊背，能否承受得住这千钧重担。

3

与此同时。

白震和王宁坐在客厅里翻阅资料，赵博文带回来的纸质材料可以装满一个行李箱，带回来的电子文件可以装满另一个行李箱。今天下午，赵博文把花花绿绿的文件夹一只一只地叠起来超过在座所有人身高时，老白和老王以为这货是刚把楼下打印店给洗劫了，结果赵博文转身又从行李箱里掏出固态硬盘，一只一只地垒起来比所有人都高——看来这货还洗劫了百脑汇，老赵拍拍茶几上的文件夹和硬盘，对众人说这就是过去半个月我们所做的所有工作。

两人都很难想象在短短半个月里赵博文做完了如此巨量的工作，他们一边看一边啧啧称奇。

"南京市高空电离层F2层……气球悬挂雷达反射实验……"

"9月至12月中国华东地区电磁信号全频段广域监测记录。"

"9月至12月太阳黑子活动与地球磁场变化监测记录。"

"宇宙微波背景辐射图谱……这是啥？ CERN ？ European Organization for Nuclear Research ？"白震皱起眉头，手里一叠纸上都是英文，他就看懂了一个Nuclear。"核武器？好家伙，你们还搞到了核武器？"

"CERN，欧洲核子研究中心。"坐在白震对面的翻江鼠解释，"是做高能物理研究的，不是搞核武器的。"

"高能粒子加速器和大型强子对撞机，新闻里没见过？"王宁表现出他的博闻强识，同时鄙视了一下老白的无知。

白震放下手里的材料："厉害呀，你们在这半个月里真干了不少事。"

五个人一听这话，同时都有些局促，好似浑身不舒服，他们不约而同地偏头瞄了一眼白杨的房间，然后翻江鼠压低声音说："还不是因为有铁手追命？"

"铁手追命？"白震和王宁一愣。

"老赵？"王宁问。

翻江鼠点点头。

"为啥叫铁手？"白震问。

"因为他老是叫人鼓掌。"彻地鼠神情很无奈，"不是铁手根本吃不消。"

"为啥叫追命？"王宁问。

"有机会看看他催你干活时的样子。"坐在同一张沙发上的穿山鼠仍然心有余悸，他犹豫了一下，说，"生产队里的驴也没这么上工的。"

白震再打开一只厚重的黑色文件夹，第一页一个醒目的红色印章——"绝密"。

啪的一下，他又把文件夹给合上了。

"这……是我们能免费看的？"白震抬起头问他们。

"随便看。"彻地鼠点头，"带到这里的所有文件你们都可以看，也是你们需要知道的。"

白震深呼吸，郑重其事地翻开文件夹，自二十岁那年参加高考之后，他再也没有接触过密级如此高的文件。

文件夹里是一份工程项目计划书，厚厚一大本，粗略估计得有一百多页。

"中国建筑第八工程局有限公司。"

"中国科学院紫金山天文台。"

"中国科学院地质与地球物理研究所岩石物理与储层地质力学学科组岩石力学实验室。"

"这名字真长。"白震低声嘟囔，"南京市深地岩力学大科学项目……岩力学？那是土木工程吧？"

王宁也好奇地凑过来看。

两人一页一页地往后翻，走马观花，大概明白了这份计划书是干什么的，是研究南京市深层地下岩土结构受人类工程影响的科学项目，由中科院紫金山天文台和中科院地质所联合筹划，由中建八局负责施工，按照这份工程项目书上的计划，他们要在南京市地下挖个深坑，安置一间小小的无人实验室，用来测量岩层受力情况。

但白震不明白这东西干吗要给自己看，他也不是干地质和土木工程的，研究地质和岩土力学的科研项目为什么混进了逆转未来拯救世界业余无线电紧急通联指挥部？

"这是另外一份时间胶囊。"彻地鼠说话了，"超级时间胶囊。"

白震和王宁吃了一惊。

"在过去半个月里，我们一直在研究时光慢递的方式，之前我们已经证实了足够远的距离可以逃过大过滤器，但把时间胶囊打上太空的方式毕竟局限性太大，成本太高，而且准备周期长，受火箭运力限制，所以我们在积极研究其他行之有效的方法。"彻地鼠接着说，"你们此前的一次实验给了我们启发，那时你们把时间胶囊用水泥浇筑进了墙里。"

"准确地说是小区大门。"

王宁撇撇嘴，那颗时间胶囊还待在梅花山庄小区的大门里呢。

"这证明除了把时间胶囊送进太空，给予它足够强的保护和固定，也能让它成功幸存到末日时代。"翻江鼠说。

"这也是削弱目的性的手段吗?"白震问。

"这可以削弱目的性。"翻江鼠点点头，"我们把它深埋地下，同时把它封死，毫无疑问在本质上它和被送到火星轨道上没有区别。"

"那你们这次要送过去的是什么?"白震问。

"是黑匣子。"赵博文的声音忽然响起来。

所有人一齐扭头，看到赵博文抄着双手靠在白杨房门的门框上。

"我们这次要送过去的，是黑匣子。"赵博文走过来，"你们知道黑匣子么? 每一架民航客机上都会携带一只黑匣子，它是一台拥有坚固外壳的记录仪，循环记录客机内部的通话记录，万一航班遭遇空难，黑匣子是最直接最清楚的证据，可以让人们分析灾难原因，我们要送到未来的就是这样一只黑匣子，它能告诉我们，未来究竟发生了什么。"

"一台录音机?"王宁问。

"一个机器人。"赵博文说，"一个 AI 系统，由它代替我们去经历未来二十年的所有事情，然后告诉我们末日究竟是什么样子。"

"难以想象。"白震轻声说。

他在脑子里勾勒出一个瓦力那样的小机器人，当灾难降临时，这台小机器人就找个地方藏起来，一直藏二十年，直到 BG4MSR

21

找到它。

"没你想的那么复杂，我们这个时代本身就是一个信息技术高度发达的世界，每天都有庞大至极的数据流在每个人的手机之间传输，无论发生什么，互联网上都会第一时间爆出消息，所以黑匣子不需要主动搜寻信息，它只需要听，藏在幽深的地下听这个世界的动静，它有一套关键词抓取和过滤系统，一旦发现可疑的信息，就会把它抓取储存起来。"赵博文说，"这套技术其实非常成熟，政府部门监控舆情用的就是这种方法，我们照搬过来一套就是，腾讯有现成的。"

"那你们得保证它的安全。"白震说，"保证它能熬过这二十年，末日后还能正常工作。"

"这是最难做到的，我们不能把它发射进太空，那么最安全的地方就是地下了。"赵博文点头，"挖一个深坑，把它埋起来。"

"这东西的体积应该比时间胶囊大多了吧？"白震问，"听你们的描述，起码得要一个服务器机房，还要数据传输线路、电源系统和散热系统……这么庞大的一套东西，你们要挖个深坑，把它们埋起来？那你们得挖一个很深很大的洞，再把所有东西吊运下去，这工程量吓死人。"

"我们借用现成的。"

"现成的？"

赵博文指指自己脚下："在我们脚下，在这个城市的地下，本身就有一套庞大的、四通八达的隧道系统。"

白震和王宁陡然明白过来。

是了，在这个城市的地下，本身就存在一套发达的隧道系统，每天都有成千上万的人在地下流动。

　　地铁。

　　"我们全面考察了南京市内的地铁系统，综合考虑各方面因素，最后选定了两个位置。"赵博文在茶几上摊开地图，取出记号笔画了两个圈，一个在鼓楼公园，一个在莫愁湖，"中科院紫金山天文台办公楼底下是四号线，莫愁湖边上是二号线的莫愁湖站。"

　　和这世上绝大多数地底实验室一样，赵博文采用的是隧道里再横挖分支的方式，四川锦屏山拥有世界上最深的暗物质实验室，它是从横贯山体的隧道里分支岔出去的空间，头顶上覆盖着两千六百米厚的山体岩石，而南京地铁二号线拥有江苏省最深的地铁站莫愁湖站，赵博文从二号线的隧道里横挖出一条小隧洞，头顶上是三十米厚的泥土和岩层。

　　"我们在紫台地下挖一个密室，莫愁湖站旁边挖一个密室，两个互为备份，所有的设备都能从地铁站里运进去，安置在密室里，一切安排妥当之后，再把地铁隧道内的入口封死。"赵博文说，"这样从地面上只需要挖一条很小的通道下去就行，能容纳一个人通过即可，工程量至少降低百分之八十。"

　　"电源系统怎么办？"

　　"核电池。"赵博文不假思索，"多台核电池串联发电，使用时间能超过二十五年。"

　　"散热呢？"

　　"莫愁湖站旁边是湖，我们设计了水冷通道。"赵博文回答，

"紫台地下的密室深度更浅，可以通风。"

这货已经把该考虑的都考虑到了。

短短半个月时间，他们究竟干了多少事？

"我们有四个组在同时推进，赵老师是整个项目的第二负责人。"翻江鼠说。

"我说过我会带来千军万马。"

赵博文傲视全场：我牛逼否？

白震：牛逼！

王宁：牛逼！

赵博文：鼓掌！

全场热烈鼓掌。

"整个工程对外的口径是岩土力学科学项目，但它的实际目的是绝对保密的，明面上挖洞的目的是为了安置岩层受力探测装置，实际上是为了埋藏数据记录系统。"赵博文接着说，"这套系统一旦密封完成，全世界就只有一个人可以打开。"

"BG4MSR。"白震说。

这果真是一份超级时间胶囊，动用了难以计数的人力物力，在南京市的地底开辟唯有那个女孩可以打开的空间。

"在我们所有人当中，就数老赵你对她最好。"王宁说，"大礼一份又一份，上到九天揽月，下到五洋捉鳖。"

"这个项目什么时候开工？"白震问。

"开工？"赵博文冷笑一声，用睥睨群雄的淡漠语气说，"它已经完工了。"

"要是那些吃公家饭的都有你们这效率……"白震嘟囔。

"那我就要累死了。"王宁说。

白震陡然想起老王也是吃公家饭的，他不大不小也是个科级干部，只不过白震向来认为老王是浪费纳税人的钱给国家拖后腿之典范，他说就是因为老王这样的人太多，苏北发展才赶不上苏南。

老王说南京算个屁的苏北。

"其实还有很多工作没来得及展开，半个月的时间还是太短了。"翻江鼠把茶几上的硬盘慢慢推到白震那边，"但顶不住赵老师一再催促，让我们尽快把电台还回来，所以我们只能还回来了。"

"这么长时间联系不上，风险可不小。"白震说，"要是再早点送回来就更好了。"

"老白，你站着说话不腰疼，你又不担责，你知道我是顶了多大压力吗？这么大一摊子事儿，又不是我说了算，我上面有领导，领导上面还有领导，我花了多大力气说服他们？那么多人想把这座电台搞过去研究，是谁拦下来的？"赵博文忿忿地拍桌，语气很激烈，"我们所做的每一个决定都有可能影响全人类的命运，我写的每一份内参和报告都记录在案，如果最后历史证实我是错误的，那我就是全人类的罪人，你懂不？"

"我懂。"白震说。

"你懂个屁。"赵博文说。

"别他妈的说脏话。"王宁提醒，"你们两个鸟人注意场合。"

"咳咳。"翻江鼠清了清嗓子，"诸位别争了，赵老师确实居功至伟，如果没有他牵头和全力推动，项目进程不会有这么快。"

"我们接下来的工作重点，是分析黑月降临的原因和末日灾难的表现形式，这是所有后续动作的前提，只有搞清楚了未来会发生什么，我们才能对症下药，找到解决方法。现在有专门的一队人马在分析BG4MSR她老师的草稿和笔记，同时，你们这边需要让BG4MSR尽快前往密室，取出数据记录。"彻地鼠说，"紫台地下的密室叫作第一基地，莫愁湖底下的叫作第二基地，两个基地互为备份，她只要找到其中一个基地，就能取出所有的信息。"

"两个基地都彻底完工了吗？"白震问。

彻地鼠一怔，旋即点点头。

"完工了，施工队在过去半个月里加班加点，晚上11点地铁停运后就进入隧道，凌晨6点之前撤出来，昨天刚把安全门装上。"

"它有多安全？"王宁又问。

"我们力所能及的范围内做到了最安全。"这个问题由穿山鼠回答，白震和王宁都猜他是工程负责人，毕竟长相也像搞土木的，名字也像搞土木的。"三防，防核防化防生物，基地外壳是一米厚的钢筋混凝土结构，我们往里面灌了两百六十吨水泥，非常坚固，炸弹都炸不开，另外专门做了防渗漏层，确保五十年内不漏水。"

"进入的通道只有一条，通道内部只能容纳一个人进入，安全门是金库级别，三十厘米厚的实心钢板，声纹识别，一旦关闭，全世界只有一个人能打开。"穿山鼠接着说，"无论从哪个角度来看，它都是世界上最安全的时间胶囊，我们认为第一基地和第二基地坚持到二十年后没有问题。"

"任何人都没法再打开它了吗？"白震问，他用目光询问坐在自己眼前的这些人，"包括……"

"包括我们。"穿山鼠点头。

"不同凡响。"王宁拍巴掌。

"目前这件事儿摊子有多大？"白震问。

"我只能说我知道的，目前一共组建了四个专家组，南京有一组，杭州有一组，四川有一组，北京有一组，全国范围内的精锐都在这四个组里了，其中以南京组最为重要，赵老师是南京组的副组长。"彻地鼠说，"还有白王二位，你们同样身负重任，要尽力协助赵老师的工作。"

"我？"王宁和白震异口同声。

"两位都是。"彻地鼠点头，"你们是整个任务组中最核心的成员，我们希望诸位能力保工作推进不出差错。"

"保证完成任务。"白震坐直了。

"组长是谁？"王宁随口问。

"由当地市一把手兼任。"彻地鼠回答，"以便给予最大的资源支持。"

"这不是儿戏。"赵博文长叹了一口气，"这是一场战争啊，老伙计们，它马上就要打响了。"

4

白杨把icom725电台小心翼翼地摆正，丝毫不差地安置于原处，电台的四足都原模原样地压在书架的印痕上，白杨力求让它完全恢复原状，赵博文也力求让它恢复原状，从外观上来看，白杨丝毫看不出它曾经被带走剖析做过细致研究，尽管人们把这座电台的底裤都放在显微镜下看了三个来回，但他们复原起来也不放过任何一个细节，每一颗螺丝拧多少圈都不出错。

时隔半个月，再次摸到熟悉的icom725电台，白杨有点发呆。

他原以为它回不来了。

它的归来和离别一样毫无预兆。

白杨慢慢地将它恢复成自己熟悉的样子，接上电源，插上手咪，连上天调，戴上耳机，不慌不忙，有条不紊——很奇怪，他并不感到焦急，他知道自己有半个月没有和那女孩联系过了，或许今天晚上她不在频道上，或许在过去的这么多天里BG4MSR放弃了寻找自己，或许那个女孩已经不再相信自己还会出现，他甚至都没想过待会儿要说什么，待会儿要说什么呢？

好久不见？

别来无恙？

你还好吗？

白杨大脑里空空荡荡。

轻轻的咔嗒一声，白杨按下电源键，icom725电台那块黄色的液晶屏亮起，频率是28.350MHz，耳机里响起无边际的电流噪音。

白杨接下来扭动调频旋钮，液晶屏上的数字跟着跳动。

28.325MHz。

28.320MJZ。

28.100MHz。

25.425MHz。

频率在一点点地靠近，在肉眼看不到的电磁波世界，白杨长途跋涉，一步一步地向那个女孩靠拢。

15.420MHz。

14.875MHz。

14.300MHz。

到门口了。

白杨鼓起勇气抬手敲门，他最后拧转旋钮，频率跳动。

14.255MHz。

他又回来了。

推开门的一瞬间，他听到女孩的轻声啜泣在房间里回荡：

"你还在吗？如果你还在，求你……救我，求求你，救我……"

5

钟摆已经挂在紫峰大厦上挂了很长时间，具体挂了多久它不知道，因为它没有时间观念，一秒钟、一年、十年或者一百年对它而言都没有区别，作为一台农用收割机，它需要什么时间观念呢？

它吊在那里，风吹雨打，碧绿青翠的苔藓慢慢爬上了它的身体，它看上去仿佛是这个星球的一分子。

如果不出意外，它会当一个钟摆一直晃到这个星球毁灭。

母机没有把它收回去，这不是母机的失误，而是数学上允许的正常误差，两千五百四十七万三千六百二十九台收割机同时投放，有一台没有收回，回收率也达到了两千五百四十七万三千六百二十九分之两千五百四十七万三千六百二十八，两千五百四十七万三千六百二十九分之一的误差在计算上是可以接受的，就像七十五亿分之一的遗漏率也在允许范围之内，没有人可以做到百分之百的成功率，因为这个宇宙不允许。

这个宇宙钟爱残缺之美，它对不完美和对称性破缺是如此迷恋，以至于这两者从头到尾贯穿了宇宙的本质，从某个角度上来说，这个宇宙是独特的，这世上那么多宇宙，大多钟爱圆满和完美，所以它们从出生起就是混沌和永恒——圆满虽然好，但残缺才能诞生可能性和不确定性，不确定性比永恒更迷人。

母机是这么想的，母机的母机也是这么想的。

钟摆什么都不想。

它只是吊在那里，让鸟类和小动物爬上来做窝。

它很喜欢这个绿色的世界，星系内有那么多庄稼地，多到每一秒都有作物成熟，这块农场其实不算特殊，相对来说，这块农场的庄稼成熟速度是很慢的，大概是环境问题，太安逸的环境下庄稼们就不求上进，可以预见的是，这一批收割结束，等到下一批庄稼成熟，需要很长时间。

可能要五百万年，也可能要一千万年，甚至五千万年，乃至一亿年。

但钟摆不在乎。

母机也不在乎。

对母机来说，时间也是无意义的，不在乎时间是母机的特质，它们都不在乎时间，母机完成了任务，早就闭上了眼睛。

下一批庄稼成熟时，会有另外的母机和收割机降临，就像上一次收割那样，上一次收割发生在极其遥远的过去，收割结束后的母机再也没有睁开过眼睛，它只是安静地停留在这颗星球三十八万公里之外的轨道上，一直到现在都未曾苏醒。

完成任务之后的母机和收割机都应该回归宇宙，它们本就是从宇宙中借来的，完成任务之后应该归还。

所以无论有没有被母机回收，钟摆认为区别都不大，它安静地吊在这里沉眠，等待宇宙来回收。

它本以为这是自己的结局。

尘归尘，土归土，母机的归母机，所有的归宇宙。

直到那天晚上璀璨的流星划过夜空，在天边炸成绚丽的烟花。

钟摆又睁开眼睛。

母机在结束工作之前把自己留在这里，或许并非统计上的误差，而是她高深莫测的智慧。

它体会到了母机所说的那种感觉，不确定性果然是这个宇宙中最美妙的东西。

人类历史上最后一场抵抗战役

　　白震是我采访的第三个人，他仍然在南京市内跑出租，白天出车晚上回家，过着他安生的小市民生活，人类文明发展到今天这个程度，过得最舒服的就是白震这种人，就算天塌下来他都是最后被砸到的，所以白震一向不慌不忙、不急不躁，世界末日对他来说就是多了吹牛皮的谈资。我们见面时是晚上7点，日期就在采访赵博文结束后的第二个周末，地点约在南京国信状元楼大酒店附近的一家路边小馆子里。

　　白震上来拿起菜单就是乔太守乱点鸳鸯谱，一点不见外，一边点一边问作家老师你有没有什么忌口？吃不吃猪肉？喝不喝酒啊？是不是你请客啊？

　　我对最后一个问题做出了肯定的回答，白震就放心了。

　　两人都不喝酒，我不喝，白震是不敢喝，于是我们从冰柜里掏出两瓶玻璃瓶装的北冰洋，叮叮当当地碰瓶口。

服务员上了一道盐水鸭，一道咸蛋黄锅巴，还有一道金陵双臭。

我们本地特色菜，肥肠和臭豆腐！兄弟你吃过没有？来尝尝来尝尝，好吃得一批！

在我请客的饭局上，白震表现出十足的东道主气概。

还有一道六合头道菜，我也帮您给点上了，那是汤，冬天喝点汤暖身子，兄弟你千万别客气。

白震一边吃，一边说上了，没完没了，越说越远，不愧是网约车司机。

咱们接着聊微信上没说完的话题，我试图把话题拉回正途。

白震持着油腻的筷子，嘴里嚼巴嚼巴，点点头。

那从哪儿开始呢？就接着说大眼珠？他问。

我点点头。

要说这大眼珠，谁也不知道它具体是什么时候、因为什么苏醒的。大概率是在那半个月里。老赵推测是因为人类活动太剧烈把它给惊醒了，我们搞得动静太大，把它给吵醒了。但我觉得吧，未必是这个原因……其实有关于大眼珠的一切信息，推测占多数，有直接证据的占少数，至今为止，它对我们而言仍然是个谜团。

白震侃侃而谈。

我打开手机，开始录音。

不过有一点是可以确认的，大眼珠是毁灭世界的直接原因，这一点得到了证实。

大眼珠究竟是什么样的东西？我问。

白震抽出一张纸擦了擦嘴唇，想了想。

大眼珠是我们平时的叫法，它其实有正式的代号，叫作黑客，或者刀客。

刀客？我的呼吸急促起来。

白震点点头，那可能是全世界最后一个刀客，在我们的设想中，灾难降临时从天而降的刀客数量可能是以千万计的，人类灭绝之后它们就都返回黑月了，只有这最后一个刀客不知为什么还留在地球上，人类的突然剧烈活动惊醒了它，它发现了世界上仅剩的最后一名人类，于是开始追杀她。

BG4MSR？我问。

是的。白震说，刀客实在过于强大，给我们造成了巨大的威胁，说实话一个大眼珠都那么棘手，如果有一百万个，世界可能真会被它们毁灭，如果有一千万个，那人类能撑两年真是了不起……兄弟你肯定想象不到它们是如何收割人类的，那可真是大场面。

洗耳恭听，我说。

它们利用了一种人类无法对抗的力量，白震说。

什么力量？

引力。白震声音低沉，从我们得到的记录来看，末日灾难当时的场景很可能是这样的：某天黑月从地平线上升起，它变得硕大无比，可以占据你的所有视野，地球上的重力被黑月的引力平衡，地面上的所有人和物都被拉到空中，失去反抗能力，接着被数以千万计的刀客有条不紊地全部宰杀，黑月绕地球一圈，就能把地球上的所有人像割韭菜那样收割干净，一圈不干净，它还能多转几圈。真就和割韭菜一模一样。

黑月是可以自己控制轨道的？我有些吃惊。

应该是可以的，它显然不是个自然天体。白震说。

按照你的说法，它和地球接近到了一个可怕的程度，几乎脸贴脸，黑月本身不会被地球的引力撕裂吗？我问。

会，但它不畏惧被撕裂，应该说它要的就是被撕裂，地球的庞大引力反倒帮了它的忙，黑月并不是一个不可分割的整体，它被撕裂之后就变成了成千上万的刀客，直到人类灭绝之后，黑月才进入一个稳定的轨道，收回所有的大眼珠，待在十三万公里之外，有可能是完成任务之后休眠了，也有可能它就是个一次性的工具。

难怪BG4MSR说很长一段时间她们都生活在地下。我想起这一茬来。

显而易见，幸存者们肯定都转入地下和大眼珠们对抗，白震点点头说，不过大厦将倾，独木难支，他们最多也就撑了两年时间，那是一段艰苦卓绝的抗争，彼时大地上到处逡巡着黑色的刀客，人们只能躲在地下，找机会摧毁刀客，但这场战争最后人类还是失败了，全世界最后只剩下两个人。

BG4MSR和她的老师。我说。

没错。

白震夹起一块肥肠，颤动着泛油光。

BG4MSR是如何发现那个大眼珠的？我问。

反了，根据我们收集到的信息来推断，我们更倾向于是大眼珠先发现了那个姑娘，大眼珠怎样获取外界信息我们至今不清楚，不过它有一颗很大的眼睛，视力应该很好，BG4MSR说她只是按照往常一样去玄武湾钓鱼，抬起头发现远处紫峰大厦的楼顶上不知什么时候长了个球。

白震边吃边说。

那就是大眼珠？

那就是大眼珠，我们接触过的、唯一一个活的刀客，白震点头。有可能大眼珠就在紫峰大厦上沉睡，也有可能它在其他地方休眠，苏醒之后想爬到一个位置高一点、视野好一点的地方侦查环境，反正无论是什么情况，BG4MSR看到它的时候，它正爬在紫峰大厦顶上。

BG4MSR居然逃过去了，我想象那场面，不由后怕。

她很机敏，但也差点丧命。白震叹了口气。

她吓坏了，而我们又刚好联系不上，那个时候电台正放在全波的电磁波静室里做检测。

真辛苦。

白震放下手里的筷子，定定地注视着桌上的北冰洋玻璃瓶，目光变得遥远起来，他沉默了几秒，说：

是很辛苦，地球上最后一个人与最后一个刀客，这是人类历史上最后一场抵抗战役，在未来我们已经失败了一次，今天不能再失败一次，为了对抗刀客，我们倾其所有。

1

"BG4MSR，BG4MSR，这里是BG4MXH，我在这里，能听清我说话么？OVER。"

白杨松开手咪，心情有点忐忑。

对方忽然没了声音，他按住耳机，隐隐约约能听到颤抖的呼吸和哭声。

"BG4MSR，我是BG4MXH，收到你的信号，OVER。"

白杨把音量调到最高，他好像听到对方在絮絮叨叨地低声说什么，只是听不清楚。

"BG4MSR？"

"混蛋！"

河东狮吼，魔音灌脑，女孩的声音从两边同时爆发夹击大脑，白杨吓一跳，下意识地拉开耳机。

"混账！"

"傻×！"

当半夏听到耳机里响起BG4MXH的声音时，情绪立马就崩溃了，她哭到发不出声，等到喘过气来，她就深吸一口气，擦干眼泪，冲着手咪大骂："混账！混蛋！傻×！你究竟到哪儿去了？你究竟到哪儿去了……"

这一通骂给对方干沉默了。

半夏软倒在椅子上，额头磕在桌面，慢慢地喘气。

"对不起。"她直起身子，擦了擦红肿的双眼，吸吸鼻子，"我不该骂你，把你骂跑了怎么办……"

"要道歉的应该是我，BG4MSR，对不起，失联这长时间都是我的错，电台被别人带走了，今天才还回来。"耳机里在解释，"你那边情况还好么？ OVER。"

"不好，一点都不好。"

"怎么了？"耳机里的声音陡然紧张起来。

"我现在不敢开灯。"半夏说。

她确实没有开灯，独自坐在漆黑的房间里，窗帘拉得严严实实，唯一的光源是电台上的指示灯和暗黄色液晶屏。

这样没有灯光的冰冷黑夜她已经度过了两个星期，在自己家里活动都得依靠一支小小的LED手电。她是如此谨小慎微，走路时放轻手脚，甚至都不敢发出声音。

这么多个夜晚半夏蜷缩在床上，听外面狂风呼啸，她把自己裹在厚厚的被褥里，却得不到一丁点安全感，她总是想象那个巨大的黑影就爬在梅花山庄11栋的外墙上，眼珠子滚来滚去，一个窗户一个窗户地依次检查。

总有一天，那颗可怕的眼珠会到自己家窗前，它会透过窗帘的缝隙往里面张望，看到缩在床上那瑟瑟发抖的小小一团。

然后它会像鬼魅一样幽幽说：出来呀——我发现你了——

半夏只能搂着蓝色的塑料小台灯，躲在被窝里流眼泪。

她太弱小，太无助，而能给予她最大支持的人们却联系不上。

是从什么时候开始，那座老旧的icom725电台变成了她的精神支柱呢？自从联系上BG4MXH，半夏觉得自己拥有了坚实的铁甲和后盾，这让她强大，让她勇敢，让她不再畏惧面对这个世界。可人总是一面变得愈强大，一面变得愈脆弱，一旦失去BG4MXH，她立刻落入孤立无援的境地，变得比以往更单薄更弱小。

"为什么不敢开灯？OVER。"

"开灯会暴露自己。"半夏回答，"会被它发现。"

"它？"白杨有点诧异，"它是什么？又来了一头孟加拉虎？OVER。"

"不，不是老虎，是比老虎可怕得多的东西。"半夏说，"是大眼珠，它又回来了，它在找我。"

对于大眼珠，或者说刀客（刀客是应急小组后来给它的代号），白杨的认知是模糊的，他只知道大眼珠是一种形似蜘蛛的怪物，拥有六条长腿和一只巨大的眼球，体型可能超过十米，能在大楼的外墙上随意攀爬，这么一想，形象好像还有点蠢萌（后面白杨了解到刀客热衷于把人类切成三十厘米长的小段，他就不这么想了）。

"大概是两个星期以前，那天我去玄武湾找吃的，因为家里的鱼吃完了，我得抓些鱼回来补充库存。"半夏说，"当时我正在沙滩上挖螃蟹呢，抬起头一望，发现对面紫峰大厦的楼顶上趴着一个很大的球。"

"它以前在那儿么？OVER。"

"不在，以前肯定没有那东西。"半夏摇摇头，"不知道是从什么时候开始出现的，我不知道那是什么，就站在那儿看啊看啊，想看清楚一点，突然，它长出来了一条腿！一条蛇那样的腿，扭啊扭啊，跟触手似的。"

"然后呢?"

"然后就是第二条腿，第三条，第四条，最后六条腿都长了出来。"半夏接着说，"那时我才明白这是什么东西，我的天呐，童年阴影你知道么？真吓坏我了，我没想到现在南京市里居然还有大眼珠，它们都消失快二十年了！"

"只有那一个么？OVER。"

"我只看到了那一个。"半夏说，"它肯定也看到了我，因为它很快就从楼上爬下来，跳进了水里，往岸边游过来，我拔腿就跑，鞋子都没来得及穿，自行车也不要了，我魂都跑丢了，来不及辨认方向，就是闷头跑，往废墟里钻，哪儿乱往哪儿钻，如果在大路上跑肯定会被追上的，你能体会到那种感觉吗？身后一直传来咔嗒咔嗒的声音，越来越密集，最后我钻进一大片废墟里，在一大块水泥板底下躲起来屏住呼吸，听到头顶上有什么东西在爬。"

半夏讲得绘声绘色，联系上BG4MXH，让她安心了不少。

"我听到它在挖，把废墟挖开，灰尘和碎石扑簌簌地从头顶上落下来，我一点都不敢动，我心想就算被废墟塌下来压死，都比被那东西发现好，它还会说话，吓死我了。"半夏心有余悸，"它把触手探进缝隙里，用一种很尖很细的女人声音说话，它说出来呀——出来呀——你在哪儿呢——"

白杨听得毛骨悚然。

"我在废墟底下一直躲到天黑，等我爬出来的时候，它已经不知道到哪儿去了。"半夏接着说，"那个时候我才发现自己跑到了南图，真是不知道怎么跑到那儿去的，我慢慢摸回了家里，再也没敢出门。"

"后来你再发现过它吗？ OVER。"白杨问。

"没有。"半夏摇头，"它也藏起来了，就藏在南京市这片废墟里，它肯定在找我。"

白杨扭头，发现老爹、赵叔、王叔等人正杵在他身后，脸色一个比一个凝重。

"都怪你。"白震用力拧了一把赵博文。

"都怪你！"赵博文用力拧了一把王宁。

"卧槽！关我什么事！"王宁大怒。

2

白震展开一张大号的南京市交通旅游图，用透明胶把它粘在墙上，让客厅看上去有点像指挥部的模样了。

"这里是梅花山庄，是我们所处的位置。"白震抽出一支黑色的油性记号笔，在地图上画了一个小圈，"也是BG4MSR所处的位置。"

赵博文、王宁等人坐在沙发上，几双眼睛都盯着墙上的地图。

"一号基地在这里。"白震在地图上找到了鼓楼公园，他在那个十字路口上画了一个圈，"在紫台的地底下，二十年后它将紧挨着海水上涨后的玄武湾。"

众人点点头。

"二号基地在这里。"白震接着在地图上找到莫愁湖，画了一个圈把蓝色的莫愁湖框起来，"它在莫愁湖这里。"

"在莫愁湖地铁站。"穿山鼠说。

白震画的三个黑圈在地图上构成一个巨大的三角，这个三角形长七公里，高四公里，横跨鼓楼区、秦淮区和玄武区三个南京主要城区，三个圈分别是三角形的三个顶点，梅花山庄、中科院紫金山天文台及莫愁湖地铁站。按照原计划，BG4MSR应该前往第一基地或者第二基地，取出其中保存的数据，但这个计划还没来得及开展就被打断。

"那个大眼珠位置在哪儿？"王宁问。

"不清楚。"白杨从房间里走出来，他神色有点疲惫，打了一个哈欠，"那是个会动的东西。"

"它……真的是一个长腿的眼珠子？"翻江鼠仍然难以置信。

"是的，它不仅长腿，它还会到处爬呢。"赵博文望向白杨，"杨杨，姑娘情绪还稳定么？"

"稳定。"白杨揉揉眼睛，又打了一个哈欠，"但是累坏了，精神放松下来就睡着了。"

老赵抬头去看挂钟，时间已经到了凌晨1点，他们今天把电台送回来，没想到接下来的麻烦事接踵而至，一直折腾到现在。

"困了就去睡觉。"赵博文看白杨哈欠连天，"杨杨，你明天还要去学校吗？"

"去！"

白杨说完转身把房门关上，他也累坏了。

大人们接着开会。

"那个大眼珠最初出现的位置，是在紫峰大厦。"

白震在鼓楼广场边上又画了一个圈。

紫峰大厦，南京市著名的地标建筑，同时也是南京市最高的大楼之一，地上八十九层，地下四层，总高度四百五十米，是隔着玄武湖都能望见的鹤立鸡群的超级高楼，站在楼顶上眺望南京市视野肯定极好，难怪大眼珠要爬到那上面去。

"紫峰大厦和紫台距离太近了。"翻江鼠皱起眉头，"从紫台的办公楼走到紫峰大厦楼底要多久？也就五分钟吧？"

"它不一定还在紫峰大厦，毕竟是个活动物体。"彻地鼠说。

"麻烦就在这里，如果它只是个固定物体反倒好办了。"翻江鼠说，"那我们只需要放弃第一基地，直接去第二基地即可，但它一旦游走起来，那么无论去哪个基地都不安全，小丫头的生命安全会遭到严重威胁。"

这是一颗定时炸弹。

所有人都意识到这个问题，BG4MSR正处于极度不安全的状态中，一个强大的怪物正在南京市里游走，到处找她。

"躲?"王宁说话了。

这是一个选择。大眼珠是无法对抗的强大怪物，靠BG4MSR独自一人对抗更不切实际，反倒会让她置身于巨大的危险中。

惹不起，还躲不起么?

"我们规划路径，让她避开大眼珠有可能出现的区域，宁肯绕点弯路，先保证她个人的生命安全不受威胁。"翻江鼠点头表示赞同，"王科长说的我认为可行，不能硬碰硬，硬碰硬就是以卵击石。"

"可是我们怎么预测那颗眼珠子有可能出现的区域? 我们对它的了解几乎为零。"彻地鼠提出问题，"它如果是个有思考能力的活物，那它的行动轨迹就是不可预测的，这又不是打游戏，NPC行动轨迹固定，可以背板，我们没有试错的机会，出一点纰漏就是满盘皆输。"

"躲得了初一躲不过十五，跑得了和尚跑不了庙，我们能躲得了一时，难道还能躲得了一世?"穿山鼠也认为躲不起作用，"你不解决它，它就像个炸弹一样一直待在那儿，指不定什么时候就给炸了。"

"解决? 怎么解决? 你们要让一个二十岁不到的小丫头去和十米长的怪物决斗? 这不是让她送死?"

"我们可以提供支援，提供武器。"

"如果那边的是施瓦辛格，这么做我赞同，让一个小姑娘扛着火箭筒去和外星人干仗，开什么玩笑。"

"别争了，大家别争了！"赵博文把客厅里的声音压下来，"听我说一句！"

"老赵你有什么看法？"白震问。

"我的看法是从长计议，这事儿肯定没那么好解决，今天晚上我们扯一晚上也不可能得到一个切实可行的计划和结论。"赵博文说，"大家说得都没错，我们没有试错机会，容错率极低，踏错一步就是满盘皆输，所以咱们更要谨慎行事，慢慢来，急不得，今天晚上就到这里，马上都快2点了，诸位该下班了。"

赵博文说得没错，时间已经到了凌晨1点40分，再扯下去能扯到天亮。

众人起身收拾，准备回家。白震坐在沙发上，目送人们一个一个地离开，和他们挥手告别，他也累坏了，懒得起身去送。

赵博文也要回去了，白震忽然叫住他："老赵啊。"

"怎么了？"

赵博文正在玄关处换鞋。

"你有什么主意？"白震问。

"主意？"赵博文把皮鞋穿上，"我能有什么主意？"

"直觉告诉我你有主意。"白震说，"你刚刚一直在挠头，一边挠头一边龇牙咧嘴，以我对你的了解，你表情最丰富的时候就是在思考。"

赵博文站直了，看了他一眼。

"我是有个主意，但实施不好可能引起世界大战……不过说这个还太早，我们手里的情报太少，差不多两眼一抹黑，当前这种情况下我们什么都做不了，这世上任何一次成功的军事行动，都是基于足够而且准确的情报工作之上的，所以第一步应该是派个侦察兵过去。"

白震一愣："侦察兵？"

赵博文点点头："没错，一个眼神很好的侦察兵，带上望远镜。"

3

白杨趴在课桌上，昏昏欲睡。

很奇怪，在教室里睡得比家里安稳，家里有床铺有被褥，教室里只有桌椅，还有嘈杂的人声，但此时能给白杨带来安全感的恰恰是周围的人群，只有待在明媚的阳光下、待在市区的车水马龙中、待在同龄人群体里，他才能感受到这个世界还在正常运转，相对于自家客厅那世界末日大厦将倾的紧张压抑氛围，高考的压力反倒不算什么了。

如果此刻有人对白杨说，问题已经解决，你只需要专心对付高考就好，那绝对是莫大的解放。

所以白杨拒绝了赵叔休学的提议，赵博文提议可以让白杨明年再参加高考，近期无需再去学校，但白杨想都不想就摇头，对他而言去学校不是负担，而是喘息的空档。

反正老师不管他了，他可以从早读开始一觉睡到中午放学，除了何乐勤，都没人来打搅他。

他不知道赵叔那边怎么和校方交涉的，班主任也好，任课老师也好，都不再干扰白杨上课睡觉开小差，连作业都免交了，老师们每次碰到白杨时目光中总带着隐隐的怜悯和痛惜，班主任有事没事就把白杨叫去办公室，握着他的手语重心长地说人只有一辈子，学习成绩、高考分数什么的都是细枝末节，不要太在意，留得青山在，不怕没柴烧，你一定要注意身体啊，有什么困难一定要随时找老师……仿佛白杨是个绝症病人，命不久矣。

"小白羊，他们都说你重度抑郁了。"课后何大少一把搂住白杨的肩膀，压低声音说，"咋回事呀？"

"什么重度抑郁？"白杨皱眉。

"有人说你确诊了重度精神病，但是身残志坚，一边与病魔做斗争，一边坚持到学校来上课。"何乐勤解释，"小白羊，我提议你竞选2019年度的感动中国人物。"

"白杨你没事吧？"严芷涵也凑过来，"真有什么地方不舒服吗？"

"卧槽。"白杨懵了，"这都是哪儿传来的谣言？"

"隔壁班有人看到你爸和几个人到老师办公室找刘老师，真是哀兮叹兮，神情沉痛，他们还以为你出车祸挂了。"何乐勤说。

"你才出车祸挂了。"白杨说，一边暗骂老爹他们又在搞什么幺蛾子。

"你真没事？"

"没事。"

"那太遗憾了。"何大少摇头，"纸钱我都给你买好了。"

"你这逆子！"白杨勃然大怒，作势要踹他屁股。

"你昨天晚上几点睡的？"严芷涵问。

"1点多上床，3点多才睡着。"

白杨最近失眠愈发严重，特别是当他得知自己的房间就是
BG4MSR的房间，两人其实就住在一间屋子之后，白杨就开始做
梦，也说不上是噩梦，在梦里他睁开眼睛，能看到一个看不清面貌
的模糊黑影坐在床边，那个影子不动弹也不说话，它没有眼睛，但
是白杨知道它在盯着自己看。

尽管间隔二十年，可白杨似乎仍然能察觉到那个女孩的存在，
当他坐在房间里，万籁俱寂，仿佛有另一个人的呼吸在空气里起伏。

"我要睡觉了。"白杨重新趴下来，"到放学再叫朕，和两位爱
卿一起用晚膳。"

"喳。"何乐勤说，"那奴才告退。"

白杨果真就一觉睡到了放学，可是越睡越困，越睡越迷糊，大
脑一直不清醒，被何大少和严哥两人半拉半架着，出了学校大门，
在蓝旗街边找了个地方吃汤包。

何乐勤点了三屉包子，一屉蟹黄的，两屉小笼汤包，还有三碗
大骨汤，放学后的6点正是用餐高峰期，餐馆里坐的都是学生，白
杨、何乐勤、严芷涵三人找了个靠近大门的位置坐下，何乐勤拍拍
白杨的肩膀："醒醒啦，你怎么一天都睡不够？"

"因为我是超级英雄。"白杨说，"别看白天我只是个普通学生，

但是到了晚上……"

"还是个普通学生。"严哥说。

"到了晚上我可就要变身了。"

"我知道！"何乐勤抢答，"是内裤超人！"

"没错，到了晚上我就变身内裤超人行侠仗义，路见不平一声吼，吼完继续往前走。"白杨说。

三个高中生坐在一桌，话题必定从手游走向八卦。白杨、何乐勤、严芷涵一个比一个八卦，特别是严哥，对年级内男男女女那点事了如指掌。比如某班班花和她男朋友又闹掰了，原因是女方父母找到学校去了；某班一渣男因为欠钱不还被人挂上了贴吧和校园墙。她神色激动地给两人讲起某人内幕，神神秘秘地压低声音说你们知道不，隔壁班那个谁谁谁其实……

"喔！"白杨和何乐勤惊呼。

"我还没说完呢，你们喔什么？"

"你说啊。"白杨和何乐勤等着她呢。

"其实——我好饿啊，我们的汤包怎么还没到？"严芷涵忽然想起三人还没吃东西，于是扭头喊起来，"服务员！请问我们的汤包怎么还没到？"

大概是餐馆里人太多，老板把他们仨给略过去了，严芷涵决定到柜台去催催。

她起身挪了挪椅子，给一个正在擦桌子的黑衣年轻女服务员让位置，白杨和何大少坐在原处，目视严哥绕过大堂里的桌椅和食客，踩着深色的地砖，溜达到柜台处和老板交流，那姑娘比划着往白杨这边指了指，然后点点头，又往后厨去了。

片刻之后她端着叠得高高的三屉汤包出来，冲着两人挤了挤眉毛，神情颇有些得意。

"同志们，晚餐来了……啊！"

严哥侧身从两张桌子之间经过，突然一声惊叫。

白杨和何乐勤都吓了一跳，他们眼见着严芷涵一脚绊在桌底下横过来的拖把棍上，顿时失去平衡，向前扑倒，手里端着的三屉滚烫的汤包脱手飞出，迎面拍过来。

白杨与何乐勤此时的反应相反，何大少在后退，在逃离失控的小笼包砸下来的范围，而白杨在起身前扑，伸出双手，试图接住半空中散落的蒸笼。但有人反应的速度比他更快，只见一只手横空里刺出，准确地接住最底下的那只蒸笼，紧接着自下而上将蒸笼重新叠起，完成这一切只花了不到一秒钟，最后白杨与何乐勤定住神来，看到那只手正稳稳地端着三叠蒸笼，悬在桌子上空。

严芷涵也悬在地板上空，她险些就一头磕在了桌角上，这要是磕实了准得起一个大包，但有人在最后一刻揽住了她，用巨大的力量将她拉了回来。

年轻的黑衣女服务员把严芷涵扶正，再弯腰把汤包轻轻地放在桌上，动作很轻盈，与普通女孩无异，可她前一秒钟身手还矫健得不可思议。

三人都目瞪口呆。

女服务员腰间系着围裙，把三只蒸笼一一地拎起来，利索地摆好，汤包都完好无损，她抬起头和白杨对视，后者忽然心悸，那双淡褐色的眸子里有箭一样锐利的目光，直透他的大脑，仿佛要把他看穿，白杨那浑浑噩噩的大脑像是遭到一盆冷水迎头浇下，立刻清醒了。女服务员低头收回目光，用手指挽起耳边的短发，朝三人盈盈一笑："啊要辣油啊？"

"谢……谢谢。"白杨三人结结巴巴地道谢，还没来得及多说什么，女服务员已经摆好餐具，微微一笑，迅速退走消失了。

4

白杨有惊无险地吃完了这顿晚饭，下了晚自习就直奔回家兴师问罪，他想知道这帮人究竟跟学校说了什么，导致老师们看自己的目光都让他觉得自己时日无多，可他一回家就发现一伙人挤在自己的卧室里聊得正开心，白杨吃了一惊——

"对对对，没错，就是紫峰大厦，到那儿步行只要五分钟。"

"你稍等一下哈，我们正在看地图。"

"找找！老王你找找附近有没有捷径？"

"那个大眼珠移动速度能有多快？我们看看能不能预估出一个安全范围……"

白杨推开门："你们在干吗？"

三个老男人跟做贼似的一齐扭过头来，看神情还以为他们这是被撞破密谋现场。

"我们在和小姑娘聊天。"老爹正握着手咪说。

王宁和赵博文一左一右站在椅子两边，一个手里拿着大幅地图，一个手里端着平板电脑。

"你们已经和她通上了？"白杨略微有些诧异，他看了一眼时间，还不到11点，"这么早？"

"比你想的还早。"赵博文说，"三个小时之前我们就通上了。"

"BG4MSR，我儿子放学回来啦，接下来你们聊，OVER。"老爹痛快地让出了位置，把手咪放在桌上。

"这……不是只有10点后才能通上吗？为什么今天这么早？三个小时之前？"白杨扔下书包挤过来，icom725电台的扬声器里响起女孩清脆的声音："BG？ BG4MXH？你回来了吗？"

"是我，我刚回来，OVER。"白杨按住手咪回了一句，然后转头问老爹："这是怎么回事？明明还没到时间呢？"

过去几个月的经验告诉他们，这座电台只有在晚上10点之后才能通上BG4MSR，其他时间都不行，白杨不是没有实验过，他专门挑了个周末在上午9点、中午12点、下午6点和晚上8点都尝试过，但无一成功。

只有在晚上10点之后通联才能确保成功。

"这是因为我们对它的了解又更进了一步。"赵博文指了指电台，"我们找到了黑月是超时空通联重要影响因素的间接证据。"

"什么样的证据？"

"证据就是频率。"赵博文回答，"这本来只是个推测，在我们把这台拐两五拿出去做检查的那段时间里，对于超时空通联的成因，团队内部有几个猜想，今天我们成功验证了其中一个——"

"我就看不惯你这说话弯弯绕绕的德行。"老爹吐槽，"能不能说重点？"

"我总得把来龙去脉交代清楚吧？"赵博文翻白眼，"有本事你来讲。"

"我讲就我讲！"老爹哼了一声，"其实原因非常简单，我们之所以能提前联系上BG4MSR，是因为它本来就在那里。"

白杨没明白这是什么意思。

"对的，其实你在晚上7点的时候就能通上BG4MSR，一直都可以。"赵博文插了一句，"不必非要等到晚上10点之后。"

"可是我试过了啊。"白杨很吃惊，"根本通不上！"

"因为你的频率不对。"老爹说。

"14.255MHz。"白杨说。

"晚上七八点的时候，她不在14.255MHz上。"老爹说，"这是关键。"

白杨懵了。

"那她在哪儿？"

"大概在14.305MHz。"老爹回答，"这是我们试出来的。"

白杨不信，他握住手咪直接问大小姐："BG4MSR，BG4MSR，问你个问题，你晚上会调整自己的电台频率吗？ OVER。"

"调频？"女孩说，"不会呀，我一直是14.255MHz。"

"你们听，她说没有调整过频率。"白杨大剌剌地往椅背上一靠。

"她当然没有调整过频率，但是频率的变化不一定是人为的。"赵博文解释，"你知道多普勒雷达吧？根据雷达波的频率变化来测算目标的飞行速度，这种原理在业余无线电活动中也经常用到。"

"打卫星。"白震说。

所谓打卫星，是一种相当常见的业余无线电活动，除了直频通联、中继台及电离层反射，HAM们还可以依靠轨道上的人造卫星进行业余无线电活动，这种负责中继转接业余无线电信号的卫星就称作业余卫星——例如哈工大研发的紫丁香系列卫星，当然国际空间站也是一个超大号的业余卫星（国际空间站在世界业余无线电运动中扮演了相当重要的角色），任何人都可以通过业余卫星进行远距离呼叫，但需要注意的是，业余卫星都是低轨卫星，和同步轨道卫星不同，低轨卫星不会和地面保持相对静止，它们会以飞快的速度过境——一旦存在相对速度，那么电磁波的多普勒效应就是不能忽视的影响因素。

当卫星入境时，由于距离在快速拉近，电磁波被压缩频率会升高；当卫星离境时，距离在拉远，电磁波被拉开频率会降低。这个原理与站在火车站里听火车进站的呼啸声变化一模一样。

所以HAM在打卫星时，就必须根据卫星的位置，调整自己的收发频率，这叫作多普勒频移。

"这些我知道。"

白杨当然清楚什么叫多普勒效应，但是他和BG4MSR又不是通过卫星通联的，为什么会受到多普勒效应影响？

"你别着急，听我们说完。"赵博文说，"根据目前的实验，我们可以得到一个初步结论，大概在6点半之后，我们可以隐隐约约捕捉到一丁点信号，到7点之后，信号才清晰到能正常通话，那个时候频率是14.305MHz，频率比14.255MHz要高不少，这是为什么？"

白杨想了想："因为有什么东西入境吗？"

"到了后半夜，凌晨2点之后，最佳通联频率会下降到14.235MHz，这是为什么？"

白杨猜测道："因为什么东西在离境？"

"究竟是什么东西在入境离境？"赵博文问，"你想想这个时间点，什么东西会在下午6点半出现？到午夜12点时趋于稳定位置？12点之后又开始拉远距离？"

白杨一拍脑袋，恍然大悟。

"黑月。"

"没错，这就是我们找到的间接证据，电台频率的变化与黑月的位置变化是吻合的，黑月肯定是超时空通联的重要影响因素，这是我们找到的第一个有力证据。"赵博文说，"频率变化的速度差不多是每个小时频移10kHz，这个频率变化不小，所以在10点之前你联系不上BG4MSR，那个时候她不在你的接收范围之内。"

白杨明白了。

白天他联系不上BG4MSR，是因为黑月不在天上。10点之前他联系不上BG4MSR，是因为频率没有对上。

SSB模式下发信占用的带宽很窄（注意发送任何信息都会占用带宽，如果一座电台在15.000MHz的频率上发信，实际上它占用了以15.000MHz为中点的一段频率，而不是15.000MHz一个点），一般而言，各类无线电调制方式中调频最占带宽，调频大于调幅、大于SSB、大于CW，CW就是发电报，它占用带宽最小，但是CW只能滴滴答答，SSB的优势就是你能用它直接通话而且占用的频段宽度很窄，白杨用的SSB模式占用的带宽大概也就20kHz，他的收发就主要集中在14.255MHz至14.275MHz这个狭窄的区间内，一旦对方的信号脱离这个区间，他就收不到了。

以午夜12点的14.255MHz为基准，按照每个小时频移10kHz的速度计算，前半夜的频率都会高于这个数字，晚上7点时BG4MSR的频率是14.305MHz，晚上8点时BG4MSR的频率是14.295MHz，晚上9点时BG4MSR的频率是14.285MHz，直到晚上10点才开始进入白杨的可接收范围。

这是赵博文等人第一次确认黑月对超时空通联有重要影响。

"我们一直都猜测黑月是超时空通联的成因，但今天才算确认。"赵博文很兴奋，"我们让BG4MSR配合实验，今天晚上7点上线，测试频率变化，结果你猜怎么着？我们想的果然是正确的。"

"它为什么会有这种影响？"白杨不理解了，"黑月也不是中继啊，信号没有发向黑月，它为什么会造成多普勒效应？"

"对，你们都没有使用指向性的天线，打卫星还得用八木呢，黑月不是中继，这种多普勒效应不是因为黑月的移动速度造成的。"赵博文点点头，"所以我们进一步猜测它的影响在更深层次，这个猜想非常大胆……不是我提出来的，我还没这么狂放，是物理所的一位同志，他说时间空间本身是不可分割的，黑月既然影响了时间，那么我们就不能指望空间不受影响，电台信号的多普勒效应只是黑月对空间影响的一个外在体现……"

"变化的其实不是电波频率，而是电波所处的空间。"赵博文顿了顿，"黑月可能在大尺度地拉扯和压缩空间。"

5

半夏把黄大爷举高高，说："来——叫爸爸！"

黄大爷嫌弃地扭过头去。

它已经活了十多年，着实老迈年高，黄鼠狼在自然条件下最长能活十九年，黄大爷这岁数放在人类社会里说句年逾古稀不过分，论辈分算起码比半夏高两辈，这个黄毛丫头怎敢让它叫爸爸？

"不叫？不叫爸爸就不给你东西吃。"半夏凑近它，一双透亮的眸子直直盯着黄大爷两粒黑纽扣一样的小眼睛，呼出的白色雾气在空气中慢慢旋转，黄大爷再次嫌弃地扭过头去，然后从女孩手上挣脱，一溜烟从门缝里钻出去跑掉了。

它不需要半夏给它吃的，它自己可以找到。

半夏望着黄鼬毛茸茸的长尾巴在门缝里一闪消失不见，抬手拢了拢牛仔夹克的领子，进入12月之后气候稍微干燥了些，南京的冬季不算太冷，终年保持在零摄氏度以上的气温，但半夏偏偏是个怕冷的人，她在室内也把自己包裹得严严实实，上身有两件毛衣，下身有一条厚厚的毛裤，天一降温她就把秋裤穿上了，真是叫妈妈安心。

房间里冰冷而寂静，阳光从窗帘的缝隙里透进来，冬天的太阳是懒洋洋的，冬天的世界也是懒洋洋的，没有麻雀落在窗台上叽叽喳喳，没有梅花鹿和水牛踢踢踏踏地路过大街，留下一个冷冷清清的城市。

半夏一屁股坐在椅子上，用力伸了一个懒腰，她往外看能看到对面爬满藤蔓的高楼，梅花山庄乃至整个南京市千篇一律的居民楼能带给半夏安全感，每一扇窗都是一个格子，而全市有几千万个格子，只有一个格子背后有人，藏木于林，这让女孩觉得自己藏得很好，如果某个大眼睛站在高处，只能看到底下大片大片的钢筋混凝土建筑。

南京市总面积六千五百平方公里，藏一个身高不到一米七的人很轻松。

白震、赵博文和王宁他们建议半夏最近这段时间不要出门，白天不要离开梅花山庄，晚上不要离开单元楼。大眼珠的搜索能力有多强谁也不知道，它有一颗很大的眼睛，通过目视的方式获取外界信息的可能性很大——或许是可见光，或许是红外光，那么面对大眼珠最好的应对手段就是藏起来。

半夏藏在厚厚的水泥和砖墙后面，多年前老师曾带着她在地下生活了很长一段时间，这说明人类建筑是能起到保护作用的。

白震说人类辛辛苦苦发展了这么多年也该对自己有点自信，不能听见外星人的名字就吓得屁滚尿流，这么怂对得起老祖宗吗？大眼珠又怎么样？黑月又怎么样？舍得一身剐，敢把皇帝拉下马！

半夏今天清点了一下自己家里的库存，她还有三十千克的腌鹿肉、火腿和咸鱼，一坛发酵的酸笋和酸菜，两大桶淡水，半夏估计了一下自己的食量，这么多东西再搭上梅花山庄里土生土长的野菜，坚持半个月不成问题。

她唯一要做的就是龟缩不出，给另一边争取时间。

二十年前的那个世界正在想办法。

"爸妈，今天晚上想吃什么？"半夏从房间里探出头来，"本来说这两天去钓章鱼，可是现在出不去，家里只有火腿和咸鱼，你们想吃什么？"

"不说话那就吃火腿和咸鱼啦？"

"好，那就吃这个。"

半夏决定晚上吃火腿和咸鱼，但她需要注意做饭时不能有烟，晚上还好，白天生火冒烟很远就能看到，这可能会暴露位置。

她尝试了一下野战部队的埋锅造饭，在梅花山庄小区的草坪里挖一个无烟灶，这是白震教她的。挥舞着铲子忙活了大半个小时，她才挖出一个很蹩脚的灶，灶口很小，只可以容纳一个巴掌大的小小铝锅。

她带着食材下楼煮骨头汤，忙活好后，她盘着膝盖坐在草地上，看着铝锅里咕嘟咕嘟地煮着汤，手里持着筷子，等到汤汁翻腾着变成乳白色，就把野菜、鹿肉、酸笋扔进锅里涮，涮一筷子吃一筷子，吃得热气腾腾大汗淋漓。

这是世界上最后一口火锅了。

可惜的是没有底料。

在缺乏物质条件的环境下，要做一顿丰盛的饭菜很麻烦，很困难，步骤繁琐，为了一顿晚饭半夏要忙一下午，但和在寒冷冬夜吃到热腾腾的火锅所带来的幸福比起来，这些又算什么呢？这小小的快乐和幸福，让她不禁觉得自己就是为此而生的。

"这世上有很多的东西，你生不带来死不带去……"

"你能带走的只有自己和自己的脾气……"

半夏轻声哼起歌来。

"你曾拥有最美的爱情，你听过最美的旋律……"

"触摸过一个人孤独的恐惧……"

"也看到过最美的风景……"

她坐在草坪上，嘴里哼着歌，身体随着节拍快乐地摇摆。

"我跌跌撞撞奔向你……"

吃过晚饭，半夏该上班了。

每天晚上都是她的工作时间，之前是晚上10点多，现在提前到了晚上7点，虽然BG4MXH那边的人们在努力想办法，但半夏这边也不是只管埋头睡大觉就可以的，所有的工作都需要她的配合。

改进数据传输系统，这是半夏现在需要完成的第一件工作。

早先她在BG4MXH等人的指导下搭建起了图像数据传输系统，但还没来得及投入使用就失去了联络，联系一断就是半个月，直到前天才恢复正常，而通联一恢复对面就是一大堆繁重复杂的任务砸过来，把她砸得晕头转向，BG4MXH偷偷跟她说没办法啦，现在管事儿的不是他也不是赵叔，他们都被人管着呢，没法再那么随心所欲。

赵博文的预见是正确的，搭建数据传输系统确实是重中之重，是后续工作展开的基础，但王宁、白震等人的技术太菜，依靠

AFSK调制信号的方案让专家组们一看就被毙了，大佬们一致表示这玩意传输速度实在太慢，用这么一根铅笔粗细的小水管要把密云水库里的水抽干，这得抽到猴年马月？

赵博文据理力争，说你们得考虑可行性和可操作性，考虑那边的姑娘没有任何技术基础，方案要越简单越好。于是双方经过多轮讨论，互相妥协，决定将AFSK的调制方式升级成PSK，同时从中国电信江苏分公司抽调两个技术骨干来帮助链路搭建。

半夏想看二十年前南京市的夜景，还得再等几天了。

BG4MXH安慰她说没关系，这是技术升级，可以传输更多更清晰的图片，好事儿。

"BG！BG！能听到我吗?"半夏握住手咪，开始呼叫，"我上工啦!"

将AFSK升级为PSK的调制方式，仍然是在主板程序上下功夫，硬件无须改动，就好比是同一台电脑，既可以安装Windows系统，也可以安装Linux系统，早在搭建AFSK的数据传输链路时，半夏就已经建立起了一套完整的主板、电台、显示器以及输入和输出系统，这堆电子垃圾看上去东拼西凑，实则功能强大，赛扬3150工控主板是人类文明毁灭之前的科技尖端造物，它有足够的能力完成半夏交给它的任务，末日之后这样的东西再也不可能诞生，想找只能从废墟里淘，通俗一点说，这就叫上古神器。

和AFSK这样对声音频率进行调制的老方法不同，PSK是相位调制，中国电信江苏分公司派来的专家说换成PSK的调制方式，传输速度可以达到一个两兆口的水平，视频通话不是什么大问题。

半夏：耶！

白杨：可是安装调试的难度也是 AFSK 的好多倍哦。

半夏：啊？

从下午3点开始，赵博文就在开会，一直开到晚上7点，他支着笔记本电脑坐在沙发上，电脑里开着腾讯会议，十几个小窗口同时亮着，每个窗口里都是锃光瓦亮的头顶，从与会者的总发量就能看出，这是强者的聚会。

白震家的客厅是越来越有指挥部的模样了，倒不是说它戒备有多森严，气氛有多肃穆，而是因为签不完的文件和开不完的会，大批大批的文件送到这里，随意地堆在墙角，很快就堆积如山，随手一翻全部都是通红的章子，王宁说省委组织部里堆的材料也不见得有这么多。会议比材料还让人头皮发麻，一天下来七八个会，忙得后脚打前脚跟，白震给它们分了几个组，有工程组、物理组、航天组、观测组、破译组、计算机组及问候组。

问候组全是领导，他们开口就是省委省政府、市委市政府都很关心你们，对你们致以诚挚的问候，从头问候到尾。

这个时候，赵博文、白震、王宁只能放下手里的工作，在电脑面前坐成一排，一边微笑点头，一边多谢领导关心。

"怎么说？杨老师，有没有可能建立起这样一个模型？"赵博文问，"用来模拟和预测目标的行动轨迹。"

"很困难。"物理组中的某人回答，"超算中心那边怎么看？"

"算力不是大问题，我们手里的算力有余裕。"计算机组的超算中心说，"困难主要集中在两个方面，一个是数据太缺，学习都没法学习，另一个是此前从来没做过这种业务，没有经验，不见得准确。"

超算中心顿了顿，又补充说："根本原因还是数据太缺。"

"发射一枚遥测卫星，对二十年后南京秦淮、玄武、鼓楼三区进行测绘，得到精确的CAD和GIS矢量地图，以此作为建模基础，有没有可操作性?"赵博文问。

航天组沉默片刻，说："难点很多，卫星往哪儿送?遥测卫星太复杂，重量很沉，没法像上次那样送往火星轨道。"

"那就让它留在月球上，在月球表面登陆，找个地方藏起来，就像嫦娥四号那样。"赵博文说，"等到二十年后，再重新升空脱离月球返回地球轨道，月面登陆返回这技术咱们有吧?"

航天组点点头："有，明年准备发射的嫦娥五号就是月面采样返回探测器，做到这个没问题。"

"那就让它去月球。"赵博文笑了笑，一锤定音，"咱们先上去，等嫦娥五号。"

航天组眉头皱得老高。

赵博文在航天工程上是个纯粹的外行，他大概不知道他这一句话里有多少技术难点要攻关，打一颗探测器上月球，等二十年再回来……这得是多疯狂的计划，谁能保证探测器不会死在月球上?

算了，此事暂时按下不表，除了这个，还有一大堆问题呢。

"那遥测呢?使用什么方式遥测?"

"光学雷达或者合成孔径雷达。"赵博文回答。

航天组的眉毛要皱上头顶了。

"赵老师，无论是光学雷达还是合成孔径，想要得到高分辨率和高精度的图像，卫星都得尽量做大，越大就越沉，越沉就越难打上去，这是一个鱼和熊掌不可兼得的问题，如果想达到您要求的那种精度，卫星的重量最后可能会增长到不可接受的程度。"

"我知道难度很大，但我相信你们可以解决。"

航天组在麦克风接收不到声音的地方骂了一句"靠！"

这就是典型的无良甲方。

只知道提需求，至于怎么办到，那不是他们该考虑的问题。

"快去东北请长春光机所！"航天组泣血呼救。

白震和王宁正坐在茶几对面签文件，两人签得行云流水，这两个副组长的唯一工作就是在材料上签名，具体是什么材料他们也懒得看，一开始白震和王宁还抱着对国家和人民负责任的态度审视内容，毕竟这辈子再没有这样一刻能体现他们的重要性，可后来两人发现文件里的每一个字自己都认识，但它们连起来就看不懂了，于是老王和老白端正了自己签名工具人的态度，同时感叹无能的人到哪儿都无能，就算手握大权，也就是个全自动人力签名机。

每份文件的封面上贴心地粘着便签，提醒他们要在哪几页需要签字，白震在一份材料的最末端签下一个谁也看不懂的"白震"，抬起头说："我们打一颗卫星到二十年后，让它盯着大眼珠，这样不就完全掌握那玩意的动向了？"

白震比赵博文还外行。

"牛逼啊!"

更外行的王宁对白震发出赞叹。

于是三个外行人一起鼓掌。

会议继续。

破译组发表了他们的研究成果:

"老师的草稿中规整的信息很少,大多是涂鸦,我们和四川大学合作做语义分析,发现有一个词经常处于老师的思维中心。"

"哪个词?"赵博文问。

"Galaxy Center。"破译组说,"银河中心。"

"银河?银河系?"赵博文一愣。

"是的,赵老师,我们怀疑这个词可能与灾难的源头有强相关。"破译组说。

"我们是不是有个银河系中央大质量黑洞的观测项目?"赵博文问。

"是有一个多国联合的项目,主要由德国马普所和加州大学洛杉矶分校两支团队承担观测任务,用的是VLT和凯克望远镜。"天文组回答,"接下来计划用甚长基线干涉望远镜在亚毫米波段上观测人马座A超大质量黑洞的精细阴影结构,我们也参与了一点点。"

赵博文沉吟了片刻:"能不能再加大力度?"

"加大力度?"天文组没明白这是什么意思。

"More! More Telescopes!"赵博文说,"我们需要更多更大的望远镜,给银河系做体检,无论用什么方法,把地球上的、地球外面的观测资源都调动起来,能不能办到?"

天文组有点犯难。

"国内的还好说，国外的得去谈……"

"谈！越快越好！同志们，我教你们谈判技巧！"赵博文在谈判领域拥有丰富经验，他把自己总结出来的诀窍教给屏幕对面的天文组，"壁咚！壁咚他们！把他们按在墙上壁咚！像壁虎那样四足并用地壁咚！只要让他们直视你的双眼，你就成功了一半！二分之一的人过不了这一关！"

赵博文盯着电脑屏幕，仿佛在教授对方怎么用眼神令别人屈服。

"那……那他们要是另外二分之一呢？"

"那你就顺势亲下去，飞龙骑脸怎么输？"

6

半夏从水桶里舀了一瓢清水，倒在脸盆里，接着把毛巾平铺在水里，完全浸透之后拎起来拧干，洗脸净手。她做得很细致，慢条斯理，把脸洗干净再把头发扎起来，仰起头深吸一口气。

白色的天光从厨房顶上的破洞里倾泻下来，落在女孩的脸上、额头上、肩膀上，她闭上眼睛，保持沉默，这一刻她仿佛在和冥冥之中的神明相通，然后她转身踏进客厅，从厨房出发，绕着客厅里的茶几与沙发走了一圈，每一步的步幅都一样大，她在客厅里走了一个"C"字，再进入卧室。

进入卧室后在门口站定，半夏正对桌上的电台、主板和显示器，张开双手，用力啪的一声合十，开始念诵咒语："皇天在上，电脑在下，1024之神啊，请听我祈祷！我半夏在此向您祈求，希望您能保佑我的代码成功运行，不出错误，我将永远铭记您的慈悲。老师，如果您在天有灵，请您找到1024之神，劝它慈悲，要是它不肯慈悲，麻烦您帮它慈悲。"

她闭上眼睛。

"阿门。"

"阿弥陀佛。"

"无量天尊。"

咒语念诵完毕。

接下来是一鞠躬，二鞠躬，三鞠躬。

鞠躬完毕，半夏已经得到了编程之神的加护，她感觉到源源不断的力量从心底涌上来，果然编程就是玄学，每次开始工作之前的祈祷是必要的，难以想象世界毁灭之前那些巨大的互联网公司——BG4MXH说专门从事编程的企业就叫互联网公司，那些互联网公司动辄数万名员工，那他们是不是会有一个巨大的场地用来供奉编程之神？几万人一起对电脑磕头的场景想想还是蛮壮观的。

结束祈祷，半夏坐到椅子上，面对空白的显示器，键盘底下压着草稿纸，纸上记录着所有代码。

她要做的很简单，就是把记录在纸面上的代码输入主板，这是在中国电信江苏分公司的专家指导下完成的，专家们也不能理解为什么她要把代码记在纸上，但半夏显然还停留在纸媒时代，她更习惯用笔把信息清清楚楚地固定在纸上。

半夏悬起双手，敲下第一个键。

啪的一声。

白杨惊醒。

原来是何乐勤在拍他的桌子，下课放学了。

白杨已经封何大少为十九品御前带卷笔刀侍卫兼洗手监开门太监，负责每日放学后来叫醒自己。

最近几日，白杨在学校过得相当浑浑噩噩，上课的时候不睡觉就发呆，好在老师们也不打扰他，白杨这日子过得过分舒坦，导致何大少相当嫉妒，何大少一直不明白这小子是如何在学习成绩一路过山车式下滑的状况下还能逃脱老师严抓的，这货又没病又没痛的，成绩眼见着从南京航空滑落到南昌航空，再滑落到南方航空高级技工学校，凭啥老师不管他！

但白杨啥都不说，只说自己肩负拯救世界的重任，区区高考俗事，莫来烦我。何乐勤问真不能透露一点？白杨压低声音说知道的都得灭口，你还想知道吗？何大少顿时表现出视死如归的大无畏精神，说朝闻道，夕死可矣，你只管告诉我，大不了我抱着你一起出门，真被狙击手干死也不只死我一个。

"陛下龙体安否？"何乐勤问。

"朕甚安。"白杨揉揉眼睛，"今日午间到何处用膳？"

"紫金路上有一家老卤面，口碑尚可。"何乐勤说。

"甚好，就这家。"白杨把桌上还没来得及翻开的课本和试卷收起来，塞进抽屉里。

"陛下莫忘了今日请客。"何乐勤提醒，"昨日约好的。"

"哪有此事?"白杨说。

"苍髯老贼!皓首匹夫!老子今天就篡了你的位……"

"确有此事。"白杨说。

"陛下英明。"

何乐勤拉着白杨出校门,严哥没来,严哥有事去办公室找老师了,她让两人先去吃饭。

两人一路溜达着从城墙底下钻过,走到紫金桥上,何乐勤忽然用力拉了白杨一把,揽住他的肩膀,伸手往前一指:"诶诶诶,小白羊!小白羊!你看!"

白杨循着他手指的方向望过去,眉头一皱:"看什么?"

桥面上人来人往,车水马龙。

"你看那个姐姐!"何大少压低声音,"那个黑衣服的,有没有觉得有点眼熟?"

白杨这才意识到何乐勤在说谁,这厮眼睛真尖,有个身材高挑的年轻姑娘站在紫金桥上,怀抱着双手,倚靠着大理石桥栏,慵懒地望着桥下波光粼粼的护城河,像是个看风景的外地游客。

她上身穿着黑色的高领毛衣,下身是修身的宝蓝色牛仔裤,脚穿白色运动鞋,黑色短发,低垂着眼帘仿佛是在闭目养神,气质淡然又清冽,另一个叫白杨吃惊的特质是这姐姐的个子真高,估摸着起码有一米七五以上。

白杨杵在那儿看了老半天,何乐勤说得没错,确实越看越眼熟,他猛然想起来自己在哪儿见过她。

是前天在吃汤包时碰到的那个身手矫健的女服务员!

"要不要去打个招呼？"何乐勤低声问，"她好歹救了我们一身衣服呢。"

白杨踌躇了一下："我看还是算了吧……她都不见得记得我们，要是把我们当成搭讪的怎么办？"

两只怂狗很快达成一致意见，装作不认识，硬着头皮走过去。

越走越近，白杨愈发意识到这姐姐的个子真高，比他还高。两人装作路人，眼观鼻鼻观心，目不斜视地从紫金桥上经过，那姑娘倒也没多看他们一眼，只是倚着栏杆看护城河上的风景。一直走到看不见人影的地方，白杨才和何乐勤窃窃私语起来。

"个子好高。"

"得有一米七五吧？"

"她没跟上来吧？"

"身手那么好的女生，我还是头一次见，可能练过武呢，个子还这么高，我觉得她可以一拳打死我。"

"自信一点，她可以一拳打死我俩。"

"不过两天之内碰到两次，这也是缘分呐。"

确实是缘分，缘分来了挡都挡不住，在接下来十分钟之内白杨和何乐勤就深刻体会到了这一点，两人在餐馆里找了位置坐下，叫了声服务员，边等边八卦闲聊，很快服务员就踩着清脆的脚步声来了——

"两位要点些什么？"

"请问有菜单……"白杨忽然愣住了。

这女服务员个子好高啊。他的目光沿着宝蓝色牛仔裤、黑色高领毛衣一路往上爬，以仰望的姿态看清了对方的脸，黑色短发的姑娘手里捏着菜单，另一只手悠悠转着圆珠笔，她嘴角微微上扬，朝白杨眨了眨眼睛。

7

白震在自己家客厅的墙面上哐哐敲了个钉子，然后挂上一个倒计时牌子——"距离世界末日还有一千八百四十九天"。

根据BG4MSR的说法，她三岁时世界毁灭，而她在2040年时是十九岁，那么灾难降临时就该是2024年，今天是2019年12月7日，距离世界末日满打满算是五年零半个月，白震掐指一算，三百六十五乘以五，再加上二十四天，最后得出一千八百四十九，这就是地球人剩下的最后安宁时光。

且不说这数字准确不准确，至少气氛是有了。

王宁抄着两只胳膊，站在沙发边上打量半晌，发表了他作为科级干部的老辣看法："再往上挪个一两厘米更好。"

领导都这样，在无所谓需不需发表意见的场合，总要出具一点无伤大雅的指导性意见，以体现自身凌驾于众人之上的高瞻远瞩。

王宁只是个科长，只能发表一厘米的意见。

他要是处级干部，起码要往上抬个一米。

赵博文还在打电话，老赵是真忙，他面前的茶几上摆着四部手机，平均一个小时轮番响一遍，响完这只响那只，接都接不过来，跟打地鼠似的。

"肿不肿？"老赵大声问，"肿不肿？"

电话对面是个耳朵不太灵光的河南籍老专家。

几秒钟后，老赵喜笑颜开："哎——好嘞！肿！肿！"

挂掉这只手机，赵博文立即接起另一只响了老半天的手机，一看来电用户显示，哈工大打来的。

"喂？"

"啥？啥玩意儿不好使？"

"哎呀妈呀，你捅它一下，对，捅它一下子！找得准是哪个旮沓不？全哈市也找不着你这么虎的……"

老赵熟练掌握数门外语，河南话东北话无缝切换。

一个巨大的行动框架正在通过手机的蜂窝通信网络和互联网搭建起来，这张巨大的网络以南京市秦淮区苜蓿园大街梅花山庄中沁苑11栋二单元白震家客厅为中心，以国内各大顶尖高校、科研院所和行政部门为支点，隐秘地辐射向这个国家的各个角落，赵博文很忙，但他不是最忙的，长春光机所就比他忙，航天八院和五院也比他忙，这是一次史无前例的超级战略支援，巨量的人力与物力被调动起来，只为援助二十年后独自支撑的那个孩子。

她还在等，等这个早已毁灭的世界为她带来转机。

白杨曾对她说你要有信心，大小姐！党和国家不会放弃任何一个人。

就算二十年后我们都死了，我们也要救你！

白杨场面话说得牛逼哄哄，但他现在瑟瑟发抖。

他被跟踪了。

好家伙，没想到自己这蒲柳之姿也能引来不法之徒的觊觎？这是要劫财还是要劫色？自己难道要遭遇不测？明天早上起来南京市里的新闻不会说在护城河里发现一具年轻男尸，身着南航附中校服吧？白杨想不通，但他现在也来不及细想，身后那个高挑的影子还远远地缀在后头，他往左拐，那个影子也左拐，他往右拐，那个影子也右拐，怎么甩都甩不掉。

白杨知道那人是谁——就是今天在紫金桥吃饭时碰到的高个子姐姐，两天时间碰了三面，那个身高真是鹤立鸡群，想认不出来都难，可她一直跟着自己作甚？

白杨走进梅花山庄小区的大门，那姐姐也跟着进来，白杨踏进11栋的单元楼门，那姐姐也跟着过来。

再这么下去，就要跟到自己家门里去了。

最后白杨实在被逼急了，心一横牙一咬，就算被漂亮大姐姐劫色他也认了！反正这也到自己家楼下了，他不信对方还敢做出什么伤天害理令人发指的事来。

他一驻足，一转身，高声问："大姐，你一直跟着我做什么？"

年轻姑娘一愣，走近了两步，指了指自己："你在跟我说话？"

"是，你为什么一直跟着我？"

"跟着你？谁跟着你了？"她摇摇头，目光里流露出看神经病的嫌弃眼神来，接着上下瞄了瞄白杨，那神色分明在说您谁啊？

她伸手往头顶上一指："我住这儿呢。"

"你……你住在这儿？"这个回答倒是令白杨吃惊，他怎么从来都不知道自己还有这么一位邻居？白杨在这楼里住了十几年了，从没见过这号人。

"新搬来的，我住703。"姑娘问，"你也住这儿？"

"八楼。"

白杨仍然持怀疑态度，她不会是被抓了个现行临时编了个理由吧？

高个子姐姐不再搭理他，率先转身上楼，白杨也跟着上去，两人一步一步爬到七楼，白杨看到她从口袋里掏出钥匙打开703户的门。

嘎吱一声，门真开了，她拉着门把手，踩进去半个身子，又转身冲白杨拉下来一张脸，那意思分明在说看到没看到没？我可真就是住在这儿的，您哪位啊？还跟踪你？你咋不照照镜子呢？

门砰的一声关上，白杨一个人呆呆地站在那里，脸慢慢地涨得通红。

他缓缓抬起手捂住脸。

天呐——这也太社死了。

地球不能待了。

"哦，对了，还有件事儿。"赵博文打完电话，从包里掏出平板电脑，打开递给白震，"上级派来的。"

白震放下手里的笔，接过平板电脑，一旁的王宁也凑过来看。

平板上是某个人的详细个人信息，看证件照是一个黑色短发的年轻姑娘，年龄大概二十四五岁，双眼直视镜头炯炯有神。

"姓名：连翘。"

"民族：汉族。"

"身高175 cm，体重58 kg。"

"出生日期1995年7月24日……"

两人一边低声阅读表格中的内容，一边往下划拉。

"中国人民武装警察部队……"

"一机总。"

"上尉警衔？"

"这是什么？"白震抬起头问，他一头雾水。

"辅导员。"老赵把茶几底下的又一大沓资料用力搬上来，呼呼地喘气，"上面给杨杨派的辅导员，帮忙照看他的，入伍之前是北师大心理学专业毕业的高才生……对了，还很能打，是支队比武冠军。"

翌日。

"武警一机总特战第三支队侦察参谋上尉联络员连翘报到！"

姑娘站得笔直，敬礼。

"坐坐坐坐，不用太拘礼，就当是自己家一样。"赵博文连忙招呼人家坐下，老白在边上不乐意了，这谁家呢？老赵你还反客为主了。为了体现自己才是这间屋子的主人，白震紧跟着说："可以比在你自己家还放松。"

"手续都跑完了吗？"赵博文问。

"嗯，这两天刚跑完，把关系暂转到指挥部这边了。"连翘点点头，环顾一圈，在堆积如山的文件里找了个塑料小板凳坐下。她也有些讶异，在进门之前，她没想到这家看似普通的民居里居然别有洞天，走进这里就像是走进某个作战指挥部——这里确实也是个指挥部，全称叫作逆转未来拯救世界业余无线电紧急通联指挥部。连翘第一次听到这名字时就被镇住了，别的不说，够中二！

"见过杨杨了吗？"赵博文问。

"见过了，赵组长。"连翘点点头，"昨天就见过，在回小区的路上碰到了。"

"那就好，他今天下午跟同学一起出去了。"赵博文说，"6点之前应该就会回来，到时候你们再加深一下认识。"

"呃……连……"白震张嘴想说什么。

"叫我连翘就好，白老师。"

"我叫你小连同志吧，小连同志，你说你是上级派来的……"

"辅导员。"连翘说。

"对对，辅导员，辅导员是做什么的？"

白震一直不明白这个辅导员是做什么用的，昨天晚上赵博文忽然掏出平板跟他们说上级要派个人下来，给白杨当辅导员，白震就一头雾水，他只听过指导员，听过教导员，再往上就是政委了——莫非是上级觉得指挥部缺个政工干部，所以派了个指导员过来支援？这么想倒也说得过去，但派政工干部为什么又来了个二十四五岁的年轻姑娘？作为一个三期士官转业回地方的老兵油子，白震对这个年轻小女兵的能力是怀疑的。

"辅导员的作用就是给予人生指导，听过大学里的辅导员吗？和那个是一样的，在校期间要保证你的人身安全，关注你的学习成绩，关心你的生活状态，毕业时还要操心你的就业去向，为你的大学生涯保驾护航。"赵博文说话了，"杨杨是计划的核心，是一切的关键，但他毕竟是个孩子，上面不放心他一个人承担如此巨大的责任和压力，怕他心理和情绪崩溃，于是就派了个背景履历清白、政治素养过硬、思想觉悟高、业务能力强的人来当辅导员，还要尽量年轻，年轻人之间才有共同语言。"

"原来是给儿子派的呀……"白震嘟囔。

"不是给你儿子派的还是给你派的啊？"赵博文翻白眼，"你个混不吝的老梆子有什么价值能让上面专门派个人来保护你？"

"我也是副组长！"白震不服。

"从现在开始你不是了。"赵博文说，"我有全权，可以下了你的职务。"

"哎哎哎哎哎，老赵咱们有话好好说……"

赵博文不搭理白震，转过头来问连翘："工作都了解过了吗？"

连翘一愣，点点头："已经全部了解过。"

"保密协议之类乱七八糟的都签完了？"

"所有手续都办完了。"

"好，那这间屋子里的所有东西你都可以看，但是注意不能带出那扇门，基础的保密守则都知道吧？人走屏熄，文件面朝下放什么的，我就不复述了。"赵博文摆摆手，把一大沓材料竖起来塞进碎纸机，碎纸机嗡嗡地响。"连翘，既然你已经了解过所有工作，那么我希望你能尽心尽力地完成任务，毕竟事关重大，我们面临的挑战非同寻常，在接下来的日子里，你要拿出全部干劲来。"

"好！保证完成任务。"连翘坐直了。

"连翘你枪法怎么样？"赵博文问。

连翘不明白他为什么要问这个，一时摸不着头脑，不过仍然照实回答了。

"还……还行，中队里当过射击教官。"

"接下来请你回去取你的步枪来。"赵博文说。

"步枪？"连翘一愣。

"埋伏在梅花山庄小区附近，一旦发现白震有任何不轨行动，比如说左脚先进门，或者右脚先进门，立即击毙。"

白震愤怒地把手里的中性笔砸向赵博文的脑袋，却砸在了一边老神在在慢慢悠悠正签字的王宁头顶上，但是王宁的头顶太光洁，塑料笔帽打了滑，清脆的嘣的一声，笔弹了起来，王宁大怒："操！"

连翘乖巧地坐在一边，悄悄地打量周围的环境，这里真是个神奇的地方。

她很好奇究竟是什么样的地方才能叫逆转未来拯救世界业余无线电紧急通联指挥部，单论名字全世界也没有比这更高端霸气的，这让人不自觉地设想它会是深埋在地下数百米的秘密基地，进来要通过三道严密的防线，有荷枪实弹的军人把守，有重机枪和防空导弹部署，基地洞库大门厚得像是金库门——但她没想到自己兜兜转转居然进了南京市区，这个名头听上去吓死人的指挥部就这么堂而皇之地落在秦淮区的居民区里！

自己通过重重政审——连翘敢保证自己这辈子也没经历过如此

严格的审查，她寻思能赶上选拔航天员了——就是为了到南京市的一座小区报到？

连翘在想，或许自己所见的只是表象。

梅花山庄11栋二单元805这一户只是用来迷惑外人的假象，实际上真正的指挥部另有所在，它可能在紫金山地下上百米的深处，那里是核弹都炸不开的超级要塞，在要塞里有一大群位高权重的大人物，他们在黑暗中坐成一桌，每个人都只有数字代号，秘密策划什么拯救世界的大计划……

连翘：这里真没有秘密基地？比如说墙壁后面有密室什么的……

赵博文：这你得问开发商，他们设计这间商品房的时候有没有留密室，如果没有，那就没有。

连翘：可是在这里……能保证安全吗？

赵博文：为什么不安全？你是通缉犯吗？

连翘：不是。

赵博文：那我是通缉犯吗？

连翘：不是。

赵博文：老白是通缉犯吗？

连翘：不是。

赵博文：他是。

老白又把笔扔了过来，嗖的一声。

王宁：操！

赵博文：我们不是通缉犯，没有密谋作乱，哪有什么不安全？

怕什么？怕警察叔叔突然破门而入把我们给抓了？连翘，这里是什么地方？

连翘：南京。

赵博文：你身处的位置是世界上最大的城市之一，这里生活着八百万人，这里是东部战区的战区机关，手握核武器的五常之一在背后保护你，除了中南海和北京西山，全世界还有什么地方比我们梅花山庄更安全？

王宁：白宫。

赵博文：白宫在电影里天天挨炸！

8

连翘很快上手帮忙了，她的第一项工作是把作废文件塞进碎纸机。具体流程如下：白震坐在餐桌这头，整理作废材料，他把整理完毕的文件推给桌子那头老王，老王的工作是在文件封面上盖戳使其成为废纸，再竖起来顿一顿，对齐了交给连翘，连翘站在茶几边上，将老王递过来的废纸转交给赵博文，最后由赵博文塞进碎纸机——粗略估算从白震座位到茶几上的碎纸机之间距离不超过五米，在这五米之内废纸经过了四个人转运，平均一个人负责一米的距离，王科长美其名曰流程化规章化制度化，分工明确，团队协作，是国际先进的行政管理和项目实施水平。

自此逆转未来拯救世界业余无线电紧急通联指挥部总部大厅的人员编制，从五位在编人员增长到六位。

多出来的这个编制被王宁见缝插针地精准安排在了自己和赵博文扔废纸流程的中间（老王感叹在这个削减编制的大环境下安插编制真不容易），后来王科长在周末总结的周报上这么向上汇报：经过指挥部的周密考虑，以实事求是的态度、民主投票的方式，听取广泛意见，制订因地制宜的方案，上尉联络员、辅导员连翘同志决定担任逆转未来拯救世界紧急通联指挥部文件转运办公室主任，这是重要的枢纽岗位、核心岗位、要害岗位，是连接指挥部上下信息流通的桥梁，是保障指挥部文件与信息安全的关键，是指挥部正常运转赖以依存的基础，是拯救人类大任务向前推进的动力，是树立打赢这一仗必胜决心、坚定信念的源头，我们有理由相信，在连翘同志的鼎力协助下，全人类一定会向最终的胜利更进一步！

连翘：可我就是递几张纸啊。

每每到此，王宁总是感慨自己这高超的行政管理水平只当个科长真是屈才了。

"长春光机所来电话了吗？"赵博文问。

白震瞄了一眼茶几上摆成一排的四只手机："没有。"

"八院呢？"

"没有。"

"五院呢？"

"没有。"

赵博文挠了挠头，在当下这个十万火急恨不得拿着鞭子催着跑的时候，两天没来电话就说明出问题了，他决定亲自问问航天组那边的进度。

他随手拿起一只手机，在微信通讯录里翻了翻，拨了出去。

"喂？我是赵博……"老赵一句话没说完。

"怎么了？"其余几人都看过来。

"挂了。"赵博文换一只手机再打，"喂？我是赵……"

又挂了。

"老白，你打个电话过去。"赵博文让白震打，"我把电话号码报给你。"

白震拨通了电话。

"喂？您好，这边是南京指挥部，我是白震……"

"通了吗？"赵博文问。

"通了。"

"说找孙老师，问孙老师在不在办公室。"赵博文说。

"我找孙老师，请问他在不在办公室？"白震说，"哦……他在是吧，好的好的，麻烦请他过来接电话……"

白震把手机递过来，老赵一点不客气，接过手机开门见山："您好，这里是南京指挥部，我是赵博文，麻烦让孙老师接电话。"

"赵老师您……您稍等。"电话里的声音一下子就怯了，"我……我去叫老师……"

接下来老赵听到轻轻的吧嗒一声，对方把手机放在了桌上，紧接着电话那头有人隐隐约约在长呼："铁手追命来了！铁手追命来了！傻孩子们，快跑啊——！"

半晌噩耗传来，孙老师在准备赶来接电话、离开自己办公室关门时不慎夹到了手指甲，伤势严重，昏迷不醒，生命垂危，奄奄一息，被立即送往医院抢救，因此无法接听赵博文的电话，万分抱歉，着实遗憾。

"呸！"赵博文骂骂咧咧地把手机摔在沙发上，"临阵脱逃！搞个卫星都搞不出来！要你们何用！"

航天组：妈的，有本事你来搞。

航天组的工作是接下来计划展开的基础，赵博文寄希望于他们能够发射一枚遥测卫星到二十年后，对南京市秦淮区、鼓楼区、玄武区一带进行精确测绘和光学侦查，特别是需要抓住大眼珠的位置和它的行动轨迹。如果能收集到足够多大眼珠的数据，那么计算机组就有可能建立起它的行动预测模型——人们迫切地希望能得到更多关于大眼珠的信息，他们都知道大眼珠是导致人类灭绝的元凶，可所有人对它们又知之甚少，了解大眼珠是当务之急，但不可能让BG4MSR到风险区域进行抵近侦察，卫星是目前人类手里最强大、最隐蔽的侦查手段，这是一双站在两百公里高度之上的眼睛，比起眼睛的灵敏，人类或许不比大眼珠差。以上是赵博文的考量。

但是在航天组眼里，赵博文就是一个外行人在说胡话，卫星和卫星之间的差距那比人和狗都大，小打小闹的立方星是卫星，美国佬锁眼那样的飞天航母也是卫星，这能一样吗？你要快速扫描秦淮区、鼓楼区、玄武区一共一百八十平方公里那么大的面积，构建城市的GIS矢量地图，还要捕捉大眼珠这样十米以内尺度的动态目标，分析它的行为规律和行动轨迹，你知道需要多大的视场和分辨率吗？你知道这颗卫星做出来会多大多沉吗？你知道无论什么玩意只要上了镜头就轻不了吗？你知道什么叫摄影穷三代吗？你知道把这么个东西送上天需要多大运力吗？

最过分的是你还要让这玩意离开地球二十年，二十年后再回来，回来时还能精确入轨，以上一切都要在完全无控的状态下自主完成，这也太离谱了，你这卫星成精了咋的？

长春光机所气出东北话。

赵博文：不听不听王八念经，我不管你们怎么完成它，反正你们必须完成它，那姑娘还在等着。

连翘看着有点发愣。

老白善意地提醒她："常规操作，习惯就好，甲方和乙方之间的正常矛盾，不吵架还能叫合作双方吗？"

"床头吵架床尾和。"老王说。

连翘点点头。

此时门口传来开锁的声音，嘎吱一声，门被推开，原来是白杨回来了，他穿着长裤和黑色卫衣，进玄关准备换鞋。

"杨杨回来啦？"

"下午到哪儿去玩了？"

"陪何乐勤修电脑去了，他那台戴尔游匣的笔记本屏幕脱胶开裂……"白杨把鞋子脱下塞进鞋架，穿上拖鞋直起身子，往客厅里看了一圈，忽然愣住了。

他的目光落在连翘的身上，往后倒退一步：

"你你你你你你你你你……"

84

第三章

1

很奇怪。

不知为何，大眼珠不伤害动物。

这是半夏观察得到的结果，生活在秦淮区一带的食草动物仍然在正常活动，活动频次有所降低，但那是气温下降季节变化导致的正常现象，有一群野牛的活动轨迹从南京农大到梅花山庄再到玄武湾，每天来回转悠散步溜达，半夏跟它们熟得很，大眼珠出现之后这群牛的行动没有受到任何干扰，数量也未见减少，仍然每天来回转悠溜达散步。

半夏连续观察了两天，确认了野牛们确实不咋在意这个忽然出现的大眼珠。

不光野牛们不在意，其他动物也不在意。

"BG，这说明什么？"

"说明大眼珠只对人类下手？"白杨想了想，"它对其他生物不感兴趣，大小姐，OVER。"

"为什么？"

半夏往后一靠，坐在黑暗中皱起眉头。

她认为这很反常，如果秦淮区内出现巨大威胁，知觉灵敏的动物们会在第一时间察觉到，大眼珠显然是一个非常危险的未知物体，它们是造成人类灭绝的罪魁祸首，可为什么动物不怕它？

"你是在问大眼珠为什么只对人类下手么？大小姐。"白杨说，"这个问题我们也在思考，破译组在分析老师留下来的草稿，就目前而言，我们可以认为黑月和大眼珠的降临是为了毁灭人类，但它们为什么要毁灭人类，现在还不清楚，OVER。"

女孩长吁了一口气。

这是一个很重要的问题，黑月究竟为何降临，大眼珠为何要灭绝人类，它直接关系到2019年的人们是否能扭转未来，这个问题没法回答，那所有人就都还是盲人瞎马。

破译组承担了一个重任，老师的手稿是目前他们收集信息的唯一源头，但草稿毕竟只是草稿，翻来覆去也就这么点东西，破译组的人把草稿都翻烂了，把每个字都写得和箩筐那么大贴在墙上，像达摩似的闭关，整日面壁苦思，瞪着眼睛希望哪天能突然明悟。

目前破译组能确认的信息很少，一个是黑月与银河系中心可能存在重大关联，不排除银河系中心是黑月的来源——老赵已经为此上书，希望能尽量调集国内外天文观测资源对银河系中心进行观测，以期能发现什么异常，但这是个贼他妈庞大的计划，上海天文台表示你知道你在说什么吗？银河系中心是个六千光年尺度的庞大结构，而且它距离我们两万六千光年，我们现在只能看到两万六千年前的东西，你究竟要我们去看啥？

赵博文说你们爱看啥看啥，反正给我把望远镜转过去。

上海天文台愤然抗议这是外行指导内行。

破译组能确认的信息，另一个是25 473 000，两千五百四十七万三千，这个数字他们认为是一个数量。

是老师对曾经降临在地球上的大眼珠总数的预估。

按照全球人口七十五亿人计算，如果黑月在地球上投放了两千五百万只大眼珠，那么平均一只大眼珠只需要杀死二百九十五个人，就能将地球上所有的人类全部灭绝。

"哦，对了，大小姐，还有一个词，是在老师的草稿里发现的，破译组想不明白是什么意思，拜托我来问问你，OVER。"白杨说。

"你说。"

"果实。"白杨说，"你对这个词有印象吗？ OVER。"

"果实？"

女孩一愣。

果实是什么？ 苹果？ 梨？

她放下手咪，从书架上取出老旧发黄的《西游记》，打着小手电，根据BG4MXH报的页码翻到指定的那页，在手电筒小小的白色光圈之下，半夏看到了"果实"这个词，它很突兀地用红色钢笔写在了书页的边缘，不知是不是写字时笔尖坏了，红色墨水晕染成一大片，像是暗红色的血液，这两个字仿佛浸泡于血泊里。

"BG，我不知道这个词是什么意思。"半夏摇摇头，"这个词有什么特殊含义吗？"

"我也不知道。"耳机里的男生有点无奈，"草稿里的信息太杂乱且零散，破译组认为这个词很重要，OVER。"

"肩膀酸不酸？要不要给你捏捏？"

耳机里忽然隐约响起一个年轻女声，半夏的耳朵立即竖了起来。

"别……别……我正在说话呢，翘姐！"

"是谁？"半夏问，"BG，刚刚是谁在说话？"

"是辅导员，上面派来的辅导员，今天刚到的，别别别别别——你想杀了我吗？我肩膀都要脱臼了，啊啊啊真要脱臼了，救命啊，脱臼了脱臼了……"

接下来半夏听到一声清脆的骨响，还有杀猪似的尖利惨叫。

听得半夏的小脑袋都往下一缩。

"瞧你这小身板。"连翘嗤笑一声，在白杨后背上推了一把，"就你这身板，怎么肩负起拯救人类社会的重任啊？到时候革命大业未成，你自己的身体先垮了，从明天开始早上5点半起床，跟我一起出去跑五公里。"

"你想要我狗命。"白杨苦着脸，揉捏着自己的肩背，"辅导员，翘姐，你这新官上任三把火，什么都还没干就先给我加任务了？"

"锻炼你的意志，强壮你的体魄，这是任务吗？"连翘转身出门，"别忘了，明天早上5点半起床，我在楼下等你。"

"5点40分！"

"5点半。"

"5点35分！您看在我这彻夜通宵努力工作的分上，宽限我五分钟吧，就五分钟！"

连翘站在门口，盯着白杨看了一小会儿，点了点头："那好，就五分钟。"

说完她就要出门，白杨又叫住了她："等等，翘姐！"

"怎么了？"

"那个……你能不能再表演一下那个？"白杨问，"就那个。"

"那个是什么？"

"就特别帅那个，把我们都看呆了，飞身单手接小笼包！"白杨跃跃欲试，"我这里有飞盘，要不我扔几个你来接？"

连翘把脸往下一拉。

"明天早上给我5点25分起床！"

不再理会白杨的哀号，连翘离开他的房间，她走进客厅时赵博文刚好开完会回来了，老赵匆匆忙忙地进门，坐在沙发上，一头的汗。

"妈的，这帮鸟人，真叫人头皮发麻。"

"怎么了？"白震和王宁问。

"简单地说，有人认为我们太婆婆妈妈，搞这搞那的不如全面扩军，把城市打造成要塞和堡垒，等黑月来了干它一仗。"

"这怎么打得过？"白震和王宁都有点吃惊。

"是的嘛，这怎么打得过？"赵博文从茶几上端起水就喝，也不管是谁的，"不过人家哪管那么多，无论黑月是外星人还是什么东西，干就完事了，你们不知道这帮人偷偷摸摸地搞了多大的动作，拿出来的计划吓死人，他们要在轨道上提前布置核弹，就跟布置雷区似的，等黑月降临炸它，初步估计第一批布置计划需要投放一万两千颗核弹。"

"你没说服他们？"白震问，"你的三寸不烂之舌呢？"

"我又不是诸葛亮，怎么舌战江东群儒？"老赵摇摇头，"我第一次碰到拍桌子比我还响的人，拍不过拍不过。"

"你的壁咚呢？"王宁问。

"对方腰围太大，手够不着墙。"

"飞龙骑脸啊！"白震说。

赵博文想了想，眉头皱成一团："那也得能下得去嘴啊。"

老赵说的倒不夸张。

在逆转未来拯救世界业余无线电紧急通联指挥部运转的同时，有好几帮人也在暗暗努力，都是谁牵头的那不知道，但一个个资金实力都雄厚得很，今天赵博文被叫去市委开会，不知哪路神仙上台放PPT，开篇偌大的四个字：刺猬计划。

接下来的展开把老赵惊得肝胆俱裂，这伙人很严肃地论证了如何在近地轨道上布设核武器雷区，老赵这才明白，所谓刺猬计划就是要把地球变成一只超级大刺猬，敢碰就扎手，这项气势恢宏的计划第一批就要在三百至五百公里的轨道上布设一万两千颗核弹，后续还有第二批，第三批，第四批，分别部署在同步轨道、极轨道、月球轨道及地球表面，主讲人大手一挥，信誓旦旦地宣称只需要在接下来五年内世界各国开足马力，全面铺开生产线，像造香肠一样造导弹，像下鸡蛋一样下核弹，就能给地球罩上一层强大的保护壳，让黑月有来无回。

另外，他们还宣称自己的团队已经在集中攻关三相弹在真空环境中威力不足的问题，没有冲击波就自带致密材料，核弹爆炸的高温高压造成瞬时挥发，其爆炸功和膨胀比都远高于TNT（三硝基甲苯）或者黑索金等常规烈性炸药，主讲人不无骄傲地说，同志们，这个大炮仗可比金属氢或者全氮阴离子盐要好搞多了，五年内咱们搞不出反物质炸弹，那么这个就是全世界威力最大的武器！

全场掌声雷动。

老赵就很酸，他的计划怎么就没得到这么热烈的掌声。

紧接着第二支团队上台，如果说上一支队伍主攻方向是防守，那么这一支要做的就是进攻。

PPT第一页：导弹是没有前途的。

导弹飞行速度太慢，反应速度太慢，等导弹接敌，黑月该降临到头顶上了，那黄花菜都凉了，未来的宇宙战争，一定是属于定向能武器的！

没什么比电磁波的传播速度更快，用X射线激光，用γ射线激光，光速打击，黑月都躲不开。

但要想给黑月造成有效杀伤，那需要的功率是惊人的，需要的体积也是惊人的，经过团队论证，他们认为至少需要六千四百座X光发生器组成相控阵，以及占地四万五千平方米的聚能镜面，这么大的东西甚至都没法安装在转向轴上，于是他们计划在贵州或者四川山区选定位置，像建设FAST射电望远镜或者阿雷西博那样安在山里。

这样的超级激光器一发能打空一座两百八十万人口的城市一整天的用电量，它的瞬时峰值功率高达两千万兆瓦，一次性释放 1.19×10^{14} 焦耳的能量，所以也得为它准备一座更庞大的蓄能池，挖空一整座山来安装电容，或者准备二十万艘福特级航母给它供电。

团队负责人声称它能在三十八万公里以外瞬间毁灭人类目前已知的一切物体，按照一台超级激光器配备两座蓄能池的规模建设，它就能在一个小时内连射两炮，如果在世界范围内建设十二座超级激光器，那么它就能无死角覆盖整个天球，确保黑月从任意一个方向降临都会至少遭到两座激光器一共四炮的迎击。

这将是有史以来人类制造的最庞大的武器，它被赵博文称为人间大炮计划。

赵博文把刺猬计划和人间大炮计划讲给老白和老王听，老哥俩都震惊了，真他妈的大手笔啊，和他们比起来自己这个逆转未来拯救世界业余无线电紧急通联指挥部除了名字长一点，简直哪儿都被甩两条街。人家那才叫酷炫，那才叫科幻，那才是要打星际战争的场面。自己这大猫小猫三两只的草台班子，着实摆不上台面。

赵博文说你们懂什么，咱们这叫隐秘战线！正面战场重要，隐秘战线就不重要了？咱们这是情报工作，是釜底抽薪，是直捣黄龙，让敌人后院起火，那帮人搞再大的场面，没有我们协助，他们连黑月的屁股朝哪个方向都摸不清楚。

同时他也吐槽，早些时候他赵博文求爷爷告奶奶，奔走呼号，就差下跪磕头了，这帮人怎么都不信，当他是胡扯说梦话，后来全靠他老赵绞尽脑汁，拼尽全力，使出浑身解数，终于拉来一枚火箭一颗卫星，给全世界放了一场二十年后的烟花——这下可炸锅了，终于都信了，所有人都激灵了。现在大手笔一个接一个，早干吗去了。你们当初对我赵博文翻的白眼，我可都记着呐！

"听上去都是世纪工程，能搞定吗？"白震很怀疑。

无论是刺猬计划还是人间大炮计划，哪一个都不是小动作，在轨道上布置几万颗核弹，或者在山区里制造超级激光器，其工程难度未必低于大型粒子加速器或者受控核聚变，要在五年之内完成，这可能吗？

"天晓得。"赵博文摇摇头，"还在论证阶段呢，要把地球变成核弹制造车间，这么大的工程量，这么大的计划，不是一两天能决定的。"

"老赵你能不能牵个线？"白震问，"我想参加那个刺猬计划，或者人间大炮计划也可以，你能找到熟人吗？"

"怎么？这个副组长你不想干了？"赵博文白眼一翻。

"窝在这里能有什么出息？"白震说，"老赵你看看人家，核弹！火箭！激光炮！超级工程！那才叫拯救世界，那才有伟大的参与感，老赵你能不能也拉台激光炮过来？"

"呸！"

"你找不到人就算了。"白震说。

"拯救世界，就一定要惊天动地？"赵博文冷哼一声，"庸俗！"

"我们就庸俗。"

白震和王宁庸俗得理直气壮。

"我们才是一切的核心。"赵博文也理直气壮，"没有我们，他们什么都干不了，现在，这里，南京市秦淮区梅花山庄才是全世界的中心，别看现在风平浪静，但是底下暗潮涌动呢，海啸在上岸之前只是几十厘米高的波浪，等它们到了面前，你们就知道什么叫天翻地覆。"

2

老白是希望指挥部也能有大手笔的，相比于其他团队走的科幻路线，自己这边走现实路线就不够酷炫了，每天开不完的会，签不完的文件，日日夜夜的文山会海让老白觉得自己正在省委组织部做人事工作，简直是彻头彻尾的文职工作啊！这不符合老白的调性，他白震什么时候甘心坐在桌子前头敲键盘——除了在网上当键盘侠和人对喷的时候。

总的来说，目前指挥部干的事儿，和白震想象的不一样，也和好莱坞科幻大片不一样，没有惊天动地的大手笔，能叫拯救世界吗？

老赵说别急，大手笔会有的。

说曹操曹操到，老赵这话还没说完，口袋里的手机就响了，他掏出来一瞥来电显示，脸色一变。

"怎么了？"白震和王宁问。

赵博文不回答，摆摆手，小碎步一路跑出去接电话。

白震和王宁对视一眼，凑过去听墙角。

"喂？是我……怎么说？"老赵压低声音，"给个准信，邱小姐能不能出阁？"

翌日。

白杨一大早就被轰了起来，老妈轰的，老妈不仅不站在自己这边，居然还为虎作伥，帮助外人，这让白杨痛心疾首。

"把棉毛裤穿上！"

白杨把自己裹得严严实实，瑟瑟发抖着出门，早上6点20分就叫自己起床，这样的酷刑简直惨无人道，冬天早晨被窝里的每一分钟都像金子一样珍贵，多挨一分钟对白杨来说都是莫大的满足，为了在被窝里多待一会儿，白杨用尽手段，和老妈斗智斗勇——第一条，人不动我不动，他很清楚老妈会在预警三次之后进入卧室，所以当老妈喊第一声起床时，白杨会拖长声音回一句起来啦，然后接着睡。三分钟后老妈会喊第二声，继续回一句起来啦，再接着睡。再三分钟后老妈喊第三声，此时白杨坐起，老妈刚好推门看一眼，看到白杨起床，结束叫早起。

白杨坐起后展开毛衣，平摊在被子上，装作正在穿衣，实际上再次进入睡眠状态。穿衣又能争取五分钟睡眠时间，俗话说一寸光阴一寸金，寸金难买寸光阴，当前金价是每克三百四十块钱，白杨争取了五分钟的时间，也就是五分钟的黄金，少说也有三千四百块钱。

钱就是这么省出来的。

冬天的清晨冷得很，出门前白杨看了一下今天的天气，晴转多云，气温最低只有四摄氏度。

在老妈的强力压迫下，他穿成了一个米其林轮胎人，下楼看到连翘只穿着一件薄毛衣和一条牛仔裤站在草坪边上，双手插在口袋里轻轻地哼着歌。

白杨心想她体质真好，真抗冻。

连翘看到白杨下来，掏出手机看时间，早上6点半。

"还算准时。"她点点头。

两人出门顺着首蓿园大街往北，拐到中山门大街上再往紫金山方向慢跑，这个时候行人甚少，大路通畅，连翘计划半个小时内跑足五公里，部队里无负重轻装五公里二十三分钟算及格，连翘通常能跑到二十分钟以内，她认为把时间放宽到半个小时已有足够的余裕，不过她还是高估了对方的实力。

很快白杨就跟不上连翘的步伐和速度，那姑娘的黑色短发有规律地跳动，步伐稳定，不见衰减，他心想这姐姐体力真好，跑个两三公里不见喘气。

白杨大口地呼吸，像是喉咙里含着薄荷，清冷冰凉的空气吸入肺腔内又吐出来，带着人体的温度，在空气中凝结成水雾，连翘跑步的速度比他快，白杨能看到她随着步伐跳动的短发和微微泛红的耳朵，一团一团卷动的白色雾气在空气中弥散。

本来是一次看上去不错的晨练，可怕的是连翘在喊口号。

"丫二一！丫二一！一——二——三——四！"

"一二三四！"

喊得穿云裂石。

白杨只恨自己没有起得更早一点，路上偶有行人，无一不以奇怪诧异的目光打量他俩，这要是碰到上班上学高峰期，面对来来往往的人群，那不得把脸丢到玄武湖去？

但连翘昂首挺胸，目视前方，口号喊得有板有眼，中气十足。

"等等……等等我……"

白杨跑得上气不接下气。

连翘停在路边，转过身来等他。

"你怎么这么菜呀？"姑娘摇摇头，"白杨，我不得不说，我对中国年轻人的体质产生了深深的担忧，对国家的未来产生了深深的担忧，少年强则国强，你这个体力怎么建设社会主义现代化强国？"

"你是专业人士！"白杨撑着膝盖，气喘吁吁，胸腔内火辣辣的疼，"我……我怎么可能和你比？大姐，你考量一下我们这些高三学生，天天坐在教室里上课，能有多高的运动水平？能和你这种越野五公里像家常便饭一样的人比吗？"

连翘弯下腰来，轻轻拍了拍白杨的后背。

"那咱们休息一会儿？"

他们跑到了下马坊遗址公园，算算距离也就两三公里，花了十五分钟，白杨的体力是耗尽了，两人站在马路边上休息。

"你也太废柴了。"连翘说，"作为一个要拯救世界的人，你这样可不够专业。"

"你也好不到哪儿去，你之前潜伏在餐馆里当服务员的时候，可是一眼就被我们注意到了。"白杨同样对连翘的专业素质表示质疑，"哪有你这样被人一眼认出来的便衣？"

"什么潜伏？什么便衣？"连翘皱眉，"谁潜伏了？谁是便衣？我可告诉你，在你身边的所有人当中，我是唯一一个不需要潜伏和伪装的人，你见过辅导员需要伪装的吗？"

"那你为什么要做服务员？"

"谁跟你说我是服务员了？"连翘反问，"我只是看到老板娘忙不过来，热心地上前搭把手，这叫学雷锋。"

她振振有词。

"还有，我警告你啊，你可千万别做出什么奇怪的事情，你现在是重点监控对象。"连翘用白生生的手指点了点白杨的额头，"此时此刻，起码有两支狙击枪在瞄准你的额头，你看到自己脸上的瞄准激光点了吗？"

白杨吓了一跳，下意识地抬手捂住额头，东摸西摸。

"真的假的？"

"假的。"

连翘哼哼唧唧地扭过头去。

她抄着双手站着马路牙子上，背后是高大的路灯柱子，白杨偏头，看到这个黑色短发的年轻姑娘站在南京清晨的薄雾里，踮着脚尖，身材挺拔，结实修长，正好奇地东张西望，她大概也是第一次来南京，这是一个崭新而陌生的城市，她不是南京人，"啊要辣油啊"是她学会的唯一一句南京话。

"多好的地方，要是真毁灭了可就太可惜。"她说。

"那我们努力。"白杨说。

"走，咱们转身跑回去，来二点五公里，去二点五公里，刚好就五公里了。"连翘在白杨的背上用力推了一把，"你会拉歌吗？"

"拉歌？"

"你高中军训没拉过歌吗？"连翘一边跑一边问。

"有有有，我会唱《团结就是力量》《军中绿花》，还有《强军战歌》。"

"不，我们不唱那个！"连翘说，"来，你跟着我唱，预备——"

接下来她哼起前奏，白杨听上去还觉得略显古典和民族，原乐器起码是大锣大鼓铜铙唢呐，不像是什么慷慨激昂的进行曲，最后连翘一张嘴，扯着嗓子开始唱：

> 五花马
> 青锋剑
> 江山无限
> 夜一程，昼一程，星月轮转

女孩的声音很悠扬，穿透力很强，能穿透冬日清晨的阳光，路边高大的梧桐，还有附近人们的耳膜，一点不弱于屠洪刚，至少白杨这么认为。

连翘把音调往上一提：

> 巡南走北
> 悠悠万事

好家伙，《康熙微服私访记》呢，居然还是个老歌爱好者。

3

今天是12月10日。

把日期和时间记清楚，这是老师留下来的好习惯，半夏将它坚持到了现在，连白杨都吃惊于她独自一人生活时仍然保持着如此自律和严谨的习惯，他不明白世上最后一个人记录日期有什么意义，可老师说时间是宇宙的，但日子是自己的。

老师自制了好多日历，这些日历镌刻在墙壁上、地板上、柱子上，她把日历做到了公历2050年，半夏每过一天就划一道，如果时间是绵绵延延的长面团，那么半夏把它切成了细细薄薄的一片片，她也是个河南刀削面老师傅。

那块主板还挂在墙壁上，接着五颜六色的复杂电缆，信号调制方式的升级果然很难，现在的半夏不能算是完全的小白，经过这么长时间的培训和实操，她也能略微理解某些粗浅的概念，可PSK的调试比AFSK难了好多倍。

休息的时候，她就冲着摄像头做鬼脸。

海康威视的UVC摄像头搭配老飞利浦CRT显示器的显像效果很糟糕，低画质不说，还带延迟，半夏心想等到数据传输系统搭建成功，自己应该以什么样的方式出场呢？

挥手?

鞠躬?

算了,还是给您来个后空翻吧。

半夏在等。

赵博文也在等。

千头万绪,全部收于指挥部。

这将是一个庞大的计划,除了赵博文本人,没人能看到它的全貌,白震和王宁坐在沙发上整理材料,抬起头就能看到老赵又站在南京市地图前头,手里拿着圆规和铅笔比来比去,他在秦淮区和玄武区的交界处画一个圆,皱着眉头盯半晌,又用橡皮擦掉,再画一个稍小一点的。

白震和王宁对他这神神秘秘的做派很不满。

"不该问的别问。"赵博文这么说。

"那我们现在在干什么?"王宁问,"已经好几天没有看到任何推进了,老赵,两边的时间是同步消耗的,我们这边过一天,她那边也过一天,我们没有时间浪费。"

"我知道。"

"她手里的食物够吃吧?"白震问,"还有水呢?"

赵博文有些烦躁,丢下手里的圆规和铅笔出去抽烟。

四只手机仍然摆在茶几上没有动静。

赵博文跑到楼下,一边抽烟一边在心里骂人。骂计算机组,骂航天组,骂工程组,骂所有人,这都多少个小时了,一点好消息都没有,电话打出去就是搪塞、推脱、拖延、踢皮球和"铁手追命来了傻孩子们快跑啊!"。

"跑，跑，全世界都完蛋了，你们能跑到哪儿去。"

赵博文往远处看，很恶劣地想象世界末日降临时会是个什么样的情景，大眼珠会不会吃掉对面遛狗的老太太，略微地发泄一下心里的负面情绪。心情郁闷的时候他会抽烟，一个人抽闷烟，然后越抽越郁闷。李白说抽刀断水水更流，举杯消愁愁更愁，赵博文没这么有文化，就骂了一连串脏话。

老赵从屁股口袋里摸出手机，打开微信想发个大长条出去骂人，但在通讯录里翻来翻去找不到合适的对象，找不到人骂令他一肚子火憋在心里，于是赵博文想了个办法，他登上微博贴吧抖音快手，想找些弱智帖子和楼主对喷。

有些帖子是智商洼地，聚集了大量民科、阴谋论者、九年义务教育漏网之鱼，赵博文进去之前踌躇满志，心想自己南大副教授、全社会智识金字塔尖，对他们不是降维打击? 这不乱杀?

结果赵博文被杀得丢盔弃甲，抱头鼠窜，起初他还抱着一点点作为高级知识分子的矜持，尝试用逻辑和常识说服对方，但他很快意识到对方是不讲逻辑的，当赵博文费尽心思苦口婆心地解释布劳恩是谁及什么叫月球轨道对接法时，对方只会疯狂打字狗汉奸狗汉奸狗汉奸你承认美国登月你就是狗汉奸。

说也说不通，骂也骂不过。

老赵非常沮丧，沮丧于这么多人不讲道理，更沮丧于自己连骂都骂不赢人家，心说这样的世界不如毁灭了算球。

不过回头一想，他就不应该在网上跟人讲道理，他应该说你祖宗十八代全家的学历加起来都没我高，骂完就拉黑，在网上吵架最后殊途同归都会落在全家和祖宗上，早知如此不如一开始就放大招。

他把烟抽完，烟蒂扔在地上用脚踩灭，颇有些狠戾，仿佛是把刚刚在网上骂战的人踩在脚底下碾压，碾过来又碾过去，解气之后拍拍屁股准备回去干活。

作为指挥部一员，赵博文等人要统筹整个计划，他们直接向更高层负责，这是一个至关重要的节点，承上启下，但是做统筹工作就是这么操蛋，在底下人看来指挥部是万恶甲方，是外行指挥内行，是官僚主义的集合体，但在指挥部自己看来——他奶奶的，两面受气，上下压力，责任是自己的，功劳是别人的。

搞砸了自己要负全责，搞成了是领导英明，如果不是事关重大，万千性命系于一身，他老赵真想撂挑子不干了，难得搞物理还有一头浓密的黑发，不能这么糟蹋了，谁爱来谁来。

赵博文叹了口气，妈的，我怎么就这么有责任感呢？

这该死的根植于心底的责任。

要怪都怪古人，说什么修身齐家治国平天下，两千年不能撼动，导致赵博文连个逃避的理由都找不到。

上楼，上楼然后再打电话，催催工程组，催催航天组，催催天文组，他需要那颗遥感卫星，无论以什么方法，航天组都必须把遥感卫星送到二十年后，赵博文知道这很难，但如果不是难题也无须召集那些精锐，遥感卫星太重要，没有眼睛他们就是瞎子，可只有眼睛是不够的，想到这里，赵博文的心又慢慢地沉下去。

他一直在等消息。

赵博文再掏出手机看了一眼，这是无意识的动作，他也不知道自己想看什么，或许是时间，或许是微信。

手机微震。

有短信来了，赵博文希望这是一条好消息，这两天手机收到任何信息都能叫他内心忐忑，这种感觉上次出现还是在高考结束后查询成绩的时候，他闭上眼睛，然后像彩票开奖那样慢慢睁开眼睛。

"见面礼交了，已订婚，邱小姐即将出嫁。"

赵博文立即就炸毛了，他以刘翔一百一十米跨栏的速度冲上八楼，推开门大吼："成了！成了！"

"成了什么？"白震问。

"什么成了？"王宁问。

"最难的一关咱们过去了！鼓掌！鼓掌！"赵博文喜形于色，老白和老王满脸茫然地拍巴掌，这货也不解释，喜滋滋地哼着小曲穿过客厅，继续拿着圆规和铅笔在南京市地图上画圆圈。

接下来发生的事堪称奇迹，赵博文时来运转，不知道是不是因为今天早上换了红裤衩，还是出门的时候踩了狗屎，早知如此老赵就应该在上班路上顺便买张彩票，说不定能中个五百万——比中彩票更让赵博文高兴的是，沉寂已久的手机们接连响起，工程组、航天组、物理组、天文组、计算机组、破译组终于从棺材里爬了出来，手机的蜂窝网络信号像信鸽那样飞进窗户，带来远方的消息。

赵博文立即召开东方红行动部署会议。

这厮心里打的那些算盘，终于要一点点地显露出来了。

"正了吗?"

"再往左偏一点，偏一点点，保证他们可以看到整张地图……"

赵博文站在地图前头，面对架在客厅中央的摄像机，白震在帮忙调整镜头，王宁在帮忙调整投影仪和幕布，老赵拉了拉自己毛衣的衣领，扶了扶玳瑁框眼镜，清了清嗓子，在镜头前站得笔直，等信号接通。

这是一次大规模视频会议。

到下午4点半，各个专家组依次接入会议，赵博文视线越过摄像机，落在投影仪的幕布上，看到腾讯会议最后一个小方格被一只灯泡那样亮的头顶占据，他知道人到齐了。

"同志们，我要正式开始东方红行动的部署。"

所谓东方红行动，没人知道具体指什么，因为一个小时前还不存在"东方红"这个行动代号。

幕布上十几双眼睛盯着老赵，等他说下去。

"众所周知，由于大眼珠的存在，BG4MSR 正处于非常危险的境地，更重要的是她无法抵达紫台和莫愁湖的第一或第二基地，她到不了基地，我们就得不到足够的信息和数据，所以我们接下来整个计划的最终目的，是要除掉那只大眼睛。"老赵顿了顿，"这就是东方红计划。"

白震和王宁一边一个坐在沙发上，面色淡定，赵博文所说的在意料之中，除掉大眼珠是他们公认的最佳选择。在过去的几天里，众人聚在一起开了数不胜数大大小小的会，提出了各种靠谱的离谱的方案，最终还是直接除掉大眼珠得票最高。所有人都认为BG4MSR不可能与大眼珠对抗，但一个小姑娘不能干掉大眼珠，不代表全人类拿它没办法。

此时此刻，她拥有七十五亿人做后盾。

"东方红计划将分为三步走，第一步，侦察阶段，我们需要发射一颗遥感卫星到二十年后，建立二十年后的南京市地图和大眼珠的行动轨迹模型。"

航天组负责人这次没骂娘。在过去的几天里，航天组集中讨论了赵博文这个外行人的提议究竟有没有可行性，最后得出结论可行性为零。他们否决了赵博文的设想，不能把探测器打上月球，于是八院和五院自己设计了另一套轨道——总师们说让它去内太阳系都比月球靠谱，为了让这颗卫星在离开地球二十年后还能精准入轨，人们绞尽脑汁。

"条件非常苛刻，戴着镣铐跳芭蕾，只能说勉强可行，我们尽可能地降低卫星的体积和重量，再用SAR（合成孔径雷达）在S或者X波段做遥测，我们和计算机组讨论了一下，想要达到他们要求的一米以内分辨率，卫星高度就得尽量压低。"航天组很谨慎，"再算上火箭捉襟见肘的运力和复杂的变轨方式，最后会导致卫星的寿命大幅度降低。"

"能有几个月的寿命？"赵博文问。

"单位恐怕要用小时算。"航天组回答，"侦察卫星都这样，想要保持监视就得耗能变轨，这必然要烧寿命，我们估计打过去的遥测卫星正常工作时间不会超过一百六十个小时。"

赵博文算了算："七天时间。"

"这还是在一切理想的情况下，要从赤道发射，要精确入轨，如果在发射或者重新入轨时出了岔子，那么结果更糟糕。"航天组提醒。

"足够了，本来就是挑战不可能。"赵博文倒是看得开，"有可行性就努力去做，卫星现在在哪儿？"

"在812所卫星总装车间。"

"什么时候能发射？"赵博文问。

航天组愣了一下："这……这得找火箭，这颗卫星太沉了，没法用长六来打，起码要一枚阿丽亚娜或者联盟那样的火箭。"

"找！找最近的联盟火箭！"

"这……临时到哪儿去找联盟火箭？"航天组都懵了。

"问！打电话去问，现在就问！"

赵博文铁手追命的本质又暴露出来了，他恨不能通过网络穿梭到对面，然后挥舞起皮鞭狠狠地鞭笞他们，催促他们加快进度。

片刻之后，他们找到了世界范围内时间距离和空间距离最近的一枚运载火箭。

俄制联盟-STB运载火箭，作为运载火箭圈子里的老大哥，它是世界上历史最悠久、发射次数最多的火箭，它什么都干过，现在它要去拯救全人类。

这枚火箭此刻在地球另一边，遥隔整个太平洋的南美北部，位于法属圭亚那航天中心。

"预计12月18日发射，这大概是俄罗斯的商单，给意大利和欧空局发射卫星，意大利的一枚CSG1地球观测卫星，也是一枚合成孔径雷达遥测卫星，两吨多重，欧空局的是一台太空望远镜，叫CHEOPS，预计运行在太阳同步轨道上，两个载荷用一枚火箭打上去。"航天组说，"距离它发射还有……十天。"

"截胡！截胡！"赵博文挥舞着手里的铅笔。

"可这是欧洲人的火箭……"

对方有点犯难。

赵博文不是第一次干这事儿了，但之前是截胡自家的火箭，这回要截胡国外的火箭，跨国截胡，那可就麻烦多了。

"它是不是商单？咱们买下来！让意大利人的卫星往后顺延，咱们先上。"

赵博文认为用钱开道，就没有解决不了的问题。

"还有十天就发射了，这能来得及？"有人问，"临场变卦，俄罗斯那边不见得愿意违约。"

"跟俄罗斯人打交道可太简单了。"老赵斩钉截铁，"那枚火箭多少钱？就说咱们出双倍！"

4

该如何与俄罗斯人和欧洲人谈判，那就不是赵博文该管的事了，作为一个合格甲方，他只需要给出需求和期限，至于怎么完成，优秀的甲方向来是不关注的，航天组或许正在紧急派遣全组最能喝酒的壮士带两箱北京红星二锅头上飞机。

"第二步,我们要建立模型,分析大眼睛的行为模式,这是制订后续计划的前提和基础,包括BG4MSR前往第一和第二基地的路线、数据传输方案和反击手段。"赵博文面向摄像机,一巴掌拍在身后的地图上,"一切以小姑娘的生命安全与第一、第二基地内部数据为最优先,要保证人不能出事,数据不能出事!"

白震和王宁坐在沙发上,谁都不说话,气氛有些肃然,这是一场军事作战部署会议,一场战前行动动员会,但他们要打的那场仗,爆发在二十年后。

"这个任务交给计算机组。"赵博文说。

"只要有足够的数据,我们可以做模型分析,这边预留了足够的算力。"计算机组说,"目前国内能调用的超算都在我们手里。"

计算机组也财大气粗,调用超算一点不含糊。

"第三步,要获取第一、第二基地内的数据,这是我们的前期目标,应对大眼珠要做多种预案,如果咱们运气好,它暂时不影响BG4MSR的行动,那短期内也没有必要冒险主动出击,先拿到数据再说。"赵博文接着说,"但如果它有较大概率影响我们的计划,那就先把它除掉,以绝后患。"

"怎么除掉大眼珠,赵老师你有打算吗?"有人问。

"我们认为以BG4MSR现有的能力,很难对抗大眼珠,这很危险。"

"对于大眼珠我们知之甚少,它毕竟是个外星生物。"

"用什么武器对付它?火箭筒?单兵导弹?且不说能不能送过

去，就算能送过去，也没法使用。”

"不行，风险系数太高，我们不能冒这个险。"

与会的众人你一言我一语地争论起来。

"不——"赵博文拉长声调，双手虚压，示意众人安静。"不使用常规武器，常规武器已经证明是废物了，我们要做就做绝，斩草除根，一步到位，不留后患……有一种武器是实践证明确实有效的。"

所有人都知道他在说什么，但目光中仍然流露出惊异。

在这个承平已久的年代，赵博文这话听上去像是个玩笑，是在纸上谈兵，是在胡思乱想，它可以出现在小说里，可以出现在剧本里，可以出现在吹牛皮里——它唯独不会出现在现实生活中，怎么会有人坐在小区居民楼里认真谈论这种议题呢？可所有人都知道这不是开玩笑，这真的是一个可行的方案，一个值得严肃考虑的手段，甚至是他们唯一的选择。

邱小姐。

她是一个代号，代表人类历史上最强大的武器。

核武器。

"你打算怎么把核弹送过去？"白震问，"埋在地下过二十年？"

"这不可能，我要是敢在南京市区地下埋颗核弹，那南京几百万市民要生撕了我，再生撕了你们。"赵博文摆摆手，"唯一可行的方案还是送它上天……"

他说到这里，顿了一下，自己也感叹一句"太他妈疯狂了"。

如果赵博文真要送一颗核弹上天，粗略算算他违反的国际公约加起来有一户口本，他把人类缔结的《外太空公约》《太空非军事化公约》《核不扩散条约》《全面禁止核试验条约》踩在脚底下狠狠践踏，这是极端冒险的举动，除了朝鲜，人类世界已经有二十年没有真正爆炸过一颗核弹了。

"老赵你可千万慎重，当年古巴导弹危机玩得都没这么大，你可别搞出第三次世界大战来了。"王宁有点犯怵，他觉得这活计不是自己可以掺和的，"到时候黑月还没降临，人类自己先把自己玩死了。"

古巴导弹危机时苏联人也只是把核弹运到南美，运进美国人的后院，就让全球局势剑拔弩张，冷战进入高峰，现在赵博文要把一颗核弹打上天，悬在所有人头顶上，这把达摩克利斯之剑比苏联人可狠多了，它要是掉下来怎么办？掉到哪儿都是重大国际事故。

类似的事历史上不是没发生过，1978年，苏联人的宇宙954海洋监测卫星坠毁在加拿大境内，这是一颗携带有铀-235核反应堆的卫星，它的坠毁造成了大面积的核辐射沾染，并引起激烈的国际争端。

王宁退缩了，他不过就是个混吃混喝等退休的科长，怎么就和核武器这样危险的玩意牵扯上了？

"老赵，我现在退出还来得及吗？"王宁问。

"来不及了。"赵博文说，"等死吧。"

"这……这方案上面能通过吗？"白震问，"我们是承诺不首先使用核武器的，你可别打外交部的脸。"

"那是对人类的承诺。"赵博文回答，"对付外星人不适用。"

王宁、白震这样典型的小市民，是相当的胆小怕事，且叶公好龙，虽然白震天天叨叨指挥部没有大手笔，除了名字长点一无是处，可当大家伙真出现了，白震又畏缩了，他们意识到大家伙也意味着大责任，这巨大的责任只看着就叫人窒息，他奶奶的，肩负着几百万人的性命，肩负着大国之间的关系，肩负着全人类的未来和命运，当这万钧之重落在肩上时，谁是钢铁谁是烂泥一眼可辨。

他白震绝对不是这样的钢铁，王宁也不是，当然他们也不愿意承认自己是烂泥，最多是铝合金吧。

核弹这样可怕的东西，在谁手里都可以，就是别在自己手上。

赵博文表示此方案已经通过审批，该签的字已经签了，就在他们说话的档口，一颗核弹正从核武库内调拨出来。

白震和王宁对视一眼，他们都知道全国只有一个人有权签字。

"我现在才深刻地体会到……这是要打仗啊。"白震垂着双手坐在沙发上，低声说，"山雨欲来风满楼。"

"这场仗早就打响了。"赵博文转过身来，面对摄像机，用力挥舞双手，"同志们，冲锋的号角已经吹响，时不我待，所有人都行动起来！GO! GO! GO!"

5

半夏坐在单元楼门口的台阶上，捏着一根细长的枯黄竹竿，一头在手里一头搭在脚边，悠然地哼着歌儿，眯起一只眼睛，在看竹竿是不是足够笔直。

接下来她把一条一米长的白色塑料带子系在竹竿末端，一边忙着手上的活计，一边抬眼望望对面草坪上插着的细竹竿，微风拂过，竹竿上系的彩带随风而起，女孩盯着它看了一会儿，又埋头下去重新忙着自己的工作。

把带子绑好，她带着竹竿上楼，爬到阁楼上将它竖立起来。

这样的竿子已经竖了五六根，她手里带着小本本和铅笔，每天查四次，今天她在小本子上记下：

12 月 10 日。

上午 8:32，东南风，二级风。

中午 12:02，东北风，三级风。

下午 4:33，偏北风，三级风。

晚上 10:01，偏西风，三级风。

每天早上、中午、下午及晚上要查一次，一天查四次，这是半夏的新工作，在调试 PSK 数据传输链路的间隙，她就干这个，像是个气象调查员。

风力不好测，只能估算，BG4MXH 说风力估算有口诀，跟顺口溜似的，零级烟柱直冲天，一级青烟随风偏，二级清风吹脸面，三级叶动红旗展，四级枝摇飞纸片——你就像奥本海默一样抓起一把纸片，往天上一抛，它们如果被风吹飞了起来，那就是五十万吨当量……啊呸，四级风准没错了！

"BG，统计这个有什么作用？"

"我也不清楚，反正是他们的要求。"白杨回答，"赵叔他们最近几天神神秘秘的，或许是有什么大计划呢？大小姐，你那边的摄像头恢复正常了么？OVER。"

"新换的这个对不准焦，我又换了一个。"

昨天半夏在折腾摄像头时不小心失手把它摔坏了，只能换一个新的。

"程序运行有问题吗？OVER。"

"还有BUG，不过总算是能全部安装上了。"半夏长吁了一口气，"好难啊，为什么要见你们一面这么困难呢。"

她算是见识到了调试PSK的难度，比AFSK可难太多了，半夏最困难的时候陷于漫漫代码的屎山里茫然无措，不知道自己是谁，不知道自己在哪儿，不知道自己要干什么，那时候她只想暴起砸掉主板和显示器，然后一把火将一切都烧掉。

可冷静下来她又只能面对这些叫人困惑的代码，在对面专家的协助下一点点地从头排查BUG，每次都是一场筋疲力尽的漫漫长征。作为世上技术最高明的程序员，她百分之九十九的时间都在排查BUG。

"技术上的问题是最难解决的，它就像数学卷子一样，不会就是不会，绞尽脑汁使出吃奶的力气也不会，如果此刻有人给我一张高考数学卷子，跟我说考到满分世界就能得救，那我也只能干瞪眼。"白杨也叹气，"努努力就能办到的事就不叫困难的事儿，真正困难的事，连开始都不可能，OVER。"

"BG，那枚火箭什么时候发射？"

"应该是这个月18号，在法属圭亚那航天中心，OVER。"

"那是在哪儿？"

"在南美洲呢，大小姐，你知道南美洲在哪儿么？"白杨说，"在地球另一边，现在卫星正在装机，空运到圭亚那航天中心做最后的总装，OVER。"

女孩在黑暗里沉默半晌，大概在试图理解地球另一边是多遥远的距离。

"是什么样的卫星？"

"一台超级相机，它会飞到你的头顶上拍照，找到大眼珠的位置，然后传输到我们这边，我们再制定应对策略。"白杨回答，"它是一个侦察兵，所有的军事行动在展开之前都需要派出侦察兵侦察敌情，OVER。"

"真的吗？"女孩吃了一惊，旋即又有点兴奋，"那它能拍到我吗？"

白杨一窒。

"这……大概是不能的，因为你太小了，它看不见你，OVER。"

即使卫星携带的合成孔径雷达成像分辨率能达到一米以内的精度，但要在垂直角度上捕捉一个人类女孩还是太困难了，况且它的任务也不是给半夏拍照，而大眼珠加上长腿有七八米的大小，在合成孔径雷达的视野之下就无处遁形。

"哦。"半夏有点失望。

"那东西成像质量很差的，而且还是黑白图像。"白杨安慰她，

"你不会希望用那东西给你拍照的，大小姐，它比不上你手里的摄像头，OVER。"

"那它什么时候能过来呢？"

"以我为时间坐标系，它会在二十年后返回地球轨道，以你为时间坐标系，它会在八天之后返回地球轨道。"白杨回答，"如果它没在半路上出幺蛾子的话，OVER。"

如今指挥部几乎形成了路径依赖，送什么都往天上打，在赵博文他们看来，送上太空是运送时光慢递的最佳方式，远离地球，茫茫太空，没有干扰，只有一点点小缺点——比如说准备周期太长，运送成本太高，发射时有可能失败，回收时有可能失败，在太空待二十年有可能损坏——嗯……这么来看送上太空也不是什么好主意。

"那么在我的时间坐标系上，它已经在太空上了对吧？"半夏抬起头，望着漆黑的天花板。

想想真的很奇妙，时间就是如此奇妙的东西，那一头还未发射的卫星，在自己看来已经在太空中旅行了二十年。

"不一定哦，也有可能什么都没有，大小姐。"白杨说，"或许八天之后发射失败，那你那边八天之后就不会收到任何东西，你记得时光慢递第一定律吗？只有我们这边已经确定的事实，你才有可能接收到，它如果尚未在我们这边形成事实，那也不会在你那边形成事实，OVER。"

"如果我们非要它形成事实呢？"半夏问，"比如说你们把卫星的返回时间设定成明天，我明天接收到卫星的信号，传输给你们，可你们还未发射那颗卫星……"

"就我送时间胶囊的个人经验来看，最终的结果是失败，这个事实形成不了，宇宙不允许它形成，你根本不会收到卫星的信号。"白杨沉吟片刻，"然后我们得知卫星返回失败，临时取消发射计划，择机再重新发射，并导致你在明天收不到那颗卫星的信号，OVER。"

"那有什么是我需要做的吗？"半夏问。

"有。"白杨说，"卫星没法和电台直接联通，你需要协助接收卫星信号，OVER。"

"怎么协助？"

"打它！"白杨说，"打卫星！"

6

打卫星的关键是什么？

是追踪。

低轨卫星入境快出境也快，一两个小时就绕地球一圈，嗖的一下就从头顶上掠过去了，老赵他们送往未来的低轨侦察卫星高度只有三百公里，一个小时就绕地球一圈，如此高的运行速度会让半夏面临同样的难题——这小东西跑太快难以追踪，难追踪就难瞄准，没法用天线对准它，那就很难接收数据。

"一般你们打卫星，是怎么追踪卫星轨道的？"白杨问。

"用软件啊，比如说SatOrbit，Heavens-Above，现成免费不要钱，能查到所有公开卫星的轨道参数，它什么时候出现什么时候过顶，哪个角度哪个方位都清清楚楚。"王宁搬着一只小板凳坐在客厅里，手里正用老虎钳扳直衣架子。"专业一点的还有STK，类似的软件满大街都是，让全世界的卫星对你不再有隐私。"

很显然BG4MSR那个时代不可能再有这些软件了，人类完全灭绝，没有互联网，没有服务器，也没有人再维护和更新。

"她那边的卫星轨道肯定没法让她自己去找，她怎么找？我们这边告诉她就是了。"白震也搬着一只小板凳坐在客厅里，手里握着老虎钳在剪衣架子，"如果运气好，卫星重新入轨不出偏差，那我们这边一报参数，她很快就能对准。"

"其实最好的方案是带一颗中继星过去，把中继星投放在三万六千公里高度的同步轨道上。"赵博文同样搬着一只小板凳坐在客厅里，手里也握着老虎钳，将一只衣架子剪开拉直，"这样中继星会一直悬在那姑娘的头顶上，侦察星把数据传给中继星，中继星再把数据传回地面，就不必花力气追踪了，否则成天举个八木天线站楼顶上跟着卫星转，那脊椎病都要搞出来。"

"那你倒是让他们带颗中继星去啊。"白震咔的一下剪断了手里的衣架子。

"我早他妈就提了，被航天组给骂回来了。"赵博文撇撇嘴，"他们跟我说，你还是人吗？"

"结果呢？中继星带是没带啊？"王宁也咔的一下剪断了手里的衣架子。

"带了，不过他们警告我这会大幅度提升轨道设计的难度，同时大幅度提升卫星重新入轨的失败概率。"赵博文回答，"我说那也没办法，你们能想象一个小姑娘整天站在楼顶上举着八木天线转圈

118

圈吗？她别的事都不用干了？"

三个老男人围坐在一起絮絮叨叨，手里的活倒是不停，就像是村头妇女坐在一起闲聊八卦打毛衣，多少闲言碎语就是这么传出来的，只不过白震、王宁、赵博文三个人手里的不是织针和毛线，而是老虎钳与衣架子，咔咔声此起彼伏。

白杨下午放学一回家就看到他们坐在一起虐待衣架子，把衣架子五马分尸，现场惨不忍睹，不知道是有什么深仇大恨。

这是在干吗呢？

这是在制作八木天线。

八木天线毫无疑问是HAM群体里最常用的天线类型，相对于普通的棒杆天线、偶极天线，八木天线的优势在于高增益和高定向，信号在一个方向上极化。通俗地讲，其他天线是大灯泡，光线四散，八木天线是手电筒，光只朝一个方向射。

由于八木天线信号极化的特性，它也是HAM们经常用来打卫星的天线，由于普通业余电台功率很低，而卫星功率更低，电台与卫星联系就像是哑巴跟聋子说话，这两人之间还远隔千里——通常情况下他们是不可能听到彼此的，除非哑巴掌握武林绝学逼音成线。

这个逼音成线就是八木天线。

白震放下手里的晾衣架，从地板上捡起一条细长的木板，不知道是从哪个家具厂里捡来的边角料，大概有一米多长。

"那颗中继星上行下行频率多少？"

"上行144MHz，下行430MHz。"赵博文回答。

"U段传输速度有点慢，你搞个X波段也好哦。"王宁说。

"搞X波段接收就复杂了，侦察星和中继星之间是X波段联系，中继星能把数据储存起来慢慢传回地球，这个不用着急。"赵博文从茶几上拿起卷尺，"反射器做多长？"

"上行两米波，反射器长度一米，二分之一波长。"

白震接过卷尺，在拉得笔直的晾衣架上量出一米的长度："不行，这晾衣架不够大，量不到一米，有没有更大的晾衣架？"

老妈从厨房里出来："家里的晾衣架已经全部被你们给糟蹋干净了。"

"我让小朱去买个大号的。"王宁说着就拨通了电话。

这天晚上小朱跑遍了秦淮区的超市。

晾衣架拉直了就是金属丝，白震剪下一段一米长的金属丝，当作八木天线的反射器——八木天线的构造是如此简单，用木条和晾衣架就能制作出来，这也是白震等人之所以选择八木的原因，它可以随地取材，做法简单。

木条做中轴，五根拉直的晾衣架依次垂直安插在木条上，看上去像鱼骨头，但这就是一架简单的五元件八木天线。最靠后，同时也是最长的晾衣架叫作反射器，它负责聚拢信号，就像是手电筒里的水银碗。倒数第二根晾衣架叫作振子，振子是所有天线的核心，它是信号源，电流在振子上疯狂蹦迪产生电磁波。剩下的三根晾衣架叫作引向器，它们引导电波的辐射方向，让它朝天线指向的方向辐射，以达到指哪打哪的目的。

"你们做完之后就教她做吗？"白杨坐在一旁看三人做手工，手搓八木天线是老HAM的基本功，赵博文是忘得差不多了，老爹和老王手艺尚未生疏。

"等我们确认这东西能行，就让她在那边照葫芦画瓢复制一个一模一样的。"老爹回答，"凑合着上吧。"

"这个简单，一学就会。"赵博文说，"有了八木天线，她就能接收到卫星传下来的信号，再传给我们，计划通啊计划通。"

"振子要多长？"

"九十六厘米，或者九十七厘米，你看着剪吧。"

"剩下三根一样长。"

"都八十八厘米。"

"注意间距啊，我们要增益高一点的，还是频带特性好一点的？"

"都试一试呗，做好之后拿去打打看AO-91，试试效果如何……还有，注意调整一下阻抗。"

"闭眼五十欧。"

"SWR仪你们谁带了？"

"没事，我让小朱带一个过来！"

三人组最后制作完成了一架UV双段八木，他们把这东西扛起来指东指西时像是扛着机关枪——半夏也这么认为，两天后她做好那架八木时，觉得这东西挥舞起来简直就像马中吕布用的那柄方天画戟。

7

"……是马中赤兔，大小姐，OVER。"

"好，简直就像是马中赤兔用的把柄方天画戟！"

半夏把手里的八木天线高高地举起来，这东西由一根细木条和十只晾衣架构成，算不上有多沉，但长时间举在手里未免腰酸背痛，王科长表示要用它长期准确且快速地追踪卫星，那靠人手动是不现实的，起码得配一台赤道仪——当然让半夏手搓赤道仪也是不现实的，唯一合理的方法是把中继星挂在南京市三万六千公里高的头顶上。

"这架天线怎么用？"

"把它绑在手台上，大小姐。"白杨解释，"卫星在UV波段上工作，它的下行频率是430MHz，725是接收不到这个频率电波的，所以你必须用手台接收，OVER。"

"就靠这只对讲机？"

半夏有些诧异地摆弄手里的宝峰UV9R手台，这么小小的一个玩意，能通上远在千里之外的卫星？

"不要小看你手里的对讲机，大小姐。"白杨说，"只要掌握方法和技巧，把它当卫星电话完全没问题，OVER。"

"它好厉害。"半夏惊叹。

"它也仅仅只是整个计划中的一个环节，不是它厉害，是整个计划很厉害，缺少谁都是不可以的。"白杨说，"到时候你头顶上会有两颗卫星，一颗是眼睛，一颗是耳朵，侦察星负责拍照，它每隔一个小时绕地球一圈，也就每隔一个小时从你头顶上掠过一次，中继星待在三万六千公里高的同步轨道……哎？怎么了赵叔？"

"怎么了？"

"赵叔刚回来，他今天下午在省委开会，让我给他帮忙找双拖鞋。"白杨回答，"我妈给他找了一双，我们继续说，中继星在同步轨道上，它和你的相对位置是固定的，也就是说会一直悬在你的头顶上，给你传输数据的是这颗卫星，OVER。"

从航天组给出的方案来看，中继星的结构相当简单，它只有两个功能，储存和转发，体积不大，高三十厘米，长宽各二十厘米，是个十几千克重的立方星，航天组说这东西是从国内某个商业卫星项目中临时征用的，所有功能都是现成，头一天给出的需求，第二天就在五院自家的518所找着了。

——当然这颗立方星不是拿出来就能用，它要在三万六千公里高的同步轨道上联系BG4MSR的八木天线，这是一个相当艰巨的任务，要做到这一点非常困难，因为轨道实在是太高。

三万六千公里——三万六千公里是什么概念？

地球赤道周长是四万公里，三万六千公里相当于绕地球赤道跑了百分之九十的路程，相当于从南极跑到北极，再从北极跑到南极，这么长的距离，一头是一颗十几千克重的小卫星，另一头是用木板和晾衣架拼起来的天线。

这俩还要说上话。

通常情况下，八木天线这小身板打打低轨就是极限，五院负责这个项目的同志们辗转反侧，挠破头皮，最后决定在中继星上也加一架八木天线，平时折叠着，上天就展开，两架八木天线隔着三万六千公里虚空击剑，才能把数据给传下来。

518所是侦查星的联合承制单位之一，他们搞地外探测器有经验，于是这个项目由五院和长光所分别牵头各负责一个模块，卫星和雷达由长光所研制，动力和轨道设计由五院负责，一个保证卫星能看到大眼珠，另一个保证卫星离家二十年还能正常入轨。

这颗卫星被他们称为"郑伦号"。

和它一起上天的中继星被称为"陈奇号"。

而发射它们的联盟火箭名叫"哼哈二将"。

这枚火箭于2019年12月18日发射。

同日，半夏完成了她的PSK图像数据传输系统。

历史中的2019年12月18日在绝大多数人眼中或许平平无奇，在这一天的法属圭亚那航天中心，一枚俄制联盟–STB运载火箭发射升空，它搭载着意大利CSG1地球观测卫星和欧空局的CHEOPS太空望远镜。联盟–STB只是一枚普通的商业运载火箭，这次发射也是全年数百次火箭发射中不起眼的一次。

但在另一些人记述的历史中，2019年12月18日，一枚外号"哼哈二将"的联盟–STB运载火箭在法属圭亚那航天中心发射升空，它搭载着两颗绝密的有效载荷，身负绝密的重要任务，奔赴二十年后的遥远未来。

东方红行动的摊子已经完全铺开，如果说它是一场军事行动，那么在"二战"后再无如此复杂的军事行动，七十五年前的1944年6月6日，霸王行动在欧洲沿岸的清晨薄雾中展开，十七万盟军先头部队登陆诺曼底，拉开了彻底逆转"二战"西线局势的序幕，这是人类历史上最大的登陆战役，而七十五年后2019年12月18日，东方红行动在无人知晓的历史舞台下正式启动，一枚联盟–STB运载火箭携带两颗卫星，将于二十年后抵达地球轨道，进行一次跨时空战略侦察，这是人类历史上最复杂的超时空轨道登陆战役。

不得不说赵博文是有远见的，他很早就叮嘱白杨要教BG4MSR学会建立数据传输系统，后续的几乎所有工作都将基于此展开。

以icom725业余无线电台、赛扬3150工控主板、飞利浦CRT显示器三大件为核心的图像传输系统可以让半夏看到二十年前的世界，也可以让白杨看到二十年后的女孩，而以GR3188模拟中继台为核心的远程控制系统则是打卫星的必要条件，725短波电台无法在UV波段上工作，要想通联卫星只能依靠半夏手里的手台。

如今已万事俱备，白杨按照承诺去给半夏拍照片，他在这天下午请假没去学校。

"先去哪儿？"白杨说，"玄武湖？紫金山？还是新街口？"

"夫子庙！先去夫子庙！"连翘建议，"还有秦淮河，说实话我到南京这么久，还没去过夫子庙呢。"

"都是坑外地人的人造景点。"白杨说，"商铺一条街，有什么好看的，本地人从来不去，不如去长江大桥。"

"我不是本地人！"

"那抛硬币决定，正面先去夫子庙，背面先去紫金山。"白杨从口袋里掏出莫尔斯码练习币，大拇指嘣地往上一弹，硬币翻转着升空，还没等它落下来，就被眼疾手快的连翘给抓住了。

"你干吗？"

"这是什么？"连翘很好奇，捏着练习币举高，"游戏币？"

"莫尔斯码练习币，你看它上面刻的是二十六个英文字母的莫尔斯电码表达方式，如果你想背莫尔斯码，可以上淘宝买一个，二十块钱。"白杨从她手里抢回硬币，再次往天花板上一抛——

硬币翻转着上升到最高点，动能转换为势能，到最高点时它趋于静止，但这样的状态随即就被打破，硬币再翻转着下落，速度越来越快，越来越快，最后啪的一声，被一双小小的手给拍住。

半夏慢慢地打开手，硬币安静地躺在手心里，是正面。

"好，是正面，说明接下来的工作会一切顺利！"

只念咒作法已经不够了，近日来的工作明显出现抗咒性现象，为了增强念力效用，半夏开始在工作之前掷硬币，如果硬币投出去落地是正面，那就代表接下来的工作会一切顺利；如果硬币投出去是反面，那就代表再投一次。

她把硬币穿上红绳，重新戴在脖子上，爬上楼顶。然后她把一只小小的指南针放在脚下，待指针方向稳定，用一块石头在坚硬的水泥上画出一个十字，分别指向东南西北四个方向，活像个风水先生在看风水。接下来就是后天八卦天干地支了，跟白杨他们几个古人混了这么久，半夏一点唯物主义思想没学会，倒是混成了一个神棍，坚信万物有灵，电脑主板内寄居着机神，开机前必念咒祷告，看风水这种事她干得出来。

确认了方位，半夏伏在楼顶上，手里拿着尺子和量角器，从正北开始测量角度，顺时针数到196.3度——也就是正南偏西16.3度。

这是中继卫星的方位角。

方位角确定，半夏在十字的中心竖起一根木棍，用细线吊着一个摆锤，她开始测量仰角，量到52.0度，定住。

这是中继卫星的高度角。

方位角和高度角确定，半夏那柄方天画戟似的八木天线才知道往哪个方向指，南京市毕竟不是在赤道上，中继星的星下点不会正好落在半夏的头上。

如果不出意外，"哼哼星"和"哈哈星"（半夏这么称呼它们）在今天下午6点就要入轨，此刻它们正从遥远的太空中归来，在太阳系内游荡漫漫二十年，今天下午它们就要重新进入地球轨道，在同步轨道上两颗卫星将进行一次大动作变轨，同时两颗卫星将分道扬镳，中继星留在距离赤道35 786.03公里高的GEO（对地静止轨道）上，而侦察星将继续深入直捣黄龙，抵达近地轨道。轨道设计极其复杂，为了让两颗卫星能成功入轨，工程师们薅秃了脑袋，他们制定了极其精细的定位系统，以东经118.798度、北纬32.011度的南京市秦淮区梅花山庄为核心，力求把位置误差缩小到一米以内。

用某位总工程师的话说，也不是他们想搞这么精细，而是二十年跨度实在太大，再牛的导航系统都要偏移，他们这边错一点，二十年后就错一片，他们这边差一公里，二十年后就要差到十万八千里——卫星在同步轨道上时运行速度是每秒三点零七五公里，一秒钟的误差就飞出去三千零七十五米，要是入轨时间早个八小时晚个八小时，那中继星就要挂到非洲或者美洲头顶上去了。

半夏低头看着自己画下的方位和数字，还别说，真挺像某种神棍仪式。

从某种角度上来说，这和风水其实也没啥区别，如果半夏无法理解中继卫星和无线电通信的原理，那么对她来说这就是某种神秘仪轨——只要方位和仰角对了，法器就能沟通上冥冥之中的神明，接收到上天降下的神谕，无法理解的科技与魔法向来无异。

她又抬起头，仰望阴沉的天空。

她似乎能看到它们的归来。

他似乎能看到它们的离去。

"看什么呢？"连翘问。

"看卫星。"白杨说。

"看卫星？"连翘跟着一起抬头，努力远眺，"哪有什么卫星？"

"已经飞出大气层了，它在地球另一边发射，我们这里看不到呢。"白杨收回目光，"就我们说话这会儿，它正在脱离地球轨道，奔赴谁也不知道会变成什么样的未来。"

"看不到那你还看。"

"但是我知道它在那儿。"白杨说，"只要你知道它在那儿，只要你的方向对了，你就一定能看到它。"

"可是我没有看到啊。"连翘眨眨眼睛。

"你不知道自己看到了，翘姐，你想想，如果现在世界一片漆黑，宇宙也一片漆黑，只有那颗卫星在发光，你是不是很容易就能发现它？你之所以看不到它，只是因为周围太亮，进入你眼睛的光线太多，而那那颗卫星太小太远，反射的光芒太微弱，即使进入了你的眼睛，也会被大脑忽略掉。"白杨说，"你其实已经看到了它，只是你不知道。"

连翘想了想，好像是这个道理。

"你这么一说，我觉得还挺伤感的。"她说。

"为什么？"

"所有人都能看到它，但是所有人却都忽略了它。"连翘说，"它一个人去那么远的地方，是我们抛弃了它，还是它抛弃了我们呢？"

两人靠在秦淮河边的石栏上，傍晚的风吹动了连翘的头发。

他们今天下午跑了很远的路，本来说是为了拍照，但最后白杨觉得自己其实是在陪连翘逛街，这姐姐精力旺盛得不可思议，体力也好得不可思议，新街口、夫子庙、科举博物馆逛一大圈，全程步行，健步如飞，她还看到了心心念念的秦淮河——当然连翘看到秦淮河之后第一句话是："就这？"

第二句话是："水怎么还绿的？"

给"天下文枢"那座大牌坊拍了个全身照之后（连翘念成了"天下文柜"，白杨说你文凭买来的吧），连翘就拉着白杨去河里坐船。

白杨不情不愿地去了，他觉得自己作为一个本地人不该当这个冤大头，但翘姐是第一次来南京，他只好舍命陪君子。

白杨说到秦淮河坐船应该晚上来，晚上有灯光，风景更好看。

坐在船上，连翘说考考你的眼力，你有没有发现我们排队时往前数第五个，往后数第五个，都是便衣。

白杨问我身边究竟有多少个便衣。

连翘耸耸肩，她说收手吧阿杨，船上全是便衣。

白杨知道自己受到了强大的保护和监控，但他现在很担心，不知道这监控究竟严密到了什么程度——当夜深人静自己在做一些不适合公之于众的手艺活时，不会在某个办公室里全程直播吧？

"你现在可是万千性命系于一身，理解一下我们的工作。"连翘拍拍他的肩膀，"这事毕竟非同小可，出了岔子谁都担不起责呀。"

"那这不得给我配一个营的红旗9防空导弹？出门99A主战坦克开道，15式坦克殿后，一个武直10的陆航团随时待命，小区旁边驻扎一个旅的野战部队，旅长点名要满广志大校。"白杨撑着脑袋，"还有，把全世界一半国家的领导人都给叫来，统统住在梅花山庄，一切以指挥部的事务优先处理，要不然这像话吗？人们能答应吗？"

船靠岸了，两人沿着马路往回走，准备去坐地铁。

现在的时间是下午5点40分，今晚7点将是东方红行动正式启动的时刻，届时侦察星和中继星都将入轨工作，BG4MSR将通过725电台将数据传送到自己手上，那么大的一个局，总算到了要收网的时候，是成是败，在此一举。

一场决定人类命运的战役即将打响，可以想象赵叔、老爹他们现在已经紧张得坐不住了。白杨庆幸自己今天下午不在家，要不然指挥部那气氛能待人？还是外面好，无论是新街口、夫子庙，还是秦淮河，一切都照常运转，按部就班，永远都游人如织，平安喜乐。

连翘在前头走得慢悠悠，她在慢悠悠地哼歌：

> 任时光匆匆流去我只在乎你
>
> 心甘情愿感染你的气息
>
> 人生几何能够得到知己
>
> 失去生命的力量也不可惜
>
> ……
>
> 如果有那么一天
>
> 你说即将要离去
>
> 我会迷失我自己
>
> 走入无边人海里

白杨仔细地听，他记不起歌名，但知道这是邓丽君的歌，旋律非常好听。

8

东方红行动领导小组今天全员到齐，从开始制定计划到今天，这是第一次全员到齐，各位副组长离开自己的岗位齐聚指挥部，是为了见证历史。从下午4点开始就有人不断上门，白杨是一个都不认识，但他们都不约而同地来和白杨握手。

赵博文和王宁给他做介绍，白杨晕晕乎乎的只记住了一堆头衔，听上去来头都挺大，赵博文介绍说这是某教授，这是某局长，这是某所长，王宁介绍说这是副处级，这是副厅级，这是正厅级。

某位所长跟白杨说咱们虽然是头一次见，但早已共事许久，白杨诚惶诚恐，心想自己怎么莫名其妙就和厅长成同事了？

白震掐着表在等。

他在计时，为现在计时，也为二十年后计时，今天晚上7点，行动将正式开始。

茶几和餐桌上摆满了笔记本电脑，电缆从房间里拖出来，地板上都是凌乱的电线，走路时需要注意着点，各种奇怪的外设闪着红色或绿色的光，白色幕布支在墙边，投影仪开着，指挥部总算有点联合作战指挥中心的模样了，唯一的美中不足是缺点灯光效果，白震说应该加点蓝色冷光，那样看上去就像是阿利伯克级驱逐舰的CIC（作战情报中心）。

"大小姐，一切准备就绪了吗？"白杨握着手咪，"OVER。"

"准备就绪。"

半夏也握着手咪，到今天为止，她已经完成了所有的准备工作，宝峰UV9R手台绑在八木天线上支在楼顶，赛扬3150工控主板接着摄像头、显示器和键盘挂在墙上，这是两套外设系统，可以通过icom725的手咪插口进行切换——当半夏把icom725接上手台的音频输出口时，接通的就是卫星数据传输系统，而当半夏把icom725接上工控主板时，接通的就是图像数据传输系统。

因为icom725的手咪插口只有一个，所以两套外设不能同时接通，只能切换使用。

今天晚上两套系统都要进行测试，第一要测试侦察星和中继星是否成功入轨和正常工作，第二要测试图像传输链路是否能进行图片或者视频传输。如果"哼哈二将"成功入轨，那么白杨等人就能拿到第一张二十年后南京的遥测图像。如果图像传输链路成功搭建，那么白杨就能真正看到BG4MSR，而后者也能真正看到白杨。

半夏手里也握着怀表，现在的时间是晚上6点45分。

"BG，你准备了多少照片？"

"照了上百张，今天下午可累死我啦，腿都跑断，今天的微信朋友圈步数我铁定是第一，在这上百张里我们又精挑细选了二十张照片，待会儿都传给你看。"白杨说，"反正数据链路已经搭建起来了，你想看什么直接说就好，我们去给你拍，OVER。"

"那有没有你们的照片？"女孩问，"你的，还有赵叔、老爹、王叔他们的，以及所有人的。"

白杨愣了一下。

"这个简单，我们现在就去照……"他放下手咪，"赵叔！她说她要一张我们所有人的合影！"

赵博文正在调整投影仪，检查路由器，听到白杨的声音，停下手里的工作，高举双手拍了拍巴掌："同志们，伙计们，都暂时放一放手里的活儿，咱们一起合张影！"

连翘掏出手机："我来给你们拍！"

所有人挤在一起，背靠着幕布和巨幅南京市地图，白杨站中间，左边是老爹，右边是老王和老赵，以及东方红领导小组的其他成员，一共八九个人，连翘负责拍照，她举起手机，后退几步，将人们与四周凌乱的文件、电脑和桌椅沙发都囊括进镜头里——

"预备，笑一笑，喊茄子！"

随着一声清脆的快门声，时光定格，此处留下了整个故事里唯一的一张合影。

当天晚上7点。

半夏深吸一口气，取下脖子上的硬币，又抛了一遍，是正面。

"BG4MXH，BG4MXH，现在开始切断语音通话。"

"BG4MSR，这里是BG4MXH，确认切断语音通话，OVER。"

半夏摘下耳机，把icom725的手咪拔下来，空出手咪的插口，从现在开始她无法再与对面通话，取而代之的是手台的音频输出线，她把音频输出线小心翼翼地插在手咪插口里，这条黑色的电缆一头连着725电台，一头接着屋顶上的手台。

手台绑在八木天线上，用于接收中继星发回的信号。

第一次测试的规划如下：

侦察星低轨运行，从南京市上空经过时开启合成孔径雷达，对秦淮区至玄武区一带进行遥测扫描，扫描方式是条带成像，这颗SAR遥测卫星携带有一块一米宽、十米长的折叠雷达天线，扫描范围是一个宽五公里、长二十公里的巨大矩形。

条带扫描完成后它会改成聚束成像模式，对这块一百平方公里面积的巨大条带中某个特定区域进行局部放大，用更高的分辨率拍下照片，而这张照片，将是从末日发回现代的第一张图片。

中继星承担了数据桥梁的作用，侦察星会将所有数据全部发回中继星，由中继星进行储存和信号调制。中继星再将调制完成的信号发回地面，由半夏屋顶的八木天线接收。八木天线接收后传给

725业余电台，725电台将数据传回现代。

传回2019年的信号会被多方备份储存，同时解码——如果解码成功，得到的是一张清晰可辨的照片，那么测试成功。

而用于测试的照片会拍什么呢？

所有人都心照不宣、不约而同地选择了秦淮区苜蓿园大街66号。

梅花山庄。

从二十年后传回来的第一张图片、用于测试整个系统的图片，就是末日时期的梅花山庄超高空俯瞰图。

白震手心冒汗了。

赵博文也冒汗了。

在场所有的人都在紧张，仿佛是在等待火星登陆器着陆的消息，登陆器在着陆之前处于失联状态，它要在无人看护的状态下挺过死亡五分钟，那时候的运控大厅和现在的指挥部一模一样，没人知道能不能成功，甚至可以说成功的机会其实非常渺茫，这么多环节有一个环节出错就是满盘皆输。竹篮打水一场空，那么多人力物力浪费了不说，还消耗了最宝贵的时间。

指挥部里鸦雀无声，一片死寂。

"有没有卫星信号？"王宁低声问。

赵博文坐在沙发上，戴着耳机，盯着电脑屏幕，其实有没有卫星信号很好判断，就是听有没有噪音，中继星把图像数据调制成音频传输过来，在人耳听来就是滋滋啦啦的噪音。

"有没有卫星信号？"王宁又问了一句。

"有！"白震忽然说，他紧紧地捂着耳机，"有声音！"

在场众人一惊。

"那成了？"王宁惊喜。

"别高兴得太早，有是有……不过很微弱，可能是天线方向没有对准，你看这信号，跟快挂了似的。"赵博文眉头紧锁，指着示波器上跳动的折线，"杨杨！我们约定的下一次语音通联是什么时候？"

"十分钟后！"

"下一次语音通联的时候，让她略微调整一下天线指向！微调就行！"

第二次语音通联，白杨指导半夏对八木天线的指向进行了微调，但是谁也不知道该往哪个方向调才是正确的，所以半夏只能凭着直觉左偏一下，右偏一下。

调整完后，信号彻底没了，白杨知道她转错方向了。

指挥部只好坐着干等十分钟，第三次语音通联时让她换个方向。

这种行为和敲电视没有区别，电视坏了就猛敲，左边敲不好就敲右边，总有一边能敲好，半夏这次调整奏效了。

"有了！"

"有有有有……有图了！"

"有图了！"

电脑屏幕上图像正在缓慢地刷出来，这是测试图片，也是侦察星入轨后拍下的第一张照片，如果它能完整地刷出来，就证明"哼哈二将"可以正常运行，那么东方红行动第一阶段就能宣告成功，赵博文的呼吸明显急促了，他弯着腰双手撑在茶几上，两只拳头握得紧紧的。

这效果很像是拨号上网时期打开电脑网页，图片一点一点地拉下来。

呈现在众人眼前的是一张黑白照片，满屏雪花噪点，图像质量相当糟糕，但人们仍然能看出卫星拍到的是什么——小小的方块是屋顶，像棋子一样均匀分布在葱茏的植被里，居民楼的布局他们都眼熟，这就是梅花山庄，半片梅花山庄小区，白杨坐在房间里，久久地凝视着屏幕上的图像，说不出话来。

所有人都知道她生活在二十年后，可这是他们第一次真正目视那个已经毁灭的世界。

"我的天呐。"

不知是谁在低低地惊叹。

"你们看。"王宁忽然一个激灵，"你们看那里!"

赵博文视线循着王宁所指方向移过去，呆了一下，玳瑁框眼镜后的两只眼睛瞪得大大的，老赵的眉头皱了很久，现在紧皱的眉头忽然舒展了。

他不知道该用什么样的表情，唯有微笑不可抑制。

指挥部里的人们都呆住了。

"她在跟我们说话。"白震喃喃。

此时此刻，在各个机构、各个部门和各级指挥部里，所有正在看这张照片的人都注意到了那一点——

那是一个小小的问候。

一个小小的"Hi"。

在照片不起眼的一个角落里，在梅花山庄的一片草坪上，这个单词被人用石头、砖块和混凝土拼起来，合成孔径雷达聚束成像模式的分辨率最高可以到一米，在分辨率一米的照片上那个词只有不到一厘米长，它的实际占地面积应该有几十平方米，所有人都知道这是谁留下的，可那女孩从未对任何人提起过。

不知什么时候，她悄悄地用砖头石块在地面上拼出一个巨大的单词。

从未有过如此一刻，能让赵博文、白震、王宁及所有人感到那个女孩还活着，她是活生生的，她会蹦会跳，会跑来跑去，她活在电台的信号里，也活在卫星的镜头下，你仿佛能听到她的声音。

她在卫星的遥测图像中，无声地对二十年前的世界奋力高喊：

Hi——！

9

第一次卫星数据传输测试宣告成功。

"哼哈二将"以无敌的狗屎运克服重重困难成功入轨，这简直是人类航天史上继尤里·加加林第一次进入太空和尼尔·阿姆斯特朗第一次登月之后的第三座里程碑——人类毁灭之后的第一次成功入轨，东方红行动领导小组的同志们兴奋地勾肩搭背下楼庆祝喝酒，都说工作期间不准喝酒，但这次破例了。

第一次测试持续了半个小时，中继星给地面电台传输了大概六十兆的数据，侦察星的合成孔径雷达扫描得到的原始图像数据是极其庞大的，全部传过来做不到，也不现实，所以在中继星这一关就要经过筛选压缩和调制，可压缩会导致大量信息丢失——数据质量与传输效率是鱼和熊掌不可兼得，没办法，卫星的信号传输速度就只有这么快，有损压缩只能捏着鼻子认了，最后的图像解码复原靠计算机组的算法。

计算机组表示他们有能力将模糊图像进行高清晰度复原，他们在训练算法时把市面上所有的骑兵片都变成了步兵片。

半夏将摄像头架起来，调整一下镜头方向，对准书桌和窗户。

卫星通信测试取得成功，撤掉卫星通信设备，接下来要紧锣密鼓地进行第二项测试，艰苦奋斗了这么久，辛辛苦苦折腾出来的PSK信号调制数据传输链路终于要派上用场了。

她终于要看到对面的人了。

双方通过业余无线电台通联了三四个月，今天晚上要进行第一次视频传输。

"BG，BG，是你先还是我先？"

"你先！"

"好，那就我先！"

当然icom725是台该死的半双工电台，像微信视频通话那样实时聊天是做不到的，数据只能单向传输，要么半夏看白杨表演，要么白杨看半夏表演。

于是双方约定，每次视频传输就五分钟，半夏五分钟，白杨五分钟，半夏再五分钟，白杨再五分钟，图像数据传输链路不能传输声音，只能传输图像，双方就用笔在纸板上写字交流。

半夏打着手电，摸黑将八木天线UV9R手台的音频传输线拔下来，换成赛扬3150工控主板的音频传输线，两套外设无缝切换。

她决定先给对方传视频，出镜先表演一个后空翻——

不过这大晚上的不敢开灯，房间里黑灯瞎火的，表演后空翻人家也看不见，半夏想了想，还是把这个念头给打消了。

另一头，白杨有点紧张。

"这是女网友要见面了。"连翘有点促狭，"她要是长得不好看怎么办？"

"去去去，辅导员同志，大敌当前，当以大局为重。"白杨义正词严的，"别说这些有的没的。"

不过他说是这么说，可真要见面了，他却是指挥部里最紧张的一个。

"紧张什么？"老爹在埋头调试软件，"你和她不是已经很熟了吗？"

"老白你不懂，之前都是打电话，现在是总算要见面了，那能一样吗？"王宁在拧三脚架上的固定螺母，"你一个土埋半截的，怎么能理解青春期小年轻的心理……"

"你他妈才土埋半截了。"

当晚8点15分。

软件调试完毕，信号接通。

白杨正襟危坐在茶几前的沙发上，他知道对方看不见自己，不过

140

仍然忍不住悄悄梳了一下头发，把衣领的扣子扣上，做好表情管理，不像是要见女网友，而是即将进行什么商务谈判。

他身后是一大帮人，老爹、王叔、赵叔、翘姐都在，从白杨肩膀后面探出脑袋来。

他们也都好奇，想知道这个独自一人生活在末日世界的姑娘长什么样。

电脑屏幕上是视频播放的窗口，还是漆黑一片。

"怎么还是黑的？"王宁问，"哪儿出问题了吗？"

"没出问题啊，信号接通了，线路都好好的……"老爹检查了一下笔记本电脑的接口，用力插紧插头，"至少我们这边没问题，可能是她……哎哎哎！动了！动了！有光了有光了！"

漆黑的视频播放窗口里忽然亮了一下，仿佛是手电筒的光照到了摄像头，坐在电脑前头的人们陡然振奋起来。

"是活的！是活的！"王宁喜出望外。

"老王你说的什么屁话，当然是活的。"白震说。

这时他们都明白，视频里一片漆黑只是因为对方的房间里没有开灯，不是线路出问题，视频传输成功了。

那姑娘还在调整摄像头的镜头，指挥部里的人只能看到一只手电筒在晃来晃去，光柱里偶尔出现一只手来，那只手在摄像头上拧来拧去，手腕在漆黑的背景下白得耀眼。

白杨看着那只手，心想她会是个什么样的人呢？十七八岁的少年正处于这个阶段，只给他看一只手，他都能脑补出对方的全貌，白杨不是没有想象过那女孩的样貌，只是空想终归是空想，如今即将真正看到对方，他心里就无端地紧张起来。

"她怎么还不露个脸？"王宁说。

这厮怎么比白杨还着急。

"你着什么急，她还在调摄像头。"

赵博文靠在沙发上，扶了扶眼镜，视频窗口播放的图像还在晃动，对方确实在调整摄像头，在极度昏暗的光线下，他们隐约能分辨出一些东西来——比如说在手电筒光柱里一闪而过的书桌，还有书桌上方的窗帘，显然这是在房间里。

"等她调整好了，自然就能……"

赵博文口袋里的手机忽然响了。

他还没来得及接电话，不过四五秒的时间，白震、王宁口袋里的手机也都响了，一时间指挥部里的所有通信工具都急促地响起来。

"喂，是我，怎么……你说什么？"

赵博文的脸色陡变。

他绕过沙发，伏在茶几上打开电脑，计算机组解码复原完成的第二张照片发过来了，拍的还是梅花山庄，只不过是第一张照片里没有囊括的另外半片小区，白震、王宁等人也凑过来，他们只瞄了一眼，脸色就勃然大变。

"卧槽。"

"这……这他妈……"

一只巨大的、黑色的、模糊的蜘蛛趴在居民楼的屋顶上，它的肢体奇长，趴在这栋楼的楼顶上，长脚可以攀在隔壁楼的外墙上。

白杨戳了戳老爹。

白震扭过头去，看到儿子脸色煞白。

白杨指了指电脑屏幕。

视频播放窗口里泛着红光，原本漆黑得伸手不见五指的房间被微微照亮，隔着窗帘，电脑这头的人可以看到一个硕大的、发光的、眨动的红色眼球平移过来，出现在窗外，停住，然后慢慢贴近，贴近到透过整个窗口也没法看到那只眼球的全貌，卧室就像是被一只巨大的红色激光笔从窗外直射。

卫星拍到的不过是静态照片，而电脑里正在进行实时直播，白杨直勾勾地盯着屏幕，身体僵硬得无法动弹，他居然在与大眼珠面对面直视。

即使隔着二十年的漫长时光，指挥部里的人们也被压迫到无法呼吸。

半夏屏住呼吸，紧紧地搂着黄大爷，蜷缩在书桌底下。

她刚刚不是在调整摄像头，而是在驱赶黄大爷，黄大爷不知什么时候溜进了房间，在她脚边疯狂打转，半夏弯腰去抓它的时候瞄到正对窗口的摄像头玻璃镜头上有红光反射——她来不及多想，抓住黄大爷就立即滚进桌子底下，背靠着墙壁，不敢动弹，不敢出声。

窗外的红光越来越强烈，强烈到隔着窗帘也能把卧室内照亮，很快半夏听到了嘎嗒嘎嗒的声音，这是大眼珠在建筑物的外墙上爬动。

视频另一头的白杨只能看到图像，听不到声音，如果他能听到声音，那他对大眼珠的可怕会有更深入的了解——半夏躲在黑暗中瑟瑟发抖，闭着眼睛把头埋在黄大爷温暖柔软的皮毛里，她又听到了那尖细的、嬉笑的、女人一样的声音，它就在窗外，与自己一墙之隔：

"出来呀——你在哪儿呀——你在哪儿呀——"

"给我果实——"

两百万年成熟的果实

果实是什么？

我问。

不知道，我们只能猜测。

老王回答得很干脆，他戴着口罩还没摘下来，淡蓝色的外科医用口罩只能堪堪兜住他半张脸，一对黑色的短眉又粗又浓，眉毛下一双小眼睛，漆黑的瞳仁快速地左右扫视周围环境，板寸短发上还沾着水珠，我们坐在靠窗的位置上，冬天的南京潮湿而阴冷，外头在下雨，看不到雨丝，但能看到透明的水流汇聚在玻璃上，路上冷冷清清，路人行色匆匆，不同颜色的雨伞，相同颜色的口罩。

我们约见在一家肯德基里，我点了两杯可乐和两袋薯条。

王宁摘下口罩，吸了一大口冰可乐，长吁了一口气。哎，这鬼天气，真他妈的潮，老师你到南京多久了？

差不多有一个礼拜了，我回答。

这年头出门可不安全，王宁撇撇嘴，指不定什么时候爆出确诊来呢。

王主任，咱们接着说果实。我把话题拉回正轨。

嗯……我也就瞎说啊，只是推测结果，没有经过实验验证，不严谨，不负法律责任的，老师你就当故事听。

王宁嘴里叼着一根炸薯条，一边说话薯条一边翘。

天……天……

老王看着我皱起眉头。

天瑞。我提醒。

啊对对，天瑞老师，你觉得果实是什么？

我想了想，答道，是人类？

对，但是不完全对，你可能会觉得果实指的是智慧果实之类的东西，因为人类是高级灵长类动物，人类拥有高等智慧，所以人类是果实，是这个自然界花了几百万年诞生出来的果实。

王宁回答。

但果实不完全是人类，"果实"这个词真的就是字面意义上的果实，不是什么意指，也不是什么比喻，老师你看过庄稼没有？收割机收割庄稼，比如说小麦、水稻、棉花之类的农作物，我们说农作物的果实，指的只是稻谷或者棉花桃子，而不是整株水稻或者棉花……现在，老师你看，如果我是一株庄稼，那么庄稼的果实是什么？

王宁指了指自己。

我上下打量这个体重超过两百斤的男人，从上看到下，再从下看到上，视线最后停留在他的脸上。

没错，就是这儿，对吧？王宁点了点自己的脑袋。

相当简单粗暴，弯都不带转的，但我们当时可是思考了好一会儿，我们一开始的想法跟你差不多，多想了一步，也以为果实这个词是意指，是比喻，是指人类这种高等智慧生物，可是后来我们发现，事实比我们想象的更简单，在刀客眼里，我们不是果实，而是庄稼，真就是庄稼，真正意义上的庄稼，只不过地里种的庄稼是固定不动的，我们是能移动的庄稼。

说着王宁直起身子来，问道，你看人体像不像庄稼？

我惊觉他说的是对的。

人体真就像是一株庄稼，它直立在地面上，把沉甸甸的果实顶在最高处，和水稻、小麦没有什么本质区别，全世界有七十五亿人口，就有七十五亿株庄稼，密密麻麻地生长在地球上。纵观人类的进化史，这株庄稼挺得越来越直，结出的果实也越来越诱人。

我盯着王宁的面孔，渐渐地王宁的形象在我眼中发生了变化，他不再是一个活生生的人类，而是一株结满了蛋白质与脂肪的肉质植物，它的所有行为——无论是进食、学习，还是工作和休眠，都是在培育那颗果实，为那硕大的、圆滚滚的果实提供营养。

现在果实已经成熟，是不是该采摘了？

这个想法令我毛骨悚然。

我连忙喝了一口冰可乐，让自己头脑冷静下来。

天瑞老师，你脸色不太好看。王宁提醒我。

这个事实有点惊悚，我得平复一下心情。

我胡乱嚼了几口炸薯条，问道，那么大眼睛，也就是刀客毁灭人类的目的，是为了猎头？

是的，根据我们后来得到的信息来看，这东西经常把人切割成二三十厘米的小段，我们分析了一下，这可能是一种流程化的采收作业，因为人的体型有高有矮有胖有瘦，但是头颅总是差不多大的，把庄稼切成一小段一小段的，果实单独收集，其他部位就和秸秆一样直接粉碎，刀客不是武器，它们大概是农用收割机。

王宁慢悠悠地说。

这是一个恐怖又荒诞的设想，彻底毁灭人类的居然是农用收割机。

地球——王宁指了指窗外，只是一座大农场罢了，只要农作物成熟了，它们就会来收割，收割完这一茬还会有下一茬。

下一茬？我问。

人类灭绝了，空出来的位置迟早会有其他生物填补，总有一天，地球上会再次诞生智慧生物，果实又会慢慢成熟，这跟韭菜似的。

老王说得很随意。

老师，咱们进一步想，你认为我们是地球上第一茬被收割的庄稼吗？地球的历史有四十六亿年，三十六亿年前地球上就出现了第一个生命，而一个辉煌文明从出生到毁灭，可能都用不了一千万年时间。

它们收割头颅有什么作用？我问。

可能是收集智慧吧？王宁摇摇头，说，这个问题得去问刀客，我们也不知道。

真可怕，它是一种人类无法理解的东西。我说。

人类确实没法理解它们，但人类在潜意识里知道它们的存在——就像刚出生的羚羊也知道猎豹是致命威胁一样，这是埋藏在基因里的记忆，我们的思维由大脑产生，而大脑作为果实……有思维意识的果实，它有果实的本能，果实的本能就是避免被收割。

王宁抬起两只手，动了动手指。

我们的所有行动都受大脑指挥，我们可以把人类这个群体的所有行为——包括有意识的，无意识的，都视作在努力逃离刀客的收割。作为一个群体，人类的行为总是外向型的，扩张型的，我们要离开地球，登陆月球，登陆火星，发展外太空殖民，是因为我们知道不能一直缩在地球上，永远龟缩在地球上会导致文明最终走向消亡——我们的大脑这样告诉我们，对吧？

我点点头。

但大脑为什么这样告诉我们？实际上它自身也说不清楚这种强烈的、脱离发源地的动力来自何方。为什么我们认为永远待在地球上迟早会面临灭亡？为什么人类总是具有远行的内心情结？我们以为这是因为人类永远的探索心、永恒的好奇心、天生的扩张欲望，那么这种欲望来自何处？

它们来自大脑们作为果实的本能恐惧，这也是果实们生来就具有的群体潜意识。这无关乎浪漫，只关乎存亡，如果不逃离庄稼地，终有一天会被全部收割。

王宁顿了顿，接着说，任何一种生物，努力扩大自己族群的目的都是为了避免被什么东西灭绝，这是根植在基因里的潜意识，你可能不知道它的存在，但你一定在按照它所说的做。

我瞠目结舌。

这是老赵的设想哈，他说得有点耸人听闻。王宁补充了一句，你就当个故事听。

我用力搓了搓脸颊，我从来没有以这样一个诡异的视角来观察人类群体，它们其实是一群庄稼，庄稼在果实的指挥下努力逃离庄稼地。

从出生开始，它们就在试图逃离这里。

不过想想倒也是这个理，如果水稻、小麦长了脚，那么它们在联合收割机开进田里的时候肯定四散逃跑。

我吸了一大口可乐，把它们咽下喉咙，冰凉的饮料能让我的头脑稍稍降温，不至于待会儿进地铁站被测温的工作人员抓去隔离。

这么说，大眼珠追杀那姑娘，只是一台农用收割机在采收最后一株庄稼？我问。

是这样，大眼珠的行为方式很奇特，非常奇特，站在人类的角度上看，它罪大恶极，是可怕的怪物，但是站在其他生物的角度上来看，它简直是自然界的好朋友……我们之前讲到了哪里来着？

你们第一次视频通联那天晚上。我提醒。

王宁点点头。

好，那我接着往下讲。

第四章

1

屋子里一片死寂，鸦雀无声，在场的几人后续回忆起来，才意识到自己在震惊和恐惧中经历了人类历史上里程碑式的重要一刻，这是人类首次目睹来自地外的智慧生命，其意义堪比智人第一次走出非洲——虽然这次第三类接触发生在二十年后，但它却被二十年前的人们给目击了。

白杨觉得"大眼珠"这个外号名副其实，它最大的特征确实就是一只超大号的眼珠子，在黑夜里泛着红光，有一只硕大的瞳孔，可以灵活地扩张、缩小、转来转去，它隔着薄薄的窗帘、电脑屏幕和二十年的时光与白杨对视，让后者几乎喘不过气来。

这是人类历史上从未面临过的恐惧，白杨甚至说不清楚这种恐惧来自何处，它不是刀枪，不是猛虎，也不是鬼怪，它不属于人类大脑认知中一切代表恐怖的意象。可当白杨被它的目光罩住时，就像被钉子钉住了一样，身体僵硬得无法动弹。

浑身僵硬不能动弹的不只是白杨，他身边的白震、王宁、赵博文乃至连翘都脸色煞白，可以想象此时所有接收到视频信号的人都被大眼珠的视线压在座位上呼吸困难，这不是在侦察敌情，而是老鼠钻出洞口迎面碰上了老鹰。

白杨这些小老鼠很幸运，他们待在安全的地方，看到的是屏幕里的老鹰，对方再厉害也没法顺着网线杀过来。但半夏就不同了，她和大眼珠就只有一墙之隔。

墙壁显然无法抵抗这种怪物，对方只要愿意，推倒一面墙乃至摧毁一座建筑物易如反掌，半夏紧紧地搂住黄大爷，藏在桌子底下，一点动静都不敢有。

她只能祈祷这怪物快点离去。

"出来呀——你在哪儿呢——"

那声音换了一种语气和音色，像是一个男人在说话。

"把果实给我——把果实给我——"

卧室内被大眼珠的红光照亮，半夏猜测它或许在观察这扇窗户，它正在搜查，一扇窗户一扇窗户地搜过去。

半夏屏住呼吸，一口大气不敢出。她想如果走运，大眼珠没发现什么，应该就会接着往下搜索，去看下一扇窗，离开自己的卧室。

快走吧快走吧快走吧快走吧……

求求你快走吧。

半夏心中默念。

可接下来头顶的声响让她后背的汗毛一路从脚底竖到后颈。

轻轻的咔的一声。

那是铝合金窗被拉开的声音。

操！

完蛋！

这一刻半夏大脑一片空白，她觉得自己死定了。

她无路可逃，瓮中之鳖，只能引颈就戮，坐以待毙。

"你在哪儿呀——"

轻柔的声音忽然从头顶上响起，那感觉就像是有人趴在窗外，用奇长的脖子把脑袋探进来，而脑袋是个美丽的长发女人。

半夏都要窒息了。

白杨已经窒息了，他从头到尾都在旁观，摄像头就用三脚架架在卧室正中央，对着窗户和书桌，他眼睁睁地看着屏幕里窗帘背后的铝合金窗被拉开，接着窗帘被什么东西慢慢地顶了起来，那扑面而来的侵入感让白杨惊惧，仿佛那怪物入侵的不是二十年后的卧室，而是现在自己的房间。白杨下意识地后退，后脑勺撞到了某人的下巴，他扭头去看，发现是赵博文，老赵一点没感觉，他推开白杨的脑袋，盯着电脑，眼神发直。

无论是电脑这头，还是电脑那头，空气都凝固得不能流动，唯一在动的是窗帘背后那东西。

它一点点地侵入进来。

忽然有什么东西蹿上桌子，陡生的变故让连翘低低地惊呼出声。

153

那是一道迅捷的黑影，以摄像头这超低的刷新率和传输速度，根本捕捉不到它的形状。

"那是什么？"

王宁瞪大眼睛。

半夏也瞪大了眼睛，她根本来不及做出反应，黄大爷就从她的怀里钻了出去，细长的身体一扭就沿着桌子腿爬了上去，抓都抓不住，女孩差点叫出来，这小东西是听到人声所以爬上去看了么？

那不是人啊！黄大爷！

那不是人！

不是人！

半夏急得握拳，她着急归着急，可不敢妄动，也不敢出声，不能钻出桌子，只能蜷缩成一团，紧紧地咬着牙。

"那是什么？"

白震站在沙发后头，脖子努力往前押，赵博文、王宁和连翘的动作与他一致，他们都注意到蹿上桌子的黑影，像是一只小动物。

"猫？"连翘问。

"狗？"白震问，"她养了一只狗？"

"是黄鼠狼。"白杨皱起眉，"它叫黄大爷。"

黄大爷蹿上桌子后到处打转，可能是在找声音的来源，它很久没有听到过除半夏之外第二个人的声音，他们不知道黄鼠狼是否有能力仔细辨认人类的声音，如果黄大爷有这个能力，它或许是觉得刚刚的声音与那个女人有点像。

那个把它捡回来，陪了它很多年的女人。

黄鼠狼蹿出来的一瞬间，窗外发光的瞳孔就骤然收缩，它显然惊动了大眼珠，或者叫刀客——黄大爷那小小的脑容量是不可能理解刀客的存在的，这个发着红光的庞大眼珠对它来说和太阳没有差别，它只是在桌子上转来转去，东张西望，还钻进窗帘里，找来找去。

大眼珠的瞳孔锁定在它身上，随着它左右移动——刀客和黄大爷都不知道，此刻至少有十几个人在紧盯着它们，没有一个人敢出大气。

赵博文用力捏住了白杨的肩膀，五根手指骨节发白，如果不捏他会抖。

这是一个极其脆弱的平衡，大眼珠在观察黄大爷，而黄大爷在自顾自地兜圈子，谁都怕任何一方先出变故，如果黄大爷突然跳下桌子怎么办？如果大眼珠忽然发动攻击怎么办？（当然后来他们都知道刀客从不攻击任何动物，它爱护动物，就像农民爱护田里的幼苗。）

这样的平衡维持了十几秒，率先有变化的是大眼珠，它缩紧聚焦的瞳孔重新散开，用触手把黄大爷轻轻地推进房间里，还细心地关好窗户。

那轻柔劲真像你妈给你盖好被子之后还把房门给掩上。

外墙重新传来咔嗒咔嗒的声音，刀客爬走了，它去搜查下一扇窗户了，半夏屏住呼吸躲在桌子底下，躲在伸手不见五指的黑夜和寂静里，不知道躲了多久，直到彻底听不见任何动静，才敢长长地出口气，瘫软在地板上。

这一口气和眼泪一起出来了。

赵博文用双手捂着脸一屁股坐倒在沙发上，他把面孔埋在手掌里，深深地吸了一口气，低声说："这他妈操蛋的东西，绝对不能留着，留着后患无穷。"

2

在翌日的例会上，老赵的提议被驳回。

尽管大眼珠给参会的所有人都留下了深刻的心理阴影，不过在发起攻击这个决议上，领导小组仍然保持了最高的审慎态度。

主动攻击是没有办法的办法，取回第一基地或者第二基地内部的数据才是东方红计划的首要目标，贸然与大眼珠爆发战斗毫无疑问会将半夏置于极度危险的境地中，这与计划的第一条前提"首先保证BG4MSR的人身安全"相违背，其风险会大到不可接受，所以在例会上，赵博文的激进策略被否决。

老赵事后想想觉得也对，自己上头了。

主要是被那只大眼珠给吓毛了，说到底核武器的控制权不在老赵手里，要是赵博文手里有发射按钮，他肯定会按出佛山无影手。

"这个时候不用核弹，那什么时候用？"

白震自言自语，从桌面上堆积如山的文件堆里抽出一张，眯眼一瞧，南京市发电，绿头文件，市里发来的电文，发电单位市委办公厅，特急明电，盖着办公厅的机要戳。他略微扫了一眼题头："关于召开南京市业余无线电第一应急工作组第五次会议的通知……这东西怎么送到我们这儿来了？"

白震摇摇头，他也懒得管为什么会送到指挥部来，既然送过来就是要盖戳的，于是他拿起茶几上的章子，咔的一下，重重地在文件上戳了个红圈圈。

已阅！

白震和王宁在指挥部里分工明确，白震负责处理各种来路不明的文件材料，这些东西每天都有，有明电有密电，白震一天到晚就是咔咔地盖章。

"你想想老白，那可是核弹，核弹！不是好玩的！"王宁坐在他对面，手里举起一张打印出来的大照片，正对着光看，"一颗核弹就能夷平整座城市，真用核弹了，那小姑娘的生命安全怎么保障？怎么保证不会误伤她呀？"

照片上是昨天晚上他们接收到的第一张遥测图像，也就是二十年后梅花山庄小区的高空俯瞰图。

他们终于能把大眼珠摆在茶几上仔细观察了——众人都知道那东西得有两三层楼那么高，但是在照片上也就几厘米的长度，说它像蜘蛛或者章鱼算是很形象的比喻，大眼珠就是一个黑色的圆球长出了六条长腿，除此之外看不出其他特征，很难分辨它究竟是生物还是机械。

遥测卫星拍到它时，它正在翻越梅花山庄小区居民楼的屋顶，合成孔径雷达不擅长捕捉动态目标，所以拍得很糊。

"现在的核弹都是可以控制当量的，你晓得不？"白震说，"把当量控制得小一点，搞一枚战术级别的核弹。"

"还有辐射嘞，还有放射性沾染嘞，这个怎么办？"王宁说，"这鸟东西真用起来麻烦得要死，到时候可别伤了自己人。"

"不用核弹，其他武器能见效吗？"白震问。

"这个要取决于我们对它的了解。"赵博文摩挲着下巴和脸颊，站在茶几后头，他面对着一张更大的照片，用投影仪投在幕布上的照片，仍旧是昨天晚上遥测卫星拍到的大眼珠，"知己知彼，方能百战不殆……"

他伸手指了指幕布上的黑色大蜘蛛："这个东西，我们了解得还是太少了。"

"你的那些专家团伙呢？清华的北大的浙大的中科院的。"白震继续埋头盖章，"这张图一出来，他们不得连夜进行像素级别的分析？他们看出什么来了没？"

"没有。"赵博文回答得真干脆，"我们连这东西是活的还是死的都不知道。"

"我估计它是活的，没听到那丫头说吗，这玩意他妈的会讲人话！"王宁把手里的图抖了抖，塑封的A4纸抖得哗哗响，"别看它这长得一副不太聪明的样子，学外语是厉害得很！"

"会说话它也不一定是活的，你瞧瞧这个……"白震扭头冲着冰箱上面大喊一声，"舔毛精灵！舔毛精灵！"

"Hello！"

"瞧见没？"白震伸手一指，"会说话也不见得是活物。"

"对于这种天外来客，我们未必能用常规的方式来定义生命，它可能是机械，也可能是生物，但它未必就不能两者兼具，变形金刚还叫硅基生命呢。"赵博文坐下来，随手把茶几上的照片全部扒拉开，"会说人话，说明它有很强的学习能力，能在短时间内学会一门语言……"

说着他又摇摇头。

"说这些都没用，我们要干掉它，只需要知道它是什么做的，如果是血肉之躯，那就用炸弹炸死它，如果是电子机械，那就用电磁脉冲让它瘫痪！无论它是血肉之躯还是电子机械，都能用核弹送它上天！"

在对待大眼珠的立场上，赵博文是坚定的鹰派。

领导小组内批评赵博文这是激进冒险主义，过分强调消灭大眼珠而忽视了计划的真正目的。但赵博文不以为然，他认为消灭大眼珠是迟早的事情。

获取第一、第二基地内部的数据和资料是为了什么？还不是为了消灭大眼珠？消灭大眼珠才是最终目的。

很遗憾领导小组不是老赵的一言堂，他一个人说了不算，更何况在涉及动用核武这样要命的重大决议上，众人认为保持高度的慎重、不轻易做决定才是负责任的态度和做法，说得好听点叫慎重，说得难听点就叫犹豫了，不过犹豫是难免的，如今那颗核弹就在那儿放着，需不需要用、什么时候用、该怎么用，都是尚未解决的问题。

真搞到了这东西他们才意识到，搞到它之后比想搞到它要面临的问题还要多，历经重重难关把它从核武库里调出来才只是个开始，这玩意儿是个烫手山芋，放在手里多一天都是个麻烦事儿，所以领导小组想着要用就用，要是不用，就把它尽快还回去——当然用不上最好。

可如今世界上不存在真正拥有核战争经验的人，当年在广岛投弹的B29轰炸机机组成员已经全部逝世，最后一位机组成员在五年前寿终正寝，见他的上帝去了。

所以老赵没人可取经。

"现在邱小姐在哪儿呢？"白震问，"老赵，我能去摸摸邱小姐吗？我还没摸过真的呢。"

"我也想摸摸。"王宁说，"不过会有辐射吧？"

"想个卵蛋。"老赵说，"我都不知道它在哪儿，反正摸是甭想了，见都见不到的，我们谁都见不到。"

"哎，可惜了。"老白叹气，"我还以为它能送到我们家客厅里来呢。"

"送到这里来做什么？"赵博文问。

白震晃了晃手里的章子："来给它屁股上盖个戳。"

老白颇有些遗憾，他一直希望，希望逢着一个邱小姐一样的、结着铀235的姑娘。想想吧，那么大一颗核弹，庞然大物，气势恢宏，就杵在自己家客厅中央，天天地盯着你们看，多气派啊！很久以后他才知道邱小姐其实整体只有篮球大小，既非庞然大物，也不气势恢宏。

3

当晚6点多，白杨放学和连翘一起回来了。

160

白杨穿着羽绒服，连翘仍然轻便着装，身上一件灰色的抓绒卫衣，手里拎着他的书包，看上去像是个刚刚接孩子幼儿园放学的年轻妈妈。

"根据目前我们实验得出来的结果，只要是BG4MSR确认过的事实，都是不可更改的。"白杨爬上八楼，喘了口气，掏出钥匙开门，"无论你想做什么，这个世界总是会让你回到它既定的轨道上。"

"这听上去好像命运已经确定了似的。"连翘拎着包，"我们都是木偶，受到什么东西的操纵。"

"你是说我们没有自由意志？"白杨推开门，扭头问。

连翘点点头。

"或许是我们的自由意志才导致了这个结果。"白杨说，"以前我总是这么想，BG4MSR她所生活的那个时代，城市里的大多数建筑物都还在，比如隔壁的12栋，我想如果我们把12栋给炸掉，那她那边的楼会发生什么变化？"

连翘愣了一下。

"我一直想一直想这个问题，一直很纠结，理论上这是做得到的对吧？"白杨说，"理论上我们确实可以炸掉12栋，而BG4MSR之前告诉过我们她那边的12栋还存在，那两个时代的事实不就对不上了吗？"

"对。"

"可理论上与事实上是两码事，理论上我们可以炸掉12栋楼，事实上我们根本不可能做到。"白杨进门，这玄关弯下腰来换鞋，

"只要它做不到，那么它就不会反逻辑，这和做物理题是不一样的，物理试卷中我们只需要解决理论上的问题，在试卷上你炸掉地球都没问题，可现实生活中不行，现实生活中你想做和你能做是两码事，那么问题来了……为什么理论上与事实上这两种语境中会有差异？是什么造成了如此巨大的差异？"

白杨把运动鞋塞进鞋架里，接着说："其实就是自由意志，我们自以为的自由意志，就好比你的理智会告诉你真去策划炸楼不仅不会成功，还会让你进局子……指挥我们行动的意识和思维，才恰恰是让我们沿着那条既定路线向前的主要因素。"

"你知道心理学上有个概念，叫作自证预言效应吗？"连翘跟着白杨进门，说道，"Self-fulfilling Prophecy，意思是说人会在无意识的情况下，不自觉地按照预言来行事，最终让预言成为现实。"

"在聊什么呢？"

白震坐在沙发上，伏案盖章，抬头望了门口的两人一眼。

"我们在讨论，好像BG4MSR所见的未来一定会变成不可更改的现实。"连翘说，"这么说，那末日的来临岂不是必然？"

"是啊。"王宁在埋头写材料，头都不抬。

"可这……"

"必然又怎么样？"王宁把手里的文件扔给白震，"它妨碍我们干活吗？老白！盖章！"

咔的一下，白震在文件上盖下一个鲜红的戳。

"你们饿不饿？"老妈在厨房里喊，"晚饭还有一会儿，要不先吃点东西？"

"不饿，我和小白路上吃了一碗龙抄手。"连翘把书包扔给白杨，转身进厨房了，"姐我来帮忙！"

连翘是个好姑娘，老妈肉眼可见地喜欢她，不过她们之间的关系在往姐妹的方向一路狂奔，连翘喊老妈一口一个姐，喊得老妈心花怒放。

连翘不会做饭，但总是很热心地去帮厨，帮忙洗碗刷锅，她手脚麻利，干活三下五除二，从不拖泥带水，白杨一开始还纳闷，心说这姐姐接到的任务难道是给老妈当助手？他这愚钝的脑子还没转过弯来，连翘就以迅雷不及掩耳之势得到了指挥部背后隐藏的话事人——行政总监兼太后老妈的欣赏和喜欢。好家伙，白杨这才反应过来，但为时已晚——连翘得到太后的全力支持，从此在白杨面前作威作福。

有老妈在背后撑腰，白杨再无法抵抗连翘的淫威，连翘让他站着，白杨就不能坐着，否则老妈就是一句："听你辅导员的！多站站长身高！"

连翘制定了堪称精密的作息表，并担负起每天接送白杨上学放学的重任，还总是帮他拎书包，连翘生活作息规律，每天早上拉着白杨出门跑步，跑完步就带他去上学，一天行程安排得明明白白。

但连翘不跟进学校，白杨踏入校门后这姐姐就不知道跑哪儿去了，白杨怀疑她是接着去附近餐馆或者什么地方当义工。

这种猜测是有依据的，许久以后人们分道扬镳，连翘完成任务归队，白杨在附近的餐馆里听到年轻的女服务员哼哼"金瓦金銮殿，皇上看不见"，一问原来是有个很厉害的姐姐曾经在这里工作，能一手接六个盘子。

白杨放学后总能看到连翘站在大门口，她个子高，很醒目，这让偶尔同行的何乐勤和严芷涵分外吃惊。

何大少和严哥一左一右，用胳膊肘捅捅白杨的腰，挤眉弄眼："可以啊小白羊，御姐诶！御姐诶！老实交代，怎么勾搭上的？"

不到十分钟，连翘就把严芷涵给勾搭上了，勾肩搭背，窃窃私语，让跟在后头的两个男生眼神幽怨。

连翘跟两人说她是白杨的保镖，因为白杨前不久被大洋彼岸一位低调神秘的亿万富豪找来认亲，成为千亿美元财产的唯一继承人，近来正在办理遗产继承手续，但是虎视眈眈觊觎这笔财产的人在暗中动作，为了程序不出差错，必须保证白杨的生命安全，如今白杨身上每一根毛发都比同等重量的金子值钱。

说完何大少就拔了白杨一根头发，让白杨一声痛叫，何乐勤说这就拿去换钱。

连翘最后神神秘秘地对严芷涵说，妹子你现在看到的街上行人，每十个人里就有一个暗哨，全部都是小白羊请来的保镖。

白杨目瞪口呆。

这姐姐真不着调。

听完连翘一席话，严哥和何大少再扭头看白杨时，目光里都是饿狼般的眼神，两人让白杨拍胸脯摸着良心说话，就他们这交情，值不值一个亿？

白杨把书包扔到床上，客厅里盖章的咔咔声不绝于耳，老爹和王叔在伏案工作，一个在审批文件，一个在撰写材料，这分工定下来时两人还起过争执，毕竟和盖章签字比起来，写材料可就费心费力多了，凭什么要他老王多干活？

最后确定下来，军功章老王占六成，老白占四成，王宁才肯干。

当然他也没干多久，不出半个月，王宁就把小朱借调过来，提拔他成为指挥部办公室副主任（王宁跟他说这是组织上重用，前途无量），稿子材料全部扔给小朱写了，他就负责署个名。

赵博文不在，赵叔肯定又是去省委或者市委开会了，不知道几点才回来，他向来是忙得连轴转。

连翘在厨房里帮忙把碗全部洗了，又到房间里和白杨讨论宿命论和自由意志的问题，她怂恿白杨做一个简单的小实验证实一下，炸12栋当然不现实，但是在墙上做点记号简直是举手之劳，反正白杨和BG4MSR在同一个房间里，只要前者在自己房间的白墙上做点记号，后者当即就能看到是否会有变化。

在自己墙上乱涂乱画，这是一个妈见打的方案。

不过连翘说服了老妈。

于是白杨翻出自己上小学美术课时用的水彩颜料，先和BG4MSR通个气，选定一块完好的墙面。

"跟你说了，你不信。"白杨撇撇嘴，"当初我们送时光慢递时就已经验证过了，那我就再给你验证一次，我现在就可以下结论，无论我们在墙上画什么，她那边的墙都不会有什么变化。"

"你画！"

白杨在洁白的墙上画了一个海绵宝宝，又在对面墙上画了一只派大星，接下来他用电台通联BG4MSR。

果不其然，半夏给出的回答是什么都没有，没有发生任何变化。

连翘吃了一惊。

"瞧瞧，我怎么说的？"白杨一拍巴掌，"根本不会有任何变化，你想知道是为什么吗？肯定是因为在不远的未来，我老妈或者其他什么人觉得这俩玩意儿太难看，实在有碍观瞻，就把它给重新糊上了，所以那头什么都看不到……"

白杨又做了进一步推论："但这两幅画应该还是存在的，它只是被覆盖了，所以我现在让BG4MSR刮一刮墙面，它们就会重见天日。"

他说得信誓旦旦，连翘点点头。于是他再次通联对方，让半夏在他的指导下刮墙，把表层的白色腻子一层一层地刮掉，如果不出意外，她会看到白杨画的海绵宝宝和派大星。

可这回轮到白杨吃惊了。

还是什么都没有。

半夏一直刮到了底，刮到了水泥墙面，都没有看到任何颜料留下的痕迹，仿佛不是同一面墙，也从未有人在这面墙上画画。

白杨呆住了，他扭头注视墙上的海绵宝宝和派大星，刚刚风干的颜料还很鲜艳，不知为什么，这对好哥俩遗失在了跌宕的时间长河里。

白杨把这个重大发现立即告知了老爹。

老爹倒是老神在在，摆摆手说这算哪门子重大发现？多大点事儿，墙上的画没了就是腻子被铲了呗，日后肯定会出什么事让你房间里的腻子全部被铲掉重刷，你信不信？不信我把话放在这儿等着，以后真出这事了你再回来看。

老爹表现得像是个预言家。

白杨挠挠头，他在发现墙面上的图像消失之后脑补了几万字科幻大片剧情，什么平行宇宙、多重历史、世界线跳跃，情节曲折，动人心魄，冈布伦太郎都要附体了，准备跨越层层世界去拯救牧濑红莉栖和嘟嘟噜，结果被老爹一语道破天机。

白杨把目光投往茶几边的王叔。

老王头都不抬一下，对白杨所说毫无兴趣，只顾着给小朱写的文章署上自己的名字。

白杨只好扭头往回望。

连翘靠在房门口，摊开手耸了耸肩。

赵博文在开会。

倒不是在省委市委，而是在紫金山天文台。

他本来今天在正常开会，对指挥部目前的工作进度进行汇报，谁知忽然接到紫台的消息，悄咪咪地打开手机一看说有重大发现，于是老赵话说一半，把稿子一丢，桌子一推，椅子一拖，拔腿狂奔扬长而去，留下一干领导呆若木鸡。

领导悄悄问秘书他是不是家里着火了。

"它还能更清楚一点吗？"赵博文皱起眉头，PPT上正放着一张照片，他面前的桌上也摊着一沓照片。

"呃……赵老师，你也是学物理的，你也清楚……"

"我就想知道，它还能更清楚一点吗？"赵博文打断他。

照片底色是黑的，黑色的背景下有稀稀拉拉几个白色小点，像是撒在黑板上的粉笔灰，另有一只深红色的箭头，指向照片中央的一个黯淡小点，底下的标注是Sgr A＊。

赵博文这个天文学的纯粹外行也知道Sgr A＊是人马座A星，照片上那个芝麻绿豆大小的斑点实际上是一颗四百万倍太阳质量的超巨型黑洞，坐在会议室里是一点都看不出来，赵博文的脑袋也没法想象四百万倍太阳质量得有多大，但好在台长解释说那是一颗黑洞，不是一颗恒星，所以尽管它的质量有四百万颗太阳那么大，但是它的直径其实只有四千万公里。

赵博文手里的照片是Sgr A＊的放大版，清晰度更低，颜色是黑白的，把PPT上那个黯淡的小白点放大几百倍就是赵博文手里的，清晰度比黑芝麻糊还要糊，但仍然能大致看出结构——是一个模糊的、朦胧的、没有任何细节的圆环。

老赵莫名地想起那天晚上所见的大眼珠，那是一颗类似的瞳孔，这种联想让赵博文打了个哆嗦，黑洞连光也无法逃脱的特性岂不与那颗眼珠类似？直视那颗巨大的眼珠时，赵博文只觉得自己看到了深渊。

这张照片就是过去月余天文组的劳动成果。

天文组在各大专家组里承担了最重要、同时也是最抓瞎的任务，那就是分析判断黑月的可能来源，老师的草稿已经指明了方向——银河系,黑月是从银河系里来的,不是地球土生土长的,这是一条至关重要的线索,而且非常靠谱,靠谱得就像考试前老师们跟你说考试范围就是整本书。

有了这么一条线索,天文组也觉得是靠谱他妈给靠谱哭丧,靠谱死了。

经过严密的推断、精准的分析、虔诚的求神和瞎蒙的投票(瞎蒙也是科学研究的重要一环),众人一致认为最有价值的目标是银河系中心的超巨型黑洞,于是地球上的长枪短炮转头朝银河系中心集火——诶,你还别说,真有点收获。

他们发现人马座Ａ＊的精细阴影结构和预想的不大一样,吸积盘外可能有多个引力源干扰,而进一步Ｘ射线频段上观测,发现有一部分能量不知去向。

尽管紫台一再强调这完全有可能是自然现象,毕竟宇宙之大无奇不有,但赵博文已经在激动地拍桌子:"黑洞城市! 这是黑洞城市! 黑月就是从这儿来的!"

不到一分钟,赵博文又冷静下来了:"这是最新成果?"

"老成果,在天文学界内对超大质量黑洞的研究可以说是一门显学,我们和欧洲美洲的同行一直都在搞,包括ＵＣＬＡ(加利福尼亚大学洛杉矶分校)和马普所,今年上半年不是刚出了世界上第一张黑洞照片吗,他们搞了个ＥＨＴ,叫事件视界望远镜,用的也是ＶＬＢＩ(甚长基线干涉测量)技术,拍的是室女座Ｍ87星系的超大质量黑洞,那个黑洞很大,有六十五亿倍太阳质量,他们那口望远镜虚拟口径相当于地球直径。"

"能征用过来不？"赵博文第一个想到的是这个。

"赵老师，那是国外的。"有人压低声音提醒。

"能合作合作不？"赵博文换了个词。

"已经合作了。"报告人回答，"本次观测计划联系了EHT的八座射电望远镜，只不过时间太短，计划仓促，目前只能取得这种效果，毕竟人家为了拍M87那个黑洞可是准备了十年。"

"我们需要看得更清楚。"赵博文用指节叩了叩木质桌面。

"可以是可以，不过得用更长的基线，以及更长的观测时间。"台上的报告人说，"目前我们看到的这个结果，是北京的LAMOST（郭守敬望远镜）、密云，上海天文台和澳大利亚、北美、南美的几个望远镜合作的产物，这种跨洲际合作已经是地球范围内最大的基线了，基线没法再延长，只能延长观测时间。"

"我们可没有十年时间，十年后黄花菜都凉了。"赵博文摇摇头，"只能让望远镜口径再大一点。"

他推了推眼镜，又表现出了一个甲方的优良素质：我不管你们怎么办，我只需要你们办到。

可地球直径口径的望远镜都不够用，哪还能搞更大口径的望远镜？

"我大致能明白VLBI是怎么回事儿，多个射电望远镜组网形成一个虚拟的大口径望远镜，如果我们能把望远镜拉得够远，虚拟望远镜的口径就越大。"赵博文说，"那咱们这样，不妨利用地球本身的公转，地球本身是在运转的，地球本身的运动就能形成巨大的基线，理想情况下基线可以有地球公转直径那么长，差不多两个天文单位。"

赵博文振奋地补充了一句:"这就近似于一个口径有地球公转轨道那么大的望远镜!"

"可VLBI需要同时性……"有人弱弱地提醒。

"肯定是有难度的,需要技术攻关,我知道大伙儿一定可以解决问题。"赵博文无视了天文组的抗议,翻开第二只文件夹,"好,接下来我们开始第二项议题。"

他低头看了一眼。

"如何把旅行者号和先驱者号给抓回来?大家有什么想法,畅所欲言,有方案的可以往前靠一靠。"

哗啦一阵刺耳的椅子腿摩擦声,会议室里所有人整齐划一地后退一步。

4

老赵带着照片回了指挥部,王宁和白震一瞅,皱起眉头:"这是啥?"

"黑月它老家。"赵博文回答。

两个老伙计虎躯一震。

白震把照片从赵博文手里抢过来,眼睛睁得老大,但他再怎么凑近也只能看到一团芝麻糊。

老白甚至分不清照片的正倒,他把照片转个一百八十度,又往回转一百八十度,无论用哪个角度看,都是一团黑白的噪点。

如果说它就是黑月的老窝，那黑月的老窝长得着实抽象。

像是个窝窝头。

"这是银河系中心的大质量黑洞，直径四千万公里，质量是太阳的四百万倍。"赵博文脱下大衣，随意地搭在沙发背上，然后坐下来喘了口气，"今天新鲜出炉的照片，全世界第二张黑洞照片。"

"黑洞长这样？"白震问，"黑洞不是有一个发光的转盘……"

"吸积盘。"赵博文说。

"这个怎么看不到呢？"王宁问，"这照片糊得什么都看不出来，你们用的望远镜不行啊，不仅高度近视还散光。"

"我们已经用了全世界最强大的望远镜，这个望远镜要是都不行，那地球人已经拿不出更好的望远镜了。"老赵给自己倒了一杯热水，慢悠悠地端在手里，"你们以为能看出来什么？看到诺兰电影里卡冈图雅那样的一个大黑洞？同志们，你们在纪录片和电影里看过的绝大多数天体，我们都是看不清的，充其量就是一个光点，越放大越模糊，说是高度近视和散光倒挺贴切。"

"这要是近视和散光，那度数可不低。"白震说，"起码两千度。"

"在宇宙里人类有听力，但没什么视力。"赵博文说，"我们能听到星星在说什么，但看不清它们长什么样。"

"那有什么办法看清它？"王宁注视着照片上的黑白噪点皱眉，"你不是说它是黑月老巢吗？"

"这世上没什么问题是口径没法解决的，如果有，那就是口径不够大，无论是大炮还是望远镜。"赵博文抿了一口热水，慢条斯理地说，"如今我们望远镜最大只能做到地球直径，等我们能把望远镜口径做到地球公转轨道那么大，就能看清它的真面目了。"

"你怎么知道它是黑月老巢？"白震问。

"因为我们的观测结果和预测结果不相符，在做银河系中心大质量黑洞阴影精细结构的时候，天文组发现它的结构和算出来的不一致，所以，要么是爱因斯坦错了，要么是这个黑洞有问题。"赵博文对自己的发现颇有些得意，"但我们都清楚，爱因斯坦到现在还没错过。"

"能把爱因斯坦气得从棺材里爬出来的东西现在可就摆在隔壁房间呢。"白震说。

"它的结构和算出来的不一致是什么意思？"王宁问。

"通俗地说，就是不像一个自然形成的天体，影响它结构的不止吸积盘中心一个引力源，它内部存在多个引力源，就好比你在宇宙中发现一个巨大天体是正方体，你肯定知道它不是自然形成的，这个黑洞周围可能是一个直径四千万公里的智慧文明构造物。"赵博文回答。

"卧槽。"两个人都吓一跳。

"推测，这都是推测，在进一步的观测结果出来之前，我说的这些都不负法律责任。"老赵加了一句。

"有没有什么办法，试试干他一炮？"白震指着照片问。

"它离我们两万六千光年。"赵博文说，"你怎么干它一炮？你以为你是柱子？"

"那我们拿它没辙？"

"你有什么辙可以提出来，咱们开会讨论通过。"赵博文把水杯放下。

"操。"

两万六千光年是一个难以想象的距离，从现在开始，在地球上朝银河系中心射一束光，也得两万六千年之后它才能抵达银心。

在以光年为单位的巨大尺度上，什么战略战术都是笑话。

"那咱们就这么干瞪眼？"

"你也可以把眼睛闭上。"赵博文说，"不过我们倒也不是一点办法都没有，黑洞距离我们这么远，黑月不见得有这么远，它要在几年之后降临地球，那它距离我们肯定不会太远，甚至在太阳系之内也有可能。"

"那想想办法干黑月一炮！"白震又来了精神。

趁着黑月还未降临，半路埋伏它一波，打它个措手不及。

"这个就不是我们的工作范畴啦，要干黑月一炮自会有人去干。"赵博文挥挥手，"就是不知道用的是刺猬计划，还是人间大炮计划了，这个不是我们的工作，我们是敌后和地下工作，不是正面战场。"

"那我申请调往正面战场，组长同志，请组织上批准。"白震说。

"我也申请调往正面战场，组长同志，请组织上批准。"王宁说。

"想都别想，人家国防科工局和总装要你们俩老梆子作甚？"赵博文说，"调你们过去扫地板？"

"我可以扫!"白震大义凛然,"为了党和国家,为了中华民族,为了全人类的未来,我扫得无怨无悔。"

说完他又补充一句:"只要让我摸摸人间大炮。"

"摸个鸟你摸,人间大炮能不能造得出来还是个未知数,你们听听那计划,卫星都放到太阳系外头去了。"赵博文叹了口气,扭过头来看着老白和老王,"我说老哥们,你们真不会觉得……正面战场咱们有取胜的可能性吧?"

两人都一怔。

"我……我觉得听上去可行啊。"白震说。

无论是刺猬计划还是人间大炮计划,气势之恢宏、手笔之豪迈都是人类历史上前所未有,虽然以人类目前的力量抵抗外星生物这事乍一听感觉不靠谱,乖乖,那可是外星人呢,揉捏人类还不跟捏橡皮泥似的?想搓圆搓圆想捏扁捏扁——可白震和王宁以他们俩那加在一起快一百岁的人生阅历和知识储备,把这事分析来分析去,居然还越分析越觉得有戏。

只要支撑黑月它内部结构的还是四大基本力,那它就没道理不受核武器或者定向能武器的影响——神挡杀神佛挡杀佛的伽马射线暴不也就是伽马射线?咱们造个超大号的伽马射线激光器,也算是掌握了宇宙爆破之力。

"如果真可行,那我们也不会通联到二十年后的未来了,必败的结局早已注定。"赵博文说,"所谓正面战场,是一群明知必死还往前冲的人。"

白震和王宁都沉默下来,老赵这孙子说话真是不留一点余地。

指挥部里的所有人都心知肚明，二十年后那个结局早已注定，但如果必败的结局早已注定，那他们这么拼命意义又在哪里？

"杨杨在房间里吗？"赵博文忽然问，"到几点了？该问问那边的姑娘准备得怎么样了，时间就是生命，东方红行动二阶段计划该展开了。"

说完，他又把茶几上的照片拿起来，捏着下巴注视良久，轻声说："直径四千万公里的巨构啊，这他妈的是什么样的怪物……"

5

黑屏。

黑屏。

黑屏。

白杨慢慢凑近了屏幕，抬手拍了拍电脑显示器。

"没信号？"

忽然黑暗中浮现一张黑白分明的脸，像是一个煞白的死人浸在浓稠的黑水里，这把白杨吓了一跳，险些撞翻椅子。

"哇！"

这是什么死亡打光，她居然是用手电筒从下巴底下往上照射，深色的阴影打在人中、眉心和额头上，好一个印堂发黑，脸色煞白，活脱脱新鲜出炉的黑白无常，白杨怎么也没想到，这姑娘第一次出场居然是个女鬼形象。

好在她很快改变了灯光方向，随着光线方向改变，屏幕里的那张脸活了起来，白杨这才看清是一张清秀白皙的女孩面孔，汗津津的额发搭在光洁的额头上，一双眸子格外黑白分明，她睁大眼睛，用左眼凑近摄像头盯着看，不知道在看什么，再换成右眼凑过来，眼珠子骨碌一转，后退一步，蹲下去举起一块纸板子，板子上写着几个粗黑的大字：

能看到我吗？

视频传输状态下，双方无法实时交流，也没法说话，就跟看电视似的，电视外的人无法和电视内的人沟通，只能互相举牌子。

女孩把纸板子凑在摄像机的镜头前停留了半分钟，估摸着对方应该看清楚这几个字了，又蹲了下去，在镜头的视野里暂时消失片刻，再出现时已经举着另一句话：

拍的照片很好看！

接着她再次消失在了镜头里，站起来，端着牌子，打着手电：

谢谢你！

白杨心说这说话可真够费劲的，不过能看到真人，费点劲也值了。

他们花费那么多时间、心思和精力，不就是为了能见上一面吗？人都是看脸的动物，只有看到了脸，才算是认识了。

"哟——"，两只手忽然搭在白杨的肩膀上，紧接着一股重压落在背上，让白杨一个趔趄。连翘不知什么时候出现在了身后，她半个身子都压了上来，歪着头看屏幕，"怎么看不到脸？只能看到一个下巴，你让她蹲下来一点。"

"我现在没法和她说话……手挪开手挪开，你可压死我了姐

177

姐。"白杨拍拍连翘的手腕，"这是单向视频传输，我们现在正在看默片。"

屏幕里的女孩一连换了几张纸板，纸板写着：

~~我们还是五分钟切换。~~

~~你那边能看清楚吗？这个摄像头好像不太好。~~

~~我这边的光线是不是有点暗。~~

女孩又换了一张纸板，这次她写得有点久，板子上凌乱地写着：

你那边能看清楚吗？这个摄像头好像不太正常，而且我换了一副很厚的窗帘，房间里很黑。

"是很黑。"连翘说，"要是白天能通上就好了，漂亮妹妹只能在晚上看到未免可惜，不过好在这一次没有大眼睛来搅局，那东西现在在哪儿？"

"可能还在南京市区里转悠。"白杨说。

"这东西真麻烦……哎哎哎哎，这傻姑娘要做什么？"连翘脸色忽然一变。

白杨扭头一看。

我给你们表演一个后空翻！

几个大字，把两人惊得魂飞魄散。

"阻止她阻止她！"连翘用力拍白杨的肩膀。

"这……这怎么阻止？"白杨手忙脚乱的，"我说了她那边听不到我说话，要五分钟才切换一次传输方向！我们现在特么什么都做不了……"

就在白杨说话这会儿，屏幕里的人已经爬上了床，她站在床沿上，镜头里只能看到一段纤细的小腿。

"我靠，这要不小心摔跤了怎么办？磕了碰了怎么办？"连翘着急了，流汗了，像是个担忧自家孩子的家长，"胡闹，这么小的房间玩什么空翻呐？"

白杨两只手紧张地悬在桌子上空，他想找个什么东西来解决问题，但目光扫来扫去，无一物堪用。

"我我我我我我去喊人……我……"

他忽然怔住了。

屏幕里那个纤细的人影跃起、升空、后翻，稳稳地落地，摄像头的刷新速度都跟不上她的动作，白杨和连翘眼前一花，女孩就已盈盈地立在地板上，精准落在手电筒的光圈里。

她穿着黑色的高领毛衣和深色牛仔裤，摄像头的视野里仍然看不到女孩的脸，只能看到她张开双臂，慢慢地鞠躬。

连翘和白杨都长久地不说话。

许久之后，连翘才说：

"她肯定练了好久了。"

她肯定练了好久了，那一套行云流水的动作，在狭小逼仄的卧室里空翻，轻盈地跃起，精准地落地，优美流畅得就像个舞蹈演员，她肯定练了好久，练了好多年，今天她终于找到了观众。

五分钟后，数据链路切换，接下来是白杨传输视频信号，对方接收信号。

179

白杨手里一叠A4纸，用记号笔在纸上写字，一一地回答问题：

我们能看到你。

你觉得照片好看的话，我明天再去给你拍，多给你拍一点。

光线是有点暗，摄像头还能正常工作，不必更换摄像头，我们能看清楚，还有，不要再玩后空翻了，太危险了，要是摔跤了怎么办？

白杨把白纸展开，挂到摄像头面前。

他也不知道对方是否真的看到了这几句话，因为没有任何提示和反馈，要反馈得五分钟后再次切换数据链路的收发双方，切换之后变成白杨接收图像数据，他就能得到女孩传过来的反馈，白杨此时所做的一切都像是在对电脑说话。

说起来这是相当低效率的交流方式，你五分钟我五分钟，还是个回合制，习惯了实时沟通的现代人未免会觉得难以忍受，这年头五分钟不回微信和QQ消息就觉得对方肯定是去拉屎了，十分钟不回消息就是淹死在了茅坑里。

白杨用笔在纸上写字时觉得自己是在写信。

他从没写过信，老爹那个年代的人年轻时或许还寄过信，写信是一种古老的联系方式，可他在用以光速传播的无线电波传递纸质信件。

颇有点科幻复古主义不是？

"杨杨！你们在聊么？"赵博文推开房门，"提醒她一下，我们马上要展开东方红行动二阶段计划了……"

"好嘞。"白杨说。

"嗯，跟她说一声，具体计划我们在安排……等等，我接个电话。"老赵口袋里的手机忽然响了，他合上房门退了出去，"喂？是我……嗯，嗯，什么？布鲁塞尔？什么会？毛病，我现在哪里有时间出门？各位老爷，我们这边每一分钟都很宝贵，能明白吗？形势迫在眉睫，每耽误一分，世界都会向毁灭的边缘滑落一分，没时间和外国佬扯皮。这样，你可以问问吴老和将军，他们一个是副总指挥，一个是基地司令员，他们去身份正合适。"

结束通话，赵博文又推开门，看到扭着头神情严肃的白杨和连翘。

"没事，没事，咱们时间很充裕。"老赵摆摆手，"我吓唬他们呢，你们知道，这帮人巴不得把事儿都给你扛，这样就不用担责了，人在江湖，要有一身好球技，皮球踢到你脚下，你也要学会把它踢出去……"

赵博文一副老江湖的口吻：

"这就是你赵叔我混迹职场多年屹立不倒的人生智慧。"

6

半夏悠悠地哼着歌儿，把厚厚的外套扔在床上，然后弯腰提溜起蜷缩在地板上的黄大爷，黄鼠狼半眯着纽扣似的小眼睛，毛茸茸的尾巴垂落下来打了个卷，自从入冬以来，黄大爷的精神日益萎靡，大概是气温低了，这把老骨头愈发僵硬，可黄鼬又没有冬眠的习惯，于是整天保持半醒不醒、昏昏欲睡的状态。

"出去玩。"

半夏把它扔进客厅，黄大爷陡然惊醒，飞快地小碎步跑出去猫起来了。

通常情况下她不让黄大爷进卧室，黄鼠狼毕竟不是猫狗，鼬科动物身上的臭腺几乎无时无刻不在散发骚味，这味道穿透力极强，且洗不干净，生命不息，骚臭不止。老师在的时候只能用香水和花露水来掩盖黄大爷身上浓重的体味，她们给黄鼠狼猛喷过期香水，就像是中世纪欧洲常年不洗澡的贵妇人。

一通哧哧嗤嗤，喷得后者睁着无辜的小眼睛一脸迷惑。

"爸妈，你们看到我的箭袋挂到哪儿去了么？"半夏弯腰瞅瞅床底，又望望墙上，"箭袋呀箭袋，你在哪儿呢？听到我喊你了吗？听到请回话！"

"好春光，不如梦一场，梦里青草香……"房间里找不着，她轻快地蹦跶到客厅里去了，嘴里哼哼唧唧的，"你把梦想带身上……"

半夏找到了箭袋，它塞在了电视柜的抽屉里，不知道什么时候塞进去的，她把它展开用力拍了拍，尼龙制的袋子相当牢固耐用，用了这么多年，带子也没磨断。

半夏有很长一段时间没有外出打猎了，她一直在消耗自己的储备粮，淡水消耗得快要见底，好在前两天下了一场小雨，大眼珠还在附近巡视，为了安全起见，白杨建议她不要离开梅花山庄。

大眼珠的存在让半夏相当恼火，她一个自由自在惯了的人，整个南京市都是她的，她想去哪儿就去哪儿，没人能管，可忽然某一天就处处受制了，别说到处转悠，就连生火做饭都要偷偷摸摸，一座挖好的无烟灶用不了几天，就得重挖，半夏用工兵锹挖得满头大汗，挖着挖着心态就崩了，把铁锹往坑里一扔，坐下来生闷气。一边生闷气一边流眼泪，真委屈，可又不知道为啥委屈，反正就是委屈。

她把削好的木箭一支一支地塞进箭袋里，箭比弓要难做，每一支箭都要回收维护，三十支箭能用很久。

接着她把所有的箭挂在墙上，整理好弓箭，掏出又黑又粗又长的大炮筒子——雷明顿870泵动式霰弹枪。

咔嚓一声，锋锐的杀机从指缝里宣泄出来。

半夏细细地擦拭枪身，从头擦到尾，又从尾擦到头，在这个时代，武力是立身之本，有这把枪在，半夏就是站在南京市食物链和生态位巅峰之上的生物，没什么可以挑战她的地位，别看她是个萌妹子，但掌握了最强大的暴力，对这世界上的几乎其他所有生物都有生杀大权，只要对方走进870的射程内。

不过大眼珠出现之后，雷明顿870就有点不够看了，半夏希望能有更大的炮筒子，可以一炮轰掉那颗大眼珠。

叮叮当当地一阵抖，女孩把袋子里沉甸甸的子弹全部倒出来，黄铜色的九毫米钢芯弹和深红色外壳的12号霰弹滚落了满满一茶几，数了数，手枪弹有三十一发，霰弹有二十二发，仿54手枪弹匣可填十七发子弹，这么多子弹也就两只弹匣，而雷明顿870可填八发弹，半夏手里的霰弹够装填三次。

她给手枪和霰弹枪压满弹药，多余的子弹无须携带也用不上，披挂好单兵携行具、护肘护膝，背上背包，全副武装，她在大厅里进行了一次快速原地高抬腿。

不到半分钟，累得够呛。

"好沉啊，这些东西都带上根本跑不动。"女孩气喘吁吁地坐下来，把背包放下，霰弹枪从肩上卸下，然后伸直两条长腿靠在沙发上装死狗，"太他妈沉了……"

她撩起汗湿的额发，目光落在黑色的霰弹枪上，雷明顿870空枪重量都超过三千克，半夏在脑中设想了一下当自己在外头被大眼珠发现时该怎么逃命，最后摇摇头，这么多累赘在身上，死路一条。

再试试。

休息片刻，她再次披挂上阵，装备齐全，一个猛虎下山从客厅里扑进卧室，下巴被枪托撞一下，疼得半小时说不出话。

"嘶——哈——"

半夏龇牙咧嘴地对着镜子涂酒精，下巴肉眼可见地肿了，她愤怒地用脚踹卫生间的墙："去死去死去死去死去死！"

骂完了还是得乖乖地再来，这次她特意把霰弹枪的枪托给固定好，站在客厅里，慢慢躬身，腰腿积蓄力量，一个饿虎扑羊往前一蹿，贴地匍匐前进，进入卧室后警惕地左右观察——

"安全！"

"翻滚进入掩体！"

半夏开始战术翻滚——

滚不动。

背包太大给卡住了。

她侧躺在地板上，努力试图翻滚，可身后的背包就是块大石头，和背包抗争许久，只能像咸鱼那样在砧板上努力蹦跶，最后半夏放弃了努力，躺在地板上思考人生：纵使我一世英名，最后也免不了被一个背包害死？

"再来一次。"

她扔掉背包摆好动作。这次滚得毫无障碍，从卧室门口一路滚进床底下，滚得顺风顺水，滚得行云流水，滚得芙蓉出水——滚得太好以至于半夏也想给BG表演一下。

每次出门之前，半夏都要把家里收拾得干干净净整整齐齐，这是老师的叮嘱，出门之前清点装备是必须的，尤其是武器，离家五十米手里必须带枪，子弹上膛。但这次半夏决定不带霰弹枪，这东西除了徒增重量起不到什么其他作用，任何一个大脑正常的人都不会尝试用枪械和大眼珠正面对抗。

这一次的行动逻辑和以往都不一样，平时她可以全副武装，在大街中央慢悠悠地散步，但今天不行。

她一再精简自己的装备，减轻负重，确保行动不受妨碍，背包宽不过肩，避免攀爬钻洞时被挂住，腰腹绑带收紧，用腰臀承受重量以减轻体力消耗，老师教的能用上的经验都用上了。

对着镜子，半夏轻轻地蹦了蹦，镜子里的女孩很有活力。

这一次出门，她不走寻常路。

她要出远门去取一件时光慢递，这大概是人类历史上最重要的时光慢递。

半夏在地图上画了两个圈，一个圈在紫台办公楼，一个圈在莫愁湖地铁站。

"BG呀，你给我规划的路线就是一条直线，沿着中山东路径直往鼓楼广场那边去了？"

"是的，大小姐，这就是我们规划的路线，OVER。"

"可是我没看到有规划的痕迹，我自己如果要去那边的话，也是走这条路，那这个规划有什么必要吗？"

"那就是英雄所见略同咯，大小姐，不过这个确实是专家组规划出来的路线，你走这条路是相对最安全的，OVER。"

白杨放下手咪，扭头冲着客厅喊："麻烦你们声音小一点！我正通着呢！"

客厅里吵成了一锅粥。

7

把图像放大，是南京市，蛛网一样的城市坐落在绿色的原野和丘陵之间，黄浊的长江在这里分岔，再放大，是秦淮区，密密麻麻的建筑物，墨绿色的护城河像一条弯弯的带子，再放大，是梅花山庄，整整齐齐的红色屋顶，像是立起来摆好的麻将，赵博文就站在大屏幕的前头，用手隔空放大屏幕上的地图，放大似乎没有尽头，能从亚欧板块一路放大到某个小区的居民楼楼顶，看到楼顶上一只晒太阳的橘猫。

"喔，好神奇。"白震赞叹，"这就是你们的建模?"

"这是谷歌地图。"赵博文说。

"这里是03，这里是03，信号畅通。"老赵按住对讲机，"一组切换地图。"

"收到，切换地图。"对讲机内有人回答。

大屏幕上的地图切换，原本清晰可辨的地图突然变成谁也看不懂的蓝绿红三色细密网格，这才是计算机组花了大力气完成的建模。过去的近一周里icom725电台彻夜工作，遥测卫星每隔一个小时从南京市上空掠过一次，一昼夜飞掠侦查二十四次，中继星一共传输了40GB左右的压缩数据，遥测卫星的设计寿命只有一百六十个小时，满打满算七天时间，截至12月24日，"哼哼号"遥测卫星已经耗尽了它生命的七分之五。

据说搞定这一套系统一共花了六个亿，而嫦娥四号上月球溜达一圈总成本也就五个亿，这六个亿里有四个亿是遥测卫星的成本，老白数着都心疼，一颗寿命一百六十个小时的卫星花四个亿，平均每秒钟烧掉七百块钱——就算是把人民币扔进火盆里烧都烧不到这么快。

这打的是卫星吗?

这打的是人民币碎纸机。

但好在钱没白花，该拿的数据人们已经拿到了，计算机组用这些压缩到高损的数据重新构建起了一个末日年代的秦淮区，并粗略构建了一个大眼珠的行为模型。如果说之前他们一直陷在战争迷雾里，两眼一抹黑，那么从此刻开始，他们才算是开了全局地图。

赵博文站在茶几边上，举起一只手，好让摄像头可以捕捉到自己的手势，他的五根手指在空气中灵活地敲击着一块看不见的键盘，隔着几米的距离，他可以操纵屏幕上的南京市城市模型。

老白看着好奇，也偷偷地伸出手去挥了挥，但摄像头没搭理它。

"妈的，这东西滴血认主了？"

老赵的另一只手握着对讲机，目视地图，口中下令：

"这里是03，输入坐标X参数，117.057 91。"

"输入坐标Y参数，32.697 23。"

"标定坐标，东经120°21′10.637 2。"

"标定坐标，北纬32°41′50.055 9。"

"显示地形等高线文字标注。"

"显示高程点数据。"

在老赵的口令下，大屏幕上的线条越来越多，越来越繁杂，图层一层一层地叠加，它不仅没有变得清晰，反而变得愈发混乱。众人更看不懂了，站在老白的角度上，他只觉得老赵在面对一团乱糟糟的毛线。

"这是建模？"白震问，"看不出来有模型的样子，图上那么多跟芝麻似的白点是什么？"

"这就是建模。"赵博文说，"白点是数字，是秦淮区里每一栋建筑物的海拔高度。"

"我以为是那种……就是电影里常见的那种，一束光唰地打下来，然后咱们的茶几上出现一个虚拟沙盘，整个南京市的虚拟沙盘。"白震比划着，"然后我们可以用手把它转来转去，可以放大缩小……"

"那是电影，电影里007的车还能飞天遁地呢。"

"可这地图模型也没人看得懂啊，难看得一批。"白震说。

"你看不懂不要紧，有的是人能看懂。"赵博文说，"现在这张地图后面起码有一个营的人在盯着……老王，你那边接通了吗？"

老王抱着笔记本坐在一边，猛敲回车键。

"马上接通了……靠，这他妈的傻×服务器，下次能不能别用腾讯云？"

老赵按住对讲机："这里是03，这里是03，各组汇报进程节点，完毕。"

几秒钟后，回复传来：

"一组汇报，拐两洞二次变轨完成，预计时间12月24日下午6时33分一次过境江苏省南京市，中天高度84度，紫金山通信中心数据分发，贵州北京双重冗余备份，完毕。"

"二组汇报，全工作二次流程演练完毕，进行容灾备份测试，完毕。"

"三组汇报，防火墙发现漏洞，安全工程组正在排查，预计下午3时完成，完毕。"

"03，03，这里是02，基地全员准备就绪，进入一级战备状态，指挥部那边情况怎么样？完毕。"

"03汇报，正在精确比对建模地图，载入刀客行为数据。"赵博文回复，"其他工作进行顺利，预计下午4时之前可以全部完成，完毕。"

"03，这里是01，汇报工作进度，完毕。"

"03汇报，正在精确比对建模地图，载入刀客全部行为数据。"赵博文只能再回复一遍，这些上级单位总是扎堆来问情况，"其他工作进行顺利，预计今天下午4时之前可以全部完成，完毕。"

"03，这里是00，工作还顺利吗？"

"报告，一切顺利。"赵博文一惊，声音都变了，这是顶头上司单位的顶头上司单位来问话，"保证完成任务。"

一切都在有条不紊地推进，当BG4MSR在做出门的准备时，她的超时空后援团们也在做准备。

白震有点后悔自己之前在那些材料和文件上签名时没有多留意看两眼，那样他就知道上级动用了多少力量来保障此次行动顺利展开，就他中午下楼扔垃圾时在马路对面看到的武警车辆的数量来判断，这是一次少有的大动作。

他找连翘打听了一下，连翘说是地方武警，可能是江苏总队的人，省委调过来的。

计算机组最大限度地展现了自己的实力，严格地来说，仅靠过去不到一周时间获得的数据，要建立起一个准确可信的大眼珠行为模型，还是差点意思……没有足够的数据该怎么办呢？那就只能猜了，可计算机组毕竟是精英，猜都猜得比别人准。

计算机组里有一位神人，年轻时是猜硬币大赛冠军获得者，买彩票中过五百万，要赚钱只用出门弯腰捡，高考时做选择题一连蒙五道全对，出车祸都毫发无伤，一辈子被幸运女神眷顾，他独立领导一个小组，代号"瞎猫"，利用冥冥之中的启示补全了模型数据。

利用这个被幸运女神加持的强大模型，计算机组进行了连蒙带猜的严密分析，总结了大眼珠的行为规律——大眼珠这玩意，行为根本没有规律。

这个结论被老赵打回，赵博文表示无论如何，你们得给我出具一份有指导意义的报告，上头给我下了死命令，你们要是做不出来，大家同归于尽。

于是计算机组推翻重来，经过第二次连蒙带猜的严密分析，得出第二个结果——大眼珠的行为确实找不出规律。众人拿着南京市地图与遥测卫星的照片对照，把大眼珠出现过的所有位置全部标点，分析经纬度，分析磁场，分析微气候，跟公安局查案似的用红线把这些点全部连起来，从荔枝广场连到君临国际连到新华大厦连到斯亚财富中心连到南京广播电台再连到维景国际大酒店，连过来连过去，愈发觉得这大眼珠是来南京旅游的。

组里某神人爱好《周易》，平日里钻研术数，声称此物行动暗合后天八卦，脚踏天罡北斗，随风水五行而动，四处游走是在寻南京龙脉而斩之，建议上茅山请个老道长来做法。

赵博文：你们组怎么这么多神棍？是方便给服务器开光的时候不用请外人吗？

计算机组折腾许久，绞尽脑汁，始终无所得，某一日深夜某青椒加班给地图匹配Z轴的高程数据，一边啃面包喝牛奶，一边随手把大眼珠所经之处的海拔高度进行排序，这一排序就让牛奶喷了一桌子。

大眼珠的行为当然是有规律的，而且规律非常简单，只是之前众人被一叶障目，所以不见泰山。

此青椒立马打电话给老板，凌晨1点半把老板从睡梦中惊醒，老板二话不说赶到机房，只见青椒面对一地白浊液体的惨案现场狂笑。

青椒老板立即打电话给赵博文，凌晨3点把老赵从睡梦中惊醒，老赵没有回家，他在指挥部里蹲守传回来的卫星数据。

老赵正昏昏欲睡呢，计算机组第一句话就让他立马清醒。

找到了！

他们找到了大眼珠的行为规律，它实在是太简单了，简单到赵博文都一愣。

就一句话：

这东西永远都在往最高处爬。

可能是为了方便搜索，站得高看得远，这只大眼珠永远都待在最高处，不管它是为什么喜欢待在高处，既然摸清楚了它的行动规律，那么有针对性地为女孩设计路线、避开大眼珠就成为可能。

东方红行动领导小组立即组建工作组，派人实地考察，几个老南京骑着自行车从梅花山庄出发前往紫台办公楼和莫愁湖地铁站，边走边观察，尽量避免路线附近存在摩天大楼。可从秦淮区到鼓楼区这一带又是南京的市中心，是整个城市最繁华的地段，要完全避开所有的高楼是不可能的，这让工作组头都大了。

一行人骑着自行车沿着中山门大街往前骑，才刚过城墙，一抬头就看到维景国际大酒店那高耸庞大的建筑物屹立在眼前。

出门就撞墙。

当时他们就想炸了这栋楼。

领导小组屁事多又多，他们要求设计的路径在尽量避免高楼的同时，还要尽量缩短路程，不能太复杂，不能穿过居民小区，不能钻小巷子——既要避开高楼，还要走大路，这是一个鱼和熊掌不可兼得的问题，工作组只能竭尽全力做到折中和均衡。这个时候他们一边暗骂南京建这么多高楼作甚，每一栋高楼都是地雷，一边庆幸好在不是上海陆家嘴，要不这活儿没法干。

半夏手里的那份路线图就是这么来的。

紫台办公楼和莫愁湖地铁站的第一基地与第二基地互为备份，工作组一共设计了六条路线，往紫台有三条，往莫愁湖有三条，沿着中山门大街中山东路径直往西是一条路，走后标营路瑞金路往西又是一条路，每一条路都可供选择，随机应变。

"大小姐，路线你都记住了吗？OVER。"在出发的前一天，白杨问她。

"记住了，BG，闭着眼睛都能背出来。"半夏回答，"每一条路线其实都很简单，都是沿着大路走嘛。"

"那能保证不迷路吗？"白杨问，"OVER。"

半夏沉吟了一会儿，挠挠头。

"嗯……应该可以吧？不过晚上出门很黑呀，我还从没去过那么远的地方，说实在的，那是挺可怕的。"

她顿了顿，接着说："我一个人可能找不到地方，但是有你们在就不怕，如果我找不到地方了，你们得提醒我，等我出发之后，你就要做导航哦。"

"包在我身上！"

白杨信誓旦旦。

"还有，你还要照片吗？"半夏问。

白杨愣了一下，几乎是不假思索地回答："要！"

图像传输链路刚搭建起来的前两天，是半夏找白杨要照片，于是后者跑遍南京市给她拍照，一张一张地传过去，BG4MSR那边没什么储存设备，更没法把照片洗出来保存，所以每一张照片都只能在显示器上短暂地存在几分钟，然后被下一张照片代替，如果半夏碰到自己喜欢的，就让对方等一会儿，自己坐在那儿慢慢欣赏。

哎，BG，你说这么美丽的东西为什么只能短短地存在一小会儿呢？半夏说。

这世上没什么东西能永远存在，白杨说。

我不要永远啊……我只希望它能多存在一会儿，半夏说，多存在一会儿就好。

图像传输链路搭建起来的后两天，双方的位置就对调了，白杨按捺不住自己要找半夏要照片了。第一次开口的时候，白杨着实期期艾艾拐弯抹角——大小姐，要不咱们视频的时候，你多露一下脸……当然如果不方便，不露也没关系，我只是建议一下……连翘看不下去这扭扭捏捏的劲儿，用胳膊肘捅捅他说大胆地提嘛，脸红什么，羞涩什么，你就说你想看看她嘛，说了又不会掉一块肉。

露脸？好啊！那我们现在就视频吗？半夏干脆利落地就答

应了。

啊……好好好，你等等，我接一下线！

于是那天晚上就折腾了许久，半夏的房间里一片漆黑，在这种光线条件下要把人看清一点都不容易，两人想尽了办法，最后是女孩拆掉聚光罩的手电筒绑在摄像头上，才解决打光问题。

"你说上次传的图像很模糊对吧？"半夏说，"手电筒的光不太亮，下次想个更好的方法，等我回来再说。"

"好。"

"那你要等我回来哦。"半夏说。

似乎是这姑娘的习惯，白杨默默地想，无论何时何地，即使是离开一小会儿，她都不忘特意叮嘱一句要等她。

想想也能理解，她独自一人在世上漂泊，走着走着就可能消失不见了，只有有人记得她，在等她的时候，她才能找到回家的路。

挂念是一种力量，能把你与这个世界牢牢地系在一起，你才不会随风飘走。

"我等你回来。"白杨说，"我们都等你回来。"

他想跟她说傻姑娘啊，你怎么可能会找不回来呢？这个世上有多少人在牵挂着你呢，你能体会到这是怎样强大的力量么？它可以穿过再漫长的时间，跨越再遥远的距离，世界末日也不能把它打败。

可白杨什么都没说，他只是用手指轻轻地摩挲桌上的相框，相框里的照片很模糊，它其实是一张洗出来的视频截图，是那天晚上折腾一个多小时后唯一的劳动成果，手电筒的光直直地打在女孩脸上，她两只手举着一只黄鼬，一双大大的黑眼睛和一双小小的黑眼睛在强光下不约而同地眯起来，两张脸笑得都很憨。

8

BG说今天是个很好的日子，因为12月24日是平安夜，它听上去是个不错的兆头，平安夜出门，那能不平安归来吗？

"老师保佑。"半夏双手合十，闭上眼睛默念，"保佑我平安归来。"

睁开眼睛，掏出怀表，看了一眼时间。

下午6点30分。

她在等，正式行动的时间是晚上7点，距离7点还有三十分钟，趁着这个空当，她可以最后一次检查自己的装备。

和以往出门不同，这一次前往第一基地或第二基地要求装备精简，轻装上阵。她穿着长裤、毛衣、外套和携行具，背包里是水袋、干粮、地图、雨衣和药物，防身武器只有手枪和匕首，一整套装备的重量可以控制在三千克以内，方便半夏长距离奔跑攀爬和钻过窄缝，BG叮嘱她，此次行动，一个躲字当先，全程潜行，不要莽撞，宁可慢一点，也要稳一点。

南京市足够大，要藏一个小姑娘很容易。

半夏对着镜子把头发扎起来，镜子里的人神情憔悴了些，脸庞消瘦了些，黑眼圈还有点重，大概是最近工作压力大了，又成天担惊受怕，指不定什么时候那只大眼珠就突然出现在窗外，日子着实难熬。她弯腰冲着镜子扒拉下眼睑，吐舌头做鬼脸，能清晰地看到眼睛里的血丝。

半夏幽幽地叹了口气。

用冷水洗了把脸，她清醒了一下头脑，然后靠在沙发上闭目养神。

距离行动还有三十分钟。

2019年12月24日下午6时30分。

庞大的保障团队全部进入战备状态，赵博文坐镇指挥部。

"这里是03，各单位注意，现在进行计划前最后一次程序自检，完毕。"

"一组汇报，郑伦号遥测卫星行动前最后一次飞掠目标上空进入一分钟倒计时，数据传输链路正常，紫金山通信中心数据分发，贵州北京双重冗余备份，完毕。"

"二组汇报，全工作三次流程演练完毕，容灾备份测试正常，完毕。"

"三组汇报，防火墙修复完毕，安全工程组待命，完毕。"

"这里是02，各单位注意，行动倒计时三十分钟，完毕。"

"这里是01，各单位注意，行动倒计时三十分钟，完毕。"

在行动开始之前，合成孔径雷达遥测卫星会最后一次经过南京市上空，为女孩照明前路，这也是指挥部在计划启动前能得到的最新也是最后一批情报，一旦行动开始，半夏要取下八木天线上的手台，同时把icom725业余电台的数据链路切换到远程通话控制系统上，他们会与中继卫星失去联络。

"郑伦号遥测卫星行动前最后一次飞掠目标上空进入三十秒倒计时。"

"十秒倒计时。"

"五秒。"

"三秒。"

卫星测控中心在倒计时。

倒计时归零后大厅里寂静无声，对现代的人们而言，那颗卫星实质上是运行在一个黑箱里。

一个由时间构建起的、能隔绝一切的黑箱。

它在另一个世界，在距离地面上百公里的轨道上，展开十米长的合成孔径雷达天线，悄悄地对南京市秦淮区进行扫描。

扫描数据同时传输给中继卫星，由中继星筛选压缩后下发到icom725业余无线电台，在电台这一关完成时空穿梭，再从白杨的卧室通过光纤进入紫金山通信中心，由紫金山通信中心完成数据分发，贵州和北京两个数据中心异地容灾备份，负责处理图像的计算机组和图像判读专家在浙大严阵以待。

以南京为中心，这是一张辐射覆盖全国的大网，从南京到贵州到北京到杭州，每一条链路都千山万水，但每一个步骤都是光速传输，数据以每秒三十万公里的速度在光纤内穿梭，从南京到杭州近三百公里，通信数据0.002秒就能跑一个来回。

"这里是02，各单位注意，行动倒计时二十分钟，完毕。"

"这里是01，各单位注意，行动倒计时二十分钟，完毕。"

"这里是03，遥测数据收到了吗？完毕。"

"卫星遥测数据正在接收中，完毕。"

赵博文站在茶几边上，手里握着对讲机，白震和王宁两人一左一右坐在沙发上，一个在监测电磁环境和频谱数据，一个在监控服务器。

"杨杨准备好了么？"老赵扭头问。

连翘靠在白杨卧室的门框上，抬起手比了个OK。

白杨坐在房间里，脖子上套着耳机，手里捏着莫尔斯码练习币，一下一下地敲桌子，指挥部里这如临大敌的模样，让他也不免开始紧张。白杨就是个很容易被氛围感染的人，他用力揉揉眼睛，脸上露出难以掩盖的倦容。

"你还好么？"连翘问。

"还好。"白杨说，"只是这根弦一直都绷得太紧了，压力有点大，晚上睡不着。"

"我给你捏捏？"

"可别，饶了我翘姐，你那九阴白骨爪我真吃不消。"白杨连忙拒绝，"你捏我跟捏鸡似的。"

"按摩哪有不疼的。"

"都疼，但有些是按摩，有些就是酷刑。"白杨靠在椅背上昂起头，慢慢地说，"我的精神已经遭受了巨大折磨，就请别在肉体上折磨我了。"

"你要不要吃点褪黑素？"连翘问，"吃点褪黑素有助于睡眠。"

白杨摇摇头。

客厅里的声音此起彼伏。

"紫金山通信中心，遥测数据接收完毕！"

"数据恢复进行中！"

"正在分析判读！正在判读！"

"这里是02，各单位注意，行动倒计时十分钟，完毕。"

"这里是01，各单位注意，行动倒计时十分钟，完毕。"

赵博文手心流汗了。

争分夺秒。

"各单位注意，行动倒计时五分钟，完毕。"

"遥测图像正在判读！"

"正在判读！"

"正在判读！"

赵博文什么话都不说，他在等结果，等图像判读专家团队送来结果，他要知道二十年后的此时此刻，那只该死的大眼睛究竟在什么地方。

"各单位注意，行动倒计时三分钟，完毕。"

"数据链路切换准备，倒计时同步，完毕。"

"找到了！"

赵博文陡然一个激灵。

"找到它了！这里是遥测数据分析小组！指挥部，我们找到它了！现在汇报位置！时间坐标2040年12月24日18时41分，空间坐标东经118.7915度，北纬32.0470度，它在新百的大楼楼顶上！"

第五卷

东方升起红太阳

第一章

1

依靠在沙发上闭目养神的女孩睁开眼睛，打开怀表看时间，下午6点55分，到时间了，她转身进入房间，把插在725电台手咪插口上的线全部拔下来，再把中继台给接上，通信链路切换到远程通信系统，然后爬上楼顶，将八木天线上的手台拆下。

最后看看时间，刚好7点。

"BG4MXH，这里是BG4MSR，能听到我说话么？"半夏对手台说话。

"收到，这里是BG4MXH，现在向你通报，截至刚刚，大眼珠的具体位置，它在新街口的新百大楼楼顶，我们建议你选择二号路线，前往第一基地，避开新街口周边地区，OVER。"

"好。"

半夏蹲下来，笑眯眯地弹了一下黄大爷的脑门。

"黄大爷，我出门了，你要看家。"说完她再起身和父母告别，

"爸妈，我出去啦，今晚可能不回来，你们照顾一下黄……算了，它会照顾好自己的。"

天黑以后气温降低，一直在刮风，半夏从单元门里出来，站在楼门口抬头望了望天，天色有些阴沉，看不到月亮。她把卫衣的领口拉高。

从梅花山庄步行前往紫台办公楼预计需要三个小时，指挥部建议她选择二号路线，尽量避开新街口一带，所谓二号路线，就是沿着中山东路到逸仙桥那儿右拐，上龙蟠中路往北走，走到北京东路左拐，直达鼓楼公园附近的紫台办公楼，总路程大概八九公里。

走的都是横平竖直的大道，这是指挥部的要求，路线要尽量简单，一是晚上出门黑漆漆的路线太复杂容易迷路，二是丛林状态下的小路不安全，2040年可以说是自南京这个城市诞生以来植被覆盖率最高的一年，从高空往下俯瞰，它几乎是一座生长在丛林里的城市，在大眼睛出现之前，它本身就危机重重。

"大小姐，这里是指挥部，你出发了么？ OVER。"

"出发了。"半夏把手台挂在背包的肩带上，手里握着手电筒，转身把电网的门关上，"五分钟后联络。"

每隔五分钟报个点，是双方约定的通信频率，半夏需要连续不断地报点，指挥部才能掌握她的精确位置。

另一方面，指挥部也在预测大眼珠的位置。

今天下午6点41分，大眼珠的精确位置在新百大楼的楼顶上，但它毕竟是个活动物体，不会一直待在那儿不动，根据遥测卫星的估算，大眼珠在高楼楼顶上长待的时间不定，在十分钟到五十分钟之间。

时间拖得越长，大眼珠移动的概率越大。

计算机组有一套估算算法，他们认为二十分钟内大眼珠活动范围可以限定在以新街口为中心、半径一公里的圆内，六十分钟内它的活动范围可以限定在以新街口为圆心、半径两公里的大圆内，六十分钟后则完全无法预测其活动范围。

而从新街口到逸仙桥刚好两公里。

"也就是说，大小姐，你必须要在四十分钟内抵达逸仙桥，然后沿着龙蟠中路往北。"白杨说，"你能在四十分钟内赶到么？OVER。"

"逸仙桥……逸仙桥在哪儿？"

半夏背着包一路小跑，偏头按住肩带上的手台PTT说话。

"熊猫集团那儿，OVER。"

"熊猫集团又在哪儿？"

白杨挠挠头。

"它是一座桥，你到了就肯定知道，有水从桥底下过呢，它是你会碰到的唯一一座桥，记住，碰到桥就右拐，记住了么？OVER。"

"好，我记住了，碰到桥就右拐。"半夏点点头，"那座桥距离我有多远？"

"三公里。"

"那四十分钟足够了。"

半夏在摸黑赶路，半路上不知道被什么东西绊了一跤，"哎呀"一个趔趄，她扭头一看，原来是一坨干得跟石头似的牛粪。

大冬天唯一的好处是苍蝇少蚊子也少，爬行动物和节肢动物对气温的变化相当敏感，气温一降低它们就都变得懒洋洋的，而南京市内绝大多数致命的生物都属于这两类，在缺乏药物和血清的条件下，如果被毒蛇咬了就是死路一条。

"BG，外面好黑呀。"半夏说，"可是我又不敢打手电……我觉得我可能到了明故宫这儿，我看到了大门后面那架坠毁的战斗机。"

"好，你需要休息一会儿么？"

"不需要，我的体力还很充沛！"

半夏蹦了蹦。

"好，大小姐，你要时刻保持警惕，OVER。"说完白杨摘下耳机，扭头对着外面喊，"明故宫！"

"明故宫。"老赵按住对讲机重复。

他面前有很多幅地图，现代南京市的、未来南京市的，平面的、立体的，全部铺开在超大显示器上，一条蓝色的粗线从梅花山庄起始，沿着道路一路抵达鼓楼公园，这是女孩的预定路线，此时BG4MSR的位置被标记在明故宫遗址。

在地图的北边，有两个巨大的红色光圈，大的套小的，圆心都是新街口，那是大眼珠的预估活动范围，直径一公里的圆颜色深些，直径两公里的圆圈颜色浅些，计算机组此时认为大眼珠就在这个大圆内活动，而这个圆的面积足足有十三平方公里。

计算机组一再警告赵博文随着时间的推移，对大眼珠活动范围的预测会变得越来越困难，遥测卫星确认其位置后一个小时他们就没法再给出一个安全范围。

"新街口这么多高楼，希望能引诱它在这里多逗留一会儿。"白震说，"那什么国金中心、世贸中心、新华大厦，都可以逛一逛，那么着急走做什么？"

"从新街口往北它可能驻留在什么地方？"老赵问。

"从新街口往北，下一站可能是君临国际和金鹰这块。"王宁伸手指了一圈，"往南它可以去中银、建设银行，不过也说不准，这一块大楼太多了。"

"以内环东线为界，过了那条线高楼就多了，人寿啊、商茂世纪啊、新世纪广场啊，都在那边，都是摩天大楼。"白震坐在边上敲键盘，"要是还能用卫星就方便，卫星一扫都清楚了。"

"就算能用卫星，它也要隔一个多小时才能经过一次，再说它只能看到大眼珠，看不到人。"王宁提醒，"卫星也帮不上什么忙的。"

老赵用力按了按眉心。

"说老实话，她那套远程通信系统还没试过到鼓楼公园那么远的距离，那玩意能撑得住么？"白震忽然想起一茬来，"她要是跑半路失联了怎么办？"

"那有什么办法？"王宁摊手，"条件有限，只能将就，都是看运气。"

"她知道第一基地的入口在哪儿么？"白震问。

"知道。"赵博文说。

"在哪儿？"白震和王宁问。

"不能告诉你们。"赵博文瞥了他俩一眼。

"我作为副组长没有权利知道？"白震很不满。

"没有。"赵博文说，"你儿子知道，有本事你让杨杨告诉你。"

白震哼了一声，没再说话。

第一基地的入口在窨井盖底下，这是白杨知道的，他是这么跟女孩说的，不过他也不知道究竟在哪个井盖底下。其实连施工队也不知道究竟哪个井盖才是正确的通路，当初施工时一共打了六口一模一样的深井，施工结束后六口深井被同时灌入混凝土封死。不过这并非事实，只有极少数人知道，有一口井没有真正被封死，它是进入第一基地的唯一通路，而这口井是哪一条那就真没人知道了，因为这是机器随机选择的。

"那找起来可有点费劲。"白震说。

"当我们在给这个世界设置门槛的时候，也是在给我们自己设置门槛。"赵博文说，"要抵抗这个世界的干预，哪里是那么容易的事呢？"

2

第一基地是南京市区内最安全的密室，如果说还有什么地方能比它更安全，那就只有第二基地。

在两个基地内各保存有一个数据中心，它是人们送往未来的礼物，也是末日灾难仅有的见证者和记录者，两座基地将历经劫难，幸存到最后，成为后末日时代半夏唯一能接触到的数据库。

而半夏要做的很简单，她只需要进入基地内部，唤醒休眠的计算机。

唯一的操作是戳一下按钮。

戳一下不行就戳两下。

休眠的基地一旦被唤醒，会立刻进入工作状态，唤醒的系统将展开高增益卫星天线，将数据全部上传到中继星上。

从头到尾都是傻瓜操作，搞定这些，女孩就能打道回府了，回到家里把电台切换到打卫星模式，大功告成。

"真就戳一下？"

"真就戳一下。"白杨点点头，"虽然服务器数据库什么的非常复杂，但在实际操作上他们做得非常简化，大小姐，你下去之后应该能看到一个很醒目的按钮，用力锤它一下，它就开机了，OVER。"

白杨回忆起工程组给自己描述时所说的话，他们说完全不必担心找不到开机键，也完全不必担心操作会太复杂，工程组的仁兄们拍胸脯打包票，说那个按钮非常醒目，真的非常醒目，瞎子都能找到。

白杨此时仍然低估了工程组所说的"醒目"，实际上半夏进入第一基地后看到了一个饭碗那么大的红色按钮。

"不会再有输入代码的环节吧？"半夏问。

"不会，工程组跟我保证，一切操作不会超过戳、按和锤这三类。"白杨回复，"操作所要求的智商年龄不能超过九岁，动物行为学专家评估过了，他们认为受过训练的猴子都能完成所有步骤，OVER。"

"那没受过训练的猴子呢？"

"没受过训练的猴子可以在基地里受到训练。"白杨说，"大小姐，你现在到哪儿了？OVER。"

"我觉得我快到逸仙桥了，不过今天晚上外面也太黑了，一点月光都没有，你知道我这边有多黑吗？我现在伸出手，要是手再长一点，我就看不清自己有几根手指头了。"

半夏放慢步子，她走在马路牙子上，看不到自己脚底下究竟踩到的是什么。沥青路面上多的是黑色的烂泥、动物粪便和腐朽断枝，半夏通过踩下去后的声音和反馈来判断自己踩到了什么，软软的是泥，先硬后软的是粪，咔嚓一声是树枝木头，四周安静到听不到一丁点声音，踩到断枝后的声音在空气里分外通透。

她从未在夜间出过这么远的门，所以很小心地观察周围的环境，一路上报废的破车壳子不少，在夜间它们就都变成了看不清模样的黑影，每次碰到都能让半夏提心吊胆，按理来说中山东路是常走的大道，她应该相当熟悉，可这天一黑就跟换了一个城市似的。

前面那片楼是南苑小区吗？还是五十五所？隐隐约约有高大黑色的影子远远地矗立在那儿，隔着茂盛的树叶看不清楚，要看清它是什么得到楼下才行，原本熟悉的南京市蒙上一层黑纱，半夏就认不出它了。

"BG，我还有多长时间？"

"七分钟，OVER。"

半夏慢慢地舒了口气，停下来躲在一辆烧毁的破车壳子后头，蹲在马路牙子上磕了磕鞋底，用力拉紧背包的肩带。

"BG，你给我唱首歌吧？"

白杨一愣。

计划是每隔五分钟才报一次点，但这条规则显然谁都没遵守，半夏从行动开始嘴就没停过，念念叨叨的，她说荒郊野岭的一个人走夜路，要是不找个人说话着实瘆得慌。

"你唱歌我就不害怕了。"

"呃……"白杨犹豫了一下，"大小姐，你要听什么？"

他寻思按照这姑娘平时唱歌的风格，难道他要来一首"蓝脸的窦尔敦盗御马"？

可别闹，现在不知道有多少人在监听对话呢，这几乎是公共频道，他白杨要是在公共频道里引吭高歌一曲"蓝脸的窦尔敦盗御马，红脸的关公战长沙"，下一秒就会有人打电话到指挥部，说都是自己人千万别开腔。

"唱这个。"半夏哼了个调儿，"你会唱吗？"

"会。"

"那你唱！"

白杨尴尬地挠挠额角，当初可没说他的业务还包括这个，不过他还是唱了："我能够捉到月亮，我将用无数的梦，撑起无数的桨……用勇敢和智慧做我的船桨，摇着月亮船驶向远方……"

"后面不记得歌词了，大小姐。"

女孩在那头咯咯地笑起来，她拍了拍手台的麦克风，表示鼓掌。

白杨在心里哀叹一声我这一世英名毁于今啊。

"大小姐，你现在到哪儿了？ OVER。"

"我应该到熊猫大厦了。"半夏远远地望着夜幕下模糊漆黑的大楼，"走过熊猫大厦就是逸仙桥了对吧？我快要到了。"

"是的，到逸仙桥前右拐进入龙蟠中路，再沿着龙蟠中路直行，你还有三分钟时间，OVER。"

"了解，到逸仙桥右拐上龙蟠中路……等等。"

女孩的声音忽然变了。

"怎么了？"白杨一下子警惕了。

"不对呀……不对……"

女孩很疑惑，很诧异，还很茫然。

"哪里不对？"

"等等，让我走近一点看，说不定是我看错了，奇怪，它看上去有点眼熟……让我再走近一点，再走近一点，不对，BG！"

女孩的声音陡然提高。

"这是南京图书馆！ BG，这里是南图！"

南京图书馆高大的玻璃幕墙在夜色下仍然清晰可辨，她在不知不觉间走到了南京图书馆楼下。

走过头了！

她下意识地扭头回望，逸仙桥呢？自己难道已经经过了逸仙桥？她恍然猛觉自己走过了头，在无法用双眼定位的漆黑夜色下，错误地估计了自己的行动速度，不清楚自己走了四公里还是五公里。

她不知道自己是从什么时候开始认错了路标，可能早就错了。

犯错误的不止有半夏，指挥部也犯了错误，他们以为逸仙桥是一个明显的标定点，可这座桥在未来早就不存在了，在漫长的时光和缺乏维护中它已经被堵塞填埋，夜间站在桥上根本察觉不到这是一座桥，而这一点在卫星图像上看不出来。

半夏一心要找这座桥，急急忙忙地赶路，沿着中山东路一直往前走，经过了逸仙桥而不自知，于是在茫然中就走过了头。

计算机组划出的安全区域是四十分钟内新街口两公里以外，从新街口到逸仙桥刚好两公里，也就是说只要半夏在逸仙桥拐弯，就能避开大眼珠。

可她此刻深入大眼珠的活动范围，多往前走了一公里，一直走到了南图楼下。

站在南图楼下，可以目视新街口的新百大楼楼顶。

夜幕下半夏看不到新百大楼，但她知道它就在那儿，因为她可以看到那颗高高在上的、暗红色的、像萤火虫一样发亮的眼珠。

半夏下意识地往左挪了几步，躲在一棵大树的影子底下，粗壮的白桦树树干截断了视线，女孩呆呆地在那儿愣了两秒，恐惧、惊惶和茫然才像海潮一样从心底卷上来，冷汗唰地一下就下来了，立刻浸透了后背的衣服。

"BG，我看到它了。"

"它在楼顶上。"

"但我不知道它有没有发现我。"

白杨的冷汗也唰的一下就出来了。

"紧急情况，发生一类接触！全体注意，发生一类接触！"赵博文在频道里告警，"行动取消，启动应急预案！"

大概过了几秒，半夏躲在大树后头缓过神来，她悄悄地探头，往新百大楼楼顶上张望。

那颗暗红色的眼珠已经不见了。

女孩心里咯噔一下。

"BG……我觉得它可能发现我了……"

"那还傻愣着干什么？躲啊！快躲起来！"白杨几乎是对着手咪吼了出来，他摘下耳机往桌上一扔，扭头大喊，"爸！来接替我！"

喊完他抓起外套推开椅子就往外跑，靠在门框上的连翘动作比他更快，后者在白杨喊话的时候已经出门了。

白震冲进卧室，接替白杨的位置。

"BG4MSR注意，这里是老爹，从现在起接管通信，OVER。"

"全体注意，发生一类接触，启动一号应急预案。"赵博文扭头看了白杨一眼，按住对讲机，"我们正派人前往现场，所有单位注意，拉红色警报！"

"一组收到，转入一号应急预案，拐两洞进入三次变轨程序，进入假同步轨道，中天高度81度，紫金山通信中心数据分发，贵州北京双重冗余备份，完毕！"

"二组收到，转入一号应急预案，刀客行为预估模型正在同步，相对坐标建立完毕，盲区路线筛选中，完毕！"

"三组收到，转入一号应急预案，应急保障团队全员进入一级战备状态，完毕！"

"这里是六合马鞍机场空中指挥中心，直升机热车完毕，预备起飞。"

短短一分钟内，东方红计划团队就把行动目的从抵达第一基地转换成了把女孩安全带回来。

此起彼伏的回复声中白杨匆匆穿过客厅，连鞋子都没来得及换，踩着拖鞋腾腾腾地下楼，一出单元门就被对面射过来的刺眼大灯晃得睁不开眼睛。

夜幕下响起引擎的沉闷咆哮，仿佛有野兽蛰伏在绿化带里。

白杨都看得一愣。

那头野兽慢慢显露出真容，仿佛一团火在燃起，路灯的光沿着平滑的曲线流泻，透明挡风玻璃下两只凶悍的大灯，好一辆深红色的……三轮马自达。

马自达在白杨面前停下，连翘坐在驾驶座上，头上戴着深红色的头盔，防风镜后露出一双锐利的眼睛，她把一只黑色的头盔扔给白杨，然后一竖大拇指：上车！

"你……这哪儿搞来的？"

"你是说这辆蹦蹦？找好心人借的。"

连翘载着白杨出了梅花山庄小区大门，拐过弯就把油门拧到底，白杨还没来得及做出反应，就被突如其来的加速顶了个趔趄。马自达在苜蓿园大街上狂飙突进，那叫一个风驰电掣，一辆电动三轮车给她开出了超级跑车的架势，白杨戴着黑色头盔坐在后座上，不得不用手紧紧抓着座椅固定自己。

"指挥部！能不能定位我们？"连翘大喊。

"这里是指挥部，可以定位你们。"耳机里传出指挥部的回复，"你们距离南图还有四公里，预计十分钟后可以抵达，不过要注意，在明故宫路的两个路口处有交通拥堵，它可能会耽误你们四分钟的时间。"

"收到！我尽量把时间缩短到十分钟以内！"

连翘双目直视前方，苜蓿园大街已经到了尽头，她一脚刹车一手油门，车头左拐，一声尖锐的刺响，三轮车倾斜着离地起飞。

"我靠！"白杨大吼。

马自达一个神龙摆尾，从苜蓿园大街飞上中山门大街，轮胎在沥青路面上摩擦冒烟，白杨都能闻到焦煳味。路人大概也没见过如此亡命狂奔的马自达，一边狂奔还在狂按喇叭。

很快连翘看到了堵在路上的车队，现在的时间不到晚上8点，正是下班高峰期，市里交通拥堵的时候，明故宫两边的路口有红绿灯和斑马线，开车从那儿过多少都得等上一阵，但连翘可等不了。

"车！注意车！"

白杨在后面提醒，前面有车停着，连翘一点不减速，她这架势是要一头撞上前面轿车的屁股。

"放宽心，你姐姐我是世界电动三轮和电动轮椅越野拉力赛的双料冠军！"

连翘一拐车头，马自达径直窜上人行道，马路牙子上磕一下差点把白杨尾椎骨震裂，他号叫一声，还没来得及骂街，又见前方的绿化带、路灯杆、台阶和行人直冲自己扑来，对尾椎骨的痛惜立马转化成对自己小命的担忧。他们在人行道上猪突猛进，风格比老头乐还要狂野，大道上堵着不能动弹的车主们只能目送一辆红色马自达从人行道上一路超过去，开着大灯还打着双闪，喇叭嚎得震天响。

一路火花带闪电，这姐姐开车风格真叫人目瞪口呆。

"红灯！"白杨又提醒。

"放心，这车没车牌！"连翘咬着牙说话。

马自达从红灯底下窜过去，那叫一个大摇大摆。

"我们到哪儿了？"

"逸仙桥！"惊鸿一瞥，白杨就捕捉到了车窗外飞速掠过的两栋大楼，"我们过了逸仙桥！"

"还有多远？"

"不到一公里！"白杨回答，"两分钟！"

连翘再次将油门拧到底，引擎在屁股底下咆哮。

低沉的轰鸣声中，直升机在低空掠过城市，脚下是璀璨的万家灯火，每一条道路都是发光的河流，而那辆深红色的马自达跑得是那样快，它像火焰一样穿过重重的车流与人流，仿佛在南图真有一个女孩等着它去拯救。

3

半夏正藏在南图对面的新世纪广场A栋大楼里，在发现大眼珠后她第一时间钻进了建筑物内，不过她并不清楚大眼珠此时在什么地方，大眼珠有可能从任何地方、任意方向出现，敌暗我明，指挥部建议她不要轻举妄动，先藏好自己，再静观其变。

她认为大眼珠发现了自己，没有证据，这是直觉告诉她的，看到大眼珠的那一刻她那种被盯住的感觉又出现了，全身僵硬，大脑空白。

没有风声，安静得连自己的呼吸和心跳都能听见，半夏暂时关闭了手台，保持无线电静默。

指挥部叮嘱她无论如何不能冒失，宁可多藏一两个小时，甚至藏到明天早上，藏到明天晚上。

根据目前观察总结的大眼珠活动规律来看，它不会在同一个位置长待，如果在南图这一带找不到目标，它就会逡巡到其他地方。

于是半夏就安心藏在大楼里，蜷缩在柜台底下，关闭手台慢慢等。

忽然有细细的灰尘落在脸上。她睁开眼睛，知道有什么东西接近这里，那东西引起了不可察觉的震动。很快声响逐渐变大，细微的震动沿着地面传递过来，她贴在光滑的大理石地板上，听到了嘎嗒嘎嗒的声音，那声音越来越大，越来越大，最后半夏不需要贴在地上也能听到动静。

她仰面朝上，透过头顶上的木质柜台、层层砖瓦、玻璃、钢筋混凝土，透过黑暗的虚空，仿佛能看到那东西就趴在自己的头顶上。

新世纪广场Ａ栋大楼在落成时曾是江苏省最高建筑，如今是秦淮区第一高楼，在南京市内高度排名第七，南京市内高度两百米以上的摩天大楼有二十多座，人类群体消亡之后除了鸟类再没有什么动物能占领它们，于是摩天大楼们纷纷变成超高层豪华鸟窝，玻璃上都是白色黑色的干燥鸟粪，厚厚地积了一层，像是未融化的雪。

大眼珠从楼顶上慢慢移动下来，巨大的瞳孔在每一扇窗户外扫视。它环绕着大楼的外墙爬动，落脚点都有讲究，丝毫不触动窗台阳台上所有的鸟窝，如此庞然大物行走起来轻轻巧巧，像是在鸡蛋上跳芭蕾。

半夏藏在大楼内，蜷缩在大堂的前台底下，她知道它就在头顶上。

此刻她是猎物，对方是猎手。

他们在人类建造的庞大钢筋水泥丛林里上演猎杀游戏。

半夏慢慢屏住呼吸，她听到那东西爬下来了，新世纪广场Ａ栋大楼有二百三十多米高，但对于一个跨度七八米的大蜘蛛来说从楼顶到楼底也就区区二十来脚，相当闲庭信步，那东西在外墙上绕圈，绕到一楼停住。

外头的动静陡然就安静下来。

半夏以为它又要说话了，可它没说，那东西只是长久地停在外头。

在黑暗和死寂中的等待分外漫长且煎熬，半夏什么都看不见，也什么都听不见，感觉不到时间的流动，不知过了多久，她才终于又听到了脚步声，大眼珠慢慢地爬远了。

嘎嗒嘎嗒的声音逐渐远去，最后消失不见。

半夏松了口气，浑身被汗水湿透。

大眼珠走远之后，南京的夜晚才恢复正常，半夏又听到了风声、老鼠爬动的窸窸窣窣和猫头鹰的叫声，仿佛整个世界刚刚都屏住了呼吸。

"老爹……这里是BG4MSR，能听到我说话吗？"

半夏打开手台，试着呼叫白震。

"BG……信……不良……"

手台里滋滋啦啦，什么都听不清，附近的高楼阻断了无线电信号，她慢慢地爬起来，跨过满地的垃圾，靠近大门，信号才逐渐清晰。

"这里是老爹……你……还好么？汇……位置……指挥部正在规划路线，我们要把你安全带回来，OVER。"

"我……我在新世纪广场，这里最高的楼。"

"新世纪广场A栋！"白震大喊。

"我们抵达位置。"

白杨与连翘站在新世纪广场A栋的大门前，这地方人真特么多，不愧是喧闹的市中心，那叫一个车水马龙。

"刀客行为模式模拟中，盲区路线筛选中，根据目前现有情报，刀客大概率往西移动，完毕。"频道里有人在说话。

"往西移动？"白杨扭头，"那它是在返回新街口。"

"视野测算结果出来了，已经发到了你们的手机上，连翘注意，红色是危险区域，大概率暴露，橙色是风险区域，有可能暴露，绿色是安全区域，在选择路线时尽量经过绿色区域，完毕。"

"指挥部注意！03，路线筛选结果已发到你方，注意查收，完毕！"

云上的庞大数据汇入指挥部，世界上最强大的超算在背后全盘模拟，浮点运算速每秒超过九亿亿次，连翘能看到实时测算的安全区，她手机里有一张3D地图，六个红色的圆点在地图上移动，它们代表的是大眼珠可能存在的位置，唯一安全的是建筑物背后，这庞大的钢筋混凝土丛林，是女孩唯一的生路。

六个红点每时每刻都在移动，安全区域瞬息万变。

"这一块你熟吗？"连翘问白杨。

"熟。"白杨说，"科巷呢，经常来吃饭。"

"那你来指路，我带你跑。"连翘说，"行不行？"

"行。"白杨点点头。

连翘握紧了白杨的手腕。

赵博文站在大屏幕前头，他双眼平视前方的地图，告诉半夏躲在建筑物的影子里跑，跟着给出的路线跑。秦淮区复杂拥挤的建筑物是最好的掩护，能带那姑娘安全离开这里。

"全体预备——"

半夏深吸了一口气，把手台固定在背包肩带上，相隔二十年，她与白杨站在了同一条起跑线上。

在地图上他们是蓝色的光点，面前就是宽阔的中山东路，老赵盯着那个点、那栋楼和那条路，直到建筑物绿色的影子缓缓倾斜，新世纪广场A栋大楼门前的广场成为大眼睛的盲区——

"跑！"

连翘拉着白杨沿着墙根迅速移动，半夏跟得很紧。

"沿着墙根走，到拐角处右拐！翘姐，你能看到白色的新世纪广场几个字！往B栋的方向！"

"翘姐注意车！"

"直走一百米！穿过去，快！再快再快再快再快！"

白杨低头不看路，要么盯着地图，要么抬头辨认周围的环境，连翘拉着他从新世纪广场巨大的蓝色广告牌下飞奔而过，两人穿过来往的人群，也穿过正在移动的安全区，半夏与他们同步移动，白杨进一步她就进一步，白杨退一步她就退一步。

"我们正前方是科巷十号楼，看到那家馄饨店了吗？"

"左拐！不要过马路，左拐！"

"停！"

"靠墙走！"

"让开！让开！你妈的让开！"连翘怒喝。

"靠，赶着去上坟？"有人被她推了一把，转过头来骂。

"上你妈的坟！"连翘紧紧拽着白杨，从一串灯火通明的重庆小面羊肉汤和米线门前窜过去，冬夜里的餐馆门口弥漫着蒸腾的水雾和热气，科巷是南京本地人的食堂，他们在食堂里横冲直撞，跑得飞快。

"往里拐！往里拐！"

"停！停！停停停！"

白杨大喝着用力抓住连翘的手，硬生生将她拉停，在地图上他们前头一大片红光慢慢扫过来，两人转进小区里躲避。

等红光过去了，又转出来接着跑。

"这里是CFC生活广场，拐进去！"

"往前到B座那儿，再右拐！"

"翘姐你拉得太紧了，疼疼……"

"不拉紧点你跑丢了怎么办？"连翘不仅不松手，还加大了力度，紧紧地攥着他的手腕，"说好了你负责指路，我负责跑！"

这么长时间以来连翘每天早上轰白杨起来跑五公里，这就派上用场了，白杨被拖带着好歹能跟上连翘的速度。

"前面拐角有个品大三，过了就是B座大楼，斜对面是外贸口岸大楼……这一片最危险，脱离这一带就安全多了。"

"再加快速度，很快就能脱离危险了。"

C座大楼楼下果然有家品大三，红色的大字招牌，到了门口连翘才知道这是家餐馆，门口挂着石锅虎皮凤爪、小笼包和烤肘子的广告。她一米七五的个子，身高腿长，每一步都迈得很大，品大三的餐馆大门一步就跨了过去。

但半夏在品大三门前猛然刹车，她头一次没有跟上白杨的步伐。

半夏站在人行道上浑身发冷，手脚颤抖，她听到餐馆拐角另一头大眼珠在说话。

"你在哪儿呀——我找到你了——"

4

半夏关闭手台，轻手轻脚地后退。

一步，两步，像是在走钢丝。

她从品大三门口慢慢往回退，地上是薄薄的一层软泥，踩着没有声音，绿化带里的杂草窜得比人高，CFC生活广场C座大楼楼下靠街边是一串吃喝玩乐，一条街五十米长，海鲜龙虾串串香，宴会棋牌麻将馆，破败荒芜的门店招牌残留着灼烧的痕迹，半夏后退着压低身体，最后匍匐在地面上穿过街道，穿过漆黑的深夜，黄绿的枯草被衣服和背包带动。

"你在哪儿呀——我找到你了——"

"美妙的果实——"

那声音就在拐角后头，近在咫尺，一墙之隔。

她的手脚都在抖，惊恐得想哭，可是又不能哭，眼睛都红了还得把眼泪憋在眼眶里打转，这真的好吓人，为什么她必须要独自面对这样的怪物？半夏拼尽全力才能稳住自己的身体，慢慢地拉开距离，一米，两米，五米，十米……

它好像没发现我。

半夏看到了希望。

能逃！

半夏你有老天保佑，你一定可以逢凶化吉！全世界的人都死了就只有你没死，用BG的话来说你是主角命！

主角都不会死的！

她匍匐在地上慢慢地后退，逐渐远离品大三那个拐角，大眼珠果真没发现自己，它没有探头过来！其实它只要探个头自己就完蛋了，但它就是没有探头望一眼！

女孩心里开始萌发劫后逢生的喜悦。

她在心里估摸着大概拉开了三四十米的距离，巷子应该到头了。

半夏抬头一看，头顶上有块鱼米乡的白色招牌，这一条巷子果真退到头了，鱼米乡是开在巷子入口拐角处的餐厅，再回头望望，身后是横贯而过的马路，她已经退回到了巷道入口，而大眼珠还待在品大三那边，没有追过来。

这让她稍稍放心。

半夏悄悄地爬起来，从匍匐改为跪姿，又从跪姿改成猫腰，最后转身贴着墙面蹑手蹑脚地往前挪，准备离开这条巷道，改走其他路线回去，女孩行动相当谨慎，在路口拐角处背靠着墙，不急着行动，先探头观察一下路上的环境——

半夏把头探出来，对方也把头探了出来。

女孩在一个庞大的红色瞳孔里看到了自己的倒影。

那是怎样的一颗眼珠？深红色的瞳孔像是流动的血液，它是液态的，但在锁定目标的一瞬间会骤然凝固，它是漩涡，是黑洞，任何凝视它的人都会觉得自己在凝视深渊，半夏在与它对视的瞬间仿佛就被吸走了灵魂，而灵魂在眼球重新塑造出一个半夏来，在一个普朗克时间之内大眼珠就获取了半夏的一切信息。

一刹那，半夏大脑完全空白，零点零零零一秒后极度的恐惧摧毁了一切理智，她尖叫着转身就逃。

"啊——"

尖叫只持续了半秒就被打断。

半夏才刚迈开两步，脚下突然一空，身体往下坠了一大截，腰腹狠狠地撞在坚硬的路面上，痛得她张大嘴巴发不出声音。

大脑里残存的理智立刻告诉她这是坠井了，路上肯定有个窨井没了盖子，这不是她第一次坠井，所以她有经验，但半夏还没来得及对此做出什么反应，冰冷咸腥的水就灌进了喉咙，进而淹没了她的眼睛耳朵鼻子和所有感官，那感觉就像是有人对着脑门狠狠来了一闷棍，霎时间天旋地转两眼发黑，最后的清醒和肺里的空气一起咕噜咕噜地往外冒，她不明白为什么井下有活水，还是如此湍急凶猛的活水，简直是地下暗河。

半夏被卷进了水流里，在伸手不见五指的漆黑深水里立刻失去了清醒的意识，好似是被扔进了一台灌满水的滚筒洗衣机，头一会儿在水面上一会儿在水面下，她只知道自己还活着，但离死也不远了。

在如此状态下人脑收集不了任何有效信息，也没法做出任何判断，什么都没法想，自救都做不到，大多数人从被水流卷走到溺亡淹死大脑都处于宕机状态，半夏的大脑此刻同样是宕机的，满脑子只有咕噜咕噜咕噜咕噜。

她被水流卷进了井道深处，大概过不了多久就会变成一具浸泡到发白的浮尸，被鱼群啃食。

救了她一命的是背包。

背包在下水道里不知道被什么东西给挂住了，随水漂流的速度顿时被阻滞，女孩才有办法把头努力探出水面咳嗽。

她试着抓住什么东西来稳定的身体，但摸到的水泥内壁又湿又滑，长满了青苔和水藻，漆黑的下水道里什么都看不见，一丁点光线都没有，黑暗中只有轰隆的水声。

半夏小心翼翼地踮了踮脚，脚能踩到地面。

她试了试能稳住身体，水有她的胸口深，但流速没有刚刚那么急，可能是水流进了内径更大的主井道。

她小心翼翼地贴着内壁往前摸索，在齐胸深的水里半走半游，任由水流将她带往前方。作为一个南方城市，南京拥有复杂庞大的地下排污系统，而这套巨大的下水道系统在后末日时代被海水倒灌，变成了极其危险的地下暗河，河底生长着水藻，涌动着看不见的暗流，有鲨鱼在其中逡巡都不奇怪。

不知在水里泡了多久，半夏终于摸到了梯子。

她抓住机会往上爬。

扯着被水浸泡的沉重身体一步一步地爬上去，用尽全身力气顶开头顶上的井盖，再呼吸到新鲜空气时女孩简直像是重返人间，总算脱离幽黑可怖的地下水道了。

她像烂泥似的挪到地面上，做完这一切，再也无法动弹。

四肢百骸都脱离了控制，一根手指都动不了，她湿漉漉软绵绵地趴在那儿，眼睛睁不开，呼吸很微弱，像是一摊吸满了水的烂海绵，海水从口腔和鼻子里流出来，在下巴底下淌成了小河，难以想象她居然喝了这么多水，女孩咳着咳着开始呕吐，吐出来的都是水。

应该尽快跟BG取得联络。

可是手台泡水了还能用吗？

不光是手台泡水了，所有东西都泡水了……

我这是在哪儿呢……

女孩模模糊糊地想，意识越想越模糊，最后彻底昏迷。

BG4MSR脱离频道的时候，指挥部就知道出事了。

出大事了。

正是逃脱大眼珠追杀的关键时刻，居然断了联络，这可太要命了，不仅要BG4MSR的命，也要指挥部一众人的老命。

"失联了？"连翘吃了一惊，猛地止住步子。

"是什么原因？"白杨问。

"我们也不清楚，指挥部这边乱成一团麻，正在紧急排查。"老爹在手机里回答，"希望不是撞到鬼了……老王！老王你他妈的那么多猪狗朋友呢？全部都叫上！全频道搜索！"

"什么他妈的叫猪狗朋友？"背景噪音里王宁在骂骂咧咧。

"狗肉朋友！"白震改口。

"那他妈叫酒肉朋友！"王宁说，"你他妈才是酒肉朋友！我正在联系！"

没人知道为什么BG4MSR会突然断联，最大的可能是撞到了大眼珠，但这个结果谁都不敢想。

时隔二十年，指挥部能做的很有限，他们只能竭尽全力，用尽一切手段恢复联络。

赵博文在心底暗暗祈祷，他希望断联只是因为突然跳频了，超时空通联依靠的是黑月对时间和空间的拉伸，它本身未必是什么稳定的机制，如果黑月的状态发生变化，那么BG4MSR的频率有可能会跳到其他波段。

千万别出事啊。

5

半夏是被冻醒的。

她不知道自己昏迷了多久，醒过来时只觉得冷，她全身都被海水浸透，夜深后风一吹就能迅速带走身体的热量，不尽快保暖就要失温。

除了冷还有疼，浑身上下没有一处不疼，半夏哆哆嗦嗦地把身上湿透的衣服脱下来，翻个身就疼得呻吟出声，她只好脱下一点就趴在地上休息，休息好了再接着脱，直到把湿衣服全部都脱下来扔在地上。

这里是什么地方？

她躺在地上喘息，往上望看不见夜空，随便伸手一抓都是碎石瓦砾。

半夏完全迷失了方向，她不知道自己在哪儿，此前在漆黑的下水道里被水冲跑，水流到哪儿她就被带到哪儿，不知东南西北。

她把自己撑起来，试着直起身体，发出"哎哟"一声。

撞头了。

她揉揉脑袋，抬起手往上摸，摸到了一根粗壮的水泥横梁。

这根水泥横梁就压在自己头顶上，一抬头就能碰到，再往周边摸摸，东一摸是倾覆的墙壁，西一摸是突出的钢筋，全部都压在头顶上，还有满地堆积散乱的砖头，半夏大概明白了自己身处什么环境，这是一片废墟，是倾倒下来的建筑物底下，她刚好从废墟底下的井口里钻出来，头顶上就是千百万吨重的钢筋混凝土高层大楼。

半夏知道自己在哪儿了。

人寿广场。

她记得南图对面的人寿广场有一个大坑，广场损毁严重，秦淮区里损毁最严重的就是这儿了，整座大楼都坍塌了，只剩下一大片废墟。

那么她其实没有跑太远，人寿就在CFC生活广场隔壁，不过三四百米的距离。

手台还卡在背包的肩带上，半夏把它抽出来甩掉积水，拧了拧开关，没有反应。说是防水的，可这时候也掉链子了。她摇摇头，把手台塞回去。

背包里也是半包水，把包倒过来抖抖，哗啦流一地，再把东西都放回去，不用看也知道它们都被泡得不成样子，半夏光着身子坐在黑暗里，挽起湿透的头发想拧干，但一摸一愣。

头发短了。

头发短了一截，原本到后背的长发现在只到肩膀，再一摸，发梢是整整齐齐的断面。

头发什么时候被剪了？

半夏把短发用力拧干，再捧起干燥的灰尘抹在身上，抹遍全身，用力揉搓自己冻僵的手脚。

知道自己在哪儿就好办，她爬也能爬回去，休息到恢复体力，半夏拖着背包从废墟底下爬出来，正好月亮冒出头，银白色月光下广场上好大一个浅坑，正拦在她面前，果然是人寿广场。

大眼珠不在附近，这让半夏松了口气，这个时候它该回新街口了吧？

女孩跟个泥人似的拎着湿漉漉的包，光着脚踩在坚硬的瓦砾上，一瘸一拐地穿过大坑，没人知道这个坑是什么时候形成的，而撞出这个坑的罪魁祸首还一头扎在地里，烧得黑乎乎的，有一人多高，大概又是坠毁的战斗机残骸，或者是未爆的航空炸弹。

半夏倒也不多看一眼，南京市区里遍布大大小小的坑，打仗时挖的散兵坑、炸弹爆炸形成的弹坑、飞机坠毁的撞击坑，形形色色，林林总总——这世上两条腿的人难找，但地上的坑可不少。老师曾经提醒她说不要贸然靠近这些东西，因为哑弹状态不稳定，说不准什么时候会爆炸。

遍地都是碎玻璃，脚被割得鲜血淋漓，半夏倒也不觉得疼，她艰难地从坑里爬出来，半路还差点被一个球绊倒。

半夏啊半夏，你这真的是主角命吗？

半夏在心里说。

如果你这也叫主角，那作者也太该死了吧。

半夏回到家时已经到了晚上10点，她又冷又累又疼，嘴唇冻得发青，进门第一件事不是用电台给指挥部报平安，而是赶紧倒空热水瓶里的热水洗澡，她把自己浸泡在水盆里，头耷拉在盆沿上，一张脏兮兮的小脸，望着空气中升腾的白色蒸汽双眼无神，久久地发呆，不知道在想什么。

镜子里那个女孩赤裸地泡在水里，躬起来的背上一截一截突出的脊椎骨，真瘦，不像个人。她怔怔地看着镜子外的人，头发被泥水结成一片片，真脏，也不像个人。

要是老师还在，她就要蹲下来挠自己头了。丫丫你怎么脏得和外面的流浪狗一样？她铁定要这么说。离我远点，不洗干净不准靠近我！她铁定还要这么说。

"哈……哈……哈啾！"

冷水里泡久了，果然要感冒，不仅要感冒还要痛经，两条清水鼻涕挂了下来，半夏用手擦，左手擦完右手擦，擦完又往下挂。

热水逐渐把皮肤泡得通红，热水驱散了寒气，周身才暖和起来，最后女孩站在镜子前看自己，真憔悴，人都变形了，浑身青一块紫一块，胳膊肩膀腰腹小腿伤痕累累，看上去像是个刚下火线的伤兵。

真是凶险。

差点就没命了。

地下比地面上还危险，她宁可被大眼珠追杀也不想坠入湍急的暗河，尽管暗河救了她一命，可如果不是背包，半夏现在就是一具浮尸，被大眼珠砍掉头总比在幽深漆黑灌满海水的隧洞里淹死痛快。

半夏回想起刚刚见到的大眼珠，很难想象那东西究竟来自何处，红色的虹膜像是永远朝深渊流泻的血海，而黑色的瞳孔就是深渊，那究竟是怎样的怪物？它行踪诡秘，神出鬼没，而且总是能发现自己，眼神贼精贼精的。

她对它的视线记忆犹新，一旦被大眼珠的视线锁定，女孩就如坠冰窟，头皮发麻，仿佛灵魂都被吸走，无论相隔多远。

他们总是以对视的方式相遇，仿佛彼此的眼球会互相锁死似的，距离最近的时候半夏与它只隔着一米，当时半夏惊恐得大脑一片空白，她的眼球往左转，大眼珠的眼球也往左转，她的眼球往右转，大眼珠的眼球也往右转，这些细节半夏之前没来得及想，现在回到家里，她才有时间思考。

真奇怪。

它难道在锁定自己的视线？

半夏打着手电站在镜子前，眼珠子左转一下右转一下，镜中人的眼球也跟着左转一下右转一下，这是镜像。

想不通，算了，不想了。

该去给他们报个平安了，他们肯定很担心……不过凭什么我这么辛辛苦苦疲于奔命，他们可以稳坐钓鱼台？可恶，太可恶了，越想越生气。

不公平。

晾他们一会儿。

哼！

半夏在心底狠狠地这么想。

她用毯子把自己卷起来躺到床上，想要休息一会儿，她要好好补偿一下自己，休息好了再去报平安。

结果这一觉就睡到了第二天中午。

当双方再一次恢复通联时，指挥部的几个大老爷们都快要哭出来了，王宁当即就驱车去栖霞寺还愿了，他上午才到佛祖跟前烧香祈福，念念叨叨地说佛祖一定要保佑她平安啊，她不平安你铁定没好果子吃。晚上通信就恢复了，小姑娘就活蹦乱跳地回来了，他奶奶的，佛祖比雷达还好使，老王这一把老泪纵横，差点就地皈依了。

这就马上出门开车去栖霞寺给佛祖好果子吃。

赵博文抽完了两包烟，失联这十几个小时他就没闭过眼，坐在黑咕隆咚的楼道底下抽烟，一根接一根。白杨下楼去找他，他给杨杨看自己的白头发，也是一根接一根。

"接了这个活，我他妈的至少短命二十年。"老赵说，"但如果她回不来了，那我明天就可以从八楼跳下去。"

白杨看着他的脊背和肩膀，隐隐觉得窒息。

老白和儿子轮流值班，守听电台，就像塔台守候失联的航班，这是在期待奇迹，但白杨折腾一天一夜实在是倦极了，守着守着就睡着了，直到隐隐约约听到耳机里有人喊"BG"，还以为是做梦。

"BG？"

"BG？ BG？"

"BG你在吗？ BG4MXH？"

"BG4MXH？这里是BG4MSR，呼叫BG4MXH，听到请回答。"

"BG4MXH，能听到我说话吗？BG4MXH？BG4……白杨！白杨！"

女孩恼了。

"妈的你能听到我说话吗！？"

白杨惊醒，拍了自己一巴掌，才知道不是做梦。

上百人心里的一块大石头同时落下，那天南京市秦淮区发生了里氏2.2级地震。

虽然东方红计划二阶段行动最终失败，但不幸中的万幸是半夏本人没有大碍，只是头发短了。她还是蛮可惜的，她很宝贝自己这一头黑发，每天都花时间打理。

"头发短了一截还能长出来。"白杨安慰她，"头短了一截可就长不出来了。"

"我可是捡回一条命呢……哈……哈啾！"女孩说，"不过我都没看到它带着刀，不知道是用什么剪的，很可怕，如果它有刀，那这把刀确实好快，快到我都看不见，一把看不见的快刀，你们叫它刀客，这个名字还蛮合适的。"

"嗯嗯。"

"就差那么一点点，BG你知道么？就差那么一点点诶，我的头就被它摘走了，也不知道我是幸运呢还是倒霉，居然一脚踩进了井里，好家伙诶，我是有什么奇怪的体质吗？踩坑体质，出门总是踩坑。"

"嗯嗯……"

"井下比地面上还要凶险呢，哇哦那个水又黑又深又急，我掉下去就被冲走了，喝了好多水，都是海水，又咸又苦，掉下去的时候还撞了一下，可疼死我了，为什么每次我掉进井里都要撞一下……还好背包帮我挂住了，否则我现在就淹死在下水道里喂鱼了。"

"嗯……嗯嗯。"

"哎哟你不要哭啦。"

"我没哭。"

"你就是在哭，我都听到了。"女孩说，"还在吸鼻涕。"

"我没有。"

"你就是有！"

"我……我只是感冒了。"

"你就是在哭！"

赵博文把最后一根烟点着了，将空烟盒扔在地上踩扁，进门对所有人说："准备准备，咱们该去给邱小姐抬轿子，这事仅靠人类是搞不定了，她老人家得出阁了。"

采访实录
节选 ■ ■ ■

猜想、逻辑与刀客的掘墓人

　　这是一次电话采访，我没有见到真人，也不知道真人在什么地方，其实能联系上当时军方的任务组成员已经相当不容易，我兜兜转转，圈内圈外，联系了不少人，走了很长的流程，最后，采访还是由解放军报融媒体中心的朋友牵线促成。

　　简单地说，这枚核弹能出库经历了不少曲折，具体的细节不能透露，不过那确实很困难，你懂的。电话里是一个男人的声音，说话语速很快，干脆利落。

　　你们当时用的核弹当量是一万吨？我问。

　　没错，当量是一万吨。电话里说，这个当量是经过审慎考虑的，中核工业这边对南京指挥部提出的要求经过了细致分析和讨论，指挥部的要求相当苛刻，我个人是从没见过这么复杂的项目，如果只是要当量大威力大，那倒好办，如果只是要当量小威力小，那倒是也好办，问题是他们要求小范围内威力大，大范围内威力小，这个就难搞了……当然当量还不是最难搞的。

最后还是搞成了，我说。

是的，只能说勉强达到了他们的要求，在炸死外星人的同时不能伤到一个小丫头，这个任谁来都觉得棘手，不得不说南京指挥部的那位组长是个可怕的人，听说他有个外号。

铁手追命，我笑着说。

呃……赵老师人其实不坏，只是性子急了点。

您刚刚说当量还不是最难搞的，我回到正题。

当量反倒是整个任务链条里最简单的一环，比它更复杂的是投送方式……开玩笑地说，我们私底下开玩笑哈，说把导弹扔到华盛顿都没这么困难。对方干笑了两声，一般的投送方式在此任务中完全不适用，我们已有的导弹——无论是远程的，还是近程的，统统派不上用场，只能从头开始设计方案。

所以用上了长五？我问。

没错，说来时间赶得也巧，踏破铁鞋无觅处，得来全不费工夫，那时候刚好是长五遥三发射的前夕，我们时间非常有限，要设计投送方案，东西都是捡现成的用，长五是瞌睡送枕头，恰好解决了运力的问题，长五有二十多吨的LEO（近地轨道）运力，非常合适，我们立即和文昌取得了联系，好在航天科技那边，特别是六院给了很大支持。

这么说长五变成了一枚超时空战略核导弹？我问。

不不不，不能这么说，长五扮演的仍然是快递员的角色，而不是导弹。电话里回答，因为任务要求和普通的打击完全不一样，指挥部要求那枚核弹不能空爆，只能地爆，或者半地下爆炸，而且要求必须在特定的时间、特定的位置爆炸，可你要问具体是什么时间什么地点，却也没人能给出答案，连目标都无法确定，再精确制导的武器都要抓瞎，所以一切都只能交给人工操纵，长五只是个快递员，负责把那颗核弹送过去，确保对方能收货。

可是只靠长五做不到这一点，你们必须要让那颗核弹精确再入大气层，平稳地降落在地面上。我说。

是，长五只负责把它送出去，还得有载具保它平安回来，只靠核弹自己是不能再入大气层的。电话里回复，所以我们又捡了现成的用，去年年底，那会儿国内新一代载人飞船已经在测试，没有比这个更合适的载具了，所以我们把它借了过来。

我吃了一惊，问道，是神舟飞船？

不，不是神舟飞船，是新飞船，替代神舟的，两段式结构，今年5月对外公开首飞的那个，其实今年年中上天的是备份机，主机被我们早半年前就借走了。

借走运核弹了？我问。

我们把核弹放在指令舱里，给它绑好安全带，然后送它上天，对外公开的说法是实践二十号卫星。电话回答，□□很生气，他打电话给我们，说借飞船可以，但要有借有还。

□□？我问。

是，他是负责人之一，因为我们抢时间，手里又有尚方宝剑，做什么都是先斩后奏，很多单位都不乐意。

照这么说，计划在推动过程中，阻力还是挺大的。我说。

有，不过这个不能细说。

好，下一个问题，核弹是运送成功了，可你们如何做到核弹在消灭大眼珠的同时又不伤及半……BG4MSR？我问。

这个问题……稍等一下，我先看看这条有没有解密……好，这个问题可以回答，前面我说过了，整个任务链中投送不是最难的，最难的一关其实是触发，如何让邱小姐在合适的时机、合适的地点引爆，炸死大眼珠的同时又不造成误伤，总不能在地上挖个超级大坑等刀客来踩，对吧？在东方红行动最开始筹划的阶段，这一点就难倒了我们所有人，如果不用考虑MSR的生命安全，我们大可以核武器洗地，十几个分导弹头把整个市区都犁一遍，确保炸死大眼珠，但有个小姑娘在那儿，这么做就完全不可行了，从某个角度上来说，她就像大眼珠手里的人质，人质的存在让我们束手束脚。

可以理解，我说。

这个难题一直困扰了我们很长时间，只要它得不到解决，邱小姐就没法启用，这么一直拖着悬而未决，差点把东方红行动第三阶段计划都给拖黄喽，眼看着邱小姐就要用不上了……直到那天晚上MSR撞上大眼珠，坠入井中死里逃生，我们才迎来转机。对方显然在回忆，声音低了下去。

什么是转机？我问。

其实是一个猜想，当时是猜想，不过后来证实了，这个猜想至关重要，它给我们带来了一个惊天逆转。

我屏住呼吸，竖起耳朵。

MSR死里逃生后的第二天晚上，那个小姑娘跟白杨描述大眼珠，她说很奇怪，不知道是不是巧合，她永远在和大眼珠对视。

我在心里重复了一遍这句话，问道，这句话里隐藏着一个大秘密？

非常大的秘密，它表达了刀客身上一种人类无法理解的逻辑，它是刀客能掌握人类世界命门的关键，但它也让我们有办法为那只大眼珠掘出坟墓……赵老师他们揭开了这个秘密，同时成功埋葬了那只刀客，而他们所用的手段和工具，只不过是两只摄像头——

1

大的要来了。

这是白震、王宁听到赵博文的话后第一反应。

"千万慎重哈老赵，你可别做蠢事。"王宁提醒他，"这可是核武器。"

"用核弹能有几成把握彻底消灭大眼珠？"白震问。

"多则五成，少则三成。"赵博文回答。

"有什么判断依据？"

"没有依据。"

赵博文在沙发上坐下来，跷起二郎腿，摸了摸口袋，想起烟盒已经被自己给扔了，于是从茶几的果篮里拿起一个苹果，清脆地啃了一口：

"核弹爆炸的火球中心温度可以超过千万摄氏度，而我们已知熔点最高的金属单质是钨，熔点是三千四百摄氏度，已知熔点最高的化合物是五碳化四钽铪，熔点是四千两百摄氏度，没有什么东西能在核火球内幸存，这是宇宙中最可怕的力量，相当于在南京市区里再造了一颗太阳，大眼珠它再牛逼，敢和恒星碰一碰吗？"

拜爱因斯坦、奥本海默等大牛所赐，人类文明在20世纪掌握了从原子核中解放能量的技术，所谓于无声处听惊雷，最强大的力量诞生于最细微之处，如果人类是个魔法社会，那么这就是传说中的超禁术·地爆恒星。

"它要在哪儿爆？"白震问。

"它要在一个合适的地方引爆，核弹的破坏范围很大，但核火球本身的直径很小，大概也就几百米，我认为大眼珠扛不住火球内部的高温和超压，但是冲击波与核辐射未必能消灭它，所以它要距离核弹足够近，近到几百米的距离内。"赵博文接着说，"所以这颗核弹在近距离内应该要有足够的威力，可以让大眼珠人间蒸发，但是在长距离上对环境的影响必须要小，否则那丫头没法活动。"

"中核工业那边怎么说？"

"他们说可以办到。"赵博文打开茶几上的笔记本电脑，把头埋了下去。"不过对方也建议我们，尽量灵活运用南京本地的地形和建筑，市区内的高层建筑可以对闪光、热量和冲击波形成有效遮挡。"

他把笔记本电脑转过去，屏幕上是地图。

"这么说，得找一个四面都是高楼的地儿对吧？"王宁慢悠悠地说。

"那太好找了。"白震轻蔑地一笑。

对于在座三个老南京土著而言，要找这么一个地方太简单。

王宁坐了过来："不愧是你啊老赵，在新街口裸奔不成，于是怀恨在心，就要用核弹把它炸掉。"

老赵接着埋头敲电脑，敲了几秒，抬起头问："你们谁手上有新街口那一圈的建筑结构图？"

白震和王宁都一愣。

"都没有？那赶紧找人要一份，我现在要用。"老赵说。

"现在快凌晨1点了，我他妈找谁要去？"王宁两手一摊，"你不下班，别人还是要下班的，你不睡觉，别人还是要睡觉的。"

赵博文提高声音对着白杨的卧室喊："杨杨！你那儿有新街口地上地下的建筑结构图吗？"

"小杨一个学生怎么可能会有？"王宁说，"老赵你等天亮了去找住建局……"

"新街口？"卧室里传来白杨的声音，"赵叔你稍等一下啊——"

房间内白杨细一寻思，掏出手机，拨通了某人的电话。

"喂？大少，诶是我，没睡吧？问你个事儿啊，我记得新街口地铁站那个大转盘是不是你爸公司修的？"

赵博文连夜提出了推动东方红计划三阶段行动的提议，这一次没有再被驳回，BG4MSR出门撞见大眼珠，失联一天一夜，这可着实吓坏了所有人，刀客的存在是一个巨大的隐患和威胁，它一日不除，指挥部就一日不得安心。

可计划如何落地始终有一个大问题。

邱小姐的出库——投送——启动都有办法解决，但唯独触发起爆这一环无计可施，邱小姐何时起爆，何地起爆，是决定计划成败的关键，距离远了炸不死，行动就前功尽弃，根据指挥部的设想，要确保消灭大眼珠，核弹必须要贴脸引爆，距离越近越好，在几百米的距离内用瞬时超高温和超压让刀客熔化蒸发，这就相当于把大眼珠扔进太阳，指挥部相信就算是外星人也扛不住。

但外星人都扛不住的威力人类更扛不住。

东方红计划第三阶段行动的前提是保证半夏不能受到任何伤害，所以核弹起爆位置有极大限制，不能想在哪儿爆就在哪儿爆——目前最佳地点是新街口。

也就是说，核弹的起爆位置是固定的。

但大眼珠不是固定的，它是个活动物体，会到处流窜。

怎么才能让它和邱小姐喜结连理，共登极乐——让核弹在最恰当的时机起爆，是个难以解决的问题。

针对这个难题，在翌日的例会上，各路神仙纷纷作法，提出各种离谱设想。

第一路，陷阱法。

在新街口设下巨大陷阱，待君入瓮，大眼珠一踏入陷阱就被锁定，引爆邱小姐送它上天。

第二路，手办法。

在新街口设下一比一少女等身大手办，内装高音喇叭二十四小时循环播放《对面的女孩看过来》或者《你是我的眼》，如果大眼珠是个老宅男，百分之百上钩。

第三路，AI核弹法。

把核武器起爆权限交给AI，邱小姐自己掌握自己的命运！只要它发现有大眼珠靠近自己，立刻引爆。

（本方案的反对者认为这踏出了建造天网的第一步。）

大方案各个天马行空，还有堪称科幻的巡飞制导法，堪比州长的肩扛发射法，但一落实到实际操作和实施层面，所有纸糊神仙就被戳穿了外皮。

工程组怒喝你们一个个就知道张口就来！

因为这个，赵博文简直愁白了头。

回来之后他蹲在单元楼门口抽烟，被白杨给碰到了。

"我在想什么？我在想守株待兔肯定是不成的，瞎猫想碰死耗子，要是大眼珠不从那儿过，我们岂不是一直拿它没办法？"赵博文对他说，"无论如何，我们都得掌握一点主动权，要确保大眼珠一定会靠近邱小姐。"

"那就设个诱饵？"白杨问，"舍不得孩子套不着狼呢。"

"是啊，舍不得孩子套不着狼，我们就拿那丫头去当诱饵，保证可行。"老赵淡淡地吐出一个白色的烟圈。

"那可不成！"白杨立即反对。

"是啊，当然不成，所以这个问题才难解决。"赵博文叹了口气，"我们需要一个诱饵，可是这个诱饵的价值又高于一切，这该叫我们怎么办？"

这个男人转过头来，目光有些迷离，他问白杨：

"杨杨，你认为这世上真的存在完全没有缝的蛋吗？"

白杨一愣。

"真的存在毫无破绽的敌人吗?"赵博文又问,"真的存在没有解决方法的问题吗?"

白杨皱眉。

"我今天上午把已有的刀客资料翻来覆去地查了很多遍,很奇怪,我好像抓住了点什么,刀客身上一定存在某种特性能让我们利用……可那是什么呢?"

"嗯……"白杨也来帮他想,"超级大眼珠? 六条大长腿? 老是和人对视? 从不伤害动物?"

"你说什么?"赵博文打断他。

"我说刀客的特性。"

"你刚刚说的那句话。"

"从不伤害动物。"

"前面一句。"

"老是和人对视。"

"就是这个,它为什么老是和人对视?"

2

翌日。

连翘拎着一个鼓鼓囊囊的大包进门,呼啦啦把乱七八糟的玩意全部倒在地板上,老白和老王凑过来。

"这是什么东西?"白震蹲下来摆弄,"摄像头? 太阳能板?"

"无线路由吧这是?"王宁弯下腰来,随手提溜起一条粗电缆,"搞这些东西作甚?"

"我让小连买回来的。"坐在沙发上的赵博文合上笔记本电脑,摘下蓝牙耳机,"另外,邱小姐出动了。"

在场的众人一惊。

"这么快?"

"兵贵神速。"老赵起身过来,"项目组争分夺秒,邱小姐正在去文昌的路上。"

"文昌?"

"文昌卫星发射中心,我们用长征五号把邱小姐送出去,载具用第二代飞船,它将是全世界第一枚乘坐载人飞船上太空的核弹,论待遇,比它的兄弟姐妹们可高到不知道哪里去了,宽敞明亮的载人飞船,比起逼仄狭小的洲际导弹弹头,那不是超级头等舱?"赵博文在白震身边蹲下来,伸手拿起地板上的摄像头,这是连翘按照他的要求淘来的旧货,老赵掂量掂量,把电池拆了下来。

能赶上长五遥三发射纯属巧合,只能说中国足够大,只要你想找,总能找到你想要的。

"长五哪天发射哦?"白震问。

"这个月27日。"赵博文回答,"时间非常紧张,日子不等人,搞到这枚大火箭可不容易啊,手里有尚方宝剑都撕扯了很久。"

"哪天回来?"

"以我们为坐标系原点,飞船的返回舱会在二十年后的12月27日晚上10点左右再入大气层,它会降落在梅花山庄附近,一个直径一公里的大圆，不载活人，降落可以稍微粗暴一点。"

"核弹是送到了，问题是后续要怎么搞？"王宁问。

这是所有人都关心的一个问题，此时仍然悬而未决。

核弹已经出发了，火箭就矗立在发射塔内，看似一切准备就绪，可那枚核弹要如何触发？如何精准地消灭大眼珠？

"先把邱小姐送过去！赶上末班车，后面走一步看一步。"

老赵说是这么说，但他心里其实有一个计划。

他要赌一把。

"有百分之十的概率就值得一试，有百分之三十的概率就算有把握，有百分之五十的概率，就叫十拿九稳。"

赵博文在省委的会上这么说，他的计划只是基于一个猜想——猜想不要紧，黎曼猜想也是猜想。

"那你心里的计划有多大成功概率？"有人问。

"值得零点一试。"老赵回答。

百分之一的概率。

与会的人们互相对视，交换目光，就当前这个基本上没辙的形势，还有百分之一的成功概率，那可真是了不起。

"百分之一的概率就敢试？"白震帮忙撕开太阳能电池板的外包装，"你这可着实冒险，负得起这个责吗？"

"负不起。"赵博文干脆利落，他坐在茶几对面埋头干活，"要不这个责任你来担？"

"不不不，死道友不死贫道，这个艰巨的任务就交给你了，老赵。"白震连忙摇头，"天将降大任于斯人也，必先苦其心志，劳其筋骨，饿其体肤，老赵，组织上看重你信任你是有原因的，就冲你这强大的心理抗压能力，万中无一。"

"扯屁，我头发都要掉光了。"

赵博文冷哼一声。

一边的王宁抬头瞄了一眼老赵黑发浓密的头顶，也冷哼一声。

"捆好了，你该告诉我们这摄像头干什么用了。"王宁用透明胶带把太阳能电池板紧紧地缠在一起，往茶几上一推，"搞两个摄像头能做什么？它能解决大眼珠？"

"百分之一的概率能解决大眼珠，百分之九十九的概率不能。"赵博文回答，"不过无论百分之多少的概率都是虚的，如今计划碰到了没法解决的难题，所有人都寸步难行，当所有人都停下来时是最麻烦的……重要的是不能停，这么庞大一个团队，停下来就会冷却凝固，再启动就难了，我们需要一个突破口，让大伙儿看到希望，让所有人保持精力、热情和活力。"

"您就是曹操？"王宁说。

"曹操？"

"望梅止渴了您这是。"王宁解释，"只是不知道这梅子是不是真的存在？"

"老赵你究竟有什么计划啊？"白震也问，他把第二台摄像头用胶带捆好，放在茶几上推了过去，"这摄像头是什么灵丹妙药？"

赵博文神神秘秘的，老卖关子，让两个老伙计极其不爽。

"接下来我们要把这俩玩意放到新街口去。"赵博文把两个摄像头叠起来，每只摄像头都用透明胶带缠得严严实实，绑着天线和太阳能电池板，硕大一只，他扭头让连翘帮忙拎着无线路由器，"测试一下能不能用725远程连接这俩摄像头，技术部的人跟我说可以，我们还是得试试。"

"用725电台远程连接两个摄像头？用同轴电缆或者光纤吗？"连翘跟在他屁股后头问，"从新街口拉五公里长的电缆到指挥部……"

"信号衰减太厉害，不行。"赵博文说，"你见过五公里长的网线啊？一百米到头了。"

"用光纤！"

"多模光纤最多两公里，再说一盘光纤一公里，她怎么接续啊？"赵博文又说，"咱们用无线传输，你怀里抱着的无线路由可以刷成信号中继。"

赵博文要把两台摄像头放在新街口，看行为他仿佛是要用摄像头当作诱饵——这令所有人都难以理解，没有任何证据表明大眼珠会对摄像头感兴趣，如果它对摄像头感兴趣，那南京市区里有数十万计的摄像头，大眼珠不得在市区里看花了眼？

这是什么奇怪的战术？

"不是什么奇怪的战术，这叫大眼瞪小眼计划，如果我的猜想没有出错，那么这东西就是干掉大眼珠的关键。"

赵博文拿起一卷透明胶带，用牙齿咬住胶带，恶狠狠地往下一扯。

"嘶拉——"

半夏将最后一条细布条撕下，层层地绑在摄像头上，捆好之后拿起来晃晃，确认摄像头的所有外设都固定住了，将它们扔进背包里。

"BG，我这边一切准备就绪。"

她把包背上，掏出怀表看看时间，挂好手台，推门出发。

天边挂着一弯明亮的月亮，黑色的城市像是沼泽，女孩离开单元楼，她站在楼前的空地上望了一眼月亮，然后转身几步，很快就消失在夜色里。

今天晚上月光很亮，半夏径直往新街口去了，背包鼓鼓囊囊，装着摄像头和无线路由，这一次她可当心了，不能再走过头。

"哼哼"号合成孔径雷达成像遥测卫星在今天正式完成了它的历史使命，重新返回大气层烧毁，算起来它算是超期服役了，卫星项目组给它设计的寿命只有一百六十个小时，而它顽强地多存活了一个昼夜，并在坠毁之前最后一次汇报了大眼珠的位置。

它在紫峰大厦一带转悠，抓住这个机会，半夏直奔新街口。

第二次出动已经比第一次更有经验，指挥部坐镇梅花山庄，后勤支持团队紧密配合，白杨和连翘盯得死死的，相较于第一次行动，今晚的行动更简单更直接，半夏不需要再前往基地，她只需要在新街口打个转就回来。

本次行动的宗旨是"快"。

一个字，就是"快"，兵贵神速，越快越好，尽量缩短在外活动的时间。

"她就……只需要去扔两台摄像头?"

白震仍然难以理解这是要做什么。

"对。"赵博文点点头。

"摄像头能起什么作用？"王宁问，"你真把这东西当诱饵？我不觉得它有什么吸引力。"

赵博文不说话了，他慢悠悠地转过身去，背着双手，留给众人一个高深莫测的背影。

老王冲他狠狠地竖起中指。

"BG，我看到了新百大楼……新街口到了，没有发现任何异常。"

"各组注意，抵达新街口！完毕！"

"注意，抵达新街口！完毕！"

"抵达新街口！完毕！"

半夏掏出背包里的摄像头，一手一只，每一只都用透明胶带和细布条把摄像头、电池板、无线路由紧紧地捆在一起，这是她在指挥部指导下拼凑起来的远程监控摄像头，从新街口到梅花山庄有五公里远，这么远的距离要做到图像传输不是一件容易的事儿，技术部门认为利用线缆不切实际，沿路安置两至三台无线路由勉强可以支持图像数据传输，半夏从垃圾堆里淘出来几台华为无线路由，指挥部立即找华为改写固件传过来刷机——当初女孩洗劫了珠江路，拖回来大量有用没用的电子垃圾，在后续的工作里这垃圾山就变成了宝藏，摄像头、主板、电源、网线，常见的电子元件应有尽有。

新街口广场是一个巨大的十字路口，东西向的中山东路与南北向的中山南路在此交汇，形成一个大转盘，转盘的中心则矗立着孙

252

中山先生的铜像。这里是全国最繁华的商圈之一，世界毁灭之前每日游人如织，以广场为核心，世贸中心、国金中心、南京中心形成了一圈的超级高楼，也难怪大眼珠老喜欢在这里盘踞。

谁都喜欢繁华的地儿，不仅古今中外概莫能外，连地外系外也不例外。

半夏在马路这边放下一台摄像头，又跑到马路对面放下一台摄像头。

这是赵博文叮嘱的。

半夏自己也不明白为什么要这样做，赵博文千叮咛万嘱咐，两台摄像头一定分开放，离得越远越好。

且两台摄像头的视线不能平行，必须交叉。

半夏趴下来调整摄像头朝向，确保两只摄像头的视线可以在广场对面交汇，至此她的任务已经完成。

此外还有一个小插曲。

打道回府的时候半夏从科巷那边经过，路过自己前两天被追杀的那条街，吃了一惊。明亮皎洁的月光下，路面上铺满了细碎的绿色枝叶，女孩站在路口，从街口望向尽头，那一整条街上的植物都被切成一米多高，断面整齐划一。

半夏的工作基本完成，咱们暂时按下不表。

话分两头，另一边，指挥部这边正在紧锣密鼓地安排邱小姐的出嫁事宜，从古至今嫁女儿都是件麻烦事，更别说跨时间跨星系跨种族跨文明的四跨婚姻，作为娘家，为了让大眼珠这个新郎官能成功地与邱小姐共度春宵，一爆泯恩仇，指挥部里上百个老丈人可是操碎了心——

当老赵找到中核工业的工作组说要派出邱小姐时，工作组激动地紧紧握住老赵的手，说你可总算来了，我们已经在计算机里把南京炸了一千四百遍。

"这里是新街口，南京市区里高楼密度最高的区域，邱小姐当量一万吨，如果在新街口广场用地爆的方式引爆，能炸出一个直径八十米深度二十米左右的弹坑，核火球直径能达到两百米……也就是说，以邱小姐为圆心画一个直径两百米的大圆，这个圆内的一切东西全部报销。"

大屏幕上是秦淮区的3D地图，放大至新街口，主讲人打了个响指，新街口中央膨胀起一个深红色的大球。

这个大球直径有两百米，可以预见的是，在核弹爆炸后的零点零零一秒内，新街口广场周边的一圈高层建筑——世贸中心、国金中心、南京中心，这些玻璃幕墙摩天大楼都会瞬间熔化，人间蒸发。

钢铁的熔点是一千五百摄氏度，玻璃到六百摄氏度就会开始软化，它们在核爆的高温面前就像蜡塑的。

"核火球内部有一千万度的高温和2000 psi的超压，这就是一颗小太阳，神挡杀神，佛挡杀佛！"主讲人的语气相当狠戾，"在核弹爆炸后的一秒内，爆轰波会席卷整个……"

"打住，打住，它的威力我们已经够清楚了。"有人打断他，"我们现在需要知道它会不会对MSR造成危害。"

主讲人沉吟了几秒。

"那我们接着说，邱小姐爆炸后方圆五百米内的建筑物会被彻底夷平，这个范围内超压可以达到20 psi，人造的钢筋混凝土建筑基本上扛不住这样的冲击，但是到了三公里以外——也就是到解放路这儿，爆轰波的超压就会下降到1 psi，也就是震碎窗玻璃的程度，可能会伤人，但是不致命，而梅花山庄距离新街口有五六公里远。"

大屏幕上的红色火球外又套了一层更大的半球，这个半球直径三公里，它是邱小姐冲击波的杀伤范围。

"这么说，它爆炸时的冲击波不会对梅花山庄造成严重损坏？"

"是的。"主讲人点点头。

"别忘了第一和第二基地，它们能抗得过核爆吗？"

"不用担心，第一和第二基地距离核爆中心足够远，爆轰波抵达它们的位置时，超压大概是5 psi，这个威力可以摧毁大多数民居，但是对地下的三防设施无可奈何，我们在设计两座基地时，第一个考虑的就是防核。"

"那么辐射呢？"

"辐射的危害比冲击波要大，我们设计这枚核弹时在尽量降低辐射危害和放射性沾染，核爆之后，在核爆中心八百米范围内，电离辐射剂量能达到五十希伏，普通人在这样的辐射环境下五分钟内就会死亡……不过他在因为辐射死亡之前就会因为高温或者冲击波挂掉，到核爆中心一公里以外，辐射剂量还有五希伏，这样的辐射剂量仍然可以导致人类死亡，就算命大幸存下来也会患上辐射病，所以在核爆发生时一定要做好自身防护，躲起来，躲在建筑物里，躲得越远越好。"

与会者们互相交换目光，有点担忧。

"还有放射性沾染呢？"

"根据赵组长给我们的数据，MSR过去一周多记录的天气和风向，我们认为那边这个季节主要是东北风。"

主讲人继续按PPT，地图上以新街口的核爆为中心，往西南方向拖出一条长长的红色尾巴。

这条尾巴是如此之长，一直拖到了地图之外。

"它要吹到哪儿去？"

主讲人不说话，把地图缩放，一直缩放，最后南京市整个市区都变成一个巴掌大小，众人才发现这放射性尘埃一直吹到了芜湖。

"它会形成一片近千平方公里的放射性沾染区。"主讲人说。

"往这个方向吹，那二号基地就在沾染带内。"有人提醒。

主讲人点点头。

"是，所以核爆后只能去北边的第一基地。"

赵博文在会议室里坐在第二排，其实按身份地位他该坐在倒数第二排，作为一个有权无职、被临时任命的战时前敌指挥，论资历论能耐论肩膀上扛的星星，他比在座的可都差远了，老赵能压得住场子，大多数时候靠的是他本人的气势，癫蛤蟆瞪眼睛，见谁都不怕，如果换成老白老王站在这里，对面大领导一为难，多半就不敢再强逼了，只怕是你推诿我妥协，最后扯皮扯到明天早上。

而老赵就不一样了，作为一个老中二、万年副教授，就算面前坐的是碰司令，他也敢抢了对方那副用502粘在脸上的墨镜，让他睁大狗眼看看还剩多少时间。

时间啊时间，赵博文在心里暗暗叹气，明明隔着二十年这么漫长的时间，却每一秒都要争抢。

"散会！"

主讲人结束了自己的规划布置。

所有人起身离席，省委大楼里只剩这最后一间会议室还亮着灯，凌晨1点20分，组织部都该下班了，指挥部还在开会。

自己回去也该写篇文章，叫《指挥部的灯光》。

老赵坐在那里，默默地想。

3

一大清早，白杨就被老妈轰起来跟着连翘出去跑五公里，练了这么久，白杨已经练出一身边跑边睡的绝技，人类没法像海豚那样左脑工作右脑休息、右脑工作左脑休息，但白杨可以在跑步时让大脑处于放空状态，在此状态下他六亲不认，认不出来。

他换好鞋子，睡眼惺忪地打开门，还没踏出门槛，一群蓝衣大汉夺门而进。

"早上好。"打头的汉子粗声粗气地打了个招呼。

"哎哎哎，你们这……你们谁呀？"

白杨大惊，睡意都散了一半。

这群大汉并不理他，成群结队地往客厅里鱼贯而入，手里拎着工具箱，抬着成捆的银色金属线，拎着腻子粉、油漆桶，最夸张的还有扛着一大沓瓷砖的……沉重的高帮长靴踩在老妈刚拖过的地板上，一脚一个黑脚印。

白杨立马明白了这是群什么人，心说你们换便装怎么不把鞋也换了？哪有一群人齐刷刷地剃板寸还穿07式作战靴的？

"来啦？来得真早，啊，黄队，您好您好。"老爹从房间里探出头来，他还穿着睡衣，踩着拖鞋吧嗒吧嗒地跑过来和人握手，"材料都带齐了吗？"

"带着呢，白组长。"黄队拍拍手里的红色工具箱，又指指身后队友们肩扛手抬的材料，"赵组长回来了吗？"

"没呢，昨晚去省委开会，开到现在还没回来，大概在那边打地铺了。"白震回答，"咱们事不宜迟，赶紧开工。"

白杨站在边上，懵懵懂懂。

施工队直扑白杨卧室，小小一间卧室挤进去四个膀大腰圆的男人，他们把椅子、被褥、书包、书架上的书，以及所有能搬动的东西都搬了出来，堆在客厅的墙角，不能移动的物体，就展开透明的塑料布，把它们严严实实地包裹起来。

"这……这是在干吗？"

"施工。"白震说，"你怎么还不下去跑步？连翘在底下等你呢，今天上午你们不是要去紫台办公楼和莫愁湖地铁站吗？"

"哦哦哦。"白杨一步三回头，出门下楼去了。

施工队在地板上、书桌上、书架上都铺好塑料布，然后开始铲墙皮，铲完墙皮卸掉一层砖，再用油性笔在砖块上画方格，往格子里打膨胀螺丝，他们关上房门叮叮当当一阵猛敲，毫不手软。

每分钟都有拎着锤头凿子的壮汉出来，把堆在楼道里的材料扛进去。

这是在干吗呢？

这是在构建安全屋。

施工队带来了镀银的粗铜线和四毫米厚的铅板（白杨以为是瓷砖），甚至还有淡黄色的含铅防辐射玻璃，他们把铅板严密地铺在北边和西边的墙壁内，互相嵌合，不留缝隙，再用镀银铜线铺在房间的砖块夹层中，一圈一圈地铺设，铺成网格——很显然，铅板是辐射屏蔽墙，而铜线可以构成法拉第笼。

中核工业的工作组表示这枚核弹是专门设计的，针对辐射和放射性沾染做了优化，距离爆心三公里以外，辐射剂量就会下降至零点零一希伏，而在核爆后的二十四小时内，核辐射沾染区域空气中的辐射剂量会自然下降至最初的百分之一，也就是说，梅花山庄在核爆发生一昼夜后，空气中的辐射剂量只有零点一毫希伏，还赶不上医院里做一次CT。

工作组的专家说放心，咱们的邱小姐干净得很，当年苏联用核弹炸水库，原子能部部长第一个跳进去游泳。

尽管如此，指挥部仍然不放心，老王说单看数据是赶不上做CT，但你能天天在医院里做CT啊？

零点一毫希伏的辐射剂量持续照射，相当于天天站在X光机前做胸透，短期内不致命，长期来看准不行。

核工作组里的小年轻暗搓搓地说这还能有长期？

王宁当场就暴起要打人。

他这体重老白一个人还拦不住，老赵一起拦才拦下来。

于是指挥部规划着要把白杨的卧室改造成安全屋，可以防辐射，可以防电磁脉冲，以免核弹爆炸摧毁icom725电台，拐两五这一大把年纪的老身子骨可经不起核武器的折腾，电磁脉冲一来，内部电路要被烧得乱七八糟。

所以他们用镀银的铜线沿墙面铺设，构成法拉第笼，以保护电台不受核爆炸影响。

铺好辐射屏蔽墙和法拉第笼，施工组再把砖头砌回去，给墙面糊上水泥，抹好腻子，泥瓦匠手法娴熟老道，相当了得，白震评价说这一抹，是二十年的抹功啊，水泥和腻子都是特制的，里面掺了硫酸钡，最后施工组把窗玻璃给卸了，换上铅玻璃。

做完这一切，把地板上的塑料布一卷，所有垃圾都被卷走。

干净利落。

"喔……黄队，你们做得很好啊，效率很高。"

赵博文探头进来望一眼，白杨卧室内部陈设如初，只是四面墙壁和天花板焕然一新，跟重新装修了一遍似的。

"赵组长，你回来了。"

"刚刚从省委回来，开了一夜又一上午的会。"赵博文打个哈欠，"最近这段时间，忙得晕头转向……"

"客厅和其他地方需要改装吗？"

老赵扭头望了一眼乱糟糟堆满文件和电脑的客厅，摇摇头。

"算了，这边不适合大规模动工，改客厅改到明天都搞不完，把卧室改造一下能保电台周全就行，你们的任务完成了。"

"那我们就回去复命了。"

黄队啪的一下立正敬礼。

施工队列队鱼贯而出,最后一个走的人顺带把地板给拖了。

临近中午,白杨回来才发现自己的房间好像变了样——其实什么都没动,唯独墙壁变干净了。

"是明天吗?"

"是的,大小姐,飞船会在明天发射,也会在明天返航,并在你家……呃,我家附近降落,OVER。"

"它会落地?"

女孩有点惊奇。

"当然,它当然会落地,不落地怎么把核弹送到你的手里?"白杨解释,"会有一个很大的返回舱落地,落地的时候反推火箭点火,轰的一下,蛮壮观的,邱小姐就坐在里面呢,你把它接出来就好啦,OVER。"

"BG……它……它不会砸到我吧?"

女孩又有点担忧。

白杨一愣,他可没想过这个,不过仔细一想真有这个可能,往常载人飞船的返回舱都是在内蒙古四子王旗的着陆场降落,那地方地广人稀,可从没飞船在南京市中心着陆的,于是他摘下耳机扭头喊:"爸! 她问飞船会不会砸到她,有这个可能吗?"

"有!"老爹回答。

"什么?"白杨吃了一惊,"那该怎么办?"

"还能怎么办？机灵点，看到它落下来就躲远些，剩下的靠佛祖和菩萨保佑，你王叔已经去栖霞寺烧香了。"

老王说栖霞寺的佛祖和菩萨比鸡鸣寺的就要灵通，鸡鸣寺的神佛把法力都点在姻缘上了，一个个都是姻缘破坏神，在这个邱小姐出嫁的关键档口，绝对不能去鸡鸣寺烧香，老王还下令整个指挥部所有人近期都不能去鸡鸣寺，连路过都要绕道。

"BG呀BG，我现在还不能明白为什么要扔两个摄像头过去，这是要做什么呢？"

"诱饵。"白杨回答，"它可以吸引大眼珠，我猜是这样，OVER。"

"它为什么可以吸引大眼珠？"

女孩很好奇。

"你之前不是说它总和你对视？我估摸着这玩意应该有追踪人类视线的机制，你盯着它看的时候它也会盯着你看，这就是用摄像头的视线作为诱饵，吸引大眼珠踏进伏击圈，OVER。"

白杨想到了一个自认为靠谱的答案。

"可是摄像头哪会有视线？"半夏更不解了。

摄像头是信息单向传播的链路，是信息传播的单向阀门，监控者可以看到被监控者，被监控者不可能看到监控者，全南京市满大街的摄像头，谁能通过摄像头看到监控后面坐着的人？

如果这一点可以做到，那结果是很可怕的，电视里的人可以看到电视外的人，《新闻联播》的主播可以在晚上7点同时看到几亿中国人。

几亿中国人同时出现在瞳孔里，难以想象那会是什么样的场面。

白杨挠了挠头，他也觉得这不可能。

"他还让我尽量把两个摄像头的距离拉远，视线交叉，这又是为什么呢？"半夏闷闷地问。

"或许是要确定核弹的起爆点？就像战斗机上的机枪弹道交汇点那样，视线交叉的位置就是核弹引爆的位置。"白杨又想了一个自认为靠谱的答案，"我们必须把这东西放在预定位置，否则炸不死它，核武器威力也是有限的……你觉得呢？OVER。"

"嗯……不想了不想了不想了，我不想讨论这些，我好累啊——！"女孩瘫倒在椅子上，捂着后脖子努嘴，"我昨天晚上爬了好久的路灯杆子挂无线路由，可是我腰背还在疼呢，上次掉进下水道里身上的伤还没好，就冒着生命危险出去干活儿，我这么辛苦，要听一些好听的话！"

"大小姐辛苦了，我谨代表2019年的七十五亿地球人对您表示诚挚的感谢与问候，OVER。"

"还要！"

"大小姐，我们对你的感激如滔滔江水，连绵不绝，一泻千里，千里迢迢，OVER。"

白杨老直男了。

"我不要感激，夸我夸我夸我夸我！"

"今天我从书架上拿了一本《论语》，随手一翻，看到的第一句话就是，子曰大小姐天下第一。"

"还要！"

"我又从书架上拿了一本《庄子》，随手一翻，看到庄周说他梦到你了。"

"换一个！"

"我为你带来了联合国秘书长的口信，他说全世界人民都不会忘记你所做出的伟大贡献，他们要在阿尔卑斯山上给你塑像，OVER。"

"联合国秘书长？他是谁？"

"他叫卡卡罗特，OVER。"

"哦……"半夏半信半疑地点点头，她犹豫了一下，接着说，"那代我谢谢卡卡罗特，塑像的时候要塑好看一点啊。"

结束通联，白杨在椅子上沉默地坐了许久，一双有力而纤细的手落在他的肩上，帮他捏了捏。

"我觉得你一点都不开心，却要在通联时装出精力充沛情绪高涨的模样，还要给她讲笑话。"身后的人一边捏肩一边说，"累不累？"

"翘姐。"白杨轻声说，"能帮我把灯关上吗？"

"好。"

连翘把卧室里的灯关了，房间里顿时一片漆黑，窗外还有昏黄的路灯灯光，但路上没有行人车辆，此时已经到了凌晨1点多，这个城市已经睡下了。

白杨默默地坐在黑暗里，在窗前留下一个一动不动的模糊背影，仿佛失去灵魂的空壳，连翘走过来把手按在他的肩膀上，感受到连翘手心的温度和力量，白杨才动了动，他抬起手盖在连翘的手上，用力握紧了。

连翘拍了拍他的手背。

"计划能成功吗？"

"都到这个时候了，明天核弹就要发射，还想这个？"连翘轻笑。

"可是我们一路狂奔到现在，根本没有喘息的时间，哪有空档留给我慢慢思考呢？"白杨盘起腿来，"再说思考又有什么作用？思考只是浪费时间，多思考一秒，末日就逼近一秒。"

"大家都是在蒙眼狂奔。"连翘点点头，"谁知道能不能成功呢？先做了再说。"

"可是……"

"可是那个小姑娘究竟能不能因此得救呢？核武器真的不会伤害到她吗？"连翘说。

白杨张了张嘴，没说什么。

"小白啊，这个问题谁都给不了你答案，我们都想救她，你爸也好，王叔也好，赵叔也好，又有哪个老父亲不想救自己的闺女。"连翘弯下腰揽住他的肩膀，细软的发丝垂落下来。"但任务的成败高于一切，全人类的利益高于一切。"

"好残忍。"

"是的，你是主犯，我是帮凶，我们所有人都是帮凶。"

白杨的身体慢慢地前倾，额头磕在桌面上，一动不动。

他不敢思考。

一旦思考，就心乱如麻。

假使他们真能完成任务，那么未来会得到改变吗？

假使未来能得到改变，那么大小姐又会变成什么样呢？

果真如连翘所说，不要思考，蒙眼狂奔吧，这是一场争分夺秒的百米短跑，没人有时间停下来慢慢思考，你要做的就是盯住目标，然后拼尽全力。

先拼尽全力，再看是非成败。

白杨抬起头望向窗外，窗外是静谧的夜晚，对面的楼里寥寥还剩几盏灯光，明天长五遥三火箭将带着那枚核弹发射升空，此时此刻，那枚纯白色的重型火箭正安静地屹立在两千公里外的勤务塔里，头顶上一片璀璨的星空。

无论是2019年还是2040年，这都是暴风雨前的片刻平静。

"累了就睡觉，好好休息。"

连翘拍了拍他的后背，转身拉开房门，忽然又回过头来说：

"明天记得早起。"

2019年12月27日20时45分，长征五号遥三运载火箭在中国文昌航天发射中心点火升空，飞向二十年后的漫漫未来。

4

在使用核武器之前，半夏必须保护好自己，中核工业给出了详细的自我保护指南（专家组仍然认为邱小姐爆炸在可预见的未来不会给女孩造成实质性伤害，但他们拗不过指挥部的三个老爹），在指南里细致地说明了如何在核爆后生存，半夏逐条逐条地排查，检查门窗的密封性，用塑料布把物资严密地包裹起来，但无论怎么做防护——用专家组的话来说，都不如跑得远。

中核工业建议半夏在核爆后的一周时间尽量远离梅花山庄，往东转移，到南理工或者农科院附近躲一个星期，如果条件允许，躲到紫金山背后的栖霞区去当然更好，这个季节刮的是东北风，栖霞区是上风口，不受沾染的影响，所以半夏是在做转移前的准备。

这可是个大工程。

半夏把睡袋帐篷雨披都卷起来，用绑带紧紧地扎在自行车的架子上，吃的喝的用的都塞进背包里，她蹲在地板上，用力拎了拎包，真沉，再把它重重地放下来。

包后面探出一个小小的脑袋。

"要搬家了呀，黄大爷。"

女孩伸手拍了拍黄鼠狼的小脑袋。

黄大爷昂起脑袋，一扭头跑掉了。

"别跑远了！"半夏喊，"别到时候找你找不着！"

黄大爷没回应，也不知道听没听见，女孩叹了口气，真不让人省心。她起身坐到椅子上，慢慢地舒了口气，又觉得应该再喊一声，于是她冲着房门喊："别跑远了啊！"

屋子里已经收拾得差不多，能带走的都打包了，不能带走的都封存了，比如说厨房里的明代景泰青花侍女踏青图罐，还有洪武釉里红岁寒三友纹梅瓶，以及大大小小的瓶瓶罐罐，带不走的统统在楼下挖个深坑埋起来。

这么多东西临时来收拾肯定是来不及的，半夏必须提前准备。

现在的时间是12月27日下午3点。

女孩默默地坐在椅子上，面前的桌上挤得满满当当，icom725业余无线电台、赛扬3150工控主板、显示器、电源、键盘、摄像头，各种凌乱的电子元件堆积成山，桌子底下还堆着电瓶，横着三脚架，烧报废的液晶屏，这都是她过去几个月的劳动成果，半年之前，她还不敢想象自己能搞定这么复杂的系统，瞧瞧，时间要改变一个人是多么简单，它用不了多久，就能让自己变成另外一个人。

半夏拿起耳机戴上，脸上不自觉地挂上微笑。

再把耳机摘下，脸上又恢复成面无表情。

再戴上，又在微笑。

再摘下，又面无表情。

她把耳机放回到桌上，一动不动地注视着它，双眼一点一点地眯起来，是从什么时候开始，自己也学会了伪装？

伪装成一个永远精力充沛、意志坚强、快乐开朗、不可打倒的姑娘。

你明明知道你不是那样的人。

半夏轻声说。

你怯懦，你害怕，你畏缩，你想逃避，你不敢直面那么大的困难和危险，你害怕核弹，害怕大眼珠，你快撑不下去了。

"你演给谁看呢？"

女孩对着桌上的耳机说。

可是耳机保持沉默。

当天晚上，长五遥三火箭发射时指挥部里正在看直播，当然不是央视那糟糕到家的直播，而是另外的专门线路，贵宾机位中的贵宾机位，长五脸上的毛孔都能看见清清楚楚，从早上吃完饭开始，老赵老白老王他们就在蹲守，与文昌中心远程保持同步，他们可以说是全世界对本次发射最紧张的一伙人，指挥部很清楚机会难得，成败在此一举——一旦发射失败，就算长五有备用箭，邱小姐也没备份的了。

中核工业反复强调说你们只有一次机会，这枚核弹我们只有一颗，想再搞一颗一模一样的最快也得两个月后，我知道你们等不起。

老赵说闭嘴，你们把我搞紧张了！

一下午老赵都在和发射中心联系，反复确认步骤，几乎到了骚扰程度，直到发射中心忍无可忍，怒喝你能不能闭嘴！再打电话过来干扰我们的工作，这枚火箭要是出了岔子你负全责！

总算有人能治治老赵这个王八羔子了。

赵博文被怼了回来，颇为无奈，他郁闷地坐在沙发上，远远地望着两千公里之外的火箭屹立在灯光下冒白烟。

"专业的事交给专业的人去干，对吧？"白震对王宁说，"不懂的外行就别去添乱，这是最基本的工作原则。"

王宁点头称是："我从来不在别人忙的时候打搅人家，讨

269

人嫌。"

"这是素质问题。"白震说。

"是,素质问题。"王宁也说。

当晚8点45分,长征五号遥三火箭点火,指挥部里众人的目光追着那个大白胖子在空中逐渐远去变成一个发光的小点,说实话,谁的心里都相当忐忑,长五技术还不够成熟,两年前遥二火箭发射时就出过问题,氢氧发动机工作异常导致任务失败,指挥部几百号人一点大气不敢出,死死地紧盯着不放。这是没办法,要是有办法跟着一起上天,指挥部里肯定会有人去的,别人不说,赵博文就要第一个报名,他要从火箭发射一直跟到打开整流罩才肯放心。

好在长五团队和栖霞寺的佛祖都靠得住,当晚8点50分,星箭分离,指挥部确认载荷成功入轨,运控大厅里那块久违的大红屏幕亮起,所有人起立鼓掌。

新载人飞船原型机搭载邱小姐进入轨道,并在一个小时后切断与地球的一切联系,它将是人类世界发往未来最庞大的时光慢递,飞船的运行轨道被设计成一条前往太阳与地球的L4拉格朗日点的路径,在L4点飞船将以晕轨道转悠二十年,同时和地球保持公转周期上的同步,直到返回日临近,再重启发动机返回地球。

这同时也是迄今为止最复杂的时光慢递任务。

比之前的"哼哈二将"还要复杂,主要复杂在再入大气层上。

"哼哈二将"的轨道设计最复杂,但它们不需要进入大气层,不需要面对这个人类航天史上最大的难题,一头扎进稠密的大气对任何航天器来说都是生死关,而邱小姐从一个天文单位外的L4点返回地球，再入大气层时的速度远超近地轨道——这也是为什么指挥部需要把新载人飞船借过来，新载人飞船是为了登月甚至登火任务准备的，它拥有高速返回地球大气层时仍然保证自身安全的能力。

"成了！发射成功！"白震拍案而起，"谁去买瓶酒，咱们庆祝一下？痛饮庆功酒——"

"买什么？"老妈悄无声息地出现在他身后。

"没没没没什么……不过这可是大喜事，就不能破例……"

白震还想挣扎。

"喝酒误事！"老妈一点面子不给，"你们的工作全部完成了吗，就想着要喝酒了？"

老白蔫了。

站在事后的角度上看，白震这口庆功酒确实想早了，火箭成功发射仅仅只是成功了一半，而另一半，得要等到晚上10点以后才能见分晓，按照原定计划，飞船将于2040年的12月27日晚上10点左右重返地球——于是一群人挤在白杨的房间外头等消息，等那艘飞船返回地球的消息。

白杨跟半夏说，载人飞船返回地球非常壮观，是超大号的流星，从夜幕下划过，全世界都能看到。半夏很兴奋，开开心心地做好准备看流星。

半夏又问它什么时候来。

白杨说晚上10点。

半夏再问如果10点没来呢。

白杨说那就11点。

半夏最后问如果11点还没来呢。

白杨说那就12点，反正今天晚上它一定回来的。

半夏说好。

她就坐在那里等啊等啊，等到了第二天天亮。

5

赵博文的心慢慢地沉了下去，沉进了腹腔，沉进了大肠，沉进了膀胱，沉到了楼下，沉进了地底。

一群人坐在客厅里沉默，频道里也沉默，整个团队陪着BG4MSR熬了一宿，直到早上太阳升起，指挥部才确认任务失败——没人愿意直面这个事实，可事实是这样的东西，无论你看或者不看，它都在那里，它像一面镜子倒映出人们心里的侥幸，从东方红计划开始直到如今，所有人都在心存侥幸，烟花成功了，哼哈二将也成功了，那么邱小姐没道理不成功——可是这里面能有什么道理？

回去翻翻时光慢递三定律，这个世界本就会阻挠任何人逃离大过滤器，远离地球是最稳妥的手段，但不是百分之百成功的方案。

就算是普通的航天任务都有失败概率，更遑论是跨越二十年的飞船，任何一个环节都有可能出问题，飞船一旦出毛病，就会化作废铁飘在前不着村后不着店的轨道上，铁一般无情严苛的事实掀开了所有人自欺欺人的遮羞布，直到一切尘埃落定，人们才发现谁都没半点把握，但谁都在佯装胸有成竹。

整个项目团队都回去归零了，留下老赵坐在沙发上啃苹果，心在跳手在抖，额头上在冒冷汗。

要命要命要命要命要命要命要命。

他搞丢了一颗核弹。

卧槽。

正常人这个时候该心肌梗死了，赵博文希望自己的心脏给点面子也梗死一下，反正打120三分钟救护车就到楼下，他宁愿住进医院插上呼吸机当个不省人事的病号——等自己一觉醒来的时候，或许会有人站在病床前严肃地对自己说：赵博文同志，危机已经全面解除，你的任务完成了！

"卧槽啊……"

赵博文紧紧地揪着头发说。

现在没人知道那颗核弹在什么地方，它可能遗失在任何一个时间点的任意一段轨道上，没有任何可能找回来。

"责任在我。"王宁说。

其他人一愣。

"我在栖霞寺烧香的时候只顾着让佛祖保佑火箭成功发射了。"王宁叹了口气，"忘了保佑飞船成功返回。"

"那你确实该死。"白震说，"自绝以谢党和人民吧。"

"电话！"茶几上的手机在震动，王宁把它扔到赵博文面前，"接下来该怎么办？有没有可能把它找到？"

"没可能。"白震说，"要逃过大过滤器的第一个要点就是不能受到人类干扰，飞船入轨后就与地面切断了一切联系，没人能找到它。"

"可是我们知道它的轨道。"王宁说，"紧急派飞船去追，能追回来吗？"

"你当是星球大战呢？"白震翻白眼，"人类历史上干过这种事吗？退一万步说，假设你真能把它追回来，那么你就会变成任务失败的原因。"

"操。"

"老赵！那个……"

白震扭头正要说什么，被赵博文推开了。

老赵推开他们，一言不发地走出门去，出门下楼，那身子晃晃悠悠，垂着头佝着脊背，仿佛下一刻就要在地上栽一跤。

白震欲言又止。

"老赵……你卧槽！"

果然栽了一跤，赵博文脚下踩空，一屁股滑了下去，弹弹弹弹弹到了楼下拐角。

白震和王宁连忙扑上来。

他们手忙脚乱地把老赵扶起来，可后者一丁点反应没有，他只是皱着眉头，抿着嘴角，扶了扶鼻梁上的玳瑁框眼镜，冷冷地扫了一眼两个老伙计，接着往楼下去了。

两个老伙计站在那里不知所措，他们从赵博文的目光里看到了怨恨，他在怨恨什么呢？怨恨团队太无能，怨恨飞船不靠谱，还是怨恨这个世界不留活路？

可无论他在怨恨什么，事实都已铸成，两个老朋友都很清楚，赵博文发泄情绪只是在破罐子破摔，他没办法了。

如此庞大的计划，调动了难以想象的人力物力，最后仍然功亏一篑。

老赵被击垮了。

赵博文到了楼底单元门口自己常坐着抽闷烟的地方，发现已经有人捷足先登鸠占鹊巢了。

是白杨和连翘。

两个人并排坐正那里，一动不动。

"让让。"

老赵挤进来，坐到两人中间。

他一屁股的灰，裤子还磨破了，也不在乎，从上衣口袋里掏出香烟和打火机，点着了塞嘴里。

"抽烟有害身体健康。"连翘提醒。

"没几年好活了，有害就有害吧。"赵博文叼着烟，"你们坐在这里做什么？"

"讨论还有没有挽救的法子。"白杨说。

"就你们俩？"老赵嗤笑一声，有点轻蔑。

"现在不是有你了吗。"连翘说，"组长，指挥部有没有备用计划？"

"有啊，火箭还有一枚，飞船还有一艘，理论上还有一次机会。"赵博文回答，"只要我们能等两个月时间，等到第二枚核弹准

275

备妥当。"

再等两个月时间，果真是理论上的机会。

没人知道在大眼珠的威胁下，BG4MSR还能否坚持两个月，所有人都不乐观，时间拖得越久于我越不利，这是共识。

"赵叔，要不你再挖一挖？"白杨说，"这个国家这么大呢，说不定什么地方还藏着秘密武器，藏着什么绝世高人，还有很大很大的力量没有发挥出来……"

"没有了。"赵博文不耐烦地打断他，"我还能到哪儿去挖？再挖就要挖穿地心了，全中国十几亿人，可是一个领域里的顶尖人物也就你两个巴掌那么多，能帮上忙的可能还不到五根手指头，能挖来的我早就挖来了，还挖，你是让我去五行山挖孙猴子帮忙吗？"

他真烦了。

为什么这帮人就是能问出这些蠢问题？为什么这些人总是在妄想永远都有解决方法？为什么这些人总是认为一切都有挽回余地？如果事事都有完美方案，人人都有圆满结局，那么人类历史上哪来那么多不幸和灾难？上帝他妈的早就死在阴沟里了，跟神明祈祷是没有用的，搞不定就是搞不定，死球了就是死球了，你们能他妈的明白吗，傻×！

他就不该接手这个烂摊子，世界毁灭就毁灭吧，早点毁灭早点干净，大家都变成橙汁去见绫波丽。

老赵闷闷地抽烟。

他情绪崩溃的时候相当歇斯底里。

"现在说任务失败还为时过早。"连翘说，"它可能只是迟到了，说不定今天晚上飞船就来了呢？"

"有这个可能性。"赵博文脸色和僵尸似的，"不过从技术上来说，它要么按时抵达，要么永远不会抵达。"

"我相信它会回来的。"连翘说得很认真。

"是啊。"赵博文冷冷地说，同时在心里说出了下半句：

你就是那样的傻 × 。

6

"失败了啊。"

女孩靠在椅背上，在黑暗中抬头望着天花板，鼓起腮帮子。

"接下来该怎么办呢？"

"等两个月，等第二枚核弹准备妥当，再发射一次。"耳机里的人这么回答，"这是唯一的法子了，丢失在宇宙中的时光慢递没有任何可能找回，OVER。"

"两个月呀……两个月肯定会下雨。"女孩说。

"下雨？"

"两个月后春天就要到了，肯定要下大雨。"半夏解释，"那么我放在街道上的摄像头就会被水泡坏。"

白杨扶额，居然还有这一茬。

这能怎么办呢？只好到时候再重新组装两个摄像头了，连核弹都重新组装，两个小小的摄像头算什么。

"另外，两个月后这里刮的风向也会发生变化，到时候就不是东北风了。"半夏又说，"这也会影响计划吧?"

白杨仰天长叹。

这事儿他兜不住了，好在他只是个通讯员，不是做计划决策的，想必此时此刻指挥部里做决策的人头都大了。

一次行动失败，留下来的烂摊子光收拾都麻爪子，赵博文骂人骂得歇斯底里，骂完还是老老实实地干活，指挥部无奈之下只能把项目团队分成两拨人，一拨人收拾残局，一拨人加班加点地推进第二次发射。

昨天晚上核弹回收失败，今天晚上老爹他们仨就夜不归宿，不知道跑哪儿开会去了，凌晨1点多还不回来，只有王宁半夜12点多的时候使唤小朱上门来取了一趟材料，可以想象省委或者南大某个会议室里又是一个灯火通明的不眠夜。连翘在客厅里整理文件，挑灯夜战，战着战着就睡着了，趴在茶几上不省人事，还是老妈把她抱到沙发上给她盖了一身毯子。

都太累了。

所有人都筋疲力尽。

很难说如今仍然支撑着他们坚持下去的是什么，当一个人累到头昏眼花眼皮子打架时，想必也不会考虑什么人类的未来，人类的未来是什么? 有枕头重要吗? 更何况指挥部里大多数人对计划的成功已经不抱希望，只不过没人敢明说，失败主义思想倾向在项目组里是绝对不允许存在的，但有些话就算不说也能从眼睛里读出来，有人私下里跟赵博文说，上级在讨论是否要把重心逐渐转移向军事备战上，言外之意就是对南京指挥部的行动已经不再看好。

白杨问赵叔我能帮上什么忙吗？

老赵无力地笑笑：让她开心一点。

白杨点点头。

老赵又说：还有，让你自己也开心一点。

相比于指挥部里的丧气包们，半夏反倒要豁达得多，大概是因为她一直生活在一个毁灭的世界里，形势再坏又能坏到什么地方去呢？

所以最后居然是半夏反过来安慰白杨：

"BG你看，其实生活在这里也挺好，你会习惯的，说不定还会喜欢。"

"是，我当然会习惯，大小姐，在你那个世界里我是死人。"

"……哦。"

到了回收失败后的第三天晚上，也就是12月29日晚，那艘飞船仍然没有任何回归的迹象，到了此时，就算是连翘都不得不承认任务大概率是失败了，邱小姐遗失在了茫茫太空中，正如赵博文所说，它要么按时抵达，要么永远不会抵达。

白杨越来越丧气，他念叨着一些无意义的屁话，譬如"还有五年就完蛋了你说我该不该去享受一下生活"，"如果你还剩下五年的生命会做些什么"，还有"大小姐你怕不怕死呀"，"如何勇敢地面对死亡"，就连老爹都看不过去了，他不希望自己儿子变成一个苏格拉没底的哲学家，老爹说你要是实在没话可说，就把任务细节再给她确认一遍。

于是白杨拿着平板给女孩复述任务细节，这些工作本来是要等到飞船成功回收之后再做的，但如今任务失败，闲着也是闲着。

他们进入视频通话状态，方便半夏能看到图片。

这是长征五号。

白杨举起长五的照片，在镜头面前停了几秒，又举起一张白纸，纸上写着上述六个字。

飞船就装在这里。

他再用笔在长五火箭的整流罩头部画了个圈，用箭头和文字标注出来。

这是飞船，核弹就装在飞船里。

白杨把火箭照片换成飞船，白白净净的新一代载人飞船待在无尘车间里，跟讲PPT做汇报似的。

这是核弹。

邱小姐是一个深红色的球体，在中核工业提供的技术资料里，它的大小被标注为直径三十六点六厘米，重量十九千克，比一颗篮球稍大一圈。

但内部结构就比篮球复杂多了，外层的复材外壳、缓冲内衬、内部的安全闭锁机构、炸药透镜、起爆器、反射层、核装药、中子源，一层套一层，这些东西白杨没法解说，因为他也不懂。

这是密钥。

密钥看上去像是一枚小小的U盘，实际上是一枚电子钥匙，密钥会安置在飞船内部随着邱小姐一同升空，权作是娘家送给她的嫁妆，为了确保这枚核弹的安全，项目组花了很大力气设计了相当复杂的闭锁机构——邱小姐有密码和密钥的双重保险，想要解锁核弹，必须同时掌握密码和密钥，先插入密钥再输入密码，而密码只有女孩一个人知道是什么。

只有我自己知道？

五分钟过去，视频通话换人出镜了，女孩出现在镜头前，举着手电筒和纸板，纸板上是一个问句。

她把问题凑过来给白杨看，几秒钟后埋下头去写新的句子：

可是没有人告诉过我密码呀。

她一连写了好几句：

快回答我的问题。

换人！换人！

现在该你上了。

信号收发切换，白杨在平板上写道：

我也不清楚，反正他们就是这么说的，他们说：当你看到它的时候，你就知道该输入什么。

由红转绿，就是解锁成功。

具体细节可以通联的时候说，打这么多字我好累啊。

我说完了，切换！

信号收发再次切换，女孩已经准备好了一堆问题：

我怎么进入飞船？

飞船有门锁吗？有钥匙或者密码吗？

白杨用小拇指抠抠耳朵，心说问这些问题有啥用，飞船都回不来了，现在不知道栽到什么地方去了。

不过他还是图文并茂地回答了：

这是飞船。

白杨在新载人飞船的照片上画了个大圈，特别框出指令舱，然后在图片底下输入文字：

你现在看到的飞船是完整的，包括指令舱和服务舱，但它返回的时候不会是这个样子，它只有一部分会重新进入大气层——注意，我圈出来的这个舱才是返回舱，核弹就放在里面，它是重返地球的那部分，当飞船降落的时候，舱门会自动弹开，不需要手动开启。

这张图片上的飞船太干净了，它在进入大气层时会遭到高温灼烧，你等等，我给你找一张类似的图片。

白杨上百度搜了一张烧得乌黑的阿波罗飞船返回舱照片，示意给女孩看。

你看到的差不多是这个模样。

我尽做些无用功。

白杨暗暗地叹气。

任务都失败了，还讲这些有什么用呢？就像是菩提祖师教孙猴子水中捞月，镜里观花，实际上那月是捞不着的，花也是摘不到的。

信号收发再次切换，半夏明亮的双眼出现在镜头里，她眨了眨眼，不知在回忆什么，片刻后从底下举起来一张纸：

这东西我见过。

7

卧槽。

卧槽槽槽槽槽槽！

白杨从椅子上弹起来，抬着两只手不知道该做什么，这个消息太惊人，惊得他大脑僵硬无法转动，几秒钟后他抬手按住额头让自己冷静下来，一边深呼吸一边告诉自己先别高兴得太早。

白杨立即上网搜索新载人飞船返回舱的确切图片展示给对方看，多确认了两遍，再让对方把通话模式改成音频。

"BG，我见过这个东西，这个返回舱，一个圆头圆脑的玩意，又高又大，半截埋在泥里，和你给我看的图片非常相似，如果我没看错的话……它就在人寿广场那个大坑里。"女孩在频道里说，"我还以为是个没爆的大炸弹呢。"

"它……它是什么时候到的？"白杨声音都在抖。

"你是说那个返回舱吗？我不知道它是什么时候到的，好多好多年前它就在那儿了，我第一次从南图对面经过时，那个大坑就在那儿了。"

"我的天呐。"白杨轻声说。

时间真是奇妙的东西，当你以为它要失约的时候，它实际上已经等了你好多年。

女孩多少次经过南图对面的人寿广场，都对那个大坑视而不见，如果飞船有思想，它肯定要郁闷为啥半夏不搭理它，可它也不能说话，不能呼喊，就这么风吹雨打地蹲在坑里，蹲了很多年，蹲到头上长草鸟做窝，蜗牛慢慢爬上来。

倒霉的飞船肯定不知道它来早了，它抵达的时候，女孩还不认识它。

白杨不清楚飞船发生了什么，但可以肯定的是某个环节一定出现了问题，飞船提前返回了，并且坠落在人寿广场，六吨重的金属疙瘩以极高的速度撞塌大楼砸在地上，震塌了周围建筑不说，还在地上撞出一个大坑。

不幸中的万幸是导航没坏，它找准了位置，落在梅花山庄附近。

真是天不绝我。

白杨哆哆嗦嗦地掏出手机，立即给老爹打电话。

白震这个时候正蹲在会议室外头的走廊上吃宵夜，白震、王宁、赵博文几个人靠着墙蹲成一排，一只手端着一次性纸杯，盛着白开水，另一只手抓着又冷又硬的蛋糕，晚上的会已经开了三场，从晚上8点半开到凌晨2点，开一场休息十分钟，每一拨都是不同的人，门外桌上摆的茶点都要吃完了，也没人上新的。

会议室里暖气开得极足，一群人闭门吵架，屋子里的二氧化碳浓度高得令人头晕脑涨，只有会议间隙的休息时间才能出来透气，但走廊的空气质量比会议室内也没强到哪儿去，所有人都饥肠辘辘，把门外的茶点一抢而空，白震抢到了两只蛋糕，一口一个。

"要我看呐，吵不出结果。"王宁蹲在边上，腮帮子鼓鼓的，"他们第一个考虑的是推卸责任，你听听这帮人说的，明面上是在讨论任务失败的原因，实际上重点是本组工作绝对没出问题，出问题的是其他项目组。"

"谁都能甩锅，我们该把锅甩给谁？"白震撇撇嘴，抬头环顾一周，其他与会者三三两两地站在走廊里，互相攀谈。

"甩给佛祖。"赵博文说，"栖霞寺里的佛祖和菩萨是第一责任人，就这么说。"

"就这么写报告？上头要撤了你的职。"王宁说。

"撤撤撤，早点他妈的撤。"赵博文骂骂咧咧，"不撤是我孙子。"

"有本事你这话当面跟领导说。"白震白眼一翻，"不说是我孙子。"

"去你妈的。"赵博文说。

"也不必太悲观，俗话说天无绝人之路，说不定今天晚上飞船就到了，有这个可能性，对不对？"白震抬眼望着天花板，把最后半块蛋糕塞进嘴里，真是见鬼了，平时怎么没觉得这蛋糕这么好吃？

吃完他又去张望，发现桌上已经被拿空了。

"是有这个可能性，不过咱们接下来不能再做这个指望，要抛弃幻想，准备战斗。"赵博文拍拍屁股起身，"走了走了，该回去了，下半场要开始了。"

接下来一场漫长的会议，各大项目团队负责人激烈地讨论如何展开二次行动，如何保证二次行动取得成功。

王宁坐在底下皱眉，一言不发，身边这些人嘴一张他就知道要说什么话，他的耳朵要磨出茧子了，尽管人人都在看似认真煞有介事地讨论任务细节，可王宁很清楚这是无用功，今天晚上他们把嘴皮子磨破也不会把计划往前真正推动一步，所有人都沉醉在假装努力的温水里自我催眠，好像坐在这里吵架真能吵出什么结果来。从某种意义上来说，这间会议室其实是座舞台，舞台上的每个人心照不宣地演戏，演给别人看，也演给自己看，大难将至，他们必须得做点什么，或者假装做点什么，这是他们的职责。

其实在这儿叨叨不如找栖霞寺的主持过来念经，后者可能更有效果。这世上百分之九十的会都不如和尚念经，这一点王宁深有体会。

“第二点，应当保证目标在核弹有效杀伤范围内，这个需要人工手动调整，如果我们把核弹投放在梅花山庄附近。”主讲人手里捏着一支笔，用笔帽在PPT上点来点去，“把核弹搬运到预设引爆点是高风险行为，应当备注标红。”

“我们还有没有办法再次监控刀客的行动？”

“需要遥测卫星。”

“卫星准备需要时间，更麻烦的是火箭。”

赵博文抄着两只胳膊，看谁都不爽，嘴噘得可以挂啤酒瓶子。

任务失败给他造成了很大麻烦，这让他在整个指挥部里说话的底气没那么足了，在他看来，这世上第二困难的是拯救世界，第一困难的是统率如此庞大一个团队去拯救世界。

“恭喜你发财！我恭喜你精彩！”

会议室突兀地响起刘德华喜庆的声音，打断主讲人的PPT，也打破了严肃的氛围，所有人一愣，都转头循着声音望过去。

白震手忙脚乱地把手机从口袋里掏出来，将电话按掉，主讲人微微皱眉表示不悦，开会时把手机静音或者震动是基本常识。

老白按掉电话，把手机藏到桌子底下，有点尴尬地笑笑。

“开会的时候希望大家把手机静音或者关机。”主讲人干咳了几声,"那我们接下来再看第三点……"

白震在桌子底下偷偷地用微信回复:

"儿子,我在开会呢,啥事打电话找我?"

几秒钟后,白杨回复了。

手机微微一震,老白打开微信看了一眼,眼睛越瞪越大越瞪越大,大到眼珠子都要从眼眶里掉出来。

"卧槽!"

老白陡然一声大喝,把所有人都吓一跳。

主讲人也给吓住了,茫然地把视线投过来。

"卧槽!"老白用力一拍桌子,腾地起身,"我叼你妈!我叼你妈的老赵!赵博文我叼你妈——!"

凌晨2点,一大群人连夜驱车赶往梅花山庄,车队在无人的中山东路上狂飙,白震一辆破丰田打头阵,他老司机了。

刚刚在会议室里老白暴起大骂赵博文,惊得众人愕然,骂这么狠只有一个可能,那就是赵博文派人把老白家祖坟给掘了,但接下来白震的消息让所有人炸锅,会议室里寂静了三秒,赵博文第一个冲了出去。

白杨在反复确认女孩所见的究竟是不是飞船返回舱时(连翘教了他不少询问技巧,如何让被询问者全面地回忆并交代所有细节),一大伙人呼啦啦地拥进来,白震推开卧室的房门,气喘吁吁地扯着嗓门问:"真的找到它了?"

白杨摘下耳机,扭头说:"准确地说,应该是它找到我们了。"

第三章

1

　　一个紧急作战会议在客厅里召开，谁也没法说清为什么飞船提前了这么长时间就返航，但不幸中的万幸是它没走丢，飞船的项目团队负责人百思不得其解，计划中的任意一环出现谬误都会导致差之毫厘谬以千里，返回舱最后落到非洲都不奇怪，可匪夷所思的是它仍然老老实实地一头栽到南京了。

　　任务团队体会到未来是一个纯粹的黑箱，你把任何东西送进去，它的发展都不可预知，你只能等待那个黑箱输出结果。

　　"我们估计核弹还有效，只要返回舱还保持完整，核弹就能用。"核工作小组说。

　　"这么结实?"白震问。

　　"我们在设计的时候，对核弹的要求是，它在飞船着陆失败时仍然可以保证安全性，返回舱可以烧毁，但核弹不能损毁。"核工作小组回答，"MSR观察到的返回舱保持了主体结构的完整性，那么核弹大概率还有效。"

"那咱们不用再等两个月重新设计核弹了?"

"应该不用,不过不能保证。"

"好!"赵博文用力拍巴掌,这是近些天来他听到的唯一一个好消息。

"别高兴太早,核弹可能幸运地保存下来了,但密钥铁定损毁了。"核工作小组的某人从脚边一沓 A4 纸上撕下细细的一条,举起来晃了晃,"密钥就这么大,很细很薄,我们没法让它太坚固,如果飞船不是正常着陆,那么它毫无疑问抵抗不住冲击。"

众人把目光投在那张小纸条上,它只有大拇指的指甲盖宽度,几寸长短。

"没有密钥有可能启动核弹吗?"赵博文问。

"绝无可能。"核工作组摇头,"没有密钥,核弹的解锁链路就是断路,闭锁无法打开,要是强行打开就会损坏核弹结构,导致核弹失效。"

"密钥可以重新制作一枚吗?"赵博文问。

"可以,有备份。"核工作组点头。

"备份密钥准备好送过来需要多长时间?"

"十二个小时。"

"好,那打个电话,让他们把新密钥尽快送过来。"老赵说,"小连,你帮忙做一下备注……"

"现在凌晨2点半,连翘都去睡觉了。"王宁说,"你给谁打电话呢?"

"明天早上，明天早上上班的时候打。"

"准备新密钥容易，但要把它送过去不那么简单。"核工作组说，"这个东西很精密，也很脆弱，而且绝对不能丢失，通常的时光慢递手段不适用。"

"不能装进时光胶囊丢进湖里？"王宁问。

"绝对不行，这是核武库的密码，无论如何不能丢失，我们任何人都担不起它可能丢失的风险。"核工作组说，"它只能有两个结果，要么送到目标手里，要么彻底损毁。"

"它要是丢了，咱们都得进去，少说判个几年，政治保卫干部盯指挥部盯得贼特么严。"有人低声说。

王宁皱眉，他目光环视一圈。

"要不就把它藏在这里？在墙上凿个洞，把它砌进墙里？"

"不行，砌进墙里就坏了。"

这把王宁也给难住了，他没想到长征五号载人飞船乃至于核武器这些大家伙都能搞定，居然会被一枚小小的密钥挡住前路。

密钥要求万无一失地精确送到女孩手里，这还真不是件容易的事儿，任何时光慢递都有失败的概率，他们可以采取各种方法提高成功率，但不可能保证百分之百——这世上事事不外乎如此，要求个六七十分是简单的，但要求八九十分就难了，而要求一百分则是没想让你好过。

"这些都不重要。"赵博文起身用力拍拍巴掌，"怎么把密钥送过去，我们会有办法的，如今的当务之急是把团队重新整合起来，把东方红计划第三阶段按照原计划推行下去！同志们，时间就是生命，我们现在把东方红计划重新捡起来，将行动进度定在收到邱小姐这个节点上，距离计划的核弹解锁时刻还有多长时间？"

白震从屁股底下抽出平板电脑，打开任务备注。

"七十二个小时。"

"好，那我们目前就按照七十二个小时的剩余时间来推进！"赵博文挥舞着拳头，"七十二个小时之后，我们要解锁那枚核弹！"

核弹预计解锁前四十八小时。

半夏平躺在沙砾上，硌得腰腿屁股疼，她眼前十几厘米处就是一面巨大的水泥墙体，它完整地倾覆下来，墙皮剥落之后露出底下灰色的水泥，水泥开裂之后露出深不见底的手指粗缝隙，几万吨的重量悬在女孩鼻尖上方，它要是塌陷了，平拍下来，那自己就会吧唧一下爆浆，变成一摊薄饼——半夏默默地想。

不过它保持这个状态已经很多年，水泥裂隙里长出了青苔和藤蔓，绿色植物正在吞没这庞大的不规则钢筋水泥混合物，将其变成一座绿色的雕塑，人寿广场的废墟是哪年形成的呢？

女孩没有记忆。

废墟是个好地方，它能提供隐蔽的通道供半夏穿行，女孩仿佛一只在岩层里钻来钻去的蚂蚁，周围一点光线没有，漆黑中她只凭借记忆往前摸索，废墟中的缝隙四通八达，但有些是死路，她碰到死路就原路返回，有些缝隙狭窄到只能容纳一人侧身通过，她就脱下背包慢慢地爬过去。

半夏躺在那里，有微风从外头吹进来，吹动她的头发。

她在等。

一边等一边回忆自己刚刚经过的路线，回去的时候就按原路返回，她尝试在自己脑中构建起废墟的模型，但很快失败了，这片废墟是由两三幢高层玻璃幕墙大楼倒塌形成，以前她很难想象这是什么东西造成的。

现在半夏知道它是被飞船撞出来的，返回舱像陨石一样坠地，拖着熊熊烈焰。

而那艘飞船此刻就在自己的视线中——半夏等到了她一直在等的月光，月亮从云层里钻出来，外头一下子就亮了，她往外看，隐约能看到一个高大的黑色影子伫立在大坑中央，那就是飞船返回舱。

2

返回舱有两米高，下半截埋在泥土里，月光下它是个烧得焦黑的巨大圆锥，说实话如果不是白杨解释，半夏根本认不出来这是个什么玩意，辨认载人飞船的指令舱需要航天工程相关的知识储备，她对此完全不懂，在过去的许多年里，她与返回舱擦肩而过不知多少次，次次认为那是个未爆炸的航弹弹头。

一颗小石子在半空中划出一条弧线，吧嗒一下落在坑里，弹起来滚远了。

空气里仍旧寂静。

十分钟后，一只小小的脑袋从水泥板底下探出来，谨慎地左右张望。

"BG，我到位了。"

半夏深吸一口气，慢慢地从废墟夹缝里爬出来。

在情报不足的情况下离开梅花山庄，前往人寿广场废墟检查飞船和核弹，是相当冒险的行为，但所有人都觉得这值得冒险。

女孩跳进坑里，小心翼翼地快速穿过浅坑，这个撞击坑大而浅，地面下陷的范围是个直径近百米的大圆，而返回舱就在坑中央，走近了半夏才意识到返回舱外壳本是白色，隔热瓦在再入大气层时遭到高温灼烧，落地时已经是个漆黑的大疙瘩，半埋在泥土里。不知名的绿色小圆叶子零零星星地丛生在坑里，也沿着雨水流泻的小沟爬到了返回舱的头顶上，还开出一朵明黄色的小花来。

半夏绕着返回舱转了一圈，绕到背后她才发现舱体其实严重变形，大概是坠落时和建筑物碰撞所致，外壳严重开裂且内陷，从侧面开口的舱门往里望，内部已经烧焦，这艘飞船着陆失败后肯定起了大火，垂落下来的电缆酥脆得一捏就变成粉末。

女孩弯腰钻进去，脚踩在一层薄薄的泥里，空间很宽敞，还充斥着一股泥土的霉味，她抬头环顾，这倒是个不错的庇护所，想来会有不少动物住在这里——果然，一低头就看到腐烂的鸟类羽毛、碎蛋壳还有不知什么动物的粪便，显而易见夏天这地方很热闹。

世界上除了她不会再有第二个人知道这是什么，半夏伸出手指敲敲漆黑的内壁，刮掉干结的污垢，能看到银白色的金属，这东西的年龄比她还要大呢，可在另一个角度上来看，它三天前才发射。

"核弹……核弹在哪儿呢?"

她需要找到一颗核弹和一枚密钥。

白杨说核弹就安置在指令舱里，那是个比篮球大一圈的深红色球体，而且很沉，而密钥安置在一个塑料密封箱里，密钥是枚细长光滑的金属插片，三厘米长，两毫米厚。

可如今舱内没什么能辨认的玩意，所有东西被烧成漆黑的一团，常年有动物在这里活动，把所有能咬的都咬得稀烂，就目前这个状况，精密脆弱的密钥肯定是彻底完蛋了，不能再做指望，她要找到那枚核弹，确认其是否还有效。

要确认其是否有效很简单，就是看结构是否完整，结构完整代表有效。

"BG，能听到我说话么？"半夏靠在舱壁上，手台天线冲向舱门外，"我搜索过飞船内部，飞船状况很糟糕，这里基本上不剩下什么，也没有找到邱小姐。"

"大小姐，这里是BG，收到，OVER。"

"我接下来要搜索飞船外，祝我好运。"

"好运！OVER。"

往外搜索范围就大了，坑里长着稀疏的枯黄野草，有膝盖那么高，还散落着大块的建筑垃圾，有碎砖块、断钢筋、凝固的水泥，还有一根十几米长的粗壮横梁斜斜地插在地里，仿佛一把巨大的锈蚀的长剑，她孤零零地立在草丛中，影子跟随月光一寸一寸地移动。

夜风吹过，带来海水的咸腥。

"一个红色的球……红色的球……"

半夏嘟囔着，视线从地面上扫过。

这地方她也来过不少次了，可从没见过什么深红色球体，真有那种东西难道不应该很醒目吗？她来回地搜寻，生怕漏过一点线索。

"这里真的会有一颗红色的球吗？"女孩歪着头自言自语，一步一步地往前走。

"哎呀！"

不知踩到了什么，脚下一滑，半夏差点摔个狗吃屎。

与此同时。

指挥部。

茶几上的电子钟在倒计时，距离计划中核弹解锁时刻还剩下四十八个小时，白杨在紧张地等待女孩的好消息，而其他人在紧张地讨论密钥的传输方案，今天早上一上班项目组就加急重制了一枚密钥，此刻这东西正摆在茶几上，它确实很小，三厘米长一厘米宽，确实很薄，两毫米的厚度，金属材质，像个特制U盘，安静地躺在海绵里，远看看不出什么名堂，但凑到眼前就能观察到它表面细密的纹路。

项目组说这里面有一枚芯片，是绝密中的绝密，搞丢了所有人都得进局子。

白震顿时就往后挪了两脚，说此事与我无关，我什么都不知道，你们搞你们的，我就是个过路的……我去看看儿子那边的情况。

他推开白杨的卧室门，问："儿子，大小姐那边情况怎么样？找到核弹了吗？"

房间里没有开灯，电脑屏幕是唯一的光源，白杨戴着耳机撑着脑袋，背影一动不动。

"儿子？"

白杨的背影忽然抖了一抖，白震立刻把房门关上，心想自己是不是打搅到他了？

他还没来得及进一步往更糟糕的方向细想，卧室里就传来白杨的声音：

"成了！"

白震再把门推开："成了？"

"成了。"白杨疲惫地向后一倒，倚靠在椅背上，摘下耳机慢慢呼一口气，"大小姐的消息，发现邱小姐，结构保持完整，没有见到损伤。"

"太棒了！"白震大喜。

白杨缓缓扭过头来，背着光源看不清脸上的表情，只有双眼还有一点点光。

白震本来喜出望外，可看到儿子的眼神，喜悦又被冷水全部冲走，不知为何他的身体忽然有些发凉，张着嘴怔了许久，他问："确认核弹有效？"

"确认核弹有效。"

白杨点点头，这是大喜事，他想笑，可是笑不出来。

"芯片非常脆弱，不耐高温不耐高压不耐强冲击。"核工作项目组坐在客厅里嗑瓜子，号称绝密中绝密的核武器密钥和一大包恰恰香瓜子堆在一处，"必须把它稳妥地送到MSR手里，成功率要百分之百。"

"这不可能。"王宁摇头，"时光慢递三定律知道吧？"

"知道。"

"你要避开这个世界的过滤机制，就要先把它置于近乎丢失找不回来的状态，这是时光慢递的第一步，这个风险是必须要冒的。"王宁说，"你们越把它握在手里紧紧的，它越不可能送达目的地，这个世界越要和你对着干。"

"这些不是我们要解决的问题。"核工作项目组很干脆地当起甲方，"我们只负责提供密钥，如何成功地把它送达，是你们的工作。"

这世上没有永远的甲方，当甲方的终有一天要被甲方折腾。

核工作项目组最后重申了他们的要求：

安全！

安全！

还他妈的是安全！

3

半夏蹲下来，拂去球体表面的泥土，在月光下勉强能辨认出是深红色，似乎还有白色的字迹和编号，但已经磨损到看不清，她居然被这东西差点绊倒两次，真是有缘。

灰头土脸的邱小姐在这儿不知道待了多久，或许还被野猪拱过，要不然没法解释它为何不在返回舱里好好待着，却跑到坑里来了。半夏跪下来，两只手抱住这个大球，很难想象它爆炸之后威力相当于一万吨TNT炸药。

它大概三十厘米直径，半埋在泥土里，具有与体积不符的重量，女孩试了两次把它抱起来都失败，最后只得滚出来。

真的好沉。

邱小姐骨碌碌地滚到半夏小腿边上停住。

很神奇，这么小小一个球，爆炸之后能把整个新街口都摧毁，那么大的能量都藏在哪儿呢？

半夏心想。

人类真是具有不可思议的力量。

她掏出小刀拧开两颗螺丝，取下一块巴掌大的盖子，露出核弹表面的控制窗口。

取下来的盖子很轻很结实，半夏用手掰了掰，像是某种高强度塑料，两毫米的厚度，外壁被涂成红色，内壁是黑色，大概就是BG所说的碳纤维。

盖子底下是控制窗口，和半夏想象的不一样，输入密码用的不是按键键盘，而是六位机械滚轮，滚轮边上有一个细细的密钥插口，小小的面板上安排得非常紧凑，解锁核弹的步骤很简单，先插入密钥，再输入密码，解锁核弹。

解锁成功的标志是红转绿——半夏本以为是红灯转绿灯，但她看到核弹才意识到自己猜错了，控制面板上红色的不是灯，而是半圆形的金属转盘，涂着深红色的漆，红底上还有黄色的字"断路"。

可以想象，解锁之后转盘会转到绿色的另一半。

这枚核弹的设计方向出乎半夏的意料，它体现出高度的集成化和机械化，确实是机械化而非电子化更非数字化，为了抵抗漫长的时间与恶劣的环境，设计者们在核弹外壳与炸药之间的狭小空间里大量使用机械结构，它就是一个精巧的机关，许多活动构件都不需要使用电力，以提高可靠性。

女孩重新把控制窗口的盖子盖回去，呼了一口气。

如今万事俱备，她只需要等密钥送到手，就能将其解锁。

邱小姐解锁后会进入待触发状态，此时的扳机最后一道保险被打开，它将变成这个世界上最危险的武器。

"BG，蘑菇采到啦，确认完好。"

该如何把密钥确保安全地送到女孩手里？

这个问题乍一看简单，但细想又几乎是个不可能完成的任务，它坏就坏在"确保安全"这四个字上，这四个字与指挥部一直以来依赖的时光慢递三定律在根本上互相违背，时光慢递骗过大过滤机制的要点就是置之死地而后生，先尽可能消除慢递上携带的信息量——这等同于把它置于近乎丢失的高风险环境中。

而这一点是甲方——核工作项目组及其背后的人们无法接受的。一把可能泄露核武器解锁机制的钥匙，没有人能承担其丢失的责任。

所以甲方的要求只有一条：

安全。

这个安全不仅仅是物理意义上的，也是政治意义上的，而且后者无法忽视，因为它才是指挥部的权力来源，当你想依靠一个强大体制的力量来达到目的，那么就必然要遵循它的规则受到它的限制，百无禁忌随心所欲绝无可能，说得难听点这些难题是人类自找的，可它又偏偏存在且绕不开。赵博文叹了口气，对于这一点他深有体会，这大概就是人类社会自身的局限性。

老赵、老白、老王坐在茶几这头，核工作项目组代表坐在茶几那头，双方都面色不善。

"这东西太麻烦了。"王宁抽出纸巾擦了一把鼻涕，"按照你们的说法，装时间胶囊扔湖里或者把它砌进墙里都不行。"

"不行。"核工业项目组摇头。

"那我没辙了。"王宁摇摇头，把纸巾扔进垃圾桶里，起身绕过茶几推门出去，"客厅里太闷了，我出去呼吸两口新鲜空气。"

"我也去呼吸一下新鲜空气。"白震紧跟着起身。

两人下楼到小区里。

"这帮鸟人根本不信任我们。"王宁说，"处处防着，跟防贼似的。"

"正常，那伙人里有中保委或者国安的外勤，就那两个坐着不怎么说话的，不都是中核的人。"白震说，"以前在部队里的时候打过交道，那副做派我一眼就能看出来。"

"你跟他们打过交道？没听你提过啊，啥事要你协助调查？"

"哦，我是被调查的那个。"

"操。"王宁说，"搞半天原来你有前科啊，都是冲着你来的吧？"

"扯淡，我哪有什么前科？你以为是盯我啊？盯钥匙。"白震呸了一口，"干这行的基本原则就是凡事往坏处想，不怕一万就怕万一，站在他们的角度上，把核武器钥匙埋在居民小区里埋二十年是完全不可能接受的。"

两人在楼底下溜达一圈回到楼上时，赵博文和核工业项目组已经吵起来了，准确地说，是老赵在单方面骂人。

老赵就是老赵，面对甲方也不怵，照骂不误。

"这个风险是必须要冒的！"老赵在发火，"讲政治讲政治，物理不跟你讲政治！"

核工业项目组很无奈，他们尝试安抚赵博文："赵组长，你先消消气，这咱们也没办法啊，上级这么要求的，涉及核武器，这不是小事，马虎不得。"

"那边在等着呢！"赵博文手指着卧室的房门，脸红脖子粗的，"那小丫头正处于致命威胁之下，随时都有可能被刀客发现，每一分钟都是宝贵的，要是延误了战机，最终导致不可控的后果，谁能负得起责任？你，我，在场的所有人，谁能负得起责任？"

"赵组长，你……你先坐下来，有话好好说，没什么不能谈的。"

"谈！谈！还有什么时间谈呐！"

"赵组长，我们没说不让你们干，问题是你们这也没拿出个靠谱的方案来不是？"核工作项目组有点委屈，"退一万步说，使用时间胶囊你们自己也认为是个不靠谱的方案，真把它砌到墙里去，根本没法遵循时光慢递的双盲原则，那最后的结果大概率是失败，失败了不也是延误战机？"

赵博文哑火了。

确实，他自己拿不出什么靠谱的方案。

他们只使用过一次砌进墙里的慢递方案，就是把时间胶囊深埋在梅花山庄大门的石头里，但这么做BG4MSR没法把它取出来，埋得越封闭越结实，送达目的地的概率越大，但取出来的难度也越大，如果用钢筋混凝土厚厚地砌一层，那不用破坏性手段是打不开的，且不说女孩手里完全没这种手段，就算有，结果大概率也是在破拆过程中把密钥一起给毁了。

如果封闭得不够严实牢固，只在自家墙上挖个洞藏进去，那么它未必能成功扛过大过滤机制的筛选。

老赵眉头皱得紧紧的，这小小的玩意真是个大大的麻烦。

4

众人跟坐禅似的枯坐到凌晨3点，终于有人熬不住了，他们觉得就这么坐到太阳升起也不会有方案从天上掉下来，反而增加猝死概率，于是白震等人起身送客。

他们下楼把核工作组送出单元楼，目送他们上车离开。

小区里一片寂静，寥寥还有几盏路灯亮着。

"长五还有一枚备份对吧？"王宁站在冷风中，哆嗦了一下，

"飞船也还有一艘备份，要不干脆再用它把密钥送过去。"

"这个我提过了。"赵博文摇摇头，"航天工作组建议我们别这么干，归零未完成，上一艘飞船的失败原因还没分析出来，不知道是降落伞开晚了还是干脆就没打开，贸然再试可能重蹈覆辙，返回舱又会轰的一声砸在地上。"

"砸出一个大坑。"白震补了一句。

"头疼。"赵博文叹了口气。

"要我说，这就是自己给自己找麻烦。"白震吐槽，"世界都要毁灭了，还管这么多规矩作甚。"

"这话跟中保委说去，他们定的密。"

赵博文打了个哈欠，一边说一边走远了。

"老赵你往哪儿去？"

"回家去！"赵博文又打了个哈欠，到草坪边跨上小电驴，"今天早上8点省委那边还有会要开，我要回去补个觉，现在抓紧时间能睡四个小时……我嘞个操，这居然是最近一个礼拜我睡眠时间最长的一个晚上。"

白震扭头看向王宁："你呢？"

王宁想了想："我睡沙发。"

五个小时后。

白杨跟着连翘早上晨跑结束回家，看到老爹萎靡不振地坐在沙发上，两只大大的黑眼圈，王叔也萎靡不振地坐在沙发上，同样两只大大的黑眼圈，两人坐在那儿懒洋洋地随意翻看茶几上的文件，哈欠连天，此起彼伏，张开嘴一口被烟酒炮制的黄牙，中年人的陈年口臭在空气中弥漫。

连翘眉头大皱。

"不开玩笑地说，我今天早上起床一看自己的枕头，发现都是头发。"白震用手捂着面孔深吸了一口气，"但最可悲的是即使牺牲了这么多头发，也没能换来一个好主意。"

王宁挠挠头，老白掉那么多头发都没想出来，他就更无能为力。

所有人都希望一觉醒来可以找到靠谱的方案，或者某人在梦中能得到周公指点，但遗憾的是没几个人真见到周公，白震躺在床上睁着眼睛翻来覆去睡不着，于是到客厅找王宁，后者也没睡，一动不动地坐在黑暗里，白震突然打开灯还把他吓一跳。

"怎么了这是？"白杨从卫生间里出来，手里捏着毛巾在擦汗，"碰到什么问题了？"

"还能是什么问题？"王宁说，"怎么把密钥送过去。"

"用时间胶囊啊。"白杨不假思索，"发个慢递过去。"

"不够保险，上一次用飞船送慢递失败，上级对我们失去了一部分信任，我们的做法遭到了广泛的质疑。"王宁摇摇头，"他们要求，必须拿出一个尽可能安全的方案，我们在思考如何提高安全系数。"

"时间胶囊能有什么安全系数？"白杨莫名其妙，"送这东西不就是碰运气么？"

"是，就是碰运气。"白震点头，"我们是这么想的，但世界不是围着我们转的。"

上午10点。

核工作组又上门了，白杨好奇地端详他们从档案袋里倒出来的小玩意。

"这就是密钥？"

"是。"有人点头，"不好意思，请问有瓜子吗？"

老妈端上来一大盘瓜子，众人遂又开始瓜子会议。

"别看体积小，它神通广大。"核工作组向白杨解释，"电影里有没有见过国家元首身边总跟着一个人提着黑色手提箱？那个黑手提箱就是核武器指令系统，不过电影里是假的，而这个是真的……你可以把它视作核手提箱，它是一个系统集成，正常环境下牵涉极多的庞大指挥控制链条被压缩到这个小小的密钥里，它集解锁、计时、识别、触发、引爆于一身，没有它核弹就不可能引爆。"

"喔。"白杨似懂非懂地惊叹。

"毕竟二十年后没人下指令。"核工作组补充，"邱小姐自己就得是一个控制闭环。"

"这么说它是核弹的引信和大脑？"

核工作组点头："是大脑的一部分，触发系统的控制部门其实是做在这小东西里面的。那枚核弹的触发机制很不好做，如果我们想让邱小姐自己形成控制闭环，就不可避免地要让它稍微智能一点点……可这又和安全需求相悖，那枚核弹要求很高很高的鲁棒性这是你们赵组长的要求，要在飞船坠毁的情况下仍然不能损毁，为了达到这么丧心病狂的可靠性，我们只能在核弹内部尽量降低微电子器件的使用比例。"

"这就相当于用电子管晶体管甚至齿轮连杆制造计算机，那体积可以大到占满这座客厅。"有人接着说，语气有点无奈，"最后我们用了一个折中的方法，核弹内部只保留可靠性高的部件，把高精密、脆弱易损的智能化控制部门全部移出来，另外做成一个可替换的外设，就是你眼前所见的这枚密钥，能理解了么？如果密钥损坏，那换一枚就是，但如果把所有系统都做在核弹内部，出故障了根本不可能修理。"

"好聪明。"白杨说，"那我能不能问问核弹的触发机制究竟是什么？"

核工作组的几人相视一笑。

"你会知道的。"

"那咱们能不能想想怎么把这玩意送过去？"白震指了指茶几上的密钥，"这东西送不过去，说什么都白扯。"

"用时间胶囊扔到湖里？"白杨说。

"不行。"白震说，"他们觉得安全系数太低。"

核工作组的人一摊手，表示这也是上级的要求，和他们无关。

"送时间胶囊就是赌博。"王宁说，"我们要和这个世界的未来赌，如果你出不起赌注，那必然也什么都得不到。"

白震叹了口气："这狗娘养的时光慢递三定律。"

与此同时。

赵博文在省委参加他今天的第一场会议。

306

天文组总算硬气起来了，不需再忍受铁手追命的折磨，大概是南京指挥部上一次时光慢递任务失利后其他团队受到上级重视，优先度提起来了，开始大展拳脚，无论是刺猬计划的项目团队，还是人间大炮项目团队，其工作展开的初步前提都是得掌握敌情，兵马未动，斥候先行，于是天文组受到莫大的倚重，在南京指挥部的淫威之下苦熬多时，总算熬到了出头之日，那叫一个扬眉吐气。

赵博文在天文组（现在叫1220全球联合观测任务组）这儿失势，天文组的工作重心被调往支持其他团队。说实话，中科院天文台老早就想摆脱铁手追命这个催命鬼了，上级命令下来的时候几乎人人弹脑门相庆。

赵博文懒洋洋地缩在最后一排的椅子里补觉。

此时讲台上的天文组正在讲解一种刚刚攻关成功的新技术。

VVVLBI技术，全称是The Very very very-Long-Baseline-Interferometry，简称3V技术。

它的成功将使一项气势恢宏的伟大计划成为可能——

制造有史以来人类最庞大的望远镜，地球公转轨道视界望远镜。

VLBI这个东西都熟悉，全称叫作Very-Long-Baseline Interferometry，翻译成中文就是甚长基线干涉测量技术，利用多台射电望远镜构成一台口径更大的虚拟望远镜，在天文学和航天工程领域是相当常用的观测手段。2019年上半年，EHT利用分布于全球各地的八台射电望远镜构成一台口径近似地球直径的巨大虚拟望远镜，拍下了人类历史上第一张黑洞照片——这是人类历史上视力最强的眼睛，但这个记录即将被1220全球联合观测任务组打破。

他们提出了非同步时间轴延续相干概念，原本VLBI要求的同时性不再必要，不同时空坐标上的同一台望远镜也能合成图像，任务组利用地球本身的公转来移动望远镜，一年时间地球绕太阳运转一周，画出一个直径两天文单位的大圆，而这个大圆将成为望远镜的虚拟口径，这绝对是人类有史以来尺度最庞大的超级工程，只不过它背后的操盘手不再是人力，而是太阳的万有引力。

一个伟大的工程，其核心推动力必然有一个伟大的来源。

如此长的观测基线，叫Very Long 已经显得小家子气，所以叫Very Very Very Long。

一旦计划成功，我们将会彻底摘掉人类文明与生俱来的近视散光白内障，人类对外界的认知将往上走一个大台阶！天文组在讲台上激动地说，同时也能给刺猬计划或者人间大炮计划提供支持！

"这台望远镜什么时候能上马？"底下有人问。

天文组负责人想了想，竖起三根手指。

"三天。"他说，"三天后，也就是1月3日午夜0点，全球所有位置合适的射电望远镜会同步开机，由此开启一年的观测任务。"

"有信心看清楚目标吗？"

"同志们，我们的目标不只是看清它，我们还要找到对付它的方法，为人类最后的胜利添砖加瓦。"

全场掌声雷动。

老赵缩在最后一排鼾声如雷。

另一头，指挥部里还在嗑瓜子。

"无论你们想做什么，都得遵循时光慢递三定律的框架，具体到操作层面，就是要双盲，削弱目的性，减少携带的信息量，且在发送已成既定事实的前提下接收方才有可能收到货物。"白震一边嗑瓜子一边絮叨，"这些都是我们踩过的坑，前车之鉴在此，你们不要重蹈覆辙，任何试图挑战这个铁则的行为都会导致失败。"

"我们不挑战它。"核工作组说，"我想喝点水，这瓜子好咸。"

王宁倒了一杯水递给他。

"那我该说的都说完了。"白震拍拍手，往后一倒，靠在沙发上，"各位兄弟，世界危亡，全靠你们了。"

核工作组一愣。

"哎哎……白组长，你这是什么意思？"

"没什么意思，我就是没辙了。"老白死猪不怕开水烫，"累了，世界毁灭就毁灭了，拉倒吧。"

核工作组意识到这人和赵博文不一样，老赵从始至终位于团队的核心，千头万绪，都是老赵一手推动，事实上他与团队已不可能分割，更不可能退缩，而白震不同，老白在指挥部里的分工是负责打鼓的，打的就是退堂鼓，这厮逼急了是真临阵撂挑子，此时赵博文不在，他说不干就不干了。

核工作组只能好言劝慰。

"别劝了，都是你们逼的。"王宁说，"如果你们希望计划能如期推动，就必须信任我们，用人不疑，疑人不用，这个道理总明白吧？必须要给予我们任意处理这枚密钥的权力……别提什么国家秘

309

密，这屋子里哪一张纸不是国家秘密？"

王宁从屁股底下抽出一张草稿纸拍在茶几上。

"这张纸也是国家秘密，就你们单位的秘密稀罕一点？"

"我们绝对没有不信任……"

"那就授予我们任意处置这枚密钥的权力，别像现在这样紧紧地捏在手里不放，干啥都不能同意。"王宁用力一拍桌子打断对方，"无论我们拿它做什么，你们无权过问，否则各回各家，各找各妈，世界毁灭，随他去吧。"

"这……"

对方有点犯难。

"我给你们考虑的时间，但诸位要想清楚，世界末日近在眼前，时间过一秒就少一秒。"

王宁抄着双手，老神在在。

坐在茶几对面的几人沉默片刻，一个高个子中年人掏出手机："我找领导请示一下。"

"请便。"王宁点头。

他起身出门打电话了，几分钟后探个头进来。

"领导怎么说？"王宁问。

"领导说他开会讨论一下。"那人招招手，把客厅里的其他人也叫了出去，最后一个离场的起身走出去两步，又折返回来把茶几上的密钥揣进兜里，还多看了两眼沙发上的白震和王宁。

"跨部门协调工作真难。"白震叹了口气。

"隔堵墙就牛头不对马嘴，更别说跨部门跨行业，还是涉密单位。"王宁耸耸肩,"除非有大领导发话,否则跑流程都能跑死你。"

"要是指挥部底下有自己的核工业部门……"

"你想造反呢?"

"第一次觉得老赵是个牛逼的人物,他是怎么把那么多天南海北各行各业的单位统一整合起来的?"白震觉得不可思议,"这事要我来牵头拉扯,别说三个月,三年都搞不起来,想想都头皮发麻,这扯皮能扯到世界末日去。"

"你又没他那么牛逼的表哥。"

十几分钟后,核工作组回来了,他们在茶几对面站成一排,领头人非常郑重地把密钥放在茶几上,推给白震。

"白组长,王组长,事急从权,特事特办,我谨代表中保委、中核工业与火箭军,将这枚密钥转交给南京指挥部,请确认接收。"

白震接过密钥:"确认。"

"那么从此刻开始,这枚密钥的归属所有权、处置使用权、保管监管权都转入南京指挥部,请确认交接。"

"确认。"

"从现在开始,我们将不对这枚密钥负有任何责任,权责交接清楚,接下来请贵方务必保管好密钥,后续行动导致的一切后果贵方自负一切责任,请确认。"

"确认。"白震说,"密钥要是被偷了你们尽管把王宁关进大牢。"

核工作组长出了口气:"白组长,现在这枚密钥归你们了,你们想怎么送就怎么送吧,不过还是得最后提醒一句,你们以往的运送方式不太适合这东西，就算真是一枚普通U盘，在时间胶囊里放二十年都不见得还有用，更何况是精密的核武器控制系统，你们一定要找一个确保微电子器械完好的方案。"

他上前来和白震紧紧握手，又和王宁紧紧握手。

"拯救那个姑娘，再拯救这个世界。"

他说。

核工作组撤离了，客厅里只剩下王宁和白震。

两人看着茶几上的密钥，沉默半晌，然后开心地击掌欢呼。

"我就说要流氓一点，对付他们就要流氓一点，老赵那厮就是放不下知识分子的臭老九架子，一副为生民立命、为万世开太平的模样，搞得感天动地，结果啥事办不好，秀才造反，三年不成。"王宁拍拍胸脯，"到头来还是要咱们两个老流氓出马。"

"老赵出马不行，就咱们出马，也算先礼后兵。"

严格地说，赵博文这个铁手追命在江湖上声名显赫，办事雷厉风行，真不能算是秀才，只是和这俩老伙计一比，小巫见大巫了。

两人快乐地下楼吃了个午饭，老妈和老姐妹们打麻将去了，午饭让他们自己解决，这可乐坏了老哥俩，还有什么比老婆不在家更令人高兴？

饭桌上一通牛皮吹到下午2点，回到家里小憩片刻，接着又投入工作。

"密钥到手了，接下来怎么办？"王宁问，"我们只是排除了本不应该存在的人为阻碍，但是运送的难题一点没解决，他们说得对，就算真是枚 U 盘，放二十年都放坏了，要稳妥地送到手，还要有一个保证微电子器械不轻易损坏的环境。"

可以预料，尽管上级同意这枚密钥交给南京指挥部全权处理，但这种容忍和宽限不是无限度的，指挥部最好一次性成功。

"要不等老赵回来再找人开个会？集思广益，众人拾柴火焰高。"

"老赵？老赵顶个鸟用，三个臭皮匠真能顶个诸葛亮啊？"白震嗤笑，"他们要是有主意，早就给出来了。"

他用力闭上眼睛，双手盖住面孔，打了个哈欠。

"老王，想想时光慢递三定律，想想。"

王宁一怔。

"第一定律是什么？"白震问。

"发件一方必须已知慢递的一切信息，也就是说用于运送的货物状态必须是确定的，运送慢递这个行为必须成为既定事实，收件方才有可能收到货物。"王宁回答。

"第二定律是什么？"

"发件一方不能是同一个人，应当双盲乃至多盲，你问这个做什么？"

"随口问问，说不定这里面有什么名堂？"白震慢慢地坐起来，给自己倒了杯水，"全世界七十五亿人，对这三定律感悟和认识最深的就是我们几个，我们要是没办法，那就没人能想到办法。"

"它就是个框架。"

"对，它就是个框架，我们的所有行动都得在这个框架里展开，

313

再想想，老王，再想想第一定律，它仅仅只是一个框架吗？"白震捧着水杯，眉头紧皱，"以发送一方为坐标系原点，发件必须成为既定事实后，收件方才有可能接收到货物，老王，它能不能倒过来？"

"做什么白日梦呢？"王宁翻白眼。

"我们已经尝试过了，先挖后埋是做不到的，这违背第一定律，世界不允许它发生，所以必然失败，送和收这两件事在时间轴上的顺序不可颠倒。"

"送密钥和收密钥两个既定事实在时间轴上的顺序不可颠倒……但是有另外一个可利用的既定事实摆在我们面前，老王，它能提供这样一个环境，一个微电子器械不容易损坏的环境。"白震把水杯放下，"我知道了。"

"你有主意了？"

"有，但是不能告诉你，告诉你就失效了。"

"那你要一个人干？"王宁吃了一惊，"你要怎么做到双盲？"

"去帮我拿两瓶茅台来。"

5

王宁打电话叫小朱买来一打江小白。

白震大怒：你就拿这个考验干部？

他痛心疾首，自己这是为了全人类的未来牺牲自己的健康，全世界的存亡都系于我一人身上，居然就用这工业酒精来敷衍我？我连两瓶飞天茅台都配不上?

老王从包里掏出75%浓度的医用酒精放在茶几上,说你挑一个。

白震说那我挑工业酒精。

他一把将江小白搂进怀里,然后把老王赶了出去,一路赶出了梅花山庄。

"我需要离这么远?"王宁被他推出梅花山庄小区大门,有点诧异,"老白,你究竟想干什么?"

"我要把密钥送过去。"白震转身回去,顺手从外套口袋里掏出江小白的玻璃瓶,拧开盖子闷了一口。

"那我呢?"王宁冲着他的背影喊。

"你爱干啥干啥去!"白震打了一个嗝,扬起手臂挥了挥,"今天晚上8点之前不许回来,也跟老赵和我儿子他们这么说,从现在开始到晚上8点,派人封锁梅花山庄的出入口,不允许任何人进出!"

王宁望着他的背影消失在绿化带后面,挠挠头,这厮葫芦里究竟卖的什么药?

白震回到家里,一屁股坐到沙发上,跷起二郎腿面对空无一人的杂乱客厅,坐在那儿一动不动。这间屋子很久没这么安静过,自从南京指挥部成立以来,老白家的房子几乎变成了一个公共场所,赵博文和王宁在这儿常驻就不说了,另外还有各个项目团队的负责人、行政职能部门的办事员、军方都经常上门,于是客厅里的文件材料堆得越来越多,饭桌上摆的电话机也越来越多,五颜六色乱七八糟的线缆在地板上盘成一圈又一圈，走路得看着脚下以免绊倒。

此时客厅突然空了，白震反倒觉得陌生。

这里是自己家，还是南京指挥部？

以往一天的工作结束，指挥部的人们下班回家，白震也会下意识地跟着起身，仿佛他来这儿是上班，除此之外，南京市里还有一个家在等着他。

老白默默地坐在那里，又喝了一口白酒。

真难得。

看来只有世界毁灭，他才有机会喝酒。

可是世界毁灭又算什么？

俗话说，这世上无难事，只怕有心人，咱们集中力量办大事，南京指挥部集中力量办大事，人类的潜能是无限的，人类的主观能动性才能决定历史走向，人民！人民才是决定历史走向的唯一因素！大眼珠是什么？

反动分子！也胆敢妄图阻挡广大人民的脚步！

——酒劲上来了。

白震估摸着差不多了，起身拉开电视柜的抽屉，取出工具盒，转身进入白杨的卧室。

那台传奇的icom725业余短波电台就摆在书架上，置身于一大卷杂乱的线缆之中，过去几个月他们给这台老古董设计了足够多的外设，以满足多种数据传输的要求，老白把它们都拔掉，将电台小心翼翼地端出来。

时光慢递第一定律规定，站在发件方的角度上，发件与收件两件事发生的顺序不可颠倒，也就是说先让女孩收到密钥，白震再送是做不到的，没有任何人能保证密钥的运送百分之百成功，2019年的南京无论用什么方法，都无法形成"对方接收到密钥"这个既定事实。

但有另外一个既定事实可以利用。

那就是"对方接收到icom725业余短波电台"。

这是一个既定事实，被命运牢牢地钉死在时间轴上，icom725是通联现在与未来的通信工具，是时间慢递三定律得以成立的基础条件，也是唯一确保可以送到那女孩手里的东西，如果你想针对答案来设计考题，那么它将是你唯一可以做文章的地方。

时光慢递三大定律不仅仅是行为准则和框架，它同时也是方法和手段。

白震从工具盒里取出螺丝刀。

他的大脑通透又清醒，这是喝多了的症状，酒精是神经的润滑剂，大脑里被充分润滑的齿轮在疯狂转动，都能磨出火星子来，喝多的白震能轻松地拆开老电视机，古董短波电台就是小菜一碟。

他不担心拆坏，这东西已经被拆过两次，在2040年这座电台仍然在正常运转，就说明他此刻的行为不会造成任何破坏。

从未有过这样一刻，老白能清晰地感觉到时间的存在，他知道它从何而来，也知道它往何处去，他知道自己在做什么，他在演绎命中注定的故事。

所见所想，所作所为，皆为历史。

当晚8点，聚在梅花山庄小区大门口的一群人终于得到了放行指令，老赵老王一行人爬上八楼，打开门蜂拥而入，发现白震正趴在沙发上大吐特吐，茶几上全部都是空的玻璃酒瓶子。

"卧槽！"赵博文吓一跳，"这么喝，不要命了！"

白震被连夜送进医院，一诊断酒精中毒。

在医院里催吐洗胃打吊瓶，一大群人全程陪护，医生把他们全部当成了酒肉朋友，说每年元旦放假这阵子都有人酒精中毒送医院的，你们这喝法，不死也要喝出肝损伤。

白震神智稍稍清醒，看到病床从左到右围着一大圈人。

"成了么？"王宁坐到病床床头，问："搞定了吗？"

"什么？"白震半躺在病床上在打点滴，迷迷糊糊的，"成了什么？"

王宁扭头朝赵博文点点头："成了。"

老赵过来拍拍白震的肩膀："接下来交给我们，你好好休息。"

后者下意识地抓住他的手腕，脱口而出："要快。"

说完他自己都目光茫然，不知道这句话是从哪儿蹦出来的，赵博文深深地看他一眼，点点头带着人走了，病房里空下来，只有老妈在边上拧毛巾。

"喝得太狠太急，差点重度酒精中毒。"老妈把毛巾往床头一扔，叹了口气，"我一天不在你就搞出这种事来。"

"形势所迫，逼不得已。"白震心惊胆战地笑笑。

"老实交代，坦白从宽，抗拒从严。"老妈搬来一张椅子，往那儿一坐，不怒自威。

"坦白不了，断片了，一回忆就头疼得厉害。"老白按住额头，皱着眉毛倒吸凉气，"你知道我有这个毛病，喝酒必断片，喝得越多断片越严重。"

"是很要紧的事？"

"非常要紧。"白震说，"事关重大。"

他没有撒谎，白震确实想不起来自己今天下午做了什么。

他仍然模糊地记得那个想法和计划，把密钥藏在什么地方，可是具体细节已经回忆不起来，也不记得自己是否真的那么去做了，断片就是这样一种奇怪的体验，失忆期间仿佛是另外一个人在行动，今天下午那个白震为了保证双盲，不要命地给自己灌酒，结果灌成酒精中毒。

老白头疼欲裂，暗骂两个小时之前的自己真是个傻×。

白震肯定不记得自己跟半夏都说了些什么。

他猜测自己只是简短地报了个位置，实际上他拉着女孩大着舌头不着调地扯了一个钟头。

"哎呀，那个时候还在抓计划生育嘛，吃公粮的，当然要以身作则，要不然我也想要个闺女，嘿嘿。"

"只生一个好啊，只生一个好。"

"我是老司机么，天天开车在市区里转的，你要是来啊，我带你天天转，天天转，不说假话，整个南京市，从浦口到鼓楼到建邺到江宁，每一条巷子我都晓得，说到哪儿就到哪儿，不开导航的。"

"你横着走！你尽管横着走，我们罩着你呢！"

"全南京市，省委书记一大，市委书记二大，我老三。"

"哎？密钥？是是是是，密钥！你不说我差点忘了，密钥已经送过去了，我现在告诉你，在哪儿可以找到密钥……"

半夏呆呆地摘下耳机。

黑暗中她深呼吸，再咬住嘴唇，用两只手端住电台的两侧，将它半抬离桌面，轻轻地晃一晃。

隐隐约约似有似无的叮叮当当声。

半夏再凑近了一些，又晃了晃。

叮叮当当。

她很熟悉这声音，从半夏拿到这座电台时这声音就存在，她以为是老化的零件脱落，以至于她不敢随意挪动拐两五。

女孩又晃晃。

叮叮当当。

叮叮当当。

真清脆。

半夏抬手擦掉脸上的泪水，她慢慢地埋下头去，额头轻轻靠在电台上，闭上眼睛。

原来你一直在这里。

真漫长。

真辛苦。

真好。

半夏打着手电，小心翼翼地拧下螺丝，将电台的外壳取下来。

一枚小小的银色密钥就粘在电台外壳的内壁上，还附带一张泛黄的纸条，某个醉汉在上面歪歪扭扭地写着：送你的元旦礼物。

这真是一份厚礼。

她把密钥放在手心端详，这东西比她拇指大不了多少，但分量不轻，沉甸甸的，光滑的银色金属外壳，像是一枚U盘，一端有插口，插口被一只白色半透明的塑料盖子封住，她把盖子摘下来，凑到密钥插口近处嗅了嗅。

没有味道。

很难想象这东西居然一直就待在电台里，待在房间里，待在触手可及的地方，和她待在一起，待了那么多年。

在过去的无数个日日夜夜里，女孩和它同吃同睡，分明是互相陪伴了好多年的老朋友，可她却刚刚才认识它。

"认识一下。"半夏捏着它，把它举高，闭上一只眼睛俏皮地说，"密钥先生，你在我这里住这么多年，房租就不收你的啦。"

将密钥藏进icom业余无线电台是唯一能完全满足所有要求的方法，老白很清醒地认识到这一点，如果说有什么微电子器械在二十年后还能保持正常工作，那毫无疑问就是白杨卧室中的拐两五，这代表电台内部的环境在漫长的二十年里都维持稳定，只要电台主板不损坏，那么密钥就不损坏。

老白成功了，尽管他此刻在医院里上吐下泻，还不记得自己干了些什么。

这场跨越二十年的核打击行动最后一块拼图终于被补全。

这天晚上，醉醺醺的白震和惊喜的半夏都来不及思考这样一个问题：

如果白震在把密钥藏好之前就让半夏打开电台，那么半夏必然找不到密钥，发出响声的可能真是脱落的螺丝钉。

而他在把密钥藏好之后再告诉她位置，那么叮当作响的就变成了密钥。

仅仅是行为先后顺序不同，就有可能导致两个截然不同的后果，如果存在平行宇宙，那么一个半夏打开慢递，看到的是密钥，而另一个半夏打开慢递，同样位置摆的是螺丝钉。这说明什么？

这说明信息在传递过程中改变了事实，在半夏未观测到的黑箱中，那声响的来源或许处于密钥与零件的叠加状态，而从二十年前传递过来的不同信息，则让电台里这个叮当作响的幽灵做出不同选择，跌落向不同的事实。

在与未来通联的过程中，信息在塑造现实。

6

核弹预计解锁前三十六小时。

阳光从客厅落地窗的窗帘缝隙里钻进来，细细的一条条，悄悄地爬到半夏脏兮兮的牛仔裤上，她盘腿坐在客厅里，嘴里嚼着小零食，她学会了用蜂蜜和松胶混合加热后制作软糖——这些小零食的制作方法是指挥部教的，指挥部的老爹们找人组建了一支生存专家团队，专门负责教授女孩如何在恶劣的自然环境下生存下去。

可他们找来的都是退役侦察兵，这些人精通怎么在野外生存，掌握的技巧都是诸如怎么用拉链头和易拉罐做鱼钩，怎么拆下废旧手机的扬声器做指南针，以及怎么钻木取火……很显然半夏的生存环境没有恶劣到那个地步，她是在一个废墟都市里生存，点火有现成的打火机。

半夏嘴里嚼着糖，把一件破塑料袋撕开，卷成绳索。

她在努力转移物资，把吃的喝的都严实地打包起来，捆在自行车上，往东边转移，根据专家组的指导，她应当准备足够三天至一星期使用的食物和淡水，在核爆后尽量远离爆心，在核爆发生后七十二个小时内都不应该接近爆心方圆五公里以内，从新街口到梅花山庄直线距离就是五公里。

也就是说，核爆后她要找个地方窝一星期，一个星期后才能回家。

这个暂时的藏身点有几个选择，南京农业大学、南京理工大学或者江苏省农科院，高校会是不错的驻扎地，在世界末日之前，大学校园就是一个功能相对丰富且完善的小社会，半夏可以找一间教室或者学生宿舍栖身，当然还有推荐东南大学的，专家组里某人是东南出身，对母校拥有罔顾事实的深厚感情，提议被指挥部无情PASS。

"我们仍然在研究核爆后市区内残留的辐射剂量。"白杨这么对女孩说，"以确保其对你的身体健康不造成明显影响，OVER。"

"会有什么影响？"

"辐射病，还有癌症，OVER。"

"癌症？"

"是的，长期受到电离辐射的照射会引发身体组织的癌变，也就是恶性肿瘤，你可以理解成身体里长了个肿块，治不好，几乎是

323

绝症，OVER。"

"长期？长期是多久？"

"两三年，或者三四年。"

"那不是还早着嘛。"半夏放心了，"三年时间呢，那么老长，我为什么要去担心三年后发生的事？"

她觉得三年可太久远了，远到踮起脚尖都望不到，谁会担忧那么远的未来将发生什么呢？这不是一个能用年当单位计数时间的世界，她只能想想三天后要做什么，三十天后要做什么，最远三百天，不能再远了。

女孩气喘吁吁地把东西都搬下楼，堆在楼梯间里，然后拍拍巴掌叉着腰站在那儿清点，有咸鱼，有熏肉，有野菜，还有几只大水壶，全部用扎带绑得紧紧的，挂在自行车后座两侧，想想七天时间她真的需要吃这么多东西吗？她又不是猪。

可是白杨叫她多带，他说食物也会受到辐射沾染，被沾染过的东西就不能吃了，吃了可能会导致内辐照。

相比于谈核色变的白杨，半夏可淡定多了，一听到核弹爆炸对自己的影响起码得以年为单位计算时间才能体现出来，女孩就无所畏惧了，甚至有点想哼歌儿，这世上那么多可怕的东西瞬间就能夺走你的生命，和它们比起来，核弹可真温柔。

难怪他们叫她邱小姐。

半夏从口袋里摸出密钥，冰冰凉凉的，不知为何，这东西揣在身上一直都焐不热。

核弹预计解锁前倒计时进入最后的二十四小时。

第四章

1

2020年1月1日凌晨2点，按照公历计算，人类世界进入崭新的一年已经过了两个小时，等太阳升起，人们会迎来一个悠闲的三天元旦假期。

而南京指挥部的行动计划进入最后的二十四个小时倒计时，这将是他们这辈子度过最繁忙的元旦。

"一组，拐两洞四次变轨完成，预计时间1月1日3点24分一次过境江苏省南京市，中天高度80度，紫金山通信中心数据分发，北京贵州双重容灾备份，完毕。"

"二组汇报，新街口无线摄像头三次全流程模拟演练完毕，清晰度正常，可识别度正常，完毕。"

"三组汇报，第五批第六次非常规模拟核试验结束，热杀伤、爆轰波、电磁脉冲毁伤范围未超出预计，完毕。"

"四组汇报，第三次独立电磁脉冲毁伤试验结束，未超出预计强度，未对电台造成明显损伤，完毕。"

"三洞两！三洞两！"赵博文在客厅里坐镇指挥，抄着电话催促，"你们的服务器什么时候能修好？"

"这个得问沈阳市政！我们这边也在催！"

"这关沈阳市政什么事？"赵博文一愣。

"他们昨天晚上修路把光缆给挖断了，正在连夜抢修当中。"

白杨一动不动地坐在黑暗里，撑着额头发呆，卧室里没有开灯，指挥部里真忙起来也没顾得上他，这反倒让白杨难得捞到个清净，隔着房门谁的声音都听不真切，只觉得外头闹哄哄乱成一团。

作为项目团队最核心的成员，在大多数时候白杨却又是游离于计划外的，他不需要彻夜开会，不需要和人吵架，不需要一天之内从南京飞到上海，又从上海飞到北京，再从北京飞到兰州，没什么文件需要他批复，没什么材料需要他撰写，他只需要坐在桌子前头，一直坐在那里。

或许真不会有人相信一个高中生能承担多大的责任，或许是老爹、赵叔、王叔他们把他保护得太好，白杨就这么被裹挟在洪流里，跌跌撞撞地从2019年冲进了2020年——当其他同龄人都在B站看跨年晚会的时候，他沉默地坐在黑暗里发呆，一呆就好久。

连翘关心他的状态，问他感觉怎么样？

白杨说他觉得世界是一大团复杂的、虬结的、冰冷黏滑的蛇，混乱得看不清头绪，你被它带着往前疯狂地滚动，滚到哪儿就是哪儿。

连翘问还有呢？

白杨说他已经看不清这个计划的未来，对于一个看不清前路的行动，他不知道该从什么地方获得信心……而且老爹、王叔、赵叔以及团队里的所有人，他们难道就能看清这个计划的未来吗？

连翘摇摇头，然后用力抱住他。

白杨愣住了，有点茫然。

我没法给你信心。

连翘说。

我只能给你一个拥抱。

2041年1月1日上午10点过10分，核弹预计解锁前倒计时十六小时。

卧倒！

半夏就地一滚，背靠着墙壁卧倒在地上，双手垫在脑后，把头埋在胸前，闭上眼睛屏住呼吸。

半晌之后，她爬起来，再来一次。

卧倒！

半夏在练习核爆时的自我防护。

中核工业的专家组表示核爆发生时她应该至少在五公里以外，这个距离已经完全超出邱小姐的杀伤范围，邱小姐只是一枚一万吨当量的核弹，它只能把新街口的沥青路面烧成玻璃，待在南京农大或者南京理工的女孩最多看个热闹（当然别真去看）。

只要备好雨衣、口罩和护目镜，半夏待在上风口几乎不会受到任何威胁，邱小姐根本伤不着她，这是来自专业人士的乐观态度——专家们说没什么大不了，就是会很亮，会很响，那轻描淡写的语气仿佛是在放一枚大炮仗。

"找到地下室，地下是最安全的，最好找结构强度高一点的建筑物，现在框架结构的新房子基本上都要求能抗七级地震，能抗七级地震完全够用。"

"核爆发生时要背向爆心卧倒，爆轰波是超音速的，它会在很短的时间内造成巨大的气压差，所以耳朵会疼，记得不要把嘴闭死了。"

"爆炸过了不要着急冒头，多躲几个钟头。"

"千万别好奇去看啊，虽然是百年难得一见的奇景，别去看，真的很亮，伤眼睛。"

"一定要把眼睛闭上。"

2020年1月1日下午4点20分，核弹预计解锁前倒计时十小时。

"同志们，东方红计划第三阶段行动终于走到了最后一步，这是所有人共同努力的结果。"老赵不知道在和谁讲话，面对摄像机挥舞着拳头，"这些天大家不眠不休，通力合作，坚持到底，排除万难，我们在黑暗中摸索。"

看样子这是在做最后的战前动员。

"无论成败，这会是伟大的一天，这将是前无古人的创举，往回看尽三万年人类历史，也从未有过这样一个计划，这样一次行动，聚集全人类最顶尖的伟大智慧，不惜一切代价地拯救人类自身。"

"在过去几千年里，历史上那些璀璨闪耀的群星，就是为了今天而诞生的。那些伟大的人们，他们为什么而来到这个世上？现在我们知道了，他们来到世间，是要把知识、精神和力量传递下来，传递到我们手上，交由我们来完成这个伟大的使命，没有人在孤军奋战。"

"同志们，万事俱备，成败在此一举。"

赵博文高举拳头。

"今天晚上我们将执行计划的最后一步，如果足够顺利，在未来二十四个小时以内我们将消灭刀客！"

"我们在这个星球上生存繁衍了三百万年，如今，到了展现我们这个种族力量的时刻，我们内心坚信，没有什么能打败我们。"

"为了全人类！"

"For the human！"

2020年1月1日下午6点30分，核弹预计解锁前倒计时八小时。

"深呼吸。"连翘说。

白杨点点头，慢慢地深呼吸。

"翘姐。"

"嗯？"

"你说这个故事会有怎样的结局？"

连翘愣了一下。

"你是指谁的故事？"

"我们的，还有她的。"白杨回答。

"我可不想只有五年好活，无论未来什么样，能挣扎就挣扎下去吧，好死不如赖活着。"连翘笑笑，"至于大小姐，你觉得她是个什么样的人？"

白杨犹豫了一下。

"她是不是很努力？"

白杨点点头。

"她是不是很可爱？"

白杨又点点头。

"那命运总是垂青努力又可爱的人。"连翘说，"如果我是命运之神，我可要把她抱在怀里亲个够呢，怎么忍心伤害她？全世界的人都死了，只有她能幸存下来，这世界对她的厚爱和祝福真是令人羡慕。"

"独自一人活在世上也算祝福？"

"难不成还是诅咒？还有什么比活着更重要？如果说活着也是诅咒，那我希望这种诅咒可以给我来一万年。"连翘耸耸肩，张牙舞爪的，有点搞怪。

白杨也笑了。

"她会幸福的，我向你保证。"连翘说，随即她又挠挠头，"虽然我保证没什么用，但我还是要保证，她会幸福的。"

2

2041年1月1日晚8点40分，核弹预计解锁前倒计时六小时。

"BG，我准备就绪，马上出发。"

"这里是BG4MXH，收到，祝你好运，OVER。"

东方红计划第三阶段行动最后一步正式展开，人类社会在末日世界唯一的一颗棋子开始移动，她将是绝境中的一记杀着，所有人对其寄予厚望，在赵博文最理想的规划中，她将带领全人类完成最后的惊天逆转，打出一个彻底翻盘。

2041年1月1日晚10点20分，核弹预计解锁前倒计时四小时。

"BG，我到位了。"半夏气喘吁吁地跪在泥土上，擦去额头上的汗，按住背包肩带上的手台说话，"我有一种不太好的预感，那东西可能就在附近，我得加快速度。"

"收到，注意安全，速战速决。"手台里传来白杨的声音，"你找到它了吗？大小姐，OVER。"

半夏顺利地找到了邱小姐，后者仍然待在她上次来找时的原位置，之前是啥样现在还是啥样，灰头土脸地躺在一堆瓦砾碎石里，这东西摆在这儿很多年都不会有人动，跟一块石头似的。

她从口袋里取出密钥，用牙齿咬掉塑料密封盖，摸到核弹上的控制窗口。

"我现在要插入密钥。"

半夏用力把密钥插进插口里，然后贴住耳朵，几秒钟后她跟拍西瓜一样拍了拍核弹，再把耳朵贴上去，这次有动静了，隔着复材外壳，她可以听到核弹内部响起嗡嗡嗡的声音，仿佛有马达在转动，紧接着有更多更复杂的声音响起，有金属摩擦的声音，有蜂鸣器震颤的声音，还有计时器开始工作——这枚沉寂了很多年的核弹在逐渐复苏。

成功了，女孩很惊喜，密钥起作用了。

接下来要输入密码。

"大小姐，密码只有你自己知道。"

还是这句话。

所有人都跟她说密码只有她知道，可半夏有点茫然，她毫无头绪，她怎么知道这枚核弹是什么密码？

摸着六位数的机械密码滚轮，半夏皱起眉头，会是哪六位数字？

是某个人的生日？

还是什么暗号？

女孩一边思考，一边小心翼翼地推动密码滚轮，借着月光观察上面的数字。

忽然咔嗒一声，半夏一愣。

她发现自己推动的那枚滚轮被锁死了，停在了数字"8"上，无论怎么推都推不动，半夏有点惊异，她旋即试着推动第二枚滚轮，滚到数字"0"上，又是咔嗒一声，又被锁死。

半夏把这情况描述给白杨听，白杨同样惊异。

"很显然，密码在插入密钥之后才会生成，在插入密钥之前，这个密码根本不存在，所以中核工业那边的人才会说这密码只有一个人知道。"赵博文就站在白杨身后，两只手搭在椅背上，"那就是插入密钥的人知道。"

白杨瞪大眼睛。

"手动输入密码只是为了人工确认解锁核弹，核弹的解锁是一个不可逆过程，一旦开启就不能关闭。"赵博文接着说，"我跟你说过，这枚核弹在设计时尽量避免使用精密的微电子结构，很多功能都得土法上马实现。"

"土法？"白杨扭头。

"对，土法，非常土，超乎你想象的土，比如说它的安全机构，你可能以为用的是什么先进的保密算法，实际上它用的是发条。"赵博文解释，"没错，就是上钟用的发条，根据中核工业的描述，他们在设计到这一步时只剩下一块两厘米见方的小空间，他们要利用这么大点的地方设计出一套保险机构，全组人愁得睡不着觉，后来不知道是哪位回家时注意到儿子的发条玩具，于是灵机一动把发条给用上了。"

"发条怎么用？"

"他们用上紧的发条锁死密钥插口，发条是特殊的合金材质，拧紧了要过很多年才能松开。"赵博文解释，"最稳妥的手段往往是纯物理手段，在设定的时间到达之前堵住插口，让外人插不进来。"

此时耳机里响起女孩的声音：

"BG，所有密码输入完毕。"

"密码输入完毕。"白杨复述。

赵博文的拳头一下子握紧，在等消息的不止他一个，所有人都在等二十年后传来的消息，他们比上次长五发射时还要紧张，整个团队废寝忘食地加班这么多天，就是为了这一刻。

六位机械密码滚轮都被锁死，最后生成的密码是802547。

半夏呼了一口气，控制窗口上的红色"断路"跳成了绿色"接通"，这说明核弹成功解锁。

"BG，解锁成功。"

现在的时间是晚上10点25分。

核弹的实际解锁时间与指挥部计划中预计的解锁时间只差了三个小时，老赵他们定的时间表相当准确。

"现在离开那里，大小姐，解锁的核弹会在六个小时后进入待触发状态。"白杨语气平稳，"你有六个小时的时间做好所有后续工作，然后转移进入安全地带，OVER。"

"收到。"

回到梅花山庄的半夏需要将电台的数据链路切换到新街口的那两只无线摄像头上，把摄像头拍到的视频数据传回2020年的南京指挥部，此前一天晚上他们已经做过测试，两只摄像头的工作状态相当不稳定，信号断断续续，时有时无，可这时候谁也没法要求更好的效果，只能死马当活马医。

两只摄像头已经在新街口的十字路口待了一百四十四个小时，在过去的近一周时间里它们不眠不休地工作，把拍到的图像传输给无线路由，无线路由再漫无目的地往外散播，有人接收就接收，没人接收就拉倒，每天早晨太阳升起时充电，一边工作一边充到太阳下山，入夜后它们的电量最多能撑四个小时。

"BG，我要切换链路了，即将进入沉默状态。"

"收到，OVER。"

"我最后确认一遍，从现在开始，我要转入地下掩体，核爆发生后远离梅花山庄，进入安全区待一周时间，一周之后才能回来，对么？"

"是的。"

这意味着半夏将失联整整一周时间，她在转移前将icom725的数据链路切换到无线摄像头上，要一周后才能回来更改。

"注意安全，大小姐。"白杨忍不住又叮嘱了一句，"一旦有任何意外情况，你都可以提前回来恢复联络，OVER。"

"那你最好祈祷我别提前回来。"女孩笑笑。

"暂时的驻地找好了么？"

"没呢，我哪有那个时间？"半夏说，"边走边看咯。"

"千万注意安全，注意观察环境，要尽量避开大型野兽活动区，还有，野外的生水不要喝，喝之前要过滤，还要烧开……"

白杨脑子乱得很，想到什么说什么。

"知道啦，知道啦，我可只有六个小时，你再唠叨下去就只剩下四个小时了。"

频道里沉默几秒钟。

"一周后见。"

"一周后见。"女孩嘿嘿一笑，"73。"

白杨一愣，她居然还记得道别时要说73，可她向来是不遵守这些规矩的。

半夏断开通话，拔出手咪，把图像传输系统的外设接入icom725，从现在开始，这座无线电台接收的就是摄像头信号，信号切换完毕，她再爬到楼顶上放倒短波天线，加固鞭状天线，以免它们被核爆的冲击损坏。

半夏把包背上，弯腰抱起黄大爷，把它搭在肩膀上，摸了摸它那毛茸茸的小脑袋。

"走啦，黄大爷，咱们要暂时搬家。"

"爸妈，我要出门啦，你们好好看家。"

女孩仔细地把房门关好，又把户门关好，下到楼底，抬起头看了一眼黑洞洞的居民楼，然后推着自行车去地下停车场，根据专家组的指南，核爆发生时女孩应该躲到地下，而梅花山庄的地下停车场就是很好的掩体，安全且熟悉，她将在地下掩体一直躲到核爆发生，并在核爆发生后撤离小区，前往南农或者南理工的暂住地躲避可能存在的辐射沾染，直至一周后才能返回。

万事俱备，只欠东风。

地雷埋下，就等触发。

回头想想，连赵博文自己都说不清楚这么复杂又恢宏的计划是如何步步落实的，尽管他本人是主要推手之一，可让他如今来看都觉得不可思议，如此一个大工程真就走到这一步了，真就把核弹送过去且成功解锁了，俗话说不积跬步，无以至千里，指挥部的人们天天埋头跬步，抬头惊觉已走出千里之遥。

这是一个里程碑。

那小姑娘在如此艰苦的条件下都完成了所有工作，指挥部这边要是不能把计划执行得尽善尽美，可就太对不起自己这精锐的名号。

翌日天一大亮，无委就把车开到了楼下，赵博文拉着白震和王宁钻进去，二话不说，一路开到人寿广场。

"那枚核弹是在人寿广场么？"王宁问。

"是，此刻就压在我们车底下。"赵博文头都不抬，手指在键盘上噼里啪啦地跳动，"不同时间坐标，同一空间坐标。"

"如果它爆炸，我们是不是可以变成光？"白震问。

"是的，这个距离上我们都会变成光。"老赵点点头，从操作台上抓起电话机夹在耳朵和肩膀之间，"喂？我是赵博文，转接04号内线。"

车里有七八个人，背对背坐成两排，每人面前都是操作台、显示器和电话机，老王被拉进车时着实吃了一惊，他怀疑这帮人是不是秘密掌握了什么空间压缩技术，这车看上去普普通通平平常常，内部空间却大到惊人，俨然一个移动通信指挥中心，外看五菱宏光，内看空警五百。

老赵说是军区里调来专门改装的，隶属于战略支援部队。

这么一辆灰扑扑的大面包车就停在人来人往的人寿广场，这个繁忙的路口每天都有数十万人流动，光天化日，朗朗乾坤，谁都不会料到，那辆一看就要被交警贴乱停罚单的破面包车，内部其实别有洞天，一支精锐的队伍在闹市区里奋力拯救世界。

"跳频。"

"收到。"

"密码645288，重复一遍，645288。"

"14425。"

车厢里清脆的键盘声夹杂着短促的指令，电脑屏幕蓝色的背光倒映在人们的眼镜玻璃上，所有人都在专心工作，王宁的嗓音突然把肃穆的氛围捅出一个窟窿：

"你们饿了吗？我让小朱点外卖，你们想吃点什么？"

几秒钟后，车里的人一齐摘下耳机，扭过头来。

"吃什么？"王宁搓搓手，"本帮浙江菜？川菜？还是烤串？"

"你自己没有美团吗？"白震问，"啥事都让小朱干，他这个办公室主任就是负责帮你点餐的？"

"我这不忙着吗？"王宁说着抄起电话机，晃了晃然后夹在脖子上，掏出一支笔和小本，"工作呢！"

"跷脚牛肉，这个不错。"赵博文说，"附近有好几家，吃过都还行。"

"好。"老王点点头，伸手在操作台上拨号，"喂？我是王宁，麻烦转接06号线……是，没错，喂？小朱啊，麻烦你给咱们订个餐，你吃过午饭了吗？吃过了啊？吃过了就好，帮忙订两份跷脚牛肉，再来两屉蟹黄灌汤包，烤串也来点……酒？酒就算了，我们在工作，不是聚餐，饮料搞点椰汁得了。"

"钱记在指挥部的账上。"

说完他把电话一挂，干净又洒脱，特别是最后这句话，甩出来真叫人神清气爽。

周围的人不说话，但是能察觉到若有若无的鄙夷，大概是谁都看不惯王宁这个王八蛋上司。

半个小时后小朱拎着两个大食盒出现在车门外，用头磕了磕车窗。

饭到了，工作小组分批轮流吃饭。

赵博文、白震和王宁端着盒饭蹲在车轮边上，一边吃饭一边嘟嘟囔囔，头发蓬乱、面颊消瘦，衣着不修边幅，看上去像三个进城务工的农民工，人寿广场的保安一眼望过来觉得这仨蹲在人来人往的大楼门口吃盒饭着实有碍观瞻，想把他们赶走。

不过他们还没靠近，就被不知哪里冒出来的便衣给拦下。

保安被对方外套内衬里的证件给震慑住了，再抬头望向蹲在马路牙子上吃盒饭的三个背影，那不修边幅的气质陡然变得深不可测。

"你说这周边究竟有多少便衣啊？"王宁问。

"管他多少，影响我们吃饭吗？"白震撇撇嘴，把一只灌汤包塞进嘴里，"咱们下一步计划从什么时候开始？"

"晚上7点之后，和那边的信号能接通就开始。"赵博文回答，"天黑之后摄像机可以工作四个小时，6点天黑，咱们7点开始，有三个小时的蹲守时间。"

"要是蹲不到呢？"

"那就明天接着蹲。"赵博文说，"除非咱们的运气实在太差，否则能蹲到的可能性很高，新街口是刀客活动最密集的地带，计算机组的模拟结果告诉我们，我们能蹲到它的概率有百分之七十。"

"你的猜想最好靠谱。"白震把一块小小的肉骨头吐到地上，"如果你的猜想是错的，那么整个计划竹篮打水一场空。"

"就像黎曼猜想一样靠谱。"赵博文面无表情地低声说。

"黎曼猜想到现在还没证明。"王宁说。

"没有证明不妨碍我们使用它，我的猜想也得不到证明，也不妨碍我们用它。"赵博文一副理所当然的模样，"只要能逮住大眼珠，我的猜想能不能得到证实不重要，无论黑猫白猫，能抓到老鼠就是好猫。"

"这是科学的?"

"当然是科学的。"赵博文说，"只要能出结果，谁管你怎么凑的数据。"

3

当天晚上7点。

"各部门各节点注意，我是赵博文，最后一次例行检查。"

"一组汇报，一切正常。"

"二组汇报，一切正常。"

"三组汇报，一切正常。"

"这里是指挥部，一切正常。"这是连翘的声音。

南京指挥部这个庞大而精密的机器开始运转，每个人都是齿轮，齿轮与齿轮互相啮合，在转动中迸发出火花。

赵博文站在指挥车里，抬手看了一眼手表："全体注意……倒计时五秒，倒计时五秒! 五! 四! 三! 二! 一!"

"信号接通!"

信号接通，命令下达的瞬间一条数据链路横跨二十年，白震和王宁面前的电脑屏幕同时闪烁，如果不是漆黑的底色上有嘈杂的雪花点跳动，两人差点以为自己的电脑黑屏了。

这是一条很长很长的视频数据传输链路，两台安置在新街口的无线摄像头是源头，它们将图像信号传给无线路由，无线路由再把信号传给icom725，icom725把数据传递到二十年前，最后分发给所有部门，两台摄像机分别被标为一号机和二号机，一号机的信号接收终端是白震面前的电脑，二号机的信号接收终端是王宁面前的电脑。

两人盯着眼前的电脑屏幕，他们要这么一直盯下去，盯到今天晚上摄像头电量耗尽。

"好黑，什么都看不清。"白震说，"早知道搞个红外的。"

"我们就这么一直盯下去？"王宁问。

"是的。"

王宁和白震两个副组长的任务，就是待在车里一直盯着屏幕，无论发生什么都不准离开自己的位置。

赵博文站在两人的中间，时不时低头看手表，随着时间的推移，他额头上汗珠一颗一颗地沁出来，很快汗水就把衣服浸透了，他解开领口的扣子，深吸两口气，车厢没有开窗，空调温度调得很高，无休止地吐着热风。

拥挤的指挥车里无人说话，七个人的呼吸此起彼伏。

到现在为止，所有人能做的工作都已经完成，再没有什么是他们可以插手的，接下来一切都交给运气。

这行为像是野外架设红外相机拍摄东北虎，你可以把准备做到万全，但是最后能不能有所收获，要看老虎的心情。

白震把眼睛瞪得大大的，视频里勉强能看出巨大而漆黑的阴影，那是路口对面的高楼，除此之外再没什么东西可以分辨，效果神似用手指捂着诺基亚N95手机镜头再按下快门的结果，唯一能提醒老白他在看动态视频的是画面上嘈杂的噪点。

王宁面对的比白震稍强，大概是二号机的成像质量比一号机好，王宁盯着屏幕盯了三十多分钟，很快就撑不住了，正常人没法把注意力集中在一张毫无意义失焦严重的黑屏上超过半小时，老王的视线开始在雪花点上跳来跳去，试图捕捉它们。

可抓雪花点的游戏也坚持不了太久，到晚上8点20分时，王宁把眼睛长闭了十几秒钟。

"眼睛酸了。"

老王揉揉眼睛，年纪大了，长时间看不得屏幕。

"找个人来换班，我眼睛也酸了。"白震起身，把赵博文按椅子上，"老赵换你来，咱们轮流值班，一个人蹲三十分钟。"

于是三人轮流盯梢，他们通过两台垃圾堆里翻来的破旧摄像头，盯着一个无人的新街口。赵博文盯了三十分钟，白震再接着上。

"我好像看到了什么。"白震说，"一条彩色的光带……嗯，是屏幕花了。"

"如果今天晚上蹲不到，明天晚上接着蹲，这什么时候是个头啊？"王宁说，"我这边屏幕也花了，信号不太稳定。"

"毕竟是垃圾堆里凑起来的，不能有太高要求。"白震扭头说，

"它能坚持工作到现在，可以称得上老当益壮。"

"老当益壮?"王宁说，"这叫起死回生。"

"这两台摄像头是什么牌子来着? 我回去也买一些屯起来，说不准以后用得上。"白震说，"我老家的院子已经开工了，在挖地下室呢。"

"是三防标准吗?"王宁问。

"三防标准。"白震闭上眼睛，用手指捏住眉头揉了揉。

"这信号着实有点糟糕……"王宁叹了口气，探身拍了拍显示器，"花得一比吊糟，我上半张屏幕都红了。"

无论何时，拍一拍总是见效的。

老王这一拍，信号立竿见影地恢复，花屏消失。

"奇怪，红屏没了，怎么还有个红点……"

王宁说着准备伸手去抠屏幕上那个红色的斑点，手指忽然顿在半空中。

紧接着手指微微颤抖起来。

他背后的白震慢慢地后仰，用同样发颤的声音说：

"出……出出出出出现了!"

王宁和白震的屏幕上都出现了那个醒目的红色圆形斑点，他们同时意识到这是刀客的眼珠。

晚上9点15分，刀客终于出现了。

"它在盯着我。"

两人异口同声。

白震和王宁还没来得及惊喜，就被震在椅子上动弹不得，被大

343

眼珠盯住的人身体僵硬，这是动物碰到天敌时的表现，大脑在强烈应激的状态下表现出僵化的状态。

一只手用力捏在了老王的肩膀上，王宁一个激灵，赵博文站在他的身后，直勾勾地盯着显示器。

"它在盯着你吗？"

赵博文舔舔嘴唇，低声问。

"对……"王宁咽了口唾沫，"在盯着我。"

"老白呢？"

赵博文又问。

"也在盯着我。"

身后响起白震低沉的声音。

车厢里一片死寂，其他人也都放下手里的工作，扭过头来看两人的显示器，在显示器的屏幕上，那颗深红色的眼珠在一点点地放大。

难以理解它是如何做到的，一号机和二号机的视角是不平行的，而刀客只有一颗眼珠，它却能同时直视两台摄像头。

赵博文轻声说："你们动动脑袋。"

王宁和白震依言开始偏脑袋，一会儿往左偏，一会儿往右偏，赵博文预想中的神奇现象出现了——尽管他们面对的是摄像头拍摄的视频，是一块平板显示器，是闭路电视的播放图像，但视频中的大眼珠跟随着他们的动作开始移动。

"它在跟着我。"王宁说。

"它在跟着我。"白震也说。

王宁和白震的动作并不同步，王宁往左偏头时白震正在往右挪，可在他们眼里这颗大眼珠在同时追踪自己。

"它也在跟着我。"赵博文站在那里，扭头问车子里的其他人，"你们呢？"

所有人都是同一个答案。

赵博文的后背被冷汗浸透，手脚冰凉的同时头皮发麻，他不知道该惊恐还是该激动，激动的是他的猜想有幸在黎曼猜想得到证实之前被证实，惊恐的是猜想一旦被证实，刀客将成为一种远超人类想象的存在。

"盯住它！"老赵下令。

但大眼珠不陪他们玩了，它很快就消失在摄像头的视野里。

这令指挥车里的人都有点茫然失措，这东西怎么跑了？

"它去哪儿了？"白震问。

赵博文站在那儿，扭头望向西方，一动不动。

"老赵？"

赵博文忽然咧嘴笑了，那笑声突兀又冷酷，把全车的人都吓一跳，他们这辈子也没见过这么狰狞又可怕的笑容。

赵博文用游魂似的声音说：

"它来找我们了。"

4

刀客来找赵博文了，准确地说，是来找老赵、白震、王宁及全车的人，它锁定了他们的位置，就在人寿广场。

这期间漫长的一分多钟让车内的所有人都屏住呼吸，尽管他们身处的是 2020 年的南京，窗外就是川流不息的行人和车辆，而那只可怕的大眼珠实际逡巡在二十年后。

"它来了。"

不知是谁低低地说了一句，所有人都抬起头望向车顶。

"别……别唬人啊……"老王声音发颤。

人类的直觉在面对刀客时总是能清晰地凸显，这大概是动物面对天敌时的共性，他们知道，它真的来了。

车厢里一片死寂，每个人毛骨悚然，仿佛那只大眼珠正在从远处靠近，它在附近的高楼上攀爬，然后趴在车上，像一只巨大的蜘蛛，透过车窗玻璃往里面张望。

"你……你们猜猜它接下来要说什么？"白震流汗。

老赵又用游魂似的声音干巴巴地笑："你在哪儿呀 —— 出来——给我果实——"

晚上 9 点 25 分，显示器上的图像信号中断。

它后来被认定为核弹起爆的时刻。

信号中断后谁也没动，王宁和白震仍然僵硬地盯着显示器。

不知是谁先问了一句：

"起爆了吗？"

沉默中有人回了一句：

"起爆了。"

赵博文慢慢地坐下来，双手双腿都止不住地抖。

"如果那颗核弹真的在我们车底，这个时候新街口已经出现了一颗小太阳。"老赵说，"你们肯定好奇邱小姐是怎么触发起爆的，其实是声控，声音模糊识别组件就在密钥里，破译组对刀客的语言进行了仔细的自然语义分析，挑选了五个高频字作为对比库，只要待发状态下的邱小姐听到五个字中的三个字，就会立刻起爆。"

"这是我们唯一能做到的，不需要任何人工遥控，又能精准识别敌人，且确保刀客在杀伤范围内的方法，需要碰运气，不过好在它成功了。"赵博文接着说，"它应该成功了，我想没什么东西可以在核弹爆心生存下来……如果这东西能在核弹的爆心生存，那我们也就没辙了……"

"还有，你们是不是觉得它很不可思议？"赵博文语速越来越快，连带着双手还比划上了，"它居然可以同时与这么多人对视，而且是隔着网线和屏幕跟你对视，这其中的一部分原因是它不止一颗眼珠，我猜测刀客的眼珠有无穷多个，它的眼珠数量取决于外界观察者的数量，无论有多少人，无论从哪个角度，就算三百六十度把它围一圈，甚至围成一个大球把它包裹在球心，它仍然能和每一个观察者对视。"

"这意味着什么呢？意味着它不遵循我们这个宇宙的规则，很显然在刀客身上有一种机制，甚至是一种逻辑，一种无视物理定律乃至数学规则的无理逻辑，这种逻辑就是'观察者即被观察者'，对于那个怪物而言，这两者其实是一回事。"赵博文在寂静的车厢里喋喋不休，"这很不合理，仿……仿佛有一只至高且强大的手，把它们俩写在黑板上，然后硬生生画上了等号。"

"进一步思考，它改变的是信息获取的底层逻辑，当你获取到刀客信息的同时，刀客也获取了你的信息，当你知道刀客位置的时候，刀客也知道了你的位置——这是为什么在未来人类难逃刀客猎杀，任何反击手段在它们面前都无所遁形，一个刀客在理论上就能同时锁定七十五亿人，更别说两千五百万个刀客——"

赵博文用手抓着自己的头发，声音愈发痛苦。

"再深一步想，刀客难道只有我们所见的这一类吗？它有能力发出声音，那么就没道理不利用这一点，或许存在这样的刀客类型，当你听到它说话时它就锁定你了，甚至还会存在更不讲道理的，只要你知道它的存在，它就一定知道你的存在，无论你们之间有没有直接的……"

咔的一声，车门被打开了。

赵博文吓一跳，抬起头来，外头路灯昏黄的灯光落在他的脸上，显得消瘦蜡黄。

"老赵！你还坐在车上干啥呢？"白震靠在车门上冲他喊。

"我我我……我……我……"

赵博文环顾四周，车里一个人都没有，原来他一直对着空车喋喋不休。

信号中断后指挥车开回梅花山庄，车里的工作组已经分散各自去处理后续工作了，老赵让白震和王宁先上楼，他要独自一人待在车里安静一会儿——就这样，他一直一个人坐在车里。

而白震和王宁上楼后忙了将近一个通宵，快到凌晨4点了，赵博文还不上来，白震估摸着这人怕是睡在车里了，于是下来看看。

"怎么样？你还好不？"白震伸手来扶他。

赵博文摇摇头，从车里爬出来，腿一软差点跪到地上。

"告一段落了。"白震扶住他，"结束了。"

"结束了。"赵博文呼出一口气，点点头。

"还有，你知道核弹爆炸的具体时间不？"白震问，"我们上面在写报告，需要定个具体的时间，它很重要，会记录进历史里。"

5

核弹爆炸的具体时间是晚上9点19分58秒。

大概没有谁能得到比这更精准的数字，半夏靠墙侧卧在地下停车场的地板上，怀里抱着黄大爷，手里捏着怀表，一秒一秒地数时间。

黄大爷很乖，窝在怀里睡觉，一点不乱动。

从晚上7点开始，半夏就进入了掩蔽状态，她一直保持这个姿势超过三个小时，半夏很紧张，每一秒核弹都有可能爆炸，但计划里没有明确表示今天晚上一定会引爆，可能今晚，也可能明晚，甚至到后天晚上，她心里还有点小期待。

每过一秒，半夏都要在心里说，下一秒肯定爆炸。

直到9点19分58秒，怀表的秒针滴答跳动结束后的一瞬间，半夏眨眼的前半段，地面震动。

邱小姐起爆了。

半夏很难想象那是怎样磅礴的力量，沉默地从地下滚滚而来，仿佛要将大地都掀翻。她下意识地闭上眼睛，用耳朵去听周围的动静，但下一刻空气中所有的声音都消失，女孩的耳膜在刺痛，疼痛沿着耳道钻进大脑里，造成强烈耳鸣，削弱了听觉。

零点一秒的寂静后是震耳欲聋的爆响，强烈的耳鸣都无法压制，那感觉仿佛是支撑天空的柱子崩断，而后天空倾覆下来。

此刻如果有人大胆地站在梅花山庄小区楼顶上往西边眺望，就能看到空气中有镁光灯那样强烈的光芒一闪而烁，紧接着一颗微小的紫色太阳升起在林立的高楼间，它的体积从零膨胀到直径三百米只需要零点零一微秒，剧烈的链式反应在极短的时间内形成一个球形领域，领域内是人类可以掌握的最强力量，被那强烈的光芒所吞噬的一切都将从人间蒸发。

这是核爆发生后的第一秒。

第二秒里强烈的震动沿着地面扩散向整个南京市，并在接下来的三秒内摧毁爆心一公里范围内的所有建筑物，第三秒时高超音速的激波已经抵达紫金山，核弹起爆的一刹那制造出千万摄氏度的高温，空气被瞬间吹涨一万倍，势不可挡地横扫八荒六合，那是人类肉眼可以看到的边界，空气中的水蒸气在巨大压力的作用下液化，俨然一堵平推过来的白墙。

第四秒时太阳崩塌，化作一个灼热而沉默的火球，同时席卷起狂风和巨量泥沙，空气在这里产生激烈对流，它从地面吸取冷空气，加热成高温喷流涌上天空，泥土、灰尘和烟雾覆盖在地面上像是水流，水流变成漩涡，漩涡滚滚而上，形成高耸入云的烟柱。

第十五秒时惊天动地的巨响才姗姗来迟，可在此之前你已经遥遥目睹了世界末日的景象。

半夏缩在地下停车场里，外界的一切与她无关。

核弹爆炸的动静持续得很短，这有点出乎她的意料——白杨把核武器描述得那么可怕，她还以为会是个天崩地裂的结果，但不到一分钟半夏就听不到任何声音，梅花山庄距离爆心有五公里远，除了光、声音和震动，没什么可以触及此处。

她要在这里至少再躲两个小时。

现在的时间是晚上9点25分。

11点半她要回到地面上，带上自己的装备物资直奔南农或者南理工，一星期后再回来。

核弹爆炸的精确时间是9点19分57.476 081 537 419 008秒后198 247 008 538 540 874 521 457个普朗克时间。

绝对没有谁能得到比这更精准的数字。

这是刀客得到的数据。

在那一个节点，空气中的能量开始攀升，并在接下来漫长的0.047秒内上升至原本的一亿倍。

这很不寻常。

预示着此处要诞生一颗恒星。

它认为这种事在这个遵循守恒的宇宙中不可能发生，可谁也说不准，母机也说不准，母机的母机也说不准，毕竟这个宇宙在遵循守恒的同时又钟爱残缺、拥抱变化，对不确定的爱远比其他宇宙更强烈，在过去极为短暂的一百亿年里，它见过几万颗恒星的诞生和湮灭，那些星星的生死更迭快得让它反应不过来。

在接下来这个漫长的0.047秒里，刀客缓慢地思考。

很遗憾它没能思考出结果。

它不是做这个的，作为一台农用机，它不擅长思考问题，这个问题只能交给母机思考，母机拥有这颗星球上七十五亿人的一切智慧，而母机的母机拥有七千亿文明的总智慧，母机的母机之上据说仍有母机。

所以它把问题交给了母机。

尽管不做指望，但它仍希望母机能给出回答。

恒星是和智慧并列的另一种伟大造物，它是宇宙的脑细胞，千亿颗脑细胞构成神经纤维束，万亿条神经纤维束构成区块和皮层，所有的区块和皮层在超高维上形成总体，亿万恒星的璀璨明灭喻示着这个宇宙在活跃地思考，毫无疑问它在思考，它思考的时间幅度跨越一切的尽头，那会是一个穷极万物的伟大问题。

刀客注视着恒星的诞生。

它仍然惦念挂在高楼上的鸟窝、马路上成群结队的野牛和马鹿，这些天它孜孜不倦来来回回地给小动物们搭窝，把它们从水沟里解救出来，尝试教授它们知识——这一切将在0.047秒后结束。

当晚11点半，半夏离开地下停车场。

到地面上时，她愣了一下。

邱小姐在五公里外的爆炸掀起了巨量的扬尘，空气似乎雾蒙蒙的，微风中带着热量和某些东西烧焦的味道，她抬起头，雨衣和帽子在风中鼓动。

红色是这个世界的主色调，云层是血红色的，高楼是血红色的，树木花草也是血红色的，天空很亮，分明时间接近午夜，但光线亮得却像是下午四五点，这也是核弹爆炸所导致的吗?

半夏面向西边，那边是核弹爆炸的方向，却陡然发觉有光从东边而来，照亮了她的半边脸颊。

周围越来越亮，越来越亮，仿佛是太阳在晚上11点半反常地冒头了。

女孩吃惊地扭头，她看到有一轮红日从东方升起。

最终一日与赵博文猜想

在2020年下半年10月国庆节假期即将结束的那天，我继续与白杨的访谈，下午阳光很好，窗外隐隐有小狗的叫声。

当提及整个行动的最后一步时，我面前这个稍显拘谨的年轻人忽然有些无所适从，他的十根手指紧紧地绞在一起。

我们都以为稳妥了。

坐在椅子上的少年轻声说。

你想啊，那么漫长、那么复杂、那么庞大的计划最后成功落地，谁不会松一口气呢？绝大多数人心里都有一种相当盲目的信任，对上级的、对周边人的、对指挥部的盲目信任，他们都以为把自己手上的工作做好，大计划就会取得成功，而大计划取得成功，刀客就会被消灭，世界就能得到拯救……这种想法不对。

这种想法的产生其实并非基于事实逻辑，而是来自人们对自己劳动成果的天然肯定，简单地说是自我安慰。我说。

是……是这样，白杨点点头。

我看向他的眼睛，他没有回避。

他目光的最深处仍然隐隐有什么东西沉在那儿，尽管过去了这么长时间，它都没有化开。

讲讲刀客，我对那东西的特性很感兴趣，我岔开话题，根据你们的猜想，刀客这东西其实是没有背面的，对吧？

白杨愣了一下，他思索了几秒钟，点点头。

确实是这样，无论你从哪个角度哪个方位去看它，都只能看到它的正面，它可以说是没有背面的。

那么问题就来了，我说，在三维空间里，一个没有背面的结构是如何存在的？

白杨摇摇头说，这个没人知道，或许刀客的结构是高于三维的，或者是制造它的幕后黑手是高于三维的……这个其实很显然，它们有影响时空的能力，必然是凌驾于我们这个世界之上的。

赵老师是如何发现这一点的？我问，他的那个猜想——关于刀客运作规律的猜想，我们暂且称之为赵博文猜想，是怎样诞生的？

我只知道个大概，具体的细节你得去问赵叔……

白杨思索着回答。

赵叔最早发觉不对劲，是大小姐跟我们提起大眼珠永远和她对视，我们一开始以为是什么视线追踪的功能，只觉得蹊跷，于是赵叔带着这个问题回去翻资料，和项目组的专家团队讨论，我们当时手里的信息非常有限，赵叔他们就把我们第一次视频通联时的录像翻出来反复看反复看，大概是这个时候有所发现。

第一次视频通联的时候？

是的，秘密都藏在第一次视频通联的时候。

白杨笑了笑。

我们当时所有人都认为是大小姐的活动引来了在周围逡巡的刀客，不过赵叔提出了不同意见，他认为真正把刀客引到窗外驻足的是我们。

摄像机？我立刻想到这一点。

没错，是支在房间中央的摄像头，刀客看到的不是大小姐，而是我们。白杨说。

我手里捏着速记本，一时都忘了做记录，白杨缓慢而低沉的讲述又把我带回到人类与刀客第一次直面的那个夜晚，而这一次是截然不同的角度。

当时在场的有好几个人，我、老爹、赵叔、王叔、翘姐，都在客厅的电脑前面盯着，我们都被窗外的大眼睛吓傻了，很久以后赵叔在求证他的猜想时让我们仔细回忆当时的情况……他问我当时是不是被大眼珠直勾勾地盯住了，他也这么问了其他人，我们才意识到所有人虽然所处的角度不同，但分别都在与刀客对视。

这么说……当时刀客就锁定你们的位置了，我说。

是的，当时肯定锁定我们的位置了，这东西身上的特性无关乎任何外部条件，不受任何因素影响，尽管我们之间隔着二十年的漫长时间，但是刀客身上"观察者等于被观察者"这条铁律仍然有效。

白杨点点头，接着说，只是这种锁定被打断了。

被什么打断了？我下意识地问。

黄大爷，那只黄鼠狼。白杨回答。

黄大爷的突然出现吸引了我们所有人的注意力，我们都把目光集中到了黄鼠狼身上，那么在刀客看来……我们就像是突然消失了，人间蒸发了，毕竟事实上我们也不在那个世界里，它是找不到我们的，我们在二十年前呢。

它后来尝试寻找你们了吗？我问。

肯定找了，白杨回答，我们倾向于它当时是在寻找我们。

我们全部坐在客厅的沙发上，刀客锁定的位置就是在客厅，所以它没有在卧室窗外多待，立刻就转移到客厅的落地窗前面去了……这是我们的推论，但我觉得应该八九不离十，可是那个世界的客厅是空的，一个人都没有，我想刀客也会觉得莫名其妙，明明锁定了这里有人坐着，可是探头一看却啥都没有，多半是闹鬼了。

白杨笑笑。

所以你们以此为基础设计了东方红计划最后阶段的方案，我说，以二十年前的人为诱饵将大眼珠诱入核爆的爆心……赵老师很敏锐，很有洞察力。

也不是他一个人发现的啦，白杨耸耸肩说，是很多人花了很长时间讨论出来的结果。

还有你，我说。

我什么都没干，真的，我从头到尾被他们带着跑。

白杨有点腼腆地笑。

我毕竟只是个普通高中生，普通高中生能做些什么呢？能做些什么呢……

少年慢慢地沉默下来，眼帘低垂，在他眼里我又看到了沉在那儿的东西，浓到化不开，我猛然意识到那是什么。

我能做些什么呢？白杨轻声说，他撇过头，把目光投在书架上崭新的IC-R8600业余电台上。

如果我能做些什么就好了。

哪怕只能做到一点点微小的改变，能让最后的结果和现在有一点点不一样，一点点都好，可是她太远了，天瑞老师，她真的太远了……二十年真的好远。

你能理解么，她真的好远好远。

我察觉到这个年轻人身上的柔弱和无力，在冰冷坚硬的时间面前，人类的情感只不过是飘落在烧红铁板上的雪花。

我岔开话题的努力终告失败，白杨又重新回到了他始终不想面对的任务最后一天。

我们都以为稳妥了。

白杨轻声说。

核弹成功起爆，她只需要在安全区待一个礼拜，等到核爆区内安全了，她就可以不慌不忙地抵达第一基地。

可是核爆后不到十二小时……她就与我们重新取得了联络。

白杨的身体陡然绷紧了。

第六卷

终幕

第一章

1

核爆后翌日。

1月3日晚8点。

白杨在照常守听14255频道，他并不指望能与大小姐取得联络，按照正常计划，女孩现在应该待在安全区里。

频道里只有滋滋啦啦的噪音，耳机里充斥着宇宙无意义的呢喃，一想到还要听这样的古神低语整整七天时间，白杨着实抓狂，他一边在频道里固定呼叫，一边隐隐希望女孩快点回来——

仿佛真有古神听到了他的诉求，耳机里的噪音幅度忽然提高，紧接着迅速消弭，从噪音里析出女孩模糊的声音：

"BG……人吗？有……有人吗？"

白杨一个激灵坐直了。

"这里是BG4MXH！大小姐是你吗？收到请回复！"

他按着手咪大喊，既惊喜又诧异。

对方停顿了数秒，旋即也高声回复，那声音又惊喜又惊惶。

"是……是我！BG！B……听到我吗？听到……它……它们从天上下来了。"

2

连翘意识到白杨的情绪明显变化，是在元旦当天。

清晨两人外出跑步，围着月牙湖绕圈，早上的气温在零摄氏度以下，空气通透而冷冽，连翘也裹上了羊毛围巾，但上身深色抓绒的高领衫，下身运动裤，还是一样的干练，按照连翘的说法，她要保持身体灵活行动敏捷，所以不能把自己裹成米其林轮胎人。

白杨只觉得她是在炫身材，毕竟这姐姐的身材确实好到爆。

每天早上的晨练是两人主要的交流时间，作为辅导员，连翘要求白杨把昨天一整日包括晚上的思想活动都告诉自己，包括做梦——连翘说她能帮忙解梦，但她恐怕是个弗洛伊德派解梦大师，无论白杨梦到啥她都能给解释成青春躁动，无论什么意向都能牵扯到性别意识。

白杨说他梦到黑色的巨大月亮从天空坠落，连翘一本正经地说大月亮就是大圆球，大圆球就是大罩杯，直面自己的渴望吧少年。

"累不累？"连翘估计了一下跑过的路程，爬到湖边的观景台上坐下，拍了拍身边的座位，"坐过来休息一下。"

白杨气喘吁吁地坐下，往前望着宁静的深色湖水。

"今天元旦诶，新年快乐。"连翘忽然说。

白杨愣了一下："你也新年快乐。"

"晚上回去也记得祝她新年快乐。"连翘提醒，"你会不会唱那首歌？刘德华张卫健他们唱的，祝福你，在每一天里，永远多彩多姿……"

她自己也记不全歌词，只能哼着调子。

"这是什么年代的歌？"白杨皱眉。

"没有听过吗？"连翘又多哼了两句，"春风为你吹开漫山花，秋月伴你天空万里飞，让百夜灿烂渗进美梦，冬天冰霜不至……"

"没听过。"白杨打了个哈欠，"你听的歌必然比我年龄大，我爸他们应该熟悉。"

"老歌有什么不好？老歌是经过时间检验的经典。"连翘话锋一转，"你这哈欠连天的，昨天晚上几点睡着的？"

"2点。"

"这样可不行。"连翘扭过头来用手捧住白杨的脸颊，固定住他的头，然后凑近看他的眼睛，"长期失眠，精神萎靡，很难保证工作状态。"

"这话跟他们说去，赵叔他们休息时间比我还少。"白杨把她的手挡开，"工作强度也比我大多了。"

"可我不需要对他们负责。"连翘很认真地说，"我只需要对你负责，教你的方法你试过了吗？"

"试过了。"

"还是这样？"

"还是这样。"白杨点点头。

"需要我给你预约医生吗？"连翘问。

"你认为医生管用吗？"

连翘沉默了几秒，深吸一口气，用力拍拍白杨的肩膀，挤出一个明媚的笑脸："打起精神来！车到山前必有路，船到桥头自然直，我们的计划在有条不紊地推进，这个时候你可不能掉链子啊，团队核心白杨同志！"

"赵叔他们对上级负责，你对我负责，那我要对谁负责？"白杨说。

你对大小姐负责。

有人这么回答。

白杨猛地扭头，发现连翘在思考，刚刚不是她在说话。

白杨抬手揪住自己的头发，他大脑深处忽然抽动似的隐隐疼痛，低声说："我对大小姐负责？"

"嗯……这么说也没问题，你确实是对她负责……"连翘点点头，可她一句话尚未说完，就撞上了对方的目光，那目光深处仿佛有一口深井，井底有冰冷的、不见底的水，这让连翘暗暗吃惊，很难想象一个高三学生为什么会有这样的眼神，那眼神分明是怀疑的、审视的，它好像在说：你们真的能对她负责吗？你们真的想对她负责吗？

连翘意识到白杨的怀疑不是一天两天了，在整个团队打着鸡血嗷嗷叫的时候，这个少年坐在风暴的中心，却仿佛不受感染和影响。尽管只有一墙之隔，但客厅和卧室内的氛围是截然不同的，客厅里严肃、明亮、紧张有序，而卧室里忧虑、黑暗、冰冷压抑，连翘努力地想把白杨从黑暗中拉出来，可她面对白杨的问题总是不知如何回答。

白杨问我们是不是在利用她？

连翘说你要相信，我们是在拯救她。

白杨又问究竟是谁在拯救谁？

他冷冰冰地旁观周围人们的工作，以一种截然不同的态度面对所有人共同的问题，至于他心里想的是什么，连翘也不知道，她很难设身处地地站在白杨的立场和角度上思考问题，这个年轻的高三学生所面临的局面在人类历史上亘古未有，每次他沉默地坐在黑暗的卧室里，连翘总觉得自己看不透他。

可他分明只是一个年轻的高三学生，他才十八岁——这场生活中的巨大变故究竟给他带来了什么呢？

作为辅导员，连翘无力把白杨拉出这样的泥潭，她认为换成任何一个人都做不到，白杨已经足够坚强，且被保护得足够好，换个人来恐怕现在已经精神崩溃。

连翘只能眼睁睁地目睹白杨越陷越深，直到这一天被完全吞没——1月3日晚8点，BG4MSR提前返回梅花山庄。

白杨很惊喜，但惊喜迅速变成惊异，紧接着变成惊惶。

"你为什么回来了？核弹成功引爆了吗？现……现在梅花山庄还不安全……"

"听我说，BG，听我说。"女孩气喘吁吁，"我不知道还有多长时间，我现在要上去把手台绑上八木天线，把电台切换到卫星信号，你们能接收到卫星信号对吧？就是那颗中继星，测试一下链路是不是畅通的。"

"等等……你说什么？你在说什么？"

白杨懵了。

这劈头盖脸的都在说些什么？

对方叹了口气，沉默了几秒钟，轻声说：

"BG，白杨，计划成功了，核弹引爆了，我接下来要前往第一基地帮你们取回所有的存储数据，完成行动的最终目的。"

"不……你不用这么着急，你不能回来，你应该要在安全区里待满一周时间……"

"没有时间了。"

女孩说。

"我……我不明白，大小姐，你那边什么情况？把发生了什么告诉我们，指挥部给你制订行动计划。"

"不要再废话，核弹确实成功引爆了，但糟糕的是干掉一个引来了一大群，它们很快就要在南京着陆，一旦它们着陆，那将再也不可能取回第一基地的数据，我不确定我还有多少时间，听好了，现在执行预定计划，我接下来要去切换电台信号，会进入一段时间的静默，不过很快你们就能收到数据，能明白么？如果明白就回答我。"

女孩的声音又快又急，一股脑倒豆子似的把话说完了。

"明白。"

"放心，我跑着去，跑着去紫台办公楼，相信我，我跑起来速

365

度很快的……一个小时，最多一个小时，你们就能接收到数据。"

"不不不不不！"白杨大吼，"你不能去！不安全！那不安全！"

那头也大吼：

"我不去你去啊！你不去就闭嘴！"

白杨顿时哑了。

他呆呆地坐在椅子上，差点拿不住手咪。

那姑娘忽然歇斯底里起来。

"也为我想想，BG。"女孩的声音慢慢低了下去，"我是逃到一半折返回来的，可是这有什么办法？如果这世上只剩下你一个人，那你不去做就没人做了……等我一个小时，最多两个小时，我跑着去，不会有事，你知道我跑起来速度很快的。"

"你没有这个责任。"白杨的声音在发抖，"逃啊，不要管这些事了，逃得越远越好……"

"可是我想救你们。"

联络中断，半夏切换了电台信号，她将手台绑上楼顶的天台八木天线，预先把icom725电台调成接收卫星信号的模式。

这些行动方案她和指挥部预演过很多遍，做起来轻车熟路，很显然半夏认为自己没有时间抵达第一基地后返回梅花山庄再打开卫星接收链路，所以只能在出发前就把手台留在楼顶，提前把电台切换成卫星信号接收模式，这么做步骤方便，但是也会导致失联。

指挥部炸锅了。

一个惊雷把刚松一口气的人们炸得跳了起来，白震和王宁几乎不敢置信，而赵博文在客厅愤怒地骂娘，谁也不知道他能骂谁。

可他们什么也做不了，所有人陷入漫长而无力的沉默等待。

而等待的最终结果会是什么呢？

没人再敢做任何推测和预言，赵博文也颓然地坐倒在沙发上，把脸深深地埋进双手里，作为整个计划的主要推动者，整个团队的核心领导，这个永远在不择手段往前推进的男人，终于也束手无策，只能静待命运的审判。

电台里只有漫长的沉默，这沉默可能永无止境。

3

白杨度过了他此生可能最难熬的两个小时，连翘默然无言，她什么都做不了，连拥抱都不再有用，如果拥抱有用她更愿意去拥抱那个孤身奋战的小姑娘，这么多人蹲在一个和平安宁的年代却一点忙都帮不上，真是群废物。

客厅里每隔两秒钟响起一次"滴"的声音，这是中继卫星的信标，声音不断就证明数据链路畅通，可是链路畅通并无什么意义，道路接通了，没有数据传过来就是无用功。

白震和王宁面面相觑，不敢说话。

相比于白杨，他们更茫然无措，这是纯粹计划外的变故，明明一切顺利，那么多障碍都克服了，那么多难题都解决了，天大的困境也敌不过用心攻克，自信心都爆棚了——结果当头一棒又把几个老妖怪打回原形，命运只不过稍微拐了个小小的弯，就把他们甩得连尾灯都看不见。

人力终究是有穷尽的，就像人再多也不可能从井中捞起月亮，这个世界总是在人类自以为能办到一切时提醒他们这一点，并让他们认识到自己的弱小和无力。

老妈给他们倒了茶，但是茶水一直放到冰凉都没人动。

他们在沉默中想象，那个女孩在即将倾覆的世界里亡命狂奔，世界就在她的身后坍塌，像一堵高墙那样碾下来，落到谁头上都是灭顶之灾，而她只有快，再快！拼命地快！

她在苜蓿园大街上飞奔，在中山东路上飞奔，穿过废墟和草丛，跌倒了就爬起来，咬着牙继续跑。

在一切破碎之前拿到想要的东西，她要用两条腿快过两个世界毁灭的速度，抢救她所拥有的一切。

老天保佑啊。

赵博文双手紧握，抵住下巴，闭上眼睛。

当晚10点15分，机械而有规律的指示灯忽然急促地响起来。

人们豁然起身。

"信号！"

"有数据……有数据！"赵博文大吼，"所有单位注意！有数据！"

不幸中的万幸，等待是有结果的，数据流穿越二十年的时间，从梅花山庄11栋805户卧室的icom725电台迸发出来，沿着电缆与光纤分配到全国各地，所有严阵以待的单位和部门立即展开存储备份和破解工作。

"什么？"赵博文接到电话，"视频？好的……麻烦你们同步过来。"

他放下手机，扭头对其他人说："传过来的数据里有视频，不需要解译，应该是录像，我让他们同步过来。"

指挥部里的显示器闪了闪，屏幕暗了下去。

众人可以看到昏暗的光线下有什么东西在闪动，可是屏幕上遍布噪点，几秒钟后人们才辨认出那是一个人的上半身，她凑在摄像头的镜头前不知在调整什么，伴随着扬声器里咔啦咔啦的响动，等到调整完毕，女孩往后退一步，从头到腰都被囊括在视野里，老赵和老白恨不得把脑袋钻进显示器。

女孩还是那个女孩，只是头发短了，披着雨衣，脏兮兮的脸蛋，粘着黏糊糊的血和汗，有点狼狈地笑着。

"喂喂？能听到我说话吗？"半夏对着镜头说话，又偏头不知道在问谁，"它能录音对吧？声音和图像都能录下来？"

她又往画面中间挪了挪，开口说：

"这是录像，我成功抵达第一基地了，白杨、老爹、赵叔、王叔，还有大家，如果你们看到了视频，那就证明数据传输正常。"

连翘搭在白杨肩膀上的手骤然捏紧了，平时这个时候后者该鬼叫了，但白杨一声不吭。

"第一基地运转挺正常的，数据保存很完整，虽然我看不出什么来，不过上面显示很完整，我已经按照次序打包发过去了……"女孩靠在身后的墙壁上，用手撩起脏兮兮的头发，抚着额头吸了口气，"有点头晕，可能是跑得太快了，我这辈子肯定没有哪次跑得像今天这样快，路上还摔了好几跤。"

"现在的时间是晚上9点50分，我大概还能再跟你们说五分钟。"

把时间推回到半个小时之前，半夏找到第一基地的入口，它在一块"国防光缆，禁止挖开"的窨井盖底下，入口是垂直往下的深井，用手电筒照不到底部，井壁上嵌着金属梯子，深井只能容纳一个人进入，女孩沿着梯子往下爬，能感觉到底下有微微的风吹上来，带着淡淡的机油味儿，说明通风系统仍然在正常工作。

大概爬了十分钟，半夏估摸着有七八层楼那么高，脚才触到地面，地上厚厚一层灰。

井底几乎一片漆黑，女孩打着手电，左右张望。

她置身在一条狭窄的甬道里，只有几十厘米宽，堪堪容纳一个人通过，两侧都是高墙，往前走两步，半夏就发现左边的墙上有一个硕大的红色按钮——有饭碗那么大，散发着红色的荧光，非常醒目。

她试着拍了一下。

头顶上有灯光闪了闪，然后周身大亮。

原来是个电源开关。

半夏关闭手电，再次打量周围的环境，她原以为自己所处的甬道通往第一基地的入口，实际上这条狭窄的甬道就是第一基地的全部，往前看十几米这条路就到头了，是死胡同，而两侧的墙壁上嵌着显示器、按钮、旋钮、拨杆，显然是操作面板——这就是传说中的第一基地，看上去简陋、粗糙、到处都抹着灰色的水泥，连张椅子都没有。

白杨跟她说过，第一基地内有简单而全面的操作指南，放只猴子进去抖一抖，它也能学会怎么让基地运转起来。

果然，半夏注意到左侧的墙壁上有字，橙色加粗。

第一，请将拨杆推到上方。

提示语底下是一只粗壮的黑色拨杆，就像是客机的油门推杆，女孩用两只手握住它，用力往上推。

推动的过程中她听到墙壁内传来咔嚓咔嚓的声响，不知道是什么机关在启动，她把拨杆推到上方，看到另外一行字：

计算机保护盖已打开。

开启计算机保护盖后，墙上有一条粗长的箭头往前指，指向第二条提示：

第二，请把旋钮逆时针拧向左侧。

半夏依言将提示语底下的旋钮拧好，拧到左侧后旋钮转盘上出现一行小字"电源已接通"，再沿着箭头往前走一步，看到第三条提示：

第三，请将拉杆拉到下方。

半夏用力把拉杆拉下来，相当费劲，拉到底之后咔嗒一声响，墙壁内响起嗡嗡的声音，仿佛有马达在转动，墙壁内好像藏着一个轮机舱，齿轮、曲轴、链条，什么声音都有，半夏好奇地贴着耳朵听了一小会儿。

果真如白杨所说，基地内的操作是傻瓜式的，受过训练的猴子也能熟练掌握，设计者们生怕她遗漏了信息或者看不清楚字迹，每一条提示都橙色加粗，箭头一步一步地指出操作步骤，而需要她操作的也就那么几样，不是拉一下就是推一下，好似人类早年把猩猩送上太空，让猩猩操作飞船，也是拉一下或者踩一下，踩对了就有香蕉吃。

与表面上的简洁相对应的，是墙壁内看不见的复杂，为了保证第一基地的可靠性，工程师们大量使用坚固的机械结构，这些粗壮的金属机关泡在润滑油里，能抵抗台风、地震，甚至爆炸的冲击波，很多年都不会损坏，而再启动它们也很简单，就像用摇把发动柴油拖拉机——只要用力就可以了。

大力出奇迹。

半夏把最后一条提示下的拉杆拉下来，再把断开的线缆按照颜色分别插好，几秒钟后，另一面墙上的显示器慢慢地亮起来。

她转过身来，面对墙壁上的显示器屏幕，正想操作一下，突然头顶的扬声器立马传来声音，把她吓一跳。

"Hello！"

半夏吃了一惊，抬起头张望。

"H……Hello？"

"您好，欢迎进入第一基地，我是天猫精灵。"

"天猫精灵？"

客厅里的所有人以不可置信的眼光扭头望向赵博文，老赵一脸无辜地望东望西。

"你们送到末日去的那个人工智能，那个AI……"白震伸手指向冰箱上的白色音箱，"就是它？舔毛精灵？"

"我们测试了市面上所有成熟的自然语言识别AI，天猫精灵是表现得最好的。"赵博文两手一摊，表示矮子里面拔高个，不是他对天猫精灵情有独钟，奈何友商不争气。

"第一基地里就只有这个人工智能，但是它好像也不太智能。"录像中的女孩接着往下说，"不知道是本来就这样还是坏掉了，它在大多数时候只会跟你打招呼，就像这样……"

半夏偏头冲着屏幕外边喊了一声：

"天猫精灵，你能把灯光调亮一点吗？"

几秒钟后，有画外音回答：

"您好，我是天猫精灵，如果您想获取纸质报告，显示器下一号保险柜里有纸质报告，若没有请重启打印机，如果您想获取媒体数据，二号保险柜里有机械硬盘与光盘，如果您想开启卫星传输，Ka/Ku波段请摇动一号把手，X/S波段请摇动二号把手，短波波段请摇动三号把手，如果您不确定是哪个波段，请摇动所有把手。"

"你能把灯光调亮一点吗？"半夏重复了一句。

"您好，我是天猫精灵，如果您想获取纸质报告，显示器下一号保险柜里有纸质报告，若没有请重启打印机，如果您想获取媒体数据，二号保险柜里有机械硬盘与光盘，如果您想开启卫星传输，Ka/Ku波段请摇动一号把手，X/S波段请摇动二号把手，短波波段请摇动三号把手，如果您不确定是哪个波段，请摇动所有把手。"

"瞧，在大多数情况下它只会说这个。"女孩耸耸肩，随手晃了晃一大沓纸质报告，"我觉得它也蛮可怜的，在地底下憋了二十年没人跟它说话，可能憋出毛病出来了……至于这个报告，我也拿出来了，不过看不明白。"

"所有的报告都长这样，你们看看，或许能明白是什么意思。"

她把手里的报告展开，凑到镜头前，白色的A4纸上只有两个词。

黑体，加粗。

STOP VVVLBI。

第二章

1

第一基地的设计师们考虑得很周全，数据以多种形式备份存储，有纸质报告，有硬盘光盘，也有卫星数据链，甚至每个波段的卫星天线都准备好了，半夏记不清楚中继星是在什么频段上工作，于是她把所有的天线都摇了起来，你很难说这玩意究竟是先进还是落后，它是高速数据传输链路，是现代通信工程的技术结晶，但天线的高度和指向还得靠一个大舵轮手动调整。

天线究竟安置在什么地方不知道，它们可能隐藏在头顶某栋大楼的楼顶上，平时缩在水泥管道里，有人启动才探头，这东西可能年久失修，锈迹斑斑，所以摇起来才那么费劲。

计算机有简单的图形操作界面，可以在显示器上触屏操作，它对外开放的仅有一个文件浏览和发送功能，半夏只需要把压缩包拖进发送队列里，它们就会被转码压缩，再经由天线发射向中继星。

指挥部说过，第一基地是一个强大的情报集散中心，接入了几乎所有新闻媒体、学术期刊以及有关部门的数据库后门，它会在过去二十年里搜集所有有用的信息储存起来，半夏好奇地打开文件夹。

"中科院北京天文台观测数据汇总。"

"……观测数据汇总。"

"有证据表明……结构非人造物……"

"保守估计，截至12月27日，人员伤亡已超过四十四亿。"

"中央人民广播电台频道调整通知。"

"前线大捷！前线大捷！有充分证据证明……有效杀伤……"

"关于……的敌我态势：帕米尔高原……一次战役战略分析简报。"

半夏目光从显示器上缓缓扫过，从她记事起，自己所处的世界就是自己所见的模样，静谧、孤独、缓慢生长，但基地里保存了另外一个世界，这给她的感觉简直是史前文明。

她头晕目眩，把它们关掉。

好可怕。

纸质报告和硬盘数据则分别存储在不同的保险柜里，其中打印机不知是不是在漫长的等待时间中发了疯，它吐出来的报告塞满了整个保险柜，半夏打开柜门的一刹那所有的纸张都哗啦啦地倾泻出来，把她吓了一跳。

半夏很快学会操作这套系统，她把压缩包依次扔进发送队列里，接下来只需按下发送键。

按下按钮前她迟疑了几秒，手悬停在按钮上想按却按不下去，她沉默地思考，然后深吸一口气，慢慢地蹲下来把头靠在冰冷的墙壁上。

这个按钮拍下去，会发生什么呢？

全世界的命运仿佛都集中在这个小小的按钮上，她好想找个人说话，可是基地里只有风扇换气的声音，半夏觉得有点冷，用力抱紧了自己。

忽然头顶上轰隆一声闷响，地动山摇，基地内红光大作。

半夏惊惶地拍下发送键。

警报表示有什么东西正在突破第一基地的防御墙。

一大批刀客在着陆，进入基地前半夏抬头望了一眼，她已经能看到那东西的全貌，距离她最近的大眼珠几乎就在她的头顶上，那东西的高度在迅速降低，目标很有可能是紫峰大厦——这些鬼东西对高楼总是情有独钟。

二十年前的人们在地下设计了这座坚固的堡垒，核弹都炸不穿，可它在刀客面前坚持不了多久，谁都知道大眼珠有至少四十米长的大刀，那只刀客只用五分钟就挖开了十几米厚的岩石和泥土，并突破了第一道防御，它穿透基地最外层的钢筋混凝土时基地内警报声大作，计算机开始同步倒计时。

计算机预测在九分钟后基地会被挖穿。

数据传输的速度缓慢得像蜗牛，进度条一点一点地往前推进。

而半夏估摸着在刀客突破所有防线把基地绞成碎末之前，这见鬼的进度条可能走不到100%。

她必须得做点什么。

多争取一分钟都好。

"这里是个很有意思的地方，我有点后悔没早点到这儿来，白杨、老爹、赵叔，王叔，还有大家，你们真的很厉害，想做到的事都做到了，核弹也送到了，第一基地也在运转，虽然这里没有人，也没有吃的，但它好歹是活的，还能和天猫精灵聊天……天猫精灵！"

"您好，我是天猫精灵。"

半夏多次试着和天猫精灵沟通，天猫精灵有时能听懂她的话，有时听不懂她的话。

例如半夏问它是否知道刀客是什么时，它听不懂，而半夏问计算机上的摄像头能不能录像时，它就能给出肯定回答。

"我其实想和它多说说话，说不定多说话它就能变聪明，就能变得和正常人一样……警报又响了，它提示我第二道防御被突破了，可是数据还没有传输完毕，它还能不能再快点？我得离开这里了，很遗憾不能和天猫精灵互相加深了解，它真的蛮可怜的，就和黄大爷一样可怜，你们要好好对它。"

半夏最后确认数据的发送队列正常，把墙壁上保险柜的柜门都重新关上，她必须得做点什么，要把刀客的注意力从基地上引开。

"我觉得我可真是个……用老师的话来说，我真是个劳模，我真的做了好多事情，好多我以前不敢想的事情。"

"我还消灭了一个大眼珠！我可真厉害……不过我真的很讨厌它们，因为我好不容易才拥有了你们，拥有了这么多东西，拥有了两个世界！大眼珠就想来把它们抢走，我才不允许！不！允！许！"

半夏蹲下来把鞋带系紧，然后抓住冰冷的梯子，重新往上爬。

头顶里灯光在闪烁，她已经能听到轰隆轰隆的响声，灰尘扑簌簌地落下来，仿佛地震。

"BG，白杨，我还有话要对你说，嗯……本来是只想对你说的，不过这视频肯定会被很多人看到，算了，看到就看到吧，我死后管它洪水滔天——不行不行这话不吉利，我要跟你道歉，刚刚吼了你真对不起，不过你是男孩子，被吼就被吼了嘛，老师以前还天天骂我。"

她沿着梯子一格一格地爬上去，穿过狭小的深井。

"这个世界真的很复杂，刚刚在发送文件的时候我迟疑了好一会儿，你说如果这真的能拯救世界，把所有的时间都推翻重来，是不是就意味着我不存在了？或者说我从来就没有存在过？如果真的如此，那你可不能忘了我，毕竟我帮了你们这么大的忙呢，你们一定要给我塑个大大的雕像，让全世界都记住我。"

"唉，想不明白，太复杂了，这个世界和时间都太复杂，不过复杂代表着有很多很多的可能性，BG，我之所以要跟你说这些，因为我觉得你会伤心，你就是那种有事喜欢憋在心里的人，别说不是，这么长时间我可早把你看穿了，可是呢，既然世界和时间都是这么复杂的东西，复杂到谁都看不明白，那么BG呀，亲爱的BG，最亲爱的BG，最最亲爱的BG，你一定要有希望，在未来那么宽广的世界和那么漫长的时光里，你一定要相信……"

梯子到顶，女孩长吁一口气，停顿几秒，然后用力顶开井盖，抬起头看到深红色的天光。

"我们还会再见的。"

2

冥冥之中，若有若无，不知哪处空间哪个时刻，仿佛有轻轻啪的一声响。

视频结束。

联络中断。

所有声音戛然而止。

3

一周后。

一大早连翘照例拉着白杨起床晨练，两人下楼，看到小区的广场上排队停着大巴，一条整整齐齐的队列正在准备登车，看人数有上百号，他们衣着各异，但是整齐划一地背着行李，沉稳而静默。

"喔……"白杨有点吃惊，"这都是些什么人？"

连翘瞄了一眼："中国人民解放军战略支援部队，任务结束，应该是要从指挥部撤离了。"

"指挥部？"白杨说，"我家？"

"你家当然是指挥部，但指挥部不只是你家。"连翘回答，她伸手往周边指了一圈，"这些都是指挥部。"

"他们一直在这里吗？"

"一直都在。"连翘点点头。

"我居然从未见过他们。"白杨很诧异。

"你没见过的还多着呢。"

连翘带着白杨与方阵队列擦肩而过，白杨扭头望着那些目不斜视站得笔直的人们，说起来很奇妙，严格来说这些人与他并肩作战许久，可今天才是头一次见面，或许也是此生唯一一次见面，白杨甚至都不知道几个月以来他们藏在什么地方，就像是海绵里的水，平时不声不响，不见踪影，但用力一挤才惊觉有这么多。

人们在逐渐散去，从各个地方各个单位抽调而来的精锐们正在返回来处，连客厅里堆积如山的文件、横七竖八的电脑都在被一批一批地运走，梅花山庄11栋805正在重新恢复成一座民居该有的样子，南京指挥部——全称南京市逆转未来拯救世界紧急通联指挥部，完成了它的历史使命，尽管它实际存续的时间很短，但回望过去，又像是过了许多年。

两人沿着月牙湖跑了一圈，然后靠在栏杆上休息。

"昨天晚上电台有消息吗？"连翘问。

白杨摇摇头："没有。"

"她就这么消失了？"连翘问。

"她就这么消失了。"白杨说。

他望着湖面，尽管在大脑里思索许久，日思夜想，白杨也想不通，为什么一个人可以消失得这样不留痕迹。

就像阳光下的肥皂泡，轻轻一碰，就化作空气。

"大小姐肯定还活着。"连翘说。

"你是想说她还活在我们的记忆里？这种烂俗话就不必说了……"白杨闷闷地说，"我已经接受事实了，人没了就是没了，又哪儿有能再相见的道理呢？"

"不，我听赵叔说的，他不是制止了那个……那个VVVLBI计划吗？"

说到VVVLBI，这个人类历史上前所未有的观测计划在执行前的最后一刻被制止，指挥部连越三级给顶头上司的顶头上司打电话，紧急下达指令把计划无限期推迟搁置。

公元2020年1月3日晚0点，地球就像过去四十六亿年一样照常在公转轨道上运转，命运的车轮以每秒三十公里的速度沉默地碾过这个平平无奇的空间坐标和时间节点，无事发生。

"赵叔说未来已经不再确定，以后发生什么都说不清楚。"连翘接着说，"站在我们的角度上，以我们为坐标原点，未来的世界线要划出什么样的光锥，只有未来才知道。"

连翘扭头看他，说得很认真。

"你是真的这么相信，还是在安慰我？"白杨问。

"我是真的这么相信。"连翘点点头，又补充了一句，"大小姐肯定也这么相信。"

"明明是我们逼迫的。"白杨撇嘴，"我们冠冕堂皇站在隔岸，自然是什么漂亮话都说得出来，又不是我们要去启动核弹，也不是我们要穿越核爆区，更不是我们要面对刀客的追杀……我们做了什么呢？只是在精神上支持鼓励她罢了，可是谁才是吃苦拼命的人？谁才是做出牺牲的人？"

连翘沉默半晌，叹了口气。

"你后悔了？"

"没有。"白杨低垂眼帘，"我……我只是很愧疚。"

"那就愧疚吧，我不会劝你别愧疚，这世上所有人都欠她的，虽然她未必想要这个。"连翘深吸一口气，"但她肯定希望当你想起她的时候，你能变得快乐。"

连翘把脸转向湖面，嘴里哼起悠扬的调子。

"听过这首歌吗？"

"听过。"白杨说。

"呀，了不起，终于有一首你听过的歌了。"连翘有点小惊喜，"看来你听音乐的品位倒也没那么拉胯。"

"单纯是因为这首歌没那么老罢了。"白杨翻白眼。

连翘不再说话，接着哼着她的调子。

白杨在心里补上歌词。

　　因为梦见你离开

　　我从哭泣中醒来

　　看夜风吹过窗台

　　你能否感受到我的爱

公园里晨练的人逐渐多了，许多男男女女从湖边的小道上经过，冬日清晨澄澈冷冽的空气隐隐有小狗在叫。

多少人曾爱慕你

年轻的容颜

可知谁愿承受岁月

无情的变迁

多少人曾在你生命中

来了又还

可知一生有你

我都陪在你身边

"哦,对了,有件事得告诉你,今天是我带你晨练的最后一天啦,我的任务已完成,也要撤离指挥部,昨天晚上调令就下来了。"连翘扭头对白杨说,"关系已经转走,我要归队了。"

"啊?"白杨愣了一下,这消息突如其来。

"你的特训结束了,白杨同志,你表现得很好,本辅导员给予你优秀学员的称号。"连翘笑眯眯地捏白杨的脸颊,"怎么?舍不得姐姐?"

白杨把头偏到一边去。

连翘用力拥抱他:"人生无不散之宴席,小白杨,跟你共事这段时间我非常快乐,分别总是会来的,但分别是为了下一次重聚,就像大小姐说的那样,我们也会再见的。"

她感觉到白杨的肩膀在微微发抖,于是轻轻拍了拍他的后背。

"别哭,你姐姐我耳根子软,见不得人哭,把眼泪擦干。"

"嗯。"

连翘后退一步，双手按在他的肩膀上，微微低头，嘿嘿一笑。

"那有没有临别礼物给我？"

白杨上下摸索一通，从口袋里掏出一枚温热的硬币，放到她的手心里。

"这是什么？"连翘仔细端详手里淡黄色的硬币，硬币表面刻着数字和字母，"如果我没记错，它是莫尔斯码练习币对吧？"

"嗯，它在我这里很长时间了。"白杨点点头，"送给你。"

"这个礼物很棒！"连翘喜笑颜开，喜滋滋地把它放进口袋里，"我会好好保管它的！"

连翘还是那么精力充沛，行动干练，她来得风风火火，走得干脆利落。

白杨站在那儿目送她沿着小路越走越远，连翘走到很远很远，忽然转过身来，在温暖的晨光下站直了对他敬礼，笑容灿烂。

曾经相聚的人们再将各奔东西，此生或许不复相见，怔忡许久，白杨泪水又模糊了双眼。

后记

今年3月底，也就是在本作完结前夕，我受南京师范大学邀请赴宁参加活动，在活动间隙最后约见了一次赵博文。

老赵总是很忙，行色匆匆，仍然是那标志性的玳瑁框眼镜和深色风衣，与往次不同的是戴了蓝色医用外科口罩，这阵子回南天又恰逢连绵阴雨，气温低得很，他把扣子系得高高的，手里拎着把黑伞，到我面前坐下。

哎呀哎呀，真是不消停啊，这见鬼的疫情一阵一阵的。赵博文嘴里嘟嘟囔囔，什么时候才是个头啊？

南京最近还好吧？我问。

还过得去，没上海那么严重。赵博文一边说一边在椅子上坐下，摘下口罩，随手把壶里的茶给自己满上，都是老相识了，自然不客气。

我们约见在新街口路边的餐厅，靠着门口坐，到傍晚6点时外头下起蒙蒙细雨，很快路上五颜六色的伞就撑起来了。

寒暄几句，提及白震、王宁等人的近况，赵博文表示这些老梆子一个个活得可都滋润着呢，丝毫不受影响，老白照旧在花心思改造他老家鹿楼镇的房子，定期回去监工，王宁最近被调去当防疫志愿者，忙到腿抽筋，上级表示过要提拔他，不过他拒绝了——经此一役，老王对自身的能力有了非常清醒的认识，他知道自己不是当厅长的料，于是向上推荐了小朱。

至于赵博文自己，他对自己最近的工作缄口不言，当我问起此事是否还有后续时——第一基地里传回来那么多情报，够你们忙的吧？他只是神秘一笑，笑得意味深长。

看到这副表情，我就心知肚明，这老小子蔫坏蔫坏的，他啥都知道，但啥都不肯说。

喏，这是稿子，你审核审核。

我从背包里取出厚厚一叠打印的稿纸，扔在餐桌上。

有什么意见或者看法，尽管提。

赵博文把它拿过去翻了翻，摇摇头说，不必给我看这个，我一直追着你的连载呢，你更一章我看一章，还在你的评论区里发表过评论。

哪个是你？我问

保密。老赵说。

那你有什么建议？我问。

没什么建议，我不懂文学创作，我提看法就是外行指导内行。老赵笑了笑，把手里的稿纸拍在桌上，他说，我很佩服你写得这么详细还能对得上，到时候真误导了读者去月牙湖捞时间胶囊怎么办？实际上胶囊又不在那儿。

月牙湖那么大，够他们捞的。

你到时候出版就用这个吗？老赵指指桌上的稿纸，问我，还会做什么大修改不？

嗯，用这个，不改。

所以……最后还是决定给她起名叫半夏？

是啊，她总得有个名字吧，还是说你对这个名字不满意？

不不不，我很满意，这个名字很好，指挥部里一直叫代号，杨杨他们叫她大小姐，也有人给她起过名字，都没你这个好听。赵博文说，她应当有一个很好的名字。

在一个只剩下两个人甚至一个人的世界里，名字有什么意义？我说。

名字是你在人们记忆里的锚点，是你在这个世界上存在过的痕迹。赵博文说，没有名字的人就像风一样，一吹就消失了。

时间过得可真快，一晃两年多过去了。我说，按照年龄算，那姑娘应该出生了。

赵博文想了想，点点头：嗯，2040年她十九岁，2021年出生，现在可能才刚刚一岁。

赵老师，我说。

嗯？

她还活着么？

我相信她还活着，虽然不可能求证，但我愿意相信，信息在传递的过程中会塑造现实，天瑞老师，这也是我们为什么要委托你写这本书，如今我们的未来已经重新回到了黑箱里，她会有一个不同的未来，或者说我们可以为她创造出一个不同的未来。赵博文目光遥远，他说，这一直是我们所希望的，也是我们所努力的。

任重道远。我说。

这世间万事万物，包括我们整个物质世界，在最底层上都可以视为信息，信息并非虚无缥缈的概念，它是可以影响周围世界的，物理学上有个概念叫作功，那么信息是有能力对外做功的。赵博文说，我们不应当把信息传递与物质变化分割开来看待，站在我们的角度上，未来是什么样，取决于我们观测到的结果，当我们失去唯一一个观测者，而那些未被观测到的黑箱，就蕴含着无限可能。

有十成把握？我问。

有三成把握。

未来会变成什么样子？我问。

没人知道。

站在你的个人角度上，赵老师，给我一个答案，不负法律责任。我说。

赵博文想了想，笑着摇摇头：这就是世界的复杂性了，再精准的理论都只是对现实的拟合，我没法给你一个确切的答案，但是我看到了希望……至少我们知道了末日降临的动因，知道它才有可能当历史的扳道工。

黑月的源头？

是的，黑月和刀客如今又成为笼罩在现代物理学头顶上的两朵乌云，就像1900年开尔文勋爵演讲时所说的那样，物理学的大厦已经修建落成，剩余只有些修修补补的工作，唯独头顶上有两朵乌云，可是众所周知后来发生了什么。赵博文说，我们又要迎来一个大变革的时代，作为一个搞物理学的，我比前人们都要幸运。

显而易见，黑月与刀客都超脱了现代物理学的框架，我们此前认为信息的传递不可能超过光速，但刀客和黑月身上的特性是瞬时的，甚至是超距的，当我发现你时你也发现我了，广相都没法解释，这相当于它在光锥之内可以发现光锥之外的目标……唉，每当我们觉得自己已经洞察这个宇宙的所有真理时，总会有些奇奇怪怪的东西闯进来告诉我们，你们知道的不过沧海一粟。

　　赵博文叹了口气。

　　银河系中心距离地球有两万六千光年，我们看到的是两万六千年前的天体，这岂不是说它们在两万多年前就察觉到了我们？我问。

　　你可以这么理解，它们在预知未来。赵博文点点头，时间对于我们以及对于黑月的意义显然是不同的，在我们看来，时间是这个宇宙的底层代码，不可读取，不可操作，甚至看不见摸不着，但是在黑月眼里，时间或许就是进度条……只能说它们是更高维度的码农，对操作系统的理解比我们更透彻。

　　人类很弱小。

　　人类也很强大。赵博文说，就算是时间这样强大可怕的东西，我们也有战胜它的办法。

　　什么办法？我问。

　　埋时间胶囊。

　　听到这个答案，我笑了出来。

　　别笑，我认真的。老赵说，我们可以埋下一个时间胶囊，等待足足二十年，再把它精准地送到某个人手上，它虽然是一艘小船，但漂洋过海终究会抵达目的地，再大的风浪都打不翻，这就是人类抵抗时间的办法，无论多么漫长的时光，总有东西不可磨灭，时间也好、城市也好、历史也好、一切的一切都可以改变……

但思念永恒，我说。

窗外的雨稍稍下大了，我们吃饱喝足了坐着消食，此时刚过饭点，门外人流如织，男女老少都打着伞，车辆的鸣笛声此起彼伏。

很长时间我们都没说话，安静地扭头望着窗外，四周人声嘈杂。

赵博文低头看了一眼手机，说，天瑞老师，时候不早了，我们也该……

他忽然一愣。

我也一愣。

我们俩对视一眼，唰的一下从座位上起身，扭头就往外冲，把其他用餐的客人都吓一跳。

是错觉吗？

是幻觉吗？

还是纯粹的巧合？

当我们俩从餐厅里挤出来，冲进雨里时，那隐隐约约仿佛母亲哄孩子的轻柔声音犹在耳畔：小呀么小半夏呀……快快长大……

人呢？人呢？赵博文在雨里吼，浑身湿透，到处打转，人在哪儿？

我呆呆地站在路灯底下，扭过头，看到万千雨丝从天空落下，噼里啪啦，路面上开满了五颜六色的花。

2022年3月30日。

多云转小雨，新街口华灯初上，游人如织。

南京还是那个南京。

但这一次我知道，

我们生活在同一个南京。